D0596591

CINQUIÈME AVENUE

CANDACE BUSHNELL

Cinquième Avenue

ROMAN TRADUIT DE L'ANGLAIS (ÉTATS-UNIS)
PAR NATHALIE CUNNINGTON ET BÉATRICE TAUPEAU

ALBIN MICHEL

Titre original :
ONE FIFTH AVENUE

S'il existe bien, à New York, un immeuble situé au numéro 1,
Cinquième Avenue, ce qui est décrit et raconté dans ce livre
relève de la fiction.

Pour Heather Schroder

Prologue

Certes, c'était juste un rôle dans une série télé et un simple deux-pièces à New York. Mais un rôle, ça ne se trouvait pas tous les jours, surtout s'il était intéressant. Et même à Los Angeles, tout le monde savait qu'un pied-à-terre à New York, ça n'était pas rien. En outre, elle avait reçu le scénario le même jour que les papiers du divorce.

Dans un film, on aurait trouvé la coïncidence trop forte. Mais Schiffer Diamond aimait les coïncidences et les signes. Cette idée enfantine et naïve que tout arrive pour une raison précise lui plaisait. Actrice, elle avait vécu sur la naïveté du public toute sa vie. C'est ainsi qu'elle accepta le rôle, pour lequel elle devrait retourner vivre à New York pendant six mois. Elle n'aurait qu'à reprendre le petit appartement qu'elle possédait sur la Cinquième Avenue. Son idée de départ, c'était de rester à New York juste le temps du tournage, puis de rentrer chez elle à Los Feliz, un quartier bohème chic de Los Angeles.

Or, deux jours après avoir accepté le rôle, elle alla déjeuner au Ivy. Là, elle tomba sur le plus récent de ses ex-maris. Il était accompagné d'une jeune personne et, manifestement ravi de son nouveau statut de président d'une chaîne de télé, trônait à une table au beau milieu de la salle. À voir la déférence des serveurs envers sa convive, Schiffer devina qu'il s'agissait de sa nouvelle petite amie, une pianiste issue, selon la rumeur, d'une famille renommée. Ce qui ne l'empêchait pas d'avoir l'allure tapageuse d'une prostituée de luxe. La relation avait tout du cliché, mais Schiffer, après vingt-cinq ans à Hollywood, avait appris que les hommes n'étaient pas rebutés par les clichés, surtout quand ceux-ci flattaient leur virilité. Quelques minutes plus tard, elle sortit du restaurant, tendit son ticket au voiturier et, les yeux protégés par ses lunettes de soleil, patienta sur le trottoir. Sa décision était prise – vendre la maison de Los Feliz, larguer les amarres et rentrer au Numéro 1, Cinquième Avenue.

« Schiffer Diamond a accepté un rôle dans une série télé, annonça Enid Merle à son neveu, Philip Oakland.
— La pauvre, elle n'a sans doute rien trouvé de mieux », dit Philip sur un ton mi-sérieux mi-ironique.
Enid et Philip occupaient deux des plus beaux appartements du Numéro 1, au treizième étage. Leurs terrasses contiguës étaient séparées par une charmante clôture blanche, celle-là même au-dessus de laquelle Enid se penchait pour s'adresser à son neveu.
« C'est peut-être un rôle intéressant, poursuivit-elle en parcourant l'article qu'elle tenait à la main. Elle va jouer une mère supérieure qui quitte les ordres et devient rédactrice en chef d'un magazine pour adolescents.
— Concept tout ce qu'il y a de plus crédible, répliqua Philip sur ce ton sarcastique qu'il adoptait chaque fois qu'il était question d'Hollywood.
— Aussi crédible qu'un reptile géant semant la ter-

reur à New York. Ah, si tu pouvais abandonner tes scénarios et revenir à la vraie littérature ! soupira Enid.

— Impossible, répondit Philip en souriant, moi non plus je n'ai rien trouvé de mieux.

— Il se pourrait que ce soit inspiré d'une histoire vraie, poursuivit sa tante. J'ai connu une certaine Sandra Miles, une ancienne mère supérieure devenue rédactrice en chef. C'était dans les années soixante-dix. J'ai dû dîner avec elle une ou deux fois. Une femme profondément malheureuse, mais ça, c'était sans doute parce que son mari la trompait. Comme elle était restée vierge un bon bout de temps, elle n'avait certainement pas tout compris en matière de sexualité. Bref, ils vont tourner cette série à New York.

— Ah oui ?

— Nous la reverrons sans doute dans les parages.

— Qui ça ? demanda Philip d'un ton faussement détaché. Sandra Miles ?

— Mais non, Schiffer Diamond ! Cela fait des années que Sandra Miles a quitté New York. Peut-être même qu'elle est morte.

— Sauf si elle descend dans un hôtel, dit Philip. Je veux dire, Schiffer Diamond.

— Voyons ! Elle n'a aucune raison d'aller à l'hôtel. »

Sur ce, Enid rentra dans son appartement tandis que Philip restait sur sa terrasse à contempler Washington Square Park, sur lequel il avait une vue plongeante. En ce mois de juillet, le parc était d'un vert luxuriant. Les grosses chaleurs du mois d'août n'avaient pas encore frappé. Mais Philip ne songeait guère à la botanique. Il était à des kilomètres de là, plus précisément sur un quai de Catalina Island vingt-cinq ans auparavant.

Schiffer Diamond se glissait derrière lui.

« Alors c'est vous, notre petit génie ?

— Pardon ? s'exclamait-il en se retournant.

— Je me suis laissé dire que vous étiez l'auteur de ce film merdique.

— Si vous pensez qu'il est merdique..., répliquait-il, vexé.

— Oui, mon p'tit ?

— ... Pourquoi vous jouez dedans ?

— Un film, c'est merdique par définition. Ce n'est pas de l'art. Mais on a tous besoin d'argent. Même les génies.

— Je ne fais pas ça pour l'argent ! protestait-il.

— Alors pourquoi ?

— Pour rencontrer des filles comme vous, par exemple. »

Elle avait éclaté de rire. Toute bronzée, elle portait une paire de jeans blancs et un tee-shirt bleu marine. Pas de chaussures, pas de soutien-gorge. « Bonne réponse, mon p'tit, avait-elle lancé en s'éloignant de lui.

— Un instant ! Vous pensez vraiment que le film est mauvais ?

— Et vous ? De toute façon, on ne peut jamais vraiment juger du travail d'un mec tant qu'on n'a pas couché avec lui.

— Et vous avez décidé de coucher avec moi ?

— Je ne décide jamais rien à l'avance. J'aime laisser venir les choses. Cela rend la vie plus intéressante, vous ne trouvez pas ? » Et elle l'avait planté là pour aller jouer sa scène.

Ce fut la voix d'Enid qui tira Philip de sa rêverie. « Je viens de parler à Roberto, le portier, annonça-t-elle. Schiffer Diamond revient demain. La gouvernante est passée cette semaine pour préparer son appartement. Roberto dit qu'elle va s'installer ici. Peut-être de façon

12

permanente. Pour une nouvelle, c'est une nouvelle, non ?

— En effet, c'est palpitant.

— Je me demande ce qu'elle pensera de New York. Après toutes ces années...

— Elle trouvera que la ville n'a pas changé, tantine. Tu sais bien que New York ne change jamais. Les personnages sont différents, mais la pièce reste la même. »

Plus tard dans l'après-midi, Enid Merle mettait la touche finale à sa chronique de potins du jour lorsqu'une bourrasque fit claquer la porte menant à la terrasse. Elle se leva, jeta un coup d'œil par la fenêtre et sortit. Une montagne de nuages orageux qui s'étaient accumulés de l'autre côté de l'Hudson s'approchait rapidement. Étrange, se dit Enid. La journée n'avait pas été particulièrement chaude. Levant les yeux, elle aperçut sa voisine sur sa terrasse. La vieille dame portait un vieux chapeau de paille, des gants, et tenait à la main des cisailles. Louise Houghton, qui allait sur ses cent ans, avait quelque peu ralenti le rythme ces dernières années. Elle passait désormais la majeure partie de son temps à soigner ses fameuses roses. « Ouh-ouh ! » hurla Enid, pour se faire entendre de Louise, légèrement sourde selon la rumeur. « On dirait bien qu'un gros orage nous guette !

— Merci, très chère », lui répondit Mrs Houghton avec la courtoisie d'une reine s'adressant à l'un de ses loyaux sujets. Enid aurait trouvé ce ton vexant si elle n'avait pas su que Mrs Houghton répondait invariablement de la même manière, quoi qu'on lui dise.

« Vous devriez peut-être rentrer », ajouta-t-elle. Elle aimait bien la vieille dame, malgré ses manières hautaines et désuètes qui en avaient rebuté plus d'un.

Toutes deux étaient voisines depuis plus de soixante ans.

« Merci, très chère », répéta Louise Houghton. Elle s'apprêtait à rentrer quand une volée de pigeons prit brusquement son essor, détournant son attention. Dans la seconde qui suivit, le ciel devint noir et des grosses gouttes de pluie s'abattirent comme des billes sur la Cinquième Avenue. Enid courut se réfugier à l'intérieur et perdit de vue Mrs Houghton qui, flageolant sur ses jambes maigres, tentait de résister à la violence des éléments. Une deuxième bourrasque détacha un treillage du mur. Celui-ci s'abattit sur l'élégante vieille dame, qui tomba sur les genoux. Trop faible pour se relever, elle roula sur le côté, brisant l'os fragile de sa hanche, et resta allongée là, sous la pluie, incapable de bouger. L'une de ses quatre domestiques qui l'avait cherchée en vain dans son immense appartement de sept cents mètres carrés finit par s'aventurer sur la terrasse et la découvrit sous le treillage.

Pendant ce temps, quinze étages plus bas, deux limousines de location descendaient la Cinquième Avenue avec la lenteur majestueuse d'un cortège officiel. Arrivés devant le Numéro 1, les chauffeurs sortirent, hurlant et fulminant. La tête rentrée dans les épaules, ils entreprirent de décharger les bagages et durent s'y mettre à deux rien que pour soulever le premier, une vieille malle Louis Vuitton. Roberto, le portier, s'avança sous la marquise et leur fit signe d'entrer. Puis il envoya chercher des renforts. Un porteur arriva de l'entresol avec un grand chariot aux barres en cuivre. Les chauffeurs y hissèrent la malle, sur laquelle ils empilèrent les autres bagages, tous assortis.

Un peu plus loin dans la rue, une bourrasque arracha un parapluie des mains d'un homme d'affaires. Le parapluie se retourna et, transformé en balai de sorcière, remonta le trottoir avant de terminer sa course près de la roue d'un 4 × 4 noir rutilant qui venait de se garer devant l'entrée. En reconnaissant la personne assise à l'arrière, Roberto décida de braver la tempête. Il s'empara d'un parapluie de golf vert et blanc, le brandit comme une épée en rejoignant le véhicule au petit trot, puis l'orienta avec un art consommé dans le sens contraire du vent afin de protéger le passager du 4 × 4.

Alors, apparurent des chaussures en brocart bleu et vert à petits talons fins, puis les fameuses longues jambes serrées dans un jean blanc. Ensuite, ce fut la main, avec ces doigts d'artiste et une énorme aiguemarine au majeur. Enfin, Schiffer Diamond en personne sortit de la voiture. Elle n'a pas changé le moins du monde, se dit Roberto en lui prenant la main pour l'aider. « Salut, Roberto, dit-elle comme si elle revenait d'un petit voyage de quinze jours. Quel temps de merde, pas vrai ? »

ACTE UN

1

Billy Litchfield passait devant le Numéro 1 au moins deux fois par jour. Autrefois, il avait un chien, un terrier irlandais de race wheaten que lui avait donné Mrs Houghton, laquelle élevait justement des terriers dans son domaine au bord de l'Hudson. Il fallait au dit Wheaty ses deux promenades par jour à Washington Square, si bien que Billy, qui habitait au numéro 5, avait pris l'habitude de passer devant le building à chaque fois qu'il faisait son petit tour. Le splendide bâtiment en pierre gris pâle construit dans le style Art déco était l'un de ses repères personnels. Billy, qui avait un pied dans le nouveau millénaire et l'autre dans un beau monde aujourd'hui disparu, l'admirait depuis toujours. « Tant qu'on habite dans un endroit correct, c'est l'essentiel », se disait-il, en rêvant de vivre au Numéro 1. C'était un rêve vieux de trente-trois ans. Un rêve qu'il n'avait toujours pas réalisé.

Pendant quelque temps, Billy avait décidé que ce rêve était mort, ou du moins qu'il n'était plus d'actualité. C'était juste après le 11 septembre. Tout d'un coup, les gens avaient jugé cruellement vains ce cynisme et cette superficialité qui faisaient battre le cœur de la ville. Brusquement, on avait trouvé vulgaire de rêver d'autre chose que de paix dans le monde, vulgaire de ne pas apprécier ce que l'on avait. Mais six ans s'étaient écoulés depuis, et la fougue de New York ne pouvait pas plus être contenue que celle d'un pur-sang, de même qu'il était impossible de contrarier la nature de la ville. Ainsi, à peine passée la période de deuil quasi générale, des banquiers se réunirent pour concocter dans un chaudron magique une mystérieuse potion. Les ingrédients ? Beaucoup d'argent, une pincée de jeunesse et un soupçon d'informatique. Et alors, abracadabra ! apparut une nouvelle classe de millionnaires aux fortunes indécentes. Ce n'était peut-être pas très bon pour l'Amérique, mais pour Billy, c'était une aubaine. S'il se targuait d'être un anachronisme vivant en ce qu'il était dépourvu de cet élément accessoire que certains appellent un emploi régulier, il travaillait en fait comme intermédiaire auprès de gens très riches et très prospères, décorateurs, marchands d'art, imprésarios et membres de conseils d'administration de musées ou d'immeubles qu'il faisait bénéficier de ses relations. Outre sa connaissance quasi encyclopédique en matière d'art et d'antiquités, Billy était un véritable expert des jets et des yachts, savait qui possédait quoi, où aller passer les vacances et quels restaurants fréquenter.

Pourtant, il possédait très peu d'argent en propre. Doté de la nature raffinée d'un aristocrate, il était snob, adorait côtoyer les riches, se montrer spirituel lors d'un dîner ou d'une fête, mais ne se serait jamais autorisé à se salir les mains en cherchant vulgairement à amasser du fric.

C'est pourquoi, tout en rêvant d'habiter au Numéro 1 de la Cinquième Avenue, il était bien incapable de le désirer suffisamment pour conclure un pacte avec le diable et vendre son âme. Il se satisfaisait de son appartement à loyer contrôlé qu'il payait onze cents dollars par mois. L'argent n'était pas une nécessité quand on avait des amis très riches, comme il se le répétait souvent.

D'habitude, il revenait de sa promenade apaisé par l'air matinal. Mais cette fois-ci, il déprimait un peu. Au parc, il s'était assis sur un banc et avait appris en lisant le *New York Times* le décès de sa très chère Mrs Houghton. Au cours de la tempête qui avait sévi trois jours auparavant, elle avait passé dix minutes seule sous la pluie, mais cela avait suffi. Une mauvaise pneumonie avait provoqué la fin brusque et rapide de sa longue vie, laissant New York sous le choc. La seule consolation de Billy, c'était que sa notice nécrologique était parue en première page du *Times*, ce qui signifiait qu'il restait encore ici-bas un ou deux rédacteurs qui n'avaient pas oublié les traditions d'une époque plus raffinée où l'art primait sur l'argent, et où ce que l'on apportait à la société comptait davantage que l'étalage des attributs futiles de sa propre richesse.

Tandis qu'il pensait à Mrs Houghton, Billy se rendit compte qu'il s'était attardé devant le Numéro 1, dont il contempla la façade imposante. Pendant des années, le building avait été une sorte de club d'artistes reconnus en tout genre – peintres, écrivains, musiciens, chefs d'orchestre, acteurs et metteurs en scène, tous dotés de cette énergie créatrice qui faisait vibrer la ville. Bien qu'elle ne fût pas elle-même une artiste, Mrs Houghton, qui s'était installée là en 1947, avait été la plus généreuse des mécènes. Elle avait fondé des associations de bienfaisance et donné des millions à toutes sortes d'institutions artistiques. Certains même la considéraient comme une sainte.

Depuis une heure, les paparazzis, persuadés qu'une photo du building dans lequel Mrs Houghton avait vécu leur rapporterait de l'argent, s'étaient donc massés devant l'entrée. Leurs tee-shirts informes et leurs jeans avachis froissèrent la sensibilité de Billy. Les gens bien étaient tous partis, se dit-il tristement.

Alors, en bon New-Yorkais, il se mit à penser immobilier. Que deviendrait l'appartement de Mrs Houghton ? Les enfants de la défunte avaient au moins soixante-dix ans. Ses petits-enfants voudraient certainement vendre pour récupérer l'argent. Ils avaient déjà pratiquement dilapidé la fortune des Houghton, laquelle, comme souvent à New York, s'était avérée beaucoup moins impressionnante que dans les années soixante-dix ou quatre-vingt. Dans les années soixante-dix, on pouvait acheter à peu près tout ce qu'on voulait avec un million de dollars. Maintenant, c'était plus ou moins ce que coûtait une fête d'anniversaire.

New York avait décidément bien changé, se dit Billy.

« L'argent suit l'art, Billy, disait Mrs Houghton. L'argent veut ce qu'il ne peut pas s'acheter. La classe. Le talent. N'oublie jamais que s'il faut un certain talent pour gagner beaucoup d'argent, il en faut plus encore pour le dépenser. Et c'est précisément ce que tu sais si bien faire, Billy. »

À présent, qui allait dépenser l'argent nécessaire pour acheter l'appartement Houghton ? L'endroit, une bonbonnière chintz des années quatre-vingt qui n'avait pas été refaite depuis au moins vingt ans, forçait l'admiration. C'était l'un des penthouses les plus majestueux de tout Manhattan, un vrai triplex construit pour le premier propriétaire du Numéro 1, un hôtel à l'origine. Il y avait une hauteur sous plafond de quatre mètres, une salle de bal avec une cheminée en marbre, et d'immenses terrasses à tous les étages.

Pourvu que les futurs acquéreurs ne soient pas des

gens comme les Brewer, se dit Billy sans trop y croire. En effet, malgré tout ce chintz, l'appartement valait au bas mot vingt millions de dollars. Or, qui pouvait se permettre une somme pareille, à part l'un de ces détenteurs de fonds spéculatifs ? Et finalement, les Brewer n'étaient pas les pires. Au moins, Connie Brewer était une ancienne danseuse classique et une amie. Les Brewer vivaient dans les quartiers chic et possédaient une affreuse maison toute neuve dans les Hamptons, où Billy devait passer le week-end. Il leur parlerait de l'appartement et suggérerait de les présenter à la présidente du conseil de copropriété, cette pimbêche de Mindy Gooch. Elle, Billy la connaissait depuis « toujours » – c'est-à-dire depuis le milieu des années quatre-vingt. Il l'avait rencontrée à une fête. Elle s'appelait alors Mindy Welch et était fraîchement diplômée de Smith College, la fameuse université féminine du Massachusetts. Débordante d'enthousiasme, elle ne doutait pas de devenir rapidement la nouvelle star du monde de l'édition. Au début des années quatre-vingt-dix, elle s'était fiancée à James Gooch, qui venait de gagner un prix de journalisme. Là encore, elle avait échafaudé toutes sortes de projets grandioses, imaginant que James et elle deviendraient le couple le plus en vue de New York. Mais rien n'avait fonctionné comme prévu. À présent, Mindy et James étaient un couple d'âge moyen aux revenus moyens, qui se prenaient pour des créateurs et n'auraient même pas pu se payer leur propre appartement aujourd'hui. D'ailleurs, Billy se demandait souvent comment ils avaient pu acheter au Numéro 1. Probablement grâce à la mort précoce, tragique et inespérée d'un de leurs parents.

Il resta là devant le building à se demander ce que les photographes attendaient. Mrs Houghton était décédée à l'hôpital. Il n'y avait aucune chance pour que quelqu'un de sa famille fasse son apparition. De même, on ne verrait pas, hélas, le corps emporté dans un sac, comme dans ces immeubles pleins de vieux. À ce moment précis, Mindy Gooch en personne sortit du building. Elle avait mis un jean et ces pantoufles à grands poils qui avaient fait fureur trois ans auparavant et que les femmes s'étaient entêtées à porter comme des chaussures. Elle protégeait le visage d'un jeune adolescent comme si elle craignait pour sa sécurité. Les photographes ne les regardèrent même pas.

« Qu'est-ce que c'est que tout ça ? demanda-t-elle en repérant Billy et en s'approchant de lui.

— Je suppose que c'est pour Mrs Houghton.

— Elle est enfin morte ?

— Si c'est ainsi que tu vois les choses.

— Tu connais une autre manière de les voir ?

— C'est ce "enfin" que je ne trouve pas très joli.

— Maman..., commença le garçon.

— Je te présente mon fils, Sam, dit Mindy.

— Bonjour, Sam », dit Billy en lui serrant la main. L'adolescent était d'une beauté surprenante, avec une crinière blonde et des yeux sombres. « J'ignorais que tu avais un fils.

— Il a treize ans. Ça fait déjà quelque temps que nous l'avons. »

Sam s'éloigna d'elle.

« Fais-moi un bisou, lui dit Mindy en tendant sa joue.

— Mais je te revois dans quarante-huit heures ! protesta Sam.

— Il peut se passer n'importe quoi. Je pourrais être renversée par un bus. Et le dernier souvenir que tu aurais de ta mère serait d'avoir refusé de l'embrasser avant de partir en week-end.

— Maman, je t'en prie ! » Il se laissa tout de même fléchir et l'embrassa sur la joue.

Mindy le suivit du regard tandis qu'il traversait la rue. « Tu sais comment ils sont à cet âge-là, dit-elle à Billy. Il ne veut plus sa maman. C'est affreux. »

Prudent, Billy hocha la tête. Mindy faisait partie de ces New-Yorkais agressifs et tendus comme des ressorts. On ne savait jamais quand ledit ressort allait lâcher. Il pouvait même carrément vous sauter à la figure. « Je vois tout à fait ce que tu veux dire, fit-il dans un soupir.

— Vraiment ? » répliqua-t-elle en braquant ses yeux sur lui. Elle avait le regard un peu vitreux, se dit Billy. Peut-être avait-elle pris quelque chose. Mais elle se calma brusquement. « Ainsi Mrs Houghton est enfin morte, répéta-t-elle.

— Eh oui. Tu ne lis pas les journaux ?

— Il serait intéressant de voir qui va essayer d'acheter l'appartement, déclara-t-elle en plissant les yeux.

— Un riche détenteur de fonds spéculatifs, je présume.

— Ces types, je les déteste ! Pas toi ? » Sur ce, elle tourna les talons et, sans même lui dire au revoir, s'en alla.

Billy resta planté là un instant, accablé, puis se dirigea vers son immeuble.

Lorsque, après être passée chez le traiteur au coin de la rue, Mindy rentra chez elle au Numéro 1, les photographes étaient toujours là, sur le trottoir. Leur présence la mit subitement dans une rage folle.

« Roberto, ordonna-t-elle en se plantant devant le portier, je veux que vous appeliez la police. Nous devons nous débarrasser de ces photographes.

— À vot' se'vice, Ma'am Mindy, répondit Roberto.

— Je ne plaisante pas, Roberto. Vous n'avez pas remarqué qu'ils sont de plus en plus nombreux, ces paparazzis, depuis quelque temps ?

— C'est à cause de toutes ces célébrités. Je n'y peux rien.

— Mais quelqu'un devrait faire quelque chose, répliqua Mindy. J'en parlerai au maire. La prochaine fois que je le verrai. S'il peut nous débarrasser des fumeurs et des graisses saturées, je ne vois pas pourquoi il ne ferait pas pareil avec ces voyous.

— Il ne manquera pas de vous écouter.

— Vous savez, nous le connaissons, James et moi. Le maire. Depuis des années. Il n'était pas encore maire à l'époque.

— Je peux peut-être les chasser. Sauf que nous sommes dans un pays libre, non ?

— Plus maintenant », déclara Mindy en ouvrant la porte de chez elle.

L'appartement des Gooch, le plus étrange de tout l'immeuble, se composait d'une série de pièces qui avaient autrefois servi de réserves ou de chambres pour les domestiques. C'était un assemblage compliqué d'espaces minuscules, de cagibis sans fenêtre et de recoins qui reflétaient la psychose de James et Mindy Gooch et donnaient forme à la vie de la petite famille, laquelle pouvait être résumée en un adjectif : dysfonctionnelle.

L'été, avec ses plafonds bas, l'appartement était étouffant, l'hiver, glacial. La plus grande pièce de ce terrier labyrinthique, celle dont les Gooch avaient fait leur salon, était pourvue d'une petite cheminée. Mindy se l'imaginait occupée autrefois par un majordome commandant la troupe de domestiques. Peut-être attirait-il de jeunes femmes de chambre dans son petit chez-soi pour leur faire l'amour. Peut-être était-il homo.

Et dire que quatre-vingts ans plus tard, James et elle occupaient ces mêmes lieux. Cela lui parut historiquement injuste. Après avoir, pendant des années, poursuivi le rêve américain, aspiré à une vie meilleure, fait de longues études et travaillé dur, votre seule récompense de nos jours, c'était des chambres de domestiques à Manhattan. Et encore, vous deviez vous estimer heureux. Tandis que tout là-haut, un appartement vide, l'un des plus magnifiques de New York, attendait d'être occupé par quelque riche banquier, probablement un jeune homme qui ne se soucierait que d'argent, n'aurait que faire du bien de la nation ou du peuple, et qui mènerait une vie de petit roi – dans un appartement qui, d'un point de vue moral, aurait dû leur revenir, à James et elle.

Dans une pièce minuscule tout au fond de l'appartement, ledit James pianotait avec acharnement sur son ordinateur. Une mèche blonde tentait maladroitement de couvrir son attendrissant crâne dégarni. Il travaillait sans grande conviction sur son livre, persuadé, comme toujours, qu'il était sur le point d'échouer. De tous ses sentiments, celui de l'échec imminent était le plus puissant. Il écrasait tous les autres, les repoussait jusqu'aux limites du champ de sa conscience où ils s'entassaient, comme de vieux colis au fond d'une pièce. Peut-être y avait-il dedans des bonnes choses, des choses utiles, mais James n'avait jamais trouvé le temps de les déballer.

Il entendit le bruit sourd de la porte se fermant à l'autre bout de l'appartement. Mindy était rentrée. Ou peut-être était-ce seulement sa présence qu'il sentait. Il vivait avec elle depuis si longtemps qu'il percevait les vibrations qu'elle provoquait dans l'air. Ce n'était pas des vibrations particulièrement apaisantes, mais du moins étaient-elles familières.

Mindy passa devant lui, s'arrêta puis s'installa dans son vieux fauteuil club en cuir, acheté à la braderie du Plaza, lorsque le vénérable hôtel avait été vendu pour être transformé en appartements, pour gens riches bien sûr. « James, dit-elle.

— Oui, répondit-il en levant à peine la tête.

— Mrs Houghton est morte. »

James lui adressa un regard vide.

« Tu le savais ? lui demanda-t-elle.

— Oui, c'était partout sur Internet ce matin.

— Pourquoi tu ne me l'as pas dit ?

— Je pensais que tu savais.

— À moi, la présidente du conseil de copropriété, tu ne dis rien ! Je viens de tomber sur Billy Litchfield. C'est lui qui m'a appris la nouvelle. Je ne savais plus où me mettre.

— Tu n'as pas mieux à faire que de t'occuper de ces histoires-là ?

— Bien sûr que j'ai mieux à faire. Et maintenant, je vais devoir m'occuper de cet appartement. Savoir qui va s'y installer. Quel genre de personnes ce sera. Pourquoi ce n'est pas nous qui y habitons ?

— Peut-être parce qu'il vaut environ vingt millions de dollars, et qu'il se trouve que ces vingt millions de dollars, nous ne les avons pas, suggéra James.

— À qui la faute ?

— Je t'en prie, Mindy, dit James en se grattant la tête. On en a déjà parlé des centaines de fois. Je ne vois pas ce que tu reproches à notre appartement. »

Installée sur sa terrasse au treizième étage, juste en dessous du grandiose triplex de Mrs Houghton, Enid Merle pensait à Louise. Le sommet du building s'étageait en gradins, comme une pièce montée, si bien que depuis les niveaux inférieurs on pouvait voir les terrasses du haut. Et dire que trois jours auparavant, elle se trouvait à cet endroit précis et qu'elle papotait avec Louise, qui était coiffée de son éternel chapeau de paille. Louise n'avait jamais exposé sa peau au soleil et cultivait un visage inexpressif, persuadée que des mimiques le rideraient. Elle s'était fait faire au moins deux liftings. Et même le jour de la tempête, Enid se souvenait avoir remarqué que la peau de sa vieille voisine était étonnamment lisse. Elle-même était moins maniaque. Petite déjà, elle détestait cette attention tyrannique que les femmes portaient à leur apparence. Néanmoins, étant une personnalité publique, elle avait fini par accepter de se faire lifter par le célèbre docteur Baker, dont les patientes fortunées étaient surnommées les « Baker's girls ». Ainsi, à quatre-vingt-deux ans, elle avait le visage d'une femme de soixante-cinq, alors que le reste de sa personne était fripé et joliment tavelé comme un poulet.

Ceux qui connaissaient l'histoire du building et de ses habitants savaient qu'Enid était, après Mrs Houghton, non seulement l'occupante la plus ancienne, mais aussi l'une des plus connues dans les années soixante et soixante-dix. Elle ne s'était jamais mariée, avait passé une licence de psychologie à Columbia (devenant ainsi l'une des premières femmes diplômées de cette université), trouvé un emploi de secrétaire au *New York Star* en 1948 et, grâce à son intérêt pour les petites passions humaines et à sa capacité d'écoute, gravi les échelons jusqu'à la rubrique des échos et obtenu enfin sa propre chronique. Elle qui avait passé la première partie de sa vie dans une ferme du Texas se sentait toujours un peu étrangère à New York. Elle abordait son travail avec cette délicatesse et cette compassion érigées en valeurs dans le Sud profond. Enid avait la réputation d'être une « gentille » échotière, et cela lui avait été fort utile : lorsque des acteurs ou des personnalités politiques étaient disposés à raconter leur version de l'histoire, c'était elle qu'ils appelaient. Au début des années quatre-vingt, sa chronique avait été achetée par d'autres journaux, ce qui avait fait d'elle une femme riche. Elle tentait depuis dix ans de prendre sa retraite, mais ses employeurs lui avaient expliqué que son nom avait trop de valeur, si bien qu'elle travaillait à présent avec une équipe qui récoltait les informations et écrivait les chroniques, sauf dans des circonstances particulières, où elle s'en chargeait elle-même. La mort de Louise Houghton était précisément l'une de ces circonstances particulières.

En pensant à la chronique qu'elle allait devoir écrire sur Mrs Houghton, Enid sentit la tristesse étreindre son cœur. Louise avait eu une vie pleine, une vie glamour, enviable et admirable. Elle était morte sans s'être fait aucun ennemi, si ce n'était cette folle de Flossie Davis, la belle-mère d'Enid, qui avait quitté le Numéro 1 au début des années soixante pour s'installer en face, dans un nouveau gratte-ciel plus commode. Enid songea que cette tristesse qui venait de se rappeler à elle était un sentiment qu'elle portait depuis toujours – le désir de quelque chose qu'elle ne pourrait jamais atteindre. C'était le propre de la condition humaine, se dit-elle. Certaines questions, inhérentes au fait même d'exister, ne trouveraient jamais de réponse. On devait simplement vivre avec.

D'habitude, Enid ne trouvait pas ces pensées déprimantes, bien au contraire. Elle s'était souvent fait la réflexion que la plupart des gens n'arrivaient jamais à grandir. Leur corps vieillissait, mais cela ne signifiait pas nécessairement que leur esprit mûrissait. Là non plus, elle ne trouvait pas cette vérité particulièrement dérangeante. Elle était révolue l'époque où l'injustice de la vie et l'incapacité fondamentale des hommes à bien agir la révoltaient. Maintenant qu'elle était vieille, elle considérait qu'elle avait beaucoup de chance. Si vous aviez un peu d'argent et une santé globalement bonne, si vous habitiez dans un endroit où il y avait plein de gens et où il se passait sans arrêt des choses intéressantes, il était bien agréable d'être vieille. Personne n'attendait quoi que ce soit de vous. Même, on vous applaudissait juste parce que vous sortiez de votre lit le matin.

En repérant les paparazzis sur le trottoir, Enid se souvint qu'elle devait annoncer à Philip le décès de Mrs Houghton. Philip n'était pas un lève-tôt, mais elle jugea la nouvelle suffisamment importante pour aller le réveiller. Elle frappa à sa porte et attendit une minute. Enfin, elle entendit la voix endormie et agacée. « Qui est-ce ?

— C'est moi », répondit Enid.

Philip, en caleçon bleu clair, ouvrit la porte. « Je peux entrer ? demanda Enid. Ou peut-être y a-t-il une jeune demoiselle avec toi ?

— Bonjour, Nini », dit Philip en tenant la porte ouverte. Il l'avait baptisée « Nini » à l'âge d'un an, quand il apprenait à parler. Il avait été un enfant précoce. D'ailleurs à quarante-cinq ans, il l'était toujours, mais là, ce n'était peut-être pas sa faute à lui, se dit Enid. « Et tu sais bien que ce ne sont plus des jeunes demoiselles, ajouta-t-il. Elles n'ont plus rien de la demoiselle.

— Cela ne les empêche pas d'être jeunes. Trop jeunes, répliqua Enid en suivant Philip dans la cuisine. Au fait, Louise Houghton est morte hier soir. Je me suis dit que tu aimerais être informé.

— Pauvre Louise. Ainsi le vieux marin reprend la mer. Café ?

— S'il te plaît. Je me demande ce que va devenir son appartement. Peut-être vont-ils le diviser. Tu pourrais acheter le quatorzième étage. Tu es plein aux as.

— Bien sûr.

— Si tu achetais, tu pourrais te marier. Tu aurais de la place pour les enfants.

— Je t'adore, Nini. Mais pas à ce point. »

Enid sourit. Elle avait toujours été séduite par son sens de l'humour. Et il était si beau – de cette beauté touchante et attendrissante que les femmes trouvaient irrésistible – qu'elle ne pouvait jamais se fâcher contre lui. Il portait ses cheveux noirs un peu longs, coupés juste au-dessous de l'oreille si bien qu'ils rebiquaient sur son col comme des poils d'épagneul. Quand elle le regardait, Enid revoyait l'adorable gamin de cinq ans qui venait autrefois chez elle après l'école, avec son uniforme et sa casquette bleus. Même à cette époque, c'était un garçon si gentil. « Maman dort. Je veux pas la réveiller, elle est encore fatiguée. Ça te gêne pas si je reste avec toi, Nini ? » lui demandait-il. Et cela ne la gênait pas. Rien ne la gênait chez Philip.

« Roberto m'a dit que l'un des parents de Louise a voulu entrer dans l'appartement hier soir, dit Enid. Mais il ne l'a pas laissé faire.

— Il va y en avoir, des histoires. Avec toutes ces antiquités qu'elle avait.

— Sotheby's les vendra, et ce sera la fin. La fin d'une époque. »

Philip lui tendit une tasse de café.

« Il y a tout le temps des morts dans cet immeuble.

— Mrs Houghton était vieille, dit Enid avant de changer rapidement de sujet. Que fais-tu aujourd'hui ?

— Je continue les entretiens pour trouver quelqu'un pour mes recherches. »

Une diversion, se dit Enid, tout en décidant de ne pas approfondir la question. Elle voyait bien, d'après l'attitude de Philip, que ça n'allait pas fort côté écriture. Il était tout gai quand ça se passait bien, et déprimé dans le cas contraire.

Enid rentra chez elle et tenta de travailler sur sa chronique. Philip l'avait troublée plus que d'habitude. C'était un être complexe. Il n'était pas son neveu au sens strict, mais une sorte de cousin au second degré – sa grand-mère Flossie Davis était sa belle-mère à elle. La mère d'Enid était morte alors qu'elle-même n'était qu'une enfant, et son père avait rencontré Flossie dans les coulisses du Radio City Music Hall lors d'un voyage d'affaires à New York. Danseuse, Flossie faisait partie de la célèbre troupe des Rockettes. Après des noces hâtives, elle avait essayé de vivre avec Enid et son père au Texas. Elle avait tenu six mois. Alors le père d'Enid avait installé toute la famille à New York. Enid était âgée de vingt ans quand Flossie avait eu une fille, Anna, la future mère de Philip. Comme Flossie, Anna était très belle, mais hantée par des démons. Un jour – Philip avait dix-neuf ans – elle s'était suicidée. Une mort violente, sale. Elle s'était jetée du sommet du Numéro 1.

Ce genre de choses, on se dit toujours qu'on ne les oubliera jamais, mais ce n'est pas vrai, songea Enid. Au fil du temps, un esprit sain parvient à effacer les souvenirs les plus affreux. Ainsi, Enid ne se rappelait pas exactement les circonstances de la mort d'Anna, pas plus qu'elle ne se rappelait précisément ce qui était arrivé à Philip après la mort de sa mère. Elle se souvenait des grandes lignes – sa toxicomanie, son arrestation, ses deux semaines en prison et les mois qui avaient suivi en clinique de désintoxication – mais les détails étaient flous. Philip s'était inspiré de ces expériences et en avait fait un roman, *Matin d'été*, qui lui avait valu le prix Pulitzer. Mais au lieu de poursuivre une carrière artistique, il avait donné dans le commercial et s'était laissé aspirer par l'argent et le glamour d'Hollywood.

Dans l'appartement d'à côté, Philip s'était assis devant son ordinateur avec la ferme intention de finir une scène de son nouveau scénario, *Les Demoiselles d'honneur*. Il écrivit deux lignes de dialogue, puis referma son ordinateur d'un geste furieux et alla prendre une douche en se demandant pour la énième fois s'il n'était pas en train de perdre la main.

Dix ans auparavant, à l'âge de trente-cinq ans, il avait tout ce qu'un homme pouvait désirer dans son métier : un prix Pulitzer, un Oscar du meilleur scénario, et une réputation inattaquable. C'est alors que les petites fissures étaient apparues. Des films qui ne rapportaient pas autant que prévu au box-office. Des désaccords avec de jeunes producteurs. Son éviction de deux projets. À l'époque, Philip s'était dit que cela ne voulait rien dire : c'était ça, le cinéma. Mais ses revenus, autrefois réguliers et importants, s'étaient sérieusement réduits. Il n'avait pas le cœur de le dire à Nini, qui serait forcément déçue et inquiète. En se lavant les cheveux, il tenta de trouver une explication rationnelle à sa vie. Il ne servait à rien de s'inquiéter – avec un bon projet et un peu de chance, il reviendrait au sommet.

Quelques minutes plus tard, Philip entra dans l'ascenseur et s'ébouriffa les cheveux. Plongé dans ses pensées, il sursauta quand les portes s'ouvrirent au neuvième étage. Il entendit alors une voix familière et musicale. « Philip », disait-elle. Schiffer Diamond entra dans la cabine. « Salut, mon p'tit ! lança-t-elle comme si le temps n'était pas passé. Incroyable ! Tu habites encore dans cet immeuble de merde ? »

Philip éclata de rire. « Enid m'a dit que tu revenais, répondit-il avec un petit sourire en retrouvant leur ton badin d'autrefois. Et te voilà !

— Tu parles qu'elle te l'a dit ! Elle a même écrit toute une chronique à ce sujet. Le retour de Schiffer Diamond ! Comme si j'étais un cow-boy vieillissant.

— Tu ne vieilliras jamais, protesta Philip.

— Mais si, j'ai déjà commencé », répliqua-t-elle. Elle se tut et le dévisagea. « Tu es toujours marié ?

— Plus depuis sept ans, répondit-il, presque fier.

— Ça ne serait pas une sorte de record pour toi ? Je croyais que tu ne restais jamais plus de quatre ans seul sans te faire mettre le grappin dessus.

— J'ai tiré la leçon de mes deux divorces, dit Philip, à savoir : ne te marie plus. Et toi ? Qu'est-ce que tu as fait de ton deuxième mari ?

— Oh, j'ai divorcé, ou bien c'est lui qui a divorcé. Je ne me souviens plus. »

Elle lui sourit de cette manière particulière qu'elle avait, comme si personne d'autre au monde n'existait que lui. L'espace d'un instant, il fut près de succomber, puis se rappela qu'il l'avait vue faire usage de ce sourire avec d'autres.

Les portes de l'ascenseur s'ouvrirent. Par-dessus l'épaule de Schiffer, Philip vit la meute de paparazzis devant le building. « C'est pour toi, tout ce monde ? demanda-t-il d'un ton presque accusateur.

— Mais non, gros bêta. C'est pour Mrs Houghton. Je ne suis pas célèbre à ce point », répondit-elle. Puis elle traversa le vestibule en courant et, sous un crépitement de flashes, s'engouffra dans une camionnette blanche.

Oh que si, songea Philip. Tu es célèbre, et plus que cela. Évitant les photographes, il traversa l'avenue, prit la 10ᵉ Rue et marcha jusqu'à la petite bibliothèque sur la Sixième Avenue où il allait parfois travailler. Il se sentait brusquement de mauvaise humeur. Pourquoi était-elle revenue ? Elle allait de nouveau le torturer, puis le quitter. On ne savait jamais à quoi s'attendre, avec cette femme. Vingt ans auparavant, elle avait, à sa grande surprise, acheté un appartement au Numéro 1, tentant de lui prouver ainsi qu'elle serait toujours à ses côtés. Elle était actrice, et complètement frappée. Comme toutes les actrices d'ailleurs. La dernière fois, quand elle s'était tirée pour aller épouser ce foutu comte, il s'était juré de renoncer pour toujours aux actrices.

Il entra dans la bibliothèque où l'air était frais et s'installa dans un fauteuil en piteux état. Il sortit le brouillon des *Demoiselles d'honneur* et, après en avoir parcouru quelques pages, renonça, dégoûté. Comment lui, Philip Oakland, lauréat du prix Pulitzer, avait-il pu pondre de telles conneries ? Il imaginait la réaction de Schiffer Diamond : « Pourquoi ne fais-tu pas ce que tu aimes, Oakland ? Au moins, trouve quelque chose qui a du sens pour toi. » À quoi il répondrait pour se défendre : « Je suis dans le "business", moi, pas dans l'"art".

— N'importe quoi ! répliquerait-elle. La vérité, c'est que tu as peur. »

Elle disait fièrement qu'elle n'avait jamais peur de rien, qu'elle n'était pas vulnérable. Mais ça, c'était sa manière à elle de se défendre. En toute mauvaise foi, se dit-il. Par contre, en ce qui concernait les sentiments qu'elle éprouvait à son égard, elle avait toujours pensé qu'il valait légèrement mieux que ce que lui-même croyait.

Il reprit son scénario mais se rendit compte que ça ne l'intéressait pas du tout. Il n'y avait rien d'autre dans *Les Demoiselles d'honneur* que ce qu'on y voyait dès le premier coup d'œil – le récit de ce qui se passait dans la vie de quatre femmes qui s'étaient rencontrées à vingt-deux ans lors d'une noce où elles étaient demoiselles d'honneur. Et que savait-il des jeunes femmes de vingt-deux ans ? Sa dernière petite amie en date, Sondra, qui à trente-trois ans n'était pas aussi jeune qu'Enid l'avait suggéré, entamait une carrière prometteuse dans un studio de cinéma indépendant. Au bout de neuf mois, elle en avait eu assez de lui, estimant, à juste titre, qu'il n'était pas du tout prêt à se marier et à avoir des enfants. Ce qui était « pitoyable » à son âge, de l'avis de Sondra et ses copines. Philip se rappela alors qu'il n'avait pas fait l'amour depuis leur séparation deux mois auparavant. Non pas que sur ce plan-là, les choses aient été extraordinaires. Sondra faisait bien tout ce qu'il fallait faire, mais le résultat manquait d'élan, et il s'était surpris à exécuter lui-même tous les gestes de l'amour avec une sorte de lassitude, si bien qu'il s'était demandé s'il arriverait à y reprendre goût un jour. Il s'était rappelé alors comment c'était avec Schiffer. Ça, au moins, se dit-il en contemplant son scénario le regard vide, ça, c'était du cul, du vrai.

À la pointe sud de Manhattan, la camionnette blanche dans laquelle s'était installée Schiffer Diamond empruntait le pont de Williamsburg pour rejoindre les studios Steiner à Brooklyn. Schiffer tentait elle aussi de lire un scénario – l'épisode pilote de *Lady Superior* – sur lequel elle allait travailler ce matin-là. Son rôle était particulièrement intéressant : une religieuse de quarante-cinq ans qui change complètement de vie et découvre ce que c'est que d'être une femme d'aujourd'hui. Aux yeux des producteurs, le personnage était une femme d'âge moyen, mais Schiffer éprouvait quelques difficultés à accepter le fait que quarante-cinq ans, c'était effectivement un âge moyen. Elle sourit en pensant à Philip et à ses tentatives pour cacher sa stupeur en la voyant dans l'ascenseur. Nul doute que pour lui aussi, il était difficile d'admettre qu'à quarante-cinq ans, on était « d'âge moyen ».

Alors, comme Philip, elle se rappela leur vie sexuelle. Mais ses souvenirs à elle étaient accompagnés de frustration. Il y avait des règles en matière de sexe. Si ce n'était pas bon la première fois, ça ne pouvait que s'arranger. Si c'était super la première fois, ça se dégraderait. Mais surtout, si c'était vraiment génial, si c'était l'expérience sexuelle la plus belle de toute votre vie, alors cela voulait dire que vous étiez faits pour vivre ensemble. C'étaient là des règles juvéniles, bien sûr, des théories échafaudées par les jeunes femmes afin de comprendre les hommes. Mais avec Philip, ces règles s'étaient envolées. Faire l'amour avec lui avait été extraordinaire la première fois, et toutes les fois suivantes. Pourtant, ils n'étaient pas restés ensemble. C'était l'une des grandes déceptions de la vie. Oui, les hommes aimaient le cul. Mais que ça soit super ne signifiait pas pour autant qu'ils voulaient vous épouser. Bien baiser avec une femme, cela n'avait pas d'autres implications pour eux. Ce n'était que cela : de la bonne baise.

Elle regarda par la fenêtre en direction de l'East River. L'eau était brune, mais scintillante, comme une vieille dame distinguée qui refusait de quitter ses bijoux. Pourquoi se prenait-elle la tête avec Philip ? C'était un imbécile. Quand un homme ne se satisfaisait pas d'une vie sexuelle épanouie, c'était un cas désespéré.

Ce qui la ramena à la seule conclusion à tirer de cette histoire : peut-être n'avait-il pas apprécié leurs ébats autant qu'elle. Et puis, comment définir une expérience sexuelle exceptionnelle ? Il y avait toutes ces techniques permettant de stimuler les organes génitaux – avec la bouche, la langue et des caresses fermes et douces à la fois, les mains enveloppant la verge dure, les doigts explorant l'intérieur du vagin. Pour la femme, il s'agissait de s'ouvrir, de s'offrir, d'accepter le pénis non comme un intrus mais comme un moyen d'atteindre le plaisir. C'était là que faire l'amour devenait extraordinaire, au moment où les deux sexes se rencontraient. Elle se rappelait encore la première fois avec Philip : leur surprise à tous les deux de constater que c'était si bon, la sensation que leurs corps ne comptaient plus, que le monde disparaissait et que la vie elle-même se réfugiait dans ce concentré de molécules suivi d'une explosion. La sensation de plénitude, le cercle enfin fermé – cela voulait bien dire quelque chose, tout de même.

2

Certains jours, Mindy ne savait plus trop pourquoi elle allait travailler, à quoi cela servait, ni même en quoi consistait son boulot. Dix ans auparavant, à l'âge de trente-trois ans, elle écrivait pour la rubrique culturelle d'un magazine, pétait la forme et était ambitieuse – dangereusement ambitieuse comme elle aimait se le dire à l'époque. Elle s'était hissée à la tête du département Internet (dont personne à l'époque ne comprenait vraiment l'utilité) et gagnait la coquette somme d'un demi-million de dollars par an. Au début, elle avait trouvé son job épanouissant (comment pouvait-il en être autrement, personne ne sachant au juste ce qu'elle faisait ni ce que l'on pouvait exiger d'elle ?). On la considérait comme l'une des vedettes du magazine. Avec ses cheveux courts, son balayage et son visage un peu quelconque mais somme toute séduisant, elle avait été invitée à des soirées d'entreprises, mise à l'honneur par divers organes de la presse féminine et conviée par des universités à livrer aux étudiants les secrets de sa « recette » pour réussir (« beaucoup de travail, d'ambition et de sérieux », des mots qu'aucun jeune ne voulait vraiment entendre). Des rumeurs avaient même circulé : on lui réservait un poste encore plus important, un boulot de cadre avec des sous-fifres à ses ordres – un peu, s'était-elle imaginé avec délectation, comme chevalier au XVIe siècle. À cette époque où sa carrière décollait, Mindy avait un orgueil tellement démesuré que rien ne semblait pouvoir lui résister. Elle avait trouvé l'appartement au Numéro 1 et emménagé avec sa petite famille, s'était fait admettre au conseil de copropriété et avait inscrit Sam dans une école maternelle haut de gamme. Elle avait passé des heures à faire des cookies en forme de petites maisons ou à décorer des citrouilles avec de la peinture non toxique, avait entretenu des relations sexuelles hebdomadaires avec son mari et était même allée avec des copines à un cours pour apprendre à tailler une pipe (en s'entraînant sur des bananes). Elle s'était vue cinq, dix, quinze ans plus tard, prendre le jet de la boîte pour aller présider à l'étranger des réunions où elle trônerait avec noblesse sans rien montrer de la pression terrible à laquelle elle serait soumise.

Or, les années avaient passé sans que ces promesses ne se concrétisent. À la fin de la partie, Mindy s'était aperçue qu'il n'y aurait pas de prolongations. Son fils Sam avait eu quelques problèmes de « sociabilité ». Les psychologues de l'école lui avaient alors laissé entendre qu'il serait bon pour lui de passer plus de temps avec d'autres enfants – problème somme toute fréquent chez les enfants uniques. Ce qui l'avait obligée à jongler avec son emploi du temps, à inscrire Sam de force à des activités extrascolaires, à organiser des après-midi jeux à la maison (avec sons de cloches et sifflements dans tout l'appartement pendant que les « garçons » jouaient sur l'ordinateur), et à passer de coûteux week-ends dans des stations de ski du Vermont (ce qui lui avait valu, à elle, Mindy, une entorse à la cheville et un mois de béquilles). Enfin James, après avoir remporté un grand prix du journalisme en 1992, s'était mis en tête d'écrire de la fiction. Au bout de trois ans de ce qu'il avait vécu comme un combat au corps à corps avec les mots, il avait fini par pondre un roman qui s'était vendu à sept mille cinq cents exemplaires. Depuis, sa dépression et son amertume affectaient la famille entière, et Mindy se rendait compte que la vie quotidienne et ses déceptions tout aussi quotidiennes l'avaient épuisée.

Pourtant, elle se disait souvent qu'elle aurait pu surmonter tout cela si elle avait été différente. Pendant ses heures d'insomnie anxieuse, elle analysait dans leurs moindres détails ses relations avec les membres de la « direction » et voyait bien qu'elles étaient problématiques. À cette époque, la direction, c'était des gars comme Derek Brumminger, le type même de l'éternel adolescent boutonneux, qui semblait perpétuellement à la recherche de lui-même et tolérait tout juste la présence de Mindy lors des réunions depuis qu'il avait appris son ignorance en matière de rock des années soixante-dix. Il était tacitement admis que pour rejoindre les membres de la direction, il fallait devenir en tous points leur semblable : ces gens-là passaient leur temps ensemble, allaient dîner les uns chez les autres, s'invitaient à d'interminables soirées habillées pour des œuvres de bienfaisance et se rendaient aux mêmes endroits pour les vacances, exactement comme une colonie de lemmings. Mindy et James ne faisaient pas partie de ce monde. Mindy n'était pas « drôle ». Elle ne savait pas se montrer spirituelle, impertinente ou aguicheuse. Elle était bien au contraire intelligente, sérieuse et intransigeante. En somme, rabat-joie. Et si la plupart des membres de la direction étaient des démocrates, ce n'était pas le genre qui trouvait grâce aux yeux de James. Ces démocrates riches, privilégiés, percevant des salaires indécents constituaient en effet à ses yeux une contradiction inconvenante. À l'issue de la troisième soirée où James avait exprimé cette opinion, s'attirant de la part de Derek Brumminger la remarque qu'au fond il était peut-être communiste, la chose fut entendue. On ne les invita plus. À partir de là, l'avenir de Mindy fut tout tracé : elle était à sa place et n'irait pas plus haut. Depuis, chaque année, l'entretien bilan se déroulait de la même manière : elle faisait très bien son boulot, et ils étaient satisfaits d'elle. Ils ne pouvaient cependant pas l'augmenter, mais lui proposaient des stock-options. Mindy comprit qu'elle se retrouvait dans une cage dorée. Elle ne pouvait tirer aucun argent de ses stock-options tant qu'elle n'avait pas pris sa retraite – ou la porte. Et en attendant, elle avait une famille à nourrir.

Le matin de la mort de Mrs Houghton – ce même matin où Philip Oakland s'interrogeait sur sa carrière et Schiffer Diamond sur les relations sexuelles – Mindy Gooch se rendit à son bureau. Confortablement installée derrière son long bureau noir dans son fauteuil pivotant en cuir noir, la cheville droite posée sur le genou gauche, elle présida plusieurs réunions, comme pratiquement tous les jours. Elle portait des chaussures noires pointues avec un talon d'une hauteur raisonnable – trois centimètres. À onze heures, elle accueillit quatre femmes qui s'installèrent sur son canapé et ses deux petits fauteuils-club recouverts d'un affreux tissu écossais rugueux et s'entretinrent avec elle tout en buvant du café et de l'eau minérale. On parla de l'article paru dans le *New York Times* sur le vieillissement de la population internaute, des publicitaires et de ces grands pontes qui contrôlaient l'argent de la pub et devraient bien finir par accepter l'idée que les consommateurs qui dépensaient le plus, c'étaient des consommatrices, des femmes comme elles, âgées de plus de trente-cinq ans et disposant de leur propre revenu. La conversation porta ensuite sur les jeux vidéo. Étaient-ils nocifs ? Un jeu vidéo pour femmes sur leur site, était-ce une bonne idée ? Et un jeu sur quoi ? « Sur les chaussures », suggéra l'une. « Sur le shopping », proposa l'autre. « Mais ça existe déjà, dans les catalogues en ligne. – Alors, faisons dans le haut de gamme. – Avec des bijoux. – Des vêtements pour bébé. »

Tout cela était bien déprimant, songea Mindy.

« Est-ce vraiment la seule chose qui nous intéresse ? dit-elle. Le shopping ?

— Ce n'est pas notre faute. C'est dans nos gènes. Les hommes partent à la chasse, les femmes font la cueillette. Le shopping, c'est une forme de cueillette, non ? répondit l'une de ses interlocutrices, déclenchant les fous rires.

— J'aimerais quelque chose de plus provocateur, dit Mindy. Comme sur ces sites où les gens déblatèrent sur un thème de leur choix. Comme Perez Hilton, ou Snarker.

— Mais comment faire ? lui demanda-t-on docilement.

— Je ne sais pas. Il faudrait dire les choses comme elles sont. Parler de la difficulté d'arriver à l'âge mûr. De la pauvreté des relations sexuelles conjugales.

— La pauvreté des relations sexuelles conjugales ? C'est un peu cliché, non ?

— C'est à la femme de continuer à s'impliquer.

— Encore faut-il avoir le temps.

— C'est toujours la même chose. Comme si on nous resservait les mêmes plats tous les jours.

— Tous les jours ?

— Bon, mettons une fois par semaine. Ou par mois.

— En somme, ce que vous me dites, c'est que les

femmes ont besoin de changement, c'est bien cela ? résuma Mindy.

— Moi pas. Je suis trop vieille pour me montrer à poil devant un inconnu.

– À supposer que nous aspirions à plus de changement, nous savons que c'est impossible. Impossible même d'en parler.

— C'est trop dangereux. Pour les hommes, s'entend.

— Ce n'est pas le même besoin chez les femmes. Je veux dire par là, vous en connaissez qui vont voir des prostitués mâles ? Quelle horreur !

— Peut-être, mais si le prostitué en question s'appelle Brad Pitt ?

— Alors là, je trompe mon mari illico. Avec Brad Pitt. Ou George Clooney.

— En somme, si l'homme est une vedette de cinéma, ça ne compte pas, résuma Mindy.

— Tout à fait.

— Ça ne serait pas un peu hypocrite ?

— Oui, bien sûr, mais aucune chance que ça se produise ! »

Elles partirent d'un rire nerveux.

« Eh bien, nous avons là quelques idées intéressantes, déclara Mindy. Retrouvons-nous dans deux semaines pour voir où nous en sommes. »

Une fois seule dans son bureau, Mindy consulta machinalement sa boîte mail. Elle recevait au moins deux cent cinquante messages par jour. D'habitude, elle essayait de répondre rapidement, mais aujourd'hui, elle avait l'impression d'être submergée par un océan de broutilles.

À quoi bon ? se demanda-t-elle. Cela ne s'arrêtait jamais. Demain, il y en aurait deux cent cinquante nouveaux, puis deux cent cinquante le jour suivant, et ainsi de suite jusqu'à la fin des temps. Que se passerait-il si un jour elle laissait tout tomber ?

Je veux que ma vie ait un sens, se dit-elle. Je veux être aimée. Pourquoi est-ce si difficile ?

Elle annonça à sa secrétaire qu'elle allait à une réunion et ne rentrerait qu'après le déjeuner.

Elle quitta les bureaux, descendit par l'ascenseur au rez-de-chaussée du gigantesque immeuble neuf – dont les trois premiers étages étaient occupés par des restaurants et des magasins haut de gamme où des touristes venaient acheter des montres à cinquante mille dollars – puis emprunta l'escalator jusqu'aux entrailles humides et souterraines du bâtiment. Enfin, un tunnel en ciment la mena au métro, qu'elle prenait dix fois par semaine depuis vingt ans. Au bas mot, cent mille trajets. Pas vraiment ce que vous imaginiez lorsque vous étiez jeune et ambitieuse. Elle se composa un visage neutre et agrippa la barre métallique en espérant que cette fois, aucun homme ne viendrait se coller à elle et frotter son pénis contre sa jambe à la manière d'un chien mu par ses instincts. Telle était la honte silencieusement subie par les passagères du métro. Personne ne réagissait, personne n'en parlait parce que c'était surtout le fait d'hommes qui tenaient plus de l'animal que de l'humain, et qu'on préférait oublier l'existence de ces types et l'inavouable bassesse de la partie masculine du genre humain. « Mais vous n'avez qu'à ne plus prendre le métro ! s'était exclamée l'assistante de Mindy lorsque celle-ci lui avait raconté un incident semblable. Demandez qu'on vous envoie une voiture. – Hors de question de rester coincée dans les embouteillages de Manhattan ! – Vous pourriez travailler dans la voiture, téléphoner. – Non, j'aime observer les gens. – La vérité, c'est que vous aimez souffrir, avait rétorqué son assistante.

Vous aimez qu'on vous maltraite. Vous êtes une maso-chiste. » Dix ans auparavant, ce genre de remarque aurait été perçu comme un manque de respect envers un supérieur. Mais plus aujourd'hui. Plus avec cette nouvelle démocratie, avec cette nouvelle culture où les jeunes valaient autant que leurs aînés, où l'on n'en trou-vait pratiquement plus un seul qui soit vraiment prêt à travailler ou à renoncer à son petit confort.

Mindy sortit du métro à la 14e Rue et parcourut à pied les deux cents mètres la séparant de son club de gym. Elle se changea machinalement, puis monta sur un tapis de jogging. Elle augmenta la vitesse et se retrouva à courir. On ne pouvait pas rêver meilleure métaphore de sa vie, songea-t-elle. Courir, courir, sans aller nulle part.

De retour au vestiaire, elle protégea son brushing sous une charlotte, prit une douche rapide, se sécha, se rhabilla. Alors, la pensée de l'après-midi qui l'attendait – des réunions et des mails qui déboucheraient sur d'autres réunions et d'autres mails – l'accabla. Elle s'as-sit sur l'étroit banc en bois du vestiaire et appela James. « Tu as quelque chose à faire, là ? lui demanda-t-elle.

— Tu ne te souviens pas ? J'ai un déjeuner.

— Je voudrais que tu me rendes un service.

— Lequel ?

— Débrouille-toi pour que le portier te donne les clés de chez Mrs Houghton. Je n'ai pas envie qu'elles traînent je ne sais où. Et puis je dois montrer l'apparte-ment à l'agent immobilier. Les héritiers de Mrs Hough-ton souhaitent le vendre rapidement et je ne veux pas qu'il reste vide trop longtemps. L'immobilier est au plus haut en ce moment. Ça baissera peut-être, mais quand ? Il faut que le prix de cet appartement serve de point de référence. Pour que la valeur des autres monte. »

Comme toujours lorsque Mindy parlait d'immobilier, James joua l'idiot. « Tu ne peux pas les prendre quand tu rentres ? » lui demanda-t-il.

Brusquement, Mindy sentit la colère monter en elle. Au fil des ans, elle avait accepté beaucoup de James. Elle avait accepté ses réponses monosyllabiques. Sa calvitie. Ses muscles flasques. Son absence de romantisme et le fait qu'il ne lui disait « Je t'aime » que quand elle l'avait dit en premier – et encore, sous la contrainte, trois ou quatre fois par an. Elle avait accepté le fait qu'il ne gagnerait jamais beaucoup d'argent, qu'il ne serait probablement jamais un auteur respecté, et qu'avec ce second roman, il risquait bien de devenir la risée de tous. Elle avait pratiquement renoncé à tout.

« Je ne peux pas tout faire, James. Je ne peux plus continuer ainsi, dit-elle.

— Tu devrais peut-être aller voir le médecin. Te faire faire un check-up.

— Le problème, ce n'est pas moi, répliqua Mindy. C'est toi et ton refus de coopérer. Tu ne pourrais pas m'aider quand je te le demande ? »

James soupira. La perspective de ce déjeuner l'avait réjoui, et voilà que Mindy venait tout gâcher. Le féminisme ! Ça avait tout cassé. Quand il était jeune, l'égalité, ça voulait dire baiser. Baiser comme des fous, avec tout le monde. Mais à présent, on attendait des hommes qu'ils fassent toutes sortes de choses auxquelles ils n'étaient pas préparés. Et qui prenaient un temps fou. Le féminisme avait eu pour seul intérêt de leur faire comprendre qu'être une femme, c'était vraiment la merde. Cela dit, les hommes s'en doutaient déjà. Ça n'était donc pas vraiment une révélation.

« Mindy, dit-il en tentant la manière douce, je ne peux pas me permettre d'être en retard à ce déjeuner.

— Ils t'ont dit ce qu'ils pensaient de ton manuscrit ? lui demanda son épouse, changeant elle aussi de tactique.

— Non.

— Pourquoi ?

— Je ne sais pas. Parce qu'on va en discuter au cours du déjeuner, je suppose. C'est tout l'objet de ce rendez-vous.

— Mais pourquoi ils ne t'en ont pas parlé au téléphone ou par mail ?

— Peut-être parce qu'ils veulent me dire leur impression en face, répondit James.

— Alors, c'est certainement mauvais signe. Ils ne l'aiment pas. Sinon, ils t'auraient envoyé un mail. »

Ils se turent quelques instants. Enfin, Mindy reprit la parole.

« Je t'appelle après le déjeuner. Tu seras à la maison ? Pense à prendre les clés.

— Oui », répondit James.

À une heure, il sortit pour se rendre au restaurant Babbo, distant de cent mètres. Redmon Richardly, son éditeur, n'était pas encore arrivé, ce qui ne le surprit pas. Il s'installa à une table près de la fenêtre et observa les passants. Mindy devait avoir raison. Son livre était certainement nul. Redmon lui dirait qu'ils ne pouvaient pas le publier. Et à supposer qu'ils le publient, quelle différence cela ferait-il ? Personne ne le lirait. Après s'être échiné pendant quatre ans sur ce foutu roman, il se sentirait exactement comme avant de l'avoir commencé, à la différence près qu'il se jugerait encore un peu plus médiocre et insignifiant. Le problème, quand on atteignait l'âge mûr, il était là : se mentir à soi-même devenait de plus en plus difficile.

Redmon Richardly fit son apparition à une heure

vingt. James, qui ne l'avait pas vu depuis plus d'un an, eut un choc. Ses cheveux étaient devenus gris et il lui en restait si peu sur le crâne qu'il ressemblait à un oisillon. On lui aurait donné soixante-dix ans. James se demanda si lui-même avait l'air aussi vieux. Non, impossible ! Il n'avait que quarante-huit ans. Alors que Redmon en avait cinquante-cinq. Pourtant, l'éditeur avait une sorte d'aura, un je-ne-sais-quoi de plus épanoui. Il est heureux, voilà tout, réalisa brusquement James.

« Salut ! » dit Redmon en tapotant James dans le dos. Il s'assit en face de lui et déplia sa serviette. « On boit quelque chose ? J'ai renoncé à l'alcool, mais je ne résiste jamais à un petit verre dans la journée. Surtout quand je peux le prendre ailleurs qu'au bureau. Je ne sais pas ce qui se passe dans l'édition en ce moment, mais ça travaille. Ça travaille dur. »

James partit d'un rire bienveillant. « Pourtant, tu as l'air en pleine forme.

— C'est vrai. Je viens d'avoir un bébé. Ça t'est arrivé, à toi, d'avoir un bébé ?

— Oui, j'ai un fils.

— C'est dingue, non ?

— Je ne savais même pas que ta femme était tombée enceinte. C'était prévu ?

— Non, c'est arrivé comme ça. Deux mois avant notre mariage. On n'essayait même pas. Tout ce sperme que j'avais accumulé pendant plus de cinquante ans, c'est puissant. Je te dis, mon vieux, avoir un bébé, c'est la chose la plus belle au monde. Pourquoi personne ne vous le dit ?

— Va savoir », répondit James, tout d'un coup agacé.

Les bébés ! De nos jours, il n'y avait pas moyen de

leur échapper. Même lors d'un déjeuner d'affaires. La moitié des amis de James venaient de devenir pères. Qui aurait pu prévoir que la grande affaire des quadra et quinquagénaires, ce serait les bébés ?

C'est alors que Redmon fit une chose que James n'aurait jamais crue possible. Il sortit son portefeuille, le genre avec des pochettes en plastique pour mettre des photos, comme ceux des adolescentes. « Sidney à un mois, annonça-t-il.

— Sidney ? répéta James.

— Un prénom de famille. »

James jeta un coup d'œil à la photo – un bébé chauve et édenté, avec un sourire asymétrique et une tête particulièrement grosse.

« Et de l'autre côté, Sidney à six mois. Avec Catherine. »

Ladite Catherine, l'épouse de Redmon, supposa James, était une femme minuscule, presque aussi petite que Sidney. « Il est grand, dit James en rendant son portefeuille à Redmon.

— Les médecins disent qu'il est dans la tranche la plus élevée. Mais de nos jours, les gosses sont tous grands. Le tien, il mesure combien ?

— Il est petit, comme ma femme.

— Désolé, dit Redmon avec sincérité, comme si une petite taille constituait une tare. Mais qui sait, peut-être qu'un jour il deviendra une star, comme Tom Cruise. Ou, encore mieux, qu'il dirigera un studio.

— Comme Tom Cruise, c'est ça ? » demanda James avec un sourire peu convaincu, avant d'essayer de changer de sujet. « Alors, le livre ?

— Ah oui, c'est vrai. Je suppose que tu veux savoir ce que j'en pense. Je me disais que Jerry pourrait t'en parler. »

James sentit son estomac se nouer. Du moins Redmon avait-il la courtoisie de paraître gêné.

« Jerry ? demanda James. Jerry-le-gros-con ?

— En personne. Je crains qu'il ne te trouve génial maintenant. Tu vas peut-être devoir réviser ton jugement.

— Comment ? Jerry Bockman me trouve génial ?

— Je préfère lui laisser le soin de t'expliquer ça quand il arrivera. »

Ainsi Jerry Bockman venait déjeuner avec eux ? James ne sut s'il devait s'en réjouir ou pas. Jerry Bockman était un homme répugnant. Avec ses traits grossiers, ses problèmes de peau et ses cheveux orange, on l'imaginait planqué sous un pont à rançonner les passants innocents. Que fait quelqu'un comme lui dans le monde de l'édition ? s'était demandé James avec dégoût la seule fois où il l'avait vu.

En réalité, ce n'était pas dans l'édition que Jerry Bockman travaillait, mais dans l'industrie des loisirs. Un secteur bien plus vaste et créatif que l'édition, laquelle vendait le même nombre de livres que cinquante ans auparavant, à la différence près qu'il y avait cinquante fois plus de bouquins publiés. Les maisons d'édition avaient élargi l'offre, mais la demande était restée la même. Si bien que Redmon Richardly, ex-écrivain voyou du Sud devenu un éditeur littéraire indépendant – et dont les auteurs remportaient le prix Pulitzer, comme Philip Oakland, écrivaient pour des revues prestigieuses telles que *The Atlantic*, *Harper's Bazaar* ou *Salon*, faisaient partie du jury du prix PEN, animaient des lectures à la bibliothèque, vivaient à Brooklyn et surtout (surtout !) étaient fous d'écriture – Redmon Richardly donc avait été contraint de vendre sa maison à un gros groupe, EC.

Le grand patron de EC était un ami de Jerry Bockman. Jerry, lui, dirigeait l'un des départements. Peut-être deviendrait-il grand chef. Un jour ou l'autre, quelqu'un de haut placé serait viré et alors, Jerry prendrait sa place. Jusqu'à ce qu'il soit lui-même viré, mais cela n'aurait plus aucune importance vu qu'il aurait atteint tous les buts qu'il se serait fixés dans la vie et aurait probablement un demi-milliard de dollars planqués dans une banque, ou bien des stock options, ou quelque chose d'équivalent. En attendant, Redmon n'avait pas su rendre sa belle maison d'édition rentable et avait dû se laisser absorber. Comme une vulgaire amibe. Deux ans auparavant, lorsqu'il avait informé James de la fusion imminente (« fusion », tel était le terme qu'il avait utilisé, mais il s'agissait d'absorption ni plus, ni moins), il l'avait assuré que cela ne changerait rien. Qu'il ne laisserait pas Jerry Bockman ou EC toucher à ses livres, à ses auteurs, à sa ligne éditoriale.

« Alors pourquoi vends-tu ? lui avait demandé James.

— Il le faut bien, avait répondu Redmon, si je veux me marier, avoir des enfants et vivre à New York.

— Depuis quand tu penses à te marier et à avoir des gosses ?

— Depuis aujourd'hui. Arrivé à un certain âge, la vie devient ennuyeuse. On ne peut plus continuer à faire les mêmes choses. On a l'air trop con. Tu n'as jamais remarqué ?

— Mouais », avait répondu James. Et maintenant, qui venait déjeuner avec eux ? Jerry !

« Tu as lu l'article sur l'ayatollah et son neveu dans *The Atlantic* ? » lui demanda Redmon. James fit signe que oui. Il savait bien qu'un article sur l'Iran, l'Irak, bref sur tout ce qui se rapportait au Moyen-Orient, revêtait sur cette minuscule île qu'on appelait Manhattan une importance capitale. Normalement, il aurait été en mesure de s'intéresser au sujet. Il avait là-dessus quelques opinions bien informées. Mais à présent, il ne pensait à rien d'autre qu'à Jerry. Jerry venait déjeuner avec eux ? Jerry l'adorait ? Qu'est-ce que cela voulait dire ? Voilà qui passionnerait Mindy. Mais tout cela faisait peser sur lui une pression désagréable. Il allait devoir faire le beau. Pour Jerry. Avec ce genre de personnage, on ne pouvait pas se contenter d'être soi-même. Il fallait s'agiter, en faire des tonnes.

« Je pense souvent à Updike en ce moment, dit James pour se détendre un peu.

— Ah oui ? fit Redmon d'un ton un peu dédaigneux. Moi je le trouve surestimé. Il n'a pas résisté à l'épreuve du temps. Pas comme Roth.

— Je viens de relire *Un mois de dimanches*. L'écriture est formidable. Dans tous les cas, ce livre a été un véritable événement à sa publication en 1975. À l'époque, quand un livre sortait, ce n'était pas rien. Alors que maintenant c'est comme si...

— Comme si Britney Spears exhibait sa chatte ? » suggéra Redmon.

C'est alors que Jerry Bockman arriva. James sentit ses poils se hérisser en le voyant. Il ne portait pas de costume – seuls les banquiers s'habillaient ainsi de nos jours – mais un pantalon en toile et un tee-shirt à manches courtes. Avec un gilet. Mais pas n'importe quel gilet. Un gilet de pêcheur. Dieux du ciel ! songea James.

« Je ne pourrai pas rester longtemps, annonça Jerry en lui serrant la main. Un truc important à L.A...

— Ah oui, c'est vrai, dit Redmon. Raconte.

— Oh, rien de spécial. C'est toujours la même chose.

Corky Pollack est un gros con. Mais c'est mon meilleur ami. Alors je suis censé faire quoi, moi ?

— Quitter le navire en dernier. C'est toujours ce que je fais, conseilla Redmon.

— Cette fois-ci, le navire, ça sera un yacht. Un modèle énorme. Vous en avez déjà vu, de ces yachts géants ? demanda Jerry à James.

— Non, jamais, répondit James d'un ton guindé.

— Redmon, tu as dit à James ce que tu pensais de son livre ? fit Jerry.

— Pas encore. Je préférais te laisser cet honneur. C'est toi le patron.

— C'est moi le patron. Vous entendez ça, James ? Ce génie dit que c'est moi le patron. »

James fit oui de la tête. Il était tout simplement terrifié.

« Bien, pour dire les choses simplement, j'ai adoré votre livre, déclara Jerry. C'est un super roman grand public. Le genre de truc que les hommes d'affaires auront envie de lire dans l'avion. Et je ne suis pas le seul à penser ça. J'ai quelques potes à Hollywood qui s'y intéressent déjà. Ils sont prêts à payer une somme rondelette. Alors on va presser un peu les choses, hein, Redmon ? On va mettre le paquet sur ce bouquin pour le sortir au printemps. On pensait le publier en automne, mais il est trop génial. Mon avis, c'est qu'il faut le sortir au plus vite et en commencer un autre dans la foulée. J'ai une bonne idée pour vous. Une histoire de managers de fonds spéculatifs. Qu'est-ce que vous en dites ?

— Des managers de fonds spéculatifs ? bredouilla James.

— Le sujet est d'actualité. C'est parfait pour vous, expliqua Jerry. Quand j'ai lu votre bouquin, j'ai dit à

Redmon : "On tient la poule aux œufs d'or. Un écrivain grand public. Et un homme de surcroît. Comme Crichton ou Dan Brown." Et quand on tient un marché, on doit l'alimenter. »

Il se leva brusquement.

« Bon, il faut que j'y aille, annonça-t-il. Un truc à régler. »

Il se tourna vers James et lui serra la main.

« Enchanté d'avoir fait votre connaissance. Nous nous reverrons bientôt. »

James et Redmon le regardèrent s'éloigner, sortir du restaurant et s'engouffrer dans un 4 × 4.

« Je t'avais dit que tu aurais besoin d'un petit remontant, dit Redmon.

— En effet, reconnut James.

— C'est une bonne nouvelle, non ? Pour nous. On va certainement gagner beaucoup d'argent.

— On dirait bien. »

James fit signe au serveur et commanda un whisky, parce que c'était le seul nom d'alcool qui lui venait à l'esprit. Il se sentit subitement tout engourdi.

« Tu n'as pas l'air très gai, mon vieux. Tu devrais peut-être essayer le Prozac, suggéra Redmon. Cela dit, si ton bouquin fait les ventes que j'imagine, tu n'en auras pas besoin.

— C'est sûr », répondit James.

Il passa le reste du repas en pilotage automatique. Puis il rentra chez lui, sans dire bonjour au portier, sans prendre son courrier. Il regagna son petit bureau au fond de son appartement biscornu, s'installa sur sa petite chaise devant son petit bureau et regarda par la petite fenêtre. Cette même fenêtre par laquelle, autrefois, des centaines de majordomes et de femmes de chambre contemplaient leur destin.

Quelle ironie, songea-t-il. Ce qui avait rendu ces trente dernières années supportables pour lui, c'était une seule idée, une pensée secrète et puissante, plus puissante, il en était sûr, que le foutu sperme de Redmon Richardly. La pensée que lui-même, James Gooch, était un artiste. Un grand romancier en vérité, l'un des géants, qui attendait simplement qu'on le découvre. Pendant toutes ces années, il s'était vu comme une sorte de Tolstoï. De Thomas Mann. Ou même de Flaubert.

Or, d'ici six ou sept mois, la vérité éclaterait au grand jour. Loin d'être le nouveau Tolstoï, il était juste ce brave James Gooch. Écrivain grand public. Voué à des succès éphémères, vite oublié. Le pire dans tout cela, c'était qu'il ne pourrait plus jamais se faire croire qu'il était Tolstoï.

Pendant ce temps, quelque part dans le prestigieux immeuble de bureaux où travaillait Mindy, Lola Fabrikant attendait, assise sur une causeuse couverte du même tissu hideux que le sofa de Mindy. Elle feuilletait un magazine de mariage tout en agitant un pied et ignorant superbement les deux autres jeunes femmes venues pour l'entretien d'embauche qui, bien sûr, ne lui arrivaient pas à la cheville. Certes elles avaient, comme elle, les cheveux longs, séparés par une raie au milieu et artificiellement raidis. Mais ceux de Lola étaient noirs et brillants, alors que les deux autres filles étaient ce qu'elle aurait appelé des « blondasses ». On voyait même, chez l'une, des racines foncées repousser. De quoi la disqualifier pour le job, décida Lola en tournant d'un geste vif les pages de son magazine – à supposer que job il y ait. Car depuis l'obtention de son diplôme en marketing de la mode à l'Old Vic University de Virginie deux mois auparavant, Lola et sa mère, Beetelle Fabrikant, avaient cherché partout sur Internet, envoyé des mails et même téléphoné à des employeurs potentiels. En vain. À la vérité, c'était Beetelle qui avait cherché, Lola se contentant de la conseiller. Pourtant, tous ces efforts n'avaient abouti à rien. Ces temps-ci, il était devenu particulièrement difficile de trouver un boulot dans la mode à New York, avec toutes ces stagiaires qui avaient profité de l'été pour tenter de s'introduire dans le milieu. N'aimant pas travailler, Lola, elle, avait choisi de passer les vacances au bord de la piscine de ses parents ou des amis de ses parents, à papoter, échanger des textos et rêver mariage en compagnie d'une joyeuse bande de copines. Par mauvais temps, elle s'était rabattue sur Facebook, TiVo ou son iPod, mais surtout sur les virées shopping au centre commercial avec la carte de crédit de son père, lequel, les rares fois où il avait râlé, s'était vu réduit au silence par sa femme.

Mais comme sa mère le soulignait, l'adolescence avait une fin. Ayant jugé, avec l'approbation de Beetelle, les garçons de sa ville natale ou de son université indignes d'elle, Lola n'était pas fiancée. Il fut donc décidé qu'elle tenterait sa chance à New York, où elle trouverait non seulement un emploi intéressant, mais également un terrain de chasse plus adapté. Beetelle n'avait-elle pas elle-même rencontré son mari Cem à New York ? Et cela faisait vingt-trois ans qu'ils étaient mariés.

Lola, qui avait vu les épisodes de *Sex and the City* au moins une centaine de fois chacun, était folle de joie à l'idée de venir s'installer à New York et de dénicher son Mr Big à elle. Et si Mr Big n'était pas disponible, elle se contenterait d'être célèbre, dans l'idéal en devenant la vedette de son propre reality show. Dans un cas comme dans l'autre, le résultat serait pratiquement le même, se disait-elle : une vie insouciante où elle pourrait s'offrir tout ce à quoi elle était habituée – les petites gâteries, les virées shopping, les vacances avec les copines – la seule différence réelle étant la présence éventuelle d'un mari et d'enfants. Mais sa mère tenait à ce qu'elle fasse l'effort de travailler, parce que l'expérience lui ferait du bien, à son avis. Or, jusqu'à présent, Beetelle s'était trompée. L'expérience, loin de procurer à Lola un quelconque bénéfice, l'énervait et l'agaçait, tout simplement. Comme quand on la forçait à rendre visite à la famille de son père, des gens beaucoup moins riches que ses parents et, comme elle le disait à sa mère, « affreusement quelconques ».

Dotée du visage agréablement lisse d'une reine de beauté – visage rendu plus lisse encore par un léger rabotage du cartilage de son nez – Lola ne se trouvait absolument pas quelconque. Malheureusement, les responsables des ressources humaines qu'elle était allée voir pour des entretiens n'avaient pas perçu sa supériorité, et lorsqu'on lui avait demandé pour la cinquième ou sixième fois « Quels sont vos projets ? », Lola avait fini par répondre un peu sèchement : « Me faire un masque aux algues. »

Et cet entretien-ci, se dit Lola en posant son magazine et en regardant autour d'elle, se passerait exactement comme le précédent. Une femme d'âge moyen à l'allure efficace lui expliquerait ce que l'on attendrait d'elle au cas où un poste se libère et qu'elle soit embauchée. Elle devrait être au bureau à neuf heures au plus tard et travailler jusqu'à six heures du soir. Elle prendrait en charge ses frais de transport et ses repas, et serait peut-être même soumise à un test toxicologique, elle qui n'avait jamais touché à ce genre de produit de toute sa vie, si l'on exceptait certains médicaments qu'on obtenait sur ordonnance. Et tout cela pour quoi ? Pour que ses journées entières soient prises par le boulot. En plus, elle ne voyait pas comment, avec le salaire généralement proposé – trente-cinq mille dollars par an, c'est-à-dire dix-huit mille après impôts comme le soulignait son père, c'est-à-dire moins de deux mille dollars par mois – le jeu pouvait en valoir la chandelle. Elle jeta un coup d'œil à sa montre, décorée de tout petits diamants, et se rendit compte qu'elle attendait depuis déjà quarante-cinq minutes. C'était trop. S'adressant à la jeune femme assise en face d'elle – celle qui avait les racines sombres – elle lui demanda :

« Et vous, cela fait combien de temps que vous attendez ?

— Une heure.

— Je ne trouve pas cela correct, fit l'autre jeune femme en se joignant à la conversation. Comment osent-ils nous traiter comme ça ? Et mon temps, alors, il ne vaut rien ? »

Non, probablement rien du tout, se dit Lola en se gardant bien d'exprimer ses pensées tout haut. « On devrait faire quelque chose, dit-elle.

— Oui mais quoi ? demanda la première fille. C'est nous qui avons besoin d'eux, pas l'inverse.

— Je ne te le fais pas dire, renchérit la deuxième. J'ai passé douze entretiens en quinze jours. Ça n'a rien donné. J'ai même postulé comme assistante de Philip Oakland. Pour l'aider dans ses recherches. Alors que je n'y connais rien. J'y suis allée uniquement parce que j'avais adoré *Matin d'été*. Mais même lui n'a pas voulu de moi. On a passé dix minutes ensemble, et à la fin, il m'a dit qu'il me rappellerait. Ce qu'il n'a jamais fait. »

Lola dressa l'oreille. Elle aussi avait lu *Matin d'été* et le plaçait dans la liste de ses livres préférés. Tout en s'efforçant de ne pas paraître trop intéressée, elle demanda innocemment : « Il voulait que tu fasses quoi pour lui ?

— C'était simple au fond : chercher des trucs sur Internet, ce que je fais sans arrêt, et aller de temps en temps à la bibliothèque. Mais c'est ce qu'il y a de mieux, comme boulot, parce que les horaires ne sont pas fixes, et qu'on n'est pas obligée d'aller au bureau. On travaille dans son appartement. Un endroit fabuleux, avec une terrasse, sur la Cinquième Avenue en plus. Et soit dit en passant, Philip Oakland est toujours aussi sexy ! Pourtant normalement je n'aime pas les vieux. Et puis vous savez quoi ? En entrant, j'ai croisé une vraie star de cinéma.

— Ah bon ? Qui ça ? demanda la deuxième fille en piaillant.

— Schiffer Diamond. Elle jouait dans *Matin d'été*, alors j'ai vu ça comme un signe qu'il allait me prendre, mais finalement non.

— Et ce boulot, tu en avais entendu parler comment ? demanda Lola d'un ton détaché.

— Par la fille de l'une des amies de ma mère. Une nana du New Jersey, comme moi, mais qui travaille pour un agent littéraire à New York. Quand elle a appris que je n'avais pas été prise, elle a eu le toupet de dire à sa mère, qui l'a répété à la mienne, que Philip Oakland n'engageait que des jolies filles. Alors, je ne devais pas être assez jolie. Mais c'est comme ça, à New York. Tout est une question de look. Il y a des boîtes où les femmes n'embauchent pas les jolies filles parce qu'elles ont peur de la concurrence et ne veulent pas que les hommes soient distraits. Et puis il y a des endroits où ce n'est même pas la peine d'essayer quand on n'est pas un canon. Bref, on est perdante à tous les coups. » Regardant Lola de pied en cap, elle ajouta : « Mais toi, tu devrais essayer avec Philip Oakland. Tu es plus jolie que moi. Peut-être que tu seras prise. »

La mère de Lola, Mrs Beetelle Fabrikant, était une femme en tous points admirable.

Elle était bien en chair sans être grosse et son visage était de ceux qui, sous une lumière favorable, paraissent presque beaux. Elle avait les cheveux courts brun foncé, les yeux marron et ce type de peau d'un joli ton cuivré qui ne se ridait jamais. Elle était connue pour son goût très sûr, sa sensibilité affirmée et sa capacité à faire bouger les choses. Tout récemment, elle avait obtenu que les distributeurs de boissons gazeuses et de friandises soient retirés des écoles publiques, une réussite d'autant plus remarquable que sa propre fille unique n'était même plus au lycée.

Beetelle était, de manière générale, une personne extraordinaire ; elle avait peut-être quelques défauts, mais vraiment mineurs. Sa vie avait plutôt suivi une trajectoire ascendante et elle-même attachait peut-être parfois un peu trop d'importance au rang social des uns et des autres. Elle habitait depuis dix ans avec son mari et sa fille une demeure somptueuse d'un million de dollars dans une banlieue chic d'Atlanta, Windsor Pines. Un jour, dans un moment d'égarement, elle avait laissé entendre qu'à notre époque, on n'était personne si on ne vivait pas au minimum dans six cents mètres carrés avec au moins cinq salles de bains.

Bien entendu, Beetelle était tout aussi ambitieuse pour sa fille. Pour s'en justifier, elle recourait à l'une de ses devises préférées, « La vie est une vaste question, et les enfants, la seule réponse », une phrase un peu pompeuse qu'elle avait dégottée dans un roman et qui signifiait, selon elle, que tout faire pour son enfant vous mettait à l'abri des critiques.

À cette fin, elle avait installé sa petite famille dans deux grandes chambres contiguës du Soho House, un hôtel à la mode. Les Fabrikant avaient passé les trois premières journées de leur séjour new-yorkais à chercher un logement digne de Lola. Lola et Beetelle voulaient quelque chose dans le West Village, à cause du charme du quartier, qui ne pouvait qu'inspirer une jeune personne, mais aussi de ses habitants, parmi lesquels figuraient, selon la presse people, plusieurs stars du cinéma ou de la télévision ainsi que des créateurs de mode et des chanteurs. Même si ledit logement restait à trouver, Beetelle, avec son efficacité coutumière, avait déjà commencé à le meubler. Elle avait commandé un lit ainsi que des draps et des serviettes dans un magasin qui s'appelait ABC Carpet. À présent, son butin s'entassait dans l'entrée de leur chambre d'hôtel et Beetelle, étendue sur un sofa étroit au beau milieu de ce bazar, songeait à ses pieds enflés en se demandant comment faire pour les soulager.

Après d'interminables discussions, les Fabrikant s'étaient fixés sur un loyer maximum de trois mille dollars, somme qui, avait fait remarquer Cem, dépassait ce que la plupart des gens payaient chaque mois pour rembourser leur crédit immobilier. Pour ce prix, la petite famille avait cru pouvoir trouver un appartement spacieux pourvu d'une terrasse. Mais on ne leur avait fait visiter que des petits studios crasseux auxquels on accédait par d'interminables escaliers. À la pensée de Lola vivant dans l'un de ces endroits et se faisant agresser au couteau dans les couloirs, Beetelle avait frémi. Il fallait que sa fille soit en sécurité et qu'elle habite dans un appartement propre aussi semblable que possible à ce qu'elle avait connu chez ses parents.

Plaçant ses mains sur son visage, Beetelle demanda à Cem, allongé à plat ventre sur le lit à l'autre bout de la pièce :

« Au fait, tu as réservé à Il Posto ? »

Elle n'obtint pour toute réponse qu'un grognement étouffé.

« Tu as oublié, c'est ça ? dit-elle.

— J'allais téléphoner, justement.

— À mon avis, c'est trop tard. Le concierge m'a dit qu'il fallait s'y prendre jusqu'à un mois à l'avance pour réserver dans un restaurant Mario Batali.

— On pourrait manger ici, suggéra Cem tout en sachant pertinemment qu'un dîner de plus au restaurant de l'hôtel lui vaudrait une soirée glaciale avec sa femme et sa fille.

— On l'a déjà fait deux fois, répondit Beetelle en rouspétant. Lola tenait tellement à aller au Posto. C'est important pour elle. Si elle veut réussir ici, il faut qu'elle soit vue à son avantage. C'est ça qui compte à New York. Être vue. Je suis sûre que la plupart des gens dont elle fera la connaissance auront mangé dans un restaurant Mario Batali. Ou au moins dans un restaurant Bobby Flay. »

Cem Fabrikant doutait que des jeunes gens fraîchement diplômés fréquentent des restaurants à deux cent cinquante dollars le repas – mais il sut tenir sa langue.

« Je vais appeler le concierge », dit-il. En croisant les doigts, ajouta-t-il in petto.

Beetelle ferma les yeux et serra les lèvres comme pour contenir un soupir de frustration. Tel était le fonctionnement typique de leur couple : Cem acceptait de faire quelque chose puis mettait tellement de temps à s'exécuter qu'elle se voyait contrainte de prendre la direction des opérations.

À ce moment-là, l'interphone se mit à vibrer rageusement, comme si une guêpe énervée tentait d'entrer dans la suite. La tension baissa tout d'un coup. « C'est Lola », s'exclama Beetelle avec soulagement en se levant et en se dirigeant vers la porte. Lola déboula, portant à l'épaule un grand sac de shopping jaune qu'elle posa par terre avant d'exhiber fièrement ses mains.

« Regarde, maman ! s'exclama-t-elle.

— Du noir ? fit Beetelle en examinant les ongles de sa fille.

— Personne ne t'oblige à faire pareil. Aucune raison de s'exciter, répondit Lola en s'agenouillant et en tirant du sac une boîte à chaussures. Regarde, elles sont pas géniales ? »

Elle souleva le couvercle puis, déchirant le papier de soie, brandit une botte dorée avec un talon compensé d'au moins quinze centimètres.

« Mais... ma chérie..., balbutia Beetelle, effondrée.

— Quoi ?

— Nous sommes en été !

— Et alors ? Je les porterai au restaurant ce soir. Nous allons bien au Posto, n'est-ce pas ? »

L'association de la botte et du nom du restaurant tira Cem du lit. Petit, et rondouillard, il se fondait la plupart du temps dans le décor.

« Tu tenais vraiment à acheter des chaussures d'hiver en plein été ? » demanda-t-il à sa fille.

Sans même lui accorder un regard, Lola retira ses sandales – en cuir noir avec un talon en Lucite – et enfila les bottes.

« Très joli », dit Cem pour rester dans l'ambiance. Toutes ces années de mariage lui avaient appris à dissimuler le peu de virilité qu'il lui restait. Il s'efforçait de paraître tout à la fois neutre et enthousiaste, équilibre délicat qu'il avait appris à atteindre dès la naissance de Lola. Si sa mémoire ne le trompait pas, c'était précisément à ce moment que sa sexualité avait été neutralisée, à part les quatre ou cinq rapports annuels que sa femme lui concédait.

« Je te l'avais dit », déclara Lola en se regardant dans le grand miroir placé au-dessus du sofa. Elle s'arrêta là, jugeant inutile d'expliquer le fond de sa pensée. Debout, elle dépassait largement ses parents. Devant cette superbe créature qui, elle avait toujours peine à le croire, était bel et bien le produit de ses propres gènes, Beetelle oublia sur-le-champ son effarement à la vue des ongles noirs et des bottes dorées.

Enfant de cette époque où les jeunes femmes se bichonnaient avec autant d'application que les empereurs romains, Lola ressemblait à un bloc de granit frotté et poli jusqu'à avoir toute l'apparence du marbre. Elle mesurait 1 mètre 85, arborait une poitrine dont le volume n'avait pas grand-chose de naturel, portait un soutien-gorge en dentelle de Victoria's Secret et pesait 60 kilos. Ses dents étaient parfaitement blanches et alignées, ses yeux noisette, ses longs cils soulignés au mascara, sa peau nettoyée et hydratée. Elle trouvait sa bouche trop petite, mais était satisfaite de ses lèvres pulpeuses, qu'elle entretenait par de régulières injections de collagène.

Ravie de son apparence, Lola alla s'affaler sur le sofa à côté de sa mère.

« Tu as trouvé les draps que je voulais ?

— Oui, et j'ai aussi acheté des serviettes. Et l'entretien ? Ils t'ont prise ?

— Il n'y avait pas de job. Comme d'habitude, répondit Lola en prenant la télécommande et en allumant la télévision. Et la femme qui m'a reçue était plutôt désagréable. Alors moi aussi j'ai été désagréable.

— Allons, tu dois essayer d'être gentille avec tout le monde, fit Beetelle.

— Bref, tu me demandes d'être hypocrite. »

Un ricanement étouffé se fit entendre au fond de la pièce où se trouvait Cem.

« Vous deux, ça suffit, déclara Beetelle d'une voix ferme. Ma chérie, il faut que tu trouves un travail. Sinon... »

Lola regarda sa mère et, se jugeant harcelée, décida de la punir en ne lui parlant pas tout de suite de cet éventuel travail pour Philip Oakland. Elle passa d'une chaîne à l'autre sans se presser et, une fois arrivée à la quatre centième et constatant qu'il n'y avait décidément rien à voir, dit enfin :

« J'ai quand même entendu parler d'un boulot pour Philip Oakland, l'écrivain.

— Philip Oakland ? répéta Beetelle avec vif intérêt.

— Il cherche une assistante. J'ai rencontré une fille avant l'entretien qui m'a donné ses coordonnées. Je lui ai envoyé un mail et il m'a répondu immédiatement. J'ai rendez-vous la semaine prochaine.

— Ma chérie, mais c'est fantastique ! s'exclama Beetelle, presque muette de stupeur, avant d'enlacer sa fille. Philip Oakland est exactement le genre de personne que tu voulais rencontrer ici à New York. C'est un scénariste de premier plan. Pense à tous les gens qu'il connaît – et que tu rencontreras grâce à lui. » Emportée par son élan, elle ajouta : « J'ai toujours rêvé que cela t'arriverait. Mais je ne pensais pas que ça viendrait si vite.

— Il ne s'est encore rien passé, rétorqua Lola en s'extirpant des bras étouffants de sa mère. Il ne m'a pas encore embauchée.

— Mais il le fera, j'en suis sûre, déclara Beetelle avant de se lever brusquement. Il va falloir te trouver une nouvelle tenue. Dieu merci, Jeffrey est juste à côté. »

En entendant ce nom, Cem frémit. « Jeffrey » était l'un des magasins les plus chers de Manhattan.

« On y est allé il n'y a pas longtemps, non ? tenta-t-il timidement.

— Oh, Cem ! fit Beetelle, agacée. Ne sois pas bête ! Je t'en prie, lève-toi. Nous avons des achats à faire. Et ensuite nous devons voir Brenda Lish. Elle a encore deux appartements à nous montrer. Je suis tellement excitée, je ne sais plus où j'en suis. »

Quinze minutes plus tard, la petite troupe sortait du Soho House et débouchait sur la Sixième Avenue. Lola avait décidé de mettre ses nouvelles bottes pour qu'elles se fassent. Ses talons compensés dorés lui valurent les regards ébahis des passants. Au bout de quelques mètres, les Fabrikant s'arrêtèrent pour laisser le temps à Cem de consulter le plan sur son iPhone.

« C'est tout droit. Ensuite, il faut prendre à gauche. » Puis, vérifiant encore, il ajouta, « Du moins je crois. » Les quelques jours qu'il venait de passer dans le West Village avaient mis à rude épreuve son sens de l'orientation.

Lola lui lança un « Oh, papa ! » exaspéré puis partit en avant. Elle n'avait plus besoin de ses parents, songea-t-elle en se tordant les chevilles sur les pavés. Ils étaient trop lents, voilà tout. La veille, il avait fallu attendre dix minutes avant que son père ose héler un taxi.

Les Fabrikant retrouvèrent la dame de l'agence immobilière, Brenda Lish, devant un bâtiment en briques blanches de la 10e Rue Ouest, l'un de ces nombreux immeubles construits dans les années soixante un peu partout à New York pour loger la classe moyenne. Normalement, Brenda n'aurait pas daigné s'occuper des Fabrikant, de la petite bière qui ne cherchait qu'une location, mais Cem connaissait l'un de ses gros clients, qui lui avait demandé de les aider. Le client en question étant en train de dépenser plusieurs millions de dollars pour un appartement, Brenda avait gracieusement accepté d'aider ces pauvres gens charmants qui avaient une si jolie fille.

« Celui-ci devrait vous convenir parfaitement, leur annonça-t-elle de sa voix légère et pleine d'entrain. Il y a un portier vingt-quatre heures sur vingt-quatre dans l'immeuble et plein de jeunes gens qui y habitent. Et il n'y a pas mieux comme emplacement dans le West Village. »

L'appartement se composait d'une pièce, d'une cuisine séparée et d'un dressing. Exposé au sud, la lumière y entrait à flots. Le loyer était de trois mille cinq cent dollars.

« Mais c'est tout petit ! dit Lola.

— Disons plutôt intime, corrigea Brenda.

— Mon lit serait dans la même pièce que mon salon. Et si je veux inviter des gens ? Ils verront mon lit !

— Vous pourriez acheter un canapé convertible, suggéra Brenda gaiement.

— Quelle horreur ! Hors de question que je dorme sur un convertible. »

Brenda revenait tout juste d'un voyage spirituel en

Inde. Là-bas, il y avait des gens qui couchaient sur des nattes toutes fines, sur des dalles de ciment, des gens qui n'avaient pas de lit du tout, songea-t-elle sans se départir de son sourire.

Beetelle regarda Lola pour tenter de sonder son humeur. « Vous avez autre chose ? finit-elle par demander à Brenda. Quelque chose de plus grand ?

— Pour être honnête, je vous ai montré tout ce que nous avions dans vos prix. Si vous êtes prêts à chercher dans un autre quartier, je suis certaine que vous trouverez un deux-pièces pour la même somme.

— Moi je veux vivre dans le West Village, déclara Lola.

— Mais pourquoi, ma chérie ? lui demanda Cem. Du moment que tu es à Manhattan, c'est la même chose, non ?

— On pourrait voir les choses ainsi », suggéra Brenda. Elle attendit.

Lola croisa les bras et, tournant le dos à ses parents, se planta devant la fenêtre. « Carrie Bradshaw vit dans le West Village, déclara-t-elle.

— Au fait, dit alors Brenda, il y a un autre appartement dans cet immeuble. Tout à fait ce que vous cherchez, je pense. Mais c'est beaucoup plus cher.

— Combien ? demanda Cem.

— Six mille dollars. »

Cette nuit-là, Cem Fabrikant peina à trouver le sommeil. Cela faisait des années qu'il n'avait pas aussi mal dormi. La dernière fois, c'était quand il avait acheté la demeure à Windsor Pines en contractant un emprunt de huit cent mille dollars. À l'époque, Beetelle l'avait persuadé que c'était indispensable pour l'avenir de la famille dans ce monde hautement compétitif où les apparences comptaient autant que la réalité. Où les apparences *étaient* la réalité. L'idée qu'il devrait tant d'argent lui avait donné des sueurs froides, mais il n'avait jamais exprimé ses craintes devant sa femme et sa fille.

À présent, allongé à côté de sa femme profondément endormie dans l'immense lit d'hôtel aux draps amidonnés, il se dit que le monde entier, ou plus exactement son monde à lui, celui des gens aisés et vertueux, se nourrissait de peur. Même l'argent qu'il gagnait provenait de la peur – celle d'un attentat, d'une fusillade dans un lycée ou d'un type pris d'un accès de folie. Cem travaillait depuis trois ans sur un système d'alerte par texto qui permettrait aux gens d'éviter de s'exposer inutilement au danger. Mais il se demandait parfois si ces grandes peurs n'en masquaient pas d'autres, plus individuelles et mesquines, qui régissaient son monde : la peur de ne pas réussir, la peur d'être dépassé, de ne pas exploiter au maximum ses talents, ses atouts, son potentiel. Après tout, les gens désiraient tous une vie heureuse et insouciante avec une foule de choses agréables et merveilleuses, une vie où personne n'était blessé ni tué inutilement, mais surtout, une vie où personne n'était privé de son rêve.

Il en vint à la conclusion qu'il allait devoir de nouveau refinancer son prêt immobilier afin d'offrir à Lola la belle vie new-yorkaise dont elle rêvait. Cem ne voyait pas pourquoi elle en rêvait, ni même ce en quoi ce rêve consistait exactement et pourquoi il revêtait tant d'importance pour elle. Mais ce qu'il savait, c'était que s'il ne lui donnait pas les moyens de le réaliser, elle risquait d'être malheureuse et de passer le reste de ses jours à penser à la vie qu'elle aurait pu avoir. Pire encore, à se demander si la vie qu'elle avait était vraiment une vie.

3

Le lendemain matin, Philip frappa à la porte d'Enid.
« Coucou ! C'est moi, ton neveu prodigue !

— Tu es pile à l'heure. Regarde, dit Enid en agitant un trousseau. Devine ce que c'est ? Les clés de l'appartement de Mrs Houghton !

— Tu les as eues comment ?

— En tant que membre d'honneur du conseil de copropriété, j'ai conservé certains privilèges.

— Alors les héritiers vendent ? Pour de bon ?

— Ils veulent s'en débarrasser au plus vite. Ils pensent que les prix de l'immobilier ne peuvent que baisser. »

Ils montèrent chez Mrs Houghton. À peine franchi le seuil, ils furent assaillis par les couleurs vives du chintz fleuri. « Ambiance féminine et raffinée, année 1983, commenta Enid.

— Tu n'es pas montée ici depuis combien de temps ? demanda Philip.

— En fait, je ne suis venue que deux ou trois fois. Louise ne recevait pas les derniers temps. »

On entendit gratter à la porte. C'était Mindy Gooch et Brenda Lish, de l'agence immobilière. « Ma foi, s'exclama Mindy en entrant, cet appartement est aussi fréquenté que la gare centrale !

— Bonjour, chère Mindy, dit Enid.

— Bonjour, répondit Mindy avec froideur. Ainsi c'est vous qui avez les clés.

— Roberto ne vous l'a pas dit ? s'étonna Enid innocemment. Je les ai prises hier après-midi. »

Philip jeta un coup d'œil à Mindy. Il voyait vaguement qui elle était, croyait savoir que son mari était une sorte d'écrivain, mais ne les connaissant ni l'un ni l'autre, il ne les saluait jamais. Mindy et James en avaient conclu, comme cela se passait parfois dans ce type de building, que la carrière de Philip Oakland était aussi brillante que ses manières étaient arrogantes, arrogantes au point qu'il ne daignait même pas les saluer poliment. Bref, il était devenu leur bête noire.

« Vous êtes Philip Oakland, n'est-ce pas ? lui demanda Mindy, désireuse de se faire connaître sans donner l'impression de quémander son attention.

— En effet, dit-il.

— Je me présente : Mindy Gooch. Vous savez qui je suis, Philip. J'habite ici avec mon mari, James Gooch. Vous avez tous les deux le même éditeur. Redmon Richardly, ça vous dit quelque chose ?

— Oui bien sûr. Mais non, j'ignorais cela.

— Plus maintenant, rétorqua Mindy. La prochaine fois que vous me verrez, vous pourrez peut-être me dire bonjour.

— Ce n'est pas ce que je fais ?

— Non.

— Quels volumes extraordinaires dans ces pièces ! » s'exclama Brenda Lish, soucieuse d'éviter toute prise de bec entre deux résidents en bisbille. Avec un tel appartement, il fallait s'attendre à de nombreuses escarmouches.

La petite troupe monta jusqu'au dernier étage, où se

trouvait la salle de bal. Le plafond en forme de dôme culminait à cinq mètres de hauteur. À un bout trônait une énorme cheminée en marbre. Mindy sentit son cœur s'emballer. Elle avait toujours rêvé de vivre dans un appartement comme celui-ci, avec ce genre de nid d'aigle offrant une vue à trois cent soixante degrés sur tout Manhattan. La luminosité était incroyable. Les New-Yorkais rêvaient tous de lumière naturelle, mais rares étaient ceux qui en bénéficiaient chez eux. Si elle vivait ici, dans ce penthouse et non dans son terrier labyrinthique à l'entresol, peut-être serait-elle heureuse pour une fois dans sa vie.

« Je me disais, suggéra Enid, que nous pourrions diviser l'appartement, vendre chaque étage séparément. »

Bonne idée, songea Mindy. Et qui sait, James et elle pourraient acheter l'étage du haut.

« Il nous faudrait un vote spécial du conseil de copropriété, dit-elle.

— Et cela prendrait combien de temps ? demanda Brenda.

— Ça dépend, répondit Mindy en regardant Enid.

— Mais quel gâchis ce serait ! soupira Brenda. De tels appartements sont exceptionnels à Manhattan. Surtout avec cet emplacement. Celui-ci est unique. Il mériterait certainement d'être inscrit au registre national des lieux historiques.

— La façade est classée, mais pas les appartements. Les résidents ont le droit d'en faire ce qu'ils veulent, expliqua Enid.

— C'est vraiment dommage. Si cet appartement était classé, il attirerait l'attention d'un acheteur digne de lui, que vous seriez flattés d'accueillir dans ce building. Quelqu'un qui apprécierait la beauté et l'histoire. Et ces moulures Art déco seraient préservées.

— Nous n'avons nullement l'intention de transformer l'appartement en musée, protesta Mindy.

— Il vaut combien ? s'enquit Enid.

— À vue de nez, dans les vingt millions de dollars, estima Brenda. Si vous le divisez, sa valeur baissera. Chaque étage vaudra environ trois millions et demi. »

Quand elle rentra chez elle, Mindy était dans tous ses états. L'appartement lui parut étouffant. L'après-midi, quand il faisait beau et que les rayons du soleil étaient orientés comme il fallait, une bande de lumière venait éclairer les murs du fond. Derrière, se trouvait un patio cimenté large de deux mètres cinquante. Les Gooch s'étaient toujours dit qu'ils s'en occuperaient un jour, mais n'en avaient jamais trouvé le temps. Il fallait, pour entreprendre les moindres travaux, recevoir l'approbation du conseil de copropriété, ce qui en soi n'aurait pas été un problème, mais il y avait ensuite les matériaux, les ouvriers, et toute une logistique qui avait semblé trop lourde à Mindy. Elle avait déjà tant à faire. Ainsi, depuis dix ans qu'ils vivaient là, le patio était resté dans l'état – une courette avec quelques malheureuses touffes d'herbe s'entêtant à pousser entre les craquelures du ciment. Un petit barbecue et trois chaises pliantes complétaient le tableau.

Mindy alla dans son bureau. Elle ressortit leurs derniers relevés de banque et fit le total de leurs avoirs. Ils possédaient deux cent cinquante-sept mille dollars d'économies, quatre cent mille sur un plan épargne retraite, trente mille sur leur compte courant et au mieux dix mille dollars en actions. Bien des années auparavant, lorsque James avait suggéré d'investir dans la bourse, Mindy lui avait répondu : « Est-ce que j'ai l'air de quelqu'un qui jette son argent par les fenêtres ? La bourse, c'est un jeu de hasard légalisé, ni plus, ni moins. Et tu sais ce que je pense des jeux de hasard. Autant jouer au loto, si on va par là. » En ajoutant l'argent liquide dont ils disposaient, ils avaient à peine sept cent mille dollars. Certes, cette somme dépassait ce que la plupart des Américains possédaient, mais dans leur monde, elle ne représentait pas grand-chose. L'école privée de Sam leur coûtait à elle seule trente-cinq mille dollars par an, et il leur faudrait dépenser au minimum cent cinquante mille dollars pour ses études à l'université. Par contre, leur appartement, qu'ils avaient acheté pièce après pièce pendant la crise immobilière du milieu des années quatre-vingt-dix, valait à présent au bas mot un million de dollars, alors qu'ils ne l'avaient payé qu'un quart de cette somme. En gros, s'ils voulaient acheter ne serait-ce que l'un des étages de l'appartement de Mrs Houghton, il leur manquait encore un million et demi.

Peut-être valait-il mieux tout vendre et partir s'installer dans les Caraïbes, songea Mindy.

Combien coûterait une maison là-bas ? Cent, deux cent mille dollars ? Mindy s'imagina passant la journée à nager, à bouquiner, à faire des salades. James écrirait des romans minables sur les petits événements locaux. Les gens diraient qu'ils avaient abandonné la lutte, et alors ? Le seul hic, c'était Sam. Il serait heureux comme un roi, mais un tel changement lui profiterait-il ? C'était non seulement un petit prodige, mais aussi un garçon adorable que son intelligence n'avait pas rendu arrogant, contrairement à certains de ses copains. Si la famille quittait New York, cela bouleverserait tous les projets maternels concernant ses études. Il risquait de ne pas être pris à Harvard, Princeton ou Yale. Non, décida Mindy. Nous ne pouvons pas abandonner. Nous devons persévérer, rester à New York, lutter bec et ongles, ne serait-ce que pour Sam.

L'interphone se mit à vibrer. Elle sursauta. James ? Aurait-il encore oublié ses clés ?

C'était Enid Merle.

« Sam est ici ? demanda-t-elle. Je dois installer un nouveau logiciel et je me demandais s'il pouvait m'aider. » Sam était l'informaticien du building. Chaque fois que l'un des résidents avait un problème, il l'appelait, ce qui avait permis à ce jeune génie de l'informatique de se constituer une petite clientèle payante.

« Il n'est pas là, répondit Mindy. Il est parti pour plusieurs jours.

— Ah ! J'en suis ravie pour lui. Où est-il allé ? »

Mindy se tenait dans l'embrasure de la porte, empêchant ainsi Enid d'entrer et de voir son appartement. C'était une question d'intimité, mais aussi d'amour-propre. S'ajoutait à cela l'hostilité qu'elle ressentait à l'égard de Philip et qui s'étendait à Enid, à cause de sa parenté avec lui. « Il est parti à la campagne, répondit Mindy. Je lui dirai de sonner chez vous quand il rentrera. »

Mais Enid ne semblait pas décidée à partir.

« Qu'est-ce que vous en pensez ? demanda-t-elle à brûle-pourpoint.

— De quoi ?

— De diviser le penthouse. Ce serait peut-être une bonne idée.

— Je ne vois pas en quoi la question vous concerne.

— J'habite dans cet immeuble depuis plus de soixante ans. Il est normal que je me sente concernée par ce qui s'y passe.

— Voilà qui vous fait honneur, Enid. Mais vous n'êtes plus au conseil de copropriété.

— Officiellement non. Mais j'ai beaucoup d'amis.

— Comme nous tous, rétorqua Mindy, tout en se demandant si dans son cas précis, c'était bien la vérité.

— En divisant l'appartement, nous pourrions certainement le vendre à des gens qui habitent déjà l'immeuble. Cela vous épargnerait bien des soucis », suggéra Enid.

Tiens donc, se dit Mindy, Enid veut l'étage du bas pour Philip. C'était logique. Philip pourrait percer le plafond de chez lui pour faire un duplex. Il en avait certainement les moyens.

« Je vais y réfléchir », déclara Mindy en fermant la porte d'un geste décidé. Puis elle retourna à ses calculs. Mais elle eut beau s'y reprendre à plusieurs fois, ils n'avaient pas assez d'argent. L'affaire était entendue. Jamais elle ne laisserait Philip Oakland s'approprier un étage de l'appartement Houghton. Si James et elle ne pouvaient pas en acheter un, pourquoi en aurait-il le droit, lui ?

« Inspirez-vous de *Sanderson* vs. *English*, conseilla Annalisa Rice, le combiné collé à l'oreille. Tout y est parfaitement clair. Et bien sûr, il y a l'argument moral. De quoi faire basculer le jury. C'est comme dans une fable d'Ésope.

— Bon sang, Rice, fit la voix masculine à l'autre bout du fil, qu'est-ce que vous allez foutre à New York ? Pourquoi vous ne restez pas avec moi ?

— Besoin de changement, Riley. Ça fait du bien, comme vous dites vous-même.

— Je vous connais. À mon avis, vous êtes sur un gros coup. Directrice de campagne pour quelqu'un d'important. À moins que vous ne soyez vous-même candidate...

— Ni l'un, ni l'autre, répondit Annalisa en riant. J'ai, pour dire les choses simplement, changé de vie. Vous ne me croirez pas quand je vous dirai ce que je vais faire.

— Servir à la soupe populaire ?

— Ce sont les autres qui vont me servir. Je passe le week-end dans les Hamptons, chez les riches.

— J'ai toujours dit que vous étiez trop chic pour Washington ! s'esclaffa Riley.

— Allez vous faire voir, Riley ! Et puis zut ! Si vous saviez comme vous me manquez tous !

— Vous pouvez toujours revenir.

— C'est trop tard », répondit Annalisa. Elle dit au revoir, raccrocha, puis alla vers la fenêtre en nouant d'un geste caractéristique ses cheveux en queue-de-cheval. Écartant les rideaux en tissu épais et doré, elle contempla la rue tout en bas. Elle tenta d'ouvrir la fenêtre pour faire entrer un peu d'air frais dans la suite trop climatisée, mais se souvint qu'elle était verrouillée. Elle consulta sa montre. Trois heures. Il lui restait deux heures pour faire ses valises et arriver à l'aéroport, ce qui normalement aurait dû lui suffire largement. Or elle ne savait pas quoi emporter. Que mettait-on pour un week-end dans les Hamptons ?

« Paul, je prends quoi ? avait-elle demandé ce matin-là.

— Oh, bon Dieu ! Qu'est-ce que j'en sais ? » avait répondu Paul. Il était sept heures. Paul – son mari – s'apprêtait à partir. Assis sur un petit coussin, il se dépêchait d'enfiler des chaussettes de soie et des mocassins italiens. Il n'avait jusque-là jamais mis de vraies chaussures, parce que rien ne l'y obligeait avant d'arriver à New York. À Washington, il portait toujours des Adidas en cuir.

« Elles sont neuves ? lui demanda Annalisa en désignant les chaussures.

— Je ne sais pas. Ça veut dire quoi au juste, neuves ? Qu'elles ont six mois ? Un jour ? On ne peut répondre à ce genre de question que si l'on connaît parfaitement la personne qui la pose.

— Oh, Paul, ça suffit ! fit Annalisa dans un éclat de rire. Aide-moi s'il te plaît. Ce sont tes amis à toi.

— Mes partenaires, corrigea Paul. Mais peu importe, tu seras la plus belle là-bas.

— Paul, nous allons dans les Hamptons, à Long Island. Il y a certainement un code vestimentaire dans ce genre d'endroit.

— Pourquoi tu n'appelles pas Connie, la femme de Sandy ?

— Parce que je ne la connais pas, répondit Annalisa.

— Mais si. C'est la femme de Sandy.

— Paul, je... » Ce n'est pas ainsi que ça marche, songea-t-elle, en se retenant toutefois d'expliquer la chose à Paul. Il ne comprendrait pas.

« Tu vas aller voir des appartements aujourd'hui ? lui demanda-t-il en se penchant sur le lit pour l'embrasser.

— C'est ce que je passe mon temps à faire. Je m'étonne que ça soit aussi difficile, avec quinze millions de dollars à dépenser.

— Si ça ne suffit pas, cherche plus cher.

— Je t'aime », lança-t-elle au moment où il fermait la porte.

Ce matin-là, Annalisa avait envisagé de demander à Emme, la dame de l'agence immobilière, qui avait la réputation d'être la meilleure de la profession dans l'Upper East Side, ce que l'on portait dans les Hamptons. Mais elle avait renoncé. L'allure générale d'Emme lui laissait présager qu'elle n'aimerait pas la réponse.

Emme avait au moins soixante ans, et son visage affichait les toutes dernières avancées en matière de chirurgie esthétique. Le spectacle de ses sourcils exagérément arqués, de ses lèvres refaites, de ses grandes dents blanches et de ses cheveux aux racines noires et grasses et aux pointes blondes et sèches n'avait cessé de troubler Annalisa. « Je sais que vous avez beaucoup d'argent, avait dit Emme à sa cliente, mais le problème, ce n'est pas l'argent. Tout le monde en a plein de nos jours Ce qui compte, ce sont les gens que vous connaissez. Qui connaissez-vous ?

— Le président des États-Unis, ça vous suffit ? avait répondu Annalisa en tortillant sa queue-de-cheval.

— Pourrait-il vous faire une lettre de recommandation ? demanda Emme, sans saisir le sarcasme.

— J'en doute. J'ai affirmé que son gouvernement était une honte.

— Tout le monde dit pareil, rétorqua Emme.

— Peut-être, mais moi, c'était à la télé. Je participais régulièrement à l'émission *Washington Morning*.

— Cette réponse ne me suffit pas.

— Et Sandy Brewer, ça vous va ? proposa Annalisa.

— Qui est-ce ?

— Quelqu'un avec qui mon mari travaille.

— Cela ne me dit pas qui il est.

— Il gère des fonds », expliqua Annalisa prudemment, Paul lui ayant expliqué à maintes reprises qu'elle ne devait pas parler de son travail ou de sa façon de gagner de l'argent. Il faisait en effet partie d'une sorte de communauté secrète, un peu comme le Cercle des Poètes Disparus.

« En somme, il est à la tête d'un fonds spéculatif, dit Emme, qui avait parfaitement saisi de quoi il retournait. Ces gens-là, on ne sait pas qui ils sont, et d'ailleurs personne ne tient à le savoir. Ils ne seraient admis dans aucun club. » Puis elle ajouta en regardant Annalisa des pieds à la tête : « En outre, il ne s'agit pas que de votre mari, mais aussi de vous. Vous devez recevoir l'approbation du conseil de copropriété.

— Je suis avocate, déclara Annalisa. Je ne vois pas qui cela pourrait déranger.

— Vous travaillez dans quel domaine ?

— Je m'occupe de *class actions*. Entre autres choses.

— Je connais beaucoup de gens que cela dérangerait. Les recours collectifs, ne serait-ce pas une forme d'acharnement ? Allons, nous ferions mieux de centrer notre recherche sur les maisons individuelles. Si vous achetez une maison, vous n'aurez pas besoin de solliciter l'approbation d'un conseil de copropriété. »

Ainsi, ce matin-là, quelques heures avant leur départ pour les Hamptons, Emme lui avait montré trois maisons de ville. La première, encombrée de jouets, puait le lait et les couches souillées. Dans la deuxième, elles furent suivies partout par une femme d'une trentaine d'années avec dans les bras un gosse de deux ans très remuant. « C'est une maison super, avait-elle dit.

— Alors pourquoi déménagez-vous ? avait voulu savoir Annalisa.

— On part s'installer à la campagne. On a une maison là-bas, qu'on est en train de faire agrandir. La campagne, c'est mieux pour les gosses, vous ne trouvez pas ? »

La troisième maison, plus grande et moins chère, était hélas divisée en appartements, occupés pour la plupart.

« Il faudrait faire partir les locataires, avait expliqué Emme. Normalement, ce n'est pas trop difficile. On leur donne cinquante mille dollars en cash, et ils sont tout contents.

— Mais tous ces gens, ils vont où ?

— Ils trouvent un charmant petit studio bien propre ailleurs. Ou bien ils partent s'installer en Floride.

— Cela ne me semble guère correct, avait déclaré Annalisa. Chasser les gens de chez eux. Je trouve ça moralement condamnable.

— Vous ne pouvez pas arrêter le progrès. Ce n'est pas sain. »

Ainsi, un autre jour s'était écoulé sans que Paul et elle aient déniché d'endroit où vivre. Ils restaient donc coincés dans leur suite au Waldorf.

Annalisa appela Paul. « Je ne trouve rien. On devrait peut-être voir les locations en attendant.

— Pour déménager deux fois ? D'un point de vue ergonomique, ce n'est pas très rationnel.

— Paul, un jour de plus dans cette suite et je deviens folle. Ou plutôt, un jour de plus en compagnie d'Emme et je suis bonne pour l'asile. Son visage me terrifie.

— Alors prenons une suite plus grande. Le personnel de l'hôtel n'aura qu'à déménager nos affaires.

— Pense au coût.

— Ça ne fait rien. Je t'aime. »

Elle descendit dans le lobby grouillant de monde. Auparavant, quand le cabinet d'avocats l'envoyait à New York, elle logeait toujours au Waldorf. À l'époque, elle trouvait le lobby très chic avec ses escaliers grandioses, ses décorations en cuivre et ses objets chers exposés dans des vitrines étincelantes. Le Waldorf était un endroit parfait pour les touristes et les hommes d'affaires en voyage, mais comme avec une girl, il fallait se laisser éblouir par les plumes et les paillettes et oublier les tapis décolorés, la poussière sur les lustres et le polyester bon marché des uniformes des employés. Des détails qui crevaient les yeux quand on était désœuvré.

À la réception, on l'informa qu'une suite plus grande était en effet disponible. Le directeur arriva. Il avait un visage doux et des bajoues tombantes. La suite disponible, expliqua-t-il, consistait en deux chambres, un salon, un bar et quatre salles de bains. C'était deux mille cinq cents dollars la nuit, mais s'ils restaient un mois, il acceptait de réduire le prix à quarante mille dollars. Annalisa se sentit envahie par un sentiment étrange, une poussée d'adrénaline. Sans même l'avoir vue, elle répondit qu'elle la prenait. C'était la chose la plus excitante qui lui soit arrivée depuis des semaines.

De retour dans la suite qu'ils occupaient encore, Annalisa prit dans le coffre-fort la montre décorée de diamants que Paul lui avait offerte pour son anniversaire. Elle n'avait aucune idée de son prix, probablement dans les vingt mille dollars, mais ce cadeau lui permettrait de relativiser le coût de la suite, songea-t-elle. La montre était un peu trop tape-à-l'œil pour son goût, mais si elle ne la portait pas ce week-end, Paul le remarquerait. Derrière une désinvolture de façade, il avait pris un air tellement anxieux et fier quand elle avait défait le ruban entourant la boîte bleue faite à la main et doublée de daim beige ! Il était allé jusqu'à lui passer lui-même le bracelet autour du poignet. « Elle te plaît ? avait-il demandé. – Oui, beaucoup, avait-elle menti.

— Visiblement, les autres épouses en ont toutes une. Tu verras, tu te fondras parfaitement dans leur groupe. » Remarquant sa moue, il avait ajouté : « Si tu le veux.

— Toi et moi nous sommes toujours un peu à part, avait-elle rétorqué. C'est ce qu'on apprécie chez nous. »

À présent, le moment était venu de faire ses bagages. Elle fourra un maillot de bain, un short en toile et trois chemisiers dans un sac bleu marine. Juste avant de partir, elle y ajouta une robe noire sans manches toute simple et une paire de chaussures noires avec un talon raisonnable de sept centimètres, au cas où il y aurait un dîner habillé. La robe n'était pas de saison, mais Annalisa n'avait rien d'autre. Elle enfila un tee-shirt blanc, un jean et des Converse jaunes, puis descendit dans la rue et alla attendre un taxi. Elle arriva à l'héliport à quatre heures et demie, c'est-à-dire une demi-heure à l'avance. Ces derniers jours, elle était toujours en avance et avait l'impression de passer son temps à attendre. L'héliport se situait au pied d'un grand axe routier. Les gaz d'échappement des voitures coincées dans les embouteillages et la puanteur de l'East River épaississaient l'air, déjà alourdi par la chaleur estivale. Annalisa marcha jusqu'au bord du quai et regarda l'eau boueuse qui clapotait contre les montants en bois et où flottaient une bouteille en plastique et un préservatif.

Elle vérifia de nouveau sa montre. Le connaissant, elle savait que Paul arriverait pile à l'heure, à cinq heures moins cinq, comme il l'avait dit. Et en effet, à cinq heures moins cinq, elle vit arriver une limousine de location. Paul en sortit, puis récupéra sur la banquette arrière son attaché-case et une valise Vuitton recouverte de peau de chèvre noire. Annalisa n'aurait jamais imaginé qu'il puisse apprécier ce genre d'objet. Mais tout récemment, il s'était mis à acheter un article de luxe pratiquement chaque semaine. L'autre fois, il avait rapporté une boîte à cigares d'Asprey, lui qui ne fumait pas.

Il s'approcha au petit trot, son portable contre l'oreille. Il était grand et son habitude de se pencher vers les autres l'avait légèrement voûté. Tout en poursuivant sa conversation téléphonique, il fit signe au pilote et surveilla l'embarquement de leurs bagages. Pendant ce temps, un steward aidait Annalisa à grimper dans l'hydravion, qui contenait huit sièges passagers revêtus de daim jaune pâle pelucheux. Bien qu'ils fussent les seuls à bord, Paul choisit de s'installer devant elle. Quand elle vit qu'il avait terminé son coup de fil, elle se pencha vers lui, hésitante et un peu blessée.

Il portait des lunettes et ses cheveux noirs et bouclés étaient toujours un peu emmêlés. Il aurait été beau sans ses paupières tombantes et ses dents légèrement écartées. C'était un mathématicien de génie, l'un des plus jeunes docteurs de l'université de Georgetown. On avait souvent évoqué son nom pour un futur prix Nobel. Or, six mois auparavant, il avait accepté de travailler avec Sandy Brewer et s'était installé deux jours plus tard dans un petit hôtel new-yorkais de la 56e Rue Est. Annalisa l'avait rejoint quand ils avaient décidé de quitter définitivement Washington, mais ces cinq mois de séparation avaient laissé des traces.

« Paul, pourquoi tu ne viens pas à côté de moi ? demanda-elle tout en regrettant d'avoir à mendier.

— Ces cabines sont si petites. Pourquoi se coller alors qu'on va passer tout le week-end ensemble ?

— C'est vrai », répondit-elle. Inutile de harceler Paul pour des broutilles. Elle regarda par le hublot. Un homme d'âge moyen courait tout essoufflé vers l'hydravion. Avec ses taches de rousseur et sa calvitie naissante, elle lui trouva l'air d'un chat exotique. Il portait des chaussures bicolores, un costume en lin blanc avec une pochette en soie bleu marine, et tenait à la main un chapeau en paille tressée. Il donna son sac au pilote et s'installa derrière Annalisa. « Bonjour, dit-il en lui tendant la main par-dessus les sièges. Permettez-moi de me présenter : Billy Litchfield.

« — Annalisa Rice.

— Je suppose que vous allez passer le week-end chez les Brewer. Seriez-vous une amie de Connie ?

— Non, c'est mon mari qui travaille pour Sandy Brewer.

— Ah ! fit Billy. Vous êtes donc un élément inconnu.

— En effet, répondit Annalisa en souriant.

— Et ce gentleman assis devant est votre époux, je suppose.

— Oui. Paul ! Je te présente Billy Litchfield. »

Paul, qui était en train de consulter son iPhone, leva la tête et sourit brièvement à Billy. Il ne s'intéressait pas aux personnes qu'il ne connaissait pas. Comme d'habitude, Annalisa fit assaut d'amabilités pour dissimuler l'indifférence de son mari.

« Et vous, vous êtes un ami de Connie ? demanda-t-elle à Billy.

— Et de son mari. Mais pour répondre à votre question, oui, entre Connie et moi, c'est une longue histoire. »

Il se tut. Brusquement, Annalisa ne sut plus quoi dire. Billy lui sourit. « Vous êtes déjà venue dans leur maison ? Non ? Vous n'en croirez pas vos yeux. C'est une splendeur conçue par Peter Cook. Peter en fait parfois un peu trop, mais la maison Brewer est l'un des exemples les plus aboutis de son travail.

— Je vois.

— Vous savez qui est Peter Cook, n'est-ce pas ?

— En fait, non. Je suis avocate, alors...

— Bien sûr ! s'exclama Billy, comme si ce fait expliquait tout. Peter Cook est un architecte. On a dit qu'il avait défiguré l'East End avec ses grandes demeures luxueuses, mais finalement, tout le monde est conquis.

On se l'arrache – il ne travaille que sur des maisons de plus de dix millions de dollars maintenant. »

Le pilote mit les moteurs en marche.

« J'adore ce moment de la semaine, pas vous ? chuchota Billy en se penchant vers Annalisa avec des airs de conspirateur. Le moment où l'on va prendre un peu le vert. Même si ce n'est que pour le week-end. Vous habitez à New York ?

— Nous venons d'arriver.

— Et où demeurez-vous ? Dans l'Upper East Side ?

— Nous n'avons pas de domicile en réalité.

— Ma pauvre enfant ! s'exclama Billy. Avec un beau mari comme le vôtre qui se pavane dans une chemise Paul Smith à deux cents dollars, ne me dites pas que vous dormez sur le trottoir dans une boîte en carton !

— Non, nous sommes au Waldorf. En attendant de trouver un appartement ou une maison.

— Pourquoi le Waldorf ? demanda Billy.

— C'était là que je descendais quand j'étais en déplacement pour le boulot.

— Ah, je vois. »

Annalisa se sentit intimidée par le regard insistant de Billy. Elle était habituée à l'attention que lui valaient ses cheveux auburn, ses pommettes larges et ses yeux gris clair. Les hommes avaient une propension à tomber amoureux d'elle – bêtement – et elle avait appris à ignorer leur intérêt. Mais avec Billy, c'était différent. Il la contemplait comme si elle était un objet en porcelaine fine. Gênée, elle se détourna, offrant le spectacle de son profil. Elle n'est pas d'une beauté classique, songea Billy, mais on en voit peu comme elle. Son visage était de ceux qui ne s'oubliaient pas. Elle ne portait pas la moindre trace de maquillage, et s'était fait une simple queue-de-cheval. Une fille sûre d'elle, se dit Billy, pour se présenter ainsi, avec pour seule parure la montre Chopard en platine avec les diamants. Un détail curieux. Il se tourna vers le mari, qu'il jugea moins intéressant physiquement. Billy savait déjà, grâce à Connie Brewer, que Paul Rice était un génie des mathématiques. S'il travaillait avec Sandy Brewer, il était forcément riche – la seule chose requise chez un homme aux yeux de la bonne société new-yorkaise. Ce qui comptait vraiment, c'était les épouses. L'hydravion commença sa course sur les eaux agitées de l'East River. Billy s'enfonça dans son siège, ravi. Annalisa et Paul Rice l'intriguaient. Tout compte fait, le week-end promettait d'être intéressant.

L'appareil prit de la vitesse, puis décolla. Ils survolè-rent le Queens et d'interminables rangées de maisons minuscules avant de remonter le détroit de Long Island, qui scintillait comme les diamants sur la montre d'An-nalisa. L'hydravion contourna la pointe nord de Long Island et prit la direction du sud. Ils virent alors défiler des pâturages et des champs de blé verts, puis se retrou-vèrent de nouveau au-dessus de l'eau. Enfin, l'appareil amorça sa descente vers une île.

Billy Litchfield tapota l'épaule d'Annalisa. « Vous allez découvrir un petit coin de paradis, dit-il. Moi qui suis allé partout, je peux vous affirmer que cet endroit-ci est aussi beau que Saint-Tropez ou Capri. C'est la raison pour laquelle les Hamptons ne seront jamais démodés, quoi qu'on en dise. »

L'hydravion s'approchait maintenant d'un quai d'un blanc virginal. Une pelouse aussi soignée qu'un terrain de golf remontait une colline au sommet de laquelle trônait une énorme demeure en bardeaux avec des tou-relles en pierre rose. Sur la pelouse près du quai se trou-vaient deux voiturettes de golf.

Ils furent accueillis sur le quai par Sandy Brewer,

dont le nom était le trait le plus marquant. En dehors de cela, Sandy était d'une fadeur étrange, avec des traits quelconques et des cheveux d'une couleur indéfinissable. « Connie vous demande de monter directement à la maison, dit-il à Billy. Elle a des soucis avec le dessert. Pendant ce temps, je vais faire visiter la propriété à Paul et Annalisa. » Billy partit avec l'une des voiturettes et les bagages.

Annalisa s'installa à l'arrière de la seconde voiturette, tandis que Paul prenait place à l'avant à côté de Sandy. Ce dernier se tourna vers elle et lui demanda si elle avait déjà été dans les Hamptons.

« En fait, non, jamais, répondit-elle.

— On a trente hectares ici, ce qui est énorme. Connie et moi on vient d'acheter un ranch au Montana avec un terrain de 500 hectares, mais le Montana, ce n'est pas la même chose. Là-bas, si vous n'avez pas ça, vous êtes un minable. Alors que dans les Hamptons, même avec trois hectares, ça ne pose aucun problème – vous pouvez même devenir membre du club de tennis de Southampton. Mais Connie et moi on n'aime pas ce genre d'endroit. On tient à préserver notre vie privée. Quand on est ici, personne ne le sait. »

Une heure plus tard, après la visite des deux bassins (un de dimensions olympiques et un autre qui ressemblait à un étang, avec une chute d'eau), des maisons des invités, du zoo et de la volière privés, de la serre où poussaient des espèces rares de tulipes, de la ferme miniature avec ses poneys et ses chèvres, des trois courts de tennis entourés de gradins, des terrains de baseball, de basket, de squash, de la maison d'été victorienne pour les enfants, de la cave avec ses fûts en ciment dernier cri, du vignoble de trois hectares, du verger, du potager et de l'étang pour poissons exotiques, Sandy les fit entrer dans la maison. Le hall était flanqué de deux escaliers grandioses. Paul et Sandy s'éclipsèrent pour aller discuter affaires tandis qu'une femme de chambre guatémaltèque faisait signe à Annalisa de la suivre en haut. Elles traversèrent un salon, passèrent devant plusieurs portes fermées et entrèrent enfin dans une chambre avec un immense lit à baldaquin et deux salles de bains. Les portes-fenêtres ouvraient sur un balcon surplombant la pelouse et donnant sur l'océan. La valise d'Annalisa avait été défaite. Sa maigre garde-robe paraissait bien incongrue dans la gigantesque penderie en cèdre. Annalisa inhala l'odeur du bois. Il faut que je dise ça à Paul, songea-t-elle. Elle descendit à sa recherche.

Ce fut Connie qu'elle trouva, en compagnie de Billy Litchfield. Tous deux étaient installés sur des chaises longues recouvertes de soie rose dans une véranda. « Tu dois te sentir vraiment très mal, disait Connie à Billy.

— Oh, excusez-moi ! » s'exclama Annalisa en se rendant compte qu'elle venait d'interrompre un tête-à-tête.

Connie sursauta. Ancienne danseuse classique, elle avait conservé sa minceur de sylphide. Ses cheveux blonds et raides lui tombaient jusqu'au creux des reins. Elle avait d'immenses yeux bleus et un nez minuscule. « J'allais justement vérifier que vous étiez bien installée, dit-elle. Vous avez tout ce qu'il vous faut ?

— Notre chambre est parfaite, merci. Je cherchais Paul.

— Il est parti avec Sandy. Je ne sais pas trop ce qu'ils fricotent mais à mon avis, ils sont en train d'échafauder un plan pour devenir les maîtres du monde. Venez vous asseoir avec nous. J'ai appris que vous étiez avocate. Sandy m'a dit que vous aviez un poste important, que vous aviez travaillé pour le procureur.

— J'ai été son assistante juste après avoir fini mes études de droit.

— Alors vous allez certainement nous trouver très ennuyeuses, dit Connie. Nos maris ne parlent que d'affaires. Et nous, les femmes, de gosses.

— Ne l'écoutez pas, protesta Billy. Connie est une grande connaisseuse de l'art contemporain.

— Tout ce que je sais, c'est toi qui me l'as appris, Billy, corrigea Connie. Non, ce que j'aime vraiment, ce sont les bijoux. C'est plus fort que moi, j'adore tout ce qui brille. Et vous, Annalisa, avez-vous une passion honteuse ?

— Mon problème, répondit Annalisa en souriant, c'est que je suis sans doute beaucoup trop sérieuse.

— Le mien, répliqua Connie d'un ton théâtral en se tortillant sur sa chaise, c'est que je suis une riche et frivole écervelée. Mais qu'est-ce que je m'amuse ! »

Billy se leva.

« Et si nous nous préparions pour le dîner ? » suggéra-t-il. Annalisa le suivit.

« C'est vrai, Connie est frivole, lui confia-t-il, mais les Brewer ont acquis leur fortune il y a seulement sept ans. Cela dit, elle n'a pas une once de méchanceté. Si vous devenez son amie, vous aurez gagné une alliée très utile.

— Vous pensez que je vais avoir besoin d'alliés ?

— On a toujours besoin d'alliés, répondit Billy en souriant. Je vous verrai à l'apéritif. Huit heures, dans la véranda. » Et il la laissa en haut des marches.

Quel drôle de bonhomme, songea Annalisa en retournant dans sa chambre. Il semblait tout droit sorti du XIXᵉ siècle.

Paul arriva au moment où elle prenait sa douche dans une cabine aussi grande qu'une pièce. Elle ouvrit la porte en verre. « Ça fait thalasso. Tu veux essayer ? » Il se déshabilla, puis entra. Elle lui savonna la poitrine. « Tu as vu la penderie en cèdre ? Et les chauffe-serviettes ? Et le lit ? Qu'est-ce que tu en dis ?

— Et si on achetait une maison comme celle-ci ? lui suggéra Paul en penchant légèrement la tête en arrière pour faire tomber la mousse de ses cheveux.

— Tu veux dire notre demeure Peter Cook à nous ? En pierre rose, avec un petit bonhomme genre Billy Litchfield qui nous apprendrait à apprécier l'art et à avoir de bonnes manières ? »

Elle sortit de la douche d'un bond et se sécha. Paul resta tout mouillé sur le tapis de bain. Elle lui tendit une serviette épaisse.

« Pourquoi pas ? dit-il.

— Paul, qu'est-ce qui nous arrive ? Allons-nous devenir les nouveaux Connie et Sandy Brewer ? Leur réplique parfaite ? Avec de l'argent plus neuf ?

— Je ne vois pas ce que tu veux dire.

— Tout ce fric, on l'a depuis quand ? Six mois ? Dans six mois, on pourra peut-être fêter son premier anniversaire.

— Je ne te suis pas.

— Peu importe. Je pense à quelque chose que Billy Litchfield m'a dit. Ce n'est pas grave. »

Au fond du couloir, dans une autre pièce pratiquement identique, Billy Litchfield s'était allongé sur le dos et avait croisé les bras sur sa poitrine en prenant soin de ne pas froisser sa chemise. Il ferma les yeux, espérant faire un petit somme. Ces derniers temps, il se sentait fatigué en permanence, tout en ayant le plus grand mal à dormir. Cela faisait des mois que ses facultés psychiques le lâchaient. Peut-être devrait-il voir un astrologue, au lieu de son psychopharmacologue. Après de longues minutes d'épuisement nerveux, il alla finalement prendre dans son sac un flacon qui contenait des petites pilules orange. Il en avala la moitié d'une et s'allongea de nouveau.

Il se détendit en quelques minutes et sombra dans le sommeil. Il resta endormi plus longtemps qu'il ne l'aurait voulu. Quand il se réveilla, il était huit heures moins dix.

Il descendit à la hâte. Entourée d'un petit groupe d'hommes, Annalisa portait une robe toute simple qui mettait en valeur sa silhouette de jeune garçon dégingandé. Ses cheveux auburn détachés flottaient sur ses épaules. Elle n'avait toujours pas de maquillage et sa montre décorée de diamants constituait sa seule parure. En passant à côté d'elle pour aller saluer Connie, Billy entendit des bribes de conversation. « Allons, je ne veux pas croire que vous êtes républicain, disait Annalisa à l'un des associés de Sandy. Quand on est jeune et qu'on a de l'argent, devenir démocrate est un impératif moral. »

Billy s'arrêta et, se mêlant au groupe, prit le bras d'Annalisa. « Je peux vous kidnapper un instant ? lui demanda-t-il. Je voudrais vous présenter des amies de Connie. »

Connie était installée avec trois autres femmes sur de larges divans en osier brun. L'une fumait en douce une cigarette tandis que les autres parlaient d'une boutique à East Hampton. En voyant Annalisa et Billy s'approcher, Connie leva la tête et tapota le coussin à côté d'elle. « Il y a de la place ici, dit-elle à Annalisa avant de désigner la femme qui fumait. Je vous présente Beth. Elle aussi a étudié à Harvard. C'est bien cela, Beth ?

— Oui, à la faculté de droit, confirma Beth en écrasant à la hâte sa cigarette. Et vous ?

— J'étais à Georgetown, répondit Annalisa.

— Vous travaillez toujours ? demanda Beth.

— Non, je viens de démissionner.

— Beth a quitté son boulot il y a des années de cela, expliqua Connie. Et tu ne l'as jamais regretté, n'est-ce pas, Beth ?

— Je ne pourrais pas travailler de toute façon. Être mariée à l'un de ces gars-là, c'est déjà un job à plein temps.

— En fait, c'est surtout à cause des gosses, corrigea Connie. On ne veut pas perdre une seule minute de leur enfance. »

À neuf heures, les invités furent introduits dans la salle à manger et servis par un jeune homme et une jeune femme habillés en noir – des étudiants qui se faisaient un peu d'argent pendant l'été. Annalisa avait été installée à la place d'honneur, entre Billy Litchfield et Sandy Brewer, l'hôte. « Vous êtes déjà allée dans les Andes ? » lui demanda Sandy. Beth, qui était assise en face, se jeta sur l'occasion et entama une grande discussion avec lui sur les Andes, la nouvelle destination à la mode après la Nouvelle-Zélande. Puis on parla de la manifestation artistique organisée à Bilbao au bénéfice d'œuvres caritatives, pour laquelle Sandy avait promis un don d'un million de dollars, et où se déroulait la meilleure vente de vins aux enchères du monde. Après le dîner, il y eut une longue partie de billard dans la bibliothèque lambrissée. Les hommes, légèrement enivrés par les vins fins et le champagne, fumèrent des cigares. Billy joua contre Paul.

« Vous allez gagner beaucoup, beaucoup de fric, l'entendit-on dire à l'autre bout de la pièce, plus encore que ce que vous imaginez – mais cela ne changera rien. Parce que vous continuerez à bosser autant qu'avant, et peut-être même plus, et vous serez incapable de vous arrêter, et un jour, vous sortirez la tête du sac et vous

vous rendrez compte que la seule chose qui aura changé dans votre vie, ce sera l'emplacement de votre maison. Et vous vous demanderez à quoi bon passer votre vie à bosser. »

Les conversations s'éteignirent brusquement. Alors, dans le silence inquiétant, retentit la voix de Connie. « Ma foi, dit-elle, quelque peu interloquée, vous savez ce qu'on dit. On en revient toujours à ça – l'emplacement. Le meilleur endroit où acheter. »

Les invités poussèrent un soupir de soulagement. On s'exclama sur le temps qui avait passé si vite. Il était déjà deux heures du matin ! Tous montèrent se coucher.

« Qu'est-ce qui lui a pris, à ce type, à ton avis ? demanda Paul à Annalisa en se déshabillant dans la chambre.

— Tu veux dire Billy Litchfield ? Je suppose qu'il avait trop bu. » L'air conditionné était mis à fond. Elle se glissa avec délices sous la couette en duvet. « Mais de toute façon je l'aime bien.

— Tant mieux, dit Paul en se mettant au lit.

— Tu crois qu'ils nous ont appréciés ?

— Tu en doutes ?

— Je ne sais pas. Les femmes sont si spéciales.

— Elles m'ont semblé plutôt sympathiques.

— Oui, oui, bien sûr, elles sont très sympathiques, s'empressa de répondre Annalisa.

— Qu'est-ce qui ne va pas ? lui demanda Paul en bâillant bruyamment. Tu m'as l'air inquiète. Ça ne te ressemble pas.

— Je ne suis pas inquiète, je suis simplement intriguée. » Elle réfléchit un instant. « Et si Billy Litchfield avait raison ? À propos de l'argent ? Paul ? »

Mais Paul dormait.

Le lendemain matin au petit déjeuner, Annalisa apprit qu'ils étaient censés participer à un tournoi de tennis avec quelques-uns des invités de la veille. Paul, qui n'était pas sportif, fut éliminé dès le début par Sandy. Annalisa assista au match, assise sur les gradins. Elle qui avait été championne de son lycée sentait ressurgir son esprit de compétition. Il faut que je gagne, se dit-elle.

Le tournoi dura cinq heures, sous un soleil de plus en plus chaud. Annalisa gagna quatre matches d'affilée et se retrouva en finale contre Sandy. Jouant dans un style qui trahissait les nombreuses leçons qu'il avait prises, ce dernier tenta de compenser son absence de talent par de l'agressivité. Annalisa vit qu'elle pouvait gagner si elle le déstabilisait.

Il était peut-être riche, mais elle allait le battre. Elle ramena sa raquette en arrière et, juste au moment de frapper, donna un léger coup de poignet, si bien que la balle passa juste au-dessus du filet et rebondit sur la ligne de touche.

« Ace ! » s'exclama Billy Litchfield.

Trente minutes plus tard, la partie était finie. Tous se précipitèrent vers elle pour la féliciter. Tu vois, tu peux, songea Annalisa. Ici aussi tu peux réussir.

« Bon boulot », lui dit Paul. Il l'enlaça d'un air distrait, en guettant Sandy du coin de l'œil.

Joueurs et spectateurs se dirigèrent vers la maison.

« Ta femme bouge bien sur le court, dit Sandy.

— Elle se débrouille, répondit Paul timidement.

— Ouais, elle serait terrible sur un champ de bataille. »

Billy Litchfield, qui marchait nonchalamment derrière eux, frémit en entendant leur conversation. À ce moment-là, Annalisa s'arrêta et se retourna pour attendre le groupe. Elle arborait un air de triomphe. Billy lui prit le bras. « Bien joué, lui dit-il. Ceci étant, il est toujours de bon ton de laisser gagner l'hôte. » Telle était en effet la règle quand on était invité.

Elle s'arrêta. « Mais ce serait de la triche. Je ne pourrais pas.

— En effet, ma chère, répondit-il en la guidant sur le chemin. Je vois bien que vous êtes le genre de fille qui suit ses propres règles. C'est parfait, n'y changez rien. Mais il est toujours bon de connaître les règles des autres avant de les violer. »

4

Billy Litchfield rentra à New York le dimanche soir à six heures. Dans le taxi qui le ramenait chez lui, il songea avec plaisir à l'étonnant et profitable week-end qu'il venait de passer. Connie Brewer avait accepté d'acheter un petit Diebenkorn de trois cent mille dollars, sur lesquels il allait percevoir une commission de deux pour cent. Mais ce fut surtout Annalisa qui occupa ses pensées. On voyait rarement des filles comme elle de nos jours. Avec sa queue-de-cheval, ses yeux gris clair et son esprit acéré, elle était une vraie originale. Billy se dit, non sans une certaine excitation, qu'elle pourrait devenir, grâce à ses bons conseils, l'une des grandes dames du Tout-New York.

L'appartement de Billy Litchfield se situait sur la Cinquième Avenue, entre la 11e et la 12e Rue. C'était une ancienne résidence pour femmes célibataires, une bâtisse étroite et marron qui, coincée entre deux magnifiques buildings en brique rouge, paraissait presque invisible. Il n'y avait pas de portier, mais on pouvait sonner un factotum. Billy prit son courrier et grimpa les escaliers jusqu'au quatrième étage.

Dans cet immeuble, les appartements – quatre par niveau et tous identiques – faisaient à peu près vingt mètres carré. Billy disait souvent pour plaisanter qu'il vivait dans une maison de retraite où l'on casait les vieilles filles comme lui. Son petit studio était un agréable fouillis encombré de meubles donnés par des dames riches. Depuis dix ans, Billy se répétait qu'il allait le re-décorer et se trouver un amant, mais n'avait jamais réussi à mettre ces deux projets à exécution. Le temps passant, il y pensait d'ailleurs de moins en moins. Personne n'était venu chez lui depuis des années.

Il commença machinalement à ouvrir son courrier. Il y avait plusieurs invitations ainsi que deux ou trois magazines de luxe, une facture et une enveloppe d'allure officielle sur laquelle son adresse avait été écrite à la main. Il la mit de côté et s'intéressa à l'invitation qui lui semblait la plus alléchante. Reconnaissant immédiatement l'enveloppe en papier crème épais, il la retourna. Elle venait du Numéro 1, Cinquième Avenue. Il ne connaissait qu'une seule personne se fournissant encore en petits articles de bureau dans la vieille boutique de Mrs Strong – Louise Houghton. Il ouvrit l'enveloppe et en tira un carton sur lequel était écrit en lettres d'imprimerie, MESSE DE SOUVENIR EN L'HONNEUR DE MRS HOUGHTON À ST AMBROSE CHURCH, avec la date, le mercredi 12 juillet, calligraphiée en dessous. Billy reconnut bien là Louise et son souci de tout organiser, y compris sa propre messe de souvenir, et même de prévoir la liste des invités.

Il posa le carton à la place d'honneur sur l'étroite tablette au-dessus de la petite cheminée, puis s'assit afin de parcourir le reste de son courrier. L'enveloppe d'allure officielle avait été envoyée par la société gérant son immeuble. Il l'ouvrit avec appréhension.

« Nous sommes heureux de vous informer… qu'un accord a été trouvé… l'immeuble deviendra une copropriété à compter du 1er juillet 2009… vous pouvez acheter votre appartement à la valeur du marché... les locataires n'achetant pas leur appartement devront quitter les lieux avant la date limite. » Billy sentit une douleur sourde remonter dans sa mâchoire. Qu'allait-il devenir ? Son appartement valait au moins huit cent mille dollars. Il lui faudrait verser deux ou trois cent mille dollars à l'achat, puis emprunter le reste, ce qui représenterait, ajouté aux charges, des remboursements de plusieurs milliers de dollars par mois. Son loyer actuel n'était que de onze cents dollars. L'idée de devoir trouver un autre logement et de déménager l'accabla. Il avait cinquante-quatre ans. Il n'était pas vieux, certes, mais plus assez jeune pour trouver l'énergie nécessaire.

Il alla dans la salle de bains, ouvrit son armoire à pharmacie et avala trois antidépresseurs au lieu des deux qu'il prenait habituellement. Puis il s'allongea dans la baignoire et laissa couler l'eau. Je suis incapable de déménager, je suis trop vieux, se dit-il. Il va falloir que je trouve le moyen de dégoter l'argent nécessaire pour acheter.

Un peu plus tard dans la soirée, une fois propre et rasséréné, Billy appela le Waldorf-Astoria et demanda la suite des Rice. Annalisa répondit au bout de la troisième sonnerie. « Allô ? dit-elle d'une voix intriguée.

— Annalisa ? Billy Litchfield à l'appareil. Nous nous sommes rencontrés ce week-end.

— Ah oui, bien sûr. Comment allez-vous, Billy ?

— Bien, merci.

— Je vous écoute.

— Je me demandais... Avez-vous déjà entendu cette expression qui dit qu'une vraie dame ne doit être mentionnée dans les journaux que trois fois dans sa vie – pour sa naissance, pour son mariage, et pour sa mort ?

— C'est vrai ?

— C'était vrai il y a trois cents ans.

— J'imagine.

— Alors je me demandais si vous aimeriez m'accompagner à des funérailles mercredi. »

Le lundi après-midi, de retour au bureau après un week-end en famille chez Redmon et Catherine Richardly dans leur maison des Hamptons, Mindy créa un dossier sur son ordinateur. Comme cela se passait souvent dans le secteur prétendument créatif du glamour, son boulot était devenu de moins en moins créatif, de moins en moins glamour, et de plus en plus bureaucratique. Elle passait une portion significative de sa journée à s'efforcer de rester dans le coup ou de faire en sorte que les autres le soient. La moindre de ses velléités d'originalité se heurtait à une politesse un peu condescendante. Mais cette fois-ci, peut-être à cause du week-end difficile qu'elle venait de passer, Mindy avait conçu un projet qu'elle comptait bien mettre à exécution. Cela s'était passé dans la voiture de location qui les ramenait à Manhattan et que James conduisait. Tandis qu'elle consultait son BlackBerry, une idée lui était venue : elle allait créer son propre blog, sur sa propre vie.

Pourquoi pas ? Et pourquoi n'y avait-elle pas pensé plus tôt ? En fait, elle y avait bien songé, mais avait reculé à l'idée que ses petites rancœurs se retrouveraient divulguées sur Internet sous son nom à elle. Cela lui paraissait si vulgaire. Après tout, chacun pouvait en faire autant – et personne ne s'en privait d'ailleurs. Cela dit, des gens très bien le faisaient. C'était devenu un passage obligé, au même titre qu'avoir des enfants. Quand on était intelligent, il fallait absolument expri-

mer quelques opinions frappées du bon sens sur la blogosphère.

« Des joies de l'insatisfaction », tapa Mindy sur son
ordinateur. Ce titre n'avait rien de follement original,
sans pour autant être commun. Elle était sûre que personne n'avait trouvé une formule aussi percutante pour
exprimer cette doléance ô combien féminine.

« Scènes de week-end », ajouta-t-elle en sous-titre.
Elle croisa les jambes et se pencha en avant vers l'écran.
« Malgré le réchauffement climatique, le temps fut
splendide ce week-end dans les Hamptons. » En effet,
tout avait été presque parfait – la température de trente
degrés, les feuilles formant un halo de roses et de jaunes
cendrés, le vert vif de l'immense pelouse de la propriété
de Redmon Richardly. L'air s'était immobilisé, alourdi
par l'odeur terreuse de la pourriture – une odeur qui
arrêtait le temps, songea Mindy.

Mindy, James et Sam avaient quitté New York tard
le vendredi soir afin d'éviter les encombrements. Ils
avaient été accueillis lors de leur arrivée à minuit avec
du chocolat chaud et du vin rouge. Vêtu d'une gigo-
teuse bleue, Sidney, le bébé de Redmon et Catherine,
dormait dans son berceau bleu dans sa chambre bleue
décorée d'une frise de canards jaunes. La maison était
toute neuve, comme le bébé, et agréablement rassurante, ce qui rappela à Mindy ce qu'elle n'avait pas – à
savoir, un bébé et une belle maison dans les Hamptons,
un lieu où s'échapper le week-end en attendant de pouvoir un jour y trouver l'ultime refuge lorsqu'elle serait
à la retraite. Elle se rendit compte qu'il était de plus
en plus difficile d'expliquer pourquoi James et elle ne
possédaient pas ces choses qui n'étaient plus l'apanage
des seuls riches, mais aussi des classes moyennes aisées.
Le bonheur des Richardly devint encore plus enviable

lorsque Catherine lui révéla, lors d'un moment de confidence dans la cuisine de cinquante mètres carrés, tandis qu'elles chargeaient le lave-vaisselle, que Sidney avait été conçu sans aucune assistance médicale. Catherine avait quarante-deux ans. Lorsqu'elle se mit au lit, Mindy sentit une douleur dans sa poitrine. Allongée à côté de James, qui s'était endormi immédiatement (comme à son habitude), elle resta éveillée à se demander pourquoi et comment certains obtenaient ce qu'ils avaient dans la vie.

Peu après ses quarante ans, portée par une vague sensation d'insatisfaction, elle avait commencé à voir une spécialiste pratiquant une nouvelle approche « psychanalytropique » qu'on appelait « réajustement vital ». Cette psy, une jolie femme mûre approchant de la quarantaine et dotée de la peau lisse des adeptes des soins de beauté, portait une jupe étroite marron, un chemisier en imprimé panthère et des chaussures ouvertes Manolo Blahnik. Mère d'une petite fille de cinq ans, elle venait de divorcer. « Que voulez-vous, Mindy ? » lui avait-elle demandé d'une voix neutre, directe et efficace. « Si vous pouviez avoir quelque chose, là, tout de suite, qu'est-ce que vous demanderiez ? Répondez sans réfléchir.

— Un bébé, avait dit Mindy. J'aimerais un autre bébé, une petite fille. » Jusque-là, elle n'avait jamais soupçonné ce qui la tourmentait. « Pourquoi ? avait demandé la psy.

— Parce que je veux m'occuper de quelqu'un d'autre que de moi, avait répondu Mindy après un temps de réflexion.

— Mais vous avez déjà un mari et un fils. C'est bien cela ?

— Oui, mais mon fils a dix ans.

— Au fond, ce que vous voulez, c'est une assurance-vie.

— Je ne vois pas ce que vous voulez dire.

— Vous voulez avoir l'assurance que quelqu'un aura encore besoin de vous dans dix ans, quand votre fils aura terminé ses études et pourra se passer de vous.

— Oh, avait rétorqué Mindy en riant, mais il aura toujours besoin de moi !

— En êtes-vous bien sûre ? Et dans le cas contraire ?

— Seriez-vous en train de me dire que je ne peux pas gagner sur tous les tableaux ?

— Si, vous pouvez. Nous pouvons tous, à condition de savoir ce que nous voulons et de nous y consacrer entièrement. D'accepter de faire des sacrifices. Je dis toujours à mes clients que rien n'est jamais gratuit.

— Vous voulez dire, vos patients.

— Mes clients, avait répété la psy. Après tout, ils ne sont pas malades. »

La psy avait prescrit à Mindy du Xanax à prendre le soir avant de se coucher, afin de calmer ses angoisses et ses insomnies (elle se réveillait chaque nuit au bout de quatre heures de sommeil et ne se rendormait au mieux que deux heures plus tard) et l'avait envoyée chez l'un des meilleurs spécialistes du traitement de l'infertilité à Manhattan, lequel s'occupait généralement de patients plus célèbres mais acceptait ceux que lui envoyaient les médecins de son acabit. Il avait commencé par lui recommander de prendre des vitamines et de s'en remettre à la chance. Cela ne marcherait pas, Mindy en était convaincue. Elle n'avait jamais eu de chance. Ni James d'ailleurs.

Au bout de deux ans de procédures de plus en plus compliquées, Mindy avait laissé tomber. Elle avait fait ses comptes et en avait conclu qu'elle ne pouvait plus se permettre de continuer le traitement.

Reprenant son blog, elle écrivit : « Je peux compter sur les doigts d'une main les jours où j'ai été vraiment heureuse. Ce qui n'est pas brillant dans un pays où la poursuite du bonheur est un droit tellement important qu'il est inscrit dans notre Constitution. Mais voilà peut-être la clé. Ce qui compte, c'est de chercher le bonheur, non de l'atteindre. »

Elle songea au dimanche qu'elle venait de passer dans les Hamptons. Le matin, ils étaient partis se promener sur la plage et elle avait porté Sidney quand ils avaient commencé à peiner sur le sable mou près de l'eau. Les énormes et triomphales maisons construites derrière les dunes lui avaient rappelé la réussite de certains hommes, et l'échec des autres. L'après-midi, Redmon avait organisé une partie de rugby.

Assises sous la véranda, Catherine et Mindy regardèrent les hommes jouer. « Quel beau temps, n'est-ce pas ? s'extasia Catherine pour la dixième fois.

— Exceptionnel, en effet, répondit Mindy.

— Et Sam est vraiment mignon !

— C'est un beau garçon, reconnut fièrement Mindy. Mais James aussi était mignon quand il était plus jeune.

— Il est resté séduisant, dit Catherine d'un ton qui se voulait aimable.

— C'est gentil de dire ça, mais ce n'est pas vrai », rétorqua Mindy. Catherine la regarda, stupéfaite.

« Je fais partie de ces gens qui ne savent pas se mentir, expliqua Mindy. Je m'efforce de vivre avec la vérité.

— Ce ne serait pas un peu malsain, ça ?

— Sans doute. »

Elles restèrent silencieuses un bon moment. Les hommes se déplaçaient avec lourdeur sur la pelouse, essoufflés comme on peut l'être quand on commence vraiment à prendre de l'âge. Pourtant, Mindy leur envia cette liberté et cette capacité à profiter des joies de la vie.

« Tu es heureuse avec Redmon ? demanda-t-elle à Catherine.

— C'est drôle que tu me demandes ça. Quand on attendait Sidney, j'avais peur. Je n'avais aucune idée du genre de père qu'il serait. Ça a été l'une des périodes les plus difficiles de notre couple.

— Vraiment ?

— Il continuait à sortir quasiment tous les soirs. Je me disais, c'est comme ça qu'il fera quand le bébé sera là. Est-ce que je me suis encore trompée de mec ? On ne connaît pas un homme tant qu'on n'a pas eu d'enfant avec lui. Il y a tellement de choses qui se révèlent à ce moment-là. S'il est gentil. S'il est affectueux. S'il est immature en plus d'être égocentrique et égoïste. Quand tu as un enfant, soit tu aimes ton mari encore plus qu'avant, soit tu perds tout respect pour lui. Et si tu ne le respectes plus, c'est fini. Je veux dire par là, si jamais Redmon frappait Sidney ou lui criait dessus ou ne supportait pas qu'il pleure, je ne sais pas comment je réagirais.

— Mais ce n'est pas le genre de choses que Redmon ferait. Il est tellement fier de ses mœurs civilisées.

— C'est vrai, mais on ne peut pas s'empêcher de penser à ces choses-là quand on a un bébé. Un gène protecteur, sans doute. Et James, c'est quel genre de père ?

— Il a été super dès le début, répondit Mindy. Ce n'est pas l'homme parfait...

— Aucun ne l'est.

— ... Mais il était tellement prudent avec Sam.

Quand j'étais enceinte, il a lu tous les bouquins sur l'éducation des enfants. Il est un peu trop sérieux parfois.

— Comme la plupart des journalistes.

— Bref, il aime tout savoir dans les moindres détails. Et finalement, Sam s'en tire plutôt bien. »

Mindy s'enfonça dans son siège en savourant la chaleur vaporeuse de cette journée d'été. Ce qu'elle avait confié à Catherine à propos de James n'était que partiellement vrai. Quand Sam était petit, James s'inquiétait de tout, de ce qu'il mangeait et même du type de couches qu'il portait, au point de se disputer avec elle dans les allées du supermarché pour savoir quelle était la meilleure marque. Depuis, le ressentiment qu'ils éprouvaient l'un envers l'autre était toujours là, juste sous la surface. Catherine avait raison, songea Mindy. Tous leurs problèmes de couple remontaient aux mois qui avaient suivi la naissance de Sam. James avait probablement aussi peur qu'elle, sans vouloir l'admettre, mais elle avait cru qu'à travers son comportement, il remettait en cause sa capacité à elle à s'occuper du bébé. Elle avait pensé qu'il la jugeait secrètement mauvaise mère et tentait de le lui prouver en critiquant la moindre de ses décisions. Ce qui, bien sûr, n'avait fait que décupler son propre sentiment de culpabilité. Elle était retournée au boulot dès la fin de ses six semaines de congé maternité, secrètement soulagée en vérité de quitter la maison et d'échapper à son bébé, qui lui réclamait tellement que cela la terrifiait, autant que l'amour qu'il éveillait en elle. James et elle s'étaient adaptés à la situation, comme la plupart des parents. Au final, avoir fait un enfant ensemble leur avait paru merveilleux au point d'en oublier leur animosité. Pour autant, les querelles à propos de Sam n'avaient jamais complètement cessé.

« Je ne suis pas entièrement satisfaite de ma vie, et je commence tout juste à me rendre compte que je ne le serai jamais, écrivit Mindy dans son blog. J'imagine que je peux très bien vivre ainsi. Peut-être mes véritables peurs sont-elles ailleurs – dans la nécessité de renoncer à la poursuite du bonheur. Que serais-je si je me contentais d'être ce que je suis ? »

Elle mit le nouveau chapitre de son blog sur le site qui l'hébergeait, puis rentra chez elle. Apercevant son reflet dans la glace en verre fumé près des ascenseurs, elle se demanda qui pouvait bien être cette femme d'âge mûr. C'est alors que Roberto, le portier, s'avança vers elle. « J'ai un colis pour vous », lui dit-il.

C'était un paquet lourd et volumineux adressé à James. Mindy le tint tant bien que mal en équilibre sur l'avant-bras le temps de trouver ses clés. Elle entra, alla dans la chambre avec l'intention de se changer et laissa tomber le paquet sur le lit défait. Puis voyant qu'il provenait du bureau de Redmon Richardly et se disant que c'était peut-être quelque chose d'important, elle l'ouvrit. Il contenait trois jeux d'épreuves du nouveau roman de James.

Elle commença à lire. Elle s'arrêta au bout de deux paragraphes, rongée par la culpabilité. Le peu qu'elle avait parcouru était bien meilleur que ce à quoi elle s'attendait. Deux ans auparavant, elle avait lu la moitié du brouillon de ce même roman et avait paniqué, au point de ne plus pouvoir continuer. Elle avait trouvé la chose franchement médiocre, mais ne voulant pas blesser James, elle s'était contentée de dire que ce n'était pas sa tasse de thé. Façon plutôt facile de s'en tirer. Il s'agissait en fait d'un roman historique sur un certain David Bushnell, un personnage ayant réellement existé, inventeur du premier sous-marin. Mindy soupçonnait ce David Bushnell d'être gay – il ne s'était en effet jamais marié. L'histoire se déroulait dans les années 1800, et à cette époque, quand on n'était pas marié, on était à coup sûr homosexuel. Lorsque Mindy avait demandé à James s'il comptait s'intéresser à la vie sexuelle de David Bushnell et à ce qu'elle cachait, il lui avait lancé un regard mauvais et avait répondu non, ajoutant que David Bushnell était un érudit, un mathématicien de génie, ancien garçon de ferme qui était parvenu à se faire admettre à Yale et avait inventé non seulement le sous-marin mais également les bombes sous-marines – invention peu concluante à dire vrai.

« En d'autres termes, avait conclu Mindy, c'était un terroriste.

— On peut dire les choses comme ça », avait reconnu James.

Et ils n'avaient plus jamais abordé le sujet.

Mais le simple fait de ne pas parler de quelque chose ne voulait pas dire pour autant qu'il disparaissait. Ce livre, huit cents pages au total, était resté là entre eux deux comme un poids mort pendant des mois, jusqu'à ce que James se décide à l'envoyer à son éditeur.

James était à présent dans la petite arrière-cour cimentée, un verre de whisky à la main. Elle s'assit à côté de lui sur une chaise métallique à assise en plastique qu'elle avait achetée sur un catalogue en ligne à l'époque où la chose, toute nouvelle, suscitait l'émerveillement (« J'ai acheté ça sur Internet ! » « C'est pas vrai ! » « Si ! Et en plus c'était d'une simplicité ! ») et ôta ses chaussures. « Les épreuves de ton livre sont arrivées », annonça-t-elle. Jetant un coup d'œil au verre qu'il avait à la main, elle ajouta : « Tu ne trouves pas que c'est un peu tôt pour te mettre à boire ? »

James leva son verre. « Je fête mon succès. Apple veut

mon bouquin. Ils vont commencer à le mettre dans leurs magasins en février. Ils se lancent dans les livres et c'est le mien qu'ils ont choisi pour débuter. D'après Redmon, nous sommes pratiquement sûrs de vendre au moins deux cent mille exemplaires. Parce que le nom Apple inspire confiance, plus que le nom de l'auteur. Ce qui compte, ce n'est pas l'auteur, c'est l'opinion de l'ordinateur. Il se pourrait bien que je gagne un demi-million de dollars. » Il se tut un instant. « Qu'en penses-tu ? demanda-t-il enfin à Mindy.

— Je suis sous le choc », répondit-elle.

Ce soir-là, Enid traversa la Cinquième Avenue pour aller voir sa belle-mère, Flossie Davis. Elle n'appréciait pas particulièrement ces visites, mais Flossie étant âgée de quatre-vingt-treize ans, elle se disait qu'il aurait été cruel de l'éviter. Flossie n'en avait plus pour très long-temps. Cela dit, elle était à l'article de la mort (pour reprendre ses propres termes) depuis quinze ans et visi-blement la mort ne voulait toujours pas d'elle.

Comme d'habitude, Flossie était au lit quand Enid entra. Mais si elle quittait rarement son trois-pièces, elle ne dérogeait jamais au rituel de la séance de maquillage outrancier adopté à l'adolescence, quand elle était dan-seuse de music-hall. Elle avait relevé ses cheveux blancs aux reflets jaunâtres sur le sommet de son crâne, ces mêmes cheveux que, plus jeune, elle décolorait et pas-sait des heures à peigner, et dont la masse fibreuse rap-pelait la barbe à papa. Enid avait une théorie selon laquelle ces décolorations répétées avaient affecté le cer-veau de sa belle-mère. En effet, Flossie était toujours légèrement à côté de la plaque, tout en persistant à affir-mer qu'elle avait raison même lorsque tout prouvait le contraire. Le seul domaine dans lequel elle avait presque toujours vu juste, c'était les hommes. À l'âge de dix-neuf ans, elle avait pris dans ses filets le père d'Enid, Bugsy Merle, un prospecteur de pétrole du Texas. À la mort de celui-ci, terrassé par une crise cardiaque à l'âge de cinquante-cinq ans, elle avait épousé un veuf d'âge respectable, Stanley Davis, qui possédait plusieurs journaux. Désormais riche et désœuvrée, elle avait passé la majeure partie de sa vie à tenter de devenir la reine du Tout-New York, mais n'avait jamais eu suffisamment de sang-froid et de discipline pour y parvenir. À présent, elle souffrait de problèmes cardiaques et d'infections des gencives, s'essoufflait rapidement quand elle parlait, et n'avait pour toute compagnie que la télévision et les visites d'Enid et de Philip. Elle était la preuve vivante que la vieillesse était une chose terrible, et qu'on ne pouvait rien y changer.

« Alors comme ça, Louise est morte, déclara-t-elle d'un ton triomphant. Je mentirais en disant que j'en suis navrée. Personne ne méritait la mort plus qu'elle. Je savais bien qu'elle finirait mal. »

Enid soupira. Cette absence totale de logique, c'était du Flossie tout craché. Le résultat d'une vie passée sans un seul véritable effort à fournir.

« Je n'irais quand même pas jusqu'à dire que c'était bien fait pour Louise, dit-elle prudemment. Elle avait quatre-vingt-dix-neuf ans, après tout. On finit tous par mourir. Ce n'est pas un châtiment. Dès notre naissance, notre vie va dans une seule direction.

— Changeons de sujet.

— Il faut bien voir la réalité en face.

— Moi, je n'en ai nullement l'intention. Je ne vois pas ce que la réalité nous réserve de bon. Si les gens la regardaient en face, ils se zigouilleraient.

— Peut-être bien, en effet, convint Enid.

— Mais toi, non, poursuivit Flossie en se redressant pour mieux lancer sa pique. Tu n'as jamais eu de mari, jamais eu d'enfant. La plupart des femmes se seraient suicidées à ta place. Mais pas toi. Tu continues. Et ça, j'admire. Je n'aurais pas supporté de finir vieille fille.

— On dit "célibataire" maintenant.

— Bref, reprit Flossie d'une voix pleine d'entrain, j'imagine qu'on ne peut pas regretter ce qu'on n'a jamais eu.

— Ne sois pas ridicule. Si c'était vrai, l'envie n'existerait pas. Personne ne serait malheureux.

— Pour en revenir à Louise, je ne l'enviais pas. Tout le monde disait que si, mais c'était faux. Pourquoi aurais-je été jalouse d'elle ? Elle n'était même pas bien faite. Trop plate.

— Flossie, si tu n'étais pas jalouse d'elle, pourquoi l'as-tu accusée de vol ?

— Parce que c'était vrai », répondit Flossie, le souffle court. Elle tendit le bras pour attraper l'inhalateur sur la petite table à côté d'elle. « Cette garce, reprit-elle entre deux halètements, c'était une voleuse ! Et pire encore ! »

Enid se leva pour aller lui chercher un verre d'eau. Revenue dans la chambre, elle dit d'une voix adoucie : « Bois ton eau. Et oublie tout ça.

— Alors dis-moi où elle est ? Où elle est, la croix de Mary-la-Sanglante ?

— Il n'y a aucune preuve de son existence, répondit Enid d'un ton ferme.

— Comment ça, aucune preuve ? rétorqua Flossie, des éclairs dans les yeux. Elle y est, dans le tableau de Holbein, au cou de cette femme. Et plusieurs documents disent que le pape Jules III en a fait don à la reine Mary pour la récompenser d'avoir tant fait pour que l'Angleterre reste catholique.

— Il n'y a qu'un seul document, dont l'authenticité n'a d'ailleurs jamais pu être prouvée.

— Et la photo ?

— Elle a été prise en 1910. À peu près aussi fiable que le célèbre cliché du monstre du Loch Ness.

— Je ne comprends pas pourquoi tu refuses de me croire, soupira Flossie en lançant à Enid un regard peiné. Cette croix, je l'ai vue de mes propres yeux, au sous-sol du Met. J'aurais dû la surveiller, mais j'avais le défilé Pauline Trigère dans l'après-midi. Et Louise est bel et bien allée au Met ce jour-là.

— Flossie, tu ne comprends donc pas ? Tu aurais tout aussi bien pu prendre la croix toi-même. Si tant est qu'elle existe.

— Sauf que ce n'est pas moi qui l'ai prise, c'est Louise », répéta Flossie avec entêtement.

Enid soupira. Depuis cinquante ans, Flossie criait sur tous les toits que Louise avait volé la croix. Cette obsession avait fini par lui coûter sa place au conseil d'administration du Metropolitan Museum, suite à une cabale menée par Louise Houghton, laquelle avait habilement suggéré que Flossie souffrait d'une légère déficience mentale. L'accusation étant largement considérée comme justifiée, Louise avait eu gain de cause et Flossie ne lui avait jamais pardonné non seulement le vol présumé, mais également cette trahison, qui lui avait valu la disgrâce du Tout-New York.

Elle aurait pu regagner les faveurs de la bonne société, mais persistait à croire que Louise Houghton, femme au-dessus de tout soupçon, avait volé la croix de Mary-la-Sanglante et l'avait cachée quelque part dans son appartement. Et à présent, la voilà qui montrait la fenêtre et répétait entre deux halètements : « Je te le dis, en ce moment même, la croix se trouve dans son appartement. Elle est planquée là-bas, à attendre que quelqu'un la trouve.

— Mais pourquoi diable Louise l'aurait-elle prise ? demanda Enid en s'efforçant de ne pas perdre patience.

— Parce qu'elle était catholique. Ils sont tous comme ça, les catholiques.

— Il est temps que tu abandonnes cette idée fixe. Louise est morte. Regarde les choses en face.

— Pourquoi je devrais ?

— Pense à ce que tu vas laisser derrière toi. Tu tiens vraiment à ce que les gens gardent de toi l'image d'une vieille folle qui accusait Louise Houghton de vol ?

— Je me fiche de ce que les gens pensent, déclara Flossie fièrement. Je m'en suis toujours foutue. Et je ne comprendrai jamais que ma propre belle-fille puisse être amie avec Louise.

— Ah, Flossie, si les gens à New York attachaient de l'importance à ces disputes mesquines et insignifiantes, plus personne n'aurait d'amis. »

« J'ai lu quelque chose de drôle aujourd'hui, dit la maquilleuse. "Les joies de l'insatisfaction".

— De l'insatisfaction ? répéta Schiffer Diamond. C'est tout à fait moi, ça.

— Une amie me l'a transmis par mail. Je peux vous l'envoyer si vous voulez.

— Bonne idée. J'aimerais bien lire ça. »

La maquilleuse recula pour inspecter Schiffer dans la grande glace.

« Alors ? Qu'en pensez-vous ?

— C'est parfait. Il faut que ça reste naturel. À mon

avis, une mère supérieure ne doit pas beaucoup se maquiller.

— Une fois qu'elle aura eu sa première aventure sexuelle, on pourra faire quelque chose de plus sophistiqué. »

Alan, l'assistant aux cheveux roux, passa la tête par l'entrebâillement de la porte. « Ils vous attendent, dit-il à Schiffer.

— Je suis prête », répondit-elle en se levant.

« Schiffer Diamond arrive », annonça Alan dans son casque.

Ils empruntèrent un petit couloir, puis traversèrent l'atelier des décors. Deux grandes portes métalliques ouvraient sur l'un des six plateaux. Derrière un labyrinthe de murs en contreplaqué se trouvait une toile de fond blanche. À quelques mètres de là, des chaises pliantes avaient été installées devant un moniteur. Le metteur en scène, Asa Williams, se présenta. Maigre, l'air maussade, il avait le crâne rasé et un tatouage sur le poignet gauche. Il avait souvent travaillé pour la télévision et deux de ses films avaient été de grands succès. Se pressait autour de lui la foule habituelle des assistants et techniciens, tous curieux de voir quel genre d'actrice serait Schiffer. Professionnelle ou capricieuse ? Elle fut cordiale mais distante.

« Vous savez ce que vous avez à faire, n'est-ce pas ? » lui demanda Asa. On l'emmena sur le plateau. On lui dit de se diriger vers la caméra. De tourner le visage à droite. À gauche. La batterie de la caméra s'arrêta. On fit une pause de quatre minutes, le temps que quelqu'un remplace la batterie. Schiffer sortit du plateau et attendit debout, derrière les chaises pliantes. Les gens de la production discutaient avec les représentants de la chaîne de télé.

« Elle est encore belle.

— Ouais, elle est superbe.

— Peut-être un peu trop pâle. »

On l'envoya faire retoucher son maquillage. Assise dans la loge, elle se souvint de cet après-midi où Philip avait frappé à la porte de sa caravane. Il n'avait toujours pas digéré le fait qu'elle avait qualifié son film de merdique. « Si vous pensez que mon film est nul, pourquoi vous jouez dedans ? lui avait-il demandé.

— Je n'ai pas dit qu'il était nul. J'ai dit qu'il était merdique. Ce n'est pas du tout la même chose. Il va falloir que vous vous blindiez si vous voulez survivre à Hollywood.

— Qui a dit que je voulais survivre à Hollywood ? Et qu'est-ce qui vous fait croire que je ne suis pas suffisamment blindé ? »

« Et puis d'abord, qu'est-ce que vous savez, vous ? lui avait-il demandé plus tard, alors qu'ils prenaient un verre au bar de l'hôtel. Ce n'est que votre deuxième film, après tout.

— J'apprends vite, répondit-elle. Et vous ? »

Il commanda deux tequilas, puis deux autres un peu plus tard. Ayant repéré une table de billard au fond du bar, ils firent une partie en saisissant tous les prétextes pour se frôler comme par hasard. Leur premier baiser eut lieu devant les toilettes, situées dans une petite hutte. Il l'attendait à la porte. « Je réfléchissais à ce que vous m'avez dit, sur le fait qu'Hollywood corrompt. »

Elle s'appuya sur la paroi en bois brut de la hutte et éclata de rire. « Il ne faut pas prendre tout ce que je dis au pied de la lettre. Il m'arrive de sortir des âneries juste pour voir l'effet que ça fait. Est-ce un crime ?

— Non, répondit-il en posant sa main sur le mur au-dessus de son épaule. Mais la conséquence, c'est que je ne saurai jamais si vous êtes sérieuse ou pas. » Elle avait penché la tête en arrière pour le regarder. Pourtant, il était à peine plus grand qu'elle – moins de dix centimètres. Brusquement, il passa le bras autour de sa taille. Ils s'embrassèrent. Les lèvres de Philip étaient douces. Surpris tous les deux, ils s'écartèrent l'un de l'autre, puis retournèrent au bar et commandèrent des tequilas. Mais la ligne avait été franchie. Ils ne tardèrent pas à s'embrasser de nouveau et à se caresser jusqu'à ce que le barman leur dise : « Allez vous prendre une chambre.

— On en a déjà une », répondit Schiffer en riant.

Une fois dans la chambre, ils se lancèrent dans la longue et délicieuse découverte de leurs corps. Lorsqu'ils ôtèrent leurs chemises, le contact de leurs peaux collées l'une à l'autre fut une véritable révélation. Ils s'allongèrent un moment, comme des lycéens qui ont tout leur temps et n'ont pas besoin de se presser. Puis ils enlevèrent leurs pantalons et mimèrent les gestes de l'amour, le sexe de Philip frôlant celui de Schiffer à travers leurs sous-vêtements. Ils passèrent la nuit à se toucher et à s'embrasser, s'assoupirent puis se réveillèrent, heureux de se retrouver dans le même lit. Ils recommencèrent à s'embrasser. Enfin, au petit matin, le moment venu, il la pénétra. Jamais ça n'avait été aussi fort. Il s'immobilisa, resta en elle. Tous deux savourèrent la sensation miraculeuse de leurs corps parfaitement emboîtés.

Elle avait une scène à sept heures du matin. Dès dix heures, profitant d'une pause, il vint la retrouver dans sa caravane et ils firent l'amour sur le petit lit avec les draps en polyester. Ils le firent trois fois ce jour-là, et au cours du dîner avec l'équipe, elle mit sa jambe sur la sienne et il passa sa main sous son chemisier pour lui caresser la taille. Tout le monde était désormais au courant, mais les histoires d'amour sur un tournage faisaient partie de l'intimité et du stress habituels d'un plateau. D'habitude, elles cessaient dès que le film était en boîte. Pourtant, Philip vint s'installer chez Schiffer à Los Angeles. Tous deux jouèrent au petit couple, comme n'importe quels amoureux qui découvrent les joies de la vie à deux, pour qui même le quotidien paraît nouveau et une incursion au supermarché devient une aventure. Hélas, leur bonheur anonyme ne dura que peu de temps. Le film sortit et fit un tabac.

Leur relation devint brusquement de notoriété publique. Ils louèrent une plus grande maison avec un portail dans les collines d'Hollywood, mais ne purent empêcher le monde extérieur de venir les envahir. Ce fut là que les ennuis commencèrent.

Leur première dispute partit d'un magazine où elle était en couverture, avec un article où elle disait : « Il m'est impossible de prendre un film au sérieux. Au bout du compte, être actrice, ce n'est pas tellement différent de ce que les petites filles font quand elles se déguisent. » Rentrant un jour à la maison après une réunion l'après-midi, elle trouva le magazine en question sur la table basse et Philip de fort mauvaise humeur. « C'est donc ça que tu penses de mon travail ? lui demanda-t-il.

— Ça n'a rien à voir avec toi.

— C'est vrai, parce qu'il s'agit toujours de toi. Tu ne t'es jamais dit que c'était de mon film que tu parlais ?

— Arrête de te prendre au sérieux. C'est moche. » Mais il semblait bien qu'elle l'avait irrémédiablement blessé. Leur relation survécut quelque temps, puis il rentra à New York. Au bout d'un mois passé à déprimer, il l'appela. « J'ai réfléchi. Ce n'est pas nous.

C'est Hollywood. Pourquoi tu ne viendrais pas à New York ? »

À l'époque, elle avait vingt-quatre ans et était prête à toutes sortes d'aventures. Mais vingt ans s'étaient écoulés depuis, songea-t-elle en contemplant son reflet dans le miroir de la loge. Sous la lumière impitoyable des ampoules, impossible de prétendre être restée une jeune femme. Son visage avait mûri, s'était fait plus anguleux. Elle ne pouvait pas passer pour une ingénue. Mais elle avait appris beaucoup de choses sur ce qu'elle voulait dans la vie et sur ce qui n'avait plus d'importance.

Et Philip ? Se penchant vers le miroir pour vérifier son maquillage, elle se demanda ce qu'il avait pensé en la rencontrant par hasard dans l'ascenseur. La voyait-il comme une femme d'âge mûr ? La trouvait-il toujours séduisante ?

La dernière fois qu'elle l'avait vu remontait à dix ans. Elle était venue à New York pour faire la promotion d'un film lorsqu'elle était tombée sur lui dans le hall du Numéro 1. Bien qu'ils ne se soient pas parlé depuis plus d'un an, ils reprirent immédiatement leurs vieilles habitudes et une fois qu'elle eut donné sa dernière interview, ils se retrouvèrent pour aller dîner chez Da Silvano. Un gros orage avait éclaté aux alentours de onze heures, bloquant tout le monde à l'intérieur du restaurant. Les serveurs avaient déplacé les tables et mis de la musique pour que les clients puissent danser. « Je t'aime, lui avait déclaré Philip. Tu es ma meilleure amie.

— Toi aussi, tu es mon meilleur ami.

— Tous les deux on se comprend. On sera toujours amis. »

Ils rentrèrent chez elle. Elle avait fait venir d'Angleterre un vieux lit à baldaquin. Cette année-là, elle avait en effet passé deux mois à Londres pour une pièce de théâtre et était tombée amoureuse du style campagnard anglais. Philip était penché sur elle, et ses cheveux lui balayaient le visage. Ils firent l'amour avec vigueur et application, stupéfaits de constater que c'était toujours aussi bon, ce qui remit sur le tapis la question d'une vie commune. Il lui demanda ce qu'elle avait de prévu. Elle répondit qu'elle devait aller en Europe, puis de là rentrer directement à Los Angeles, mais qu'elle pouvait faire un détour par New York et y passer quelques jours. Elle se rendit bel et bien en Europe, mais se retrouva coincée là-bas deux semaines de plus et fut obligée de rentrer directement à Los Angeles. Ensuite, elle joua dans un film qui se tournait à Vancouver et en Inde. Six mois plus tard, elle apprit que Philip se mariait. Elle sauta dans un avion à destination de New York pour aller mettre les choses au point avec lui.

« Tu ne peux pas te marier, lui dit-elle.

— Pourquoi ça ?

— Et nous, alors ?

— Nous ? Nous ne formons pas un couple.

— Parce que tu ne le veux pas.

— Que je le veuille ou non ne change rien. Notre couple n'existe pas.

— Qui est-ce ? voulut savoir Schiffer. Qu'est-ce qu'elle fait dans la vie ? »

Elle s'appelait Susan et enseignait dans une école privée à Manhattan. Sur l'insistance de Schiffer, il lui montra une photo. Elle avait vingt-six ans, était jolie et totalement fade. « Après toutes ces femmes avec qui tu as été, pourquoi elle ?

— Je suis amoureux. Elle est gentille.

— Mais qu'est-ce qu'elle a que je n'ai pas ? demanda Schiffer, passée de la colère au désarroi.

— Elle est stable.

— Moi aussi je peux être stable.

— Elle est toujours au même endroit.

— Alors c'est ça que tu veux ? Une petite souris qui t'obéira au doigt et à l'œil ?

— Tu ne connais pas Susan. Elle est très indépendante.

— Mon œil ! Elle est dépendante. C'est pour ça que tu veux l'épouser. Aie au moins la sincérité de l'admettre.

— Le mariage a lieu le vingt-six septembre.

— Où ?

— Je ne te le dirai pas. Hors de question que tu t'invites à la cérémonie.

— Je n'en ai pas la moindre intention. Pourquoi tant d'inquiétudes ? Je parie que vous vous mariez dans le jardin de ses parents.

— Dans leur maison de campagne, en fait. À East Hampton. »

Elle se fit quand même inviter avec Billy Litchfield, appelé à la rescousse. Cachée derrière les haies entourant la propriété, elle vit Philip, vêtu d'un costume en lin blanc, dire « Oui » à une autre femme. Par la suite, elle justifierait son attitude en affirmant que le mariage de Philip était comme une mort : il fallait bien voir le cadavre pour s'assurer que l'âme ne l'habitait plus.

Un peu plus d'un an plus tard, elle apprit que Philip divorçait – au bout de quatorze mois de mariage. Mais il était déjà trop tard. Elle s'apprêtait à épouser un marquis anglais, un play-boy vieillissant qui s'avéra être drogué jusqu'à l'os. Après le décès de son mari dans un accident de bateau à Saint-Tropez, elle rentra à Los Angeles pour tenter de reprendre sa carrière.

Il n'y avait pas de rôle pour elle, lui expliqua son

agent – elle s'était éloignée des plateaux trop longtemps et avait plus de trente-cinq ans. Il lui conseilla de faire ce qu'une actrice sur deux faisait – des bébés. Seule à L.A. sans travail pour lui faire oublier la mort de son mari, elle plongea dans une dépression profonde. Un jour, elle ne prit même pas la peine de se lever et resta au lit pendant des semaines.

Philip était à L.A. à ce moment-là, mais elle usa de prétextes pour ne pas le voir. Elle ne pouvait voir personne. Elle parvenait à peine à sortir de chez elle. L'idée de prendre la voiture et d'aller au supermarché en bas de la colline l'épuisait. Il lui fallait des heures pour trouver l'énergie nécessaire, prendre son sac, monter dans la voiture et sortir du garage. Sur la route sinueuse, elle cherchait les endroits où elle pourrait précipiter la voiture dans un ravin. Mais elle n'était pas sûre qu'un tel accident la tuerait, et craignait d'en sortir dans un état pire encore.

Son agent la força à venir déjeuner un jour au Polo Club. Elle passa le repas à chipoter dans son assiette sans dire un mot. « Qu'est-ce qui ne va pas ? lui demanda-t-il.

— Je ne sais pas, marmonna-t-elle en secouant la tête.

— Je ne peux pas te proposer pour un rôle dans cet état. Hollywood est une ville cruelle. Ils diront que tu ne peux plus travailler, si tant est qu'ils ne soient pas déjà en train de le dire. Pourquoi ne vas-tu pas passer quelque temps dans le désert ? Ou au Mexique, ou à Malibu, bon dieu ! Prends deux semaines, un mois. À ton retour, je pourrai certainement te trouver un rôle de mère ou un truc de ce genre. »

Cet interminable déjeuner enfin terminé, elle fondit en larmes dans sa voiture et pleura pendant des heures.

Des larmes de désespoir, mais aussi, et pire encore, de honte. Les gens comme elle n'étaient pas censés déprimer. Pourtant, elle se sentait brisée et ne savait pas comment se guérir. Pris de pitié, son agent lui envoya le scénario d'une série télé. Elle refusa de déjeuner avec l'auteur, mais accepta de le recevoir chez elle. Il s'appelait Tom, était plus jeune qu'elle. Enthousiaste, sensible, il ne fut pas repoussé par son état de faiblesse. Il affirma vouloir l'aider. Elle se laissa faire. Ils ne tardèrent pas à devenir amants et, très vite, il vint s'installer chez elle. Elle refusa le rôle dans la série télé, mais celle-ci eut un grand succès et Tom gagna beaucoup d'argent. Il resta avec elle, l'épousa. Elle recommença à travailler, tourna dans trois films du cinéma indépendant, dont l'un fut nominé pour un oscar, ce qui relança sa carrière. Les choses se passaient bien avec Tom. Il fit une autre émission de télé, qui fut également un gros succès. Il se mit à travailler beaucoup, et Schiffer et lui commencèrent à ne plus se supporter. Elle accepta pratiquement tous les rôles qu'on lui proposait afin d'échapper à son mari. Ils continuèrent ainsi pendant trois ans. Elle découvrit alors qu'il avait une liaison, ce qui simplifia tout. Leur mariage avait duré six ans, et pas un seul jour ne s'était passé sans qu'elle pense à Philip et à ce que sa vie aurait pu être si elle était restée avec lui.

5

Ces derniers temps, Mindy s'inquiétait de la fréquence de ses relations sexuelles. James et elle n'en avaient pas assez. En fait, on pouvait dire qu'ils n'en avaient pas du tout. Ils faisaient l'amour au mieux une ou deux fois par an. Constat terrible, constat d'échec, qui faisait craindre à Mindy d'être une mauvaise épouse qui se refusait à ses devoirs. Mais quel soulagement de ne pas passer à la casserole !

La vérité, c'était que ça faisait mal. Elle savait bien qu'en vieillissant les femmes rencontraient ce genre de problème. Mais elle croyait au début que cela ne survenait que bien après la ménopause. Jamais elle ne s'était imaginé que la chose pourrait lui arriver aussi vite. Dans les premières années de sa relation avec James, elle s'enorgueillissait d'être un bon coup. Longtemps encore après la naissance de Sam, ils s'accordaient chaque semaine une folle nuit d'amour, avec certaines pratiques qu'ils goûtaient tout particulièrement. Par exemple, Mindy aimait bien être attachée, et il lui arrivait aussi d'attacher James (ils utilisaient pour cela de vieilles cravates Brooks Brothers que James avait portées à l'université) et de chevaucher son sexe comme une furie déchaînée. Au fil du temps, leurs relations étaient devenues moins intenses, chose normale pour un couple marié, mais ils avaient continué à faire l'amour une ou deux fois par mois. Puis, il y avait deux ans, la douleur était apparue. Mindy en parla à sa gynécologue, qui lui dit que son vagin n'était pas sec, qu'elle n'était pas encore ménopausée et qu'elle devait utiliser des lubrifiants. Mais ces produits, qu'elle connaissait parfaitement, ne changèrent rien à son problème. Alors elle s'acheta un vibromasseur, un modèle tout ce qu'il y avait de plus sobre, un simple tube de plastique bleu clair. Pourquoi cette couleur ? Elle l'ignorait. Peut-être parce que c'était mieux que rose ou mauve. Un samedi après-midi, profitant de l'absence de James et de Sam, elle essaya d'introduire l'instrument dans son vagin, mais la douleur se déclencha alors qu'il n'était enfoncé que de deux centimètres. À partir de ce moment-là, elle évita autant que possible toute intimité avec James. Il ne posa pas de questions. Mais l'absence de relations sexuelles devint un poids entre eux. Mindy avait beau se dire que cela ne changeait rien, elle se sentait coupable et honteuse.

À présent, James semblait sur la voie de la réussite, et ça, ça allait changer beaucoup de choses. Mindy n'était pas bête. Elle savait pertinemment que les hommes qui réussissent ont plus de choix. Si elle ne le satisfaisait pas sexuellement, James irait sans doute chercher ailleurs. C'est pourquoi elle rentra chez elle ce mardi soir bien décidée à faire l'amour avec lui, même si c'était douloureux. Hélas, la vraie vie allait chambouler tous ses projets.

« Vous allez aux funérailles ? lui demanda Roberto au moment où elle entrait dans le hall de l'immeuble.

— Les funérailles ? Quelles funérailles ?

— Celles de Mrs Houghton. C'est demain, à

St Ambrose Church, lui expliqua-t-il, souriant comme toujours. D'après ce qu'on m'a dit, c'est privé.

— Des funérailles, ce n'est pas privé, que je sache.

— Celles-ci le sont. J'ai appris qu'il fallait une invitation.

— Qui vous l'a dit ?

— Mon p'tit doigt », répondit Roberto en riant.

Furieuse, Mindy monta directement chez Enid Merle. « C'est quoi, cette histoire de funérailles de Mrs Houghton ? demanda-t-elle.

— C'est juste une messe de souvenir. Cette chère Mrs Houghton repose en paix à l'heure qu'il est, lui répondit Enid.

— Vous y allez ?

— Bien sûr.

— Et pourquoi je n'ai pas été invitée, moi ? Je suis quand même à la tête du conseil de copropriété, non ?

— Mrs Houghton connaissait tellement de gens. C'est comme ça, New York. Tout le monde n'est pas invité partout.

— Vous pouvez m'obtenir une invitation ?

— Je ne vois vraiment pas ce que vous auriez à y faire », répondit Enid en lui fermant sa porte au nez. Elle en voulait encore à Mindy d'avoir repoussé son projet de division de l'appartement Houghton.

Mindy rentra chez elle et alla voir James dans son bureau. « C'est vraiment vexant ! s'exclama-t-elle en se laissant tomber dans le vieux fauteuil en cuir. Tout le monde dans l'immeuble a été invité à la messe de souvenir de Mrs Houghton. Tout le monde sauf moi.

— Laisse tomber », lui lança son mari d'un ton hargneux qui ne lui ressemblait pas.

Intriguée, Mindy lui demanda ce qui n'allait pas.

« Pourquoi tu ne m'as pas dit que tu écrivais un blog ? répondit-il.

— Je t'en ai parlé.

— Non.

— Si. Mais tu as oublié.

— Toujours est-il qu'on ne parle que de ça sur Snarker.

— En bien ou en mal ?

— Vois toi-même », lui dit James.

Elle se leva et vint regarder l'écran par-dessus son épaule. S'y étalait le gros titre suivant : MINDY GOOCH, REINE D'INTERNET (TU PARLES !) ET PUTE D'UN GROS PATRON DE LA PRESSE, INFLIGE AU MONDE SES RÉFLEXIONS. En dessous avait été mise une affreuse photo d'elle en couleur, prise au moment où elle quittait son bureau. Avec son vieil imperméable noir et son sac marron en bandoulière, elle avait l'air débraillé et négligé. Sa bouche était ouverte. À cause de l'angle de prise de vue, son nez et son menton paraissaient particulièrement pointus. Le cliché, pensa Mindy, était encore plus accablant que le texte. Elle avait passé une grande partie de sa vie à se garder du péché de vanité et méprisait les gens qui prenaient un soin excessif de leur personne. C'était à ses yeux le sommet de la superficialité. Mais cette photo fit immédiatement voler en éclats l'image qu'elle se faisait d'elle-même. Impossible de prétendre être jolie et avoir conservé la fraîcheur de ses vingt-cinq ans lorsque les preuves du contraire étaient étalées vingt-quatre heures sur vingt-quatre sur un simple écran d'ordinateur, du premier janvier au trente et un décembre, et cela pendant des années et des années. Peut-être même pour toujours. Ou du moins jusqu'à ce que les réserves de pétrole s'épuisent, que la banquise fonde et que le monde soit détruit – au choix – par une guerre, une météorite ou un tsunami géant.

« Qui a écrit ça ? » demanda-t-elle. Elle se pencha pour déchiffrer le nom de l'auteur. « Thayer Core. C'est qui, ce type ?

— Laisse tomber, dit James.

— Comment ça, laisse tomber ? De quel droit osent-ils ?

— On s'en fout.

— Pas moi, rétorqua Mindy. Il s'agit de ma réputation, de mon image. Je ne suis pas comme toi, James. Quand quelqu'un m'insulte, je ne reste pas plantée là. J'agis.

— Et tu comptes faire quoi ? demanda James d'un air dubitatif.

— Obtenir le renvoi de ce type. »

James émit un grognement narquois.

« Ce que tu ne comprends pas, c'est que tous ces sites appartiennent à des grosses boîtes, dit Mindy. Ou qu'ils ne vont pas tarder à être achetés. Et j'ai des relations, moi, dans ce monde-là. Ce n'est pas pour rien qu'ils me qualifient de "pute d'un gros patron de la presse". Bon, avec tout ça, il faut que je mette du Mozart. »

Ces derniers temps, elle avait découvert l'effet apaisant de Mozart, ce qui, à la réflexion, était peut-être un signe de vieillissement.

Elle se leva et alla dans son bureau qui se trouvait juste à côté. *La Flûte enchantée*, voilà ce qu'il lui fallait ! L'ouverture – avec ses tambours et ses hautbois qui attaquaient en force, suivis du son délicat des instruments à cordes – lui fit un temps oublier ses soucis. Regardant alors son ordinateur, elle remarqua l'économiseur d'écran, une photo de Sam déguisé en dinosaure pour Halloween, prise quand il avait trois ans et était dans sa période préhistoire. Elle allait se détourner quand elle se sentit appelée. Snarker lui faisait signe. Elle tapa l'adresse du site et relut l'article.

« Mindy, fit James d'un ton accusateur en entrant dans la pièce. Qu'est-ce que tu fais ?

— Je travaille.

— Faux. Tu es en train de lire ce qu'on dit de toi. C'est la névrose du nouveau millénaire. Il ne s'agit pas simplement d'égocentrisme, mais plutôt d'auto-addiction. C'est la raison pour laquelle... euh, c'est pour ça que j'ai écrit ce livre sur David Bushnell.

— Pardon ?

— David Bushnell ne s'intéressait pas à sa petite personne », poursuivit James en s'installant confortablement sur son canapé, comme si tous deux allaient entamer une grande discussion sur son roman. « Contrairement à tous ces enculés qu'on voit partout, tous ces publicitaires, ces agents de change, ces avocats, qui en veulent à notre fric... »

Mindy le regarda les yeux ronds, sans la moindre idée de ce dont il parlait. « Je n'en reviens pas, dit-elle en ramenant la conversation sur elle-même. Comment osent-ils ? Pourquoi moi ? Pourquoi est-ce à moi qu'ils s'en prennent ? »

Ainsi Mindy refusait encore une fois de parler de son livre, songea James. D'habitude, il laissait tomber. Mais aujourd'hui, il n'était pas d'humeur à tout accepter de sa femme. Il se leva et commença à fouiller dans sa pile de CD. « Et pourquoi ne s'en prendraient-ils pas à toi ? » s'enquit-il en tombant sur une compilation des grands succès des Rolling Stones, dont « Mother's Little Helper », qu'il était fort tenté d'écouter.

« Plaît-il ? demanda Mindy.

— Pourquoi ? Parce que tu es une personne vraiment unique, qui vaut mieux que tous les autres ? suggéra-t-il d'un ton désinvolte.

— Tu ne vois pas que je suis profondément affectée, humiliée même ? répliqua Mindy en lui lançant son regard le plus méprisant.

— Demande-toi simplement si en vingt ans de journalisme tu n'as jamais blessé quelqu'un.

— Serais-tu en train de suggérer que je méritais ce châtiment ?

— Peut-être. Peut-être que c'est ton karma. »

Mindy ricana. « Ou alors les jeunes sont tout simplement méchants et jaloux. Et irrespectueux. Qu'est-ce que je leur ai fait ?

— Tu as plutôt bien réussi. Du moins c'est ce que les gens croient. Tu ne comprends donc pas ? Nous faisons partie de l'establishment maintenant. » Il se tut un instant et, pointant le doigt vers elle, ajouta : « Nous. Toi et moi. Nous sommes les soi-disant adultes maintenant. Ceux que la jeune génération veut faire tomber. Et à vingt ans, on était exactement comme eux.

— Allons donc !

— Tu te souviens les articles que tu écrivais ? Ce milliardaire par exemple, comme tu te moquais de ses doigts ! "Le parvenu aux petits doigts", tu l'appelais.

— C'était différent.

— C'était exactement la même chose. Tu penses que c'était différent simplement parce que tu le faisais par écrit. Et chaque fois que tu descendais quelqu'un en flammes, tu disais que ça n'était pas grave parce qu'il était riche, et que par conséquent c'était un trou du cul. Et tout le monde te trouvait vachement intelligente, et tu attirais l'attention. Se moquer de ses supérieurs, c'est la façon la plus facile d'attirer l'attention, Mindy. Depuis toujours. Il suffit de manquer de respect à ceux qui réussissent pour devenir quelqu'un. C'est vraiment pas sorcier. »

Toute personne normalement constituée aurait été profondément atteinte par une telle attaque. Pas Mindy. « Et toi alors, tu es au-dessus de tout ça, n'est-ce pas ? railla-t-elle.

— Moi je n'ai jamais fait ce genre de chose.

— En effet, James. Tu n'y étais pas obligé. Tu étais un homme. Tu écrivais d'interminables articles sur... sur quoi au fait ? Sur le golf ! Pendant que moi, je travaillais, que je gagnais du pognon. C'était mon boulot.

— Exact. Tout comme maintenant c'est le boulot de ces jeunes gens.

— J'apprécie vraiment, James. Juste au moment où j'ai besoin que tu me soutiennes, tu te retournes contre moi. Contre ta propre femme.

— J'essaie de relativiser. Tu ne vois donc pas ? Ces jeunes, ils sont exactement comme on était. Ils ne le savent pas encore, mais quand ils se réveilleront dans vingt ans, ils seront devenus ce qu'on est. Et ça, ils ne s'y attendent pas du tout. Oh, ils te diront que non, que ça ne leur arrivera jamais, qu'ils feront mentir ceux qui prédisent ça. Qu'ils ne changeront pas, qu'ils ne deviendront jamais ni fatigués, ni médiocres, ni apathiques, ni soumis. Mais la vie va se charger d'eux. Et alors, ils se rendront compte qu'ils sont devenus comme nous. Ce sera ça, leur châtiment. »

Mindy examina une mèche de ses cheveux. « Qu'est-ce que tu es en train de me dire ? Que ça ne va pas entre nous ? »

Mais James avait perdu toute velléité de combat. « Je ne sais pas », soupira-t-il en s'affalant sur sa chaise.

« Qu'est-ce qui se passe ? » Mindy et James redressèrent la tête. Leur fils, Sam, venait d'entrer et se tenait dans l'embrasure de la porte.

« On parlait, c'est tout, répondit Mindy.

— De quoi ? demanda Sam.

— Ta mère regardait Snarker.

— Oui, je suis au courant, dit Sam en haussant les épaules.

— Assieds-toi. Qu'est-ce que tu en penses ? lui demanda James.

— Rien.

— Tu ne te sens pas... traumatisé ?

— Non.

— Ta mère est blessée, elle.

— Ça, c'est votre génération. Les jeunes de mon âge ne font pas tant d'histoires. C'est du cinéma, c'est tout. On est tous dans notre propre reality show. Plus on fait de cinéma, plus les gens vous regardent. C'est tout. »

James et Mindy Gooch se regardèrent. Leur fils était un génie ! Quel autre garçon de treize ans se montrait aussi perspicace sur la condition humaine ?

« Enid Merle a besoin de mon aide pour son ordinateur, dit Sam.

— Hors de question, décida Mindy.

— Pourquoi ?

— Je suis fâchée contre elle.

— Laisse Sam en dehors de tout ça, ordonna James.

— Je peux y aller ? demanda Sam.

— Oui », répondit James. Après le départ de son fils, il reprit sa diatribe. « La télé-réalité, les blogs, les commentateurs, c'est la culture du parasite. » Il se demanda tout à coup pourquoi il disait tout cela. Pourquoi refusait-il la nouveauté ? Pourquoi rejetait-il ce nouvel être humain, égoïste et furieusement consumériste ?

Sam Gooch portait en lui les marques cruelles d'une adolescence bourgeonnante et new-yorkaise. Il n'était plus innocent. Il avait d'ailleurs cessé de l'être entre deux et quatre ans, quand ses premières remarques d'adulte lui avaient valu les applaudissements. Mindy ne manquait jamais de répéter ses bons mots à ses collègues, ajoutant à la fin, avec le ton admiratif approprié : « Comment peut-il savoir ce genre de chose ? Il n'a que [x] ans. »

À treize ans, Sam commençait lui aussi à s'inquiéter d'en savoir trop. Parfois, il se sentait fatigué de tout et se demandait souvent ce qui allait lui arriver. Il lui arriverait des choses, c'était sûr, comme à tous les gamins new-yorkais. Mais il savait aussi qu'il n'avait pas les mêmes avantages que ses copains. Certes, il vivait dans l'un des plus prestigieux buildings de la ville, mais dans l'appartement le moins enviable. Ses parents ne lui faisaient jamais manquer l'école trois semaines pour l'emmener au Kenya. Il n'avait jamais célébré son anniversaire aux Chelsea Piers, n'était jamais allé voir son père jouer un concert rock à Madison Square Garden. Quand il sortait de New York, c'était toujours parce qu'il avait été invité à la campagne par des gamins aux parents plus riches et plus doués que les siens. Son père le poussait à y aller, sans doute par attachement à cette idée vieillotte selon laquelle un écrivain se doit de vivre toutes sortes d'expériences. Mais Sam n'avait pas l'impression que son père vivait grand-chose. Par contre, lui-même avait eu quelques expériences dont il se serait bien passé, en particulier avec des filles. Elles voulaient quelque chose qu'il ne savait pas comment donner. Ce quelque chose, c'était, soupçonnait-il, une attention constante. Dans les maisons de campagne de ses copains, les gamins étaient abandonnés à eux-mêmes. Alors les garçons se donnaient des airs et les filles faisaient les fofolles. Tout ça finissait en général par des larmes. Et quand Sam rentrait chez lui, il était épuisé, comme s'il avait vieilli de deux ans en deux jours.

À chaque fois, sa mère l'attendait de pied ferme. Au bout d'une heure ou deux venait l'inévitable question : « Sam, tu as pensé à écrire un petit mot de remerciements ? – Non, maman, c'est gênant, ce genre de chose. – Je ne vois pas qui ça peut gêner, de recevoir un mot de remerciements. – C'est moi que ça gêne d'en écrire un. – Pourquoi ? – Parce que les autres ne le font pas. – Ils sont moins bien élevés que toi, Sam. Un jour, tu comprendras. Quelqu'un se souviendra que tu lui avais envoyé un mot de remerciements et te donnera du boulot. – Je n'ai pas l'intention de travailler pour quelqu'un d'autre. » Alors, sa mère le serrait dans ses bras. « Tu es tellement intelligent, Sammy. Un jour, tu domineras le monde entier. »

C'est ainsi que Sam était devenu un petit génie de l'informatique, ce qui ne manquait pas d'impressionner ses parents et tout autre adulte né avant 1985. « Sam surfait sur Internet avant même de savoir parler ! » claironnait sa mère.

À six ans, après avoir été admis dans l'une des écoles les plus sélectives de New York – le fruit de la volonté, souvent étouffante, qu'avait sa mère de lui donner les meilleures chances (Mindy faisait partie de ces gens auxquels on finissait par céder rien que pour s'en débarrasser), Sam se rendit compte qu'il devrait gagner lui-même l'argent de poche nécessaire pour tenir le rang qu'il avait ainsi artificiellement atteint. Et à dix ans, il lançait sa petite entreprise de maintenance informatique dans l'immeuble.

Sam était dur en affaires mais juste. Aux résidents tels Philip Oakland, les médecins et avocats discrets, ou la femme qui manageait un groupe rock, il facturait ses services cent dollars l'heure. Par contre, il ne faisait pas payer les portiers et les hommes à tout faire. Ceci pour compenser le fait d'avoir une telle mère. Les employés de l'immeuble disaient que les résidents qui se croyaient les plus célèbres étaient justement les plus pingres quand il s'agissait de leur donner leurs étrennes à Noël. Et Sam savait que sa mère faisait partie de ce lot de rapiats. Il fallait voir la moue que dessinait la bouche de Mindy lorsqu'elle se séparait de ses billets de vingt ou cinquante dollars. Elle vérifiait plusieurs fois le contenu des enveloppes destinées aux vingt-cinq employés du Numéro 1, et si jamais elle s'apercevait qu'elle avait fait une erreur – ce qui lui arrivait souvent en retirant son argent au distributeur – elle reprenait bien vite le billet de trop et le rangeait soigneusement dans son portefeuille. Mais les efforts de Sam avaient porté leurs fruits. Il était adoré dans tout l'immeuble, alors que Mindy était simplement tolérée, l'avis général étant qu'avec un fils aussi gentil, elle ne pouvait pas être si méchante que ça.

Et maintenant, il y avait ce problème entre Mindy et Enid, que Sam allait devoir régler, comme tout le reste.

Dans le hall, il tomba sur une fille bizarre qui consultait son iPhone, plantée devant les ascenseurs. Connaissant tout le monde dans l'immeuble, il se demanda qui elle pouvait bien être, qu'est-ce qu'elle faisait là et qui elle allait voir. Elle portait un dos nu vert, un jean de couleur sombre et des sandales à talons hauts. Elle était belle, si on voulait. Sam connaissait des nanas au collège qui étaient belles, des mannequins et des actrices aussi, et parfois dans la rue, il voyait des étudiantes qu'il trouvait jolies. Mais avec ses grosses lèvres relevées d'une façon presque obscène aux coins, cette fille-là n'était pas tout à fait le même genre de beauté. Elle portait des vêtements chers, certes. Pourtant, elle était un peu trop parfaite. Elle le regarda un instant puis détourna les yeux et se remit à consulter son iPhone, comme si elle était gênée.

La fille, c'était Lola Fabrikant, qui se rendait à son entrevue avec Philip Oakland. Sam l'avait surprise dans un rare moment de vulnérabilité. Le trajet à pied jusqu'au Numéro 1 l'avait en effet décontenancée. Dotée d'une perception aiguë des statuts sociaux, elle relevait les moindres différences de qualité, que ce soit entre deux immeubles, deux produits ou deux services. En descendant la Cinquième Avenue, elle s'était donc sentie atteinte dans sa dignité par l'écart flagrant entre cette avenue et la 11e Rue, où elle résidait désormais. La Cinquième Avenue était tellement plus agréable ! Pourquoi n'y habitait-elle pas ? Lorsqu'elle se retrouva devant l'imposante masse grise du Numéro 1, avec non pas une mais deux entrées, un hall entièrement lambrissé (comme un club anglais), et que trois portiers en uniforme et gants blancs (comme dans un conte de fées) s'affairèrent autour d'elle, elle se demanda pourquoi ce n'était pas là qu'elle vivait.

Pendant qu'elle attendait l'ascenseur, elle décida qu'un jour ou l'autre, elle résiderait là. Elle le méritait bien.

Elle baissa la tête et croisa le regard curieux d'un jeune adolescent. Il y avait donc des gosses dans cet immeuble ? Elle s'était imaginé que New York était une ville d'adultes exclusivement.

Le garçon entra dans l'ascenseur derrière elle. Il

appuya sur le bouton du treizième étage. « Vous allez où ? lui demanda-t-il.

— Au treizième », répondit Lola.

Sam hocha la tête. Elle allait voir Philip Oakland. Logique. Sa mère disait toujours que Philip Oakland se la coulait douce, et que la vie était injuste.

Peu de temps avant l'arrivée de Lola, Philip reçut un appel de son agent, visiblement énervé.

« Qu'est-ce qui se passe ? » s'inquiéta Philip. La veille, il avait réussi, malgré son manque de conviction, à envoyer au studio un brouillon des *Demoiselles d'honneur*.

« Impossible de savoir ce que ces gens-là sont en train de fabriquer. Je préfère t'avertir : le studio a convoqué une réunion d'urgence pour cet après-midi.

— Les salauds ! On dirait qu'ils veulent jouer aux petits chefs.

— Ils ne font rien d'autre. Si quelqu'un savait comment faire un bon film de nos jours, cette conversation n'aurait pas lieu d'être. »

À peine l'agent eut-il raccroché que le téléphone de Philip se remit à sonner. C'était le studio. On le fit patienter dix minutes, le temps que la responsable prenne la ligne. Elle avait une licence de droit et de commerce, ce qui normalement n'avait pas grand-chose à voir avec les mystères de la création. Mais aujourd'hui, ce genre de diplôme semblait être devenu l'équivalent du prix Pulitzer pour la fiction. « Philip, dit-elle sans même s'excuser de l'avoir fait attendre, quelque chose s'est passé entre le dernier brouillon et celui que nous venons de recevoir.

— On appelle ça une réécriture.

— Le personnage principal a perdu quelque chose. Elle n'est plus du tout attachante.

— Vraiment ?

— Elle est complètement fade.

— C'est parce que vous m'avez demandé d'enlever tout ce qui précisément lui donnait de la personnalité, rétorqua Philip.

— N'oublions pas à qui nous nous adressons. Le public féminin est très difficile, vous le savez bien, Philip. Les femmes ne pardonnent rien aux autres femmes.

— Dommage. Si elles étaient moins sévères, ce serait elles qui domineraient le monde.

— Il me faut un nouveau scénario dans deux semaines. Débrouillez-vous. »

Philip appela alors son agent pour lui demander s'il pouvait quitter le projet.

« Oublie ton ego et contente-toi de leur donner ce qu'ils veulent. Après, c'est leur problème », répondit l'agent.

Philip raccrocha en se demandant, comme il le faisait souvent ces derniers temps, si son courage s'était complètement envolé.

C'est alors que son interphone se mit à vibrer. « Mademoiselle Lola Fabrikant est en bas, lui annonça Fritz, l'un des portiers. Je la fais monter ? »

Zut, se dit Philip. Le bras de fer avec le studio lui avait fait oublier ce rendez-vous avec la jeune femme qui avait sollicité par e-mail une entrevue. Il avait déjà vu dix candidates pour le boulot, et à chaque fois ça avait été une déception. Il perdrait sans doute son temps avec celle-ci, mais comme elle s'était déplacée, il décida de lui accorder dix minutes, par pure politesse. « Oui, faites-la monter », répondit-il à Fritz.

Lola s'assit du bout des fesses sur le canapé de Philip, décidée à faire bonne impression. Philip Oakland n'était certes plus ce jeune auteur photographié en quatrième de couverture sur son exemplaire tout abîmé de *Matin d'été*, mais on ne pouvait pas non plus le qualifier de vieux. En tout cas, il était plus jeune que son père, lequel n'aurait jamais porté un tee-shirt noir délavé, des tennis Adidas et des cheveux qui lui tombaient dans le cou. La nana qui avait donné le tuyau à Lola avait raison – Philip Oakland était sexy.

« Parlez-moi de vous, dit-il. Je veux tout savoir. » Il n'était plus si pressé que cela de se débarrasser de mademoiselle Lola Fabrikant, laquelle ne correspondait pas du tout à l'idée qu'il s'en était faite et constituait, après cette mauvaise journée, une surprise agréable, presque une réponse à ses prières.

« Vous avez consulté ma page sur Facebook ? lui demanda-t-elle.

— Non.

— Je vous ai cherché sur le site, mais vous n'y êtes pas.

— Je devrais ? »

Elle fronça les sourcils, comme si elle s'inquiétait pour lui. « Tout le monde a une page perso sur Facebook. Sinon, comment est-ce que vos amis peuvent avoir de vos nouvelles ? »

En effet, comment ? songea-t-il, tombé sous le charme. « Vous voulez bien me montrer votre page Facebook ? »

Elle pianota sur les touches de son portable et lui tendit l'appareil. « Ça, c'est moi à Miami. » Philip regarda l'écran, et vit une photo de Lola en bikini sur un bateau. Manœuvre de séduction délibérée ou pure innocence ? se demanda-t-il. Était-ce important de le savoir ?

« Et là, vous avez ma bio, ajouta-t-elle en se plaçant derrière lui pour taper sur une touche de son petit portable. Vous voyez ? Ma couleur préférée : le jaune. Ma devise : Parce que je le vaux bien. Ma lune de miel idéale : une croisière sur un yacht dans les îles grecques. » Elle secoua sa longue chevelure. Une mèche frôla le visage de Philip. « Oh, pardon ! dit-elle en gloussant.

— Très intéressant, déclara-t-il en lui rendant son iPhone.

— Je sais. Mes amies me disent toujours qu'il va m'arriver des choses importantes.

— Quel genre de choses ? lui demanda Philip, tout en songeant que la présence de cette fille, à la peau si lisse et si parfaite, était en train de le rendre complètement idiot.

— Je ne sais pas », répondit Lola. Elle le trouvait complètement différent des gens qu'elle connaissait. Il ressemblait à une personne normale, mais en mieux, à cause de sa célébrité. Elle s'enfonça confortablement dans le canapé. « Je devrais le savoir, bien sûr, parce que j'ai vingt-deux ans. Mais non.

— Vous êtes toute jeune encore. Vous avez la vie entière devant vous.

— C'est ce que tout le monde dit, mais c'est faux, répondit-elle en poussant un petit soupir dédaigneux. De nos jours, il faut réussir du premier coup. Sinon, on est largué.

— Vraiment ?

— Oui, confirma-t-elle avec un joli mouvement de la tête. Les choses ont changé. Dès que vous voulez quelque chose, il y a un million d'autres personnes qui la veulent aussi. » Elle se tut un instant, tendit la jambe et pencha la tête sur le côté pour admirer le vernis à ongle noir de ses orteils. « Mais ça ne m'inquiète pas. Je suis une vraie battante. J'aime gagner. Et en général, je gagne. »

Tiens, tiens, se dit Philip. Voilà précisément ce qui manquait à son personnage dans *Les Demoiselles d'honneur*. Cette totale confiance en soi typique de la jeunesse.

« Alors, ce boulot, il consiste en quoi ? demanda-t-elle. Je devrai faire quoi ? Pas ramasser votre linge sale, j'espère.

— Pire encore, je le crains. Vous devrez faire des recherches pour moi – mais aussi me servir d'assistante. Quand je serai en réunion au téléphone, vous écouterez sur l'autre poste et vous prendrez des notes. Quand j'ajouterai des notes manuscrites sur un scénario, vous les taperez à la machine. Je vous demanderai de lire tout ce que j'envoie et de vérifier les coquilles et la cohérence. Et de temps en temps, vous me servirez de cobaye.

— C'est-à-dire ? demanda-t-elle en le regardant de côté.

— Je vais vous donner un exemple. En ce moment je travaille sur un scénario dont le titre provisoire est *Les Demoiselles d'honneur*. Et je me demande jusqu'à quel point une jeune femme de vingt-deux ans peut être obsédée par son mariage.

— Allons donc, vous n'avez jamais vu la série *Bride-zillas* ? s'étonna Lola, sidérée.

— *Bridezillas* ?

— J'hallucine ! s'exclama Lola, enthousiaste maintenant que la conversation portait sur les reality shows, l'un de ses sujets préférés. Ça parle de filles qui sont tellement obsédées par leur mariage qu'elles en perdent la boule.

— Vraiment ? Est-ce vraiment si important de se marier ?

— C'est ce que veulent toutes les filles maintenant. Se marier tant qu'elles sont jeunes.

— Je pensais qu'elles ambitionnaient de faire carrière pour devenir maîtresses du monde à trente ans.

— C'était vrai pour la génération précédente. Aujourd'hui, toutes les filles que je connais veulent se marier et avoir des enfants tout de suite. Hors de question pour elles de finir comme leurs mères.

— Qu'est-ce qu'elles ont fait de mal, leurs mères ?

— Elles sont malheureuses, répondit Lola. Et les filles de mon âge ne supportent pas l'idée d'être malheureuses. »

Philip se sentit pris d'une envie urgente de retourner travailler. Il retira les jambes de son bureau et se leva.

« C'est tout ? demanda Lola.

— Oui, c'est tout. »

Elle prit son sac, une besace grise en peau de serpent tellement grande, songea Philip, qu'il avait certainement fallu un boa constrictor tout entier pour la fabriquer.

« Alors, je suis engagée ? demanda Lola.

— Réfléchissons et parlons-en demain.

— Je ne vous plais pas ? » Elle avait l'air effondré.

« Mais si, vous me plaisez. Beaucoup d'ailleurs, c'est bien ça le problème. »

Une fois qu'elle fut partie, il sortit sur sa terrasse, qui donnait plein sud. La ville, véritable tapisserie médiévale de gros cubes gris bleu et terre cuite, s'étalait devant lui. Pratiquement au pied de l'immeuble se trouvait Washington Square Park, une tache de vert peuplée de gens vaquant à leurs petites affaires.

Ne fais pas ça, se tança-t-il. N'engage pas cette fille. Sinon, tu vas coucher avec elle et ce sera la catastrophe.

Toujours est-il qu'il avait enfin trouvé un truc pour son scénario. Il rassembla ses affaires et se rendit à la petite bibliothèque de la 6ᵉ Rue, qui était ouverte jusque tard le soir et où il pourrait travailler sans être dérangé.

Schiffer Diamond finit ses répétitions à sept heures du soir. Dans la voiture qui la ramenait chez elle, elle trouva en pièce jointe le blog de Mindy que lui avait envoyé la maquilleuse sur son BlackBerry : « Je ne suis pas entièrement satisfaite de ma vie, et je commence tout juste à me rendre compte que je ne le serai jamais. Peut-être mes véritables peurs sont-elles ailleurs – dans la nécessité de renoncer à la poursuite du bonheur. »

Non, il ne faut jamais y renoncer, songea Schiffer. Une fois arrivée au Numéro 1, elle monta directement au treizième étage et sonna chez Philip. Il n'était pas là. De retour dans son appartement, elle entendit le téléphone sonner et décrocha, espérant que c'était Philip – l'une des rares personnes à connaître son numéro. Mais c'était Billy Litchfield. « Mon petit doigt m'a dit que tu étais de retour, lui dit-il d'un ton grondeur. Pourquoi ne m'as-tu pas appelé ?

— C'est ce que j'avais l'intention de faire. Mais j'ai travaillé non-stop.

— Eh bien, si tu n'es pas en train de travailler maintenant, allons prendre un verre chez Da Silvano. La soirée est magnifique. »

En effet, la soirée était magnifique, constata-t-elle. Qu'est-ce qui l'obligeait à rester toute seule chez elle ? Elle pouvait retrouver Billy, puis voir plus tard si Philip était rentré.

Elle fut la première arrivée chez Da Silvano. Elle commanda un verre et se mit à penser à Billy. Elle l'aimait beaucoup – tout le monde l'aimait beaucoup. Mais son amitié pour lui avait quelque chose d'exclusif. Il pouvait se passer des années sans qu'elle le voie, et cela ne changeait rien à ses sentiments pour lui. Billy était l'une des premières personnes dont elle avait fait la connaissance à New York.

Sans lui, elle ne serait pas là où elle était maintenant.

En deuxième année de français option photographie à l'université de Columbia, elle avait décroché un stage d'été chez un célèbre photographe de mode. C'était au cours d'une séance photo dans un loft à SoHo qu'elle avait rencontré Billy, alors rédacteur free-lance chez *Vogue*. À cette époque, tout le monde marchait au champagne et à la cocaïne. Le mannequin, arrivée avec trois heures de retard, était allée faire l'amour avec le photographe dans sa chambre au milieu de l'après-midi, tandis qu'une cassette de Talk Talk passait en boucle.

« Vous savez que vous êtes plus jolie que le mannequin ? », dit Billy à Schiffer pendant qu'ils attendaient que le photographe ait fini sa petite affaire.

« Je sais, répondit Schiffer en haussant les épaules.

— Vous êtes toujours aussi sûre de vous ?

— Pourquoi mentir au sujet de mon physique ? Je ne l'ai pas choisi.

— C'est vous qui devriez être devant l'objectif.

— Je suis trop timide. »

Néanmoins, lorsque Billy insista pour lui faire rencontrer un ami directeur de casting, elle accepta. Le directeur de casting lui arrangea une audition pour un film, à laquelle elle se rendit, et quand elle obtint le rôle, elle ne le refusa pas. Elle se retrouva à jouer une jeune fille riche et gâtée. Sur l'écran, sa beauté fascina.

Elle fit alors la couverture de *Vogue*, devint mannequin pour une marque de produits de beauté et rompit avec son petit ami, un gentil garçon de Chicago qui faisait médecine à Columbia. Le plus gros agent d'ICM lui fit signer un contrat et lui dit d'aller s'installer à Los Angeles, ce qu'elle fit. Elle loua une petite maison non loin de Sunset Boulevard et obtint illico le rôle de l'ingénue tragique dans *Matin d'été*, rôle qui la fit accéder au statut d'icône.

Et elle avait rencontré Philip.

À ce moment-là, elle vit Billy, ce cher vieux Billy, qui la rejoignait à la hâte, vêtu d'un costume en crépon de coton. Elle se leva pour le prendre dans ses bras.

« Te voilà ! Je n'y crois pas. Pas plus que je te croirai si tu me dis que tu comptes rester à New York, dit-il en s'asseyant et en faisant signe au serveur. Les gens d'Hollywood disent toujours qu'ils vont rester, et puis ils partent.

— Sauf que je ne me suis jamais considérée comme autre chose que new-yorkaise. C'est cela, et cela seul, qui m'a aidée à vivre à L.A. pendant si longtemps.

— Mais New York a changé, déclara Billy, la voix teintée de tristesse.

— J'ai appris pour Mrs Houghton. Je suis désolée. Je sais que vous étiez proches.

— Elle était très âgée. Et je pense que j'ai trouvé un couple qui pourrait acheter son appartement.

— Super ! » dit Schiffer, qui n'avait toutefois pas vraiment envie de discuter immobilier. Elle se pencha en avant et demanda : « As-tu vu Philip Oakland ?

— C'est précisément à ça que je pensais en disant que New York a changé. Je ne le vois presque plus. Je rencontre Enid, bien sûr, à des réceptions. Mais pas Philip. À ce qu'il paraît, il est un peu instable.

— Il l'a toujours été.

— Mais il arrive un moment où il faut se poser. Même Redmon Richardly s'est marié. » Billy chassa un grain de poussière de son pantalon en crépon de coton. « Voilà quelque chose que je n'ai jamais compris. Pourquoi ne vous êtes-vous pas mis ensemble, toi et lui ?

— Je n'en sais rien.

— Tu n'avais pas besoin de lui. Or un homme comme Philip veut se sentir indispensable. Et tu étais une grande actrice...

— Tu parles ! Je n'ai jamais été une grande actrice. Quand je regarde *Matin d'été*, j'ai honte.

— Tu étais formidable.

— J'étais nulle, corrigea Schiffer avec un rire condescendant. Tu sais ce que Philip Oakland m'a dit un jour ? Que je ne serais jamais une grande actrice parce que je n'étais pas vulnérable.

— Voilà notre réponse. Il était jaloux.

— Jaloux ? Un homme qui a gagné un prix Pulitzer et un oscar ?

— Bien sûr. La jalousie, l'envie, l'ego – tels sont les ingrédients de la réussite. Je vois ça chez tous ces gens qui débarquent à New York. J'imagine que sur ce plan-là, New York n'a pas changé. » Il goûta le vin de Schiffer. « C'est dommage pour Philip Oakland, parce qu'il avait vraiment du talent.

— Je trouve ça triste.

— Ma chère, ne perds pas ton temps à te faire du mouron pour Philip. Dans cinq ans, il aura la cinquantaine, et il fera comme tous ces vieux messieurs qui sortent avec des jeunettes de plus en plus vulgaires et stupides. Tandis que toi, tu gagneras au moins trois Emmys. Et Philip Oakland te sera complètement sorti de la tête.

— Mais je l'aime.

— Et alors ? Tout le monde l'aime. Mais que peux-tu faire ? Tu ne vas pas changer la nature humaine. »

À la fin de la soirée, sur le chemin de la maison, Schiffer eut envie d'appeler Philip. Puis elle se souvint de ce que Billy lui avait dit et en conclut que c'était certainement inutile. En rentrant chez elle, elle se félicita d'avoir pour une fois dans sa vie choisi d'être raisonnable.

6

« Pourquoi vas-tu aux funérailles d'une bonne femme que tu ne connaissais même pas ? » s'étonna Paul Rice.

Les Rice dînaient ce soir-là à La Grenouille. Paul adorait ce petit restaurant français, non pour la nourriture qu'on y servait, mais simplement parce que ça coûtait affreusement cher (soixante-six dollars une sole) et que c'était tout près de l'hôtel, si bien qu'il avait baptisé l'endroit « la cantine ».

« Louise Houghton n'était pas une "bonne femme", corrigea Annalisa. C'était une grande dame de la bonne société new-yorkaise. Billy Litchfield m'a proposé de l'accompagner. D'après ce que j'ai compris, les invitations sont rares.

— Billy Litchfield ? fit Paul tout en étudiant le menu. Rappelle-moi qui c'est.

— L'ami de Connie, répondit Annalisa, brusquement lasse. Tu ne te souviens pas ? On a passé tout le week-end avec lui.

— Ah oui, c'est vrai. La tantouze chauve. »

Annalisa sourit, reconnaissant l'humour particulier de Paul. « J'aimerais quand même que tu t'abstiennes de ce genre de commentaire.

— Qu'est-ce que j'ai dit de mal ? Il est gay, non ?

— Quelqu'un pourrait t'entendre. Et se faire des idées fausses.

— Quelqu'un ? répéta Paul en regardant autour de lui. Qui ça ? Il n'y a personne ici.

— Billy m'a confié qu'il pourrait certainement nous faire avoir l'appartement de Mrs Houghton. À ce qu'il paraît, c'est un endroit fabuleux – un triplex avec d'immenses terrasses dans l'un des plus beaux immeubles de New York City. »

Lorsque le sommelier s'approcha de leur table, Paul lui commanda du bordeaux. « Je ne saisis toujours pas, reprit-il en s'adressant à Annalisa. Pourquoi faut-il que tu te tapes des funérailles pour obtenir cet appartement ? Quelques millions de dollars en espèces sonnantes et trébuchantes, ça ne suffit pas ?

— Ce n'est pas ainsi que ça marche, expliqua Annalisa en prenant un bout de pain. Visiblement, ce qui compte, c'est les relations. C'est pour ça que j'y vais. Pour rencontrer des résidents de l'immeuble. Toi aussi, il faudra que tu fasses leur connaissance un jour ou l'autre. Et quand ça arrivera, je t'en prie, ne traite personne de tantouze.

— Il prend combien ?

— Qui ?

— Ce Billy Litchfield.

— Aucune idée.

— Tu l'engages sans savoir combien il prend ?

— Billy n'est pas un objet. C'est un être humain, Paul. Je n'ai pas voulu être brusque.

— Il te fournit un service.

— C'est toi qui paye. Tu n'as qu'à lui parler.

— Le financement des services, c'est ton domaine, déclara Paul.

— Parce que maintenant chacun a son domaine ?

— Ce sera le cas. Quand on aura des enfants.

— Ne te moque pas, Paul.

— Je suis sérieux. »

Le sommelier revint à leur table avec la bouteille, qu'il ouvrit avec force cérémonies. Puis il versa du vin dans le verre de Paul, qui le goûta et fit un signe d'approbation. « À propos, j'ai réfléchi à la question. Le moment est venu de nous y mettre.

— Oh là ! Doucement ! s'exclama Annalisa. Je ne suis pas sûre d'être prête.

— Je croyais que tu voulais des enfants.

— Oui, mais pas tout de suite.

— Pourquoi ? On a de l'argent. Et tu ne travailles pas.

— Je vais peut-être reprendre le boulot.

— Aucune des autres épouses ne travaille. Ça complique trop les choses.

— Qui dit ça ?

— Sandy Brewer.

— Sandy Brewer est un imbécile, décréta Annalisa en buvant une gorgée de vin. Ce n'est pas que je ne veux pas d'enfant. Mais on n'a pas encore trouvé d'appartement.

— Le problème va vite être résolu, répondit Paul. Tu sais pertinemment que tu vas l'obtenir, l'appartement de la vieille, si tu fais ce qu'il faut pour. » Et il se mit à étudier le menu en lui tapotant la main d'un geste distrait.

« Tu ne vas pas travailler aujourd'hui ? demanda James Gooch à sa femme le lendemain matin.

— Je t'ai déjà expliqué. Je vais à la messe de souvenir de Mrs Houghton.

— Je croyais que tu n'avais pas été invitée.

— Et tu penses que ce genre de chose va m'arrêter ? »

Pendant ce temps, quelques étages plus haut, Philip Oakland frappait à la porte de sa tante. Enid lui ouvrit. Elle portait un pantalon noir et un haut noir délavé.

« J'ai vu Sam Gooch hier, lui dit-elle plus tard dans l'ascenseur. Il m'a raconté que tu avais fait venir une jeune femme chez toi.

— La grande affaire ! s'esclaffa Philip.

— Qui était-ce ?

— Une jeune femme, répondit Philip d'un ton taquin. Je lui faisais passer un entretien d'embauche.

— Oh, Philip. J'aimerais que tu sois plus raisonnable. Tu arrives à un âge où ça devient nécessaire. »

Mais lorsque les portes de l'ascenseur s'ouvrirent et qu'elle vit Mindy Gooch toute de noir vêtue dans le hall, Enid en oublia ses inquiétudes sur la vie amoureuse de Philip. Elle subodora que Mindy comptait s'incruster à la messe de souvenir. Mais là aussi, elle décida de faire comme si de rien n'était. « Bonjour, chère Mindy, dit-elle. Quelle triste journée, n'est-ce pas ?

— Si c'est ainsi que vous voyez les choses.

— Des personnes extérieures à l'immeuble auraient-elles manifesté un quelconque intérêt pour l'appartement de Mrs Houghton ?

— Pas encore. Mais je suis sûre que cela ne va pas tarder.

— Ne perdez pas de vue nos priorités, poursuivit Enid d'une voix enjouée.

— Comment pourrais-je ? » lança Mindy en sortant de l'immeuble à grands pas furieux.

La messe de souvenir se déroulait à St Ambrose Church, à l'angle de Broadway et de la 11e Rue. Il y avait devant le portail un embouteillage monstre avec un concert assourdissant de klaxons, qui ne cessa que lorsqu'une voiture de police vint, sirène hurlante, disperser les véhicules.

« Vos gueules ! » hurla Mindy en se bouchant les oreilles. Cette explosion la soulagea un peu. Se joignant à la foule qui progressait à petits pas vers l'église, elle longea les barrières de sécurité, derrière lesquelles s'amassait la meute habituelle des paparazzis. Au moment où elle atteignait les marches, elle fut arrêtée par une véritable armoire à glace.

« Votre invitation ? demanda l'agent de sécurité.

— Je l'ai laissée chez moi.

— Alors veuillez vous mettre sur le côté, s'il vous plaît.

— Mrs Houghton était une très bonne amie. Nous habitions le même immeuble », expliqua Mindy.

L'homme fit signe à d'autres personnes de passer. Mindy voulut en profiter pour se faufiler dans le groupe qui la précédait, mais il la repéra et lui bloqua le chemin.

« Veuillez vous mettre sur le côté, madame. »

Mindy obtempéra, se décala sur la droite et eut l'immense bonheur de voir Enid et Philip Oakland sur le point de lui passer devant. Au dernier moment, Enid la repéra et la rejoignit en se frayant un chemin dans la foule. « Au fait, ma chère ! s'exclama-t-elle en lui touchant le bras, je voulais vous dire, Sam m'a bien dépannée hier avec mon ordinateur. Heureusement que ces jeunes sont là ! Avec toute cette technologie moderne, nous serions perdues sans eux, nous autres les vieilles. »

Sur ce, elle fila, avant même que Mindy puisse répondre. Mindy se sentit prête à exploser. Enid l'avait non seulement insultée en suggérant qu'elles faisaient toutes deux partie de la même catégorie d'âge (« les vieilles »), mais elle l'avait cruellement et délibérément plantée là. Elle n'aurait eu aucune difficulté à la faire rentrer dans l'église, personne n'osant dire non à Enid Merle. Enid était donc bien ce qu'on appellerait une amie des beaux jours, songea Mindy en décidant de lui rendre tôt ou tard la monnaie de sa pièce.

En remontant la 11e Rue, Billy Litchfield repéra Mindy Gooch rôdant à la périphérie de la foule. Quel coup de chance ! se dit-il. Cela ne pouvait être qu'un signe par lequel Mrs Houghton indiquait qu'Annalisa Rice était la personne destinée à occuper son appartement. Billy avait imaginé de présenter Annalisa à Enid Merle et, par l'entremise de cette dernière, de lui faire ouvrir les portes du Numéro 1. Mais Mindy Gooch, la présidente du syndic de copropriétaires, était un poisson bien plus intéressant, quoique moins raffiné. En s'approchant d'elle, Billy ne put s'empêcher de penser que cette pauvre Mindy avait certes été relativement jolie, mais qu'au fil des ans, ses traits s'étaient durcis et ses joues creusées, comme mangées par l'amertume. Il se composa un visage de circonstance, c'est-à-dire d'enterrement, lui prit les mains et l'embrassa sur les deux joues.

« Bonjour, chère Mindy.

— Oh, Billy !

— Tu rentres ?

— Je voulais lui rendre hommage.

— Ah ! » fit Billy, devinant immédiatement ce qu'il en était. Pour rien au monde Mrs Houghton n'aurait invité Mindy à sa messe de souvenir. Elle avait beau être la présidente du syndic de copropriété, Mrs Houghton n'avait jamais mentionné son nom ni même daigné s'informer de son existence. Mais Mindy, emplie comme à son ordinaire d'un orgueil déplacé et têtu, avait certainement estimé nécessaire d'assister à la messe afin de conforter son statut. « J'attends une amie, lui dit Billy. Peut-être aimerais-tu entrer avec nous ?

— Très volontiers », répondit Mindy. On pouvait dire ce que l'on voulait de Billy, c'était un homme du monde.

Il lui prit le bras.

« Tu étais proche de Mrs Houghton ?

— Pas vraiment, répondit-elle en le regardant sans ciller. Je la voyais surtout dans le hall. Mais vous deux, vous étiez intimes, n'est-ce pas ?

— Oui. J'allais lui rendre visite au moins deux fois par mois.

— Elle doit te manquer.

— Beaucoup, dit-il en soupirant. C'était une femme étonnante, mais ça, nous le savons tous. » Il se tut un instant puis, l'humeur de Mindy lui semblant propice, décida de lancer son appât. « Et cet appartement, je me demande ce qu'il va devenir. »

Le poisson mordit immédiatement. Mindy avait en effet davantage envie de parler du penthouse de Mrs Houghton que de Mrs Houghton elle-même.

« En voilà une bonne question. Figure-toi que certaines personnes dans l'immeuble veulent le diviser », lui murmura-t-elle ostensiblement à l'oreille en se penchant sur lui.

Billy recula d'un pas. « Quel gâchis ce serait. On ne peut pas diviser un appartement comme celui-ci. Il est unique.

— C'est bien mon avis », déclara Mindy avec emphase, ravie de constater que Billy et elle étaient sur la même longueur d'onde.

Il baissa la voix. « Je suis peut-être en mesure de t'aider. Je connais quelqu'un qui conviendrait parfaitement.

— Vraiment ?

— Une charmante jeune femme de Washington D.C. Je n'oserais jamais dire ceci à quelqu'un d'autre que toi, mais je sais que tu comprendras – elle est des nôtres. »

Flattée, Mindy s'efforça néanmoins de n'en rien montrer.

« Est-ce qu'elle peut s'offrir un appartement de vingt millions de dollars ?

— J'oubliais ! Il y a un mari dans l'histoire. Il travaille dans la finance. Ma chère, ajouta Billy rapidement, toi et moi savons que traditionnellement le Numéro 1 accueille des artistes. Mais nous savons également ce qui s'est passé dans le marché de l'immobilier. Aucun artiste ne peut s'offrir un appartement comme celui-ci désormais. À moins que vous n'acceptiez de le diviser.

— Jamais je ne laisserai faire ça, déclara Mindy fermement.

— J'en suis ravi. Quoi qu'il en soit, rien ne t'empêche de faire la connaissance de mon amie. » En regardant par-dessus l'épaule de Mindy, il aperçut Annalisa en train de sortir d'un taxi. « D'ailleurs, la voici. »

Mindy se retourna. Une jeune femme aux cheveux auburn noués en queue-de-cheval s'approchait d'eux. Elle avait un visage sérieux mais intéressant, le genre que les femmes jugent beau sans doute parce qu'il semble l'expression d'une vraie personnalité.

« Annalisa, je vous présente Mindy Gooch. Outre le fait qu'elle habite au Numéro 1, Mindy était une amie de Louise Houghton.

— Enchantée de faire votre connaissance », dit

Annalisa en serrant énergiquement la main de Mindy. Mindy apprécia qu'elle n'essaie pas de l'embrasser sur la joue, à l'instar de ces gens qui se donnaient des airs à l'européenne, et que Billy la présente comme une amie de Louise Houghton. Il donnait là un parfait exemple de la délicatesse avec laquelle les résidents du Numéro 1 devraient se comporter entre eux.

Arrivés dans l'église, ils s'installèrent sur un banc au milieu de l'une des travées. Deux rangées plus loin, Mindy reconnut de dos les cheveux blonds décolorés d'Enid (elle était autrefois brune mais le grisonnement avait eu raison d'elle) à côté de la tignasse brune et brillante de Philip. Quand même ! Un homme mûr qui s'entêtait à porter les cheveux aussi longs ! Décidément, ils formaient un couple ridicule – la vieille fille et son neveu écervelé – avec leur arrogance et leurs grands airs. C'en était trop. Enid Merle méritait une bonne leçon.

Les cloches de l'église sonnèrent dix coups lugubres. Au son de l'orgue, deux prêtres en chasuble blanche descendirent l'allée centrale en balançant leurs encensoirs, suivis de l'évêque coiffé d'une mitre et vêtu d'une robe bleue. Les fidèles se levèrent. Mindy inclina la tête.

« Qui veut diviser l'appartement ? lui demanda Billy en se penchant vers elle.

— Enid Merle et son neveu Philip. »

Une fois l'évêque arrivé près de l'autel, les fidèles s'assirent. La cérémonie, exécutée selon le rite catholique traditionnel, se fit en latin et en anglais. Mais Billy n'y prêta guère attention. Il avait peine à croire qu'Enid souhaite la division de l'appartement Houghton. Pourtant, si elle était parvenue à rester dans le métier aussi longtemps – cinquante ans à la rubrique mondaine –, il y avait bien une raison. En fait, elle n'était pas aussi gentille qu'elle le paraissait. Tout le monde était persuadé que Louise et elle avaient été des amies intimes, mais Billy soupçonnait les choses d'être plus compliquées. Il se souvint d'un problème au sujet de la belle-mère d'Enid, problème sans nul doute résolu par le départ de ladite belle-mère, qui avait fini par s'installer en face du Numéro 1. Il n'était donc pas impossible qu'Enid Merle ne tienne pas tant que cela à préserver l'héritage de Mrs Houghton.

Toutefois, la situation le mettait face à un dilemme. Billy hésitait à contrecarrer les plans d'Enid, laquelle pouvait s'avérer dangereuse étant donné qu'elle contrôlait une bonne partie de l'opinion grâce à sa chronique, publiée dans plusieurs journaux. D'autre part, l'appartement avait fait la fierté et la joie de Mrs Houghton. Depuis son nid d'aigle, elle avait régné sur la bonne société new-yorkaise et, même dans les années 70 et 80, lorsque le quartier perdait sa position dominante au profit de l'Upper East Side, n'avait pas une seconde envisagé de déménager. Quand elle abordait le sujet avec Billy, elle frappait le sol de sa canne à pommeau en marbre. « Le centre de la bonne société new-yorkaise se trouve ici, répétait-elle de sa voix majestueuse. Pas là-haut, en province. » Par quoi elle entendait l'Upper East Side et l'Upper West Side. « Vous saviez qu'autrefois il fallait une journée entière pour aller jusqu'à l'hôtel Dakota ? Et qu'une fois arrivé là-bas, on n'avait pas d'autre choix que de passer la nuit dans cette horreur gothique ? » Puis frappant de nouveau le sol de sa canne, elle ajoutait : « C'est ici qu'est née la bonne société, et c'est ici qu'elle mourra. Il ne faut jamais oublier ses origines, Billy. »

Un élément significatif de ce beau monde disparaîtrait si Enid Merle obtenait gain de cause à propos de l'appartement, songea Billy. Sa mission était claire : en dépit de l'admiration qu'il portait à Enid Merle, il devait, par loyauté, s'assurer que les souhaits de Mrs Houghton seraient respectés.

Les prières reprirent et les fidèles s'agenouillèrent. Mindy joignit les mains devant son visage. « Je pensais à une chose, lui suggéra Billy en catimini. Si tu n'as rien de prévu après, on pourrait peut-être faire un saut au Numéro 1 et jeter un coup d'œil à l'appartement. »

Mindy lui jeta un regard interloqué. Elle se doutait bien que son amabilité soudaine cachait quelque chose, mais ne l'aurait jamais cru capable d'organiser ses petites combines dans la maison du Seigneur. Vraiment, à New York, il n'y avait rien de sacré. En observant discrètement les nuques de ses voisins de devant, elle sentit sa haine décupler. L'évêque invita l'assemblée à se signer. « Au nom du Père, du Fils et du Saint Esprit », entonna Mindy. Elle se rassit et, le regard fixe, murmura à Billy : « Ça devrait être possible. »

Après la messe de souvenir, Enid avait organisé un déjeuner au Village, sur la 9e Rue. Philip l'accompagna. Bien que normalement fermé à midi, le restaurant, dont Enid était une cliente fidèle depuis des années, comme d'ailleurs presque tous les habitants du quartier, fit une exception pour elle, en raison des circonstances particulières. Philip connaissait bien le milieu fréquenté par Enid, un milieu qui avait été la crème de la crème new-yorkaise. Avec leurs rituels particuliers – celui, par exemple, de parler à sa voisine de droite pendant l'entrée et à sa voisine de gauche pendant le plat principal, d'échanger des informations confidentielles sur la politique, les affaires, les médias et les arts, puis de se lancer dans de grands discours en prenant le café debout –, ces gens faisaient partie de la vie de Philip, au point qu'il n'avait pas remarqué combien ces personnages influents avaient vieilli.

La conversation fut, comme d'habitude, animée. Le tragique accident de Mrs Houghton et sa mort prématurée – « elle avait encore cinq bonnes années devant elle », de l'avis de tous – furent bien abordés, mais la discussion s'orienta vite sur les élections et la récession à venir. Assis droit comme un i sur sa chaise à côté d'Enid, un ancien sénateur, qui avait écrit certains des discours de John Kennedy, se mit à disserter sur les différences entre les styles oratoires des candidats démocrates. Arriva enfin le deuxième plat – du veau dans une sauce beurrée au citron. Alors, tout en prenant une part active à la conversation, Enid saisit son couteau et sa fourchette et se mit tout naturellement à couper la viande du sénateur. C'était un geste serviable, mais qui terrifia Philip. Regardant les convives installés autour de la table, il vit un tableau picaresque et grotesque de la vieillesse.

Il posa sa fourchette. Voilà ce qui l'attendait. En vérité, il n'en était pas loin. Cette réalité l'effraya. Il se mit alors à passer en revue tout ce qui clochait dans sa vie ces derniers temps. Il avait des problèmes avec le scénario sur lequel il travaillait, et en aurait avec le suivant, si suivant il y avait. À supposer qu'il écrive un autre livre, il aurait également des problèmes avec. Et un jour ou l'autre, il deviendrait un causeur impotent qui aurait besoin de quelqu'un pour lui couper sa viande. En plus, il n'avait même pas de femme pour le consoler.

Il se leva et s'excusa. Il attendait un coup de fil important de Los Angeles – il venait juste d'être prévenu sur son BlackBerry. « Tu ne restes pas pour le dessert ? s'étonna Enid. Flûte alors, on sera plus de femmes que d'hommes.

— Je ne peux pas faire autrement, Nini, dit-il en l'embrassant sur la joue qu'elle lui tendait. Tu t'en sortiras très bien. »

Il avait à peine fait cinquante mètres qu'il ne put résister à l'envie d'appeler Lola. En entendant la voix désinvolte de la jeune femme, son cœur se mit à battre plus fort. Il dissimula son émoi en se faisant plus sérieux qu'il ne l'aurait voulu.

« Philip Oakland à l'appareil.

— Alors, quoi de neuf ? demanda-t-elle, visiblement heureuse qu'il l'appelle.

— J'ai l'intention de vous engager en tant qu'assistante. Vous pouvez commencer cet après-midi ?

— Non, je suis occupée.

— Demain matin alors ?

— Impossible. Ma mère part et je veux être là pour lui dire au revoir.

— Elle part à quelle heure ? dit-il, tout en se demandant comment il en était venu à adopter ce ton suppliant.

— Je ne sais pas. Dix ou onze heures, je crois.

— Vous pourriez venir l'après-midi, non ?

— J'imagine que oui », répondit Lola d'une voix incertaine. Assise au bord de la piscine au Soho House, elle trempa un orteil dans l'eau tiède et trouble. Ce boulot, elle le voulait. Mais hors de question de le montrer. Après tout, même si techniquement Philip serait son employeur, il restait un homme. Et quand on traitait avec la gent masculine, il fallait toujours garder la main.

« Deux heures, ça vous va ? suggéra-t-elle.

— Parfait. »

Elle raccrocha. Le serveur de l'hôtel vint l'informer que les téléphones portables n'étaient pas autorisés au club, ni même sur la terrasse. Lola lui adressa un regard glacial, puis envoya un texto à sa mère pour lui dire la bonne nouvelle. Cela fait, elle s'enduisit le corps de crème solaire, s'allongea sur une méridienne et, les yeux fermés, se mit à rêver. Philip tomberait peut-être amoureux d'elle. Et alors, qui sait ? Il l'épouserait et elle s'installerait au Numéro 1.

« C'est magnifique ! » s'exclama Annalisa en entrant dans le vestibule de l'appartement Houghton.

Billy posa la main sur sa poitrine. « Mais dans quel état c'est ! Si vous étiez venue du temps de Mrs Houghton...

— Moi je suis venue, une fois, dit Mindy. Ça faisait vraiment appartement de vieille dame. »

Les meubles anciens, les tableaux, les tapis et les draperies en soie avaient été retirés. Ne restaient que les nids de poussière et le papier peint défraîchi. La lumière de l'après-midi inondait les pièces, soulignant les éclats de peinture et les marques d'usure sur le parquet. Le petit vestibule donnait sur un deuxième, plus grand, avec un sol en marbre, d'où partait un escalier majestueux. Trois portes en bois à doubles battants ouvraient sur un salon, une salle à manger et une bibliothèque. Perdu dans ses souvenirs, Billy entra dans l'immense salon, qui faisait toute la façade de l'immeuble et dominait la Cinquième Avenue. Deux portes-fenêtres donnaient sur une terrasse de quatre mètres de large. « Ah, quand je pense aux fêtes qu'elle organisait ici ! soupirat-il en embrassant les lieux du regard. Elle avait meublé cette pièce comme un salon européen, avec des petits divans, des canapés et des petits groupes de fauteuils. On pouvait y faire entrer une centaine d'invités sans aucune difficulté. » Mindy et Annalisa le suivirent dans la salle à manger. « Tout le gratin est venu dîner ici, reprit-il. Je me souviens en particulier d'une soirée avec la princesse Grace de Monaco. Elle était d'une telle beauté. Qui se serait douté qu'un mois plus tard, elle serait morte !

— On pense rarement à ce genre de chose, dit Mindy sèchement.

— Il y avait une immense table pour quarante personnes, poursuivit Billy sans relever sa remarque. Je pense vraiment qu'une grande table est bien plus élégante que ces tables rondes pour dix personnes que tout le monde a de nos jours. Mais j'imagine que les gens n'ont pas le choix. On ne trouve plus de grandes salles à manger maintenant. Cela dit, Mrs Houghton estimait que quarante personnes, c'était un maximum pour un dîner. Pour que les invités aient l'impression de faire partie d'une élite.

— La cuisine est où ? » demanda Mindy, jalouse et intimidée.

Elle était venue une fois, mais très brièvement, et ignorait que Mrs Houghton avait eu un tel train de vie. Cette période faste s'était visiblement déroulée avant même que les Gooch ne viennent s'installer dans l'immeuble. Billy passa deux portes battantes et leur montra l'office et la cuisine elle-même, qui leur parut étonnamment rudimentaire avec son linoléum et son plan de travail en formica. « Elle ne venait jamais ici, bien sûr, expliqua Billy. Il n'y avait que le personnel qui entrait dans cette pièce. On considérait cela comme une marque de respect.

— Et quand elle voulait un verre d'eau ? demanda Annalisa.

— Elle utilisait les lignes intérieures. Il y avait des téléphones partout, avec une ligne pour chaque pièce. On considérait cela comme le sommet de la modernité au début des années 80. »

Annalisa croisa le regard de Mindy et sourit. Jusque-là, Mindy n'était pas parvenue à la cerner, car tout en paraissant sûre d'elle et indépendante, elle n'avait rien révélé sur elle-même. Mais peut-être finalement Annalisa Rice avait-elle le sens de l'humour.

Le petit groupe monta au deuxième étage, visita la chambre à coucher de Mrs Houghton, son immense salle de bains et son boudoir où, souligna Billy, elle et lui avaient passé de nombreuses heures fort agréables. Ils jetèrent un coup d'œil aux trois chambres qui se trouvaient au bout du couloir, puis montèrent au troisième. « Et voici, annonça Billy en ouvrant en grand deux portes à panneaux lambrissés, le bouquet final – la salle de bal. »

Annalisa alla se placer au centre et admira le sol en marbre à damiers noirs et blancs, le plafond en forme de dôme, la cheminée, les portes-fenêtres. La pièce était d'une beauté à couper le souffle – jamais elle n'aurait cru possible l'existence d'un tel endroit dans un immeuble de New York City. Manhattan renfermait décidément des merveilles. Annalisa songea que jamais de sa vie elle n'avait rien désiré autant que cet appartement.

Billy la rejoignit. « Je dis toujours qu'une personne qui ne peut pas être heureuse ici ne le sera nulle part. » Même Mindy ne trouva rien à lui répliquer. Il flottait dans l'air une certaine nostalgie, ce que Billy appelait « la douleur ». Ce désir impérieux de vivre dans un endroit exceptionnel, c'était le prix à payer quand on habitait New York. Il poussait les gens à faire toutes sortes de choses – à mentir, à s'enfermer dans des mariages condamnés, à se prostituer, voire à commettre un meurtre. « Qu'en pensez-vous ? » demanda-t-il à Annalisa.

Annalisa sentit son cœur s'emballer. Ce qu'elle pensait ? Que Paul et elle devaient acheter l'appartement sur-le-champ, cet après-midi même, avant que quelqu'un d'autre ne le voie et ne le veuille aussi. Mais son esprit rompu aux questions légales prit le dessus, lui permettant de garder son sang-froid. « C'est un endroit merveilleux, dit-elle, qui vaut la peine qu'on réfléchisse. » Son regard tomba sur Mindy. Cette hystérique névrosée aux yeux globuleux détenait les clés de l'appartement. « Paul, mon mari, est tellement difficile, poursuivit-elle. Il voudra vérifier la situation financière de l'immeuble.

— C'est un immeuble de catégorie supérieure, déclara Mindy. Nous avons d'excellentes références auprès des banques. » Elle ouvrit les portes-fenêtres et sortit sur la terrasse. En se penchant un peu, on voyait un bout de la terrasse d'Enid Merle. « Venez admirer la vue », proposa-t-elle à Annalisa.

Annalisa la suivit sur la terrasse. Surplombant un océan de toits, elle eut l'impression de se trouver sur la proue d'un navire. « Magnifique, dit-elle.

— Alors comme ça vous êtes d'où ? lui demanda Mindy.

— De Washington. Nous sommes venus nous installer ici pour le boulot de Paul. Il travaille dans la finance. » Billy Litchfield lui avait recommandé à l'église d'éviter des expressions comme « fonds spéculatifs » et d'utiliser « finance », un terme vague et plus chic.

« Quand vous vous adresserez à Mindy Gooch, insistez sur le fait que vous êtes comme tout le monde », lui avait-il également conseillé.

« Depuis combien de temps habitez-vous ici ? demanda-t-elle à Mindy d'un ton poli, afin de changer de sujet.

— Depuis dix ans. Nous adorons cet immeuble et ce quartier. Mon fils va à l'école à Greenwich Village, ce qui facilite les choses.

— Bien sûr, fit Annalisa d'un air entendu.

— Vous avez des enfants ?

— Pas encore.

— C'est un immeuble très bien pour les gamins. Tout le monde aime Sam. »

Voyant que Billy Litchfield les rejoignait, Annalisa décida de sortir sa botte secrète.

« Votre mari, c'est bien James Gooch ? demanda-t-elle à Mindy comme si de rien n'était.

— Oui. Vous le connaissez comment ? s'étonna Mindy.

— J'ai lu son dernier livre, *Le Soldat solitaire*.

— Il n'y a que deux mille personnes qui l'ont lu, répliqua Mindy.

— Je l'ai adoré. L'histoire américaine est l'une de mes passions. Votre mari est un écrivain de grand talent. »

Mindy recula d'un pas. Elle ne savait pas trop si elle devait croire Annalisa, mais elle apprécia tout de même le fait que celle-ci se donne tant de peine. Et vu le succès que James avait eu avec Apple, peut-être s'était-elle trompée sur ses qualités littéraires. James avait en vérité été un écrivain doué – l'une des raisons pour lesquelles elle s'était mariée avec lui. Peut-être allait-il redevenir un auteur connu. « Mon mari sort un nouveau livre, dit-elle. Les gens du milieu disent qu'il aura encore plus de succès que Dan Brown. Ce qui semble à peine croyable. »

Maintenant qu'elle avait prononcé ces mots et apprécié leur sonorité, Mindy se mit à croire au succès de James. Voilà qui donnerait une bonne leçon à Philip Oakland. En outre, si les Rice prenaient l'appartement, ce serait un sacré coup pour sa tante.

« Je dois filer au bureau, dit Mindy en tendant la main à Annalisa. Mais j'espère que nous nous verrons bientôt. »

« Je suis impressionné, déclara plus tard Billy à Annalisa sur le trottoir devant le Numéro 1. Mindy Gooch vous apprécie, elle qui n'aime personne. »

Annalisa lui sourit et héla un taxi.

« Vous avez vraiment lu *Le Soldat solitaire* ? Ces huit cents pages arides ?

— Oui.

— Alors vous saviez que James Gooch était son mari ?

— Non. J'ai consulté Google en sortant de l'église. Il y avait un article qui mentionnait le fait.

— Petite maligne ! » fit Billy. Un taxi vint se garer près d'eux. Il lui ouvrit la porte.

Annalisa se glissa sur le siège arrière. « Je prépare toujours mes dossiers », dit-elle.

Comme Lola s'y attendait, le boulot pour lequel Philip l'avait engagée était très simple. Elle arrivait chez lui à midi, trois fois par semaine – le lundi, le mercredi et le vendredi – et s'installait à une petite table dans son immense salon inondé de soleil. Là, elle faisait semblant de bosser, pendant que Philip travaillait dans son bureau, la porte ouverte. De temps en temps, il passait la tête dans l'entrebâillement et lui donnait une recherche à faire, par exemple l'adresse précise d'un restaurant qui se trouvait sur la Première Avenue dans les années 80. Lola ne voyait pas pourquoi il avait besoin de ce genre de renseignement. Après tout, il écrivait un scénario. Alors, pourquoi n'inventait-il pas les lieux comme il avait inventé les personnages ?

Lorsqu'elle lui posa la question, il s'installa près d'elle sur l'accoudoir du fauteuil club en cuir devant la cheminée et lui fit tout un discours sur l'importance de l'authenticité dans une œuvre de fiction. Tout d'abord perplexe, Lola commença à trouver ça long, puis finit quand même par être fascinée. Non par ce que Philip lui disait, mais par le fait qu'il s'adressait à elle comme si elle avait les mêmes connaissances et les mêmes centres d'intérêt que lui. L'expérience se renouvela. À chaque fois, il finissait par regagner son bureau tout d'un coup, comme s'il venait de penser à quelque chose. Lorsqu'elle entendait le tapotement de ses doigts sur le clavier de son ordinateur, Lola coinçait ses mèches de cheveux derrière ses oreilles et, les sourcils froncés par l'effort, tentait de dénicher sur Google l'information dont il avait besoin. Mais incapable de se concentrer longtemps, elle ne tardait pas à vagabonder sur le Net, à consulter le site de Perez Hilton, à vérifier sa page Facebook, à regarder des épisodes de The Hills ou des vidéos sur YouTube. Si elle avait travaillé dans un bureau, ces activités n'auraient pas été appréciées, elle en était bien consciente –, l'une de ses copines de fac venait de perdre son boulot d'assistante juridique pour cette raison-là. Mais Philip n'y trouvait rien à redire. Au contraire, il semblait considérer que cela faisait partie de son travail.

Le deuxième jour, en regardant YouTube, Lola était tombée sur une vidéo montrant une jeune femme vêtue d'une robe de mariée sans manches qui attaquait un homme à coups de parapluie au bord d'une autoroute. À l'arrière-plan, on apercevait une limousine blanche – visiblement, la voiture était tombée en panne et la jeune mariée s'en prenait au chauffeur. « Philip ? » dit Lola.

Elle jeta un coup d'œil dans son bureau. Il était penché sur l'ordinateur, les cheveux dans les yeux. « Hein ? grogna-t-il en dégageant son front.

— Je crois que j'ai trouvé quelque chose qui pourrait vous intéresser.

— L'adresse de Peartree's ?

— Non. Mieux que ça. » Elle lui montra la vidéo.

« Eh ben, fit-il. C'est pour de vrai ?

— Bien sûr. » Ils écoutèrent les insultes que la jeune femme lançait au chauffeur.

« Vous vouliez de l'authenticité ? En voilà ! déclara Lola en s'enfonçant dans sa petite chaise.

— Il y en a d'autres du même genre ?

— Oui, des centaines certainement, répondit Lola.

— Vous avez fait du bon boulot », dit Philip, impressionné.

Philip en connaissait un rayon sur les bouquins, jugea Lola, mais malgré son souci d'authenticité, il en savait visiblement peu sur la vraie vie. Cela dit, elle devait reconnaître que l'existence qu'elle-même menait à New York ne répondait pas tout à fait à ses attentes.

Le samedi soir, elle était sortie en boîte avec les deux filles qu'elle avait rencontrées au département Ressources humaines. Elle ne les trouvait pas très intéressantes mais ne connaissait personne d'autre à New York. La soirée dans le Meatpacking District s'était avérée une expérience à la fois excitante et déprimante. Elles commencèrent par se voir refuser l'entrée de deux discothèques. À la troisième, on les laissa rejoindre la file d'attente. Elles restèrent plantées là quarante-cinq minutes derrière des barrières de sécurité à observer les limousines et les 4 × 4 qui venaient déposer les happy few admis dans le saint des saints. Certes, il était bien vexant de ne pas faire partie de ce club de privilégiés, mais elles purent tout de même voir six vraies célébrités. À chaque fois, ce fut le même rituel – la file d'attente se mettait à vibrer comme la queue d'un serpent à sonnettes, puis tout le monde brandissait son portable pour essayer de prendre une photo de ladite célébrité. À l'intérieur de la boîte, les people étaient bien séparés du vulgum pecus. Les people buvaient du champagne et de la vodka qu'on leur servait à table dans des zones protégées par d'impressionnants agents de sécurité, alors que le vulgum pecus se retrouvait agglutiné devant le bar. Il fallait attendre une demi-heure la boisson qu'on avait commandée et la faire durer parce qu'on n'était pas sûr de pouvoir en obtenir une autre.

Ça n'était vraiment pas une vie. Lola avait bien l'intention de trouver un moyen lui permettant d'entrer dans ce cercle fermé et glamour.

Le deuxième mercredi où elle travaillait pour Philip, elle s'installa sur le divan de son salon avec des magazines. Philip était allé à la bibliothèque pour écrire, la laissant seule dans l'appartement avec pour tâche de lire le brouillon de son scénario et de traquer les coquilles. « Comment ? Vous n'avez pas de vérificateur d'orthographe ? » lui avait-elle demandé lorsqu'il lui avait confié son travail. « Je m'en méfie », avait-il répondu. Lola se mit à lire le scénario, puis se rappela que les magazines people paraissaient ce jour-là. Elle sortit pour aller au kiosque à journaux de University Street. Elle adorait entrer et sortir de l'immeuble. Maintenant, à chaque fois qu'elle passait devant les portiers, elle leur faisait un petit signe de la tête, comme si elle habitait là.

Hélas, elle constata en remontant dans l'appartement que les tabloïds ne présentaient rien de croustillant cette semaine-là – aucune célébrité n'avait atterri en clinique de désintoxication, perdu (ou pris) des kilos, ni même volé le mari d'une autre. Lola renonça à les lire. En regardant autour d'elle, elle se rendit compte qu'en l'absence de Philip, il y avait quelque chose de bien plus intéressant à faire : fureter.

Elle s'approcha de la bibliothèque qui prenait un mur entier. Sur trois étagères se trouvaient des exemplaires du premier livre de Philip, *Matin d'été*, dans toutes sortes d'éditions et de langues. Une autre étagère contenait les premières éditions reliées d'œuvres classiques. Philip lui avait expliqué qu'il en faisait la collection et qu'il avait payé jusqu'à cinq mille dollars pour une première édition de *Gatsby le Magnifique*, ce qu'elle avait jugé une folie. Des vieux journaux et magazines étaient empilés sur l'étagère du bas. Lola prit un numéro de *The New York Review of Books* de février 1992. En le feuilletant, elle tomba sur une critique d'*Étoile Sombre*, un livre que Philip avait écrit. Barbant, se dit-elle en reposant le magazine. Tout en bas, elle repéra un vieil exemplaire de *Vogue*. Elle le tira de sous la pile et regarda la couverture. Il datait de septembre 1989. LES NOUVEAUX COUPLES QUI VONT COMPTER, annonçait l'un des titres. Curieuse de savoir ce que faisait Philip avec un vieux *Vogue*, elle ouvrit le magazine.

La réponse était dans le cahier photo central. Un tout jeune Philip et une non moins jeune Schiffer Diamond

y posaient devant la tour Eiffel, mangeaient des croissants à la terrasse d'un café, se promenaient dans une
rue parisienne en robe de bal et en smoking. L'article
s'intitulait : LE PRINTEMPS DE L'AMOUR : SCHIFFER DIAMOND,
L'ACTRICE OSCARISÉE, ET PHILIP OAKLAND, LE PRIX PULITZER,
VOUS PRÉSENTENT LES NOUVELLES COLLECTIONS PARI-
SIENNES.

Lola s'installa sur le divan et étudia les photos. Elle
ignorait complètement que Philip Oakland et Schiffer
Diamond avaient été ensemble. La jalousie la saisit. Au
cours de la semaine qui venait de s'écouler, elle s'était
sentie à certains moments attirée par Philip, mais son
âge la retenait. Il avait quand même vingt ans de plus
qu'elle. Certes, il paraissait plus jeune et était en bonne
santé – il allait à la salle de sport tous les matins ; certes,
des tas de jeunes femmes épousaient des vedettes plus
âgées qu'elles – par exemple la femme de Billy Joel –
mais Lola craignait, si elle allait « jusque-là » avec Philip, d'avoir une surprise désagréable. Il avait peut-être
des taches de vieillesse. Il ne pourrait peut-être pas
bander ?

Mais à présent qu'elle feuilletait le cahier photo de
Vogue, il montait dans son estime. Elle commença alors
à établir un plan de campagne pour le séduire.

À cinq heures de l'après-midi, Philip quitta la bibliothèque et rentra chez lui. Lola était certainement partie,
se dit-il. Il aurait tenu un jour de plus sans tenter de
coucher avec elle. Il se sentait irrésistiblement attiré par
elle – il était un homme après tout. Et elle semblait
attirée par lui, s'il en jugeait par les regards qu'elle lui
lançait derrière la mèche de cheveux qui lui tombait sur
le front et qu'elle tortillait sans cesse, comme par timi-
dité. Mais elle était un peu trop jeune, même pour lui,
et malgré ses connaissances pointues en matière de célé-

brités et d'Internet, elle manquait d'expérience. Jusque-là, il ne s'était pas passé grand-chose dans sa vie, et elle était un peu immature.

Dans l'ascenseur, il fut pris d'une inspiration soudaine et appuya sur le bouton du neuvième étage. Il y avait six appartements à cet étage-là, celui de Schiffer étant au fond. Il se souvint de toutes les fois où il avait descendu ce couloir, à n'importe quelle heure du jour et de la nuit. Il sonna chez elle, puis tenta d'ouvrir la porte. Rien. Elle n'était pas là. Bien sûr. Elle n'était jamais là.

Il monta chez lui et, en tournant la clé dans la serrure, entendit à sa grande surprise : « Philip ? » C'était la voix de Lola.

Derrière la porte, il découvrit un petit sac en cuir verni rose. Lola était allongée sur le divan du salon. Elle se retourna pour le regarder par-dessus le dossier.

« Vous êtes encore là ? » Il était surpris, mais pas si mécontent au fond.

« Il s'est passé quelque chose d'affreux, commença-t-elle. J'espère que vous ne m'en voudrez pas.

— Quoi ? » demanda-t-il, subitement alarmé. Peut-être s'agissait-il de son scénario. Avait-il reçu un autre appel de la direction du studio ?

« Il n'y a plus d'eau chaude chez moi.

— Oh », dit-il. Devinant la raison de la présence du sac rose, il lui demanda : « Vous avez besoin de prendre une douche ici, c'est ça ?

— Pas seulement. À ce qu'il paraît, ils vont travailler toute la nuit pour réparer les tuyaux. Quand je suis rentrée, il y avait un de ces boucans !

— Ils vont arrêter, certainement. À partir de six heures, je pense.

— Non. Chez moi, ce n'est pas comme ici. C'est un

immeuble de location, alors ils font ce qu'ils veulent. Quand ils veulent. » Elle insista sur le *quand* pour qu'il comprenne bien.

« Alors que comptez-vous faire ? » demanda Philip. Cherchait-elle à se faire inviter pour la nuit ? Si c'était le cas, ce serait une très mauvaise – ou peut-être une très bonne – idée.

« Je me disais que peut-être je pourrais dormir sur votre divan. Juste pour une nuit. Il faudra bien qu'ils aient réparé les tuyaux d'ici demain. »

Il hésita. Les tuyaux étaient-ils un prétexte ? Dans ce cas, il aurait été bien bête de résister. « Pas de problème, dit-il.

— Génial ! s'exclama-t-elle en sautant du divan et en se jetant sur son sac. Vous ne vous rendrez même pas compte que je suis là, je vous le promets. Je m'installerai sur le divan, je regarderai la télé. Et vous pourrez travailler, bref, faire ce que vous voudrez.

— Vous n'êtes pas obligée de jouer les petites orphelines, dit-il. Je vous emmène au restaurant ce soir. »

Pendant qu'elle prenait une douche, il alla dans son bureau pour consulter ses mails. Il y en avait plusieurs auxquels il devait répondre, mais en entendant l'eau couler, il imagina le corps nu de Lola et se trouva dans l'incapacité de se concentrer. Il tenta alors de se plonger dans la lecture de *Variety*. Lola apparut enfin dans l'embrasure de la porte, encore mouillée et vêtue simplement d'une toute petite robe à dos nu. Elle se séchait les cheveux dans une serviette.

« Vous voulez aller où pour dîner ? lui demanda-t-elle.

— Je pensais vous emmener au Knickerbocker, tout à côté. C'est l'un de mes restaurants préférés. Rien de très original, mais on y mange bien. »

Au restaurant, ils s'installèrent dans un box et Lola commença à étudier la carte tandis que Philip commandait une bouteille de vin.

« Moi, je prends toujours les huîtres et le steak, dit-il. Vous aimez les huîtres ?

— J'adore, répondit-elle en posant la carte et en lui adressant un sourire gourmand. Vous avez déjà bu un cocktail à l'huître ? C'est une huître dans un petit verre avec de la vodka et de la sauce cocktail. On ne buvait que ça quand j'étais à Miami. »

Philip ne sut pas trop comment réagir, étant donné qu'il n'avait jamais goûté pareille mixture, qui lui semblait plutôt écœurante, mais ce devait être le genre de truc qui plaisait à une jeune femme de vingt-deux ans. « Et alors, qu'est-ce que ça donne ? demanda-t-il un peu au hasard.

— Eh bien, expliqua-t-elle, les coudes sur la table et le menton posé sur les mains, on devient complètement bourré. Une fois, il y a une nana – pas une amie, elle était juste avec nous – qui était tellement saoule qu'elle a enlevé son chemisier et s'est retrouvée en train de faire un strip-tease sur le site *Filles en folie*. Et son père l'a vue. Il a piqué une de ces crises ! C'est moche, non, d'apprendre que votre propre père regarde *Filles en folie* ?

— Peut-être qu'il avait été mis au courant et voulait juste vérifier ?

— Faudrait vraiment être bête pour raconter à son propre père qu'on est sur *Filles en folie*. Les nanas qui y sont, c'est uniquement pour que les mecs s'intéressent à elles. Elles pensent que ça les rend sexy.

— Et vous, vous en pensez quoi ?

— Que c'est stupide. Bien sûr, vous trouverez quelqu'un avec qui coucher, et après ? »

En effet, et après ? songea Philip en se demandant avec combien d'hommes elle avait couché. « Ça vous est arrivé ? demanda-t-il.

— De passer sur *Filles en folie* ? Jamais. À la limite, j'accepterais de me déshabiller pour *Playboy* ou pour *Vanity Fair*, parce qu'ils font ça avec classe. Et que vous avez un droit de regard sur les photos. »

Philip prit une gorgée de vin et sourit. Elle voulait coucher avec lui, c'était évident. Sinon, pourquoi parle-rait-elle de sexe et de photos nues ? Elle allait le rendre fou si elle continuait ainsi.

Un petit ange posé sur l'épaule droite de Philip lui rappela qu'il ne devait pas faire l'amour avec Lola, tan-dis que le diablotin posé sur son épaule gauche lui susurrait « Pourquoi pas ? » Il était clair qu'elle l'avait déjà fait et, selon toute probabilité, souvent. Pour cal-mer sa conscience, il prolongea le dîner le plus long-temps possible en commandant une deuxième, puis une troisième bouteille de vin, des desserts et des pousse-café. Lorsque arriva le moment où il fallut bien rentrer, Lola se leva et, visiblement pompette, chercha son sac en peau de serpent. En sortant, il passa le bras autour de ses épaules pour l'aider à se tenir debout et, une fois dehors, elle glissa le bras autour de sa taille et se pencha vers lui en gloussant. Il sentit sa queue gonfler.

« On s'est bien amusés, dit-elle avant d'ajouter d'un ton sérieux : mais j'ignorais que le monde du cinéma était si dur.

— Vous savez, le jeu en vaut quand même la chan-delle. » Après un début de conversation égrillard, et sous l'effet du vin, il s'était détendu et lui avait parlé de ses problèmes avec le studio. Elle l'avait écouté, fasci-née. Il remonta la main jusqu'à sa nuque et lui dit : « Il est temps d'aller au dodo. Je ne veux pas que vous ayez la gueule de bois demain.

— De toute façon c'est trop tard », répondit-elle en gloussant.

De retour dans l'appartement, elle alla se changer dans la salle de bains, non sans avoir fait un petit numéro, tandis qu'il lui installait un oreiller et une couverture sur le divan. Ils savaient tous deux qu'elle n'y dormirait pas, mais il valait mieux faire semblant, songea Philip. Lorsqu'elle sortit de la salle de bains pieds nus, elle portait une minuscule nuisette avec des rubans de soie autour de l'encolure, suffisamment déboutonnée pour dévoiler une bonne partie de son décolleté. Philip soupira. Prenant son courage à deux mains, il se planta devant elle, l'embrassa sur le front et gagna sa chambre en lui souhaitant bonne nuit. Il parvint, sans trop savoir comment, à fermer la porte.

Il ne garda que son caleçon et se mit au lit en laissant la lumière allumée, car il avait la ferme intention de lire *Les Buddenbrook*. Mais une fois encore, il fut incapable de se concentrer. Une simple porte le séparait de Lola et de sa minuscule nuisette. Les sourcils froncés, il se rappela qu'elle n'avait que vingt-deux ans. Certes, rien ne l'empêchait de coucher avec elle. Mais ensuite ? Elle ne pourrait plus travailler pour lui s'ils devenaient amants. D'un autre côté, il était plus facile de trouver une autre assistante qu'une superbe créature de vingt-deux ans qui avait envie de faire l'amour.

Que faire ? Se lever et la rejoindre ? L'espace d'un instant, son esprit fut torturé par une pensée déplaisante. Et s'il s'était trompé ? Si elle ne voulait pas coucher avec lui ? Si cette histoire de tuyaux cassés était vraie ? S'il se faisait jeter au moment de la rejoindre ? Il deviendrait alors encore plus difficile de la garder et il lui faudrait la renvoyer. Une ou deux minutes passèrent. Et la réponse vint : elle frappa à sa porte.

« Philip ?

— Entrez. »

Elle ouvrit et s'appuya contre le montant, les mains innocemment croisées, comme si elle ne voulait surtout pas le déranger.

« Je peux avoir un verre d'eau ?

— Bien sûr, dit-il.

— Vous pouvez aller me le chercher ? Je ne sais pas où sont les verres.

— Suivez-moi. » Il sortit du lit, se rendit compte qu'il était en caleçon et qu'il s'en fichait.

Elle fixa les yeux sur sa poitrine, là où les poils sombres frisés dessinaient de jolis motifs au-dessus de ses pectoraux. « Je ne voulais pas vous déranger.

— Vous ne me dérangez pas du tout », dit-il en entrant dans la cuisine. Elle le suivit. Il remplit un verre au robinet. Lorsqu'il se tourna, elle était juste à côté de lui. Au dernier moment, au lieu de lui donner le verre, il le posa et passa son bras autour de ses épaules. « Oh, Lola, si on arrêtait de faire semblant ?

— Que voulez-vous dire ? lui demanda-t-elle avec un air de sainte nitouche, tout en posant la main sur les poils de son torse.

— Voulez-vous faire l'amour avec moi ? murmura-t-il. Parce que moi, j'en ai très envie.

— Oui. » Elle pressa son corps contre le sien. Ils s'embrassèrent. Il sentit sa poitrine ferme et pleine à travers le tissu fin, et même la pointe de ses seins. Il passa les mains sous sa nuisette, remonta le long de sa culotte jusqu'à son ventre et sa poitrine. Il lui caressa les seins. Elle grogna, se pencha en arrière pendant qu'il la déshabillait. Dieu qu'elle était belle ! se dit-il. Il la souleva et la déposa sur le plan de travail. Il lui écarta les jambes, se plaça au milieu et l'embrassa. Puis il passa la main sous sa culotte, toute de dentelles et de soie. Surpris de ce que ses doigts rencontraient, il s'arrêta et recula.

« Pas de poils ?

— Bien sûr que non », répondit-elle, un peu piquée. Toutes les filles qu'elle connaissait se faisaient épiler à la cire une fois par mois.

« Pourquoi ? s'étonna-t-il en touchant la peau nue.

— Parce que les hommes aiment ça. C'est censé les exciter. Ne me dites pas que vous n'avez jamais vu ça ? s'esclaffa-t-elle.

— J'aime bien », dit-il en admirant son sexe lisse. Il ressemblait à ces chats sans poils et tout doux. Philip la prit dans ses bras et la porta jusqu'au divan.

« Vous êtes extraordinaire », dit-il.

Il la posa au bord du divan, la força à ouvrir les jambes et se mit à lécher la peau violette de son sexe. « Non ! dit-elle brusquement.

— Pourquoi ?

— Je n'aime pas.

— Parce qu'on ne vous l'a jamais fait comme il faut. » Il se remit à l'embrasser « en bas » pendant ce qui lui parut des heures. Elle finit par s'abandonner, les jambes tremblantes et le sexe palpitant. Enfin, elle jouit et fondit en larmes.

Il l'embrassa sur la bouche, et elle sentit le goût de son propre sexe sur ses lèvres. Elle savait qu'elle aurait dû trouver cela répugnant, mais ce n'était pas si mauvais. Elle se dit même que ça la faisait penser à des vêtements légèrement humides qu'on viendrait de sortir du sèche-linge. Elle passa les mains dans les cheveux de

Philip, plus doux et plus beaux que les siens. Elle plongea dans ses yeux. Allait-il lui dire qu'il l'aimait ?

« Ça t'a plu ? murmura-t-il.

— Oui. »

Il se leva et alla dans la cuisine.

« C'est tout ? demanda-t-elle en s'essuyant la joue et en riant. Tu ne vas pas... ? »

Il revint avec deux minuscules verre de vodka. « Un peu de carburant, dit-il en lui en tendant un. Il n'y a pas d'huître dedans, mais ça nous suffira. » Puis il lui prit la main et l'entraîna dans sa chambre. Là, il retira son caleçon. Sa queue était grosse, avec une veine épaisse sur le côté, et ses couilles se balançaient dans leur enveloppe de peau rose et fripée. Elle s'allongea sur le dos. Il l'obligea à plier les genoux jusqu'à la poitrine et s'installa entre ses jambes. Lorsqu'il commença à la pénétrer, elle serra les dents, persuadée qu'elle aurait mal. Mais à sa grande surprise, elle fut inondée de plaisir. « Lola, Lola, Lola », répéta-t-il. Puis son corps se raidit, son dos s'arc-bouta et il s'effondra sur elle. Lola l'enlaça en l'embrassant dans le cou.

Au milieu de la nuit, il la réveilla et ils firent de nouveau l'amour. Elle s'endormit, et lorsqu'elle émergea le lendemain matin, il la regardait fixement. « Ah, Lola, dit-il, que vas-tu devenir ?

— Moi ?

— Qu'allons-nous devenir ? »

Elle ne fut pas sûre d'apprécier son ton. « Philip ? » dit-elle timidement en caressant sa queue du bout de l'ongle. L'instant d'après, il était sur elle. Lola ouvrit les jambes. Il jouit, puis resta allongé sur elle, épuisé. Elle murmura : « Je crois que je t'aime. »

Il leva la tête brusquement et la regarda, surpris.

« Aimer est un bien grand mot, Lola », dit-il en l'embrassant sur le bout du nez.

Puis il s'étira et sortit du lit.

« Je vais préparer le petit déjeuner. Si on prenait des bagels ? Tu les aimes comment ?

— Les meilleurs, ce sont lesquels ?

— Il n'y en a pas de meilleurs, répondit-il en riant de sa question. Tu choisis.

— Et toi, tu les aimes comment ?

— Au sésame.

— Alors moi aussi, je les prendrai au sésame. »

Il enfila son jean et sourit en regardant Lola étendue nue sur son lit. Voilà ce qu'il y avait d'extraordinaire à New York. On ne savait jamais ce qui allait se passer. Votre vie pouvait être transformée du jour au lendemain.

Pendant qu'il sortait, Enid Merle, qui avait entendu des bruits douteux provenant de son appartement au cours de la nuit, décida d'aller voir si tout allait bien. Elle passa par le petit portail qui séparait leurs deux terrasses et frappa à la porte-fenêtre. Ses pires craintes furent confirmées : une jeune femme simplement vêtue de l'un des vieux tee-shirts de Philip – avec probablement rien en dessous – vint lui ouvrir en lui adressant un regard intrigué.

« Oui ? dit-elle.

— Philip est là ? demanda Enid en forçant le passage.

— Je ne sais pas. Vous êtes qui ?

— Et vous, vous êtes qui ? rétorqua Enid, sur un ton qui n'était pas forcément déplaisant.

— Je suis la petite amie de Philip, répondit la jeune femme fièrement.

— Vraiment ? fit Enid en s'étonnant d'une telle rapidité. Et moi je suis la tante de Philip.

— Oh, je ne savais pas que Philip avait une tante.

— Et j'ignorais qu'il avait une petite amie. Il est ici ? »

La jeune femme croisa les bras sur sa poitrine, comme si elle venait de se rendre compte qu'elle était pratiquement nue.

« Il est allé chercher des bagels.

— Alors vous voudrez bien lui dire que sa tante est passée ?

— D'accord. » Lola suivit Enid jusqu'à la porte-fenêtre et la regarda regagner sa terrasse.

Puis elle alla s'asseoir sur le divan. Ainsi Philip avait une parente sur le même palier. Voilà une chose à laquelle elle ne s'était pas attendue. Elle avait toujours cru que les gens comme Philip Oakland n'avaient pas de famille. Pour passer le temps, elle commença à feuilleter un magazine. Elle revit l'expression glaciale du visage d'Enid, mais se dit que cela n'avait aucune importance. La tante était très âgée. Une vieille dame, ça ne constituait pas une grande menace.

7

« James, pourquoi tu te mets dans cet état ? demanda Mindy le lendemain matin.

— Je crois que je ne suis pas fait pour la gloire. Je n'ai aucune idée de la tenue que je dois porter. »

Allongée sur le lit, Mindy roula sur le côté et regarda l'heure. Il était à peine six heures. Elle devait être déprimée pour se réveiller aussi tôt. « Tu ne pourrais pas faire moins de bruit avec les portemanteaux ? Et puis tu pourrais quand même t'habiller en silence, non ?

— Et toi ? Pourquoi tu ne viens pas m'aider ?

— Tu es un grand garçon, James. Tu devrais être capable de choisir ta tenue tout seul.

— D'accord. Alors si c'est comme ça, je vais m'habiller comme d'habitude, en jean et tee-shirt.

— Pourquoi tu n'essaies pas ton beau costume ? suggéra Mindy.

— Ça fait trois mois que je le cherche. Ils ont dû le perdre à la blanchisserie, dit James sur un ton légèrement accusateur, comme si c'était sa faute à elle.

— Je t'en prie, James, arrête. C'est juste une photo.

— Oui, sauf qu'ils vont l'utiliser pour la promo.

— Mais pourquoi ils te convoquent si tôt le matin ?

— Je t'ai expliqué. C'est un photographe de mode. Et il n'est libre que de neuf à onze heures.

— Bon sang, j'aurais pu la faire, ta photo, avec mon portable ! Encore une fois, James, moins de bruit, je t'en supplie. Si je n'ai pas mon compte de sommeil, je vais devenir folle. »

À supposer que tu ne le sois pas déjà, commenta James in petto, avant de rassembler une pile de vêtements et de quitter la pièce, vexé. C'était son jour de gloire, après tout. Pourquoi fallait-il que Mindy se prenne toujours pour le centre du monde ?

Il emporta les vêtements dans son bureau et les laissa tomber sur une chaise. Vu d'en haut, on aurait dit les hardes d'un SDF entassées dans un caddie de supermarché. L'agent publicitaire de Redmon, qui était affublé du surnom de Cherry, lui avait conseillé d'apporter trois tenues. Trois chemises, trois pantalons, une veste ou deux et deux ou trois paires de chaussures. « Mais je porte toujours des tennis. Des Converse », avait protesté James. « Faites au mieux, avait répondu Cherry. La photo doit refléter ce que vous êtes. »

Super, s'était dit James. Ils vont se retrouver avec la photo d'un quadragénaire qui commence à perdre ses cheveux. Il alla dans la salle de bains et s'examina dans le miroir. Il aurait peut-être dû se raser la tête.

Pour ressembler à tous ces types d'âge mûr qui se rasent pour dissimuler leur calvitie naissante ? Non merci. En outre, avoir la boule à zéro ne conviendrait pas à son type de physionomie. Il avait des traits irréguliers, avec un nez qui semblait le résultat d'une fracture mal réparée mais était en fait l'héritage Gooch, transmis au fil de générations laborieuses. Ah, s'il avait eu un visage plus original ! Par exemple celui, sombre et boudeur, d'un artiste. Il plissa les yeux et donna à sa bouche un pli sévère, mais le résultat, loin d'être convaincant, tenait plutôt de la grimace. Résigné, James bourra de vêtements l'un des sacs de chez Barney que Mindy avait soigneusement pliés et sortit.

Il pleuvait. Il pleuvait beaucoup. Comme il était difficile de juger du temps à travers les petites fenêtres de son appartement, James se rendait souvent compte en sortant qu'il faisait bien meilleur – ou bien plus mauvais (le cas le plus fréquent) – que ce qu'il croyait. Sept heures venaient à peine de sonner. James se sentit vaincu d'avance par cette journée. Rentrant chez lui pour prendre un parapluie, il ne trouva dans le placard de l'entrée qu'un misérable pépin pliable, lequel, une fois ouvert, se hérissa de quatre baleines pointues. De retour dans le hall, James scruta avec inquiétude la pluie battante. Un 4×4 noir s'approchait du trottoir. Derrière lui, Fritz, l'un des portiers, était en train de dérouler un tapis en plastique. Il s'arrêta un instant et s'approcha de James. « Quelle pluie ! dit-il, l'air soucieux. Je vous appelle un taxi ?

— Non merci, ça ira », répondit James. Il aurait bien eu besoin d'un taxi, mais refusait systématiquement l'aide des portiers dans ce domaine. Il savait ce qu'ils pensaient des maigres étrennes que leur accordait Mindy et avait honte de leur demander les mêmes services que les résidents plus généreux. Si jamais son livre lui faisait gagner de l'argent, il se promit de faire preuve de largesse à leur égard.

C'est alors que les portes de l'ascenseur s'ouvrirent sur Schiffer Diamond. James sentit monter en lui une excitation soudaine, mêlée à un sentiment d'infériorité. Elle portait une queue-de-cheval, un trench-coat vert brillant, un jean et des bottes noires à talons plats. Sans avoir spécialement l'allure d'une star, elle sortait du lot. Partout où elle allait, les gens se disaient qu'elle devait être quelqu'un de spécial et la regardaient avec curiosité. Comment on pouvait supporter d'être toujours observée, James l'ignorait. Mais on devait s'y habituer. D'ailleurs, n'était-ce pas la raison pour laquelle on devenait actrice – pour que les gens soient bouche bée devant vous ?

« Quel temps pourri, pas vrai, Fritz ? dit Schiffer.

— Et ça ne va pas s'arranger. »

James alla se mettre sous la marquise et regarda la rue. Pas un taxi en vue.

Schiffer Diamond sortit derrière lui. « Vous allez où ? » lui demanda-t-elle.

Il sursauta. « À Chelsea.

— Moi aussi. Montez, je vous emmène.

— Non merci, je...

— Ne soyez pas bête. Le véhicule est gratuit. Et il pleut des cordes. »

Fritz ouvrit la porte du 4 × 4. Schiffer se glissa sur la banquette arrière.

James regarda Fritz puis, abandonnant tout scrupule, monta dans le véhicule.

« Il y aura deux arrêts, annonça Schiffer au chauffeur, avant de demander à James où il allait exactement.

— Je... je ne sais pas. Attendez », bredouilla-t-il en cherchant dans les poches de son jean le petit bout de papier sur lequel il avait griffonné l'adresse. « Industria Super Studios.

— Tiens ! C'est justement là que je vais. Un seul arrêt, dans ce cas », indiqua-t-elle au chauffeur.

Puis elle fouilla dans son sac et en sortit son iPhone. Gêné, James n'osa se mettre à l'aise. Heureusement, une petite tablette les séparait. La pluie martelait le toit du véhicule. On entendait même le tonnerre. Quelle belle vie ! se dit James. Ne jamais être obligé de chercher un taxi ou de prendre le métro.

« C'est vraiment un temps affreux ! s'exclama-t-elle. Humide pour un mois d'août. Je n'ai pas souvenir d'un été aussi pluvieux. Je me rappelle les étés new-yorkais avec une chaleur de trente degrés. Et les Noëls sous la neige.

— Vraiment ? En général, c'est plutôt en janvier qu'il neige.

— Sans doute ai-je une image trop romantique de New York.

— Cela fait des années que nous n'avons pas eu de neige. À cause du réchauffement climatique », ajouta James tout en se disant avec effarement qu'il avait l'air d'un vrai couillon.

Elle lui sourit. Faisait-elle partie de ces actrices croqueuses d'hommes ? Il se souvint d'un de ses amis journalistes, un type vraiment sérieux, qui à l'issue d'une simple interview avait fini dans le lit d'une grande star du cinéma.

« Vous êtes le mari de Mindy Gooch, n'est-ce pas ? lui demanda-t-elle.

— Oui. Moi, c'est James. » De toute évidence, elle-même ne jugea pas utile de se présenter.

« Votre épouse est...

— La présidente du syndic de copropriétaires.

— C'est elle qui écrit ce blog.

— Vous le lisez ?

— Je le trouve très touchant.

— Vraiment ? » James se frotta le menton d'un geste agacé. Même là, alors qu'il se retrouvait dans un 4 × 4 en compagnie d'une star et qu'on l'attendait pour une séance photo, sa femme le poursuivait. « J'essaie de ne pas le lire, ajouta-t-il d'un ton guindé.

— Ah », fit Schiffer avec un hochement de tête. Il ne sut comment l'interpréter, si bien qu'ils parcoururent quelques centaines de mètres en silence. Enfin, Schiffer ramena la conversation sur Mindy. « Elle n'était pas la présidente du syndic quand j'ai emménagé. C'était Enid Merle. L'immeuble était différent, à l'époque, moins... tranquille, disons.

— Ah oui, Enid, répéta James en réprimant une grimace.

— C'est un vrai personnage, n'est-ce pas ? Je l'adore.

— Je ne la connais pas vraiment, dit-il prudemment, partagé entre sa loyauté envers sa femme et son souci d'entrer dans les bonnes grâces d'une star.

— Mais vous devez connaître son neveu, Philip Oakland », poursuivit Schiffer, qui réalisait en même temps qu'elle en était encore à tenter de glaner des informations sur Philip. « Vous êtes romancier, vous aussi, non ?

— Nous sommes différents. Il est plus... disons, grand public. Et je suis plus... littéraire.

— Ce qui veut dire que vos bouquins se vendent à cinq mille exemplaires. »

Meurtri, James tenta néanmoins de faire bonne figure.

« Désolée, ajouta-t-elle en posant la main sur son bras. Je plaisantais. C'est mon humour. Un peu douteux, j'avoue. Je suis sûre que vous êtes un auteur formidable. »

James ne sut s'il devait abonder dans ce sens ou protester.

« Faites comme moi, ne prenez jamais ce que je dis au sérieux », dit-elle.

La voiture s'arrêta à un feu. Conscient que son tour était venu de relancer la conversation, James ne trouva rien à dire.

« Et au fait, l'appartement de Mrs Houghton ? demanda-t-elle.

— Oh, répondit-il, soulagé, il a été vendu.

— Vraiment ? Les choses n'ont pas traîné, dites donc.

— La réunion du comité a lieu dans la semaine. D'après ma femme, les futurs acquéreurs ont pour ainsi dire l'approbation de la copropriété. Elle les trouve bien. C'est un couple comme il faut, visiblement. Avec des millions de dollars, bien sûr.

— Bref, rien de très excitant », soupira Schiffer.

Ils arrivèrent à destination, entrèrent dans l'immeuble et attendirent l'ascenseur dans un silence embarrassant. « Vous préparez un film ? finit par demander James.

— Un téléfilm, corrigea-t-elle. Je n'aurais jamais cru que j'en viendrais à travailler pour la télé, mais quand je vois les autres actrices, je me dis que ce n'est pas comme ça que je veux finir. Me faire refaire les nichons, adopter des bébés, étaler ma vie privée dans des bouquins que personne ne lira. Ou encore me coltiner un mari barbant qui me trompera. Non merci !

— Votre métier doit être difficile.

— J'aime travailler. J'ai arrêté quelque temps, et ça m'a manqué. »

Ils entrèrent dans l'ascenseur.

« C'est ici que vous tournez ce téléfilm ? s'enquit James poliment.

— Non, je viens pour une séance photo, pour la couverture d'un magazine. Vous savez, ceux que lisent les femmes d'âge mûr.

— Et ça ne vous stresse pas ?

— Le secret, c'est de faire semblant d'être quelqu'un d'autre. C'est tout. » Les portes de l'ascenseur s'ouvrirent. Elle sortit.

Une heure plus tard, après s'être fait tartiner le visage par la maquilleuse, James s'installait sur un tabouret devant un fond bleu en plaquant sur ses lèvres un sourire figé.

« Vous êtes un auteur célèbre, non ? » lui demanda le photographe, un Français qui, bien qu'ayant dix ans de plus que lui, possédait une chevelure fournie ainsi qu'une femme de trente ans sa cadette – du moins d'après la maquilleuse.

« Non, répondit James, les dents serrées.

— Mais vous n'allez pas tarder à l'être, hein ? Sinon, votre éditeur n'aurait pas payé mes services. » Il posa son appareil photo et appela la maquilleuse. « Qu'est-ce qu'il est raide ! On dirait un cadavre. Je ne peux pas prendre la photo d'un cadavre. » Puis, s'adressant à James, lequel souriait maladroitement, « Il faut faire quelque chose. Anita va vous aider à vous détendre. » La maquilleuse vint alors se placer derrière James et posa les mains sur ses épaules. « Je vais très bien, protesta-t-il pendant qu'elle lui massait vigoureusement le dos. Je suis marié, vous savez. Non, vraiment, ma femme n'apprécierait pas.

— Elle est là ? lui demanda Anita.

— Bien sûr que non, mais elle...

— Chut !

— Je vois que vous n'êtes pas habitué aux attentions d'une jolie femme, dit le photographe. Vous apprendrez. Quand vous serez célèbre, elles seront toutes à vos pieds.

— J'en doute », répliqua James.

Le photographe et la maquilleuse éclatèrent de rire. Tout le studio était hilare. James devint tout rouge. C'était comme s'il était redevenu ce petit garçon de huit ans qui jouait dans l'équipe de base-ball de son quartier et laissait la balle lui échapper pour la troisième fois consécutive. « Allons, mon gars, lui avait dit son entraîneur au moment où il sortait du terrain sous les quolibets, tout ça, c'est une question de visualisation. Tu dois t'imaginer en vainqueur. Alors, tu gagneras. » James était resté assis sur le banc de touche jusqu'à la fin du match, les larmes aux yeux et la morve au nez (il avait le rhume des foins), à essayer de se visualiser en train de marquer pour son équipe. Mais il n'avait pas réussi à effacer l'image de cette balle roulant entre ses jambes. Lorsque son père lui avait demandé comment s'était déroulé le match, il avait répondu, « Pas très bien. – Encore ? – Ben oui. » Déjà, à huit ans, il savait qu'il ne serait jamais rien d'autre que Jimmy Gooch, le gamin qui n'était jamais vraiment à sa place.

Il leva les yeux. Caché derrière son appareil, le photographe appuya sur le déclencheur. « Très bien, James, s'enthousiasma-t-il. Vous avez l'air triste, tourmenté. »

Vraiment ? songea James. Finalement, il n'était peut-être pas si nul que cela dans le rôle de l'auteur célèbre.

Plus tard dans la soirée, Schiffer frappa de nouveau à la porte de Philip. Comme il ne répondait pas, elle essaya chez Enid.

« C'est toi, Philip ? entendit-elle.

— Non, c'est Schiffer.

— Enfin ! Je me demandais quand tu viendrais me voir, dit Enid en ouvrant la porte.

— Je n'ai aucune excuse.

— Tu pensais peut-être que j'étais morte.

— Quand même ! Philip me l'aurait dit !

— Tu l'as vu depuis que tu es rentrée ?

— Seulement une fois, dans l'ascenseur.

— Quel dommage. Vous n'êtes pas allés dîner ensemble ?

— Non, répondit Schiffer.

— C'est à cause de cette fille, dit Enid. Je savais bien que ça finirait par arriver. Il a engagé pour ses recherches une espèce de ravissante idiote, et maintenant il couche avec elle.

— Ah. » Schiffer hocha la tête. Elle resta interdite quelques instants. Ainsi, Billy avait vu juste. Elle tenta de dissimuler sa déception par un haussement d'épaules. « Philip ne changera jamais.

— Qui sait ? répondit Enid. Un grand coup sur la tête pourrait lui remettre les idées en place.

— J'en doute. Je parie qu'elle le trouve fascinant. C'est ça, la différence entre les filles et les femmes : les filles trouvent les hommes fascinants. Les femmes, elles, ne sont pas dupes.

— Autrefois tu pensais que Philip était fascinant.

— Je le pense toujours, dit Schiffer pour ménager les sentiments d'Enid, mais d'une façon différente. » Puis, changeant rapidement de sujet, elle ajouta : « Il paraît qu'un couple va emménager dans l'appartement de Mrs Houghton.

— C'est vrai. Et cela ne m'enchante guère. Tout ça, c'est la faute de Billy Litchfield.

— Allons donc ! Il ne ferait pas de mal à une mouche.

— Il a mis la pagaille dans cet immeuble. C'est lui qui a dégoté ce nouveau couple et l'a présenté à Mindy Gooch. Moi, je voulais que Philip achète l'un des étages. Mais Mindy n'a rien voulu entendre. Elle a convoqué les copropriétaires en réunion extraordinaire pour qu'ils votent en faveur de ce couple. Elle préfère introduire des étrangers dans l'immeuble. L'autre jour, je l'ai vue dans le hall et je lui ai dit, Mindy, je sais ce que vous manigancez, avec cette réunion imprévue, et elle a répondu, "Enid, l'année dernière, vous avez été en retard trois fois pour le paiement des charges". Elle a une dent contre Philip. Parce qu'il réussit, et pas son mari.

— Alors rien n'a changé.

— Rien, en effet. N'est-ce pas merveilleux ? Par contre, toi tu as changé. Tu es revenue. »

Quelques jours plus tard, Mindy, assise chez elle à son bureau, examina les documents fournis par les Rice. L'un des avantages de sa position de présidente du conseil de copropriété, c'est qu'elle avait accès aux informations concernant la situation financière des résidents arrivés dans l'immeuble au cours des dix dernières années. Ceux qui voulaient acheter au Numéro 1 devaient payer la moitié du prix de leur logement en cash. Ils devaient également disposer d'un capital équivalent soit à la banque, soit sous forme d'actions ou de fonds de pension. En somme, il fallait posséder autant que ce que l'appartement valait. Ces règles avaient été introduites après l'arrivée de James et Mindy. Auparavant, les candidats à la propriété devaient simplement verser vingt-cinq pour cent du prix de l'appartement et prouver qu'ils avaient les moyens de couvrir les coûts des charges pendant cinq ans. Mais Mindy avait imposé une modification. Son argument était qu'il y avait trop de fainéants dans l'immeuble, de résidus de cette époque – les années 80 – où vivaient là tout un tas de rock stars, d'acteurs, de mannequins et d'amis d'Andy Warhol qui faisaient la bringue jour et nuit. La première année où Mindy avait présidé le conseil, deux de ces résidents avaient perdu tout leur argent, un autre était mort d'une overdose d'héroïne, et un ex-mannequin s'était suicidée pendant que son petit garçon, âgé de cinq ans, dormait. La jeune femme avait été la maîtresse d'un célèbre batteur qui en avait épousé une autre et s'était installé dans le Connecticut en l'abandonnant, elle et son bébé, dans un appartement de deux pièces dont elle ne pouvait pas payer les charges. D'après Roberto, elle avait pris des somnifères et s'était mis un sac sur la tête.

« Un immeuble vaut ce que ses résidents valent, avait affirmé Mindy au cours de ce qu'elle considérait comme son grand discours devant l'assemblée des copropriétaires. Si notre immeuble a mauvaise réputation, nous en pâtirons tous. La valeur de nos appartements en pâtira. Vous tenez à vivre dans un immeuble où la police et les ambulances viennent tous les jours ?

— Nos résidents sont des artistes qui ont une vie intéressante, avait répondu Enid.

— Il y a des enfants dans cet immeuble. Les overdoses et les suicides, ça n'est pas ce que j'appellerais intéressant, avait répliqué Mindy, des éclairs dans les yeux.

— Peut-être seriez-vous plus heureuse dans un immeuble de l'Upper East Side ? Il n'y a que des médecins, des avocats et des banquiers là-bas. À ce qu'il paraît, ces gens-là ne meurent jamais. »

Au final, Enid avait été battue par un vote de cinq contre un.

« Il est clair que nous n'avons pas du tout les mêmes valeurs, avait-elle alors déclaré.

— C'est clair », avait confirmé Mindy en songeant qu'Enid avait presque quarante ans de plus qu'elle, mais que c'était elle qui avait l'impression d'être une vieille dame.

Peu de temps après, Enid avait démissionné du conseil de copropriété. Pour la remplacer, Mindy avait choisi Mark Vaily, un charmant homosexuel du Midwest qui était décorateur de plateau, vivait avec le même partenaire depuis quinze ans et avait adopté au Texas une jolie petite Mexicaine. Tout le monde dans l'immeuble trouvait Mark adorable. Surtout, il était toujours d'accord avec Mindy.

À présent, les Rice devaient rencontrer Mindy, Mark et une femme du nom de Grace Waggins qui faisait partie du conseil depuis vingt ans, travaillait à la New York Public Library et menait une petite vie tranquille dans un appartement d'une pièce en compagnie de deux caniches nains. Elle était de ces gens qui vieillissent sans vraiment changer et n'ont aucune attente ou ambition, si ce n'est que leur vie change le moins possible.

Mark et Grace arrivèrent chez Mindy à sept heures. « Ce que nous devons surtout considérer, leur expliqua-t-elle, c'est que les Rice vont payer comptant. Leur situation financière est excellente. Ils valent environ quarante millions de dollars...

— Ils ont quel âge ? demanda Grace.

— Ils sont jeunes. La petite trentaine, je dirais.

— J'ai toujours rêvé que Julia Roberts achète cet appartement. Ça serait chouette, non, d'avoir Julia Roberts dans l'immeuble ?

— Je parie que même Julia Roberts ne peut pas mettre vingt millions de dollars dans un appartement, dit Mark.

— C'est dommage, non ?

— Les actrices ne font pas de bonnes copropriétaires, répondit Mindy. Regardez Schiffer Diamond. Elle a laissé son appartement vide pendant des années, ce qui a provoqué une invasion de rongeurs. Non, il nous faut un couple stable, comme il faut, qui restera vingt ans dans l'immeuble. Nous ne voulons pas de ces actrices et de ces mondaines qui attirent l'attention. Nous avons eu déjà assez de problèmes comme cela à la mort de Mrs Houghton. S'il y a une chose dont nous pouvons nous passer, ce sont de paparazzis postés devant l'immeuble. »

Les Rice arrivèrent à sept heures et demie. Mindy les fit entrer dans le salon, où Mark et Grace attendaient, assis avec raideur sur le divan. Mindy fit signe à Annalisa et Paul de s'installer sur les deux chaises en bois qu'elle avait apportées. Elle trouva Paul plus séduisant et sexy qu'elle ne l'avait imaginé. Avec des cheveux marron foncé et bouclés, il lui rappela Cat Stevens jeune. Mindy distribua à la ronde des petites bouteilles d'eau et s'assit entre Mark et Grace.

« Et si nous commencions ? » dit-elle.

Annalisa prit la main de Paul. Tous deux avaient visité l'appartement plusieurs fois avec Brenda Lish, la dame de l'agence immobilière et, comme elle, Paul était tombé amoureux fou des lieux. L'avenir de leur projet était entre les mains de ces trois hurluberlus qui tournaient vers eux des visages fermés, voire légèrement hostiles. Mais Annalisa n'était pas inquiète. N'avait-elle pas survécu à des entretiens d'embauche hautement sélectifs, participé à des débats à la télévision, et même rencontré le président ?

« Décrivez-nous votre journée type, demanda Mindy.

— Paul se lève tôt pour aller travailler, expliqua Annalisa. Nous essayons d'avoir un bébé. Donc j'espère être bientôt un peu occupée.

— Et si le bébé pleure la nuit ? s'inquiéta Grace,

laquelle n'avait pas d'enfant et trouvait leur présence éprouvante pour les nerfs, tout en les adorant bien sûr.

— J'espère qu'il, ou elle, ne sera pas trop bruyant. Mais de toute façon, nous aurons une nurse. Dès la naissance.

— C'est sûr que la place ne manque pas dans cet appartement pour loger une nurse, dit Grace d'un ton amical.

— En effet. Et il faudra que Paul puisse dormir.

— Comment occupez-vous vos soirées ? s'enquit Mindy.

— Nous les passons très tranquillement. Paul rentre à la maison vers neuf heures. Soit nous allons dîner dehors, soit nous mangeons à la maison pour pouvoir nous coucher tôt. Paul se lève à six heures le matin.

— Vous avez beaucoup d'amis ? voulut savoir Mark.

— Non », répondit Paul. Il fut sur le point d'ajouter qu'ils n'aimaient pas grand monde quand Annalisa lui pressa la main pour l'en empêcher. « Nous ne fréquentons pas beaucoup de gens. Parfois, le week-end, il nous arrive de partir.

— Bien sûr, on a besoin de s'échapper de la ville, convint Mark.

— Avez-vous des hobbies dont nous devrions être informés ? s'inquiéta Grace. Est-ce que vous jouez d'un instrument de musique ? Il faut que vous sachiez qu'il y a une règle à ce sujet dans cet immeuble – pas de musique après onze heures du soir. »

Annalisa sourit. « Une règle qui doit remonter aux années jazz. Le Numéro 1 a été construit quelque temps avant la fin de cette folle époque – en 1927, je crois. Et l'architecte s'appelait... – elle fit mine de chercher le nom – Harvey Wiley Corbett. Il a également dessiné avec son cabinet une bonne partie du Rockefeller Center. Il était considéré comme un visionnaire. Cela dit, son projet d'installer des trottoirs aériens en centre-ville n'a pas convaincu.

— Vous m'impressionnez ! déclara Grace. Moi qui pensais être la seule à connaître l'histoire de l'immeuble.

— Paul et moi adorons les lieux. Nous ferons tout notre possible pour préserver l'intégrité historique de l'appartement.

— Bien, conclut Mindy en consultant Grace puis Mark du regard. Je crois que nous sommes tous d'accord. » Mark et Grace firent signe que oui. Mindy se leva et tendit la main. « Bienvenue au Numéro 1. »

« C'était vraiment facile, tu ne trouves pas ? se félicita Annalisa dans la limousine de location qui les ramenait à leur hôtel.

— Ils ne pouvaient quand même pas nous rejeter. Tu les as vus ? De vraies caricatures.

— Moi je les ai trouvés charmants.

— Charmante, cette Mindy Gooch ? Allons donc, c'est une ambitieuse rongée par l'amertume.

— Qu'est-ce que tu en sais ?

— Des comme elle, j'en vois tous les jours au bureau.

— Il n'y a aucune femme dans ton boulot. Ton secteur d'activité est presque exclusivement masculin.

— Si, il y en a. Et elles sont toutes comme Mindy Gooch, complètement desséchées après avoir passé leur vie entière à imiter les hommes. Et à échouer.

— Ne sois pas si sévère, Paul. Et puis quelle importance ? On ne la reverra probablement jamais. »

Une fois à l'hôtel, Annalisa s'installa sur le lit pour lire le règlement intérieur de l'immeuble, que Mindy avait fait imprimer sous forme de brochure à l'intention des nouveaux résidents. « Écoute, dit Annalisa à Paul, qui était en train de se nettoyer les dents au fil dentaire. Nous disposons d'un espace de rangement à l'entresol. Et il y a des places de parking dans la petite ruelle derrière.

— Super !

— Ne t'emballe pas. Elles sont attribuées par tirage au sort. Chaque année, ils choisissent au hasard ceux qui vont bénéficier d'un emplacement de parking pendant un an.

— C'est ce qu'il nous faut, déclara Paul.

— On n'a pas de voiture.

— On en achètera une, avec un chauffeur. »

Annalisa posa la brochure et, d'humeur folâtre, enroula ses jambes autour de la taille de Paul. « Tu ne trouves pas ça excitant, de commencer une nouvelle vie ? »

Devinant qu'elle voulait faire l'amour, Paul l'embrassa rapidement sur les lèvres, puis descendit vers son sexe. Ils faisaient l'amour d'une manière quelque peu clinique, en procédant toujours de la même façon. Après quelques minutes de cunnilingus, au cours desquelles Annalisa jouissait, Paul la pénétrait, se cambrait et éjaculait. Alors, elle l'enlaçait et lui caressait le dos. Au bout d'une minute, il se dégageait, passait à la salle de bains, enfilait son caleçon et retournait se mettre au lit. Cela n'avait rien de très excitant mais c'était satisfaisant en terme d'orgasmes. Pourtant, ce soir-là, Paul était ailleurs et n'arriva pas à bander.

« Qu'est-ce qui se passe ? lui demanda-t-elle en se redressant sur un coude.

— Rien, répondit-il en enfilant son caleçon et en commençant à faire les cent pas.

— Tu veux que je te suce ? proposa-t-elle.

— Non, je pense à l'appartement, c'est tout.

— Moi aussi.

— Et à cet emplacement de parking. Pourquoi s'en remettre au hasard ? Et pourquoi garde-t-on la place seulement un an ?

— Je ne sais pas. C'est le règlement, je suppose.

— C'est nous qui avons le plus grand appartement de tout l'immeuble et qui payons le plus de charges. Nous devrions avoir la priorité », déclara-t-il.

Trois semaines plus tard, après la conclusion de l'achat de l'appartement par les Rice, l'avocat de Mrs Houghton appela Billy Litchfield pour lui demander de passer le voir à son cabinet.

Au lieu de confier ses intérêts à un avocat issu d'une vieille famille new-yorkaise, Mrs Houghton avait engagé Johnnie Toochin, un type très grand et très pugnace élevé dans le Bronx. Elle l'avait « découvert » lors d'un dîner où ce jeune et brillant avocat ambitieux, qui défendait alors les intérêts de New York contre le gouvernement central à propos du financement des écoles, était entouré d'une véritable cour. L'avenir de Johnnie s'était trouvé par la suite doublement assuré : il avait gagné son procès et été pris sous contrat par Mrs Houghton. « Il y a autant d'escrocs dans l'"establishment" que dans les ghettos, aimait à répéter la vieille dame. Il ne faut jamais oublier qu'il est facile de dissimuler ses mauvaises intentions derrière un beau costume. »

Heureusement pour Mrs Houghton, Johnnie Toochin, s'il n'avait jamais porté de beaux costumes, avait quand même fini par devenir, à force de fréquenter la bonne société et son argent, un membre à part entière de l'establishment. Avec ses deux chaises signées Eames, sa table basse recouverte de peau de requin et ses murs décorés de tableaux de Klee, DeKooning et David Salle, son cabinet était un véritable musée d'art moderne.

« On devrait se voir plus souvent, Billy, dit Johnnie, installé derrière son immense bureau. Mais pas comme maintenant. Plutôt comme quand on se rencontrait à des fêtes. Ma femme n'arrête pas de me dire qu'on devrait sortir plus souvent. Mais je ne sais pas pourquoi, on n'a pas le temps. Par contre, vous, vous êtes toujours vaillant.

— Pas autant qu'avant », répondit Billy, qui commençait à trouver la conversation agaçante. Il avait l'impression de toujours parler des mêmes choses chaque fois qu'il croisait par hasard quelqu'un qu'il n'avait pas vu depuis des lustres et ne reverrait certainement plus.

« Ah, c'est qu'on vieillit, dit Johnnie. Je vais avoir soixante ans cette année.

— Mieux vaut ne pas en parler.

— Vous habitez toujours au même endroit ?

— Oui, sur la Cinquième Avenue, vers le Village, répondit Billy, impatient de savoir pourquoi Johnnie l'avait fait venir.

— Vous viviez à côté de chez Mrs Houghton, poursuivit Johnnie. Elle vous appréciait beaucoup, vous savez. Elle vous a laissé quelque chose. Elle tenait à ce que je vous le remette en main propre, d'où cette convocation à mon cabinet.

— Ça ne me dérangeait pas. Je suis content de vous revoir. »

Johnnie tendit le cou vers le couloir pour appeler sa secrétaire. « Vous pourriez m'apporter la boîte que Mrs Houghton a léguée à Billy Litchfield ? » Puis, se tournant vers Billy, il ajouta, « Je crains que ça ne soit pas grand-chose, par rapport à tout cet argent qu'elle avait. »

Mieux valait ne pas parler de cela non plus, songea Billy. Ce n'était guère poli. « Je n'attendais rien d'elle, déclara-t-il d'un ton ferme. Son amitié me suffisait. »

La secrétaire arriva avec un coffret en bois brut que Billy reconnut immédiatement. Cet objet tout simple avait trôné au milieu des bibelots les plus précieux sur la commode de Mrs Houghton. « Vous pensez que ça vaut quelque chose ? demanda Johnnie.

— Non. Cette boîte n'a qu'une valeur sentimentale. Elle y conservait ses bijoux de fantaisie.

— Peut-être peut-on en tirer quelque chose.

— J'en doute. Et de toute façon, je ne les vendrai pas. »

Il prit la boîte et rentra chez lui en taxi, l'objet posé en équilibre sur ses genoux. Il se rappela combien Louise Houghton était fière de ses origines modestes. « Mes parents étaient des fermiers miséreux de l'Oklahoma », disait-elle. La boîte lui avait été offerte par son premier fiancé, qui l'avait fabriquée lui-même à l'école. Elle l'avait emportée quand elle était partie à l'âge de dix-sept ans et l'avait trimbalée jusqu'en Chine, où elle avait passé trois ans en tant que missionnaire. Elle était arrivée à New York en 1928 pour récolter des fonds en faveur de la cause et y avait rencontré son premier mari, Richard Stuyvesant, qu'elle avait épousé à la consternation de la famille du jeune homme et de la bonne société new-yorkaise. « Ils me considéraient comme une petite bouseuse qui ne savait pas rester à sa place », racontait-elle à Billy lors de ces longs après-midi qu'ils passaient ensemble. « Ils avaient raison. Je ne savais pas rester à ma place. Et tant qu'on refuse de rester à sa place, rien ne vous arrête. »

De retour chez lui, Billy posa la boîte sur sa table basse. Il l'ouvrit et en sortit un long collier de perles en plastique. Même quand elle n'avait pas le sou, Louise s'habillait toujours avec style. Elle cousait elle-même ses vêtements en utilisant des chutes de tissu et se parait de perles de verre, de bijoux sans valeur et de plumes. Elle faisait partie de ces rares femmes qui savent porter les choses les plus ordinaires avec une assurance telle qu'elles font totalement illusion. Bien entendu, une fois devenue la reine de New York, elle avait cessé de mettre du toc et s'était constitué une légendaire collection de bijoux qu'elle conservait chez elle dans un coffre-fort. Mais elle n'avait jamais oublié ses origines, et la boîte contenant ses bijoux de fantaisie avait toujours été là, bien en évidence. Billy se souvint de certains après-midi qu'ils passaient tous deux dans sa chambre, où elle se sentait plus libre de cancaner, à se déguiser avec ses bijoux en toc. Il se leva et, se plaçant face au miroir au-dessus de la cheminée, enroula le collier de perles autour de son cou et fit une grimace. « Non, non, aurait dit Louise en riant aux éclats. Tu ressembles à cette harpie de Flossie Davis. Les perles ne te vont pas, mon cher. Pourquoi pas des plumes ? »

Billy retourna s'asseoir sur son divan et commença à poser les bijoux sur sa table basse. Certains avaient quatre-vingt-dix ans et commençaient à s'abîmer. Il faudrait qu'il les enveloppe dans du papier de soie et de l'emballage à bulles pour qu'ils ne souffrent pas davantage des outrages du temps. Puis il souleva la boîte, avec l'intention de la poser sur sa commode. Là, ce serait la dernière chose qu'il verrait avant de s'endormir et la première à son réveil. Ainsi, Louise resterait proche de lui en souvenir. Le couvercle se referma brusquement sur son doigt. Billy rouvrit la boîte et, inspectant l'intérieur, aperçut un petit loquet logé tout au fond. Pas étonnant que Louise n'ait jamais voulu se séparer de cette boîte ! Un compartiment secret, c'était romantique, c'était magique pour une jeune fille intelligente de quatorze ans dont les rêves se nourrissaient de contes de fées.

Il s'agissait d'un simple petit loquet en bronze, une languette maintenue en place grâce à une minuscule bosse. Billy le défit et, en s'aidant d'une lime à ongles, souleva le fond en bois. En effet, il y avait bien quelque chose dans le compartiment secret, quelque chose qui était emballé dans un sachet en tissu doux et gris fermé par un cordon noir. Ne t'excite pas, se dit Billy. Connaissant Louise, c'était certainement une patte de lapin.

Il défit le cordon et regarda à l'intérieur.

Il regretta immédiatement son geste. Mais une curiosité malsaine eut raison de ses scrupules. Centimètre après centimètre, il ouvrit de nouveau le sachet. Ce qu'il avait sous les yeux était fait de vieil or, d'émeraudes et de rubis grossièrement taillés avec, au milieu, un énorme diamant. L'objet était aussi grand que sa main. Billy se mit à trembler d'émotion, puis de peur. L'objet dans la main, il se rapprocha de la fenêtre et l'inspecta à la lumière. Mais il savait déjà ce dont il s'agissait – c'était la croix de Mary-la-Sanglante.

ACTE DEUX

8

Enid Merle aimait à dire qu'elle ne pouvait jamais rester fâchée contre quelqu'un bien longtemps. Mais il y avait certes des exceptions – et Mindy Gooch en était une. À présent, lorsque Enid croisait Mindy dans le hall de l'immeuble, elle passait devant elle en tournant délibérément la tête, comme si elle ne la voyait pas. Elle se tenait néanmoins informée de ses moindres faits et gestes par l'entremise de Roberto, lequel savait tout sur les habitants de l'immeuble. Il avait ainsi découvert que Mindy avait acheté un chien – un épagneul nain – et que les Rice avaient l'intention d'installer chez eux des climatiseurs encastrés dans les murs, projet que Mindy comptait bien faire échouer. Pourquoi donc, s'interrogeait Enid, les gens voulaient-ils tous la climatisation ?

Si elle n'avait toujours pas pardonné à Mindy, la colère d'Enid contre les Rice s'était évaporée sous la chaleur de ce mois d'août, surtout parce qu'elle trouvait Annalisa Rice intrigante avec ses cheveux auburn et sa grande bouche. Enid avait l'occasion de la voir plusieurs fois par jour sur sa terrasse, lorsque, vêtue d'un tee-shirt délavé et d'un short, elle venait y souffler entre deux cartons à déballer et se pencher par-dessus la balustrade pour sentir le vent sur son visage et dans ses cheveux, qu'elle détachait un instant avant de refaire son chignon. Un jeudi, le jour le plus chaud de l'année jusque-là, Enid chargea Roberto d'un petit message à l'attention de Mrs Rice.

Serviable comme à son accoutumée, Roberto alla le porter lui-même. En le remettant à Annalisa, il tenta, pas très subtilement il est vrai, de jeter un coup d'œil par-dessus son épaule pour voir l'appartement. En l'absence de meubles et de tapis, celui-ci lui parut immense et très sonore. Annalisa le remercia, referma la porte d'un geste décidé et ouvrit l'enveloppe. Elle contenait un carton bleu ciel en haut duquel était imprimé en relief et en lettres dorées « Enid Merle ». Enid avait ajouté dessous à la main, « Je serais ravie de vous recevoir pour le thé. Je suis à la maison aujourd'hui entre trois et cinq heures. »

Annalisa entreprit immédiatement de se rendre présentable. Elle commença par couper et limer ses ongles, puis se frotta le corps avec un loofa. Enfin, elle enfila un pantalon en toile et une chemise blanche dont elle noua les pans autour de sa taille, tenue qui lui donnait une allure tout à la fois décontractée et soignée.

L'appartement d'Enid ne ressemblait pas du tout à ce qu'Annalisa s'était imaginé. Elle qui pensait pénétrer un univers de chintz et de rideaux épais, comme chez Louise Houghton, fut surprise de découvrir une sorte de musée des années soixante-dix, avec un immense tapis blanc à poils longs dans le salon et un Warhol au-dessus de la cheminée. « Vous avez un appartement superbe, dit-elle à Enid.

— Merci. De l'Earl Grey, ça vous va ?

— Parfait. »

Pendant qu'Enid préparait le thé dans la cuisine, Annalisa s'installa sur le canapé en cuir blanc. Enid réapparut au bout de quelques minutes avec un plateau qu'elle posa sur la table basse. « Je suis ravie de faire enfin votre connaissance, dit-elle. Normalement, je rencontre tout de suite nos nouveaux voisins, mais cette fois-ci, ça n'était pas possible.

— Tout est arrivé si vite, convint Annalisa en versant une cuillerée de sucre dans sa tasse.

— Ce n'est pas votre faute. C'est Mindy Gooch qui a voulu que votre candidature soit examinée le plus rapidement possible. Mais je suis sûre que c'était la meilleure solution. Personne ne tient à voir défiler dans l'immeuble un troupeau d'acheteurs potentiels – cela donne du travail en plus aux portiers et ça agace les résidents. Mais il est vrai que normalement, nous aimons prendre notre temps ici pour choisir les nouveaux résidents. Une fois, nous avons fait attendre un monsieur pendant un an. »

Annalisa esquissa un sourire tendu. Que penser d'Enid ? Sa façon d'évoquer leur arrivée dans l'immeuble était ambiguë. Fallait-il la considérer comme une alliée ou une ennemie ?

« Le monsieur en question se disait spécialiste des traitements contre l'infertilité, poursuivit Enid. En fait, nous avions raison d'attendre. Il s'est avéré qu'il inséminait ses patientes avec son propre sperme. Je n'arrêtais pas de dire à Mindy Gooch que je lui trouvais quelque chose de louche, sans pouvoir dire quoi précisément. Mindy ne voyait rien du tout. Ce n'était pas sa faute, la pauvre. Elle essayait elle-même de tomber enceinte à l'époque et n'avait pas vraiment les idées claires. Lorsque le scandale a éclaté, elle a bien dû reconnaître que j'avais vu juste dès le départ.

— Mindy Gooch m'a paru très gentille », dit Annalisa, qui pensait à la place de parking dont Paul lui parlait pratiquement tous les jours et devinait que Mindy jouait dans cette histoire un rôle-clé.

« Il lui arrive en effet d'être gentille, répondit Enid en prenant une gorgée de thé, mais elle est souvent difficile. C'est une femme entêtée, très déterminée. Malheureusement, ce n'est pas avec ce genre de détermination qu'on atteint son but. Mindy ne sait pas s'y prendre avec les gens.

— Je vois ce que vous voulez dire, du moins je crois, dit Annalisa.

— Mais elle sera gentille avec vous – au début. Elle se montre toujours d'une grande gentillesse, tant qu'elle obtient ce qu'elle veut.

— Et qu'est-ce qu'elle veut ? »

Enid éclata d'un rire franc, joyeux et inattendu. « Bonne question, répondit-elle entre deux glousse-ments. J'imagine qu'elle veut le pouvoir, mais au fond, je pense qu'elle-même n'en sait rien. C'est ça le pro-blème avec Mindy. Elle ne sait pas ce qu'elle veut. Et elle est totalement imprévisible. Par contre, son mari, James Gooch, est doux comme un agneau. Et leur fils, Sam, est très intelligent. C'est une sorte de génie de l'informatique, comme tous les gosses aujourd'hui il est vrai, ce qui est un peu effrayant, vous ne trouvez pas ?

— Mon mari est lui aussi ce que l'on appellerait un génie de l'informatique.

— C'est vrai, il est dans la finance, n'est-ce pas ? Et ils font toutes leurs petites combines sur ordinateur, maintenant.

— En fait, il est mathématicien.

— Ah mon dieu, les chiffres ! Rien que d'y penser, j'en bâille d'ennui. Mais je ne suis qu'une pauvre vieille femme qui n'a pratiquement rien appris à l'école. Autre-fois, on n'enseignait pas les mathématiques aux petites filles, sauf les additions et les soustractions pour pouvoir rendre la monnaie. Mais votre mari se débrouille bien dans la vie, apparemment. J'ai appris qu'il travaillait pour un fonds spéculatif.

— En effet, il vient de devenir associé dans l'affaire. Mais ne me demandez pas ce qu'il fait. Tout ce que je sais, c'est qu'il s'agit d'algorithmes et de bourse. »

C'est alors qu'Enid se leva. « Arrêtons de faire semblant, déclara-t-elle.

— Pardon ?

— Il est quatre heures de l'après-midi. J'ai passé la journée entière à travailler, et vous à déballer des cartons. Et il fait trente-cinq degrés. Ce qu'il nous faut, c'est un bon petit gin-tonic. »

Quelques minutes plus tard, Enid en était à parler à Annalisa des anciens propriétaires de son triplex. « Louise Houghton n'aimait pas du tout son mari. C'était un vrai salaud. Mais comme il était son troisième, ils avaient élu domicile ici. Louise pensait en effet, à juste titre, qu'une femme deux fois divorcée ne serait jamais complètement acceptée par la bonne société des quartiers huppés. Alors elle avait convaincu Randolph de venir s'installer à Greenwich Village, considéré comme plutôt bohême et original. Et tout le monde oublia qu'elle en était à son troisième mari.

— Pourquoi dites-vous que c'était un salaud ? demanda Annalisa avec un air de petite fille sage.

— Pour les raisons habituelles. Il buvait. Il la trompait. À cette époque, une femme supportait ce genre de choses, mais lui, en plus, il avait un caractère impossible. Il était grossier, arrogant et probablement violent. Ils se disputaient beaucoup. Je ne serais pas étonnée qu'il l'ait frappée. Il y avait des domestiques dans l'appartement, mais personne n'a jamais rien dit.

— Et elle n'a pas divorcé ?

— Elle a eu de la chance. Il est mort avant qu'elle ne soit obligée d'en arriver là.

— Je vois.

— À cette époque, le monde était beaucoup plus dangereux qu'aujourd'hui. Randolph est mort d'un empoisonnement du sang. Il était allé en Afrique du Sud pour faire le commerce de diamants. Là-bas, il s'est coupé le doigt. En rentrant aux États-Unis, la coupure s'est infectée. Il est décédé quelques jours après son retour au Numéro 1.

— Je n'arrive pas à croire que cet homme soit mort à cause d'une simple coupure, dit Annalisa.

— Le staphylocoque doré. C'est une bactérie très dangereuse. Nous avons eu une infection il y a quelques années dans l'immeuble, à cause d'une tortue d'aquarium. Vraiment, les créatures aquatiques ne sont pas faites pour vivre en immeuble. Bref, Louise s'est retrouvée avec ce grand appartement pour elle toute seule, la fortune de Randolph et aucune contrainte jusqu'à la fin de ses jours. À l'époque, le mariage était plus ou moins considéré comme une épreuve pour les épouses. Si une femme parvenait à vivre de manière indépendante, sans être enchaînée par des liens matrimoniaux, on trouvait qu'elle avait bien de la chance. »

Le soir, Annalisa acheta une bouteille de vin, une pizza et servit à Paul ce petit festin sur des assiettes en carton.

« J'ai passé une journée fort intéressante », commença-t-elle en s'asseyant jambes croisées sur le parquet récemment teint de la salle à manger. Sous la lumière du couchant, le bois luisait comme les dernières braises d'un feu de cheminée. « J'ai fait la connaissance d'Enid Merle, qui m'a invitée pour le thé.

— Elle a des informations à propos de la place de parking ? demanda Paul.

— Patience, j'y viens. Il faut que je te raconte tout dans le détail. Pour commencer, nous avons bu du thé, puis du gin-tonic. Visiblement, Mindy Gooch et Enid Merle ne sont pas très copines. D'après Enid, la seule raison qui puisse expliquer la présence des Gooch dans l'immeuble, c'est l'effondrement des prix de l'immobilier au début des années quatre-vingt-dix. Le syndic avait alors décidé de vendre six petites pièces au rez-de-chaussée – anciennement le vestiaire, les chambres du personnel et la pièce où on mettait les bagages à l'époque où l'immeuble était un hôtel. "Je vous le dis, Annalisa, c'est grâce à des sacs que les Gooch habitent ici". Elle m'a dit ça comme ça. Tu aurais dû la voir. C'est un sacré personnage.

— Qui ça ?

— Enid Merle. Tu écoutes ce que je raconte, au moins ? »

Paul leva la tête et, pour faire plaisir à sa femme, dit : « Tant qu'elle ne nous cause pas d'ennuis.

— Pourquoi nous causerait-elle des ennuis ?

— Pourquoi, en effet. Justement, je viens de voir Mindy Gooch dans le hall. Laquelle m'a annoncé que nous n'avions pas le droit de percer les murs pour installer nos climatiseurs.

— C'est des conneries. Elle t'a dit ça gentiment, au moins, non ?

— Qu'est-ce que tu entends par gentiment ?

— Ne la prends pas à rebrousse-poil, c'est tout, répondit Annalisa en ramassant les assiettes en carton. D'après Enid, Mindy n'est pas facile. Visiblement, pour l'amadouer, il faut passer par son fils, Sam, un petit génie de l'informatique. Il s'occupe des ordinateurs de tous les résidents de l'immeuble. Je pourrais lui envoyer un mail, non ?

— Non. Hors de question qu'un gosse bidouille avec mon ordinateur. Tu sais ce qu'il y a sur mon disque dur ? Des informations qui valent des milliards de dollars. Je pourrais détruire l'économie d'un petit pays si je voulais.

— Je sais bien que tu adores jouer au grand mystérieux, dit Annalisa en se penchant pour embrasser Paul sur le front. Mais c'était à mon ordinateur que je pensais, pas au tien. »

Elle se leva pour aller dans la cuisine. « Et si on avait recours aux bonnes vieilles recettes ? lui suggéra Paul en haussant la voix. Il n'y a personne ici qu'on pourrait soudoyer ?

— Non, Paul. Hors de question. Ce n'est pas parce qu'on a du fric qu'on a droit à un traitement de faveur. Laisse-moi faire comme Enid le suggère. Nous sommes nouveaux ici. Nous devons respecter la culture de l'immeuble. »

Pendant ce temps, plusieurs étages plus bas, dans la cuisine de son appartement étouffant, Mindy Gooch coupait des légumes. « Au fait, dit-elle, Paul Rice m'a pratiquement dit d'aller me faire foutre.

— Il a utilisé ces termes-là ? lui demanda James.

— Non, mais c'est tout comme. Tu aurais dû voir l'expression de son visage quand je lui ai dit non pour leurs travaux.

— Tu es une vraie parano.

— N'importe quoi, rétorqua Mindy en donnant un bout de carotte à son chiot, Skippy, qui était venu mendier.

— Tu ne devrais pas donner au chien ce que nous mangeons.

— C'est de la nourriture saine. La carotte, ça n'a jamais rendu personne malade, répondit Mindy en prenant le chiot dans les bras et en le cajolant.

— C'est toi qui as insisté pour qu'ils soient acceptés par le conseil de copropriété. Les Rice, c'est ta responsabilité.

— Ne sois pas ridicule. » Elle alla poser le petit chien sur la dalle cimentée de leur « patio ». Skippy renifla les murs, s'accroupit et urina.

« Quelle petite bête intelligente ! s'exclama Mindy. Tu as vu, James ? Il a fait pipi dehors. Ça fait à peine trois jours que nous l'avons et il est déjà propre. Bravo, le chien !

— À propos de Skippy justement. Ça aussi, c'est ta responsabilité. Ne me demande pas de le sortir. Surtout maintenant que mon livre va paraître. »

James ne savait pas trop s'il devait se réjouir ou non d'avoir un chien. Enfant, il n'en avait jamais eu, ni d'animaux domestiques d'aucune sorte, parce que ses parents étaient contre. « Ce sont les paysans qui ont des bêtes chez eux », disait toujours sa mère.

« Je ne peux pas avoir quelque chose, quelque chose qui soit à moi, rien qu'à moi, sans que tu me critiques ? protesta Mindy.

— Bien sûr que si. »

Le chiot courut se cacher dans le salon. « Skippy ! Au pied ! » cria James en le poursuivant. Ignorant l'ordre, Skippy s'engouffra dans la chambre de Sam et sauta sur le lit.

« Regarde, Sam, il y a Skippy qui vient te rendre visite, dit James.

— Salut Skip ! Ça boume ? » Sam était assis devant son ordinateur. « T'as vu ça ? demanda-t-il à son père.

— C'est quoi ?

— Un mail que vient de m'envoyer Annalisa Rice, la femme de Paul Rice. C'est pas avec lui que maman se disputait ?

— Ce n'était pas une dispute, c'était une discussion », corrigea James. Puis il retourna dans son bureau et ferma la porte. Il y avait une petite fenêtre placée en hauteur dans laquelle était encastré un vieux climatiseur émettant le ronronnement nasillard d'un mioche enrhumé. James approcha une chaise de la fenêtre et s'assit sous l'air tiède pour chercher un peu de fraîcheur.

Enid entendit un bruit métallique. Il était encore tôt. Elle se pencha par-dessus la balustrade de sa terrasse et fronça les sourcils. L'échafaudage commençait à couvrir la façade de l'immeuble. Il fallait remercier pour cela les Rice, qui entamaient la rénovation de leur appartement. L'échafaudage serait terminé à la fin de la journée, mais ce n'était là que le début. Avec les travaux, suivraient des semaines de bruits de perceuses, de ponceuses et de marteaux. Rien à faire contre ce tintamarre – les Rice avaient le droit d'embellir leur appartement. Jusque-là, ils avaient respecté le règlement à la lettre, prévenant même par courrier les autres résidents des travaux et de leur durée probable. L'électricité et la plomberie devaient être refaites afin de pouvoir installer des appareils électroménagers haut de gamme ainsi qu'un « équipement informatique ultra-puissant », d'après Roberto. Pour ce qui était des climatiseurs, Mindy avait gagné la première manche, mais les Rice n'avaient pas renoncé. Annalisa avait demandé à Sam de créer un site Web pour la fondation King David, qui finançait des cours de musique et d'art plastique pour des jeunes de familles défavorisées. Enid connaissait bien cette organisation caritative fondée par Sandy et Connie Brewer. On disait qu'au dernier gala annuel, vingt millions de dollars avaient été récoltés lors d'une vente aux enchères au cours de laquelle des détenteurs de fonds spéculatifs s'étaient disputé, entre autres lots, des places pour un concert d'Eric Clapton. Oui, Annalisa était bel et bien en train de faire sa place dans la nouvelle bonne société, songea Enid. Ce qui promettait un automne mouvementé.

Dans l'appartement d'à côté, Philip et Lola venaient d'être réveillés par le bruit.

« Qu'est-ce que c'est que ce boucan ? se plaignit Lola en se bouchant les oreilles. Si ça continue comme ça, je vais devenir folle. »

Philip roula sur le côté et contempla son visage. Il n'y avait rien de comparable à ces premiers matins, lorsqu'on se réveillait, tout surpris et heureux, à côté de quelqu'un de nouveau.

« Tu vas voir, avec moi tu vas l'oublier, ce boucan », dit-il en posant la main sur son sein. Elle avait la poitrine particulièrement ferme, à cause des implants. Ses parents les lui avaient offerts pour son dix-huitième anniversaire – désormais un rituel pour les jeunes filles approchant l'âge adulte. L'opération avait été fêtée au bord d'une piscine et Lola avait dévoilé sa nouvelle poitrine à ses amis de lycée.

Lola repoussa la main de Philip. « Je ne peux pas me concentrer, dit-elle. C'est comme si on me tapait sur la tête avec un marteau.

— Ah ? » dit Philip. Même si Lola et lui n'étaient amants que depuis un mois, il avait remarqué son extrême sensibilité à toutes sortes de petits maux, réels ou imaginaires. Elle avait souvent mal à la tête, ou bien se sentait fatiguée, ou encore se plaignait d'une étrange douleur au doigt – probablement le résultat, avait suggéré Philip, de trop de textos. Ses douleurs l'obligeaient à se reposer ou à regarder la télévision, la plupart du temps chez Philip, ce qui ne le dérangeait pas trop puisque ces périodes de repos débouchaient généralement sur une partie de jambes en l'air.

« À mon avis tu as une bonne gueule de bois, ma cocotte, dit Philip en l'embrassant sur le front. Tu veux de l'aspirine ?

— Tu n'as rien de plus fort ? Du Vicodin par exemple ?

— Non », répondit-il, surpris une fois de plus par les particularités de la génération de Lola.

Celle-ci était une enfant de la pharmacologie qui avait grandi avec toute une panoplie de médicaments pour le moindre bobo. « Tu n'as rien dans ton sac ? » lui demanda-t-il. Il s'était rendu compte qu'elle ne se séparait jamais de ses petites pilules, Xanax, Ambien et Rita-line entre autres. « On dirait *La Vallée des poupées* », s'était-il alarmé un jour. « Ne sois pas idiot, avait-elle répliqué. Ces trucs-là, on les donne même aux gamins. Et puis dans *La Vallée des poupées*, les nanas, c'était toutes des droguées ! » Elle avait dit ça en frémissant.

« Dans mon sac ? répondit-elle. Peut-être. » Et elle s'étira lascivement sur le lit pour tâter le sol à la recherche de son sac en peau de serpent. Elle l'attrapa, le tira à elle et fouilla à l'intérieur. Le spectacle de son corps nu, impeccablement bronzé et parfaitement modelé (elle lui avait confié dans un moment d'innocence qu'elle avait eu une toute petite liposuccion aux cuisses et au ventre) emplit Philip de bonheur. Depuis que Lola avait débarqué chez lui cet après-midi-là, la fortune lui souriait de nouveau. Les gens du studio étaient emballés par sa nouvelle version des *Demoiselles d'honneur*, et le tournage devait commencer en janvier. Comme si cela ne suffisait pas, son agent lui avait obtenu un contrat pour le scénario d'un film historique sur une obscure reine anglaise, une certaine Bloody Mary, Mary-la-Sanglante, contrat qui lui rapporterait un million de dollars. « Tu as le vent en poupe, coco ! lui avait dit son agent. Il y a de l'oscar dans l'air. »

Philip avait appris la nouvelle par téléphone la veille et avait emmené Lola manger au Waverly Inn pour fêter cela. Ce soir-là, on aurait dit que tout le gratin s'y était donné rendez-vous. Les boxes du restaurant étaient bourrés de célébrités, parmi lesquelles de vieilles connaissances de Philip. Un groupe tapageur et glamour vint rapidement les rejoindre à leur table, ce qui leur valut les regards envieux des autres clients. Lola se présenta comme son assistante. Il la corrigea et, trouvant la vie décidément bien belle, affirma qu'elle était sa muse en lui serrant la main sous la table. Ils burent plusieurs bouteilles de vin rouge et rentrèrent à la maison à deux heures du matin, en titubant dans une nuit chaude et brumeuse qui donnait à Greenwich Village l'allure d'un tableau de la Renaissance.

« Debout, belle endormie », dit Philip à Lola en lui apportant deux aspirines.

Elle se recroquevilla en position fœtale et tendit la main pour qu'il y dépose les cachets. « Je ne peux pas rester au lit aujourd'hui ? le supplia-t-elle en levant vers lui un adorable regard de petit chien auquel son maître passe tous ses caprices. J'ai mal à la tête.

— On a du pain sur la planche, cocotte. Il faut que j'écrive et que toi tu ailles à la bibliothèque.

— Et si tu prenais ta journée ? Ils ne s'attendent tout de même pas à ce que tu te mettes à écrire tout de suite ? Tu viens à peine d'accepter ce boulot. Tu n'as pas droit à deux semaines de congé dans ce cas-là ? Je sais ! Allons faire du shopping. On pourrait faire un petit tour chez Barneys, ou à Madison Avenue.

— Impossible, M'dame. » Il savait qu'il aurait des retouches à faire sur *Les Demoiselles d'honneur* jusqu'au tournage. Et il devait finir le premier jet du scénario sur Mary-la-Sanglante avant décembre. D'après son agent, les films historiques mettant en scène des monarques étaient à la mode, et le studio voulait commencer la production le plus vite possible. « J'ai besoin de ces recherches, expliqua Philip en taquinant un orteil de Lola.

— Je vais commander quelques bouquins sur Amazon. Comme ça, je pourrai passer la journée ici avec toi.

— Si tu restes ici avec moi, je serai incapable de travailler. Bon, c'est décidé, je vais à la bibliothèque. » Il enfila un jean et un tee-shirt. « Je vais chercher des bagels. Tu veux quelque chose ?

— Tu peux me rapporter un VitaWater parfum thé vert/pomme ? Et surtout ne te trompe pas. Je déteste thé vert/mangue. La mangue, c'est dégueulasse. Oh, et puis... tu pourrais m'acheter un Snickers glacé ? J'ai une de ces faims ! »

Philip sortit de l'immeuble en songeant avec désolation à la faiblesse de ceux (et celles) qui mangeaient des confiseries au petit déjeuner.

Sur le trottoir, il croisa Schiffer Diamond en train de sortir d'une camionnette blanche. « Tiens, salut ! s'exclama-t-il.

— Tu es de bonne humeur, dit-elle en l'embrassant sur la joue.

— Je viens de vendre un scénario. C'est sur Mary-la-Sanglante, Bloody Mary. Tu devrais demander un rôle dedans.

— Allons donc ! Tu veux que je joue un cocktail ?

— Mais non ! Tu pourrais faire la reine, la fille aînée d'Henry VIII. Comme ça, tu aurais l'occasion de couper plein de têtes.

— Pour finir décapitée à mon tour ? Non merci, répondit-elle en se dirigeant vers l'entrée du Numéro 1. Je viens de passer la nuit à tourner dans une putain d'église de Madison Avenue sans climatisation. Alors pour l'instant, les catholiques, j'en ai ma claque.

— Je suis sérieux, insista-t-il en se rendant compte à quel point elle serait parfaite pour le rôle. Tu acceptes au moins de réfléchir à la question ? Je t'apporterai moi-même le scénario dès qu'il sera terminé, avec une bouteille de Cristal et une boîte de caviar.

— Le Cristal, c'est dépassé, mon p'tit. Apporte-moi un magnum de Grande Dame et j'examinerai ta proposition », lança-t-elle par-dessus son épaule. Combien de fois l'avait-il vue s'éloigner ainsi de lui ? Il lui demanda où elle allait, histoire de prolonger un peu leur badinage.

Elle croisa les mains et les plaça près de son menton. « Au dodo. Je reprends ce soir à six heures.

— À plus tard, alors », dit Philip. Tout en marchant, il se souvint des raisons pour lesquelles ça n'avait jamais marché avec Schiffer. Elle n'était pas disponible pour lui. Elle ne l'avait jamais été et ne le serait jamais. C'était précisément cela qu'il appréciait tant chez Lola. Elle était toujours disponible.

Pendant ce temps, Lola, restée dans l'appartement, se levait péniblement et entrait dans la cuisine. Elle pensa un instant surprendre Philip en préparant le café mais se découragea rapidement en voyant le sachet de café en grains à côté du petit moulin. Elle alla dans la salle de bains et se brossa soigneusement les dents, puis retroussa les lèvres comme une guenon pour vérifier leur blancheur. En pensant à l'épreuve que serait le trajet à pied jusqu'à la bibliothèque de la 42e Rue par cette journée qui promettait d'être étouffante, elle sentit l'irritation la gagner. Pourquoi avait-elle pris ce boulot d'assistante ? Et tant qu'on y était, avait-elle vraiment besoin de travailler ? De toute façon, elle arrêterait dès qu'elle serait mariée. Mais tant qu'elle n'était pas fiancée, sa mère ne l'autoriserait pas à rester à New York sans boulot – « Ça ferait mauvais genre », dirait-elle. Entraînée par ses réflexions, Lola en vint à songer que si elle n'avait pas pris ce boulot, elle n'aurait pas rencontré Philip et ne serait pas devenue, pour reprendre ses propres termes, sa muse. Comme c'était romantique, de devenir la muse d'un grand artiste ! Le grand artiste en question finissait toujours par tomber amoureux de sa muse, la supplier de l'épouser et lui faire de beaux enfants.

Pour l'instant, Lola, avertie en matière de coteries et d'ordre social, voyait bien que dans le monde de Philip, cette histoire de muse ne suffirait peut-être pas. C'était une chose que de fréquenter des célébrités, mais une tout autre affaire que de parvenir à se faire accepter par elles comme leur égale. Elle se souvint en particulier d'un échange lors de la soirée de la veille avec une vedette mondialement célèbre qui s'était installée à leur table. Il s'agissait d'un homme d'une quarantaine d'années pas particulièrement séduisant, qui avait de toute évidence connu son heure de gloire il y a belle lurette. Elle ne se rappelait pas exactement qui il était ni dans quels films il avait joué. Mais puisque tout le monde s'affairait autour de lui et s'extasiait sur la moindre de ses paroles comme s'il était Dieu le père, elle avait décidé de faire un petit effort. Il se trouve qu'il était assis juste à côté d'elle. Il venait de finir un long soliloque sur la beauté des films des années soixante-dix lorsqu'elle lui demanda : « Ça fait longtemps que vous habitez New York ? »

Il tourna lentement la tête et plongea ses yeux dans les siens. L'opération dura une bonne minute. Était-elle censée avoir peur de lui ? En tout cas, si ce type croyait intimider Lola Fabrikant avec ce genre de regard, il se trompait lourdement.

« Et vous, que faites-vous dans la vie ? lui demanda-t-il sur le même ton. Ne me dites pas que vous êtes actrice.

— Je suis l'assistante de Philip », répondit-elle avec cette froideur qui normalement coupait le sifflet des inconnus. Mais avec celui-ci, ça ne marchait pas. Il la regarda, regarda Philip puis de nouveau Lola. Ses lèvres esquissèrent un sourire narquois. « Son assistante ? dit-il en éclatant de rire. Et vous saviez que j'étais le père Noël ? »

La table entière, Philip compris, partit d'un fou rire. Sentant qu'il serait mal avisé de sa part de se draper dans sa dignité, Lola se joignit courageusement à l'hilarité générale. Mais vraiment, c'en était trop. Elle n'était pas habituée à un tel traitement. Cette fois-ci, elle ne dirait rien, mais il ne fallait pas que ça se reproduise. D'ailleurs elle comptait bien aborder le sujet avec Philip, prudemment s'entend. En règle générale, mieux valait ne pas se plaindre des amis de l'homme avec lequel on était – cela pouvait le blesser, et alors il vous associait à ces sentiments négatifs.

En attendant, il lui fallait trouver le moyen d'être prise un peu plus au sérieux. Quel homme voudrait d'une femme que les autres trouvaient idiote ? Finalement, un petit tour à la bibliothèque n'était peut-être pas une si mauvaise idée.

Pourtant, en rentrant chez lui, Philip la trouva profondément endormie sur son lit. Il alla dans son bureau et écrivit cinq pages d'un seul jet. Lola était si nature, songea-t-il en entendant ses légers ronflements dans la pièce d'à côté. Il relut les pages qu'il venait d'écrire et les trouva excellentes. Lola était décidément son porte-bonheur.

L'appartement des Rice prenait peu à peu tournure. Dans la salle à manger, jusque-là vide, trônait à présent une table autour de laquelle étaient placées six chaises du début du XVIIIe siècle que Billy avait mystérieusement tirées de la benne à ordures d'un ami qui habitait quelque part dans l'Upper East Side. Quant à la table, elle était là provisoirement en attendant d'en trouver une autre plus appropriée, c'est-à-dire plus grande. Pour l'instant, elle était recouverte de livres de décoration et de nuanciers de tissu ou de peinture ainsi que de photos de meubles trouvées sur Internet. En la regardant, Annalisa sourit au souvenir de ce que lui avait dit Billy Litchfield quelques semaines auparavant.

« Ma chère, l'avait-il gourmandée lorsqu'elle lui avait confié qu'elle allait peut-être reprendre son boulot d'avocate, vous ne vous en sortirez pas avec deux emplois !

— Comment ça, deux emplois ?

— Vous en avez déjà un. À partir de maintenant, votre travail, c'est d'être l'épouse de votre mari. Plus qu'un travail, c'est un vrai métier. Votre mari gagne de l'argent, et vous faites l'épouse parfaite. Et cela exigera de vous beaucoup d'efforts. Vous devrez vous lever tôt le matin et faire du sport, pas simplement pour rester belle, mais également pour résister physiquement. La plupart des épouses choisissent le yoga. Ensuite, vous vous habillerez. Vous organiserez votre journée et vous occuperez de votre courrier électronique. Vous assisterez à une réunion pour une organisation caritative dans la matinée, à moins que vous ne visitiez la galerie d'un marchand d'art ou le studio d'un artiste. Ensuite, vous déjeunerez, puis vous rencontrerez des décorateurs, des traiteurs et des stylistes. Vous vous ferez teindre les cheveux deux fois par mois, et aurez besoin d'un brushing trois fois par semaine. Vous ferez des visites privées de musées et lirez, je l'espère, trois quotidiens par jour : le *New York Times*, le *New York Post* et le *Wall Street Journal*. En fin d'après-midi vous vous préparerez pour les deux ou trois cocktails et le dîner qui vous attendent. Si ce sont des soirées habillées, vous devrez porter une robe élégante, et jamais la même deux fois de suite. Il faudra que vous confiiez vos cheveux à un coiffeur et votre visage à une maquilleuse. Vous devrez également préparer les vacances et les week-ends. Il se peut que vous achetiez une maison de campagne, ce qui veut dire que vous devrez vous en occuper, superviser le personnel et choisir la décoration. Vous rencontrerez des gens bien placés auxquels vous ferez votre cour d'une manière tout à la fois subtile et effrontée. Ajoutons à cela, très chère, les enfants. Pour conclure, il n'y a pas de temps à perdre. »

Et en effet, ils n'avaient pas perdu de temps. Il y avait tant de petites choses dont il fallait s'occuper : acheter du carrelage fait à la main en Caroline du Sud assorti aux sols en marbre des salles de bains (il y en avait cinq, avec un thème différent pour chacune), trouver des petits tapis, faire réparer les fenêtres et même remplacer les poignées de portes. Annalisa passait la majeure partie de ses journées dans le quartier des magasins d'ameublement, mais comptait bien sûr écumer aussi les boutiques d'antiquaires de Madison Avenue,

ainsi que les salles de ventes. Et puis il y avait les réno-
vations elles-mêmes. Les pièces devaient être entièrement refaites à neuf les unes après les autres, que ce
soit l'électricité ou les plâtres. Le premier mois, Paul et
Annalisa avaient dormi sur un matelas pneumatique
qu'ils déplaçaient pour ne pas gêner les travaux. À présent, la grande chambre à coucher était terminée, et
Annalisa pouvait enfin, pour reprendre l'expression de
Billy, « commencer à se constituer une petite garde-
robe ».

L'interphone vibra à midi précises. Annalisa entendit
la voix de Fritz lui annoncer qu'il y avait un monsieur
pour elle.

« Un monsieur ? Quel monsieur ? » demanda-t-elle.
Mais Fritz avait déjà raccroché. L'interphone se trouvait
dans la cuisine, au premier étage de l'appartement.
Annalisa traversa le salon presque vide au galop, monta
les escaliers quatre à quatre et se rua dans sa chambre
pour finir de s'habiller.

Passant la tête par l'entrebâillement de la porte, elle
appela la gouvernante, qu'elle avait entendue dans la
chambre du fond. « Maria ?

— Oui, Mrs Rice ? » répondit Maria en sortant dans
le couloir. Maria leur avait été envoyée par une agence.
Elle faisait la cuisine, le ménage et les courses et elle
pouvait même, le cas échéant, promener votre chien.
Jusque-là, Annalisa, peu habituée à avoir une gouvernante à demeure, se sentait mal à l'aise quand elle lui
demandait quelque chose.

« Quelqu'un va sonner, dit Annalisa. Je pense que
c'est Billy Litchfield. Vous pourrez lui ouvrir ? »

Puis elle regagna sa chambre et entra dans l'immense
garde-robe. Bien sûr, dans la garde-robe, ce qui comptait, ce n'était pas l'endroit, mais son contenu. D'après

Billy, Annalisa se devait de posséder toute une collection de chaussures, sacs, ceintures, jeans, chemises blanches, tailleurs, robes de cocktail, robes de soirée, vêtements pour les sports d'hiver ou la mer, et tenues pour toutes sortes d'activités auxquelles elle pouvait être invitée – golf, tennis, équitation, parachutisme ascensionnel, descente en rappel, rafting et même hockey. Pour l'aider à se constituer cette garde-robe, Billy avait loué les services d'une célèbre styliste du nom de Norine Norton, qui viendrait apporter à Annalisa les articles qu'elle avait sélectionnés. Norine, toujours très sollicitée, ne leur avait accordé de rendez-vous que pour dans deux semaines, ce qui n'avait nullement entamé l'enthousiasme de Billy. « Avec Norine, c'est comme avec les meilleurs chirurgiens esthétiques. On attend six mois un rendez-vous avec elle – rien que pour une consultation. »

Dans l'intervalle, l'une des six assistantes de Norine avait entrepris d'habiller Annalisa. C'est ainsi que sur une étagère basse étaient disposées des boîtes à chaussures avec une photo du modèle collée sur le devant. Annalisa choisit une paire d'escarpins noirs avec un talon de dix centimètres. Elle détestait porter des talons hauts pendant la journée, mais Billy avait insisté sur le fait qu'il lui fallait s'y résoudre. « Les gens viennent pour voir Annalisa Rice, eh bien, il faut leur montrer Annalisa Rice.

— Mais qui est Annalisa Rice ? avait-elle demandé pour plaisanter.

— C'est ce que nous essayons de découvrir, ma chère. Amusant, non ? »

Le visiteur annoncé n'était pas Billy Litchfield, mais quelqu'un qui venait pour l'aquarium de Paul. Annalisa le fit monter jusqu'à la salle de bal, où elle jeta un coup d'œil plein de regrets au plafond et à son ciel fantaisiste peint à l'italienne avec des anges grassouillets assis sur des gros nuages blancs nimbés de rose. Parfois, quand elle avait un moment à elle, elle venait se reposer dans cette pièce et s'étendait par terre, heureuse, au milieu d'un rayon de soleil. Hélas, Paul avait décrété que la salle de bal serait son espace privé et projetait de la transformer en « centrale de commande », d'où il pourrait devenir le maître du monde, comme disait Annalisa pour le taquiner. Les vitres des portes-fenêtres devaient être revêtues d'un film équipé de composants électroniques permettant de les opacifier complètement en appuyant sur un bouton – ce qui permettrait de dissuader toute tentative de photographier au téléobjectif la pièce et ce qui s'y passait depuis un hélicoptère. Un écran à trois dimensions devait prendre place au-dessus de la cheminée et une antenne spéciale était prévue sur le toit afin de brouiller les transmissions. Un aquarium ultra sophistiqué de six mètres de long et deux mètres cinquante de large permettrait à Paul de se consacrer à son nouveau hobby – les poissons exotiques. Annalisa trouvait vraiment dommage de modifier aussi radicalement la pièce, mais Paul ne voulait rien entendre. « Tu peux faire ce que tu veux avec le reste de l'appartement, lui avait-il dit, mais cette pièce est à moi. »

Le type venu pour l'aquarium commença à prendre des mesures et à poser des questions sur le voltage et l'éventuel renforcement du sol pour supporter le poids de l'aquarium. Annalisa lui répondit du mieux qu'elle put, avant d'aller se réfugier à l'étage du dessous, où Billy Litchfield venait d'arriver. Cinq minutes plus tard, ils étaient installés sur la banquette arrière d'une limousine aux lignes épurées qui se dirigeait vers le centre.

« J'ai un cadeau pour vous, très chère, annonça Billy.

Après avoir acheté tous ces meubles, je me suis dit que vous apprécieriez une petite pause. Aujourd'hui, nous allons voir des œuvres d'art. Et hier soir, il m'est venu une idée de génie. Je me suis dit que ce qui vous conviendrait, c'est l'art féministe.

— Je vois.

— Êtes-vous une féministe ?

— Bien sûr, répondit Annalisa.

— Au fond, peu importe. Par exemple, je ne vous vois pas cubiste non plus. Quand on pense à ce que vaut le cubisme aujourd'hui... C'est hors de prix !

— Pas pour Paul.

— Même pour Paul. Seuls les multimilliardaires peuvent s'offrir une œuvre cubiste, et vous n'êtes même pas entrés dans la catégorie des multimillionnaires. De toute façon, le cubisme, ça n'est pas chic, pas pour un jeune couple. Par contre, l'art féministe... Voilà l'avenir. Ça va bientôt devenir la folie, et la plupart des œuvres vraiment importantes sont encore disponibles. Aujourd'hui, nous allons voir une photographie. Un autoportrait de l'artiste en train de nourrir son bébé au sein. Effet garanti, couleurs frappantes. Et il n'y a pas de liste d'attente.

— Je croyais qu'une liste d'attente était bon signe, objecta Annalisa prudemment.

— C'est même un excellent signe. Surtout s'il est particulièrement difficile de se faire inscrire sur la liste en question. Mais il faut accepter d'acheter comptant un tableau que vous n'avez jamais vu. Nous y viendrons. En attendant, nous avons besoin d'une ou deux œuvres marquantes dont la valeur va augmenter.

— Billy ? demanda Annalisa. Qu'est-ce que tout cela vous rapporte ?

— Du plaisir, répondit-il en lui tapotant la main. Ne

vous inquiétez pas pour moi, très chère. Je suis un esthète. Si je pouvais passer le restant de mes jours à contempler des œuvres d'art, je serais heureux comme un roi. Chaque œuvre est une pièce unique, exécutée par une personne, un esprit, un point de vue. J'imagine que c'est une façon pour moi de me consoler dans ce monde préfabriqué.

— Ce n'est pas ce que je voulais dire. Comment vous faites-vous payer ?

— Vous savez que je n'aime pas parler de mes finances. »

Annalisa se souvint avoir abordé le sujet plusieurs fois. Billy avait toujours détourné la conversation. « J'ai besoin de savoir, insista-t-elle. Sinon, il n'est pas juste que vous passiez tant de temps avec moi. Tout le monde a le droit d'être payé pour le travail accompli.

— Pour les œuvres d'art, je touche une commission de deux pour cent. Versée par le marchand », finit par répondre Billy, les lèvres serrées.

Annalisa en conçut un grand soulagement. Billy mentionnait de temps en temps une vente d'un million de dollars qu'il avait facilitée. Elle calcula rapidement qu'il percevait dans ce cas une commission de vingt mille dollars. « Vous devez être riche, Billy, dit-elle en plaisantant.

— Ma chère, j'arrive tout juste à vivre à Manhattan. »

À la galerie d'art, Billy se planta devant la photographie, recula d'un pas, croisa les bras, puis contempla l'œuvre d'un air approbateur. « C'est très moderne, avec une composition de la mère à l'enfant classique. » La photo valait cent mille dollars. Annalisa l'acheta, avec ce sentiment aigu de culpabilité qui ne la quittait jamais maintenant qu'elle était riche. Elle paya avec une

MasterCard. D'après Billy, tout le monde procédait ainsi pour les gros achats afin de gagner des miles aériens – sans en avoir réellement besoin puisque ces gens voyageaient en jet privé. Néanmoins, en quittant la galerie avec dans le coffre de la limousine la photo soigneusement emballée, Annalisa se dit que c'était deux mille dollars de plus dans la poche de Billy. Elle lui devait bien cela.

Assise au comptoir qui courait le long de la vitrine du Starbucks, Lola lisait un article qu'elle avait trouvé sur Internet. Finalement, elle n'avait pas eu le courage de marcher jusqu'à la bibliothèque. Comme elle s'en doutait, cela aurait de toute façon été une perte de temps : il y avait plein d'informations sur Internet. Lola ajusta ses lunettes et se replongea dans l'histoire de Mary-la-Sanglante et de son obsession pour le catholicisme. En allant au Starbucks, elle avait acheté des lunettes à monture noire afin d'avoir l'air plus sérieuse. Visiblement, ça marchait. Un jeune homme aux airs de paumé vint s'asseoir à côté d'elle et commença à travailler tout en lui jetant des coups d'œil par-dessus l'écran de son portable. Tête baissée, Lola feignit de l'ignorer. À ce qu'elle comprenait, la reine Mary, décrite dans l'article comme une femme « maladive et frêle », en gros anorexique, était une sorte de fashionista du XVIe siècle qui n'apparaissait jamais en public sans être parée de plusieurs millions de dollars de bijoux afin de rappeler aux masses le pouvoir et la richesse de l'Église catholique. Lola leva les yeux et croisa le regard du jeune homme. Elle se replongea dans son article. Lorsqu'elle releva la tête, il la fixait toujours. Avec ses cheveux blond roux et ses taches de rousseur, il était finalement plus séduisant qu'elle ne l'avait cru au premier abord.

« Vous saviez que c'était pour homme ? lui demanda-t-il enfin.

— Pardon ? dit-elle en lui lançant un regard qui aurait dû normalement le faire fuir.

— Vos lunettes. C'est un modèle pour homme. Elles sont vraies ?

— Bien sûr qu'elles sont vraies.

— Vous n'avez pas compris. Ce que je vous demande, c'est si vous avez des verres correcteurs, ou si vos lunettes, c'est juste pour faire joli.

— Ça ne vous regarde pas, répliqua-t-elle en ajoutant, pour faire bonne mesure et pour l'impressionner : Si vous voyez ce que je veux dire.

— Vous, les nanas, vous portez toutes des lunettes maintenant, reprit le jeune homme sans se démonter. Alors que tout le monde sait qu'elles sont fausses. Vous en connaissez beaucoup, des filles de vingt-deux ans qui ont vraiment une mauvaise vue ? Non, les binocles, c'est pour les vieux. Bref, encore un de ces artifices féminins.

— Et alors ?

— Alors je me demandais si vous étiez justement l'une de ces nanas artificielles. Vous en avez l'air. Mais si ça se trouve, vous êtes vraie.

— Qu'est-ce que ça peut vous faire ?

— Peut-être que je vous trouve jolie ? suggéra-t-il d'un ton sarcastique. Vous pourriez me dire votre nom, comme ça je vous laisserais un message sur Facebook. »

Lola lui décocha un sourire méprisant. « Non merci, j'ai déjà un petit ami.

— Qui a dit que je voulais être votre petit ami ? Bon sang ! Elles sont d'une arrogance, les filles de New York !

— Vous êtes un minable.

— Mouais... Regardez-vous. Vous vous affichez avec des vêtements de créateur dans un Starbucks, vous vous êtes fait un brushing et vous êtes tartinée d'autobronzant. Probablement de chez City Sun. Ce sont les seuls à avoir cette teinte-là. »

Comment ce gamin pouvait-il connaître toutes les nuances d'autobronzant ?

« Et vous, regardez-vous ! répondit Lola de sa voix la plus condescendante. Vous portez un pantalon écossais.

— Rien à voir. C'est du vintage. »

Lola rassembla ses affaires et se leva.

« Vous partez ? Déjà ? » Le jeune homme se leva à son tour. Il plongea la main dans la poche arrière de son affreux pantalon écossais – même pas un Burberry, donc inexcusable. Il lui tendit une carte sur laquelle était écrit THAYER CORE. En bas, à droite, figurait un numéro de téléphone commençant par 212, le code de New York. « Maintenant que vous savez mon nom, vous pouvez me dire le vôtre, non ?

— Pourquoi je ferais ça ?

— La vie à New York, c'est comme une partie de cartes. Et le joker, c'est moi. »

9

« Les livres, c'est comme les films maintenant, dit Redmon Richardly à James avec un geste dédaigneux. On fait le maximum de pub, on vend super bien la première semaine, et après ça s'essouffle. On ne travaille plus sur le long terme. Les lecteurs veulent du nouveau chaque semaine. Et puis il y a les gros groupes. Ils ne s'intéressent qu'aux chiffres. Alors ils poussent les éditeurs à sortir des nouveaux produits. Ça a quelque chose d'infâme, ces gros groupes qui contrôlent les créateurs. C'est pire encore que la propagande gouvernementale.

— Mmm », marmonna James. Quelques semaines avaient passé depuis la séance photo. À présent, assis dans les nouveaux locaux de Redmon, il promenait son regard autour de lui et sentait la tristesse l'envahir. Autrefois, le bureau de son éditeur se situait dans une vieille maison du West Village et était encombré de manuscrits, de livres, et de tapis orientaux usés jusqu'à la corde que Redmon avait récupérés chez sa grand-mère dans le Sud. On patientait sur un vieux divan jaune bien mou en feuilletant des magazines ou en reluquant les jolies filles qui entraient et sortaient. À l'époque, Redmon était considéré comme l'un des grands de l'édition. Il publiait des romans novateurs au style nerveux. Ses auteurs étaient les futurs géants de la littérature. Grâce à lui, les gens s'étaient mis à croire que l'on pouvait publier de bonnes choses – jusqu'à 1989 environ, date à laquelle Internet avait tout chamboulé.

James regarda par-dessus l'épaule de Redmon le paysage qui s'étendait derrière la fenêtre. Au loin coulait l'Hudson, mais c'était une piètre consolation dans cet espace froid et impersonnel.

« Nos publications sont maintenant des produits de divertissement, poursuivit Redmon, qui n'avait décidément rien perdu de sa faconde – ce que James trouva réconfortant. Oakland est un exemple parfait. Il a perdu beaucoup de son talent, mais peu importe. Il continue à vendre – pas autant qu'avant, c'est vrai. Mais c'est la même chose pour tous. Il n'y a plus d'art. Autrefois, le roman était une forme d'art. Plus maintenant. Bon ou mauvais, la seule chose qui intéresse les lecteurs, c'est le sujet. C'est sur quoi ? demandent-ils. Je leur réponds : Est-ce important ? Ça parle de la vie. Les bons livres parlent tous d'une seule chose – la vie. Mais ça, ils ne le comprennent plus. Ce qu'ils veulent savoir, c'est de quoi ça cause. Si c'est sur les chaussures ou les enlèvements d'enfants, ça les intéresse. Mais là, ça n'est pas notre rayon. On ne pourrait pas faire, même si on voulait.

— C'est sûr que ce n'est pas du tout notre rayon, approuva James.

— Pas du tout. En fait, ce que je veux dire, c'est que... Bref, tu as écrit un livre super, James, un vrai roman, mais je ne voudrais pas que tu sois déçu. On sera sur la liste des best-sellers, dès la sortie j'espère. Quant à savoir combien de temps on y restera...

— Peu m'importe, dit James. Je n'ai pas écrit ce livre

pour faire du chiffre. Je l'ai écrit parce que c'était une histoire que j'avais besoin de raconter (et je refuse d'être contaminé par ton cynisme, ajouta-t-il in petto). Je persiste à faire confiance au lecteur. Le lecteur sait faire la différence. Et il achètera ce qui est bon.

— Je ne voudrais pas te briser le cœur, insista Richardly.

— J'ai quarante-huit ans. Mon cœur, ça fait quarante ans qu'il est brisé.

— J'ai quand même une bonne nouvelle pour toi. Une très bonne nouvelle. Avec ton agent, on s'est dit que ce serait mieux si c'était moi qui te l'annonçais. Alors voilà : je peux te proposer une avance d'un million de dollars sur ton prochain bouquin. Les gros groupes, ça a au moins un avantage : ils ont du fric. Et j'ai bien l'intention de le dépenser. »

James resta pétrifié. Avait-il bien entendu ?

« Tu auras un tiers à la signature, poursuivit Redmon tranquillement, comme s'il passait son temps à distribuer des avances d'un million de dollars. Avec ça et l'argent que nous rapporteront les ventes dans les iStores, je pense que tu peux t'attendre à passer une année plus que confortable.

— Super », dit James. Il se demandait encore comment réagir. Devait-il se lever d'un bond et se mettre à sauter comme un cabri ?

« Tu vas faire quoi avec ce fric ? lui demanda Redmon sur le même ton pratique.

— L'économiser. Pour payer les études de Sam.

— Alors tout va y passer, ou presque. Six ou sept cent mille dollars – ça mène où de nos jours ? Une fois les impôts payés... Quand je pense à tous ces types de Wall Street qui achètent des Picasso à cinquante millions ! Enfin, c'est le nouvel ordre mondial, je suppose.

236

— Probablement. Mais rien n'empêche de poursuivre ses rêves de jeunesse, de s'acheter un petit voilier dans les Caraïbes et de disparaître de la circulation pendant quelques années.

— Moi, ça ne serait pas mon truc. Je m'ennuierais au bout de deux jours. C'est à peine si je supporte de partir en vacances. J'adore les villes. »

Quelle chance de savoir ce qu'on voulait ! songea James. Richardly semblait toujours content de lui. Alors que lui-même était si peu sûr de ses propres désirs.

« Je te raccompagne », dit Redmon. Il se leva, fit la grimace et posa la main sur sa mâchoire. « Foutue molaire. Le nerf doit être touché. Et toi, tu as des problèmes de dents ? Tout de même, vieillir, quelle expérience ! C'est aussi difficile qu'on le dit. » En sortant du bureau, ils débouchèrent sur un dédale de petits boxes. « Mais il y a des avantages, reprit Redmon qui avait vite retrouvé sa confiance démesurée. Par exemple, on sait tout. On a tout vu. On sait qu'il n'y a jamais rien de nouveau. Tu as remarqué ? La seule chose qui change, c'est la technologie.

— Le problème, c'est qu'on ne la comprend pas, cette technologie, dit James.

— N'importe quoi. Il suffit de savoir sur quel bouton appuyer.

— Pour faire sauter la planète dans les années cinquante, il suffisait aussi d'appuyer sur un bouton.

— C'est ce qu'on nous faisait croire, c'est tout. Pourquoi on ne recommence pas une autre guerre froide ? C'était bien plus raisonnable qu'une vraie guerre, dit Redmon en appuyant sur le bouton de l'ascenseur.

— Que veux-tu, l'humanité régresse, lui répondit James en entrant dans la cabine de l'ascenseur.

— Dis bonjour à ta famille de ma part », lança Redmon au moment où les portes se fermaient.

Dans la bouche de Redmon, James trouva ces paroles extraordinaires. La famille était une notion inconnue de Redmon dix ans auparavant, à l'époque où il couchait chaque nuit avec une femme différente, buvait et sniffait de la coke jusqu'à l'aube. Les gens prédisaient qu'il lui arriverait quelque chose de terrible – il semblait tout faire pour ça. Quoi exactement, personne ne le savait – une cure de désintoxication peut-être, ou bien une sorte de mort ? Mais rien ne lui était arrivé, bien au contraire. Il s'était glissé dans cette vie d'homme marié, de père et de chef d'entreprise avec l'habileté d'un skieur négociant un virage. James, qui n'avait jamais compris ce changement radical, se dit que finalement, Redmon devait être une source d'inspiration plutôt qu'un sujet de consternation. Si Richardly pouvait changer, pourquoi pas lui ?

Eh ! J'ai de l'argent maintenant ! se souvint-il en même temps qu'il percevait la fraîcheur de cette journée de septembre. Au moins, New York aurait un vrai automne cette année. Les petits faits ordinaires le comblaient et le rassuraient maintenant. Ils lui rappelaient que quelque part, la vie continuait comme avant.

Comme avant, vraiment ? Avec tout cet argent qui venait de lui tomber dessus ? En passant devant les magasins de la Cinquième Avenue où s'étalaient dans de grandes vitrines les rêves de la classe moyenne, il se raisonna : ce n'était pas tant d'argent que cela. Ça ne suffirait même pas pour s'acheter un minuscule studio dans cette superbe et onéreuse métropole. Mais tout de même, c'était une somme rondelette. Il pouvait cesser de se considérer – du moins pour le moment – comme un loser.

Au niveau de la 16ᵉ Rue, il passa devant Paul Smith et, par pure habitude, s'arrêta une seconde pour regarder la vitrine. Les vêtements Paul Smith signalaient le citadin courtois et sophistiqué jouissant d'un certain statut. Il y avait de cela plusieurs années, Mindy lui avait acheté une chemise Paul Smith pour Noël, à une période où elle était fière de lui et avait décidé qu'il méritait ce genre de folle dépense. À présent, James se rendit compte que, pour la première fois de sa vie, il pouvait s'offrir quelque chose dans ce magasin. Plein d'une confiance toute nouvelle, il entra.

Au même moment, son téléphone sonna. C'était Mindy.

« Tu fais quoi ? lui demanda-t-elle.

— Du shopping.

— Toi ? Du shopping ? fit-elle mine de s'étonner, vaguement dédaigneuse. Où ça ?

— Dans un magasin Paul Smith.

— Tu ne vas tout de même pas t'acheter du Paul Smith ?

— Peut-être que si.

— Franchement, tu ne devrais pas. C'est trop cher », déclara Mindy. James, qui jusque-là comptait lui parler de l'avance promise, constata avec étonnement qu'il voulait maintenant garder la nouvelle pour lui tout seul.

« Et tu rentres quand ? demanda Mindy.

— Dans pas longtemps.

— Ça s'est passé comment, avec Redmon ?

— Très bien », répondit-il avant de raccrocher. Il songea avec une certaine tristesse que Mindy et lui avaient une approche puritaine et vieillotte de l'argent, comme s'ils allaient bientôt en manquer, comme s'il ne fallait surtout pas le gaspiller. Les rapports que l'on avait avec l'argent étaient héréditaires. Si vos parents en avaient peur, alors vous aussi. Mindy venait d'une famille de la Nouvelle-Angleterre qui trouvait vulgaire de dépenser de grosses sommes. Quant à lui, il était issu d'une lignée d'immigrants pour qui l'argent servait à acheter de quoi manger et à envoyer les enfants à l'école. Tous deux avaient survécu à New York parce qu'ils avaient fait des économies et ne fondaient pas leur estime de soi sur leur apparence. Mais peut-être n'était-ce pas la bonne solution : en matière d'estime de soi, leur compteur était proche de zéro.

James s'approcha du rayon des vestes. Il commença à en toucher une en cachemire. Il ne savait pas ce que c'était que d'avoir de l'argent. S'il était resté dans les jupons de Mindy, c'était précisément parce qu'il était fauché. Cela, il le savait depuis des années, l'avait nié, justifié après coup, en avait eu honte, mais le plus honteux dans l'affaire, c'est qu'il n'avait rien voulu entreprendre pour résoudre le problème. Convaincu de la pureté de ses ambitions littéraires, il avait accepté de sacrifier sa virilité au nom de cet idéal. Et s'était consolé en se disant que son honneur était sauf.

Mais à présent, de l'argent, il en avait ! Il regarda autour de lui, emplit ses poumons de l'odeur virile de cuir et d'eau de Cologne. Le magasin ressemblait à un plateau de théâtre avec ses murs lambrissés. On y trouvait tout ce qu'un homme sophistiqué avec du goût et du style pouvait désirer. Ainsi que le bonheur de débourser trois cents dollars rien que pour avoir chaud, songea James en lisant le prix sur l'étiquette.

Dans un geste de défi, il ôta le vêtement du porte-manteau et passa dans la cabine d'essayage. Il retira sa veste – en laine bleue marine non salissante achetée en solde chez Barneys cinq ans auparavant – et se regarda dans la glace. Il avait un atout, sa grande taille, mais une dégaine d'échalas tout en membres avec un ventre mou. Ses jambes étaient encore musclées, mais ses fesses plates et sa poitrine flasque (un peu comme s'il avait des seins de quinquagénaire). Cela dit, ces défauts pouvaient se dissimuler sous des vêtements bien coupés. Il enfila les manches de la veste, la boutonna et se retrouva transformé : il avait maintenant l'air d'un homme qui vit des choses importantes.

En sortant de la cabine, James tomba nez à nez avec Philip Oakland. Sa confiance s'envola illico. Il n'était pas à sa place dans ce magasin, se dit-il, paniqué. Il ne faisait pas partie de la tribu qui fréquentait Paul Smith. Et ça, Philip Oakland ne manquerait pas de s'en apercevoir. James le voyait souvent dans le hall de l'immeuble ou dans les rues avoisinantes. Philip ne le saluait jamais. Cela dit, peut-être y serait-il contraint ici, étant donné que James portait le même type de veste que lui. En effet, Philip Oakland leva le nez et lui dit, comme à une connaissance : « Tiens, salut !

— Salut », répondit James.

Ils en seraient sans doute restés là sans cette jolie fille qui accompagnait Philip et que James avait vue entrer ou sortir de l'immeuble à des heures irrégulières. Il s'était toujours demandé qui elle était et ce qu'elle faisait au Numéro 1. Maintenant, il comprenait : il s'agissait de la petite amie de Philip Oakland.

« Ça vous va bien, dit-elle tout à trac.

— Vous trouvez ? » s'étonna-t-il en la regardant. Elle semblait dotée de cette confiance inébranlable des filles qui ont toujours su qu'elles étaient jolies.

« Je suis une experte en matière de fringues, ajouta-t-elle avec assurance. Mes copines n'arrêtent pas de me dire que je devrais être styliste.

— Lola, c'est bon, dit Philip.

— C'est pas vrai ? dit-elle en se tournant vers lui. Tu es bien mieux habillé depuis que je t'aide à choisir tes fringues. »

Philip haussa les épaules et jeta un coup d'œil entendu à James, comme pour dire, « Ah ! Les femmes ! »

James profita de l'occasion pour se présenter.

« Mais je vous ai déjà vu ! s'exclama Lola.

— En effet, j'habite au Numéro 1. Je suis écrivain.

— Comme tout le monde dans l'immeuble, lança Lola avec une arrogance dédaigneuse qui fit rire James.

— Lola, il faut y aller, dit Philip.

— Mais on n'a rien acheté ! protesta-t-elle.

— Vous avez remarqué ce "on" ? souligna Philip en se tournant vers James. Pourquoi est-ce qu'avec les femmes, le shopping devient toujours un sport collectif ?

— Allez savoir ! » répondit James. Lui se demandait comment on pouvait dénicher une fille telle que Lola, avec cette impertinence. Et cette façon qu'elle avait de tenir tête au grand Philip Oakland ! Qu'en pensait l'intéressé lui-même ?

« Les hommes ne savent jamais quoi acheter quand ils sont seuls, poursuivit Lola. Un jour, ma mère a laissé mon père faire du shopping sans elle, et il est revenu avec un pull rayé en acrylique. "Plus jamais !" qu'elle a dit. Et vous, James, poursuivit-elle sans laisser le temps à son auditoire de souffler, vous écrivez quoi ?

— Des romans. J'ai un livre qui sort en février », répondit James, ravi de livrer cette information en présence de Philip. Pan ! Dans les dents !

« Nous avons le même éditeur, dit Philip qui venait peut-être enfin de comprendre à qui il avait affaire. Vous faites un premier tirage de combien ?

— Je l'ignore. Mais les iStores nous prennent deux cent mille exemplaires dès la première semaine, s'empressa d'expliquer James, non sans perfidie. D'après ce qu'on m'a dit, c'est l'avenir de l'édition.

— Puisqu'on n'achète rien ici, on pourrait au moins faire un tour chez Prada ! protesta Lola, brusquement lassée par la conversation.

— D'accord, d'accord, répondit Philip. À un de ces jours, James.

— À un de ces jours. »

En s'éloignant, Lola se retourna vers James. « Vous devriez l'acheter. Elle vous va super bien, lui conseilla-t-elle.

— C'est ce que je vais faire. »

Au moment où le vendeur mettait la veste dans un sac, James eut une brusque inspiration. « Ne vous embêtez pas. Je vais la mettre tout de suite. »

Cet après-midi-là avait lieu le troisième rendez-vous d'Annalisa Rice avec Norine Norton, la styliste. Avec ses extensions capillaires, son lifting presque imperceptible et ses connaissances quasi encyclopédiques en matière de sacs, de chaussures de créateurs, de cartomanciennes, de coaches et de chirurgie esthétique, Norine mettait Annalisa mal à l'aise. On la surnommait, lui avait-elle dit dès son premier rendez-vous, le « Lapin Duracell » – mais Annalisa la soupçonnait de carburer à autre chose qu'à l'électricité. C'était un vrai moulin à paroles. Annalisa avait beau se répéter que Norine était une femme, un être humain, elle n'arrivait pas à s'en convaincre.

« J'ai apporté quelque chose que vous allez adorer », annonça la styliste. Elle fit claquer ses doigts en direction de son assistante, Julee. « La tenue en lamé doré, je vous prie.

— L'ensemble doré ? demanda Julee, une frêle créature dotée d'une maigre chevelure blonde et d'yeux de lapin craintif.

— Oui, c'est ça », répondit Norine d'un ton faussement patient. Avec son assistante, elle avait toujours l'air sur le point d'aboyer. Mais lorsqu'elle se tourna vers Annalisa, ce fut avec l'onctueuse sollicitude d'un commerçant présentant ses marchandises à une marquise.

Julee brandit à bout de bras un portemanteau en plastique transparent où avaient été accrochés un tout petit haut doré et une minijupe assortie.

Annalisa contempla la tenue avec effarement. « Je ne crois pas que Paul aimerait.

— Écoutez, mon chou », dit Norine en s'asseyant au bord du lit à baldaquin avec son ciel de soie plissée venu tout droit de France et en faisant signe à Annalisa de s'installer à côté d'elle. « Il faut que nous parlions.

— Vraiment ? » Annalisa n'avait nullement envie de s'asseoir à côté de Norine, pas plus qu'elle n'avait besoin de ses interminables sermons. Jusqu'à présent, elle s'était forcée à les accepter, mais aujourd'hui, elle n'était pas d'humeur.

Elle regarda Norine, puis Julee, qui était restée debout avec le portemanteau comme une présentatrice de jeu télévisé. Elle devait commencer à avoir mal au bras, songea Annalisa, désolée pour elle.

« Bon, d'accord, dit-elle, résignée, en entrant dans la salle de bains pour passer l'ensemble.

— Qu'est-ce que vous pouvez être timide ! lui lança Norine.

— Pardon ?

— Il faut vraiment être timide pour se changer dans la salle de bains. Vous devriez faire ça ici, pour que je puisse vous aider. Je ne vois vraiment pas ce que vous auriez à me cacher. J'ai tout vu.

— Ça, je veux bien le croire », répondit Annalisa en refermant la porte sur elle. Elle se regarda dans la glace et fit la grimace. Pourquoi s'était-elle fourrée dans ce guêpier ? Au début, l'idée de louer les services d'une styliste lui avait paru excellente. D'après Billy, c'était ce que faisait tout le monde aujourd'hui, c'est-à-dire tous ceux qui, à cause de leur argent ou de leur statut, devaient sortir et s'exposer aux photographes. Il n'y avait aucun autre moyen de se procurer les plus beaux vêtements. Mais depuis, tout s'était emballé. Norine l'inondait d'appels et de photos des vêtements, accessoires et bijoux qu'elle avait repérés dans des magasins ou des showrooms. Jusque-là, Annalisa était loin d'imaginer qu'il puisse exister autant de gammes de vêtements. Il y avait non seulement les collections de printemps et d'automne, mais également les tenues pour les sports d'hiver, les croisières, la mer et Noël. À chaque saison correspondait un look, et avoir le bon look exigeait autant de préparation qu'un coup d'État militaire. Les vêtements devaient être choisis et commandés des mois à l'avance, sous peine de les voir vous passer sous le nez.

Annalisa plaqua l'ensemble en lamé or contre elle. Non, ça allait trop loin.

Tout était allé trop loin. Malgré les avancées des travaux dans l'appartement, Paul n'était pas satisfait. Le tirage au sort pour la place de parking avait eu lieu. Il avait perdu. En plus de cette déception était arrivée une lettre de Mindy Gooch les informant officiellement que leur requête pour l'installation de climatiseurs encastrés était rejetée.

« On se débrouillera sans, avait dit Annalisa à Paul sur un ton consolateur.

— Pas moi.

— Il le faudra bien.

— C'est une conspiration, rétorqua Paul, des éclairs dans les yeux. C'est parce qu'on a du fric et pas eux.

— Mrs Houghton en avait, du fric, souligna Annalisa pour tenter de le raisonner. Et pourtant elle a vécu ici tranquillement pendant des années.

— Elle était comme eux, répliqua Paul. Pas nous.

— Paul, tu parles de quoi, au juste ?

— Je gagne une fortune maintenant. J'entends être traité avec respect.

— Je croyais que tu gagnais déjà une fortune il y a six mois, dit-elle d'un ton léger.

— Quarante millions, tu appelles ça une fortune ? Une fortune, c'est au moins cent millions. »

Annalisa se sentit mal à l'aise. Elle savait que Paul gagnait beaucoup d'argent et comptait en gagner plus encore. Mais bizarrement, jusque-là, il ne lui était pas venu à l'esprit que cela pouvait devenir une réalité. « C'est de la folie, Paul », protesta-t-elle, tout en trouvant ça excitant, de la même manière que, sans le vouloir, on est excité en regardant des photos cochonnes tout en se sentant coupable. Peut-être que l'argent, c'était comme le sexe. Il y avait une frontière au-delà de laquelle ça devenait pornographique.

« Allons, Annalisa, ouvrez la porte. Laissez-moi voir », insista Norine.

Ça aussi, ça tenait un peu de la pornographie, ce besoin insatiable d'être constamment sous le regard des autres.

Annalisa se sentit plus que dénudée, comme si l'intimité de son corps était publiquement exhibée.

« Je ne suis pas convaincue », dit-elle en sortant de la salle de bains. L'ensemble en lamé or était composé d'une jupe qui descendait à mi-cuisse et d'un haut taillé comme un polo (quand elle était enfant, elle appelait les Lacoste les « chemises crocodile », ce qui montrait bien à quel point elle avait grandi dans l'ignorance bienheureuse de la mode), le tout agrémenté d'une large ceinture portée bas sur les hanches. « Je suis censée porter quoi en dessous ? s'inquiéta-t-elle.

— Rien.

— Pas de slip ?

— Dites plutôt "culotte". Si vous y tenez vraiment, vous pouvez mettre une culotte en lamé or. Ou argent, pour faire contraste.

— Paul ne m'y autorisera jamais », déclara Annalisa, espérant ainsi mettre un terme à la discussion.

Norine prit le visage d'Annalisa dans ses mains aux ongles impeccables et le serra comme celui d'une enfant. « Il ne faut plus jamais dire ça, plus jamais, minauda-t-elle en prenant une voix de bébé. Ce que papa Paul aime ou n'aime pas nous importe peu. Répétez après moi : "Je choisirai moi-même mes vêtements." »

Annalisa obtempéra à contrecœur. « Je choisirai moi-même mes vêtements. » Elle était désormais coincée. Norine semblait décidée à ne pas comprendre que lorsqu'elle disait que Paul n'aimerait pas tel vêtement, cela signifiait qu'elle-même ne l'aimait pas mais ne voulait pas la vexer.

« Très bien, poursuivit la styliste. J'exerce ce métier depuis longtemps, trop longtemps en fait, mais s'il y a une chose que je sais, c'est que les hommes ne font pas attention à ce que leurs femmes portent, tant qu'elles sont heureuses et qu'elles présentent bien, mieux que les autres épouses.

— Et si elles présentent mal ? lança Annalisa, lassée de ce petit jeu.

— C'est pour ça que je suis là », répliqua Norine avec une assurance éhontée. Elle fit claquer ses doigts. « Photo, Julee. »

Armée de son téléphone portable, Julee s'exécuta.

« Alors, ça donne quoi ? demanda Norine.

— Ça rend bien », répondit Julee, visiblement terrifiée. Elle passa le téléphone à Norine, qui se pencha pour voir l'image minuscule.

« Très bien même, dit-elle en montrant le cliché à Annalisa.

— Ridicule, répliqua Annalisa.

— Je trouve que vous êtes fabuleuse », insista Norine en rendant le téléphone à Julee. Puis elle croisa les bras, signe qu'elle préparait un nouveau sermon. « Annalisa, écoutez-moi. Vous êtes riche. Vous pouvez faire tout ce que vous voulez. Le père fouettard ne va pas vous sauter dessus pour vous punir.

— Je croyais que c'était Dieu qui nous punissait, marmonna Annalisa.

— Dieu ? Jamais entendu parler. La spiritualité, c'est de la façade, voilà tout. L'astrologie, les cartes, les tables tournantes, la kundalini, la scientologie et même les évangélistes, ça c'est du sérieux. Mais un vrai Dieu ? Non, ça ne serait vraiment pas pratique. »

Pendant ce temps, au bureau, Mindy poursuivait l'écriture de son blog. « Pourquoi harcelons-nous nos maris ? Est-ce pour nous une nécessité ou la conséquence naturelle des frustrations engendrées par nos rapports avec l'autre sexe ? » Elle s'enfonça dans son siège et contempla l'écran avec satisfaction. Son blog faisait un tabac – au cours des deux derniers mois, elle avait reçu huit cent soixante-douze mails la félicitant pour sa façon courageuse d'aborder de front des questions taboues, comme celle de savoir si une femme avait vraiment besoin de son mari une fois que celui-ci lui avait fait des enfants. « Au fond, ce sont des questions fondamentales dans la vie d'une femme. Or, en tant que femmes, nous n'avons pas le droit de nous poser des questions existentielles. Nous sommes censées nous satisfaire de ce que nous avons, et dans le cas contraire, c'est que nous avons raté notre vie. Ne pourrions-nous pas cesser d'adhérer à ce bonheur imposé et reconnaître que malgré notre vie bien remplie, il est normal de se sentir vide ? Qu'il est normal de trouver notre existence vaine et d'aspirer à autre chose ? Au lieu d'en avoir honte, pourquoi ne pas admettre que c'est normal ? »

Dans son blog, Mindy examinait avec le même regard froid la question des relations entre hommes et femmes et concluait que le mariage, c'était comme la démocratie : un système imparfait mais le moins mauvais pour les femmes. Meilleur en tout cas que la prostitution.

Mindy relut le début de son article de la semaine et réfléchit à ce qu'elle allait dire après. Écrire un blog, c'était un peu comme aller chez le psy, songea-t-elle – cela vous forçait à analyser vos propres sentiments. C'était même mieux, parce qu'on se regardait le nombril devant un public de plusieurs milliers de gens alors que chez le psy, le public se réduisait à une personne, laquelle souvent somnolait en attendant que vous lui filiez son fric. « Cette semaine, je me suis rendu compte que j'avais passé au moins trente minutes à harceler mon mari. Et tout ça pour obtenir quoi ? Rien. » Levant les yeux, elle s'aperçut que son assistante était là.

« Vous avez un rendez-vous avec un certain Paul Rice ? » demanda la jeune femme. Voyant le visage surpris de Mindy, elle ajouta : « C'est bien ce que je pensais. Je vais demander aux gars de la sécurité de le faire sortir.

— Non, l'interrompit Mindy avec un peu trop d'empressement. Il habite dans mon immeuble. Faites-le monter. »

Elle remit ses chaussures, se leva, lissa sa jupe et réajusta son chemisier, sur lequel elle portait une veste en laine. Elle se demanda si elle n'allait pas ôter cette veste, qui n'était pas sexy, mais eut peur d'en faire trop. Puis elle se rendit compte que tout cela était ridicule. Paul Rice ne saurait même pas qu'elle avait porté la veste en question toute la journée. Elle l'enleva, puis s'assit derrière son bureau et fit bouffer ses cheveux. En fouillant dans le tiroir, elle dégota un vieux rouge à lèvres et maquilla hâtivement sa bouche.

Paul Rice apparut dans l'embrasure de la porte. Costume impeccablement taillé, chemise blanche immaculée. Son élégance sentait l'argent. Il ressemblait davantage à un Européen sophistiqué qu'à un mathématicien aux doigts tachés d'encre. Mais les mathématiciens n'avaient certainement plus les doigts sales maintenant. Ils faisaient leur boulot sur ordinateur, comme tout le monde.

Mindy se leva et, se penchant par-dessus son bureau, lui serra la main. « Bonjour, Paul, quelle surprise ! Asseyez-vous, dit-elle en désignant le petit fauteuil devant le bureau.

— Je n'ai pas beaucoup de temps », répondit Paul en faisant un grand geste du bras pour consulter ostensiblement sa montre, une grosse Rolex vintage en or. « Sept minutes pour être précis. Ce qui devrait laisser le temps à mon chauffeur de faire le tour du pâté de maisons.

— Pas à quatre heures et demie de l'après-midi. Ça

va lui prendre au moins quinze minutes avec les embouteillages. »

Paul Rice la dévisagea sans mot dire.

Mindy commença à se sentir un peu excitée. « Que puis-je faire pour vous ? » demanda-t-elle. Depuis qu'elle avait vu Paul lors de la réunion des copropriétaires, elle s'était peu à peu rendue compte qu'il lui faisait de l'effet. Elle le trouvait sexy. Elle avait toujours eu un faible pour les génies, et Paul Rice en était un, d'après la rumeur. En outre, il avait beaucoup d'argent. Et les hommes qui gagnaient beaucoup d'argent étaient toujours intéressants.

« J'ai besoin de ces climatiseurs, dit-il.

— Allons, allons, Paul », dit Mindy tout en se rendant compte qu'elle parlait comme une maîtresse d'école. Elle s'enfonça dans son siège et croisa les jambes. Et si elle se la jouait Mrs Robinson, femme mûre séduisant un petit jeunot ? « Je croyais vous avoir expliqué cela dans ma lettre, ajouta-t-elle en souriant. Le Numéro 1 est un immeuble historique. Nous n'avons pas le droit d'en modifier la façade ou la structure.

— Je ne vois pas le rapport, rétorqua Paul en plissant les yeux.

— Cela veut dire que vous ne pouvez pas installer des climatiseurs encastrés dans les murs. Personne n'en a le droit.

— Alors il faudra faire une exception.

— Impossible, c'est illégal.

— J'ai un équipement informatique qui vaut une fortune. J'ai besoin de maintenir l'appartement à une température bien précise.

— Laquelle ?

— 17,9 degrés.

— J'aimerais pouvoir faire quelque chose pour vous, Paul, mais c'est impossible.

— Votre prix sera le mien.

— Seriez-vous en train de me proposer un pot-de-vin ?

— Appelez ça comme vous voulez. Ces climatiseurs, il me les faut. Ainsi que l'emplacement de parking. Alors allons au plus simple. Dites un chiffre.

— Paul, dit Mindy lentement, ce n'est pas une question d'argent.

— Tout est une question d'argent. Tout n'est que chiffres.

— Dans votre monde, peut-être, mais pas au Numéro 1, répliqua-t-elle avec toute la condescendance dont elle était capable. Il s'agit de préserver un immeuble historique. Et ça, ça ne s'achète pas.

— J'ai payé cet appartement vingt millions de dollars. Mes climatiseurs, vous serez bien obligée de les accepter », déclara Paul, impassible. Il jeta un coup d'œil à sa montre et se leva.

« Jamais, répondit Mindy en se levant à son tour.

— Alors, c'est la guerre », dit Paul en reculant.

Mindy ne put réprimer un sursaut. Elle savait qu'elle aurait dû envoyer aux Rice la lettre officielle leur signifiant le rejet de leur demande au moment où ils présentaient leur projet de rénovation de l'appartement, mais elle avait voulu se réserver l'occasion de parler avec Paul quand elle le croiserait dans le hall. Hélas, visiblement ce n'était pas ainsi qu'ils allaient jouer cette partie. « Pardon ? dit-elle. Seriez-vous en train de me menacer ?

— Il n'est pas dans mes habitudes de menacer les gens, Mrs Gooch, répondit Paul froidement. Je ne fais qu'énoncer un fait. Si vous ne me laissez pas installer ces climatiseurs, ce sera la guerre. Et c'est moi qui gagnerai. »

10

« Regarde, dit Enid Merle à Philip le lendemain après-midi. Le premier épisode de la nouvelle série télé où joue Schiffer Diamond a obtenu deux points d'audience et quatre millions de téléspectateurs.

— Ce sont des bons chiffres ? demanda Philip.

— C'est le plus haut score jamais obtenu pour un premier épisode sur le câble.

— Vraiment, Nini, pourquoi accordes-tu de l'importance à ces choses-là ?

— Et toi, pourquoi tu n'y fais pas attention ? Quoi qu'il en soit, c'est un grand succès.

— Je sais, j'ai lu les critiques. » Les journaux faisaient assaut de compliments – SCHIFFER DIAMOND BRILLE DE TOUS FEUX. DIAMOND, STAR ÉTERNELLE.

« Schiffer est une star, reprit Enid. Elle l'a toujours été, et le sera toujours. » Posant son exemplaire de *Variety*, elle ajouta, « J'aurais tellement aimé...

— Non, Nini, l'interrompit Philip en voyant parfaitement où elle voulait en venir. Tu peux tirer un trait dessus.

— Mais Schiffer est tellement...

— Merveilleuse ? compléta-t-il avec une pointe de sarcasme dans la voix qui blessa Enid. Je sais que tu l'adores, mais vivre avec une actrice, c'est impossible, tu le sais bien.

— Vous êtes grands tous les deux, quand même. Et l'idée de te voir...

— Marié avec Lola ? » suggéra Philip. Il y avait des chances. Lola était folle de lui. « J'aimerais que tu fasses l'effort d'apprendre à la connaître. Ça compterait beaucoup pour moi.

— On verra ça. »

De retour chez lui, Philip trouva Lola blottie sur le divan en train de regarder la télévision. « T'étais où ? lui demanda-t-elle.

— Chez ma tante.

— Encore ? Tu l'as vue hier.

— Et alors ? Toi, tu appelles bien ta mère tous les jours ! rétorqua Philip, d'humeur agressive.

— Peut-être, mais c'est ma mère. »

Philip alla s'enfermer dans son bureau. Au bout de deux ou trois minutes, il se leva et ouvrit la porte.

« Lola, tu peux baisser le son, s'il te plaît ?

— Pourquoi ?

— Parce que j'essaie de travailler.

— Et alors ? dit-elle dans un bâillement.

— Je dois rendre cette nouvelle version dans quatre jours et si je n'ai pas fini, le tournage sera retardé.

— Je ne vois pas le problème. Tu es Philip Oakland, quand même. Ils peuvent attendre.

— Non. Tu sais ce que c'est, un contrat ? Ça veut dire que tu te comportes en adulte et que tu honores tes engagements. Ça veut dire qu'il y a des gens qui comptent sur toi.

— Alors au boulot ! Qu'est-ce qui t'empêche d'écrire ?

— Toi.

254

— Je regarde la télé, c'est tout.

— Justement. Je n'arrive pas à me concentrer avec ce boucan.

— Pourquoi faudrait-il que je renonce à faire ce que je veux pour que toi, tu puisses faire ce que tu veux ?

— Lola, je dois rendre ce scénario.

— Si tu n'en as pas envie, si ça ne te rend pas heureux, alors ne le fais pas.

— Je voudrais que tu éteignes la télé. Ou au moins que tu la baisses.

— Pourquoi tu t'en prends à moi ? »

Abandonnant la lutte, Philip ferma la porte. Puis l'ouvrit à nouveau. « Tu as du travail, toi aussi. Comment se fait-il que tu ne sois pas à la bibliothèque ?

— Parce que je viens de me faire faire les ongles – manucure et pédicure. » Elle lui présenta un pied et remua les orteils pour qu'il admire le résultat. « C'est joli, non ? » minauda-t-elle.

Philip retourna à son bureau. Le bruit de la télé continua au même volume. Il se prit la tête entre les mains. Comment en était-il arrivé là ? Elle s'était imposée chez lui, dans sa vie, dans sa tête. Sa salle de bains était encombrée de produits de maquillage. Lola ne rebouchait jamais le tube de dentifrice, n'achetait jamais de papier toilette. Quand il n'y en avait plus, elle utilisait des serviettes en papier et lui lançait des regards accusateurs, comme s'il n'était pas capable de lui assurer une vie confortable. Elle passait ses journées entières à se bichonner, à aller d'un rendez-vous chez le coiffeur à un massage, quand ce n'était pas un cours d'art martial donné par quelque obscur maître asiatique. Elle expliquait que tout cela était en préparation à un événement capital et pour l'heure indéfini qui viendrait inévitablement bouleverser sa vie et pour lequel elle devait se tenir prête. Comme pour une photo. Et avec tout ça, il n'arrivait pas à lui faire regagner ses pénates à elle.

« Tu pourrais retourner chez toi de temps en temps, se risquait-il à suggérer.

— Mais ton appart' est tellement plus chouette que le mien.

— Tu as un appartement beaucoup plus chouette que la plupart des gens de ton âge, soulignait-il alors. Il y en a plein qui vivent au fin fond de Brooklyn, ou du New Jersey, et qui sont obligés de prendre le ferry pour venir à Manhattan.

— Tu suggères quoi, au juste ? Que c'est ma faute ? Je suis censée me sentir responsable de leurs problèmes ? Je n'ai rien à voir avec leur vie. C'est absurde ! »

Il s'efforça de lui faire comprendre qu'on devait se sentir coupable devant les souffrances et les difficultés des autres parce que c'était ainsi que les gens bien réagissaient – cela s'appelait avoir une conscience. Mais quand elle l'avait poussé dans ses retranchements, il avait bien été obligé d'admettre que ce sentiment de culpabilité était un héritage de sa génération à lui, pas de celle de Lola. Elle était, lui expliqua-t-elle, une enfant du désir. Ses parents avaient décidé de l'avoir, contrairement aux générations précédentes, comme celle de sa mère à lui, qui n'avaient pas pu choisir et par conséquent rendaient leurs gamins coupables d'être venus au monde – comme si c'était la faute du gosse !

Parfois, Philip avait l'impression d'avoir affaire à quelqu'un d'une autre planète.

Il se leva et ouvrit de nouveau la porte. « Lola ! cria-t-il.

— Qu'est-ce qui te prend ? Je n'ai rien fait. Tu es de mauvais poil parce que tu n'arrives pas à écrire. Ne t'avise pas de me mettre ça sur le dos. Je ne me laisserai pas faire. » Et elle se leva.

« Tu vas où ? lui demanda-t-il.

— Je sors.

— Très bien. » Il ferma la porte. Mais à présent, il se sentait bel et bien coupable. Elle avait raison : elle n'avait rien fait de mal. Et il était de mauvais poil. Pourquoi ? Il l'ignorait.

Il ouvrit la porte. Elle était en train d'enfiler des ballerines.

« Ne te sens pas obligée de partir.

— Je m'en vais.

— Tu rentres quand ?

— Aucune idée. » Et elle sortit.

Dans l'ascenseur, elle jeta un coup d'œil à sa page Facebook. Il y avait un message de Thayer Core. Elle s'en doutait. Il lui en envoyait régulièrement, même si elle ne répondait que rarement. En lisant sa page Facebook il avait découvert qu'elle venait d'Atlanta et conclu, d'après les photos qu'elle avait mises sur le site, qu'elle aimait faire la bringue. « Salut, fille du Sud ! On sort ensemble ? – Pourquoi ? – Parce que t'es folle de moi, comme toutes les nanas. »

« IDTS », avait-elle répondu. Ce qui signifiait : *I don't think so*, je ne crois pas.

À présent le moment était peut-être venu de rappeler à Thayer Core sa proposition. La meilleure façon de se venger d'un mec était de le rendre jaloux – à cela près qu'elle n'était pas sûre que Philip puisse souffrir à cause de Thayer. Il n'empêche, Thayer était jeune, sexy, et c'était mieux que rien. Elle décida de lui envoyer un texto. « Tu fais quoi ce soir ? »

La réponse arriva presque immédiatement. « Je torture les riches. »

« On se retrouve quelque part ? » répondit-elle. Il lui envoya son adresse.

Il habitait dans l'East Village, à l'angle de l'Avenue C et de la 13e Rue, dans un petit immeuble en brique avec un restaurant chinois un peu crasseux en bas. Lola emprunta l'étroit ascenseur jusqu'au troisième étage. Le sol du couloir était revêtu de grandes dalles de lino marron. Une porte s'ouvrit au fond. Lola vit un homme aux cheveux hérissés et vêtu d'un marcel lui jeter un coup d'œil avant de rentrer chez lui. Une autre porte s'ouvrit. Un jeune homme au visage criblé d'acné passa la tête dans l'entrebâillement. « Vous venez voir Thayer ? lui demanda-t-il.

— Oui. Qu'est-ce qu'il me voulait, ce type ? fit Lola en désignant la porte voisine.

— Faites pas attention. C'est un drogué. Je suppose qu'il attend sa dose », dit le jeune homme d'un ton désinvolte, comme s'il était tout content de montrer qu'il était affranchi. « Je m'appelle Josh. Je suis le co-locataire de Thayer. »

L'appartement dépassait les pires craintes de Lola. Une planche posée sur deux cagettes en plastique faisait office de table. Dans un angle, elle aperçut, à moitié caché par une pile de vêtements, un futon avec des draps couleur aubergine. Le comptoir séparant la minuscule pièce à vivre de la cuisine était encombré d'emballages de pizzas ou de nourriture chinoise, de sachets de Doritos, de verres sales et de bouteilles de vodka. L'endroit sentait la chaussette sale, les émissions nocturnes et le shit.

« T'es la nouvelle copine de Thayer ? demanda Josh à Lola.

— Pas vraiment, non.

— Thayer est sur trois ou quatre nanas en ce

moment. Alors je m'y perds. Lui aussi d'ailleurs. » Josh donna un coup sur une mince porte en bois située au milieu d'une cloison en contreplaqué. « Thay ?

— Quoi ? répondit une voix.

— Thayer est un écrivain sérieux, expliqua Josh. Je parie qu'il est en train de bosser.

— Je m'en vais », dit Lola.

La porte s'ouvrit brusquement. Thayer Core apparut. Lola le trouva plus grand que dans son souvenir. Il faisait au moins 1 mètre 90 et portait un pantalon imprimé madras, des tongs et une chemise Lacoste déchirée. BC-BG décalé, décréta Lola.

« Salut, lui dit Thayer.

— Salut.

— J'étais en train d'expliquer que t'es écrivain. Un vrai écrivain, précisa Josh en se tournant vers Lola.

— Ce qui veut dire ?

— Qu'on me paye pour écrire de la merde, répondit Thayer avec un sourire en coin.

— Il est publié, ajouta Josh.

— Vous avez écrit un bouquin ? demanda Lola.

— Faut pas écouter les conneries de Josh.

— Il écrit pour Snarker, insista Josh fièrement.

— Ça suffit, Josh. Ta came, dit Thayer.

— J'en ai presque plus.

— M'en fous. Donne-la-moi. Je t'en filerai plus tard.

— Ça, c'est ce que tu m'as dit hier soir.

— Fiche-moi la paix avec ça. Je me suis tapé ce cocktail obscène chez Cartier – ils ne voulaient pas nous laisser entrer. Ensuite, une soirée d'artistes au Whitney Museum, et là non plus, ils ne voulaient pas nous laisser entrer. Après, le Box – cool, bourré de jeunes gars branchés – mais pas de shit, que de la coke. Allez, Josh, putain ! File-la-moi, ta came. »

Josh plongea la main dans sa poche et en tira un petit sachet qu'il tendit de mauvais gré à Thayer.

« Tu te trimbales avec ça sur toi ? T'es vraiment un bleu ! s'exclama Thayer.

— Je ne sais jamais quand j'en aurai besoin.

— Comme maintenant.

— Bon, j'y vais, répéta Lola.

— Allons donc, s'étonna Thayer, moi qui croyais que tu voulais sortir ! Tu connais un meilleur endroit que celui-ci ? Y a pas mieux. C'est le centre de l'univers. On va détruire Manhattan depuis ce trou à rats à trois mille dollars par mois.

— Joli programme ! » ironisa Lola.

Thayer lui tendit un joint. Elle prit une bouffée. Le shit, ce n'était pas son truc, mais comme il y en avait et qu'on lui en proposait, pourquoi pas ? En plus, Thayer suscitait en elle un agacement inhabituel. Il ne semblait pas comprendre qu'elle lui était supérieure.

« Et ton copain, il est où ? lui demanda-t-il.

— On est fâchés.

— Tu vois, Josh ? Tous les chemins mènent à moi. »

Le téléphone de Lola se mit à sonner. Voyant que c'était Philip, elle appuya sur la touche « Ignorer ».

« C'était qui ? demanda Thayer.

— Ça ne te concerne pas. »

Thayer tira sur le joint. « Je parie que c'était le fameux petit copain, dit-il à Josh. Un étudiant en médecine du Sud bien chiant, je suis sûr.

— Pas du tout, répliqua Lola d'une voix fière. C'est quelqu'un de célèbre.

— Ben dis donc, mon p'tit Josh ! T'entends ça ? Il est célèbre ! Notre princesse du Sud, il lui faut ce qu'il y a de mieux. Je le connais ?

— Bien sûr. C'est Philip Oakland, le romancier.

— Ce type-là ? Mais mon chou, c'est un vieux !

— Il a au moins quarante balais, dit Josh.

— C'est un homme, un vrai, rétorqua Lola.

— T'entends ça, Josh ? C'est un homme. Nous, non.

— En tout cas, toi, certainement pas, déclara Lola à Thayer.

— Alors je suis quoi ?

— Un petit con ? »

Thayer éclata de rire. « Je le suis devenu ici, quand j'ai commencé à bosser dans le milieu puant et corrompu des médias.

— Tu as ton livre, quand même, lui rappela Josh. Thayer va devenir un grand écrivain.

— J'en doute, décréta Lola.

— Je trouve ça cool, que tu aies choisi la promotion canapé, dit Thayer à Lola. Je ferais pareil si je pouvais. Mais personnellement, l'idée de me retrouver avec une bite dans le cul ne m'enchante guère.

— C'est la bite métaphorique qui compte, dit Josh.

— Et vous parlez de quoi avec Oakland ? demanda Thayer à Lola. Il est vieux.

— Tu parles avec les filles, toi ? s'étonna Josh. Je croyais que les filles, ça servait à autre chose.

— Qu'est-ce que tu en sais ? » lui lança Thayer en lui décochant un regard de dégoût.

La conversation se poursuivit quelque temps sur ce mode, puis des gens débarquèrent dans l'appartement. Il y avait une fille à la peau très pâle, avec les cheveux teints en noir et un nez retroussé comme un petit bulldog. « Argh ! Je déteste les reines de beauté ! hurlat-elle en voyant Lola.

— Ta gueule, Emily. Lola est cool », lui dit Thayer.

Plus tard dans la soirée, Thayer mit de la musique des années soixante-dix. Ils burent de la vodka et se mirent à danser comme des pantins désarticulés. Ensuite, arrivèrent deux types accompagnés d'une jeune femme, tous trois d'une beauté époustouflante. Thayer expliqua à Lola qu'il s'agissait des rejetons de riches New-Yorkais célèbres qui seraient prêts à les déshériter s'ils ne ressemblaient pas à des mannequins. La fille s'appelait Francesca. Elle avait de longues mains fines qui bougeaient lorsqu'elle parlait. « Toi, je t'ai vue quelque part, dit-elle à Lola. À cette projection avec Nicole Kidman.

— Ah oui ! répondit Lola en haussant la voix pour se faire entendre. J'étais avec mon petit ami, Philip Oakland.

— J'adore Nicole, fit Francesca dans un soupir.

— Tu la connais bien ?

— Je la connais depuis toujours. Elle est venue à ma fête pour mes trois ans. »

Francesca entraîna Lola dans la salle de bains, où elles retouchèrent leur maquillage. La pièce sentait les serviettes humides et le vomi. « T'as de la chance d'être avec Philip Oakland, dit Francesca. Tu l'as connu comment ?

— Je fais des recherches pour lui.

— Moi, je suis sortie avec un de mes profs quand j'avais seize ans. J'adore les hommes plus âgés.

— Moi aussi », répondit Lola en jetant un coup d'œil à Thayer et Josh, qui faisaient mine de boxer ensemble. C'en était assez. Elle avait fait souffrir Philip suffisamment longtemps. « Bon, il faut que j'y aille », dit-elle.

De retour au Numéro 1, elle trouva Philip dans la cuisine en train de se servir un verre de vin. « Mon chaton ! » s'exclama-t-il. Il posa le verre et l'enlaça. Puis, pour se réconcilier avec elle, il commença à la peloter et à poser la main sur sa poitrine. Elle se raidit et recula.

« Qu'est-ce qui ne va pas ? dit-il. J'ai essayé de t'appeler.

— J'étais occupée.

— Vraiment ? demanda-t-il, visiblement surpris qu'elle puisse avoir autre chose à faire. Tu étais où ?

— Oh, avec des potes. » Elle sortit un verre, se servit du vin puis, le verre à la main, gagna la chambre.

Il attendit quelques secondes avant de la suivre et de s'asseoir près d'elle.

« Chaton ? Tu fais quoi ?

— Je lis *Star*.

— Allez, arrête de bouder », dit-il en essayant de lui prendre le magazine.

Elle lui donna une claque sur la main tout en faisant semblant de lire une publicité pour des déguisements de Halloween.

« Je me demande bien en quoi je vais me déguiser, dit-elle. En Lindsay Lohan ou en Paris Hilton, mais alors toi, tu te déguiserais en quoi ? Ou alors, en maîtresse sado-maso, et toi, tu pourrais t'habiller en homme d'affaires, comme ce type qui habite le penthouse. Tu sais, celui que tu détestes.

— Paul Rice ? Ce salaud qui travaille pour un fonds spéculatif ? Lola, mon chaton, je ferais n'importe quoi pour toi, mais il est hors de question que je me déguise comme un gosse. »

Elle se leva, le regard furibond. « À Halloween, on se déguise, un point c'est tout. C'est la fête la plus importante de toute l'année.

— Tu sais quoi ? Tu peux te déguiser comme tu veux. On restera à la maison et on se fera notre petit Halloween à tous les deux.

« — Hors de question. Quel intérêt de se déguiser si personne ne nous voit ?

— Moi je te verrai. Je ne compte pas pour toi ?

— Je veux sortir. Il y a une fête au Bowery Hotel. C'est Thayer Core qui me l'a dit.

— Thayer Core ? Qui est-ce ?

— Un type qui travaille pour Snarker.

— Snarker ? »

Lola sauta du lit avec un soupir d'exaspération, jeta le magazine par terre et s'engouffra dans la salle de bains. « Pourquoi est-ce qu'on ne fait jamais ce que moi j'ai envie de faire ? Pourquoi est-ce qu'on sort toujours avec tes amis à toi ?

— Il se trouve que mes amis sont des gens intéressants, répliqua Philip. Mais il n'y a pas de problème. Si tu veux aller à cette fête d'Halloween, allons-y.

— Tu te déguiseras ?

— Non.

— Alors j'irai toute seule.

— À ta guise », répondit-il en sortant de la pièce. Qu'est-ce qui le prenait, de se laisser entraîner dans ce petit jeu-là ? Il était trop vieux pour ça. Il décrocha le téléphone et composa le numéro du metteur en scène des *Demoiselles d'honneur* – qui par chance était à la maison – et se mit à discuter du film avec lui.

Quelques minutes plus tard, Lola entra dans son bureau et se planta devant lui, les bras croisés. Philip lui jeta un coup d'œil, puis détourna le regard et se replongea dans sa discussion. Lola retourna dans le salon en fulminant. Comment obtenir de lui ce qu'elle voulait ? C'est alors qu'elle se rappela le cahier photo de *Vogue* où il posait avec Schiffer Diamond. Elle sortit le magazine de l'étagère et le posa sur la petite table en faisant le plus de bruit possible.

Comme elle s'y attendait, Philip sortit de son bureau. Il la regarda, vit ce qu'elle était en train de lire et se raidit. « Qu'est-ce que tu fais ?

— Ça ne se voit pas ?

— Tu l'as trouvé où, ce magazine ?

— Sur ton étagère, répondit-elle d'une voix ingénue.

— Remets-le où tu l'as trouvé.

— Pourquoi ?

— Parce que.

— Tu te prends pour qui ? Pour mon père ? » lança-t-elle, ravie de susciter chez lui une telle réaction.

Il lui arracha le magazine des mains. « Trop, c'est trop ! dit-il.

— Ah ! T'as honte ?

— Pas du tout.

— Ça va, j'ai compris ! hurla-t-elle. Tu l'aimes toujours ! » Elle courut se réfugier dans la chambre et se mit à donner des coups de poings dans un oreiller.

« Lola, arrête !

— Comment peux-tu m'aimer alors que tu es toujours amoureux d'elle ! glapit Lola.

— C'était il y a longtemps. Et je n'ai jamais dit que je t'aimais, Lola », répondit-il d'un ton ferme, avant de se rendre compte de son erreur.

« Alors tu ne m'aimes pas ? demanda-t-elle, d'un ton presque scandalisé.

— Je n'ai pas dit que je ne t'aimais pas. Mais on ne se connaît que depuis deux mois.

— Plus de deux mois. Dix semaines, au moins.

— Bon, dix semaines. Et alors, quelle différence ?

— Et elle, tu l'aimais ?

— Allons, mon chaton, ne sois pas bête. » Il s'approcha d'elle. Elle essaya de le repousser – sans grande conviction, remarqua Philip. « Écoute, poursuivit-il, j'ai beaucoup d'affection pour toi, mais il est trop tôt pour dire "je t'aime".

— Alors je m'en vais, annonça-t-elle en croisant les bras.

— Lola, qu'est-ce que tu attends de moi ?

— Je veux que tu sois amoureux de moi. Et je veux aller à la fête d'Halloween. »

Il poussa un gros soupir. « Si tu tiens à y aller, nous irons », dit-il, soulagé de passer à un autre sujet que ses sentiments pour elle.

Visiblement calmée par ses paroles, elle passa les mains sous la ceinture de son jean. Puis elle ouvrit sa braguette. Incapable de la moindre résistance, il posa la main sur ses cheveux tandis qu'elle s'agenouillait devant lui. Au bout de quelques instants, elle sortit sa queue de sa bouche et lui demanda, les yeux levés vers lui, « Tu te déguiseras ?

— Mmm ?

— Pour Halloween, tu te déguiseras ?

— Bien sûr », répondit-il en fermant les paupières. Si en échange elle lui taillait des pipes, pourquoi pas ?

La semaine précédant Halloween, la ville fut frappée par une vague de froid. La température passa sous la barre du zéro, ce qui fit dire à certains que le réchauffement climatique n'était peut-être pas si grave que cela. Quant à Thayer Core, le mauvais temps le mit simplement de mauvais poil. Il allait passer son troisième hiver à New York sans manteau. Le fait de n'être pas équipé pour ces températures lui faisait haïr le froid, mais aussi tous ces hommes d'affaires avec leurs longs manteaux en cachemire, leurs écharpes en cachemire et leurs chaussures en cuir à semelles bien épaisses. Il détestait tout de l'hiver : les immenses plaques de neige à moitié fondue dans les rues et les flaques d'eau sale dans le métro, et surtout ce ridicule blouson de ski en acrylique qui lui donnait l'air d'un bibendum et qu'il se voyait contraint de porter quand la température tombait en dessous de 5 degrés. C'était sa mère qui le lui avait offert pour son anniversaire l'année où il était arrivé à New York. Elle était tellement fière de ce cadeau que ses yeux bruns d'habitude si ternes avaient eu un éclat qu'il avait trouvé blessant, parce qu'elle faisait pitié, et irritant, parce qu'il était son fils. Mais elle l'aimait, quoi qu'il fasse. Elle l'aimait sans avoir la moindre idée de qui il était ni de ce qu'il pensait vraiment. La certitude qu'elle avait de lui faire plaisir avec un cadeau pratique agaçait Thayer et lui donnait envie de noyer sa colère dans l'alcool ou la drogue. Pourtant, dès que l'hiver arrivait, il lui fallait bien mettre le blouson. Il n'avait rien d'autre.

Au beau milieu de la semaine, en pleine journée, à un moment où, Thayer en était sûr, la majorité de la population américaine était au bureau en train de s'ennuyer ferme et de perdre son temps, il prit le métro et descendit à la 51ᵉ Rue. De là, il marcha jusqu'à l'hôtel Four Seasons où, sous prétexte de faire un reportage sur la façon dont les riches occupaient leur temps libre, il pourrait se gorger de caviar et boire du champagne à gogo.

C'était la troisième fois qu'il allait à ce genre de repas, organisé, d'après ce qu'il avait compris, une fois par mois, dans le but de promouvoir un film (du cinéma indépendant souvent plein de bonnes intentions et généralement chiant). Les invités étaient censés parler du film, comme dans ces cercles de lecture pour dames entre deux âges auxquels sa mère appartenait. Mais en réalité, ils passaient le déjeuner à s'extasier les uns sur les autres en roucoulant, ce que Thayer trouvait particulièrement exaspérant. Pour lui, c'était des vieux schnoques terrifiants qui avaient faux sur toute la ligne. Il était néanmoins parvenu à se faire inviter chaque semaine en s'abstenant de commenter l'événement sur Snarker. Mais il faudrait bien qu'il le fasse un jour ou l'autre. En attendant, il comptait profiter de son déjeuner gratuit.

Thayer était toujours l'un des premiers à arriver, afin de pouvoir conserver son anonymat. Il ôta son blouson et était en train de le donner au type du vestiaire quand il vit Billy Litchfield s'approcher derrière lui, ce qui le mit de fort méchante humeur. Billy était ce que l'on devenait quand on était resté trop longtemps à New York. Que faisait-il d'utile, à part aller de fêtes en galas ? Il vivait sur le dos des riches. Il ne s'ennuyait donc jamais ? Thayer allait à ces fêtes depuis deux ans seulement, et il trouvait déjà ça chiant à mourir. S'il ne faisait pas gaffe, d'ici quelque temps, il serait devenu comme Billy Litchfield.

Pour couronner le tout, Billy avait vu son blouson.

« Bonjour, jeune homme, lui dit-il d'un ton plaisant.

— Bonjour », marmonna Thayer, certain que Billy ne se souvenait pas de son nom. Il tendit la main pour forcer Billy à la lui serrer.

« Je m'appelle Thayer Core. Vous me remettez ?

— Oh, mais je sais parfaitement qui vous êtes, répondit Billy.

— Alors tant mieux. » Avec à peine un regard en direction de Billy, Thayer monta les escaliers en bondissant, ne serait-ce que pour se prouver à lui-même – et à Billy – qu'il était jeune et plein d'énergie. Puis il prit sa position habituelle au bar, position qui lui permettait d'observer et d'écouter jusqu'au début du repas sans que personne ne prête attention à lui.

Billy laissa son manteau au vestiaire en regrettant

d'avoir serré la main de Thayer, qui d'ailleurs semblait s'être volatilisé. Thayer Core écrivait pour l'un de ces sites haineux apparus au cours des dernières années et dont la violence et l'acharnement étaient inconnus jusque-là dans les milieux civilisés de New York. Ce que ces blogueurs écrivaient n'avait aucun sens pour Billy, pas plus que les commentaires des lecteurs. Rien de ce qu'on y trouvait ne semblait avoir été écrit par des êtres humains, du moins tels qu'il se les représentait. C'était le problème avec Internet : plus le monde s'ouvrait, plus les gens devenaient désagréables.

Il avait commencé à prendre des pilules – du bon vieux Prozac – pour cette raison entre autres. « Ça existe depuis vingt-cinq ans. On en donne aux bébés, lui avait dit le psy. Vous êtes atteint d'anhédonisme. D'incapacité à trouver du plaisir aux choses.

— Il ne s'agit pas d'inaptitude au plaisir, protesta Billy, mais plutôt d'un sentiment d'horreur face au monde. »

Le cabinet du psy se trouvait sur la 11e Rue, dans une petite maison de ville. « Nous nous sommes déjà vus, avait dit le psy la première fois que Billy était venu consulter.

— Vraiment ? avait répondu Billy en priant pour que son psy et lui n'aient aucune relation en commun.

— Vous connaissez ma mère.

— Votre mère ? s'étonna Billy d'une voix froide, tout en se sentant légèrement soulagé par l'information.

— Cee Cee Lightfoot, ça vous dit quelque chose ?

— Ah oui ! Cee Cee ! » Il la connaissait bien, en effet. Elle avait été la muse d'un célèbre créateur de mode mort du Sida, à l'époque où les créateurs de mode avaient des muses. Comme il la regrettait, cette époque-là !

« Et qu'est-elle devenue ? Votre mère ?

— Oh, toujours bon pied bon œil, dit le psy avec un mélange de désespoir et d'amusement. Elle possède un petit appartement ici et une maison dans les Berkshires, où elle passe la majeure partie de son temps.

— Et que fait-elle ?

— Elle est restée très active. Elle fait partie d'une association. Elle sauve des chevaux de l'abattoir.

— Merveilleux !

— Et vous, comment allez-vous ?

— Pas très fort.

— Alors, vous avez frappé à la bonne porte. Vous allez voir, avec nous, vous allez retrouver le moral en un rien de temps. »

Effectivement, les pilules étaient efficaces. Elles ne résolvaient pas vos problèmes, ne les faisaient pas disparaître. Mais avec elles, tout vous devenait indifférent.

Billy alla s'asseoir au bar et commanda un verre d'eau. Il regarda Thayer et se sentit empli de pitié pour le jeune homme. Quel affreux gagne-pain il avait ! Comme il devait se détester ! Il ne se trouvait qu'à un mètre de Billy, mais était séparé de lui par un véritable océan – trente ans d'expérience – comme deux continents incapables de comprendre leurs coutumes et leurs mœurs respectives. Mais peu importait, décréta Billy. Son verre d'eau à la main, il décida d'aller à la pêche aux tuyaux et se fondit dans la foule.

Trente minutes plus tard, le déjeuner battait son plein. « Oh, j'adore votre série télé ! » dit d'une voix perçante une femme vêtue d'un tailleur orné de perles en se penchant vers Schiffer.

Schiffer regarda Billy, pris en sandwich entre elles deux, et lui fit un clin d'œil. « Tiens tiens ! Je croyais que personne ne devait parler de cette série. On me l'avait promis. »

Depuis la diffusion de *Lady Superior* sur Showtime trois semaines auparavant, Schiffer avait été invitée partout et avait décidé de profiter des amusements offerts par cette petite cour de récréation qu'était la bonne société new-yorkaise. Jusqu'à présent, elle comptait parmi ses conquêtes masculines un célèbre milliardaire, lequel s'était montré plus intelligent et agréable qu'elle ne s'y attendait mais, au terme d'un dîner de trois heures, lui avait dit qu'ils n'étaient pas faits l'un pour l'autre et devraient passer à autre chose. Puis un metteur en scène qui se cherchait désespérément une troisième épouse. Enfin, aujourd'hui, elle avait pour voisin de table Derek Brumminger, un homme âgé de soixante-trois ans au visage rude marqué par la vie (et l'acné), licencié de son poste de P-DG d'un grand groupe de médias avec une indemnité de quatre-vingt millions de dollars. Il rentrait tout juste d'un voyage autour du monde d'un an qu'il avait entrepris afin de se trouver – ce en quoi il avait échoué. « Je me suis rendu compte que je n'étais pas prêt à me retirer des affaires, expliqua-t-il à Schiffer. Alors je suis revenu. Et vous ?

— Moi non plus je ne suis pas prête à quitter la scène. »

À la table voisine, Annalisa Rice s'était retrouvée à côté de Thayer Core.

« Ça doit être intéressant, de tenir un blog, dit-elle.

— Vous avez déjà essayé ?

— Il m'est arrivé d'envoyer des mails.

— Tenir un blog, tout le monde peut le faire. D'ailleurs, personne ne s'en prive, répondit Thayer d'une voix où se mêlaient hargne et dédain.

— Je suis certaine que ce n'est pas vrai.

— Je vous assure. Ça n'est pas un très joli métier.

— Être avocat, ce n'est pas forcément mieux, dit-elle en plaisantant.

— Je veux bien vous croire. Au début, je voulais devenir écrivain. Et vous ?

— J'ai toujours voulu être avocate. Je suppose que c'est le genre de métier qui vous colle à la peau. Par contre aujourd'hui, je suis allée voir une œuvre d'art – tout le monde en parlait. En fait, il s'agit d'une paire de tennis avec un dinosaure en plastique, le tout collé sur une couverture pour bébé. Ça vaut un demi-million de dollars.

— Et ça ne vous fout pas en rogne ? Moi, si. On vit dans un monde de gougnafiers.

— Je suppose que la couverture de bébé de l'un peut être l'œuvre d'art de l'autre, dit Annalisa en lui souriant.

— Pas très original, répondit-il en finissant sa troisième flûte de champagne.

— Oh, je n'essaie pas d'être originale, dit-elle avec sincérité. Cette pièce est remplie de personnes originales. J'en suis encore à essayer de comprendre New York. »

Annalisa était décidément l'une des personnes les plus honnêtes qu'il ait rencontrées depuis un bon bout de temps, songea Thayer. « Si vous étiez une émoticône, que seriez-vous ? Un smiley ? lui demanda-t-il.

— Je serais un K avec un point virgule, c'est-à-dire la perplexité.

— Cette couverture pour bébé à un demi-million de dollars, j'espère que vous ne l'avez pas achetée.

— Non, mais mon mari est en train d'installer un aquarium géant chez nous.

— Vous habitez où ? demanda Thayer d'un ton détaché.

— Sur la Cinquième Avenue, au Numéro 1. »

C'était donc ça ! Annalisa Rice était l'une des moitiés du couple qui avait acheté l'appartement de Mrs Houghton, et son mari, Paul Rice, ce salaud de trente-deux ans seulement qui travaillait pour un fonds spéculatif et gagnait déjà des millions. L'achat avait été signalé dans la rubrique Immobilier du *New York Observer.*

Le déjeuner terminé, Thayer Core rentra chez lui. Il trouva son appartement particulièrement déprimant après l'élégance immaculée du Four Seasons. Les fenêtres étaient fermées. De la vapeur sortait en sifflant du vieux radiateur. Josh dormait bouche ouverte sur la pile de vêtements qu'il appelait son lit en respirant avec difficulté à cause de l'air sec et malsain.

Qui donc Thayer pensait-il tromper ? Josh était un loser – il ne réussirait jamais dans cette ville. C'étaient les trous du cul qui ramassaient le paquet, les types comme ce Paul Rice qui admirait ses poissons rouges dans son immense appartement de la Cinquième Avenue pendant que sa charmante épouse, que de toute évidence il ne méritait pas, se tapait des prétendues œuvres d'art en compagnie de ce lèche-bottes de Billy Litchfield. Moralement indigné, Thayer entra dans sa chambre et s'installa devant son ordinateur, prêt à pondre un article cinglant sur les Rice, les Litchfield et le déjeuner au Four Seasons. D'ordinaire, sa colère lui inspirait des diatribes virulentes d'au moins cinq cents mots. Mais aujourd'hui, elle tomba brusquement et laissa place à une prudence rare chez lui. Il revit le visage d'Annalisa qui lui souriait, apparemment charmée et complètement ignorante de ses réelles intentions. Oui, il « détestait » ces gens-là. Pourtant, n'était-il pas venu à New York pour devenir l'un d'eux ?

Tu es le nouveau Francis Scott Fitzgerald, se rappelat-il. Un jour, tu écriras le Grand Roman Américain et ils s'inclineront tous devant ton génie. En attendant, Annalisa Rice serait sa Daisy Buchanan.

« De temps en temps, il arrive que l'on rencontre une créature de l'espèce féminine dont le naturel et le charme suffisent à vous convaincre de rester dans ce lieu de perdition qu'on appelle New York », commença-t-il à écrire.

Deux heures plus tard, son article apparut sur Snarker, lui rapportant vingt dollars. Installée dans son bureau aseptisé du centre de Manhattan, Mindy Gooch était elle aussi en train d'écrire son blog. « À la naissance de mon fils, je me suis rendue compte que je n'étais pas Superwoman, même sur le plan affectif. Brusquement, je me suis retrouvée débordée. Tous mes sentiments étaient monopolisés par mon bébé. J'ai compris qu'ils n'étaient pas inépuisables, et que mon fils me vidait. Il ne me restait plus rien pour mon mari. Je savais que j'aurais dû culpabiliser. Et je culpabilisais. Mais pas pour les bonnes raisons. Je culpabilisais parce que je nageais dans le bonheur. »

Elle envoya le fichier à sa secrétaire, puis se mit à consulter ses blogs préférés : The Huffington Post, Slate, The Green Thumb (un blog sur le jardinage tout ce qu'il y avait de plus confidentiel qu'elle trouvait apaisant). Enfin, s'armant de courage, elle alla sur le plus choquant et avilissant de tous, Snarker.

Chaque semaine, Snarker se moquait d'elle dans une rubrique intitulée « Au secours, Môman fait sa crise de la quarantaine ! » Lire des commentaires haineux sur soi-même, cela n'avait rien de très sain, mais Mindy était accro. Ce blog alimentait ses démons intérieurs – son manque d'assurance et sa haine de soi. Elle se disait parfois que c'était une forme d'automutilation, quelque chose qu'elle faisait pour se donner des sensations. Et la sensation d'être une merde, c'était mieux qu'aucune sensation du tout.

Pourtant aujourd'hui, il n'y avait rien sur elle. Mindy en fut soulagée – et quelque peu déçue. Elle passerait une soirée un peu plus ennuyeuse avec James parce qu'elle n'aurait personne contre qui se répandre en injures. Mais au moment où elle s'apprêtait à quitter le site, un article apparut. Mindy lut la première phrase. Il n'était question que d'Annalisa Rice et de Paul Rice et de l'aquarium de ce dernier. Précisément le genre de chose qu'elle ne voulait pour rien au monde. Moins on faisait de pub au Numéro 1, mieux c'était.

Tôt le lendemain matin, Mindy se posta derrière sa porte, l'œil collé au judas, avec la ferme intention d'en découdre avec Paul Rice quand il passerait dans le hall pour aller travailler. Skippy, l'épagneul nain, était à ses pieds. À cause peut-être de l'ambiance dans laquelle il vivait plus que par sa nature même, Skippy avait développé des tendances hargneuses. Il pouvait être tout à fait mignon pendant plusieurs heures, puis attaquer sans prévenir.

À sept heures précises, Paul Rice sortit de l'ascenseur. Mindy ouvrit sa porte. « Excusez-moi », dit-elle. Paul se retourna. « Oui ? » À cet instant précis, Skippy se glissa par l'entrebâillement, montra les dents, puis les planta dans la jambe de pantalon de Paul. Paul pâlit. « Dites à votre chien de me lâcher ! » hurla-t-il en sautillant sur une jambe et en secouant l'autre pour tenter de se débarrasser de Skippy. Mindy laissa quelques secondes passer, puis s'avança et prit Skippy dans les bras. « Je pourrais vous faire un procès », menaça Paul. « Les chiens sont tout à fait autorisés dans cet immeuble, répliqua Mindy en montrant les dents à son tour. Par contre, les poissons, je n'en suis pas sûre. Vous avez l'air surpris ? Figurez-vous que je suis au courant pour votre aquarium. Tout se sait dans cet immeuble. » Sur ce, elle referma sa porte et embrassa Skippy sur la tête. « Bon chien », lui dit-elle en roucoulant. À partir de ce jour-là, un petit rituel quotidien fut établi.

Finalement, la fête d'Halloween à laquelle Lola tenait tellement à aller avec Philip n'avait pas lieu au Bowery Hotel, mais dans un bâtiment abandonné juste à côté. Lola s'était déguisée en girl, avec un soutien-gorge et un slip à paillettes, des bas résille et des talons hauts. L'effet était comparable à celui de ces filles qui posent en couverture des magazines masculins. « Tu es bien sûre de vouloir sortir dans cette tenue ? lui demanda Philip.

— Oui, pourquoi ?

— Parce que tu es pratiquement nue.

— Pas plus que quand je vais à la plage, rétorqua-t-elle en enroulant un boa autour de son cou. Ça va mieux comme ça ? »

Pour rester dans le ton, Philip s'était déguisé en maquereau – costume rayé, lunettes de soleil à monture blanche, toque en fourrure. Sur la 8e Rue, Lola avait acheté un collier avec de faux diamants au bout duquel pendait un crâne incrusté de mini strass.

« C'est drôle, non ? » lui demanda Lola. Les rues grouillaient de fêtards aux déguisements variés. En effet, songea Philip en prenant la main de Lola, c'était drôle. Il ne s'était pas laissé aller à ce genre d'amusement depuis des années. Que lui était-il arrivé ? Quand donc était-il devenu un monsieur sérieux ?

« Tu vas adorer Thayer Core », dit Lola en le tirant par la main pour qu'il hâte le pas.

Philip allait demander qui c'était, mais en voyant l'expression irritée de Lola, il se reprit. « Ah oui, je me souviens, c'est ce jeune imprésario qui voudrait devenir écrivain.

— Pas qui voudrait, qui est écrivain, corrigea Lola. Il écrit tous les jours pour Snarker. »

Philip sourit. Lola semblait incapable de distinguer un écrivain d'un pisse-copie, un auteur reconnu d'un débutant. Dans son esprit, un blogueur faisait le même métier qu'un romancier et une star de reality show n'était rien moins qu'une actrice. C'était une question de génération, se dit-il. Ces jeunes gens avaient grandi dans une culture obsédée par la démocratie où tout le monde était pareil et chacun pouvait gagner.

Une foule immense était rassemblée devant un immeuble délabré. Philip s'accrocha à la main de Lola et suivit le mouvement. À l'entrée se trouvaient deux types avec des piercings au visage, un travesti en perruque rose et Thayer Core en personne, une cigarette au bec. « C'est une *destructor party*, dit-il en serrant la main de Philip. Le bâtiment doit être démoli demain matin. Alors on va essayer de le casser avant que la police débarque. »

Philip et Lola entrèrent et montèrent un escalier en bois. Une seule ampoule éclairait la pièce étouffante à l'atmosphère épaissie par la fumée. On entendait quelqu'un vomir quelque part et à l'étage supérieur, deux haut-parleurs installés sur les appuis de fenêtre crachaient une musique au rythme saccadé. La salle était bondée. « C'est quoi, l'idée ? demanda Philip à Lola.

— L'idée ? Il n'y a pas d'idée justement. C'est génial, non ? »

Ils se frayèrent un chemin jusqu'à une sorte de bar où on leur servit dans des verres en plastique de la vodka mélangée à du jus d'airelles – sans glace.

« Quand est-ce qu'on pourra s'échapper ? demanda Philip en hurlant pour couvrir la musique.

— Tu veux déjà partir ? » s'étonna Lola.

Philip regarda autour de lui. Il ne connaissait personne ici. Tous ces gens étaient si jeunes, avec leurs visages lisses et leurs façons de se pavaner ou de s'interpeller en criant. Et cette musique à plein volume, lourdement rythmée mais dépourvue de toute mélodie. Pourtant, tous dansaient, ondulaient des hanches sans bouger le buste. Non, il ne pouvait pas.

« Lola, hurla-t-il dans l'oreille de la jeune femme, je rentre.

— Non ! hurla-t-elle.

— Tu peux rester. Amuse-toi bien. Je te retrouve à la maison dans une heure. »

Il rentra à pied au Numéro 1, soulagé mais perplexe. Pour lui, il n'y avait rien de pire que de se retrouver coincé dans ce genre de pièce crasseuse, bondée et étouffante. Comment pouvait-on trouver ça drôle ? Pourtant, il était allé à ce genre de fête quand il était jeune, et là, on s'amusait vraiment. Il se rappelait les chasses au trésor en limousine, les interminables soirées dans des clubs minuscules saturés de fumée de cigarette ou des immenses salles où chaque fête était consacrée à un thème différent. Par exemple, il y avait un club dans une ancienne église où on dansait sur l'autel, et un autre avec un tunnel de métro désaffecté où les gens allaient se droguer. Manhattan à l'époque était un gigantesque terrain de jeux avec tout le temps de la musique, tout le temps une bringue quelque part. Un soir, en août, Schiffer et lui s'étaient incrustés dans une fête pour travestis sur un quai des bords de l'Hudson. Plusieurs personnes étaient tombées à l'eau et avaient dû être repêchées par les pompiers. Qu'est-ce qu'ils avaient ri,

Schiffer et lui ! Ri aux larmes ! « Hé, mon p'tit, avait-elle dit entre deux hoquets, et si on passait notre vie comme ça ? À faire la bringue vingt-quatre heures sur vingt-quatre sans jamais travailler ? Ça serait chic, non ? Et quand on en aurait assez, on irait s'installer dans une vieille ferme dans le Vermont. »

Qu'était devenue cette heureuse époque ? En entrant dans son immeuble, il aperçut son reflet dans la glace près des ascenseurs. Il ressemblait à un pauvre imbécile qui voulait se faire croire qu'il était resté jeune. Quand était-il devenu vieux ?

« Philip Oakland, est-ce bien vous ? » Une voix suivie de ce rire en cascade qu'il connaissait si bien le tira de ses pensées.

Il se retourna. Schiffer Diamond se tenait dans le hall, sa main plaquant un scénario contre sa poitrine. De toute évidence elle venait de quitter le plateau toute maquillée et coiffée. Elle était vêtue d'un jean, de bottes à longs poils et d'un blouson orange vif et portait une écharpe en cachemire blanc autour du cou. Il la trouva belle. Son expression moqueuse et amusée lui rappela leur première rencontre. Pourquoi donc ne semblait-elle pas avoir vieilli, alors que lui-même portait les marques évidentes du passage du temps ? « Mais oui, lui dit-elle, c'est bien toi, mon p'tit ! Mais c'est quoi, cette tenue ?

— C'est pour Halloween.

— Oui, je m'en doute, mais tu es censé être déguisé en quoi ?

— En rien », répondit-il, gêné et agacé. Puis il appela l'ascenseur.

Les portes s'ouvrirent. Ils entrèrent dans la cabine. « J'aime bien le chapeau, dit-elle en l'examinant de pied en cap. Mais tu n'as jamais su te déguiser. » Ils étaient arrivés à son étage. Elle inspecta une dernière fois son accoutrement, prit un air désolé et sortit. Voilà, elle le laissait de nouveau planté là, songea-t-il.

Lola passa la soirée avec Thayer Core et perdit la notion du temps. Apparemment, Thayer connaissait tout le monde. Il n'arrêtait pas de lui présenter des gens. Elle s'installa sur ses genoux. « Tu sens comme je bande ? » lui demanda-t-il.

Francesca arriva. Elle emmena Lola fumer du shit sur les marches de l'escalier. Ensuite, elles rencontrèrent quelqu'un qui avait une bouteille de vodka. Puis l'un des haut-parleurs tomba de la fenêtre. La nuit paraissait ne devoir jamais finir.

Enfin, à trois heures du matin, la pièce fut illuminée par les phares de plusieurs voitures de police. Les flics débarquèrent, équipés de lampes torches. Lola dévala les escaliers et remonta la Troisième Avenue en courant. Arrivée au niveau de la 5e Rue, elle s'arrêta et se rendit compte qu'elle était seule, dehors, en pleine nuit. Il faisait froid. Ses pieds lui faisaient mal et sa bouche était sèche. Et elle ne savait pas quoi faire.

Elle se mit à marcher, les bras serrés contre la poitrine pour se réchauffer. Il y avait du monde dans les rues, et une quantité de taxis. Le fait de se balader dehors en petite culotte et soutien-gorge lui parut soudain très drôle. « J'adore ton cul », lui avait dit Thayer Core à plusieurs reprises. Si elle n'était pas avec Philip Oakland, elle pourrait essayer de mettre le grappin sur Thayer. Mais ce genre de vie lui bousillerait le moral. Elle deviendrait dingue dans son appartement minable, avec cet affreux Josh sur le dos. C'était comme cela que les choses se passaient pour la plupart des filles. Si elles avaient la chance de dégoter un type qui s'intéressait à elles, alors il vivait dans un appartement affreux. Jamais elle ne pourrait rester à New York dans ces conditions. Pour reprendre l'expression de sa mère, « Ce n'est pas une vie. C'est de la survie. »

Elle arriva enfin sur la Cinquième Avenue. Le trottoir était désert, jaune et sinistre sous la lumière des lampadaires. Elle n'était jamais rentrée aussi tard. La porte de l'immeuble était fermée à clé. Prise de panique, elle cogna violemment dessus et réveilla le portier, qui dormait sur une chaise. Comme il ne la connaissait pas, il voulut absolument appeler Philip par l'interphone pour vérifier. Quand elle arriva enfin à l'étage, Philip se tenait dans le couloir, vêtu d'un caleçon et d'un tee-shirt Rolling Stones.

« Bon Dieu, Lola, il est trois heures du matin !

— Si tu savais comme je me suis amusée ! répondit-elle en gloussant.

— Je vois ça.

— J'ai essayé de t'appeler, protesta-t-elle avec un regard innocent. Mais tu ne répondais pas.

— Vraiment ?

— Ce n'est pas ma faute. C'est ce qui arrive quand on ne répond pas au téléphone.

— Bonne nuit, lança Philip avec froideur, avant de regagner la chambre.

— Comme tu voudras. » Furieuse, Lola alla dans la cuisine. Ce n'était pas l'accueil auquel elle s'attendait. Elle entra dans la chambre avec la ferme intention d'en découdre avec Philip. « Bon d'accord, je me suis amusée. Et alors ? C'est grave ?

— Couche-toi. Ou bien retourne chez toi. »

Elle décida alors de changer de tactique. Elle glissa

sa main sous les couvertures et la posa sur son pénis. « Et toi ? Tu ne veux pas t'amuser ? »

Il la força à retirer sa main. « Couche-toi. S'il te plaît. Et si tu n'arrives pas à dormir, installe-toi sur le divan. »

Le regard furibond, Lola retira ses vêtements et s'allongea à côté de Philip, qui avait les yeux clos. Puis elle roula sur le côté. Lui donna un coup de pied sans le faire exprès.

Il se redressa. « Je ne plaisante pas. Si tu n'arrives pas à dormir, va te mettre sur le divan.

— C'est quoi, ton problème ?

— J'ai besoin de dormir. J'ai une grosse journée qui m'attend demain.

— Relax ! Je vais prendre un somnifère.

— C'est toujours la même solution, n'est-ce pas ? Un somnifère.

— C'est toi, le somnifère », rétorqua-t-elle.

Elle ne parvint pas à s'endormir tout de suite et resta allongée dans le noir à ruminer sa colère contre Philip. Qu'est-ce qu'il était barbant ! Vraiment, elle ferait mieux de rompre et de se mettre avec Thayer ! C'est alors qu'elle repensa à l'appartement de Thayer, à ses moyens financiers limités et au fait qu'il était dans le fond un petit con. Si elle rompait avec Philip, elle se retrouverait au même point que lorsqu'elle avait entrepris la conquête de New York. Elle vivrait dans ce minuscule appartement de la 11e Rue et irait à des *destructor parties* tous les soirs. Finis, les premières au cinéma, les dîners au Waverley Inn et toutes ces occasions de fréquenter les célébrités. Il fallait qu'elle reste encore quelque temps avec Philip. Jusqu'à ce qu'il l'épouse ou que quelque chose se produise et qu'elle devienne célèbre toute seule.

Le lendemain matin, Philip la salua d'un distant

« Bonjour ». Lola avait l'impression d'avoir une boule de bowling à la place de la tête. Mais pour une fois, elle ne se plaignit pas – elle devait brosser Philip dans le sens du poil. Elle se leva péniblement et alla dans la salle de bains, où il était en train de se raser. Elle s'assit sur le siège des toilettes, les bras entre les jambes, et le regarda à travers le rideau emmêlé de ses cheveux. « Ne sois pas fâché, dit-elle. Je ne savais pas que ça te contrarierait autant. »

Philip posa son rasoir. La veille, après cette rencontre fortuite et ô combien gênante avec Schiffer, il s'était mis au lit et avait attendu Lola en se demandant comment il s'était fourré dans une pareille situation. Peut-être Nini avait-elle raison : il était trop vieux pour sortir avec une fille de vingt-deux ans. Mais alors, il était censé faire quoi ? Schiffer Diamond était obsédée par sa carrière et n'avait aucunement besoin de lui. Il pouvait sans doute se dégoter une gentille femme accomplie du même âge que lui, comme Sondra, ce qui voulait dire renoncer à toute vie sexuelle excitante. Et ça, impossible de s'y résoudre. Autant tout laisser tomber.

Et maintenant, il se retrouvait dans sa salle de bains avec la superbe Lola Fabrikant, toute penaude et soumise. « OK, Lola, dit-il, mais ne recommence plus.

— Je te le promets. Oh, Philip, si tu savais comme je t'aime ! » Et elle retourna se coucher.

Philip sourit. Où donc avait-elle pêché cette conception complètement folle de l'amour ? « Lola ! appela-t-il. Et si tu nous préparais un bon petit déjeuner ?

— Tu sais bien que je ne sais pas cuisiner.

— Tu devrais peut-être apprendre.

— Pourquoi ? »

Philip examina son visage dans la glace pour vérifier qu'il s'était bien rasé. Ce n'était pas la première fois qu'il sortait avec une femme plus jeune, mais aucune de ses petites amies précédentes ne ressemblait à Lola. Elles étaient généralement plus souples. Il recula et se tapota les joues en secouant la tête. Qui donc croyait-il tromper ? Dans son genre, Schiffer Diamond était bien plus indomptable que Lola. Mais à l'époque, il l'aimait, et avait souffert de ses lubies. N'avait-elle pas suggéré un jour qu'ils fassent l'amour avec un autre homme ? C'était peut-être uniquement pour plaisanter, mais il n'en avait jamais eu la certitude. Quant à Lola, il ne l'aimait pas, si bien qu'il ne se mettait pas en danger – rien de ce qu'elle faisait ne pourrait le toucher vraiment.

Il regagna la chambre. Lola était allongée sur le ventre, nue, comme si elle l'attendait. « Tiens, salut ! » dit-elle en tournant la tête vers lui. Il rabattit les couvertures et, oubliant Schiffer Diamond, contempla le corps de Lola. Elle ouvrit les jambes d'une façon suggestive. Il laissa sa serviette tomber par terre, s'agenouilla derrière elle, lui souleva les hanches et la pénétra.

Il éjacula rapidement et les yeux fermés, se laissa envahir par cette somnolence qui succède à la jouissance. Lola roula sur le côté et commença à jouer avec ses cheveux. « Philip ? susurra-t-elle. Tu fais quoi pour Thanksgiving ? Tu veux venir à Atlanta avec moi ?

— Peut-être », marmonna-t-il avant de sombrer dans le sommeil.

11

Les ouvriers avaient repris le travail chez les Rice. Excédée, Enid Merle quitta son bureau et sortit sur la terrasse. Elle aperçut une pile de tuyaux en cuivre sur la terrasse de ses voisins du dessus. Ainsi, la rénovation de leurs salles de bains n'était toujours pas finie. À moins que ces tuyaux ne soient destinés à l'aquarium que, disait-on, Paul Rice installait dans la salle de bal de Mrs Houghton. Pourvu, songea Enid, que les travaux ne fassent pas d'elle l'une de ces personnes âgées qui, n'ayant plus grand-chose à faire dans la vie, deviennent obsédées par leurs voisins. Elle alluma la télévision et mit History Channel. Ce genre d'émissions lui rappelait la véritable nature des êtres humains – si certains avaient des rêves de grandeur, la plupart ne pensaient qu'à assurer leur propre survie, se reproduire et assouvir leurs instincts les plus bas – meurtriers, paranoïaques et guerriers entre autres.

Quelqu'un sonna à la porte. Persuadée qu'il s'agissait de Philip, elle ouvrit la porte et se retrouva nez à nez avec Mindy Gooch, laquelle se tenait dans le couloir les bras croisés et, comme d'habitude, le visage fermé.

« Il faut que je vous parle, annonça-t-elle.

— Entrez », dit Enid en tenant la porte pour la laisser passer. C'était là une bien étrange visite ! Mindy et elle ne s'étaient pas parlé depuis les funérailles de Mrs Houghton.

« Je crois que nous avons un gros problème, commença Mindy.

— J'habite ici depuis toujours, dit Enid en souriant, certaine que Mindy faisait référence au manque de communication entre elles deux. J'habitais ici avant vous. Et j'espère bien y vivre encore quand vous vous en irez. Si nous ne nous adressons pas la parole dans les cinq années qui viennent, je n'en ferai pas un fromage, franchement.

— Il ne s'agit pas de vous. Il s'agit des Rice. Nous devons agir.

— Vraiment ? dit Enid froidement.

— Paul Rice est venu me voir au bureau la semaine dernière.

— Je suppose qu'il voulait se montrer agréable.

— Pas du tout. Il voulait me soudoyer pour que je l'autorise à installer sa climatisation.

— Et vous lui avez répondu quoi ?

— Que c'était hors de question.

— Dans ce cas, où est le problème ?

— Le problème, le voilà », dit Mindy en ouvrant la main. Enid vit dans le creux de sa paume un petit soldat en plastique vert avec une baïonnette.

« Je ne comprends pas, dit-elle.

— Ce matin, en ouvrant la porte pour prendre le journal, j'en ai trouvé toute une compagnie sur mon paillasson.

— Et vous pensez que c'est Paul Rice qui les a mis là ? dit Enid d'un ton sceptique.

— J'en suis sûre et certaine. Il m'a affirmé que si je lui disais non pour sa climatisation, ce serait la guerre entre nous. Si pour vous, ceci n'est pas une preuve,

286

poursuivit Mindy en agitant le petit soldat vert sous le nez d'Enid, alors je ne vois pas ce que c'est.

— Vous devez traiter la chose avec lui directement.

— Oui, mais je ne peux pas le faire toute seule. J'ai besoin de votre aide.

— Je ne vois pas comment je pourrais vous aider. C'est votre travail, de vous occuper des résidents qui posent problème, non ? Après tout, vous êtes la présidente du conseil de copropriété.

— Et vous l'avez été pendant quinze ans. Il doit bien y avoir un moyen de les faire partir.

— Ils viennent à peine de s'installer, dit Enid en souriant.

— Bon sang, Enid ! s'exclama Mindy, qui commençait à perdre patience, nous étions amies autrefois, non ?

— En effet. Nous avons été amies pendant longtemps. Et même après vos manœuvres pour me faire perdre ma place de présidente.

— Mais je croyais que vous ne vouliez plus l'être !

— C'est vrai, et c'est pourquoi je vous pardonne. Je me suis dit à l'époque que si vous teniez tant que cela à cette fonction, pourquoi ne pas vous la laisser ?

— Nous avons peut-être eu tort de les accepter comme copropriétaires, suggéra Mindy.

— Il n'y a rien à faire, répondit Enid en soupirant. La seule bonne raison de les contraindre à partir serait le non-paiement de leurs charges. Et vu leurs moyens, cela me semble fort peu probable.

— Je ne pourrai jamais vivre dans le même immeuble que ce type.

— Alors peut-être faudra-t-il que vous déménagiez, répliqua Enid en tenant la porte ouverte. Je suis vrai-

287

ment navrée de ne rien pouvoir faire pour vous, ma chère. Au revoir. »

Lola posa son livre, *Expiation*, et, chaussée de ses bottes Chloé à talons hauts, sortit sur la terrasse au sol gelé. Elle jeta un coup d'œil par-dessus la balustrade puis, ne voyant toujours pas arriver Philip, rentra. Elle regarda la couverture du roman avec haine. C'était un cadeau de Philip, même si le terme « cadeau » n'était pas tout à fait approprié. Il s'agissait plutôt d'une suggestion. Il lui avait donné ce bouquin après un dîner désastreux avec l'un de ses vieux amis à lui. « C'est un livre super. Tu devrais aimer », avait-il dit.

Elle l'avait remercié tout en sachant exactement ce qu'il avait derrière la tête. Il voulait l'éduquer, ce qui en soi était gentil, mais elle n'en voyait vraiment pas l'utilité. De son point de vue à elle, c'était Philip qui avait besoin d'être éduqué. Chaque fois qu'elle mentionnait un jeune acteur sexy ou une vidéo YouTube dont tout le monde parlait, et même quand elle lui faisait écouter de la musique sur son iPod, il prétendait ne pas connaître. C'était frustrant. Elle se retenait toutefois de le critiquer, ayant au moins la décence de ne pas le blesser en soulignant son âge.

Elle s'était rendue compte que cette nouvelle politique lui permettait d'obtenir de Philip pratiquement tout ce qu'elle voulait. Par exemple, aujourd'hui, ils allaient visiter le plateau où se tournait la nouvelle série télé de Schiffer Diamond, dont tout le monde parlait. Sachant que Philip et Schiffer étaient de « vieux copains », Lola s'était étonnée qu'il ne soit pas allé la voir. Philip aussi avait semblé étonné, et elle avait tellement insisté qu'il avait fini par descendre pour laisser un message à Schiffer sur sa porte. Un soir, Schiffer avait téléphoné. Philip avait pris l'appel dans son bureau et y était resté pendant une heure, tandis que Lola attendait en piétinant derrière la porte close. Quand il avait enfin émergé, il avait annoncé à Lola qu'il allait voir Schiffer sur le plateau, mais que ce n'était pas la peine qu'elle l'accompagne parce qu'elle trouverait ça barbant. Alors que c'était elle qui lui en avait donné l'idée ! Un peu plus tard, elle lui avait fait un massage des pieds et, tout en le tripotant, lui avait expliqué qu'une visite sur un tournage contribuerait à son éducation. Et puis bien sûr, en tant qu'assistante et petite amie, elle voulait tout savoir de son travail. « Mais tu vois bien comment je travaille, avait-il protesté, mollement il est vrai. Je passe ma journée devant l'ordinateur.

— Faux ! avait-elle rétorqué. Tu vas deux semaines à Los Angeles en janvier. À propos, je te rejoindrai probablement pour une semaine. Et il faudra bien que je vienne sur le tournage avec toi – tu ne t'attends tout de même pas à ce que je passe mes journées dans une chambre d'hôtel !

— Je croyais que nous en avions déjà parlé, dit-il en raidissant les orteils. Le tournage va être un cauchemar. C'est toujours le cas les deux premières semaines. Je serai pris seize heures par jour. Franchement, pour toi, ça n'aura rien de drôle.

— Tu veux dire que je ne te verrai pas pendant deux semaines ? » s'était-elle écrié.

Se sentant sans doute un peu coupable, il avait alors immédiatement accepté qu'elle l'accompagne sur le plateau de *Lady Superior*. Elle était tellement enchantée qu'elle n'avait même pas insisté pour qu'il passe Thanksgiving avec elle chez ses parents. Il est vrai que leur relation était encore trop récente pour des vacances en famille. Et elle n'aurait voulu pour rien au monde passer Thanksgiving avec Enid et l'emmener déjeuner au Century Club, comme Philip l'avait fait. Il l'avait traînée elle-même là-bas un jour, et Lola avait juré de ne plus y mettre les pieds – il n'y avait que des vieux croulants. Par contre, elle avait passé un week-end délicieux chez ses parents à Atlanta. La soirée s'était prolongée jusqu'à deux heures du matin et elle avait fièrement montré à ses copines des photos de Philip et d'elle et de l'appartement de Philip. L'une de ses amies était fiancée et préparait son mariage tandis que les autres essayaient de se faire épouser par leurs copains. Toutes admirèrent les photos en poussant des soupirs envieux.

Mais depuis, trois semaines avaient passé. À présent, Noël approchait et Philip lui avait enfin proposé une date pour la sacro-sainte visite à « beau-papa » et « belle-maman ». Lola passa deux jours à se préparer. Elle se fit faire un massage et un spray bronzant, alla chez le coiffeur pour qu'il lui fasse des mèches dorées et s'acheta une robe chez Marc Jacobs. C'est alors que sa mère lui téléphona pour lui demander si elle venait bien de dépenser deux mille trois cents dollars. Lola accusa Beetelle de l'espionner en surveillant sa carte bancaire. Elles eurent une de leurs rares disputes. Lola raccrocha puis, torturée par le remords, rappela sa mère. Beetelle était au bord des larmes. « Maman, qu'est-ce qui ne va pas ? » demanda Lola. Voyant qu'elle n'obtenait pas de réponse, elle fut prise de panique. « Vous n'êtes pas en train de divorcer, papa et toi ? – Non, tout va bien entre nous. – Mais alors, quel est le problème ? – Oh, Lola ! répondit sa mère en soupirant. On en parlera quand tu viendras à Noël. En attendant, essaie de ne pas dépenser trop d'argent. »

Voilà qui était pour le moins étrange, songea Lola, perplexe. Mais non, décida-t-elle, ce ne devait pas être grave. De temps en temps, sa mère piquait une crise à propos d'argent, mais elle finissait toujours par se calmer et, rongée par la culpabilité, lui achetait une babiole, genre lunettes de soleil Chanel.

Pendant ce temps, Philip se faisait couper les cheveux chez le coiffeur du coin. Cela faisait trente ans qu'il fréquentait ce salon de la 9e Rue. Sa mère elle-même avait commencé à y aller dans les années soixante-dix. À l'époque, les clients et les coiffeurs écoutaient de la musique sur un ghetto-blaster et sniffaient de la coke. Le propriétaire était évidemment un bon ami de sa mère. Riche héritière sous tutelle, elle avait cette charmante vulnérabilité qui donnait envie à tout le monde de prendre soin d'elle. C'était une beauté, de l'avis de tous, mais il planait autour d'elle quelque chose de tragique qui ne faisait qu'ajouter à la fascination qu'elle exerçait. Personne ne fut surpris lorsqu'elle se suicida en 1983.

Peter, le propriétaire, faisait la même coupe à Philip depuis des années. Il avait bientôt terminé, mais Philip retardait le moment de rentrer chez lui. Peter, qui se remettait tout juste d'un cancer, avait commencé à fréquenter une salle de sport tous les jours. Ils parlèrent donc des exercices qu'il faisait. Puis de la maison que Peter avait dans les Catskills. Puis des changements survenus dans le quartier. La vérité, c'est que Philip redoutait la sacro-sainte visite à la famille de Lola, mais aussi la rencontre imminente entre son ancien amour et sa copine du moment. C'était là deux relations qui n'avaient absolument rien à voir. La première était légitime et honorable, la seconde temporaire, voire, dans le cas précis, un peu honteuse.

Cette dure réalité lui avait été révélée lors du fameux dîner avec le metteur en scène yougoslave. Ce metteur en scène, qui avait remporté deux oscars, était un vieux monsieur qui bavait. Son épouse, une Russe en fourreau Dolce & Gabbana doré (de vingt ans plus jeune, c'est-à-dire la même différence qu'entre Philip et Lola), avait dû l'aider à manger sa soupe. L'homme était certes un grippe-sou marié à une femme ridicule, mais il n'en demeurait pas moins une légende. Philip avait pour lui, malgré son âge (contre lequel il ne pouvait rien) et son idiote d'épouse, le plus grand respect et attendait ce dîner avec impatience depuis des mois.

Lola, intentionnellement ou non, ne s'était jamais aussi mal comportée. Alors que le metteur en scène expliquait longuement son prochain projet (un film sur une obscure guerre civile en Yougoslavie dans les années trente), elle avait consulté son iPhone, envoyé des textos et même répondu à l'appel d'une copine d'Atlanta. « Range-moi ça », lui avait dit Philip. Elle lui avait lancé un regard blessé, avait fait signe au serveur et commandé un Jell-O, en expliquant aux convives qu'elle ne buvait pas de vin parce que c'était une boisson de vieux. « Arrête, Lola, dit Philip. Tu en bois, du vin. Tu feras comme tout le monde. » « Je ne bois pas de vin rouge. Et puis il me faut quelque chose de fort pour supporter ce dîner. » Elle demanda alors au metteur en scène s'il avait déjà fait des films grand public.

« Grrrand public ? Ça est quoi, ça ?

— Vous savez bien, des films pour les gens normaux.

— Norrrmaux ? demanda le vieil homme, irrité. Je

crrrois que mes goûts sont trrrop sophistiqués pourrr une jeune demoiselle comme vous. »

Il n'avait pas l'intention de l'insulter, mais c'était venu tout seul. Et Lola mordit illico à l'hameçon.

« Ça veut dire quoi, ça ? Je croyais que l'art, c'était pour le public. Si le public n'y comprend que dalle, je ne vois vraiment pas à quoi ça sert !

— Voilà le prrroblème en Amérrrique, déclara le metteur en scène en levant son verre, la main tellement tremblante qu'il en renversa la moitié. Trrrop de démocrrratie ! C'est la morrrt de l'arrrt ! »

Et là-dessus, tout le monde avait ignoré Lola jusqu'à la fin de la soirée.

Dans le taxi qui les ramenait au Numéro 1, Lola, furibonde, regardait par la fenêtre en jouant avec ses cheveux.

« Qu'est-ce qu'il y a, maintenant ? demanda Philip.

— Personne ne s'est intéressé à moi.

— Comment ça ?

— On m'a totalement ignorée. Pourquoi venir si on m'ignore ?

— Personne ne t'aurait ignorée si tu n'avais pas fait cette remarque stupide à propos de ces films.

— C'est un vieillard insignifiant. Tout le monde se fiche de ses films ! Oh, pardon ! De son Œuvrrre !

— C'est un génie, Lola. Alors on accepte ses petites manies. Et il mérite d'être respecté. Tu dois apprendre ce genre de chose.

— Serais-tu en train de me critiquer ?

— Je suis simplement en train de suggérer que cela ne te ferait pas de mal d'apprendre deux ou trois trucs sur la vie.

— Écoute-moi bien. Au cas où tu ne l'aurais toujours pas pigé, je ne place personne au-dessus de moi. Peu m'importe ce qu'Untel ou Unetelle a fait. Je vaux autant que n'importe qui. Même si la personne en question a gagné deux oscars. Tu crois vraiment que ça veut dire qu'on est meilleur que les autres ?

— Oui. »

Ils rentrèrent dans un silence glacial. Mais comme toujours, leur querelle se termina par une partie de jambes en l'air. Lola semblait dotée d'un sixième sens qui lui permettait de sentir le moment où il risquait d'être vraiment fâché. Elle était toujours parvenue à détourner son courroux en usant de certaines techniques excitantes. Ce soir-là, ce fut un slip fendu qui laissait voir son sexe épilé l'après-midi même – petite « gâterie » à son attention. De telles tentations ôtaient à Philip tous ses moyens. Et le lendemain matin, leur histoire reprit de plus belle.

Philip songeait à tout cela, accablé, pendant que le coiffeur brossait les mèches tombées sur ses épaules. C'est alors qu'il vit passer devant la vitrine du salon de coiffure quelqu'un qu'il crut reconnaître. James Gooch ! Philip l'aurait parié, tellement il semblait voué à croiser mister Gooch à chaque coin de rue maintenant. C'était à n'y rien comprendre. Tous deux avaient vécu dans le même immeuble pendant des années et coexisté en paix sans avoir à se soucier l'un de l'autre, et voilà que brusquement, et plus précisément depuis cet après-midi chez Paul Smith, Philip croisait James pratiquement tous les deux jours ! Il ne souhaitait pas franchement faire plus ample connaissance. Hélas, la chose paraissait inévitable. James semblait en effet de ces personnes qui, sachant pertinemment que leur présence n'est pas désirée, s'acharnent sur vous. Comme de bien entendu, il repéra Philip à travers la vitrine décorée d'une collection de perruques et entra dans le salon.

« Bonjour ! Vous allez bien ? » demanda-t-il avec empressement.

Philip répondit par un signe de la tête. S'il parlait, il était fichu.

« Je ne savais pas qu'ils faisaient coiffeur pour hommes ici, poursuivit James en contemplant les fauteuils en velours violet et les tentures à franges.

— Depuis toujours, marmonna Philip.

— C'est tout près de chez nous. Je pourrais peut-être venir ici, au lieu de courir à l'autre bout de la ville. »

Philip inclina poliment la tête.

« On habitait juste à côté, avant. Je dis toujours que sans ma femme, je vivrais encore dans un studio avec une banquette clic-clac.

— Tant mieux pour vous, déclara Philip en se levant.

— Et vous ? Vous avez toujours vécu dans ce quartier ?

— Depuis ma naissance. J'ai grandi au Numéro 1.

— C'est chouette. Au fait, vous en pensez quoi, des Rice ? Le mari m'a l'air d'un sale con. Il harcèle ma femme, et en plus il se fait installer un aquarium de neuf mille litres.

— J'ai appris à ne pas me mêler des affaires des autres résidents, répondit Philip sèchement. C'est le domaine de ma tante.

— Pourtant, je croyais que vous fréquentiez Schiffer Diamond. Vous n'êtes pas sortis ensemble à une époque ?

— C'était il y a longtemps », répliqua Philip. Après avoir payé quarante dollars au coiffeur, il tenta d'échapper à Gooch en sortant le plus vite possible, mais l'autre le suivit. Philip se retrouvait donc condamné à parcourir en sa compagnie les deux cents mètres qui les séparaient du Numéro 1. Le trajet lui parut une éternité.

« Et si on dînait ensemble un de ces jours, suggéra Gooch, avec ma femme et votre petite amie ? Rappelez-moi son nom ?

— Lola.

— Elle est jeune, non ? demanda Gooch d'un ton qui se voulait détaché.

— Elle a vingt-deux ans.

— En effet, elle pourrait être votre fille.

— Heureusement, ça n'est pas le cas. »

Ils étaient arrivés devant l'immeuble. Gooch réitéra sa proposition.

« Nous pourrions dîner quelque part dans le quartier. Au Knickerbocker par exemple, non ? »

Philip ne voyait pas trop comment s'en sortir. Il n'allait tout de même pas dire : « Je n'ai pas la moindre envie d'aller au restaurant avec votre femme et vous ! »

« Après Noël peut-être ? suggéra-t-il.

— Parfait, répondit Gooch. Disons la première ou la deuxième semaine qui suit le Nouvel An. Mon livre sort en février, et après je serai parti. »

« Tu fais quoi pour Noël ? demanda Derek Brumminger à Schiffer au téléphone.

— Je n'ai aucun projet », répondit-elle. Elle avait vu Brumminger quatre fois. Au bout du quatrième dîner, ils avaient décidé de coucher ensemble pour « se débarrasser de la chose » et voir s'ils étaient compatibles sur ce plan-là. La « chose » s'était bien déroulée – techniquement maîtrisée, sans grande passion mais globalement satisfaisante. Brumminger était facile à vivre, intelligent, mais dépourvu d'humour – la perte non seulement de son poste de manager mais également de son statut l'avait rendu amer. Sans titre prestigieux après son nom, qui donc était-il ? De sa retraite d'un an il avait tiré un enseignement : l'introspection, c'est bien, mais la réussite, c'est encore mieux. Comme Schiffer, il était revenu à New York pour commencer une nouvelle vie. Il essayait pour l'heure de s'associer avec d'autres managers mis au rancart à l'âge de soixante ans. « Le premier club de managers », comme il disait.

« Ça te dirait d'aller à Saint Barth' ? proposa-t-il à Schiffer. Je loue une villa du vingt-trois décembre au dix janvier. Si tu es libre le vingt-trois, je peux te prendre au passage. J'y vais en jet privé. »

Alan, l'assistant, passa la tête par l'entrebâillement de la porte. « Vous avez de la visite », annonça-t-il à voix basse. Sur un signe de Schiffer, il fit entrer Philip et sa jeune amie, Lola. Schiffer, curieuse de voir cette fille qui était parvenue à rester avec lui plus longtemps qu'elle ne l'aurait pensé, avait accepté qu'il vienne avec elle.

« J'ai amené Lola, crut nécessaire de préciser Philip.

— Enid m'a parlé de vous, dit Schiffer en tendant la main à Lola.

— Vraiment ? » s'exclama celle-ci, ravie.

Schiffer leur fit signe d'attendre et reprit le téléphone.

« Qu'est-ce que tu en penses ? lui demanda Brumminger.

— C'est une super idée. J'ai hâte d'y être.

— D'être où ? s'enquit Philip une fois qu'elle eut raccroché, sur ce ton qu'ont les personnes autrefois intimes.

— À Saint Barth', pour Noël.

— Waouh ! J'ai toujours rêvé d'aller à Saint Barth' ! s'extasia Lola.

— Vous devriez demander à Oakland de vous y

emmener, suggéra Schiffer en regardant Philip. C'est l'une de ses îles préférées.

— C'est l'île préférée de tout le monde, grommela Philip. Tu y vas avec qui ?

— Avec Brumminger, répondit Schiffer en baissant les paupières afin que la maquilleuse puisse appliquer son mascara.

— Derek Brumminger ?

— Lui-même.

— Tu sors avec lui, maintenant ?

— On peut dire ça.

— Oh, je vois, poursuivit Philip en s'asseyant sur une chaise à côté d'elle. Depuis quand ?

— C'est tout récent.

— C'est qui, ce Brumminger ? s'enquit Lola.

— Quelqu'un qui a été riche et puissant, qui est aujourd'hui moins puissant, mais bien plus riche qu'avant.

— Il est vieux ?

— On peut même dire que c'est une antiquité. Il se pourrait qu'il soit carrément plus vieux qu'Oakland. »

Alan vint annoncer que l'équipe était prête. Schiffer proposa à Lola et Philip de la suivre jusqu'au plateau. Ils traversèrent un dédale de couloirs accompagnés par le joyeux babil de Lola, qui se réjouissait d'être là et admira avec force « Oh ! » et « Ah ! » une toile de fond représentant les gratte-ciel de Manhattan, la foule grouillant dans le studio, la pléthore de câbles, de projecteurs et de caméras. Schiffer voyait bien pourquoi Enid détestait Lola – Philip lui passait visiblement tous ses caprices de petite poupée peinte – mais elle s'était attendue à pire. Elle la trouvait plutôt gentille et pleine de punch. Simplement, elle était vraiment jeune. À côté d'elle, Philip semblait dépassé. Mais ça n'était pas son problème. Son histoire avec lui était finie depuis long-temps. Impossible de revenir en arrière.

Schiffer jeta un rapide coup d'œil à Lola, qui s'était installée sur le fauteuil du metteur en scène sans se rendre compte de sa bévue, puis avança sur le plateau en s'efforçant d'oublier Philip et sa petite amie. Elle devait tourner une scène qui se déroulait au siège du magazine où son personnage travaillait. Il s'agissait d'une conversation mouvementée avec une jeune employée entretenant une liaison avec le patron. Schiffer s'installa derrière le bureau et mit une paire de lunettes à monture noire fournies par l'accessoiriste.

« C'est bon ! Moteur ! » cria le metteur en scène.

Schiffer se leva et retira ses lunettes au moment où sa partenaire approchait du bureau.

« Ça alors ! Mais c'est Ramblin Payne ! » piailla Lola.

« Coupez ! » hurla le metteur en scène. Repérant l'intruse, il s'avança vers elle.

Schiffer se précipita à la rescousse de Lola. « C'est bon. C'est une amie. »

Le metteur en scène la regarda l'air navré, puis reconnut Philip debout à côté de Lola. « Tiens ! Oakland ! » fit-il en lui serrant la main et en lui donnant de grandes tapes dans le dos. « Schiffer, pourquoi tu ne m'as pas dit qu'Oakland était là ?

— Je voulais te faire la surprise.

— Alors, ça boume, Philip ? J'ai appris que le tournage des *Demoiselles d'honneur* allait commencer.

— Eh oui, en janvier, répondit Philip.

— Et ça, c'est ta fille ? » demanda le metteur en scène en se tournant vers Lola.

Schiffer tenta d'attirer le regard de Philip, mais il l'ignora délibérément. Le pauvre, songea-t-elle.

Plus tard, dans la voiture qui les ramenait, un nuage

noir de mélancolie s'abattit sur Philip. Lola ne s'en rendit visiblement pas compte. Elle jacassa pendant tout le trajet, expliquant qu'elle avait eu une révélation, qu'elle s'était sentie tout à fait dans son élément sur le plateau, qu'elle s'imaginait parfaitement devant les caméras à la place de Ramblin Payne, que ce n'était vraiment pas sorcier. Mais peut-être qu'en fait, un reality show lui conviendrait mieux, et tant qu'à faire un reality show sur sa propre vie – celle d'une jeune femme qui se lançait à la conquête de la grande ville. Après tout, ne menait-elle pas une vie sophistiquée ? N'était-elle pas aussi jolie que toutes ces filles à la télé ? Et puis, elle était intéressante. N'est-ce pas ? N'EST-CE PAS ?

« Bien sûr », répondit Philip machinalement. Ils traversaient le Williamsburg Bridge en direction de la partie sud de Manhattan. À cet endroit, les bâtiments étaient bas, gris, tassés et mal entretenus. Ils évoquaient le désespoir et la résignation, surtout pas l'accomplissement de nouveaux rêves. En les contemplant, Philip eut lui aussi une révélation. Schiffer Diamond était revenue à New York et s'était glissée dans cette nouvelle vie avec aisance. Elle était fêtée partout et avait même rencontré quelqu'un. Mais quid de sa vie à lui, Philip ? Il n'avait pas évolué du tout, n'avait rien fait de neuf depuis des années. Il changeait les sujets de ses scénarios, changeait de copine, mais c'était tout. En songeant à Noël, il cerna mieux la raison de son malaise. Il allait passer Noël avec sa tante. D'habitude, ils dînaient au Plaza, mais le Plaza, qu'on était en train de transformer en un ensemble d'appartements aux prix exorbitants, n'était plus le Plaza, si bien qu'il ne savait même pas où ils iraient. Schiffer partait à Saint Barth', et même Lola allait chez ses parents à Atlanta. Philip se sentit vieux et dépassé.

Allons donc, ce n'était pas son genre ! Il fallait absolument sortir de cet état dépressif !

« Lola, dit-il en lui prenant la main, ça te dirait d'aller dans les Caraïbes pour le Nouvel An ?

— À Saint Barth' ? demanda-t-elle, toute contente.

— Non », répondit-il. Hors de question de passer les vacances à croiser Schiffer Diamond et son nouvel amant ! « Pas à Saint Barth', mais ailleurs, dans un endroit tout aussi joli.

— Oh, Philip ! s'exclama-t-elle en se jetant à son cou. Je suis tellement contente ! J'avais peur qu'on ne fasse rien au Nouvel An – je me disais que tu avais peut-être oublié. Je suppose que tu voulais me faire la surprise. »

Incapable de contenir sa joie, elle téléphona sur-le-champ à sa mère pour lui annoncer le scoop. Beetelle lui avait paru un peu étrange ces derniers temps. La bonne nouvelle la dériderait.

Trois jours plus tard, Lola, ivre de joie, prit l'avion pour Atlanta. Ses vacances avec Philip occupaient toutes ses pensées. Il était prévu qu'elle prenne un avion le vingt-sept pour La Barbade, où elle le retrouverait. De là, ils s'envoleraient vers l'île Moustique. Toutes les filles savaient que lorsqu'un homme vous emmenait en vacances, c'était pour vous mettre à l'épreuve et voir comment les choses évoluaient quand vous passiez plusieurs journées en tête-à-tête. Si tout allait bien, cela pouvait se conclure par des fiançailles. Lola avait donc été aussi affairée pendant la semaine précédant son départ qu'une jeune femme préparant son mariage. Elle avait acheté de nouveaux maillots de bains et des tenues de plage, s'était fait faire une épilation complète, frotter à la pierre ponce la plante des pieds et les coudes et redessiner les sourcils. Dans l'avion, elle imagina son mariage. Il aurait lieu à Manhattan, comme cela ils pourraient inviter Schiffer Diamond et ce romancier un peu bizarre, James Gooch. Bien sûr, on parlerait des noces dans le *New York Times*, le *Post*, et peut-être même dans les magazines people. Ainsi, le monde entier saurait qui était Lola Fabrikant. Confortée par ces belles pensées, Lola, arrivée à l'aéroport, récupéra ses bagages et retrouva sa mère à la sortie. En voyant sa Mercedes flambant neuf – chacun de ses parents en avait une en leasing pour des périodes de deux ans –, Lola sentit son cœur se gonfler de fierté. Sa famille avait un de ces trains de vie !

« Oh, maman, tu m'as manqué ! s'exclama-t-elle en grimpant dans la voiture. On va faire du shopping ? » La virée dans les boutiques du centre commercial était pour la mère et la fille une tradition de Noël depuis que Lola était partie étudier à l'Old Vic University. Elles s'y rendaient à peine Lola sortie de l'avion. C'était pour elles l'occasion de se retrouver autour de chaussures, accessoires et autres babioles. Lola essayait, sa mère s'extasiait. Beetelle s'était établi pour règle de ne jamais apparaître en public à moins d'être impeccablement coiffée, maquillée et habillée, et portait généralement en ces occasions un pantalon et un chemisier, souvent avec un foulard Hermès et quelques chaînes dorées autour du cou. Mais cette fois-ci, elle avait passé un jean et un sweat-shirt et s'était contentée d'attacher ses cheveux naturellement bouclés avec un chouchou. C'était là sa tenue de travail, celle qu'elle enfilait uniquement quand elle décidait d'aider la femme de ménage à faire l'argenterie, à laver les verres en cristal de chez Tiffany ou à déplacer le lourd mobilier en chêne afin de nettoyer à fond les tapis. « Allons donc, maman, un chouchou pour aller faire du shopping ? » dit Lola d'un ton mi-affectueux mi-agacé. Ces quelques mois passés à New York n'avaient fait que souligner à ses yeux les défauts de sa mère.

Concentrée, Beetelle manœuvra pour sortir de la file de voitures venues chercher des passagers. Elle se préparait pour cette scène avec sa fille depuis des jours, l'avait répétée dans sa tête, ainsi que le recommandaient les psychologues. « Les choses ont un peu changé cette année, annonça-t-elle.

— Vraiment ? » dit Lola, profondément déçue de ne pas pouvoir se lancer tout de suite dans de folles dépenses. C'est alors qu'elle remarqua les hits des années soixante-dix qui passaient à la radio. « Oh, maman, pourquoi t'écoutes ces trucs de nul ? »

Beetelle s'était résignée des années auparavant aux remarques déplaisantes de Lola. Sa fille l'aimait. Elle ne pouvait pas vouloir lui faire du mal exprès. Les jeunes gens n'étaient-ils pas tous un peu inconscients des sentiments des autres ? Pourtant, cette fois-ci, cette remarque ô combien typique lui fit l'effet d'un coup de poing dans le plexus solaire.

« Maman, tu ne peux pas changer de station ?

— Non, répondit Beetelle.

— Pourquoi ?

— Parce que j'aime ce genre de chansons.

— Mais c'est affreux comme musique, geignit Lola. C'est complètement ringard ! »

Beetelle détacha les yeux de la route une seconde pour regarder sa fille, qui trépignait sur le siège passager. Alors, brusquement envahie par une colère irrationnelle, elle se mit à la haïr. « Lola, dit-elle, boucle-la, je te prie. »

La bouche de Lola s'ouvrit comme celle d'un poisson. N'en croyant pas ses oreilles, elle tourna la tête vers sa mère. Le visage de Beetelle était fermé, figé dans une expression que Lola ne lui avait vue que rarement et très brièvement, par exemple lorsque son directeur d'école avait refusé de servir de la laitue bio à la cantine. Mais la colère de Beetelle ne s'était jusque-là jamais dirigée contre elle. Elle en fut profondément choquée.

« Je suis sérieuse, déclara Beetelle.

— Mais je disais juste que...

— Pas maintenant, Lola. »

Elles avaient pris l'autoroute. Beetelle songea aux quarante-cinq minutes qu'elles allaient devoir passer coincées dans les embouteillages. Non, elle ne pouvait pas continuer à cacher la vérité à Lola. Sa fille devait savoir. Beetelle prit la première sortie. « Mais maman ! hurla Lola. Qu'est-ce qui te prend ? C'est pas notre sortie ! »

Beetelle entra dans une station-service et se gara. Tu es courageuse, responsable, se dit-elle, tu es capable de te sortir des situations les plus désastreuses.

« Qu'est-ce qui se passe ? C'est papa, hein ? Il te trompe, c'est ça ?

— Non », répondit Beetelle. Elle regarda sa fille en se demandant comment elle allait réagir. Avec des cris et des pleurs sans doute, comme elle-même lorsqu'elle avait appris la nouvelle. Mais elle s'était habituée à l'idée – de la même façon que l'on s'habitue, lui disaient les pensionnaires de l'hospice auxquels elle rendait des visites occasionnelles, à une douleur physique permanente.

« Lola, commença Beetelle d'une voix adoucie, nous sommes fauchés. Nous avons perdu tout notre argent. Voilà. Je l'ai dit. Tu sais tout. »

Lola resta silencieuse un instant, avant de partir d'un rire hystérique. « Oh, maman, ne prends pas ce ton dramatique ! Nous ? Fauchés ? Je ne sais même pas ce que ça veut dire !

— Ça veut dire que nous n'avons plus d'argent.

— Comment est-ce possible ? Papa a perdu son boulot ? demanda Lola, gagnée par la panique.

— Il a démissionné.

— C'est pas vrai ! Quand ça ?

— Il y a trois mois.

— Et pourquoi vous ne m'en avez rien dit ?

— Parce que nous ne voulions pas que tu t'inquiètes. Nous voulions que tu puisses te concentrer sur ton travail. »

Lola comprit peu à peu l'ironie de la situation.

« Mais papa peut toujours se trouver un nouveau boulot, bredouilla-t-elle.

— Peut-être, mais ce n'est pas ça qui va résoudre notre problème. Pas avant un bon bout de temps. »

Lola n'eut pas le courage de demander à sa mère ce qu'elle entendait par là. Beetelle redémarra. Le reste du trajet se fit en silence.

Windsor Pines était le prolongement des centres commerciaux et des artères bordées de fast-foods qui rayonnaient autour d'Atlanta comme les pattes d'une araignée – un concept plus qu'une vraie ville. La différence, c'était que les magasins faisaient dans le haut de gamme et que les concessionnaires auto du centre-ville vendaient des Mercedes, des Porsche et des Rolls-Royce. Il y avait un hôtel Four Seasons et une mairie en brique blanche toute neuve construite en retrait de la route et précédée d'une vaste pelouse bien verte avec un kiosque à musique. La « municipalité » de Windsor Pines, créée en 1983, comptait cinquante mille habitants et douze parcours de golf, le ratio le plus élevé dans tout l'État de Georgie.

Le manoir Fabrikant était situé au bord de l'un de ces terrains de golf, dans un ghetto doré. S'y mêlaient plusieurs styles – surtout Tudor, Beetelle adorant tout ce qui faisait « cottage anglais » – avec une petite référence aux demeures des planteurs sous la forme de grandes colonnes blanches à l'entrée. Au-dessus du garage pour trois voitures se trouvait une salle de jeux avec une table de billard, un énorme écran télé plat, un bar et des canapés en cuir modulaires. L'immense cuisine était équipée de comptoirs en marbre et ouvrait sur la pièce à vivre. La maison comptait en outre plusieurs salles à manger et salons d'apparat (rarement utilisés), quatre chambres et six salles de bains. Une allée de graviers refaite à neuf chaque printemps décrivait une courbe élégante jusqu'à l'entrée. En arrivant, Lola eut un sursaut. Deux pancartes À VENDRE étaient fichées dans la pelouse de chaque côté de l'allée.

« Mais... vous vendez la maison ? s'écria-t-elle, effondrée.

— C'est la banque qui la vend.

— Comment ça ? » Peu à peu, Lola se rendait compte que sa mère ne plaisantait pas. Sa gorge se noua. Elle parvenait à peine à parler.

« Ils récupèrent tout l'argent, expliqua Beetelle.

— Mais pourquoi ?

— Nous en parlerons tout à l'heure. » Beetelle ouvrit le coffre et, l'air las, sortit les valises de Lola. Elle les porta jusqu'à la maison, s'arrêta un instant à la porte. Les colonnes, la maison elle-même, la situation, tout lui semblait soudain écrasant.

« Lola, tu viens ? »

Sam Gooch redoutait toujours un peu Noël. Tous ses copains partaient, alors que lui restait coincé à New York avec ses parents. Mindy affirmait que c'était la meilleure période de l'année à New York, puisqu'il ne restait que des touristes, lesquels ne s'aventuraient que rarement dans leur quartier. Sam savait qu'à la rentrée ses copains d'école le soûleraient avec le récit de leurs vacances sous les tropiques. « Et toi, Sam, t'es allé où ? » demanderait l'un d'eux, goguenard. « Sam ? Il est allé faire le tour de l'Empire State Building », répondrait un autre.

Une année, les Gooch étaient allés en Jamaïque. Mais Sam, âgé à l'époque de trois ans, s'en souvenait à peine. Mindy en parlait parfois avec James, et en particulier d'un après-midi désastreux qu'il avait passé avec un rasta.

Après être allé promener Skippy à Washington Square – où son chien avait attaqué un Rottweiler, ce qui l'avait empli d'une sorte de fierté malsaine – Sam rentra au Numéro 1 en se demandant pourquoi la famille ne pouvait pas partir cette année. Après tout, son père était censé gagner du fric avec son livre. Pourtant, cela n'avait en rien modifié leurs projets pour Noël. Comme d'habitude, ils partiraient en voiture tôt le matin du 25 pour se rendre chez les parents de Mindy en Pennsylvanie. Une fois le déjeuner traditionnel – rôti de bœuf et Yorkshire pudding – bouclé, ils passeraient voir les parents de James à Long Island. Ces derniers, juifs, ne fêtaient pas Noël, si bien qu'ils iraient tous dîner dans un restaurant chinois.

La laisse de Skippy était extensible. Le chien des Gooch, qui aimait marcher aussi loin que possible de ses maîtres, précéda Sam de plusieurs mètres dans l'immeuble. Lorsque celui-ci entra à son tour, Skippy avait déjà enroulé sa laisse autour des jambes de Roberto. « Il va falloir que vous dressiez cet animal, jeune homme, dit Roberto.

— C'est le chien de ma mère, lui rappela Sam.

— Elle le traite comme un enfant. Au fait, Mrs Rice vous cherchait. Son ordinateur a un problème. »

Lorsque Sam frappa chez elle, Annalisa était au téléphone. « Je suis vraiment désolée, maman, disait-elle, mais Paul veut partir en vacances avec ces gens-là et... » Elle fit signe au jeune garçon d'entrer.

Sam affectait toujours une certaine nonchalance en arrivant chez les Rice. En vérité, les lieux l'intimidaient. Le sol de l'entrée était en marbre blanc étincelant, les murs revêtus d'un plâtre couleur crème qui lui faisait penser à du sucre glace. La pièce était délibérément sobre, malgré l'ahurissante photo géante accrochée à un mur qui représentait une femme brune et imposante en train de donner le sein à un petit garçon blond qui ressemblait à un ange. Le visage de la femme exprimait tout à la fois l'amour maternel et la provocation, comme si elle vous mettait au défi de prouver que cet enfant n'était pas le sien. Sam était hypnotisé par ses seins énormes aux aréoles aussi grosses que des balles de tennis. Les femmes étaient décidément d'étranges créatures. Par respect pour sa mère et Annalisa, il détacha les yeux de la photo. L'entrée menait à une deuxième pièce d'où partait un escalier majestueux tel qu'on n'en voyait que dans les vieux films en noir et blanc. Il y avait bien d'autres duplex dans l'immeuble, mais avec des escaliers en colimaçon tout étroits, si bien que leurs occupants déménageaient dès qu'ils prenaient de l'âge. Mais cet escalier-ci devait faire au moins deux mètres de large. On pouvait y faire monter tout un régiment.

« Sam ? » appela Annalisa. Elle avait un visage vif et intelligent, comme celui d'un renard, et c'était d'ailleurs bien ce à quoi elle lui faisait penser. Quand elle était venue s'installer ici, elle portait des jeans et des tee-shirts, comme une personne normale. Mais à présent, elle était toujours bien sapée. Aujourd'hui, elle avait passé un chemisier blanc, une jupe étroite grise, des chaussures en velours et un cardigan en cachemire bien épais qui devait valoir plusieurs milliers de dollars, estima Sam en se basant sur son expérience des filles de son école privée. D'ordinaire, lorsqu'il venait aider Annalisa pour son site Internet, elle restait avec lui et lui parlait de l'époque où elle était avocate. Elle lui racontait comment elle défendait des jeunes filles qui avaient fait une fugue, généralement après avoir été vio-lées, et se retrouvaient souvent en prison. Elle avait par-couru le pays tout entier pour aider ces pauvres gamines. Parfois, elle en était venue à se poser des ques-tions sur la nature humaine. Certaines personnes étaient capables des pires atrocités, par exemple d'abandonner leurs gosses ou de les battre à mort. Sam pensait que ces gens dont elle parlait vivaient dans un autre monde, mais elle lui rappelait que ce genre de chose arrivait tout le temps – toutes les dix-neuf secondes, une jeune fille était violée quelque part en Amérique. Parfois, Annalisa lui racontait ses rencontres avec le président. Elle l'avait vu deux fois – quand elle avait été invitée à une réception à la Maison-Blanche, et à une autre occa-sion où elle avait parlé devant un comité de sénateurs. Sam trouvait tout cela bien plus intéressant que ce qu'elle faisait maintenant. Pas plus tard que la semaine dernière, elle était allée célébrer l'achat d'un nouveau sac au restaurant. Elle avait trouvé le concept bizarre et s'était étonnée que le sac ne soit pas installé tout seul sur une chaise avec une coupe de champagne.

Annalisa faisait souvent ce genre de plaisanterie, ce qui n'empêchait pas Sam de penser qu'elle jugeait sa nouvelle vie plutôt ennuyeuse. « Pas, du tout, lui avait-elle répondu lorsqu'il lui avait posé la question. Je suis ravie d'organiser un déjeuner pour récolter de l'argent qui va servir à acheter des ordinateurs à des enfants pauvres en Afrique. Mais toutes ces femmes arrivent en manteau de fourrure et, une fois le déjeuner fini, elles se font ramener en quatre-quatre par leur chauffeur.

— New York reste New York, dit Sam pour être aimable. Ça ne sert à rien d'essayer de changer les choses. Il y aura toujours une autre dame qui sera ravie de prendre votre place. »

Mais aujourd'hui, Annalisa était pressée. « Heureusement que tu es là, Sam. Je ne savais pas comment faire. On part ce soir, dit-elle, en le précédant dans les escaliers.

— Vous allez où ?

— On va se déplacer tellement que ça en devient ridicule. On va à Londres, puis en Chine. Et enfin, à Aspen. Je suppose que ce sera ça, nos vraies vacances. Paul a beaucoup de travail à faire en Chine, et bien entendu, ils ne fêtent pas Noël là-bas. On part trois semaines. »

Il la suivit jusqu'à la petite pièce décorée dans des tons bleu et vert clair très gais qu'elle appelait son bureau. Elle ouvrit son ordinateur. « Je n'arrive pas à avoir Internet. Je suis censée être équipée d'un système sans fil très perfectionné qui me permet d'aller sur Internet n'importe où dans le monde. Mais ça ne sert pas à grand-chose si ça ne marche même pas chez moi. »

Sam s'installa devant l'ordinateur et tapota sur le clavier. « Tiens, le signal est brouillé, dit-il.

— Ce qui veut dire ?

— Sans entrer dans les détails techniques, ça veut dire qu'il y a un ordinateur géant, peut-être même un satellite, qui brouille le signal. Maintenant, il faut savoir où il est.

— Mais des satellites, il y en a partout, non ? Pour le GPS ou pour prendre des images des quartiers où on vit, par exemple.

— Simplement, celui-ci est plus puissant, expliqua Sam, l'air soucieux.

— Et si ça venait d'en haut ? Du bureau de mon mari ?

— Pourquoi votre mari aurait un satellite ?

— Tu sais comment sont les hommes. Ils aiment bien les nouveaux jouets.

— Un satellite, ce n'est pas vraiment ce que j'appellerais un jouet, répondit Sam avec l'autorité de celui qui sait. En général, ce sont les gouvernements qui en ont.

— Même les gouvernements des petits pays ? demanda Annalisa, histoire de plaisanter.

— Votre mari est à la maison ? On pourrait lui demander.

— Il n'est pratiquement jamais à la maison. Il est au bureau. Il va directement à l'aéroport sans passer par ici.

— Je devrais quand même pouvoir réparer ça sans lui. Je vais modifier vos paramètres et relancer l'application. Ça devrait suffire. »

Annalisa fut soulagée. Elle savait que Paul n'aurait pas du tout apprécié que Sam entre dans son bureau. Cela dit, elle ne lui en aurait pas parlé, tout simplement. Et puis, elle se demandait bien ce qu'il y avait dans ce fameux bureau, à part des poissons. Et s'il se passait quelque chose pendant leur absence ? Ils avaient déjà assez de problèmes comme ça dans l'immeuble. Ils n'avaient pas obtenu l'autorisation d'installer les climatiseurs encastrés dans les murs, si bien que Paul avait fait découper le bas des portes-fenêtres pour y insérer les appareils, ce qu'il aurait dû faire dès le début. Mindy Gooch ne leur adressait pas pour autant la parole. Lorsque Annalisa s'approchait d'elle dans le hall, Mindy lui disait froidement « J'espère que vous vous plaisez dans l'appartement », avant de s'en aller. Même les portiers, qui s'étaient montrés serviables au début, étaient devenus un peu distants. Paul les soupçonnait de tarder à monter les colis qu'on leur envoyait. Annalisa l'accusait d'être parano, mais devait tout de même reconnaître qu'il n'avait pas entièrement tort. Par exemple, il y avait eu ce petit contretemps dans la livraison d'une veste Chanel brodée de perles qui valait plusieurs milliers de dollars. Le coursier jurait l'avoir livrée. Deux jours plus tard, ils s'étaient rendu compte qu'elle avait été déposée par erreur chez Schiffer Diamond. Certes, l'étiquette sur l'emballage n'était pas très claire, mais tout de même, Annalisa en était venue à se demander si les autres résidents les appréciaient vraiment. Et maintenant, elle s'inquiétait pour les ordinateurs de Paul.

« Sam ? Est-ce que je peux te faire confiance ? Si je te donne mes clés, juste le temps de notre absence, au cas où il se produirait quelque chose, tu pourrais garder le secret ? Ne pas le dire à ta mère ? Tu n'aurais à t'en servir que si vraiment il y avait une urgence. Mon mari est un peu parano...

— J'ai compris. Je les conserverai précieusement, comme si ma vie en dépendait. »

Quelques minutes plus tard, il redescendit chez lui,

avec au fond de sa poche les clés du superbe penthouse des Rice.

Beetelle, assise devant la coiffeuse de son boudoir, appliquait sur son visage le peu qu'il lui restait de crème La Mer. Elle savait que Cem était terré dans la salle de jeux, où il passait la majeure partie de son temps maintenant. Depuis que la banque les avait avertis, deux semaines auparavant, qu'elle allait saisir la maison, il passait la nuit sur le divan, en face de l'écran télé géant. Lola devait être dans sa chambre en train de digérer la nouvelle.

Mais comment sa fille pouvait-elle comprendre ce qui pour elle-même était à peine compréhensible ?

Beetelle racla le fond du pot de crème avec son ongle manucuré. Quand tout cela avait-il commencé ? Six mois auparavant ? Elle savait depuis longtemps que Cem n'était pas heureux au boulot. Il n'en avait pas parlé – il était du genre à garder ses soucis pour lui – mais elle avait bien senti que quelque chose n'allait pas. Pourtant, elle avait préféré ignorer ses intuitions et s'était convaincue que, grâce au système d'alerte par téléphone portable qu'il avait inventé, ils allaient devenir très riches. Mais un jour, il y avait de cela trois mois, Cem était rentré du travail plus tôt que prévu. « Tu es malade ? » lui avait-elle demandé. « Non, j'ai démissionné. » Il avait sa fierté. Certaines limites ne devaient pas être dépassées. « Mais tu parles de quoi ? » s'était écriée Beetelle. « Du manque de respect. » Elle avait fini par lui faire cracher le morceau : il avait démissionné parce que son patron s'était approprié son invention. Il avait d'abord prétendu que le brevet appartenait à l'entreprise et que Cem n'obtiendrait pas un centime.

Beetelle et Cem avaient alors fait appel à un avocat d'Atlanta qui leur avait été chaudement recommandé, mais cela ne leur avait servi à rien. L'avocat était du genre huileux, s'était rendu compte Beetelle, et pas seulement à cause de sa peau luisante. L'heure passée avec lui leur avait coûté sept cents dollars. Puis il avait soi-disant travaillé sur leur cas. « Rien ne prouve que votre mari a mis ce système au point tout seul », lui expliqua-t-il un jour au téléphone. « Pourtant, c'est bien ce qu'il a fait. Je l'ai vu travailler dessus », répliqua Beetelle. « Où ça ? » « Sur son ordinateur. » « Je crains que cela ne nous avance guère, Mrs Fabrikant. Vous pouvez bien sûr décider de porter l'affaire au tribunal, mais ça vous coûtera des centaines de milliers de dollars. Pour perdre, selon toute probabilité. » Beetelle raccrocha. Elle soupçonna alors Cem de lui avoir menti depuis le début. Il n'avait pas travaillé tout seul sur ce système – il l'avait mis au point avec d'autres. Mais alors, pourquoi aurait-il caché la vérité ? Pour lui faire plaisir à elle, pour se donner de l'importance à ses yeux. Elle débordait tellement d'énergie qu'il s'était peut-être senti nié dans sa virilité et avait menti pour se valoriser. Il gagnait bien sa vie – trois cent cinquante mille dollars par an – mais dès sa première semaine de chômage elle s'était rendu compte que son salaire n'était qu'un nuage de fumée. En fait, ils vivaient depuis des années sur la paye du mois suivant et avaient trois hypothèques sur la maison, la dernière contractée six mois auparavant pour permettre à Lola de s'installer à New York. Ils devaient plus d'un million de dollars. Ils auraient pu s'en sortir en vendant la maison si le marché ne s'était pas effondré. Le manoir Fabrikant, estimé à un million deux cent mille dollars l'année précédente, n'en valait plus que sept cent mille. « Donc, expliqua le banquier à Beetelle et Cem, assis tout tremblants devant lui, vous nous devez en fait trois cent trente-trois mille dollars. Et quarante-deux cents. »

Trois cent trente-trois mille dollars. Et quarante-deux cents, se répéta-t-elle silencieusement. Elle l'avait dit tellement de fois que ça ne signifiait plus rien pour elle. C'était juste un chiffre, sans rapport avec la réalité.

Oh, New York ! songea-t-elle avec un pincement au cœur. Si les circonstances avaient été autres, elle aurait mené une vie fabuleuse, loin du spectre de la pauvreté. Heureusement que Lola s'était installée là-bas dans de bonnes conditions, et non comme elle l'avait fait elle-même lorsqu'elle avait commencé à travailler comme technicienne médicale à l'hôpital Columbia pour mille dollars par mois. Elle partageait alors un minable petit appartement avec trois autres filles et trouvait ça fantastique. Mais ça n'avait pas duré. Au bout de trois mois de bonheur, elle avait rencontré Cem lors d'une exposition à Columbus Circle, là où ils avaient depuis construit un gratte-ciel ultramoderne avec un centre commercial. À l'époque, l'endroit était tout sauf ultramoderne. Le hall d'exposition abritait des rangées de boxes en Placoplâtre vendant de tout, du roulement à billes pour valves cardiaques à l'aimant qui guérissait n'importe quelle maladie. La technologie médicale n'était guère plus avancée que la sorcellerie. C'est ainsi qu'entre les valves en titane et les aimants qui faisaient reculer le cancer elle avait découvert Cem.

Il lui avait demandé le chemin pour sortir et ils s'étaient retrouvés à prendre un café ensemble. L'après-midi s'était prolongé jusqu'en début de soirée. Ils avaient fini par aller au bar de l'Empire Hotel, où il était descendu. Ivres de leur jeunesse, de leurs ambitions et de New York, ils burent des cocktails à la tequila en regardant la vue sur le Lincoln Center. Comme c'était le printemps, la fontaine crachait de grands jets d'eau scintillante.

Plus tard, ils firent l'amour – comme on le faisait en 1984 quand on n'avait pas beaucoup d'expérience. Elle avait des seins très ronds, le genre de poitrine qui s'affaisse très rapidement après une maturité éclatante, brève et ensorcelante – et c'était Cem qu'elle avait ensorcelé.

Il était sexy. Du moins à ses yeux de novice. Elle n'avait aucune expérience, et le simple fait que Cem s'intéresse à elle l'excitait. Pour la première fois de son existence, elle se sentit vraiment vivre – vivre quelque chose de secret, d'inconnu, d'interdit. Le lendemain matin, elle s'éveilla, libre et moderne, persuadée de ne jamais revoir Cem, qui rentrait à Atlanta l'après-midi même. Or il la poursuivit pendant des jours, lui envoyant des fleurs, l'appelant au téléphone et lui écrivant même une carte postale. Elle conserva ses cadeaux. Mais elle avait déjà rencontré quelqu'un d'autre dont elle était tombée amoureuse, et cessa de répondre aux supplications de Cem.

Il s'agissait d'un médecin. Elle fit tout pendant les semaines qui suivirent leur rencontre pour qu'il continue à s'intéresser à elle. Elle se ridiculisa au tennis. Nettoya sa cuisine. Débarqua dans son cabinet avec un sandwich. Elle parvint à l'empêcher d'aller au-delà des baisers (puis du pelotage et de l'exploration en dessous de la ceinture) pendant six semaines, avant de lui laisser enfin le champ libre. Le lendemain matin, il lui avoua qu'il était fiancé.

Tout d'abord, elle ne réalisa pas vraiment ce qui lui arrivait. Mais quand il refusa de lui répondre au téléphone, elle s'effondra.

Une semaine plus tard, lors d'un examen gynécologique de routine, elle apprit qu'elle était enceinte. Elle aurait dû le savoir, mais avait mis ses nausées sur le compte de l'étourdissement de l'amour. Elle crut tout d'abord être enceinte du médecin, et s'imagina en train de lui annoncer la nouvelle. Il se rendrait compte alors que c'était elle qu'il aimait et l'épouserait. Les noces auraient lieu le plus vite possible, afin que personne ne soupçonne quoi que ce soit. Hélas, le résultat des tests indiqua qu'elle était enceinte de trois mois. En faisant ses calculs, Beetelle eut l'impression de voir le film de sa vie défiler à l'envers. Ce n'était pas le bébé du médecin, mais celui de Cem. Le gynécologue lui conseilla de le garder, étant donné que la grossesse était déjà très avancée.

Beetelle pleura, puis appela Cem et lui expliqua la situation. Fou de joie, il sauta dans le premier avion et prit une chambre au Carlyle pour le week-end (établissant ainsi l'habitude de dépenser plus d'argent qu'il n'en avait). Il l'emmena dîner dans des restaurants chic, lui acheta un diamant d'un demi-carat chez Tiffany, parce qu'il voulait, dit-il, ce qu'il y avait de mieux pour elle. Deux mois plus tard, le juge de paix prononça leur mariage chez les parents de Beetelle à Grand Rapids. La cérémonie terminée, ils allèrent déjeuner au Country Club. Ensuite, Lola naquit. Beetelle comprit alors que tout cela ne s'était pas produit pour rien.

Elle adorait Lola, oh oui ! Et même si ses sentiments pour le médecin s'étaient éteints, à certains moments, en la regardant, si jolie, si vive, elle se sentait envahie par une sensation étrange. Quelque part tout au fond de son cœur, elle espérait encore qu'elle avait été victime d'une erreur et que Lola était la fille de Leonard Pierce, le célèbre oncologue.

Beetelle se leva, alla dans sa chambre et contempla le

parcours de golf depuis la baie vitrée. Qu'allaient-elles devenir, Lola et elle ? Dans le temps, elle se demandait parfois ce qu'elle ferait s'il arrivait quelque chose à Cem. Quand il était en retard ou qu'il remontait en voiture de Floride après sa visite annuelle à Mrs Fabrikant mère, elle l'imaginait victime d'une collision avec un tracteur. Elle se voyait toute de noir vêtue, avec un petit bibi noir et une voilette – et tant pis si plus personne ne portait de voilette – à la messe de souvenir de Cem, à la grande église œcuménique de Windsor Pines que tous les gens de leur milieu fréquentaient. Elle ne se remarierait jamais. Aussi tragiques qu'étaient ces pensées, elles contenaient une part de rêve – vendre la maison et être libre de mener sa vie comme elle l'entendait. Et pourquoi ne pas aller s'installer en Italie, comme cette fille qui avait écrit *Sous le soleil de Toscane* ?

Mais tout cela, ce n'était possible que si la maison valait quelque chose. Or, dans ses rêves, la ruine financière n'était pas au programme. Elle passait maintenant des moments affreux à se demander si elle ne s'en sortirait pas mieux sans Cem. Elle en était arrivée à envisager, au cas où elle partirait, d'aller s'installer à New York dans le charmant petit appartement de Lola sur la 11e Rue.

Mais ils n'avaient même pas assez d'argent pour cela. Ils ne pouvaient plus payer l'appartement, et cela aussi, il allait bien falloir le dire à sa fille.

Beetelle sursauta en se rendant compte que Lola venait d'entrer dans sa chambre. « J'ai réfléchi, maman », dit-elle en s'asseyant sur le bord du lit. En faisant rapidement le tour de la maison, elle avait compris que les choses étaient pires encore que ce qu'elle avait imaginé – ses parents achetaient désormais leur fromage au supermarché, ils avaient annulé leur abonnement Internet et conservé uniquement les options de base pour le câble. « Je ne suis pas obligée de travailler pour Philip. Je peux toujours me trouver un vrai boulot, dans la mode par exemple. Ou encore je pourrais prendre des cours de théâtre. Philip connaît tout le monde – il me conseillera un bon prof. Et je suis certaine que je me débrouillerai très bien. J'ai observé Schiffer Diamond et ça n'avait pas l'air si compliqué. Ou alors, je pourrais proposer ma candidature pour un reality show. D'après Philip, on en tourne de plus en plus à New York. Et pour ça, franchement, pas besoin d'avoir du talent.

— Lola, ma chérie, dit Beetelle, touchée que sa fille veuille l'aider, ce serait formidable, si seulement il nous restait suffisamment d'argent pour te permettre de vivre à New York.

— Qu'est-ce que tu veux dire par là ?

— Je suis désolée, mais nous ne pouvons plus payer l'appartement. Je redoutais le moment où il faudrait que je te le dise, mais nous avons déjà averti l'agence. Ils mettent fin à notre bail le 31 janvier.

— Comment ? Vous vous êtes débarrassés de l'appartement dans mon dos ?

— Je ne voulais pas te faire de peine.

— Comment as-tu pu faire une chose pareille ?

— Je t'en prie, ma chérie, crois-moi, je n'avais pas le choix. Les deux Mercedes vont être saisies en janvier. Voilà où nous en sommes...

— Mais comment as-tu pu laisser faire une chose pareille ?

— Je ne sais pas, gémit Beetelle. Je faisais confiance à ton père. Et voilà comment il nous remercie. Et maintenant nous allons devoir vivre dans un immeuble collectif – dans un endroit où personne ne nous connaît – et je suppose que nous recommencerons à zéro.

— Quoi ? Tu voudrais que je vive dans un immeuble collectif ? Avec papa et toi ? Hors de question ! Je ne quitterai pas New York. Surtout pas maintenant que ça commence à bien marcher pour moi. Notre seul espoir, c'est que je reste à New York.

— Mais tu vivras où ? s'écria Beetelle. Tu ne peux tout de même pas coucher dehors !

— J'irai m'installer chez Philip. De toute façon, c'est déjà pratiquement fait.

— Oh, Lola, vivre avec un homme ? Avant d'être mariée ? Que diront les gens ?

— On n'a pas le choix, maman. Quand Philip m'épousera, les gens oublieront qu'on a vécu ensemble avant. Et puis maintenant, il a plein d'argent. Il a reçu une avance d'un million de dollars pour un scénario. Une fois qu'on sera mariés, on trouvera une solution. Il m'aurait certainement déjà demandée en mariage s'il n'y avait pas sa tante. Elle est toujours dans les parages, à fourrer son nez dans ses affaires à lui. Dieu merci elle est vieille. Avec un peu de chance, elle chopera un cancer ou un truc du genre et sera bien obligée de quitter son appartement. Alors vous pourrez venir vous y installer, papa et toi.

— Oh, ma chérie ! » s'exclama Beetelle en s'approchant pour prendre sa fille dans les bras. Lola s'éloigna. Si sa mère la touchait, elle savait qu'elle s'effondrerait. Ce n'était pas le moment de montrer des signes de faiblesse. Retrouvant une partie de la légendaire force de caractère héritée de Beetelle, elle se leva.

« Allons, maman, et si on faisait un tour dans les boutiques ? On est peut-être ruinés, mais ça ne veut pas dire que je dois me laisser aller. Il doit bien te rester du crédit sur ta MasterCard. »

12

Billy Litchfield était dans le train qui l'emmenait à Springfield, dans le Massachusetts, lorsqu'il reçut un appel de sa sœur, Laura, l'informant que leur mère s'était cassé le col du fémur en tombant et se trouvait à l'hôpital. Elle avait glissé sur une plaque de verglas en rentrant chez elle avec ses courses. Sa vie n'était pas en danger, mais son bassin était fracturé à plusieurs endroits. Les chirurgiens allaient lui poser des plaques. Simplement, les os mettraient du temps à se ressouder et elle risquait de passer le restant de ses jours en fauteuil roulant. Elle n'avait que quatre-vingt-trois ans et pouvait encore vivre une bonne dizaine, voire une bonne quinzaine d'années. « Je n'ai pas le temps de m'occuper d'elle », expliqua Laura au téléphone. Conseillère juridique deux fois divorcée, elle avait deux enfants de dix-huit et douze ans qu'elle élevait seule. « Et je ne peux pas me permettre de la mettre dans une maison de retraite. Jacob entre à l'université l'année prochaine. Je ne pourrai pas payer tout ça.

— Ça va s'arranger, dit Billy, qui prenait la nouvelle avec un calme qui le surprenait lui-même.

— Je ne vois pas comment. Une fois que ce genre de chose arrive, c'est la dégringolade.

— Elle doit bien avoir de l'argent quelque part.

— Pourquoi est-ce qu'elle devrait avoir de l'argent ? Les gens ne sont pas tous aussi riches que tes amies new-yorkaises.

— Je ne suis pas complètement ignorant de ce qui se passe ailleurs qu'à New York.

— Il va falloir que tu reviennes t'installer à Streatham pour t'occuper d'elle. C'est uniquement pour toi qu'elle était sortie. Normalement, elle ne fait les courses que le jeudi matin, poursuivit Laura d'un ton accusateur, comme s'il était responsable de l'accident.

— C'est vraiment gentil de me dire ça », répondit Billy.

Il raccrocha et regarda par la fenêtre. Il reconnaissait bien ce paysage déprimant et désolé des environs de New Haven. Le retour au bercail le rendait toujours triste et mal à l'aise. Il n'avait pas eu une enfance heureuse. Sa sœur et lui méprisaient leur père, un orthodontiste persuadé que l'homosexualité était une maladie et que les femmes étaient inférieures aux hommes. Sa mort quinze ans auparavant fut pour eux une bénédiction. Pourtant, malgré ces sentiments communs, Laura avait toujours détesté Billy, le petit chouchou de leur mère. Elle le jugeait frivole et ne pardonnait pas à leur mère de l'avoir autorisé à étudier des matières inutiles à l'université, comme l'art, la musique ou la philosophie. Quant à Billy, il la trouvait assommante et quelconque. Il ne comprenait pas que la nature l'ait doté d'une sœur aussi barbante – la quintessence, selon lui, de ce qu'il pouvait y avoir de pire chez un être humain. Dépourvue de toute passion, que ce soit dans la vie ou pour la vie, elle avait tendance à accorder au moindre incident même mineur une importance excessive. Billy était persuadé qu'elle exagérait la gravité de la chute de leur mère.

Mais lorsqu'il arriva à l'hôpital, situé à la périphérie

de Springfield, il constata que sa mère était dans un état pire que ce qu'il imaginait. Elle qui avait toujours été pleine de vigueur était devenue une petite vieille toute grise dans un lit d'hôpital, malgré ses cheveux teints en prévision de sa visite. « Ah, c'est toi, Billy, dit-elle, tu es venu.

— Bien sûr que je suis venu. Qu'est-ce qui te faisait dire que je ne viendrais pas ?

— Elle est sous morphine, expliqua l'infirmière. Elle va être un peu groggy pendant quelques jours. »

— Oh, je ne veux pas être un fardeau pour ta sœur et toi ! gémit la vieille dame en fondant en larmes. Ils feraient mieux de m'endormir pour de bon !

— Ne sois pas ridicule, maman. Tout va bien se passer. »

À la fin de la visite, le médecin prit Billy à part. L'opération s'était bien déroulée, expliqua-t-il, mais ils ne savaient pas pour l'instant si sa mère pourrait remarcher, ni quand. En attendant, elle serait en fauteuil roulant. Billy fit signe qu'il avait compris et, reprenant sa valise Jean-Paul Gaultier – un luxe bien incongru dans cet hôpital tristounet – sortit. Au bout de trente minutes à patienter dans le froid, il trouva enfin un taxi qui l'emmena chez sa mère, à trente-cinq kilomètres de là. Le prix de la course – cent trente dollars – le fit tiquer. Maintenant que sa mère était à l'hôpital, il allait devoir commencer à économiser. La neige accumulée près de l'allée menant à la maison avait conservé l'empreinte du corps de la vieille dame.

Billy entra par la porte de derrière, qui n'était pas fermée à clé. Il vit deux sacs de courses posés sur la table, certainement par un ambulancier compatissant. Lui qui s'était toujours considéré comme un cynique remarquait depuis quelque temps que de telles manifestations de gentillesse l'émouvaient. Le cœur gros, il commença à ranger les provisions. L'un des sacs contenait un pot de crème légère. Voilà qui expliquait pourquoi sa mère était allée au magasin. Billy mettait toujours de la crème dans son café.

Le lendemain, il était à l'hôpital à neuf heures du matin. Sa sœur arriva peu après, accompagnée de sa cadette, Dominique, une jeune fille maigrichonne avec des cheveux blonds fins et un nez d'oiseau de proie – le portrait craché de son père, un charpentier du coin qui avait fini par se faire arrêter parce qu'il cultivait de la marijuana l'été.

Billy tenta d'engager la conversation avec la jeune fille, mais elle n'était pas intéressée, ou tout simplement pas assez cultivée. Elle reconnut qu'elle détestait la lecture et qu'elle n'avait même pas lu Harry Potter. À quoi passait-elle donc ses journées, alors ? s'enquit Billy. Elle lui répondit qu'elle discutait avec ses copines sur Internet. Billy lança un regard interrogateur à sa sœur, qui haussa les épaules. « Je ne peux rien y faire. Impossible d'empêcher les enfants d'aller sur Internet. D'ailleurs, franchement, je ne vois pas qui a le temps de surveiller ses gamins jour et nuit. En tout cas, pas moi. »

Tout en éprouvant un certain intérêt pour la jeune fille – après tout, c'était sa nièce, Billy la trouva déprimante. Une petite racaille blanche, voilà ce qu'elle serait d'ici peu. Et dire, songea-t-il, que ses propres parents avaient travaillé toute leur vie pour faire partie de la classe moyenne supérieure, s'assurer que leurs enfants faisaient de bonnes études, qu'ils pourraient avoir accès à la culture (son père passait du Beethoven dans son cabinet) ! Tout cela pour produire une petite-fille qui ne voulait même pas lire ! L'âge des ténèbres n'était décidément pas loin.

Billy passa toute la journée avec sa mère, plâtrée du genou à la taille. Il lui tint la main. « Billy, dit-elle, qu'est-ce que je vais devenir ? – Ne t'en fais pas, maman, tout va s'arranger. – Et si je ne peux plus conduire ? – On se débrouillera. – Et si on me met en maison de retraite ? Je veux pas y aller ! J'y mourrai ! – Tant que je serai là, tu n'iras pas », l'assura Billy, l'estomac noué. Si les choses en arrivaient à ce point, il ne voyait vraiment pas comment il pourrait empêcher le placement en maison.

Sa sœur lui proposa de venir dîner chez elle – un repas tout simple, macaroni au fromage. Laura vivait tout près de chez leur mère dans une grande maison style ranch que leur père lui avait achetée après son premier divorce. Personne dans la famille ne comprenait pourquoi Laura, avec ses études de droit, ne parvenait jamais à joindre les deux bouts. Mais comme elle n'était que conseillère juridique, Billy la soupçonnait de ne pas gagner autant d'argent que son diplôme de droit le laissait supposer. Et pour dépenser, elle dépensait. Chez elle, il y avait de la moquette dans toutes les pièces, un coin-repas, des vitrines pour ses collections de figurines en porcelaine et d'ours en peluche, quatre télévisions et, dans le séjour, un canapé modulable avec repose-pieds rétractables et tablettes intégrées. Terrifié à l'idée de passer la soirée là – il savait qu'il en sortirait complètement déprimé –, Billy invita Laura et sa fille chez sa mère.

Il leur fit un poulet rôti aux herbes, des pommes de terre parfumées au romarin, des haricots verts et de la roquette. Il avait appris à cuisiner avec les chefs de ses riches amies, car il s'était donné pour principe de toujours aller dans les cuisines lier connaissance avec le petit personnel. Sa nièce Dominique le regarda, fascinée. Visiblement, elle n'avait jamais vu personne cuisiner avant.

En l'étudiant, Billy se dit qu'elle n'était peut-être pas dépourvue de potentiel. Elle avait les yeux légèrement écartés et un joli sourire, malgré ses incisives pointues. « Qu'est-ce que Dominique veut faire, plus tard ? demanda-t-il à sa sœur dans la cuisine après le repas.

— Qu'est-ce que j'en sais ? Elle n'a que douze ans.

— Elle s'intéresse à quelque chose de précis ? Elle a un talent particulier ?

— Tu veux dire, à part pour me faire chier ? Elle dit qu'elle veut être véto. Moi aussi je disais ça à douze ans, comme toutes les petites filles.

— Et aujourd'hui, tu regrettes de ne pas être vétérinaire ?

— Je regrette surtout de ne pas avoir épousé Donald Trump et de ne pas vivre à Palm Beach. C'est vrai, je suis idiote ! J'aurais dû me marier avec un gars qu'a du pognon.

— Tu pourrais inscrire Dominique à l'école de Miss Porter dans le Connecticut.

— Bonne idée. Comme ça, elle épouserait un gars friqué, elle, au moins. Il y a juste un petit problème, vois-tu. On ne donne qu'aux riches. À moins que tes amies pleines aux as ne soient prêtes à lui payer ses études...

— J'ai des relations, répondit Billy. Ce n'est pas impossible.

— Des relations ? Mais tu vis sur quelle planète, dis-moi ? Maman est à l'hosto, et tout ce qui te préoccupe, c'est d'envoyer ma fille dans une école privée pour qu'elle apprenne à boire le thé, le petit doigt en l'air ?

— Tu trouverais peut-être la vie plus supportable si tu apprenais à parler d'une manière civilisée, rétorqua Billy.

— Non mais, serais-tu en train de suggérer que je suis une bouseuse ? rugit Laura en lançant son torchon à travers la pièce. J'en ai ras-le-bol ! Tu te pointes avec tes petits airs supérieurs, toi le New-Yorkais, et tu te comportes comme si les autres étaient de la merde. Comme si tu étais vraiment quelqu'un d'extraordinaire. Dis-moi, qu'est-ce que tu as fait dans ta vie ? Tu n'as même pas de boulot. À moins de considérer que faire la lèche à des vieilles peaux, c'est un boulot. » Elle se tenait debout au milieu de la cuisine, jambes écartées, comme un boxeur. « Et ne crois pas que je vais te laisser rentrer à New York comme ça ! poursuivit-elle d'une voix sifflante. Hors de question que tu me laisses avec toutes ces emmerdes sur les bras ! Je m'occupe de maman depuis quinze ans. J'en ai ma claque. Maintenant, c'est ton tour. »

Ils se dévisagèrent, le regard haineux.

« Permets-moi, Laura, de me retirer pour la soirée », dit Billy. Et il monta.

Son ancienne chambre n'avait pas changé, alors que sa mère avait transformé celle de Laura en chambre d'amis. Il s'allongea sur le lit à colonnes, dont les draps dataient de la première collection maison de Ralph Lauren, au début des années quatre-vingt. Ils étaient donc vintage, comme lui d'ailleurs. Il prit un Xanax pour soulager son angoisse et attrapa un livre au hasard sur l'une des étagères qui encadraient la fenêtre. Il retourna le volume pour voir le titre : *Mort à Venise*, de Thomas Mann.

C'était trop. Il posa le livre en regrettant de ne pas avoir acheté des magazines people au supermarché. Il avala un cachet d'Ambien, éteignit la lumière et attendit de s'enfoncer dans l'obscurité des rêves. Mais le sommeil ne venait pas. Au contraire, ses problèmes prenaient de plus en plus d'ampleur et devenaient des pierres qui, posées l'une après l'autre sur son corps, l'écrasaient peu à peu jusqu'à ce que sa poitrine s'enfonce complètement et qu'il meure suffoqué, dans d'atroces souffrances.

C'est alors qu'une idée lui vint. Il se redressa, alluma la lumière, se leva et commença à faire les cent pas devant la cheminée. Oui, il pouvait résoudre ses problèmes, ceux de sa mère, et même ceux de sa sœur grâce à une simple opération. Il lui suffisait de vendre la croix de Mary-la-Sanglante. Elle pouvait atteindre dans les trois millions de dollars, voire plus. Cela lui permettrait de payer des infirmières pour sa mère, d'envoyer Dominique dans une école privée, et même d'acheter l'appartement où il vivait. Et s'il devenait propriétaire, alors il pourrait passer le restant de ses jours sur la Cinquième Avenue, dans un cocon rassurant où régnaient les bonnes manières. Hélas, la seconde d'après, la réalité reprit ses droits. Il ne pourrait jamais vendre la croix. Ce bijou volé était aussi dangereux qu'un pistolet chargé. Il y avait des gens qui s'occupaient de ce genre d'objets et les faisaient passer à l'étranger en contrebande pour les céder aux plus offrants, lesquels ne rêvaient que de mettre la main sur de telles raretés. Mais leur vente était un délit, et on pouvait réellement se faire prendre. Pas plus tard que le mois dernier, un type avait été arrêté et condamné à quinze ans de prison.

Le lendemain matin, l'état de sa mère avait empiré. Elle avait une infection. Elle risquait de rester à l'hôpital au moins une semaine de plus. Et lorsque son assurance ne couvrirait plus les frais, elle continuerait certes à être soignée gratuitement grâce au programme Medicaid, mais à ce moment-là, il faudrait qu'elle soit transférée dans un hôpital moins cher en centre-ville. « Je suis désolée, Billy », dit la vieille dame en pressant la main de son fils. Elle était épuisée, paniquée. « Qui aurait pu prévoir qu'on en arriverait là ? » murmura-t-elle.

Dès qu'elle fut endormie, Billy sortit prendre l'air. Il acheta des cigarettes à un kiosque à journaux, lui qui avait arrêté de fumer plusieurs années auparavant, lorsque les dames de la bonne société new-yorkaise avaient prié leurs invités de s'abstenir chez elles. Il s'assit sur un banc. C'était encore une de ces journées froides et grises de la Nouvelle-Angleterre où la neige refusait de tomber. Il inhala profondément. La fumée âcre lui envahit les poumons. Il fut immédiatement pris d'un vertige. Il inspira, puis continua à fumer.

Les jours suivants, alors que sa mère était toujours à l'hôpital, il reprit l'habitude de fumer pour combattre le stress. Et invariablement, en fumant sa cigarette, il en revenait au même point : quoi qu'il fasse, il était ruiné. Si – poussé par un sens moral déplacé – il ne vendait pas la croix, sa mère souffrirait inutilement et, selon toute probabilité, mourrait. S'il vendait la croix, lui-même serait torturé par sa conscience. À supposer qu'il ne soit pas pris, il aurait l'impression d'être un criminel usurpant sa place dans le milieu raffiné qu'il fréquentait, même si ce genre de morale était démodée et que plus personne n'avait ces scrupules-là.

Le troisième jour, une infirmière entra en lui souhaitant un joyeux Noël.

« Joyeux Noël à vous aussi », répondit-il. Il écrasa sa cigarette avec le bout de son mocassin Prada. Soit, il vendrait la croix. Il n'avait pas le choix. Et s'il dénichait le bon acheteur, il ne se ferait peut-être même pas prendre.

Mindy adorait passer les vacances de Noël à New York. Chaque année, elle allait chercher un sapin au magasin du coin – on avait tout à portée de main à

New York ! –, achetait quatre nouvelles guirlandes à la boutique cadeaux du quartier, puis enveloppait le pied de l'arbre dans un vieux drap blanc et installait une petite crèche, nichée dans les plis du tissu. Il y avait Marie, Joseph, cinq moutons, le petit Jésus dans la mangeoire, les trois Rois Mages et, planant au-dessus, accrochée à une branche de l'arbre, l'étoile de David. Et chaque année, James contemplait le résultat en hochant la tête.

Et puis il y avait les sorties traditionnelles en famille. Ils ne pouvaient pas ne pas aller faire du patin à glace à la patinoire Wollman (« Bouh ! Je vais t'attraper, Sammy ! » criait Mindy en poursuivant son fils, rouge de honte, tandis que James s'accrochait au bord), de même qu'ils ne pouvaient pas manquer la représentation de *Casse-Noisette* par le New York City Ballet. Les trois dernières années, Sam avait bien tenté de se faire exempter en expliquant qu'il était trop vieux, mais Mindy ne voulait rien entendre. Et même, au moment où l'arbre poussait sur scène et où le décor se transformait en clairière magique recouverte de neige, elle y allait de sa petite larme, tandis que Sam s'enfonçait dans son fauteuil, impuissant. Après la représentation, ils allaient manger au Shun Lee West parce que Mindy voulait absolument faire la touriste et admirer le dragon en papier mâché doré de vingt mètres de long arrivé à Manhattan en petits morceaux à la fin des années soixante-dix. Elle commandait alors un plat qui s'appelait « Fourmis Grimpent sur Arbre », rien de plus que du bœuf accompagné de brocolis, tout cela parce qu'elle trouvait le nom irrésistible, expliquait-elle à James et Sam.

Cette année serait comme les autres, à une différence près : Sam avait un secret.

Or Mindy avait appris, grâce à une indiscrétion de Roberto, que son fils était monté chez les Rice peu de temps avant Noël pour aider Annalisa avec son ordinateur. D'habitude, Sam lui parlait de ce genre de chose, mais cette fois-ci, Noël était passé sans qu'il en souffle mot. Voilà qui était étrange, songea Mindy. Elle en discuta avec James. « Pourquoi mentirait-il ? s'interrogea-t-elle.

— Il n'a pas menti. Il a oublié de te le dire. Ce n'est pas du tout la même chose », lui fit remarquer James.

Au cours du repas au Shun Lee West, Mindy décida que le mystère n'avait que trop duré. « Sam ? Tu n'aurais pas quelque chose à me dire, par hasard ? » demanda-t-elle.

L'espace d'une seconde, Sam eut l'air inquiet. Devinant ce que Mindy avait en tête, il se maudit de n'avoir pas demandé à Roberto de garder le secret. Les gens au Numéro 1 étaient tellement curieux. Pourquoi ne s'occupaient-ils pas de leurs oignons ? « Non, répondit-il en fourrant dans sa bouche un énorme beignet de crevette.

— Roberto m'a raconté que tu étais allé chez les Rice avant Noël.

— Ah oui ! C'est vrai ! Cette dame, madame Trucmuche, elle n'arrivait pas à allumer son ordinateur.

— Je t'en prie, n'utilise pas ce mot, "dame" quand tu parles d'une femme. Dis "femme".

— OK. Cette femme avait des petits soucis avec sa connexion Internet.

— C'est tout ?

— Oui, je te jure.

— J'exige de tout savoir. S'il y a quelque chose de nouveau ou de différent dans cet appartement, il faut que je le sache.

— Il n'y a rien de changé. C'est un appartement, c'est tout. »

Sam n'avait pas parlé à Mindy de cette visite chez Annalisa Rice pour une raison toute simple : il n'avait pas encore appris à mentir efficacement à sa mère. Il savait qu'elle finirait par lui faire avouer qu'Annalisa lui avait donné les clés, puis elle le tannerait jusqu'à ce qu'il les lui remette, et alors elle irait en douce dans l'appartement.

C'est exactement ainsi que les choses se passèrent. « Sam, fit Mindy d'une voix mielleuse dès qu'ils furent rentrés, tu me caches quelque chose.

— Mais non.

— Alors pourquoi cet air de conspirateur ? Tu as vu quelque chose, et Annalisa Rice t'a dit de ne pas m'en parler. Qu'est-ce que c'est ?

— Rien. Elle m'a confié les clés de chez elle, c'est tout, lâcha-t-il.

— Donne-les-moi.

— Non. C'est à moi qu'elle les a confiées, pas à toi. » Mindy fit mine d'oublier la chose. Mais dès le lendemain matin, elle repartit à l'assaut. « En tant que présidente du conseil de copropriété, il est de mon devoir de m'assurer que rien de fâcheux ne se produit dans cet appartement.

— Rien de fâcheux ? fit James en levant les yeux de son bol de céréales. La seule chose fâcheuse dans cet immeuble, c'est toi.

— En plus, ils ont une gouvernante. Elle est sans doute restée dans l'appartement, dit Sam.

— Non, elle est rentrée en Irlande pour les vacances, répondit Mindy. C'est Roberto qui me l'a dit.

— Heureusement que Roberto ne travaille pas pour la sécurité nationale ! remarqua James.

— Tu ne pourrais pas m'aider un peu, toi ? lui dit Mindy.

— Non. Je refuse de participer à des activités illégales. Sam, donne les clés à ta mère. Sinon, nous n'aurons jamais la paix. »

Sam tendit les clés à Mindy à contrecœur. Elle s'engouffra immédiatement dans l'ascenseur, direction le penthouse.

Dans la cabine, elle se rappela avec un pincement au cœur qu'elle n'avait jamais fait partie des rares privilégiés invités par Mrs Houghton pour le thé, ou pour la fête de Noël qu'elle organisait tous les ans. En dépit de la position que Mindy occupait dans l'immeuble, Mrs Houghton l'avait dans une large mesure ignorée, même si, pour être honnête, il fallait tenir compte du fait qu'à l'installation des Gooch au Numéro 1, elle avait presque quatre-vingt-dix ans et ne sortait pratiquement plus de chez elle. Elle descendait néanmoins de temps en temps tel un ange (ou une déesse grecque) venu du ciel pour se mêler à la foule des mortels. Toute droite sur ses jambes frêles, comme un général devant l'ennemi, elle prenait l'ascenseur, enveloppée dans son étole de zibeline, avec ses perles et ses diamants autour du cou – on disait qu'elle portait toujours de vrais bijoux et ne craignait même pas d'être attaquée, persuadée que sa célébrité et sa réputation la protégeaient. L'infirmière ou la gouvernante prévenait les portiers que sa Majesté « descendait », si bien que lorsque les portes de l'ascenseur s'ouvraient sur le hall, Mrs Houghton était accueillie par au moins deux portiers, un factotum et le gérant. « Puis-je vous aider, Mrs Houghton ? » proposait alors ce dernier en lui offrant le bras pour les quelques pas qui la séparaient de sa vieille Cadillac. Lorsque Mrs Houghton descendait, Mindy se débrouillait pour être dans les parages. Même si elle se refusait par principe à faire des courbettes devant qui que ce soit, c'était quand même bien ce qu'elle faisait avec Mrs Houghton.

« Mrs Houghton ? disait-elle d'un ton douceâtre en esquissant une sorte de révérence. Je m'appelle Mindy Gooch. J'habite ici. Je fais partie du conseil de copropriété. Vous me connaissez, non ? Mindy Gooch ? » Et même s'il était clair que Mrs Houghton n'avait pas la moindre idée de qui elle était, elle n'en laissait rien voir. « Mais bien sûr ! Oh, ma chère ! » s'exclamait la vieille dame comme si Mindy était une parente retrouvée après une longue séparation. Puis elle posait la main sur son poignet et lui demandait : « Et comment allez-vous ? » Hélas, ce bref échange en restait là. Avant même que Mindy ait trouvé quelque chose à répondre, Mrs Houghton se tournait vers l'un des portiers.

Mais à présent, en lieu et place de la gracieuse Mrs Houghton, ils se retrouvaient avec l'abject Paul Rice. Comme elle l'avait accepté dans l'immeuble, Mindy estima qu'elle avait bien le droit de s'introduire chez lui. Paul Rice se livrait probablement à des activités illégales et nuisibles. Il était donc de son devoir à elle de protéger les autres résidents.

Elle eut quelques difficultés avec les clés, lesquelles étaient électroniques, ce qui pouvait être considéré comme une violation du règlement de la copropriété. Lorsque la porte s'ouvrit enfin, Mindy manqua de s'étaler dans l'entrée. Comme elle ne s'intéressait pas à l'art (« On ne peut pas s'intéresser à tout dans cette ville, sinon on n'a plus le temps de s'épanouir », avait-elle écrit récemment dans son blog), elle remarqua à peine la photo lesbienne. Dans le salon, sommairement meublé, peut-être à dessein ou alors parce que les Rice n'étaient pas encore complètement installés, un mobile composé d'éléments en papier mâché représentant des voitures cachait la cheminée. Un truc de gamin, se dit Mindy avec dédain. Elle entra dans la cuisine. Là aussi, elle fut déçue. C'était une cuisine haut de gamme comme tant d'autres, avec des plans de travail en marbre et des appareils ménagers dignes d'un grand restaurant. Elle jeta un coup d'œil dans la chambre de la gouvernante. Encore une pièce sans caractère, avec un écran télé plat et un lit simple sur lequel étaient empilés plein de coussins. En soulevant le coin de la couette en duvet, Mindy vit que les draps venaient de chez Pratesi. Elle en conçut un certain agacement. Décidément, ces gens savaient comment gaspiller leur argent ! James et elle avaient les mêmes draps, achetés en solde chez Bloomingdale, depuis dix ans. Elle monta, traversa deux chambres – vides – et une salle de bains. Elle alla jusqu'au bout du couloir et arriva dans le bureau d'Annalisa. Posées sur une étagère, elle vit des photos encadrées, peut-être bien les seuls objets personnels dans tout l'appartement. Il y en avait une grande et très fleur bleue d'Annalisa et Paul le jour de leur mariage. Paul, plus mince que maintenant, portait un queue-de-pie et Annalisa une petite tiare couverte de perles avec un voile de dentelle. Tous deux avaient l'air heureux, mais les gens avaient toujours l'air heureux le jour de leur mariage. Il y avait également des photos de Paul et Annalisa à un anniversaire, coiffés de cônes en papier, de Paul et Annalisa avec ses parents à elle visiblement, devant une maison à Georgetown, de Paul dans un kayak, d'Annalisa sur les marches de la Piazza di Spagna à Rome. Tout cela était désespérément normal !

Elle entra dans la chambre, vit la cheminée et les étagères encastrées, admira le lit à baldaquin. Mais ce furent les draps qui la firent frémir. De l'or ! C'était un peu too much, quand même, se dit-elle en s'approchant de la commode, sur laquelle était posé un plateau en argent avec des bouteilles de parfum. Elle prit un petit flacon de Joy – le vrai parfum, et pas simplement l'eau de toilette que James et Sam lui avaient offerte une année pour la fête des Mères et qu'elle ne mettait jamais parce qu'elle oubliait toujours ces trucs de filles. Mais ici, dans la chambre d'une autre, elle ouvrit prudemment le flacon et se mit quelques gouttes de parfum derrière les oreilles. Puis elle s'assit sur le bord du lit en regardant autour d'elle et en s'imaginant ce que ça devait faire, d'être Annalisa Rice et de ne pas avoir à se soucier d'argent. Certes, la chose avait un prix – Paul Rice. Comment pouvait-on vivre avec un type pareil ? Au moins Mindy menait James à la baguette. Il n'était pas parfait, mais elle pouvait toujours être elle-même avec lui, et ça, ça valait tous les draps Pratesi du monde.

Mindy se leva et, voyant que la porte de la penderie était entrebâillée, la poussa. Elle découvrit un immense dressing, au moins trois fois plus grand que la chambre de Sam, avec, sur toute la longueur d'un mur, une étagère de boîtes à chaussures et, en dessous, une autre où étaient empilés des sacs, des foulards et des ceintures. De l'autre côté, il y avait une tringle où étaient suspendus des vêtements, dont certains avaient toujours leur étiquette. Mindy caressa une veste en cuir qui coûtait huit mille huit cents dollars. Elle sentit la rage l'envahir. Dire que ce n'était là qu'une toute petite partie de ce que des gens riches pouvaient s'offrir ! Dans ces conditions, comment rivaliser avec ses voisins, quand les voisins en question pouvaient débourser huit mille dollars pour des vêtements qu'ils ne mettraient jamais ?

Elle s'apprêtait à partir quand elle aperçut, pendus sur des cintres métalliques, des ensembles veste-pantalon usés et déformés. Tiens tiens, des reliques de l'ancienne vie d'Annalisa Rice. Pourquoi les avait-elle conservées ? Pour ne pas oublier d'où elle venait ? Ou bien au contraire pour se réserver une porte de sortie si les choses se gâtaient ?

Décidément, elle trouvait ces gens riches bien ennuyeux. James et elle étaient cent fois plus intéressants, même avec cent fois moins d'argent. Elle sortit de la chambre et monta jusqu'à la salle de bal. Les escaliers débouchaient sur une autre entrée au sol marbré, avec une double porte en bois verrouillée. Qu'importait, puisqu'elle avait la clé ! Elle ouvrit et s'arrêta un instant sur le seuil. La pénombre régnait dans la pièce, comme si les fenêtres étaient occultées. Pourtant, il n'y avait pas de rideaux. Elle entra avec prudence.

Ainsi, voilà ce qu'ils avaient fait de la légendaire salle de bal de Mrs Houghton ! La pauvre se retournerait dans sa tombe si elle savait ! Les seules choses qui n'avaient pas disparu, c'étaient la cheminée et le plafond. Quant aux peintures murales représentant des scènes de la mythologie grecque, elles avaient été recouvertes de panneaux de Placoplâtre blanc. Au centre de la pièce trônait le fameux aquarium, vide. Au-dessus de la cheminée, Mindy vit un cadre métallique noir. Elle s'approcha et se mit sur la pointe des pieds pour l'examiner de plus près. Dans les bordures étaient encastrées des lumières colorées de la taille d'une tête d'épingle. Sans doute un écran en trois dimensions, un peu comme dans un film de science-fiction. Mindy se demanda s'il fonctionnait vraiment ou si tout cela n'était que du bluff. Deux placards encadraient la cheminée. Ils étaient verrouillés. Cette fois-ci, Mindy n'avait pas la clé. Elle colla son oreille sur l'une des portes et perçut un ronronnement aigu. Bon sang ! Rien d'intéressant ici ! Sam avait raison. C'était un appartement, rien de plus.

Agacée, elle s'installa au bureau de Paul. Le fauteuil pivotant, revêtu de daim couleur chocolat, avait des lignes modernes et épurées, comme le bureau lui-même, un immense plateau de bois poli. Il n'y avait pratiquement rien dessus, à part un petit bloc de papier provenant d'un hôtel, un pot en argent contenant six crayons-gommes soigneusement rangés et, dans un cadre argenté, une photo d'un chien-loup. Probablement le compagnon de jeux de Paul quand il était petit. Son Rosebud à lui, en quelque sorte, songea Mindy avec dégoût.

Elle replaça la photo et prit le bloc de papier. Il provenait du Four Seasons de Bangkok. La première page était blanche, mais les deux suivantes étaient recouvertes d'équations mathématiques écrites au crayon noir qui lui parurent sibyllines. Sur la quatrième page, elle tomba sur une phrase écrite en toutes petites majuscules : NOUS SOMMES LES NOUVEAUX RICHES.

Et toi, t'es un connard de première, ajouta Mindy in petto. Elle mit le carnet dans sa poche. En rentrant de vacances, Paul s'apercevrait de sa disparition et saurait que quelqu'un était entré dans son appartement. Ce serait son petit message à elle.

Elle trouva son propre appartement fouillis et négligé par rapport à la propreté ordonnée de la demeure des Rice. Finalement, l'appartement de ses voisins ressemblait à une chambre d'hôtel, songea-t-elle en s'installant devant son ordinateur. « Aujourd'hui, j'ai découvert l'une des joies de ne pas tout avoir : celle de ne pas tout vouloir », écrivit-elle avec délectation.

Cesse de réfléchir, agis, s'exhorta Philip. C'était la meilleure politique à suivre en matière de femmes. À trop penser à elles et au sens de nos relations avec elles, on finit par s'attirer des ennuis. Il y en avait toujours un (ou plutôt une) qui se disait déçue, sans que bien sûr l'autre (l'homme) ne se sente responsable. L'homme ne pouvait pas s'empêcher d'aimer les femmes et le cul. C'est ainsi que, ce matin-là, Philip finit par capituler et par demander à Lola de venir s'installer chez lui.

Il se rendit immédiatement compte de son erreur. Mais il ne pouvait plus revenir sur ce qu'il avait dit. Lola sauta sur place et se jeta à son cou. « Tout doux, tout doux, lui dit-il en lui tapotant le dos. Il s'agit juste de vivre ensemble, pas de se marier. On va voir ce que ça donne.

— On va être tellement heureux ensemble ! » s'exclama-t-elle. Puis elle alla chercher son bikini dans sa valise. Vêtue d'un minuscule sarong noué avec audace autour de ses hanches, elle l'accompagna en sautillant jusqu'à la plage.

À présent, elle batifolait dans les vagues comme un jeune chien en se retournant vers lui de temps en temps pour lui faire signe de la rejoindre. « Il est trop tôt, cria-t-il sans quitter sa chaise longue.

— Il est onze heures, gros bêta, répondit-elle en l'aspergeant.

— Je n'aime pas me mouiller avant le déjeuner.

— Pourtant, tu prends bien ta douche le matin, non ? répondit-elle, taquine.

— Ce n'est pas ça que je voulais dire. » Il sourit avec indulgence et reprit sa lecture de *The Economist*.

Lola prenait toujours tout au pied de la lettre, songea-t-il. Mais était-ce vraiment important ? Ne pas réfléchir. De toute façon, elle venait s'installer chez lui. Si ça marchait, tant mieux. Sinon, ils passeraient à autre chose. Rien de grave à ça. Il feuilleta le magazine – le partenariat Time-Warner prenait fin, vit-il – puis le posa sur le sable. Il ferma les yeux. Il avait vraiment besoin de vacances. Maintenant que le problème Lola était réglé, il pourrait peut-être enfin se reposer.

Pourtant, il était loin d'imaginer en arriver là lorsqu'il avait retrouvé Lola à l'aéroport deux jours plus tôt. Perdue au milieu de la foule bariolée des vacanciers, elle était assise, l'air triste et délaissée, sur sa valise – une Vuitton à roulettes – les cheveux tombant sur ses immenses lunettes de soleil à monture blanche, qu'elle retira lorsqu'il s'approcha d'elle. Elle avait les yeux gonflés. « Je n'aurais pas dû venir, lui annonça-t-elle. Je ne savais pas quoi faire. Je voulais t'appeler, mais j'avais peur de te gâcher ton Noël. Et de te décevoir. Et puis, je ne pouvais rien faire. Toute cette histoire est si déprimante.

— Quelqu'un est mort dans ta famille ?

— Si seulement c'était ça ! Mes parents sont ruinés. Et maintenant, je vais devoir quitter New York. »

Philip ne comprenait pas comment ses parents avaient pu perdre tout leur argent. Ces gens-là ne faisaient donc pas d'économies ? Tels qu'il se les était imaginés, les Fabrikant père et mère étaient des personnes certes un peu superficielles et ridicules, mais simples et terre-à-terre, qui ne se laisseraient jamais entraîner dans un scandale quel qu'il soit. Beetelle en particulier. Elle était trop volubile, trop centrée sur sa toute petite vie et trop portée à juger ses semblables pour se fourrer dans une situation qui l'exposerait elle-même au jugement des autres. Pourtant, Lola lui répéta que c'était la stricte vérité. Elle allait devoir quitter New York. Elle ne savait pas où elle s'installerait, mais ça ne serait certainement pas avec ses parents. Pire encore, elle ne pourrait plus travailler pour lui.

Il comprit tout de suite ce qu'elle attendait de lui. Avec un simple mot, il pouvait résoudre tous ses problèmes. S'occuper d'elle ne serait pas pour lui une véritable charge financière, puisqu'il avait plein d'argent et pas d'enfant. Mais était-ce la chose à faire ? D'instinct, il sut que la réponse était non. Pour le moment, elle n'était pas sous sa responsabilité. Mais si elle venait vivre avec lui...

Ils firent l'amour à peine installés à l'hôtel Cotton House de l'île Moustique. Mais au moment où il allait jouir, les jambes de Lola sur ses épaules, elle se mit à pleurer en silence en détournant la tête comme si elle ne voulait pas qu'il la voie. « Qu'est-ce qui ne va pas ? lui demanda-t-il.

— Rien, gémit-elle.

— Si, il y a quelque chose. Je te fais mal ?

— Non.

— Je vais jouir.

— C'est peut-être bien la dernière fois qu'on fait l'amour. C'est pour ça que je suis triste. »

Il débanda d'un coup. Puis s'allongea près d'elle.

« Pardon, dit-elle en lui caressant le visage.

— On a toute la semaine pour faire l'amour.

— Je sais. » Elle se leva en soupirant, s'approcha du miroir et se brossa les cheveux d'un air distrait, en regardant son propre reflet, puis celui de Philip. « Mais après cette semaine, on ne se verra peut-être plus du tout.

— Oh, Lola, c'est le genre de chose qui n'arrive que dans les films. Ou dans les bouquins de Nicholas Sparks.

— Pourquoi tu plaisantes toujours quand je dis quelque chose de grave ? Visiblement, que je reste à New York ou pas, ça t'est égal.

— Là, tu te trompes. »

Croyant lui faire plaisir, il l'emmena boire un verre chez Basil's, qui devait sa célébrité au fait que c'était l'un des repaires de Mick Jagger. Mick Jagger lui-même était là. Pourtant, Lola continua à boire son punch à la paille, le regard fixé sur le port de plaisance où étaient amarrés des yachts, comme si elle ne s'en était pas aperçue ou s'en fichait. Elle répondit à Philip par monosyllabes, et lorsqu'il alla voir Mick pour lui demander de se joindre à eux afin qu'il lui présente Lola, elle se contenta de lever vers la star de grands yeux tristes en lui tendant une main molle, comme si Philip la violait secrètement tous les soirs.

« Tu te rends compte ? Tu as été présentée à Mick Jagger ! lui dit Philip une fois que Mick fut retourné à sa table. C'est super, non ?

— Oui, si on veut. Mais qu'est-ce que ça change ? C'est pas lui qui va m'aider. »

Ils rentrèrent à l'hôtel. Elle décida d'aller se promener seule sur la plage, expliquant qu'elle avait besoin de réfléchir. Philip essaya de faire la sieste. Le lit était équipé d'une élégante moustiquaire, qu'il ne parvint pas à fermer correctement, si bien qu'après avoir été piqué trois fois, il renonça et alla boire quelques verres au bar. Au dîner, Lola commanda un gros homard qu'elle picora. Lorsque le serveur vint s'enquérir de ce qui n'allait pas, elle fondit en larmes.

Le lendemain, les choses ne s'arrangèrent guère. Ils allèrent à la plage. Lola passa la journée soit à se morfondre sur sa serviette, soit à essayer de le rendre jaloux en flirtant avec deux jeunes Anglais. Philip se rendit compte qu'il fallait qu'il lui cède, ou qu'il se sépare d'elle. Pourquoi les femmes vous forçaient-elles toujours à prendre une décision ?

Dans l'après-midi, elle annonça qu'elle allait dormir un peu pendant qu'il se faisait masser. Quand il retourna au bungalow, elle n'était pas là. Il paniqua. Et s'il l'avait sous-estimée ? Si elle avait fait une bêtise ? Il essaya de la joindre sur son portable, avant de se rendre compte qu'elle l'avait laissé dans la chambre, ainsi que son sac. Voilà qui était inhabituel. Il alla à la réception et trouva un porteur qui voulut bien faire avec lui le tour des jardins de l'hôtel en voiturette pour tenter de la trouver. Ils cherchèrent pendant une heure. Lola s'était mystérieusement volatilisée. Le porteur rassura Philip. Elle ne pouvait pas aller bien loin. Après tout, ils étaient sur une île. Mais cela ne fit qu'ajouter à l'inquiétude de Philip en lui rappelant l'histoire de cette jeune Américaine qui avait disparu sur une petite île des Caraïbes deux ans auparavant. Lola était peut-être allée faire du shopping, suggéra l'employé. Philip prit un taxi jusqu'au port, écuma les bars et les boutiques avant de rentrer à l'hôtel, déconfit. Et maintenant, il était censé faire quoi ? Téléphoner à ses parents pour leur dire : « Je viens d'apprendre que vous avez perdu tout votre argent. J'en suis bien navré, mais figurez-vous que vous avez aussi perdu votre fille » ? Il l'appela de nouveau sur son portable, au cas, peu probable, où elle serait rentrée pendant son absence. L'appareil couina dans son sac. Il raccrocha, incapable de supporter cette sonnerie à laquelle personne ne répondait.

Enfin, à six heures du soir, elle débarqua. Ses yeux étaient toujours tristes, mais sa peau rayonnait, comme si elle s'était baignée. « Tiens, dit-elle, tu es de retour.

— Ben oui. Et toi, tu étais où ? Cela fait trois heures que je te cherche partout. »

Son visage s'anima, avant de retrouver son expression déprimée. « Je me suis dit que tu voulais rester seul.

— Pourquoi tu dis ça ? Je suis simplement allé me faire masser.

— Je sais. Mais je n'ai vraiment pas été drôle ces derniers jours. Je ne voudrais pas te gâcher tes vacances.

— Tu étais où ?

— Dans une grotte.

— Comment ça, une grotte ?

— J'en ai découvert une petite creusée dans la roche par la mer.

— Et tu as passé trois heures là-dedans ?

— Oui. J'avais besoin d'un endroit pour réfléchir. Et j'ai compris que, quoi qu'il arrive, je t'aime. Je t'aimerai toujours. C'est plus fort que moi. »

Philip se sentit une âme de protecteur. Elle était si jeune, si innocente. Il pourrait la former. Il l'attira vers lui. Elle fit l'amour avec ardeur, le suça tout en lui caressant l'anus avec son doigt. Il jouit avec une intensité qui le laissa sans souffle. Renoncer à cela ? C'était impossible.

Cette nuit-là, pour une raison qu'il ne s'expliquait pas, il ne put se résoudre à lui demander de venir s'installer avec lui. Mais pendant le dîner, Lola redevint pour ainsi dire elle-même, c'est-à-dire qu'elle envoya des textos pendant tout le repas, flirta avec le serveur et caressa le pied de Philip sous la table avec son orteil. Elle n'aborda toutefois pas la question de leur relation, ni celle des soucis financiers de ses parents. Lui non plus d'ailleurs.

Le lendemain matin, en se réveillant, il s'aperçut qu'elle préparait ses bagages. « Tu fais quoi ?

— Philip, l'une des choses que j'ai comprises dans la grotte, c'est que je t'aime trop pour qu'on continue comme ça. Si on ne vit pas ensemble, il vaut mieux que je ne tombe pas davantage amoureuse de toi. Je souffrirais encore plus à la fin. Alors je m'en vais. Ma mère a besoin de moi. Et je ne suis pas sûre que toi tu aies besoin de moi. »

Il se rendit compte qu'elle avait raison. Lui non plus

ne pouvait pas continuer ainsi. En la voyant se pencher pour fouiller dans sa valise, il se souvint de la façon dont ils avaient fait l'amour la veille. « Lola, tu n'es pas obligée de partir.

— Si, Philip, répondit-elle sans le regarder.

— Ce que je veux dire, c'est que... c'est que.... tu peux venir t'installer chez moi. Si tu veux », ajouta-t-il comme si la décision ne dépendait pas de lui.

En se remémorant cette scène, Philip s'allongea sur sa chaise longue, les bras croisés derrière la tête. Elle avait dit oui, bien sûr. Elle l'aimait.

Le gazouillis de son téléphone portable vint interrompre ses rêveries. Un numéro commençant par 212 s'afficha. C'était certainement Enid qui l'appelait pour lui souhaiter bonne année. Le désarroi l'envahit. Il allait bien falloir dire à sa tante que Lola venait s'installer chez lui. Enid n'apprécierait pas la nouvelle.

« Allô ? »

Il fut agréablement surpris en reconnaissant la voix à l'autre bout du fil. Schiffer !

« Salut, mon p'tit. Comment ça va ? Tu fais quoi ?

— Et toi ? Je croyais que tu étais à Saint Barth'.

— Eh bien non. J'ai changé d'avis. Pourquoi poursuivre une relation avec un homme dont je ne suis pas amoureuse ? Est-ce que j'ai vraiment besoin de ce type ?

— Je ne sais pas. Je croyais...

— Tu ne pensais tout de même pas que c'était sérieux avec Brumminger ?

— Pourquoi pas ? À ce que tout le monde dit, c'est un gars bien.

— Allons, un peu de réalisme, Philip. Et au fait, toi, tu es où ? Si tu te trouves dans les parages, on pourrait se voir avec Enid. Je l'ai un peu négligée ces derniers temps.

— Impossible, murmura Philip, la gorge serrée.

— Pourquoi ? Tu es où ? Je t'entends à peine, mon p'tit. Parle plus fort.

— Je suis sur l'île Moustique.

— Comment ?

— Sur l'île Moustique ! cria-t-il.

— Qu'est-ce que tu fous là-bas ?

— Je suis avec Lola, répondit-il d'un ton résigné.

— Oh, je comprends.

— Je croyais que... Brumminger et toi, vous... Bref, je lui ai proposé de venir s'installer chez moi.

— Mais c'est super ! enchaîna-t-elle sans une seconde d'hésitation. Il était temps que tu te stabilises.

— Je ne me stabilise pas. C'est juste que...

— Te fatigue pas, mon p'tit. Ce n'est pas grave. J'appelais juste au cas où tu voudrais prendre un verre avec moi. On fera ça à ton retour. »

Elle raccrocha. Philip regarda l'appareil, résigné. Jamais il ne comprendrait les femmes. Il posa le téléphone et chercha Lola du regard. Elle était encore en train de barboter. Mais elle avait enlevé son haut de maillot de bain, à l'européenne, et sautillait gaiement en faisant semblant de ne pas se rendre compte que toute la plage la regardait. À quelques mètres de là, deux vieux messieurs aux cheveux blancs l'avaient repérée. Ils se dirigèrent droit vers elle. L'un d'eux lui cria avec un accent anglais : « Hé, poulette ! On joue ensemble ? »

« Lola ! » s'exclama Philip d'un ton sévère. Il allait lui ordonner de remettre son soutien-gorge lorsqu'il se ravisa, de crainte de passer pour un vieux barbon, voire carrément pour son père. Il se leva en souriant, comme s'il allait la rejoindre. Il replia ses lunettes et les posa avec précaution sur la table, à l'ombre du parasol. Il était quoi au juste ? songea-t-il en regardant Lola. L'homme le plus chanceux de la terre ? Ou la risée du monde entier ?

ACTE TROIS

13

Mindy entra dans la chambre avec la version imprimée de son blog dans la main. « Écoute ça, dit-elle. "Le sexe est-il *vraiment* nécessaire" ? »

— Hein ? répondit James en levant le nez de son tiroir à chaussettes.

— Je répète : "Le sexe est-il vraiment nécessaire ? Nous partons du principe qu'avoir une vie sexuelle est essentiel. Selon la culture populaire, c'est aussi indispensable à notre survie que manger ou respirer. Mais si on y réfléchit bien, passé un certain âge, le sexe s'avère totalement inutile." »

James trouva deux chaussettes identiques et les sortit du tiroir. S'il y avait bien quelque chose d'inutile, à son avis, c'était le blog de Mindy.

« "Une fois passé l'âge de procréer, à quoi bon ? Tous les jours en allant au bureau, je passe devant au moins cinq affiches publicitaires qui cherchent à me vendre du sexe sous forme de lingerie en dentelle..." »

James enfila ses chaussettes tout en imaginant Lola Fabrikant en dessous affriolants.

« "Comme si l'on pouvait trouver dans la lingerie en dentelle la réponse à nos insatisfactions !" »

Peut-être pas, songea James in petto, mais ça ne peut pas faire de mal.

« "Moi je dis, arrachons les affiches ! Brûlons les boutiques Victoria's Secret ! Pensez à ce que nous autres, femmes, pourrions accomplir si nous n'avions pas à nous préoccuper du sexe !" » Elle s'interrompit, l'air triomphant, et regarda James. « Alors, qu'en penses-tu ?

— Cesse d'écrire sur moi, s'il te plaît.

— Mais je ne parle pas de toi. Tu as entendu ton nom mentionné ?

— Pas encore, mais ça va venir.

— Il se trouve que tu ne figures pas dans cet article.

— Est-il possible d'en faire une règle dorénavant ?

— Pas question. Je suis ta femme. Ce blog parle de ma vie. Dois-je faire comme si tu n'existais pas ?

— Oui. » La réponse de James était purement rhétorique. Pour des raisons qui lui échappaient totalement, le blog de Mindy avait de plus en plus de succès – tellement de succès à dire vrai qu'elle avait même obtenu un rendez-vous avec un producteur de *The View*, lequel envisageait de lui confier une chronique.

Depuis, il n'y avait plus moyen de la refréner. Peu importaient la publication à venir de son livre, l'avance d'un million de dollars qu'il avait décrochée, sa réussite – enfin ! – car tout tournait encore autour de Mindy.

« Tu ne pourrais pas au moins modifier mon nom ?

— Comment veux-tu que je fasse ? C'est trop tard, tout le monde sait que tu es mon mari. En plus, tu écris, comme moi. Alors tu vois très bien comment ça se passe. Le public exige de tout savoir de notre vie. »

Seule leur vie sexuelle échappait à la règle, se dit James, tout simplement parce qu'ils n'en avaient pas. « Tu devrais te préparer pour le dîner, non ?

— Je suis prête, dit-elle, en montrant le pantalon en laine gris et le pull à col roulé qu'elle portait. C'est juste un dîner dans le quartier, au Knickerbocker. Et il fait moins douze dehors. Alors je ne vais quand même pas me mettre sur mon trente et un pour une petite traînée de vingt-deux ans.

— Je ne vois pas ce qui te fait dire que c'est une traînée.

— Typiquement masculin comme réaction ! Philip et toi, vous êtes complètement dupes. C'est vrai qu'elle a beaucoup d'intelligence et de conversation, Lola Fabrikant.

— Oh, tu exagères !

— Vraiment ? Dans ce cas, pourquoi tu as mis une cravate ?

— J'en mets tout le temps.

— Faux !

— Peut-être que je suis en train de changer. » Il haussa les épaules, feignant la décontraction.

Heureusement, Mindy ne sembla pas relever sa feinte. « Ça ne va pas du tout avec ce pull en V. Ça fait ringard. »

James enleva ledit pull puis, résigné, la cravate.

« C'est pour quoi déjà, ce dîner ? demanda Mindy pour la énième fois.

— Oakland nous a invités, tu ne te souviens pas ? On vit dans le même immeuble depuis dix ans et on n'est jamais sortis ensemble. J'ai pensé que ce serait sympa.

— Ah. Parce que tu l'aimes bien maintenant ?

— Je n'ai rien contre lui.

— Je croyais que tu le détestais, parce qu'il ne te reconnaissait jamais. »

Ah ! le mariage ! Un vrai boulet qui vous enchaînait au passé.

« J'ai dit ça ?

— Oui, et plus d'une fois. »

James alla dans la salle de bains pour échapper à Mindy et à ses questions. Mais elle avait raison : il lui avait menti. Philip ne les avait pas invités. Mieux, durant la première quinzaine de janvier, il avait même cherché à se soustraire à ce dîner en pressant le pas dès qu'il croisait James dans le hall. Mais James avait insisté et Philip avait fini par accepter. Certes, James ne pouvait pas le supporter. Par contre, il n'avait rien contre Lola. Depuis qu'il l'avait rencontrée chez Paul Smith, il entretenait l'espoir insensé qu'elle puisse s'intéresser à lui.

À l'idée de revoir l'adorable Lola Fabrikant en chair et en os dans les minutes à venir, James retira ses lunettes et s'approcha du miroir. Ses yeux avaient quelque chose de fragile, d'innocent, comme ceux des habitants de la caverne de Platon avant d'être exposés à la lumière. Deux rides profondes creusées par les insatisfactions de sa vie marquaient l'espace entre ses sourcils. Il tira sur sa peau pour effacer les traces de sa mélancolie puis s'approcha de la porte de la salle de bains et demanda : « Comment ça s'appelle déjà, ce truc ?

— Quoi donc ? » Elle avait enlevé son pantalon et enfilait d'épais collants noirs.

« Ce que les gens de la haute utilisent contre les rides.

— Le Botox ? Eh bien, quoi ?

— Je me disais que j'allais peut-être me faire faire des injections. » Voyant le regard stupéfait de Mindy, il s'empressa d'ajouter : « Ça pourrait être bien pour la promotion de mon livre. Ça ne peut pas faire de mal d'avoir l'air plus jeune. C'est ce que tout le monde dit, non ? »

Lola détestait le Knickerbocker : c'était toujours plein de vieux et de gens du quartier – une engeance tout sauf glamour, qui portait des pulls pelucheux et des lunettes de vue. Si c'était ça, la vie avec Philip, elle se tuerait. Elle se consola en se rappelant qu'ils dînaient avec James Gooch, lequel sortait un livre dont tout le monde parlait, même si Philip disait ne pas comprendre pourquoi. D'après lui, James Gooch était un écrivain de seconde zone. Quand bien même, Lola se demandait pourquoi Philip ne l'aimait pas. C'était un homme agréable, qu'elle pourrait manipuler aisément. D'ailleurs, il ne cessait de la regarder, détournant les yeux lorsqu'elle l'y prenait.

Quant à son épouse, c'était une autre histoire. Chaque fois qu'elle ouvrait la bouche, Lola sentait ses poils se hérisser. Mindy l'ignorait totalement et ne se donnait même pas la peine de s'en cacher. Elle avait les yeux rivés sur Philip. Non pas que Lola ait envie de lui parler ; elle la trouvait un peu effrayante avec sa coupe des années quatre-vingt, son nez pointu et son teint pâle. Le plus curieux, c'était cette manière de se comporter comme si elle était jolie. Mindy avait peut-être été attirante à dix-huit ans, c'est-à-dire il y avait belle lurette. Mais ensuite, sa beauté s'était vite fanée. D'après Lola, ce n'était pas sorcier d'être jolie à dix-huit ans, mais le rester, voilà la vraie prouesse. Pouvait-on être encore attirante à vingt-deux, trente ou quarante ans ? Un jour, Philip lui avait dit qu'il trouvait Schiffer Diamond d'une grande beauté malgré ses quarante-cinq ans. Bien sûr, Lola l'avait contredit. Il avait rétorqué qu'elle était jalouse, ce qu'elle nia, ajoutant qu'au contraire, c'étaient les autres femmes qui la jalousaient ! Philip n'avait pas eu l'air convaincu et pour finir, Lola avait dû admettre que Schiffer Diamond était belle « pour son âge ».

Avec Mindy Gooch, aucune raison d'être jalouse. Pourtant, Lola n'avait qu'une envie : la transpercer d'un coup de fourchette. « Je voudrais mon steak bien cuit, avec des légumes vapeur. Vapeur, pas sautés ; si je vois du beurre, je vous renvoie le plat.

— Bien, madame », répondit le serveur.

Si un jour je deviens comme elle, je me tue, se dit Lola.

Mindy devait être comme cela tout le temps, à en juger par l'indifférence de Philip et de James, tout occupés qu'ils étaient à tenter d'en imposer l'un à l'autre. « Quel est le rôle de l'artiste dans notre société ? demandait James.

— Des fois, je me demande s'il en a toujours un.

— "Il" ? interrompit Mindy. Pourquoi pas "elle" ?

— Autrefois, l'artiste servait de miroir à l'homme et à la société. Il nous montrait la vérité, nous inspirait.

— S'il s'agit d'offrir un miroir à la société, elle n'a plus besoin d'artistes. Il y a la télé réalité pour ça. Et elle est bien plus efficace.

— Quelqu'un a vu *My Super Sweet 16* ? demanda Lola. C'est vraiment génial !

— Oui, moi, dit James.

— Et *The Hills* ? C'est pas super ?

— *The Hills* ? Qu'est-ce que c'est que ça ? » grommela Mindy. James croisa le regard de Lola et lui adressa un sourire.

Après le dîner, James se retrouva seul avec Lola sur le trottoir. Mindy était aux toilettes et Philip discutait avec des amis rencontrés par hasard. Lola boutonnait son manteau. James regardait de-ci, de-là pour éviter de la dévorer des yeux. « Vous devez avoir froid, lui dit-il.

— Non, je ne suis pas frileuse.

— C'est drôle. Ma femme a toujours froid.

— Ah. » Lola n'avait aucune envie de parler de Mindy Gooch. « La sortie de votre livre est prévue pour quand ?

— Dans six semaines, jour pour jour.

— Vous devez être super content. J'ai hâte de le lire.

— Vraiment ? » James fut surpris de l'intérêt qu'elle lui portait. Sa femme se trompait totalement. Lola n'avait rien d'une traînée – c'était une fille intelligente. « Je peux vous donner un exemplaire de lancement.

— Super ! répondit-elle avec ce que James perçut comme un enthousiasme sincère.

— Si vous voulez, je vous l'apporte demain. Vous serez chez vous ?

— Passez à dix heures, pendant que Philip est à la salle de sport. Je m'ennuie à mourir le matin.

— Dix heures, sans faute. »

Elle s'approcha. James s'aperçut qu'elle tremblait. « Vous êtes sûre que vous n'avez pas froid ?

— Peut-être un peu.

— Tenez, prenez ça. » Il enleva l'écharpe rayée en laine qu'il avait achetée à un marchand ambulant, s'assura d'un coup d'œil que ni Philip ni Mindy n'étaient en vue, puis la noua tendrement au cou de Lola. « Voilà, c'est mieux. Vous me la rendrez demain.

— Pas sûr ! Ce n'est pas tous les jours qu'on a l'écharpe d'un écrivain connu !

— Ah ! Vous voilà ! dit Mindy en sortant du restaurant, suivie de Philip.

— Vous êtes partants pour un dernier verre ? proposa James.

— Je suis crevée, répondit Mindy. On n'est que mardi, j'ai une semaine chargée devant moi.

« — Et vous, ça vous dit ? demanda James à Philip.

— Non, moi aussi je suis fatigué. Une autre fois peut-être, répondit ce dernier en donnant le bras à Lola.

— C'est ça, une autre fois », fit James, dévasté.

Lola et Philip rentrèrent tranquillement, devançant James et Mindy de quelques mètres. La jeune femme marchait d'un pas dynamique en tirant Philip par le bras. Parfois, elle le regardait et s'esclaffait. James se demanda ce qui pouvait bien la faire rire. Ah ! se promener avec une jeune femme en devisant gaiement ! Au lieu de cela, il marchait aux côtés de Mindy. Elle était gelée, il le savait, mais elle refusait de porter un chapeau de peur d'être décoiffée. Elle avançait en silence, la tête rentrée dans les épaules et les bras croisés pour lutter contre le froid. Arrivés dans le hall de l'immeuble, Philip et Lola s'engouffrèrent dans l'ascenseur en proposant vaguement de dîner ensemble une prochaine fois. Mindy regagna sa chambre, se déshabilla et enfila son pyjama en flanelle, pendant que James pensait à Lola et à leur rendez-vous du lendemain.

« Merde ! J'ai oublié de sortir Skippy ! s'exclama Mindy.

— Ne t'en fais pas, je vais le faire. »

James emmena le chien dans le passage pavé de Washington Mews au coin de la Cinquième Avenue. Pendant que Skippy faisait sa petite affaire, il regarda le sommet de l'immeuble, dans l'espoir, certes un peu fou, d'apercevoir Lola à des centaines de mètres au-dessus de sa tête. Tout ce qu'il vit, ce fut l'imposante façade de pierre grise. De retour chez lui, il trouva Mindy couchée, en train de lire *The New Yorker*.

« C'était quoi cette histoire ? dit-elle en posant le magazine.

— Quelle histoire ? répondit James en se déchaussant.

— *My Super Sweet 16* ? Des fois, je ne te comprends vraiment pas. » Puis elle éteignit la lumière.

James ne se sentait pas fatigué. Pieds nus, il rejoignit son bureau, s'assit et regarda par la petite fenêtre qui donnait sur leur minuscule cour. Combien d'heures avait-il passées ainsi, à écrire son livre en réfléchissant à chaque mot ? Et tout ça pour quoi ? Tout ce temps passé devant son ordinateur à s'efforcer de recréer la vie alors qu'elle était là, tout près de lui !

Il faut que les choses changent, se dit-il, en pensant à Lola.

Il retourna dans la chambre et s'allongea à côté de sa femme. « Mindy ?

— Mmmm ?

— J'ai vraiment besoin de faire l'amour.

— Très bien. Mais ne compte pas sur moi. En tout cas, pas ce soir. »

Et elle s'endormit. Mais James ne trouvait pas le sommeil. Les secondes passèrent puis, sournoisement, se transformèrent en minutes et en heures. Il se leva et entra dans la salle de bains de Mindy. Il s'y aventurait rarement. Si elle l'y trouvait, elle lui demandait ce qu'il « fichait là » et lui interdisait d'utiliser ses toilettes.

Ce soir, il décida de se soulager quand même et urina dans la cuvette en prenant soin de ne pas asperger le siège. Il ouvrit l'armoire à pharmacie pour chercher de l'aspirine. Personne n'y avait fait le tri depuis des années, mais c'était comme pour tout dans leur vie. Il y avait trois tubes de dentifrice presque vides, de la crème pour bébé, des cosmétiques aux emballages à moitié effacés, et une douzaine de flacons de médicaments, dont trois boîtes de Cipro datées d'octobre 2001 – des antibiotiques que Mindy avait stockés au lendemain du 11 septembre, craignant une nouvelle attaque, un flacon de pilules contre la malaria, des antihistaminiques (contre les piqûres d'insectes et les éruptions cutanées) et une boîte de somnifères qui mettait en garde contre les risques de surdosage. C'était du grand Mindy, se dit-il, prête à toute éventualité, y compris à mourir. Mais pas à faire l'amour. Dépité, il avala une pilule.

Il sombra aussitôt dans un sommeil plein de rêves en Technicolor où il s'élevait dans les airs, visitait d'étranges contrées dont les habitants vivaient sur des bateaux, nageait dans une mer salée et chaude, faisait l'amour avec une star de cinéma. Au moment où il allait jouir, il se réveilla.

« James ? Ça va ? » Déjà debout, Mindy pliait du linge avant de se rendre au bureau.

« Oui.

— Tu parlais dans ton sommeil. Tu gémissais plutôt.

— Ah. » L'espace d'un instant, il voulut retourner à son rêve. Voler, nager, faire l'amour. Mais il se souvint qu'il allait voir Lola et se leva.

« Qu'est-ce que tu as prévu pour aujourd'hui ?

— Je ne sais pas. Rien de spécial.

— On a besoin d'essuie-mains, de produit pour les vitres et de sacs poubelle. De papier aluminium. Et de croquettes pour Skippy. Les mini Eukanuba. Ne te trompe pas, il ne mange pas les grosses.

— Tu ne peux pas me faire une liste ?

— Non. J'en ai marre de tout faire, marre de jouer à la maman dans cette maison. Si tu as besoin d'une liste, tu n'as qu'à la faire toi-même.

— Mais dis donc, c'est quand même moi qui fais les courses !

— C'est vrai, et je t'en suis très reconnaissante. Mais soit tu les fais de A à Z, soit tu ne les fais pas.

— Mmm. » Et voilà ! Encore une journée qui commençait à merveille dans la vie de James Gooch !

« J'y ai beaucoup réfléchi. Tu sais que, depuis que j'écris mon blog, je m'interroge sur certaines choses que j'avais préféré ne pas voir jusque-là. »

Peut-être, se dit James, mais ça n'avait pas l'air d'avoir rendu Mindy plus attentive aux autres. Au contraire, elle continuait à les régenter.

« Et j'en suis venue à la conclusion que dans un couple, un seul adulte, ça ne suffit pas. »

Elle sortit de la chambre avant même qu'il puisse répondre. « Hé hé hé ! » l'entendit-il faire, ce qui voulait dire qu'elle venait d'avoir une idée de génie pour son blog.

« L'un des plaisirs de ne pas tout avoir est de ne pas tout avoir à faire. Ce matin, j'ai eu une grande révélation : C'est fini, je ne marche plus. Tous ces trucs qu'il faut faire : le linge, les courses, les listes – ces listes sans fin. Nous savons toutes comment ça se passe. Vous faites une liste pour votre mari et après, vous vérifiez qu'il a bien suivi la liste. Du coup, vous y passez autant de temps que si vous aviez fait les courses vous-même. Eh bien, tout ça, c'est fini ! Plus de ça chez moi ! Termi-né ! »

Contente d'elle, Mindy retourna dans la chambre, histoire d'en rajouter une couche. « Au fait, autre chose, James. Je sais que ton livre sort dans six semaines, mais il va falloir que tu songes à en commencer un autre. Tout de suite. Si le premier marche bien, ils en voudront un deuxième. Et s'il fait un flop, tu devras te rabattre sur un autre projet.

— Je croyais que tu ne voulais plus jouer à la maman, rétorqua James en levant les yeux au ciel.

— Bien vu. D'accord, c'est toi qui décides. En attendant, n'oublie pas les croquettes. »

Après son départ, James entreprit de s'habiller. Il changea de tenue plusieurs fois, puis finit par opter pour un vieux col roulé en cachemire noir qui lui donnait cet air grave qu'ont les écrivains, tout en restant élégant. Il fut satisfait de son reflet dans le miroir. Si Mindy n'était pas intéressée, cela ne voulait pas dire que les autres femmes seraient indifférentes.

Ce matin-là, en allant à la salle de sport, Philip croisa Shiffer Diamond à l'épicerie fine. Il n'avait cessé de penser à elle depuis son coup de téléphone du jour de l'An. Après tout, il n'avait rien fait de mal. Pourtant, il ressentait le besoin de s'excuser – de se justifier.

« Tiens ! Justement je comptais t'appeler, dit-il.

— Comme toujours. » Maintenant que Lola emménageait chez lui, elle aurait dû ne plus avoir aucun sentiment pour lui. Hélas, ce n'était pas le cas, ce qui générait chez elle une colère irrationnelle. « Dommage que tu ne le fasses jamais, poursuivit-elle.

— Tu peux m'appeler toi aussi.

— Dis-moi, tu n'as pas remarqué que nous sommes grands maintenant ?

— Mmm », fit-il en farfouillant dans le rayon des barres énergétiques. Il se souvint de tous ces dimanches où ils étaient venus ici ensemble après avoir fait l'amour pour acheter de la glace, du café, du bacon et le *New York Times* – des moments de bien-être et de paix tels qu'il n'en avait jamais plus vécu depuis. À l'époque, il se disait qu'ils passeraient leur vie ensemble et qu'à l'âge de quatre-vingts ans, ils partageraient toujours le même rituel dominical. Mais d'autres fois, après une dispute ou lorsqu'elle était retournée à Los Angeles ou partie en tournage sans qu'ils aient fait le moindre projet d'avenir, il s'était retrouvé là, seul et empli d'amertume, à acheter des cigarettes en se promettant de ne plus jamais la revoir.

« Écoute, commença-t-il.

— Mmm ? fit-elle en prenant un magazine avec une photo d'elle en première page.

— Tu fais toujours la collection de tes couvertures ?

— Plus vraiment. » Elle acheta le magazine et se dirigea vers la sortie. Il la suivit.

« À propos de Lola...

— Philip, je te l'ai déjà dit, ça ne me regarde pas. » Mais elle ne l'appelait par son prénom que lorsqu'elle lui en voulait.

« Laisse-moi t'expliquer.

— Non.

— Je n'ai pas vraiment eu le choix. Ses parents sont ruinés. Elle n'avait nulle part où aller. Qu'est-ce que je pouvais faire – la mettre à la rue ?

— Ses parents sont ruinés ? Arrête, Philip ! Tu n'as quand même pas avalé ça.

— C'est la vérité. » Il comprit alors à quel point tout cela avait l'air ridicule. Il ouvrit l'emballage de sa barre énergétique et répliqua : « Tu étais bien avec Brumminger, toi. Alors de quel droit me reproches-tu d'être avec Lola ?

— Je t'ai reproché quelque chose ?

— C'est quand même bien toi qui n'es jamais là. » Pourquoi était-ce toujours si compliqué avec les femmes ?

« Je suis là maintenant, Philip. Depuis des mois, je

suis là, dit-elle en s'arrêtant au coin de la 8ᵉ Rue et de la Cinquième Avenue.

— Dînons ensemble.

— Avec Lola ?

— Non, tous les deux. Que dis-tu de jeudi prochain ? Enid emmène Lola au ballet.

— Tu as tout prévu, à ce que je vois.

— Rien qu'un petit dîner entre deux vieux amis... On peut être amis, quand même, non ? Pourquoi faut-il toujours que tu fasses des histoires ?

— Très bien, mon p'tit. Dînons ensemble. Mais c'est moi qui cuisine. »

Pendant ce temps, au Numéro 1, James Gooch se préparait à faire l'amour à Lola Fabrikant. Pas l'amour physique – une partie de jambes en l'air ne semblait guère relever du possible – mais l'amour avec des mots. Ce qu'il voulait, c'était éveiller son intérêt et son approbation. À dix heures dix – histoire de ne pas paraître trop empressé – il prit l'ascenseur jusqu'au treizième étage. Jusque-là, Lola avait monopolisé ses pensées, mais lorsqu'elle ouvrit la porte, il ne put qu'admirer l'endroit où vivait Philip et le comparer à son modeste logis. Oakland vivait dans un véritable appartement – pas dans un enchevêtrement de pièces minuscules – avec un vestibule, un grand salon doté d'une cheminée, des couloirs. Et quand James suivit Lola dans la pièce à vivre, il aperçut la cuisine, une pièce à part entière avec des plans de travail en granite et une table suffisamment grande pour recevoir quatre convives. On sentait derrière tout cela une fortune bien établie, du goût, de l'originalité, des voyages et un décorateur d'intérieur, le tout étant l'essence même de ce mélange d'ancien et de contemporain si prisé. James remarqua le tapis oriental, la sculpture africaine et les fauteuils club en cuir disposés en face de la cheminée. Combien de fois Oakland s'était-il retrouvé là avec Lola à siroter du scotch et à lui faire l'amour sur la peau de zèbre ?

« Euh, je vous ai apporté mon livre, comme promis », bredouilla-t-il.

Lola portait un tee-shirt fantaisie en dépit des températures hivernales – mais les jeunes femmes d'aujourd'hui n'avaient-elles pas toutes tendance à se dénuder quelle que soit la saison ? – un pantalon écossais qui lui moulait les fesses et de jolies petites mules en velours bleu, brodées d'une tête de mort. Tandis qu'elle tendait la main pour prendre le livre, elle remarqua qu'il regardait ses pieds. « Oui, dit-elle, je sais, elles datent de l'année dernière. Je voulais m'acheter celles avec les anges ou les papillons, mais elles coûtaient six cents dollars. » Elle s'assit sur le divan en soupirant. « Que voulez-vous, je suis pauvre. »

James ne sut pas trop comment réagir à ce flot d'informations. C'est alors que le portable de Lola sonna. Elle prit l'appel, lançant des « Pas possible ! » et des « Merde ! » comme si James n'était pas là. Il en fut quelque peu blessé. Il s'était imaginé qu'elle s'intéressait vraiment à lui, que le livre était peut-être un prétexte. À présent, il n'en était plus si sûr. Au bout de dix minutes, il décida de laisser tomber et se dirigea vers la porte. « Attendez ! » dit Lola. Elle montra le téléphone et fit « blablabla » d'une voix étouffée pour lui faire comprendre qu'elle n'y pouvait rien. Elle éloigna l'appareil de son oreille.

« Vous partez ?
— Ben oui.
— Pourquoi ?

— Je ne sais pas.

— Restez, j'en ai pour une minute. » Une minute, mon œil, songea James en s'asseyant malgré tout, aussi excité qu'un puceau qui espère se faire sauter dessus. Il l'observa en train de faire les cent pas dans la pièce, à la fois fasciné et effrayé par son énergie, sa jeunesse, sa colère et surtout par ce qu'elle pouvait bien penser de lui.

Elle raccrocha et balança son téléphone sur le sofa. « En résumé, lui expliqua-t-elle, deux jet-setteuses se sont battues en boîte. Des types ont tout filmé et l'ont mis sur Snarker.

— Ah bon ? Les filles font encore ce genre de choses ?

— Vous plaisantez ? Ça arrive tout le temps ! Elles sont mauvaises, vous savez.

— Ah ? » Un silence gênant suivit. « J'étais venu vous apporter mon livre.

— J'ai vu. C'est juste que je suis un peu perdue, dit-elle en se cachant le visage dans les mains.

— Vous n'êtes pas tenue de le lire. » Le livre était posé sur la table basse. Sur la couverture se trouvait un croquis en couleurs du « port de New York circa 1775 ». Au-dessus, figurait le titre, *Journal d'un terroriste américain*, en lettres rouges en relief.

Elle releva la tête et lui adressa un regard intense. Puis, se souvenant du livre, elle le ramassa. « J'ai envie de le lire. Vraiment. Mais je suis contrariée à cause de Philip.

— Oh. » C'est vrai, celui-là, il l'avait momentanément oublié.

« Il est si méchant avec moi.

— Vraiment ?

— Depuis qu'il m'a demandé de vivre avec lui, il

n'arrête pas de me critiquer. L'autre jour, je me faisais un gommage au sel dans la salle de bains et j'ai fait tomber du sel par terre. Après, j'ai eu un truc urgent à faire – une course je crois – et quand Philip est rentré, il a glissé sur le sel. Alors quand je suis revenue, il a commencé à me crier dessus et à me dire que je ne rangeais jamais rien.

— Je suis certain que ce n'est pas grave, dit-il en s'approchant d'elle. Les hommes sont comme ça. C'est juste une phase de transition.

— Ah bon ? Vous croyez ?

— Mais oui. Les hommes ont besoin de temps pour s'adapter.

— Alors c'est particulièrement vrai dans le cas de Philip. Ma mère m'avait prévenue. En vieillissant, les hommes tiennent à leurs petites habitudes. Il faut faire avec.

— Vous voyez, répondit-il en se demandant quel âge elle lui donnait.

— Mais c'est difficile, parce que c'est moi qui prends tous les risques. J'ai laissé mon appartement. Alors si ça ne marche pas, je me demande bien ce que je vais devenir.

— Je suis sûr que Philip vous aime », dit James tout en espérant que c'était faux et que lui-même pourrait prendre la place. Mais la chose semblait impossible, à moins que Mindy ne décide de se débarrasser de lui aussi.

« Vous croyez ? Il vous l'a dit ?

— Non, mais pourquoi ne vous aimerait-il pas ? Vous êtes si... si belle.

— Vous le pensez vraiment ? » demanda-t-elle comme si elle doutait de son apparence.

Elle est tellement adorable, elle n'a aucune idée de sa beauté, se dit-il.

« Oh ! J'aimerais tant que Philip me dise ce genre de choses !

— Il ne les dit pas ?

— Non. Il ne me dit jamais que je suis jolie. Et il ne me dit jamais "je t'aime". À moins que je l'y oblige.

— Les hommes sont tous comme ça. Moi non plus, je ne dis jamais à ma femme que je l'aime.

— Oui, mais vous êtes mariés – elle le sait, que vous l'aimez.

— C'est compliqué, dit-il en s'adossant au canapé et en croisant les jambes. Ça l'est toujours entre un homme et une femme.

— Pourtant, l'autre soir, vous aviez l'air si heureux tous les deux.

— Nous avons de bons moments ensemble. » Il était pourtant bien incapable de s'en remémorer un seul. Il serra un peu les jambes, craignant qu'elle ne voie son érection.

« Bon, c'est pas tout, Philip m'attend. » Elle se dressa d'un bond. James se leva à contrecœur. La visite prenait déjà fin, juste quand il sentait qu'il était sur la bonne voie.

« Merci pour le livre. Je vais m'y mettre cet après-midi. Je vous dirai ce que j'en pense.

— Très bien. »

James était ravi à l'idée qu'elle ait envie de le revoir. À la porte, il essaya de l'embrasser sur la joue. Il y eut un moment de gêne. Elle tourna la tête et ses lèvres effleurèrent sa chevelure. Submergé d'émotion à ce contact, il recula et se prit les pieds dans le tapis.

« Ça va ? dit-elle en le retenant par le bras.

— Oui, oui, ça va.

— À bientôt ! » Elle fit un geste de la main et ferma la porte. C'était mignon, la façon qu'avait James Gooch de s'intéresser de manière aussi évidente à elle. Bien sûr, le sentiment n'était pas réciproque, mais James était le genre d'homme à faire tout ce qu'elle lui demanderait. Et un auteur à succès par-dessus le marché. Il pourrait se révéler très utile à l'avenir.

Au même moment, James, qui attendait l'ascenseur, sentait son sexe débander dans son pantalon. Philip Oakland est un imbécile, se dit-il en pensant à la poitrine de Lola. Pauvre gamine, elle ne savait probablement pas dans quelle histoire elle s'embarquait.

À l'étage au-dessus, Annalisa Rice colla un grand timbre rouge sur une enveloppe qu'elle fit passer à sa voisine. Elles étaient six, dont Connie Brewer, assises autour de la table de la salle à manger à remplir des enveloppes pour le gala de charité King David. Créée par les Brewer, la fondation King David avait démarré petit – un dîner dans un restaurant de Wall Street – pour devenir un show ultra médiatisé qui se tenait à l'Armory. Les nouveaux venus à Wall Street voulaient tous rencontrer Sandy Brewer, compter parmi ses amis et faire des affaires avec lui. Et soutenir sa fondation faisait partie du jeu. Connie avait demandé à Annalisa de co-présider le gala. Pour cela, il lui suffisait d'acheter deux tables à cinquante mille dollars pièce – somme que Paul avait bien volontiers versée – et de participer à l'organisation de la soirée.

Annalisa s'était attelée à la tâche avec le même enthousiasme que dans son métier d'avocate. Elle avait épluché les comptes – l'année précédente, le gala avait rapporté la somme incroyable de trente millions de dollars et, cette année, ils espéraient collecter cinq millions de plus. Elle se rendit aux dégustations, vérifia les compositions florales, les listes d'invités et assista aux innombrables réunions du comité. Le travail en soi n'était pas passionnant, mais cela la changeait de l'aménagement de son appartement et l'aidait à chasser Paul de ses pensées. Depuis leur voyage en Chine, où Sandy et lui avaient vaqué à leurs affaires tandis que Connie et Annalisa se promenaient à bord d'une Mercedes avec chauffeur et visitaient temples et musées en compagnie d'un guide, Paul était devenu de plus en plus secret et distant. À la maison, il passait son temps dans son bureau, téléphonait pendant des heures ou traçait des graphiques sur son ordinateur. Il ne parlait jamais boulot avec Annalisa, se contentant de dire que Sandy et lui étaient sur le point de signer un accord sans précédent avec la Chine, qui allait révolutionner la Bourse et leur rapporter des milliards.

« Que sais-tu à propos de cet accord avec la Chine ? demanda Annalisa à Connie à leur retour.

— Je ne pose plus ce genre de questions depuis longtemps. Sandy a bien essayé de m'expliquer plusieurs fois, mais j'ai fini par laisser tomber.

— Cela ne te dérange pas de ne pas savoir ce que ton mari fait exactement ?

— Non, répondit Connie en examinant une liste de noms pour le gala sur son minuscule ordinateur portable.

— Et si c'était illégal ? » Annalisa ne savait pas pourquoi cette idée lui avait traversé l'esprit.

« Sandy ne ferait jamais rien d'illégal. Paul non plus. C'est ton époux, Annalisa. Tu l'aimes et il est merveilleux. »

Elles passaient tellement de temps ensemble qu'Annalisa avait appris à connaître Connie. C'était une romantique un peu naïve, d'une nature optimiste, qui admirait son mari et était persuadée qu'elle obtiendrait tout ce qu'elle voulait en utilisant la manière douce. Elle trouvait tout naturel que Sandy ait une telle fortune, et n'avait jamais envisagé d'avoir moins d'argent. Elle ne péchait pas par arrogance mais plutôt par manque de profondeur. Dès l'âge de six ans, elle s'était consacrée à la danse. Devenue professionnelle à dix-huit, elle n'avait jamais fini sa scolarité. Elle n'était pas bête, mais ce qu'elle savait, elle le savait parce qu'elle l'avait appris par cœur. Dès qu'il s'agissait d'analyser, elle était perdue, comme un enfant qui connaît le nom des cinquante États sans pouvoir les placer sur une carte.

Dotée d'une personnalité plus forte, Annalisa avait rapidement pris le dessus sur Connie, laquelle ne semblait pas remettre en cause sa supériorité. Elle s'assurait qu'Annalisa figure parmi les invitées des déjeuners ou cocktails organisés en soirée dans les boutiques, lui donnait les noms de gens qui prodiguaient tout type de soins à domicile – coiffure, épilation, manucure, pédicure – « pour que tu n'aies pas à t'afficher en public avec des kleenex entre les doigts de pied » – allant jusqu'à lui trouver un coiffeur pour ses balayages. Obsédée par son image, Connie pensait qu'il en était de même pour son amie ; ainsi, chaque matin, elle imprimait toutes les photos d'Annalisa qu'elle trouvait sur les sites mondains. « Il y a un superbe portrait de toi dans *Women's Wear Daily* aujourd'hui », s'écriait-elle. Ou « J'ai vu une photo géniale de nous deux à la soirée de lancement du parfum d'hier soir. » Elle lui proposait toujours de lui faire parvenir les tirages par coursier. « Je te remercie, Connie, mais je les regarderai sur Internet. » Deux heures plus tard, le portier lui faisait monter une enveloppe. Annalisa jetait un œil aux photos avant de les ranger dans un tiroir. « Est-ce que c'est vraiment important pour toi ? avait-elle demandé à Connie un jour.

— Bien sûr. Pas pour toi ?

— Pas vraiment. »

Connie avait eu l'air vexé et Annalisa s'en était voulu d'avoir, sans le faire exprès, dénigré l'un de ses plus grands plaisirs. D'autant que Connie n'était pas peu fière d'être la meilleure amie d'Annalisa. Elle ne cessait de la mettre en valeur auprès des autres femmes, rappelant qu'elle avait écrit un livre très sérieux quand elle faisait ses études, avait été interviewée par Charlie Rose, avait rencontré le président, travaillé à Washington. À son tour, Annalisa avait appris à ne pas heurter son amie. Connie était une petite chose fragile qui lui faisait penser à une fée avec ses os minuscules et ses mains gracieuses. Tout ce qui était brillant, joli et rose l'attirait, et elle ne perdait jamais une occasion de passer chez les joailliers Harry Watson ou Lalaounis. Elle s'affichait avec ses nouveaux bijoux et insistait pour qu'Annalisa essaie une bague en diamant jaune ou un collier de saphirs colorés, lui proposant même de l'emprunter. « Je ne vais tout même pas me balader avec une bague qui vaut un demi-million de dollars, disait Annalisa. Et s'il m'arrivait quelque chose ?

— Mais elle est assurée ! » répondait Connie, comme si être assuré vous donnait le droit d'être imprudent.

À présent, tandis qu'elle remplissait des enveloppes en compagnie de Connie et des autres membres du comité dans la salle à manger de son triplex, Annalisa eut l'impression qu'elles étaient comme des enfants participant à un atelier. Elle timbra une autre enveloppe en écoutant les papotages de ses compagnes. Progéniture, maris, maisons, vêtements, coiffures, potins entendus la veille – des sujets communs à toutes les femmes, la seule différence étant les énormes moyens financiers dont celles-ci disposaient. L'une d'elles envisageait d'envoyer sa fille dans un internat en Suisse ; une autre faisait bâtir une maison sur une île privée des Caraïbes et incitait ses amies à en faire autant « pour qu'elles se retrouvent toutes ensemble ». Puis une troisième évoqua le dernier article publié dans *W Magazine*, qui occupait les conversations de leur petite coterie depuis trois semaines. Le journaliste y faisait le tour d'horizon des dames de la haute société susceptibles de remplacer la légendaire Mrs Houghton. Annalisa figurait en troisième position sur la liste. Elle était décrite en des termes élogieux – « la superbe rousse venue de Washington qui fait craquer New York », entre autres. Mais Annalisa trouvait ça gênant. Il ne se passait pas un jour sans qu'on lui en parle et l'article avait accru sa visibilité au point qu'à chacune de ses apparitions publiques, les photographes criaient son nom et lui demandaient de poser pour eux. Ce n'était pas bien méchant, mais Paul détestait ça.

« Pourquoi faut-il toujours qu'ils te prennent en photo ? » avait-il grogné en la tirant par la main, un jour où elle se faisait photographier sur un tapis rouge devant des affiches où figuraient les logos d'un magazine et d'une entreprise d'électronique.

« Je l'ignore, Paul. » Était-il possible que Paul ait une vision aussi naïve de cet univers dont il avait tant voulu faire partie ? Billy Litchfield disait souvent que ces réceptions s'adressaient aux femmes – il fallait se mettre sur son trente et un, se parer de tous ses bijoux. Peut-être que Paul, en tant qu'homme, n'y comprenait rien, tout simplement. Il n'était pas doué pour les mondanités, étant incapable ou presque de sentir à qui il avait affaire ou d'avoir une conversation superficielle. Il se raidissait de colère lorsqu'il se retrouvait dans une situation qu'il n'arrivait pas à décrypter et avait l'habitude de gonfler sa joue avec sa langue, comme pour s'empêcher de parler. Ce soir-là, en le voyant faire, Annalisa s'était demandé comment lui expliquer les règles de cette société mondaine. « C'est comme une fête d'anniversaire, Paul. Les gens prennent des photos. Pour se souvenir.

— Ça ne me plaît pas du tout. Je ne veux pas que des photos de moi circulent sur le web. Je n'ai aucune envie qu'on connaisse ma bobine et les lieux que je fréquente.

— C'est complètement parano, Paul. Tout le monde se fait tirer le portrait. Même Sandy ! On le voit partout !

— Je ne suis pas Sandy.

— Dans ce cas, tu devrais rester à la maison.

— Toi aussi, si tu veux mon avis.

— Eh bien, peut-être que nous ferions mieux de rentrer à Washington.

— Qu'est-ce que tu insinues ?

— Rien du tout. » Elle s'était tue, frustrée mais sachant pertinemment qu'il était inutile de se disputer avec lui, ce qu'elle avait compris très tôt dans leur mariage. Lorsqu'ils étaient en désaccord, Paul décortiquait ses paroles dans les moindres détails puis s'arrangeait pour détourner la conversation, si bien qu'ils ne réglaient rien et ne tombaient jamais d'accord. Par principe, Paul ne cédait pas.

Après cet épisode, elle demeura chez elle trois soirs de suite, sans que Paul daigne modifier son emploi du temps. Elle resta seule dans le grand appartement, allant de pièce en pièce, jusqu'au retour de Paul qui, vers dix heures, avalait un sandwich au beurre de cacahuètes que Maria, la gouvernante, lui avait préparé, avant de monter travailler dans son bureau. Billy Litchfield était toujours chez sa mère et, seule dans cette grande ville où tout le monde semblait avoir quelque chose d'important à faire, Annalisa commença à éprouver un profond sentiment de vide. Le quatrième soir, elle finit par accepter de sortir avec Connie. Elle fut de nouveau prise en photo, mais n'en dit pas un mot à Paul.

À présent, l'une des dames, obsédée par l'article paru dans *W Magazine*, se tournait vers elle en lui demandant sur un ton désinvolte : « Comment se fait-il que vous soyez sur cette liste ? Alors que vous ne vivez que depuis six mois à New York !

— Je ne sais pas.

— Mais enfin ! C'est parce que ce sera elle, la nouvelle Mrs Houghton ! interrompit Connie fièrement. C'est ce que dit Billy Litchfield. Annalisa ferait une bien meilleure Mrs Houghton que moi.

— Je ne crois pas, non, dit Annalisa.

— Est-ce Billy qui a soumis votre nom ?

— Billy est adorable, mais parfois il ne sait pas rester à sa place, commenta une autre.

— J'ignore pourquoi cela intéresse tout le monde », dit Annalisa en timbrant une autre enveloppe. Il lui en restait au moins une centaine. « Mrs Houghton est décédée, laissons-la reposer en paix. »

Cette remarque, jugée outrageante, ne manqua pas de provoquer l'agitation. « Je suis sérieuse, ajouta Annalisa en se levant pour demander à Maria de servir le déjeuner. Je ne vois pas pourquoi cela devrait être un but dans l'existence.

— Vous dites ça parce que ce n'est pas le vôtre. C'est

toujours ceux qui ne désirent pas les choses qui les obtiennent.

— C'est vrai, dit Connie. Sandy ne m'intéressait pas du tout quand je l'ai rencontré, et maintenant je suis sa femme.

— Maria, dit Annalisa en poussant la porte battante de la cuisine, pourriez-vous servir la salade de poulet Waldorf et les biscuits au fromage, s'il vous plaît ? » Elle se rassit et se remit au travail.

« Vous avez obtenu la place de parking ? demanda Connie.

— Non.

— Il faut être inflexible avec ses copropriétaires, dit l'une des femmes, et ne jamais se laisser marcher dessus. Avez-vous clairement dit que vous étiez prêts à payer davantage ?

— Ce n'est pas le genre de l'immeuble. » Annalisa commençait à avoir mal à la tête. La place de parking, tout comme les climatiseurs, n'avait été qu'un fiasco de plus. Paul avait rendu visite au résident qui avait gagné l'emplacement au tirage au sort – un homme doux, chirurgien-cardiologue à Columbia – et lui avait proposé de lui acheter la place. Le docteur s'en était plaint auprès de Mindy qui avait envoyé un mot à Paul, lui demandant de ne pas soudoyer ses voisins. En le lisant, Paul avait blêmi. « Où a-t-elle eu ce papier ? » La feuille dont elle s'était servie provenait du bloc-notes qu'il avait ramené du Four Seasons de Bangkok. « Elle est entrée chez nous. C'est là qu'elle l'a piqué. Sur mon bureau.

— Paul, ne dis pas de bêtises.

— Comment l'aurait-elle eu alors ?

— Je ne sais pas », dit-elle en se rappelant qu'elle avait confié les clés de l'appartement à Sam à Noël.

Ainsi, Sam les avait données à sa mère. Mais cela, elle ne pouvait pas l'avouer à Paul. Elle soutint donc que cette histoire de bloc-notes était une coïncidence. Encore une cachotterie qu'elle devait faire à Paul, ce qui entraînait chez elle un affreux sentiment de culpabilité, comme si elle avait commis un crime. Paul avait fait changer les serrures, mais sa haine pour Mindy Gooch en avait été renforcée. Il s'était juré de foutre « cette mégère » dehors, d'une manière ou d'une autre.

Maria apporta le déjeuner et disposa sur la table des couverts en argent de chez Asprey et de la faïence de chez Tiffany, le must d'après Billy. « Des biscuits au fromage ! s'exclama l'une des invitées en regardant d'un air méfiant les biscuits dorés sur le plateau en cristal. Annalisa, il ne fallait pas ! Ma parole, vous voulez qu'on engraisse ! »

14

James devint plus parano que d'ordinaire – à supposer que cela soit possible – pendant les quelques
semaines qui précédèrent la publication de son livre.
Il s'en voulait beaucoup, d'autant qu'il avait toujours
méprisé les auteurs qui vérifiaient leur classement sur
Amazon et Barnes & Nobles toutes les demi-heures et
étaient à l'affût de la moindre critique ou mention de
leur livre sur Internet. Tel un aliéné se croyant poursuivi
par des apparitions, il était profondément tourmenté.
Et puis, il y avait Lola. Dans ses rares moments de luci-
dité, James la voyait comme une sorte de leurre ultra-
perfectionné, une chose brillante et irrésistible bordée
de crochets des deux côtés. En apparence, leur relation
demeurait parfaitement innocente, car ils n'avaient fait
qu'échanger des textos, et Lola lui avait rendu quelques
visites-surprises. Environ deux fois par semaine, elle
débarquait chez lui sans prévenir et s'asseyait avec lan-
gueur sur la chaise pliante de son bureau telle une panthère noire au poil lustré. Elle l'aurait ferré sans peine
de toute façon, mais dans le cas présent, le piège était
double, car elle s'était empressée de lire son livre et
désirait lui en parler, tout en lui demandant conseil à
propos de Philip.

Devait-elle se marier avec lui ? Bien sûr, elle l'aimait,

mais elle ne voulait pas l'épouser dans de mauvaises conditions, à savoir que Philip s'y sente obligé. Sur ce point, James était aussi partagé que Salomon. Certes, il voulait Lola pour lui, mais il tenait surtout à ce qu'elle reste dans l'immeuble, quel qu'en soit le prix. Comme il ne pouvait guère jeter sa femme dehors et mettre Lola à la place, qu'elle vive au treizième était toujours mieux que rien. C'est ainsi qu'il se retrouva à jouer le rôle inattendu de conseiller sentimental auprès d'une jeune femme de vingt-deux ans.

« Le mariage est peut-être le genre de chose que l'on doit essayer pour voir si ça nous convient, suggéra-t-il en luttant contre ses propres sentiments. On peut toujours divorcer.

— Divorcer ? Je ne pourrais jamais. C'est contraire à ma religion. »

Ah bon ? Et quelle religion ? se demanda James. « Mais puisque vous aimez Philip...

— J'ai dit que je *pensais* l'aimer. Mais je n'ai que vingt-deux ans. Comment je peux savoir ? Comment en être sûre ?

— On ne peut jamais être sûr, répondit-il en pensant à Mindy. Et un mariage dure tant que personne n'y met fin pour de bon.

— Vous avez de la chance, dit-elle en soupirant. Vous vous êtes lancé, vous. Et vous êtes un génie. À la sortie de votre livre, vous allez gagner des millions. »

Ces rencontres secrètes se poursuivirent pendant plusieurs semaines. Puis arriva le mercredi où l'éditeur de James devait recevoir avant parution la critique du *New York Times Book Review*. Lola descendit chez lui avec un cadeau – un ours en peluche pour « lui porter chance » – mais, trop nerveux pour manifester sa gratitude,

James le fourra distraitement au fond du placard à manteaux, qui était plein à craquer.

Tout reposait sur la critique du *Times*. Son précédent livre s'était vendu à sept mille cinq cents exemplaires, et seul un éloge de tous les diables lui permettrait de dépasser cette frontière invisible, mais bien présente. Dans son esprit, cet exploit revenait à pulvériser le toit de la chocolaterie de Willie Wonka à bord du grand ascenseur de verre, et il se demanda s'il n'avait pas le cerveau dérangé.

« Vous devez être tout excité ! Vous allez avoir une super critique, j'en suis certaine. »

James, lui, n'en était pas si sûr, mais la pauvre Lola était trop jeune pour comprendre que les choses ne se déroulaient pas forcément comme on l'espérait. La nervosité lui desséchait la bouche. Toute la matinée, son humeur avait oscillé entre allégresse et désespoir. À cet instant précis, il se trouvait dans le creux de la vague. « Tout le monde a envie d'être un gagnant, dit-il d'une voix pâteuse. On croit tous qu'il suffit de se comporter comme dans les films, ou comme chez Oprah Winfrey, de faire comme les héros de ces autobiographies soi-disant édifiantes, bref qu'il suffit de ne jamais renoncer pour réussir. Mais c'est faux.

— Ben, pourquoi ce serait faux ? répondit Lola avec une assurance agaçante.

— La seule garantie de la réussite, c'est le travail. Statistiquement, je veux dire. Mais même en travaillant, ce n'est pas gagné. La vérité, c'est que ce n'est jamais gagné.

— C'est pour ça qu'il y a l'Amour avec un grand A. »

À ces mots, James se sentit pousser des ailes. Elle était adorable. Elle ne connaissait rien à la vie, mais quand même, elle avait une telle confiance en elle ; c'en était presque galvanisant. « Tout est dans les chiffres. Les chiffres, encore les chiffres, toujours les chiffres, dit-il d'un air songeur. Depuis toujours, c'est comme ça.

— Comment ? » Elle s'ennuyait ferme. La conversation avait pris un tour inattendu, s'éloignant de sa petite personne pour porter sur un sujet qu'elle assimilait aux impôts, c'est-à-dire une question dont elle espérait bien n'avoir jamais à se soucier.

« L'audimat, les courbes de vente », dit James en songeant qu'il n'aurait rien contre le fait de voir ses courbes à elle. Mais il ne pouvait pas vraiment dire ça, n'est-ce pas ?

Quoique...

« Je dois y aller. Serrez votre peluche fort contre vous, embrassez-la, ça porte chance. Et envoyez-moi un texto. J'ai hâte de lire la critique. »

Après son départ, James retourna sur Internet. Il vérifia cent fois ses e-mails, son classement sur Amazon, sur Google, et chercha son nom dans tous les sites dédiés aux événements médiatiques, y compris The Huffington Post, Snarker, et Defamer. Il passa ainsi les cinq heures qui suivirent.

Enfin, à trois heures et quart, son téléphone sonna.

« Ça y est ! annonça Redmond d'une voix triomphale. Tu fais la couverture du *New York Times Book Review*. Ils t'ont baptisé le Melville des temps modernes. »

James resta sans voix. Au bout d'un moment, il retrouva ses esprits. « Ma foi, on va s'en contenter, dit-il, comme si ses livres faisaient à chaque fois la couverture du *Times*.

— Et comment ! On n'aurait pas fait mieux si on avait écrit l'article nous-mêmes ! Je demande à mon assistante de te l'envoyer par mail. »

James raccrocha. Pour la première fois de sa vie, il avait du succès. « À moi la gloire ! » dit-il tout haut. Il en eut la tête qui tournait – de joie, pensa-t-il – puis d'étranges nausées le prirent. Il n'avait pas vomi depuis des années, depuis son enfance en fait, mais la sensation de vertige ne passait pas et il fut obligé d'aller vomir dans les toilettes – rituel assez peu viril.

Encore mal assuré sur ses jambes, il retourna dans son bureau, ouvrit la pièce jointe pour l'imprimer, et en lut chaque page avidement à mesure que l'imprimante les crachait. Son talent était enfin reconnu, et quel que soit le nombre de livres qu'il vendrait, c'était bel et bien la reconnaissance de sa place au panthéon des écrivains qui comptait. Il était devenu un gagnant ! Mais qu'était-il censé faire à présent ? Partager la nouvelle, bien sûr. C'est ainsi qu'on agissait dans ces cas-là.

Il commença à composer le numéro de Mindy puis se ravisa. Il avait tout le temps. Il lui sembla que quelqu'un d'autre apprécierait davantage la nouvelle : Lola. C'était à elle de l'entendre en premier ; après tout, elle l'avait soutenu lors de cette journée fatidique. Il prit les trois pages de l'article et sortit. Trépignant d'impatience devant l'ascenseur, il prépara ce qu'il allait lui dire (« J'ai réussi ! » ou « Vous allez être fière de moi ! » ou encore « Vous aviez raison » ?) tout en se demandant ce qui pourrait bien se passer ensuite. (Elle le prendrait dans les bras, naturellement, et cette étreinte se trans-formerait peut-être en baiser, et ce baiser en... ? Dieu seul savait.) L'ascenseur arriva enfin. Il entra et monta directement au treizième, en regardant tour à tour le tableau qui égrenait lentement les étages et les mots publiés dans la critique, désormais gravés dans sa mémoire : « Le Melville des temps modernes. »

Dans son enthousiasme, il frappa de grands coups à la porte de l'appartement 13B. Il entendit du bruit à l'intérieur, et s'attendant à voir Lola, sursauta lorsque Philip Oakland lui ouvrit. En voyant James, Philip prit un air froid et agacé.

« James Gooch. Qu'est-ce que vous faites là ? »

James eut l'impression de se retrouver dans la cour d'école. Il regarda discrètement dans la pièce, espérant apercevoir Lola. « En quoi puis-je vous être utile ? » demanda Philip.

James fit de son mieux pour se ressaisir. « Je viens de recevoir une excellente critique dans le *New York Times Book Review*, expliqua-t-il, ne sachant plus quoi faire des feuilles qu'il tenait à la main.

— Félicitations. » Philip s'apprêtait à fermer la porte.

« Lola est là ? » demanda-t-il, prêt aux dernières extrémités. Philip le regarda et partit d'un rire mi-sardonique mi-compatissant, comme s'il venait de comprendre la véritable mission de James. « Lola ? » fit-il.

Elle vint jusqu'à la porte, enroulée dans un peignoir en soie, les cheveux mouillés, comme au sortir de la douche. « Qu'est-ce qu'il y a ? » Elle glissa la main dans la poche arrière du jean de Philip avec désinvolture.

James tendit les pages d'un geste maladroit. « C'est la critique du *Times*. J'ai pensé que vous voudriez la voir.

— Oh, oui, répondit-elle nonchalamment, comme si sa dernière visite – toutes ses visites à dire vrai – n'avaient jamais eu lieu, comme si elle le connaissait à peine.

— Elle est bonne, précisa James, sachant qu'il était battu mais refusant d'admettre sa défaite. Excellente, à vrai dire.

— C'est vraiment gentil de votre part, James. N'est-ce pas ? dit-elle en regardant Philip.

— Très aimable. » Cette fois, il ferma la porte.

S'était-il déjà senti aussi ridicule ?

De retour chez lui, plusieurs minutes lui furent nécessaires pour se remettre de cette scène si déstabilisante, et encore, il n'en fut distrait que par la sonnerie de son téléphone. C'était Mindy. « Je suis au courant, dit-elle d'un ton accusateur.

— De quoi ? demanda-t-il en retombant dans leurs vieilles habitudes de couple marié, comme un adulte qui rend visite à ses parents.

— La couverture du *New York Times Book Review* ! Pourquoi tu ne me l'as pas dit ? Faut-il que je le découvre dans un blog ? »

James soupira. « Je viens juste de l'apprendre.

— Tu n'es pas tout excité ?

— Si, bien sûr. » Il raccrocha et s'assit sur sa chaise. Certes, il ne s'attendait pas à ce que le plaisir de sa réussite dure à jamais, mais il n'aurait jamais imaginé qu'il soit de si courte durée.

Billy Litchfield rentra à Manhattan quelques jours plus tard. Sa mère allait mieux, mais ils savaient tous les deux qu'elle venait d'entamer la descente qui la conduirait inévitablement à la mort. Le séjour d'un mois que Billy avait fait dans ces banlieues lointaines au pied des montagnes du Berkshire lui avait rappelé sa chance. C'est vrai, il n'avait pas grandi dans un château, mais dans les faubourgs, et le fait qu'il ait réussi à y échapper depuis trente ans relevait du miracle. Cependant, le soulagement qu'il éprouva en retrouvant Manhattan ne dura pas. Il trouva en rentrant dans son immeuble un avis d'expulsion.

Pour obtenir réparation, il se rendit au département du logement du tribunal civil sur State Street, où il se mêla à la populace de New York. C'était ça, le vrai Manhattan, une ville où les gens défendaient avec l'énergie du désespoir leur place dans la société et leurs droits en tant que citoyens. Billy patienta en compagnie d'une centaine de ces désespérés sur une chaise en plastique moulé dans une pièce sans fenêtre jusqu'à ce qu'on l'appelle.

« Quelle est votre excuse ? demanda le juge.

— Ma mère était malade. J'ai dû quitter la ville pour m'occuper d'elle.

— C'est de la négligence.

— Pas si l'on se place du point de vue de ma mère. »

Le juge fronça les sourcils et sembla le prendre en pitié. « Acquittez-vous du loyer en retard et payez l'amende. Et que je ne vous revoie pas ici.

— Oui, votre honneur. » Il fit la queue pour payer en liquide et prit le métro en direction des quartiers chics. Tel un étau, l'air chaud et putride du métro étouffait son esprit. Scrutant les visages autour de lui, il fut saisi par l'absurdité de toutes ces vies. Mais il attendait peut-être trop de l'existence. Dieu n'avait sans doute pas prévu qu'elle ait un sens, en dehors de la procréation.

C'est dans cette disposition d'esprit qu'il retrouva Annalisa devant son immeuble. Ils montèrent dans sa nouvelle Bentley verte avec chauffeur – dont elle avait loué les services grâce à Billy. Il n'avait pas vu Annalisa depuis un moment et fut frappé par son apparence : elle n'avait plus rien de la femme à l'allure de garçon manqué qu'il avait rencontrée neuf mois plus tôt. Mais elle était toujours dotée de cette capacité à avoir l'air naturelle et à faire oublier qu'elle était maquillée, coiffée, et portait un pantalon à cinq mille dollars – alors qu'elle consacrait beaucoup de temps et d'énergie à se préparer, Billy le savait bien. Rien d'étonnant à ce que tout le monde souhaite la voir participer à tel ou tel événement ou à ce que les magazines publient des photos d'elle. Mais Billy se rendit compte que ce succès naissant le laissait perplexe. Ce sentiment de prudence était nouveau chez lui et il se demanda s'il était dû aux récents événements ou à la prise de conscience que, dans son propre cas, toutes ces années d'efforts n'avaient débouché sur rien. « Une photo n'est qu'une image. Quelque chose d'éphémère. Cela ne te nourrira pas longtemps. » C'est ce qu'il eut envie de lui dire mais il n'en fit rien. Elle avait bien le droit d'en profiter, tant que c'était possible. Elle aurait tout le temps d'avoir des regrets.

Le chauffeur les emmena jusqu'à la galerie Hammer sur la Cinquième Avenue, où Billy s'installa sur un banc pour regarder les nouvelles peintures. Dans l'atmosphère protégée et immaculée de la galerie, il commença à se sentir mieux. C'était pour cela qu'il faisait ce qu'il faisait. Bien qu'il n'ait pas l'argent pour s'offrir des œuvres d'art, il pouvait s'en entourer grâce à ceux qui en avaient les moyens. Assise à ses côtés, Annalisa regardait la célèbre toile de Andrew Wyeth : une femme dans une pièce aux murs bleus au bord de la mer. « Comment une toile peut-elle valoir quarante millions de dollars ?

— Ma chère, une toile comme celle-ci est inestimable. Elle est unique. C'est l'œuvre et la vision d'un seul homme, et pourtant, elle évoque la puissance créatrice et universelle de Dieu.

— Mais tout cet argent pourrait servir à aider un tas de gens. »

Cette remarque le démoralisa. Il l'avait entendue tant de fois. « C'est vrai, en apparence. Mais sans l'art, l'homme serait un animal, pas très joli au demeurant. Cupide, belliqueux, égoïste, meurtrier. Ce tableau représente la joie, la crainte et le respect. C'est la nourriture de l'âme.

— Dis-moi, Billy, comment tu vas ? Pour de vrai ?

— Très bien, je t'assure.

— Si je peux faire quoi que ce soit pour ta mère... » Elle hésita, consciente que Billy détestait parler de l'état de ses finances. Mais c'était plus fort qu'elle. « Si tu as besoin d'argent... Paul en gagne tellement... Son prochain deal va lui rapporter des milliards, dit-elle en souriant comme s'il s'agissait d'une mauvaise blague. Et je ne mettrais jamais dix millions dans une peinture. Par contre, si quelqu'un a besoin d'aide...

— Ne t'inquiète pas pour moi, ma belle. J'ai survécu à New York tout ce temps, et il n'y a pas de raison que ça change », dit-il sans quitter des yeux le Wyeth.

Lorsqu'il rentra chez lui, le téléphone sonnait. C'était sa mère. « J'ai demandé à cette fille que tu as engagée de me ramener du cabillaud du supermarché. Il était pourri. C'est quand même fou de ne pas s'apercevoir qu'un poisson est pourri.

— Oh M'man, répondit Billy, dépassé et consterné.

— Qu'est-ce que je peux faire ?

— Tu ne peux pas appeler Laura ?

— On est en froid. Si on se parlait à l'hôpital, c'est uniquement parce que tu étais là.

— Maman, pourquoi tu ne vends pas la maison ? Tu devrais acheter un appartement à Palm Beach. Ce serait tellement plus simple.

— Je deviendrais folle dans un appartement. »

Billy soupira en raccrochant. Sa mère était devenue impossible, comme toutes les personnes âgées qui refusent d'admettre qu'elles doivent changer de mode de vie. Il avait embauché une infirmière qui lui rendait visite deux fois par semaine, ainsi qu'une jeune fille pour le ménage et les courses. Mais ce n'était qu'une solution temporaire. Et sa mère n'avait pas tort – elle n'aurait pas les moyens d'acheter un appartement en Floride, même après la vente de sa maison. Au cours de son séjour dans les Berkshires, il avait consulté un agent immobilier qui lui avait expliqué que le marché s'était effondré. Il avait estimé la maison de sa mère à trois cent mille dollars. Deux ans plus tôt, elle l'aurait vendue quatre cent cinquante mille dollars.

À cette époque, Billy ne s'était pas inquiété de la situation de sa mère. Pour le moment, elle ne s'en sortait pas trop mal, mais un jour, elle devrait bien se résoudre à vivre dans une maison de retraite, dont le coût s'élevait à plus de cinq mille dollars par mois, d'après sa sœur. La vente de la maison permettrait de tenir environ quatre ans. Mais après... ?

Billy parcourut des yeux son appartement. Allait-il lui aussi perdre son petit chez-lui ? Finirait-il par dépendre des services sociaux ? Annalisa Rice ne lui avait-elle pas proposé de l'argent ? Ce n'était pas bon signe. Les gens se rendaient-ils compte qu'il était dans une situation désespérée ? Une fois qu'ils l'auraient compris, ils couperaient les ponts. « Vous avez entendu ce qui est arrivé à Billy Litchfield ? Il a perdu son appartement et a dû quitter New York. » On en parlerait quelque temps, et après on l'oublierait. Tout le monde se fichait de ceux qui ne réussissaient pas.

Il alla dans sa chambre et ouvrit le coffret en bois

que Mrs Houghton lui avait donné. La croix de Mary-la-Sanglante se trouvait toujours dans son étui en daim à l'intérieur du compartiment secret. Il avait envisagé de louer un coffre-fort mais craignait d'éveiller les soupçons. Alors il l'avait gardée sur sa commode, comme Mrs Houghton avant lui. En ouvrant le coffret, il se rappela ce que la vieille dame lui avait dit un jour : « Malheureusement, l'art ne résout pas les problèmes. Contrairement à l'argent. »

Billy mit ses lunettes et examina la croix. Les diamants étaient taillés grossièrement, selon les critères d'aujourd'hui, et leur couleur et leur clarté, ternies par quelques occlusions, étaient loin d'être parfaites. Mais les pierres étaient anciennes et énormes. Le diamant au centre faisait au moins vingt carats. Sur le marché, la croix pourrait bien valoir dix à vingt millions de dollars.

Cependant, il ne devait pas se montrer trop gourmand – la vente ne passerait pas inaperçue s'il en demandait trop. Trois millions suffiraient pour prendre soin de sa mère et conserver son mode de vie relativement modeste à New York.

Puis il prit conscience de ce qu'il s'apprêtait à faire, et la peur s'empara de lui. Ses aisselles devinrent moites de sueur et, laissant la croix sur son lit, il avala deux Xanax avant de passer sous la douche.

Tout en se séchant avec une épaisse serviette blanche, il prit la ferme résolution de s'en tenir à sa décision. Il aurait préféré vendre la croix à Annalisa Rice, en qui il avait toute confiance, mais en tant qu'avocate, elle saurait que la transaction était illégale. Cela ne lui laissait guère d'autre choix : il la vendrait à Connie Brewer. Si son manque de discernement pouvait le conduire un jour à sa perte, elle n'avait pas son pareil pour suivre des instructions. Tant qu'il lui rappellerait de tenir sa langue, il ne risquerait pas grand-chose. Il s'enroula dans sa robe de chambre en soie à motif cachemire et prit le téléphone à côté de son lit pour appeler Connie. Il n'y avait pas de temps à perdre.

Elle récupérait ses enfants à l'école mais passerait chez lui à seize heures. Elle sonna avec une demi-heure de retard et entra gaiement dans son appartement exigu. « Pourquoi tant de mystère, Billy ? »

Il lui montra la croix.

« Qu'est-ce que c'est ? dit-elle en s'approchant. C'est un vrai ? Je peux le prendre ? » Billy posa le bijou dans sa paume. « Ce sont des diamants ? dit-elle d'une voix haletante.

— J'espère bien. Ils ont appartenu à une reine.

— Oh, Billy, il me faut ce bijou, il me le faut. Il est à moi. » Elle plaça la croix sur sa poitrine et se leva pour se regarder dans le miroir au-dessus de la cheminée. « Je l'entends me parler. Les bijoux me parlent, tu sais – et celui-ci me dit qu'il est à moi.

— Je suis ravi qu'il te plaise. Il a quelque chose de spécial. Il lui faut une maîtresse d'exception. » Billy avait retrouvé son calme à présent que la transaction était engagée.

Connie devint très sérieuse, craignant que la croix ne lui échappe si elle ne l'achetait pas tout de suite. « Combien tu en veux ? » Elle s'assit sur le canapé et sortit son iPhone de son sac à main. « Je peux appeler Sandy pour qu'il te fasse un chèque.

— Ce serait formidable, ma chère. Mais j'ai bien peur que ce ne soit un peu plus compliqué que ça.

— Je ne partirai pas sans. »

Billy finit par laisser Connie emporter la croix, presque soulagé de ne plus l'avoir chez lui. Il ne lui manquait plus que l'argent.

Ce soir-là, il devait se rendre à un cocktail mais préféra attendre Sandy.

À vingt heures, ce dernier frappa bruyamment à la porte. Il n'avait jamais vu l'appartement de Billy et sembla surpris, voire choqué, par sa petite taille. « J'imagine que vous allez acheter quelque chose de plus grand avec l'argent, dit-il en ouvrant sa serviette.

— Non. Je suis bien ici.

— À votre guise. »

Il sortit un bloc de papier jaune sur lequel il nota les détails de la transaction. Vingt minutes plus tard, les deux hommes étaient tombés d'accord.

Épuisé, Billy se mit au lit. Il avait exigé de Sandy la plus grande discrétion. Sandy avait trouvé cela étrange, mais pour lui, la croix était un bibelot et Billy un excentrique. Leur arrangement était assez simple et il serait impossible d'établir un lien entre l'argent et la vente de la croix. Sandy ouvrirait un compte d'investissement dans une banque à Genève et transfèrerait les trois millions sur le compte de Billy en versements inférieurs à dix mille dollars tous les jours pendant les dix prochains mois. Ainsi ils n'éveilleraient pas les soupçons, puisque les autorités ne s'intéressaient qu'aux transactions supérieures à dix mille dollars. Une fois l'affaire conclue, Sandy avait suggéré à Billy de faire un testament – sur le ton de la plaisanterie.

« Pour quelle raison ? fit ce dernier, interloqué.

— S'il vous arrive quelque chose, le gouvernement essaiera de mettre la main sur l'argent. » Sur ces mots, Sandy ferma sa serviette d'un coup sec.

Dans son lit, Billy ferma les yeux. Voilà, c'était fait. Pas question de revenir en arrière. Il s'endormit rapidement et ne se réveilla qu'au matin. Cela faisait des semaines qu'il n'avait pas trouvé le sommeil sans prendre de somnifère.

Le surlendemain, cependant, Billy eut une grosse frayeur. C'était le soir de la première de *Joyaux* de Balanchine au New York City Ballet. Il décida d'y aller seul, désireux de passer une soirée sans avoir à jouer son rôle habituel. Mais c'était sans compter qu'à New York, dès que l'on sortait de chez soi, il n'y avait plus moyen de s'isoler. Ainsi, en flânant sur le promenoir du State Theatre pendant le premier entracte, il tomba nez à nez avec Enid Merle, curieusement accompagnée d'une jeune beauté superficielle et un rien vulgaire qui avait des dents énormes. Enid ne prit pas la peine de faire les présentations et se montra particulièrement froide. Elle s'éloigna rapidement après avoir lancé un « Tiens, Billy ! »

Ce dernier n'y accorda guère d'importance car ce comportement de la part d'Enid ne le surprit qu'à moitié. Cherchant une explication logique à son attitude, il se dit qu'elle avait vieilli, comme tous ceux qu'il connaissait depuis longtemps.

La seconde suivante, il fut distrait par une petite tape sur l'épaule. C'était David Porshie, le directeur du Metropolitan Museum. Chauve, la peau olivâtre, il avait de grosses poches sous les yeux. À cinquante-cinq ans, il était relativement jeune pour occuper un tel poste, et le conseil d'administration espérait qu'il reste à la tête du Met pour les trente années à venir. « Billy Litchfield », dit-il sur un ton de reproche en croisant les bras, comme si Billy avait fait quelque chose de mal.

Ce dernier commença à paniquer. En tant que directeur du Met, David connaissait forcément le mystère de la croix de Mary-la-Sanglante. Avait-il découvert que Mrs Houghton avait été en sa possession avant de la lui donner ? Mais non, il devenait parano. Et en effet David se contenta de lui dire : « Ça fait des lustres que je ne vous ai pas vu. Où étiez-vous passé ?

— Je suis resté dans le coin, répondit Billy prudemment.

— On ne vous voit plus à nos événements. Depuis la mort de Mrs Houghton – paix à son âme généreuse – vous vous désintéressez de nous. »

Menait-il l'enquête ? Billy eut toutes les peines du monde à garder son calme. « Pas du tout. J'ai noté le gala du mois prochain sur mon calendrier. J'ai prévu d'emmener Annalisa Rice. La personne qui a acheté l'appartement de Mrs Houghton avec son mari. »

Inutile d'en dire plus : David Porshie entrevit tout de suite les retombées de la venue d'une donatrice potentielle. « Excellent. On peut toujours compter sur vous pour avoir un coup d'avance. »

Billy esquissa un sourire mais se précipita aux toilettes à peine David eut-il tourné le dos. Est-ce que ce serait toujours ainsi maintenant ? Faudrait-il qu'il se méfie en permanence ? Qu'il se demande sans cesse si les gens comme David Porshie le soupçonnaient ? Tout le monde le connaissait dans le monde de l'art. Il ne pourrait jamais les éviter, en tout cas pas en restant à Manhattan.

Il chercha un comprimé orange dans sa poche et l'avala sans eau. Quelques minutes suffiraient pour qu'il fasse effet, mais c'était trop tard. Sa soirée était gâchée. Il n'avait plus qu'à rentrer chez lui. En traversant le promenoir pour sortir, il aperçut Enid Merle. Elle le regarda un instant mais ne lui rendit pas son salut.

« Qui c'était ? demanda Lola.

— Qui donc, ma chère ? répondit Enid en commandant deux verres de champagne.

— L'homme qui vous a saluée.

— J'ignore de qui vous parlez. » C'était un pur mensonge, mais Enid en voulait encore à Billy Litchfield à
propos de l'appartement de Mrs Houghton. Elle avait
toujours traité Billy en ami ; en conséquence, il aurait
dû la consulter en premier et avoir la courtoisie de l'informer de ses projets avec Paul et Annalisa Rice.

Mais elle n'avait aucune envie de penser à lui ou aux
Rice et à leur appartement. Elle était au ballet. C'était
l'un de ses plus grands plaisirs et elle y avait ses habitudes. Elle s'asseyait dans le fauteuil 113 au premier
rang du premier balcon, la meilleure place selon elle, et
pendant les entractes, elle s'offrait toujours une coupe
du champagne le plus cher. À la fin de « Émeraudes »,
première partie d'un raffinement sans pareil, et après
avoir payé le barman, elle se tourna vers Lola. « Alors,
qu'en pensez-vous, ma chère ? »

Lola regarda le morceau de fraise au fond de son
verre. Le ballet, elle le savait bien, était censé représen-
ter le summum de la culture. Mais pendant le premier
mouvement, elle s'était ennuyée à mourir ; elle s'en
serait arraché les cheveux. Le rythme lent de la musique
classique lui tapait sur les nerfs, au point qu'elle avait
fini par se demander s'il était bien raisonnable de rester
avec Philip. Mais ce n'était pas sa faute, il n'était même
pas là. Il avait eu le bon sens de rester chez lui.

« J'ai bien aimé », répondit-elle prudemment.

Elles s'éloignèrent de la buvette et sirotèrent leur
champagne assises à une petite table sur le côté. « Vraiment ? Il y a débat pour savoir lequel des trois ballets,
"Émeraudes", "Rubis" ou "Diamants", est le plus beau.

Personnellement, je préfère "Diamants" mais beaucoup de gens apprécient davantage "Rubis" pour sa fougue. Vous vous ferez votre propre idée.

— C'est pas fini ?

— Non, ma chère. C'est loin d'être terminé. J'y ai un peu réfléchi, et je pense que le ballet est tout le contraire d'Internet. Ou de ces choses que vous regardez sur votre téléphone. Comment dit-on ? Des podcasts ? Le ballet est le contrepoison d'Internet. Cela pousse à une certaine profondeur, à la réflexion.

— Ou au sommeil », dit Lola en guise de plaisanterie.

Enid ne releva pas sa remarque. « Dans l'idéal, le ballet devrait vous transporter. Je dis souvent que c'est une forme de méditation. Vous vous sentirez tellement bien à la fin. »

Lola but une gorgée de champagne. Elle trouva ça amer. Les petites bulles lui piquaient la gorge mais elle avait bien l'intention de garder son déplaisir pour elle. Cette soirée était l'occasion de se faire aimer d'Enid – ou du moins de lui faire comprendre qu'elle comptait bien épouser Philip et qu'il était inutile de se mettre en travers de son chemin. Cela dit, l'invitation d'Enid au ballet l'avait surprise. À leur retour de l'île Moustique, Lola s'attendait à ce que la vieille dame soit furieuse à l'idée qu'elle s'installe chez Philip. Au lieu de cela, Enid avait fait mine d'être ravie et lui avait proposé tout de suite de l'accompagner au ballet. « Une soirée entre filles », avait-elle dit. Elle ne se figurait tout de même pas que le terme « fille » pouvait encore s'appliquer à elle ? Puis une idée plus inquiétante vint à l'esprit de Lola : si ça se trouvait, Enid ne voyait aucune objection à son emménagement chez Philip car elle prévoyait de passer le plus clair de son temps avec eux. Lola regarda au fond de son verre puis leva les yeux sur Enid. Si c'était le cas, elle aurait une grosse surprise. Philip était à elle à présent. Pas question de laisser « Nini » s'immiscer dans leur vie de couple.

« Philip vous a-t-il dit qu'il faisait de la danse quand il était petit ? » Imaginer Philip en collants blancs lui fit un choc. Était-ce possible ou s'agissait-il d'une preuve qu'Enid devenait sénile ? Lola l'observa attentivement. Ses cheveux blonds étaient soigneusement coiffés, elle portait un tailleur écossais noir et blanc et un collier serti d'émeraudes assorti à ses boucles d'oreilles. Lola se demanda avec avidité par quel moyen elle pourrait convaincre Enid de lui léguer cette parure après sa mort. Mais Enid n'avait pas l'air vraiment folle et Lola dut admettre que pour une femme de quatre-vingt-deux ans, elle présentait bien.

« Non, il ne m'en a pas parlé, répondit-elle d'un air contraint.

— Bien sûr, vous vous connaissez à peine, il n'a pas eu le temps de vous raconter tout cela. Mais il a dansé dans *Casse-Noisette*. Il tenait le rôle du jeune prince. C'était le comble du chic à l'époque ; c'est encore vrai d'ailleurs. Le ballet a toujours eu une place importante dans nos vies. Mais vous ne tarderez pas à comprendre.

— Je meurs d'impatience », dit Lola en se forçant à sourire.

La sonnerie qui annonçait la fin de l'entracte retentit et Enid se leva. « Suivez-moi, ma chère. Il ne faut pas rater la deuxième partie. » Elle tendit le bras et, s'appuyant lourdement sur Lola, se dirigea d'un pas lent vers la porte tout en continuant de bavarder. « Je suis tellement contente que vous aimiez l'art classique. La saison d'hiver du ballet s'arrête fin février. Mais ensuite commence celle du Metropolitan Opera. Et bien sûr, il y a toujours de merveilleux concertos de piano et des lectures de poésie. Ainsi, nous ne sommes jamais privés de culture. Et maintenant que vous vivez avec Philip, ce sera si simple. Vous êtes juste à côté. Vous pourrez m'accompagner partout. »

De retour au Numéro 1, Philip se rasa pour la seconde fois de la journée. Il marqua un temps d'arrêt après s'être légèrement coupé. Il manquait quelque chose. Le bruit. Pour la première fois depuis des mois, il n'y avait pas de bruit.

Il finit de se raser et, tout en se rinçant le visage, se reprocha de voir Schiffer dans le dos de Lola. Puis la culpabilité se changea en agacement. Il avait parfaitement le droit de faire ce qu'il voulait – après tout, ils n'étaient pas mariés. Il essayait simplement de l'aider en lui offrant un toit jusqu'à ce qu'elle retombe sur ses pieds.

En passant dans le salon pour sortir, il remarqua que Lola avait négligemment laissé ses magazines sur le canapé. *Futures mariées*, *Mariages modernes*, *Mariage et élégance*. C'en était trop. Il faudrait qu'il en parle avec elle – un jour ou l'autre – pour lui faire comprendre où en était leur relation. Il n'allait pas se laisser entraîner dans des promesses qu'il ne pourrait pas tenir. Comme pour se convaincre, il prit les magazines et les jeta dans le vide-ordures, bien que le règlement de l'immeuble l'interdise.

Puis il emprunta l'ascenseur pour descendre au neuvième.

« Eh bien ! Quelle allure ! dit Schiffer Diamond en ouvrant la porte.

— Je te renvoie le compliment. »

Pieds nus, simplement vêtue d'un jean et d'une marinière, elle avait l'élégance des femmes qu'un rien habille, ce qui n'était pas le cas de Lola, se dit Philip, comparant malgré lui les deux femmes.

Schiffer posa les mains sur le visage de Philip et l'embrassa. « Ça faisait longtemps, Oakland.

— C'est vrai. Wow, tout est exactement comme avant ici ! dit-il en regardant l'appartement.

— Je n'ai rien changé. Pas le temps ! »

Philip s'assit dans le salon. Il se sentait tellement bien, étrangement rajeuni, comme si les années n'avaient pas passé. Il prit une photo d'eux à Aspen en 1991. « Tu as toujours cette photo ?

— C'est un peu comme une capsule temporelle ici. Dis donc, on était tout jeunots ! dit-elle en regardant la photo. Mais on avait l'air bien ensemble. »

Philip en convint, frappé par leurs visages rayonnants. Il ne s'était pas senti comme ça depuis des lustres. « Bon Dieu... Qu'est-ce qui s'est passé ?

— On a pris un coup de vieux, mon p'tit. » Elle alla à la cuisine. Comme promis, elle lui concoctait un petit plat.

« Parle pour toi. Je ne suis pas vieux.

— Oh, que si ! Et il serait peut-être temps que tu t'en rendes compte ! dit-elle en passant la tête dans l'encadrement de la porte.

— Et toi ? » Il la rejoignit dans la cuisine où elle farcissait un poulet de tranches de citron et de morceaux d'oignon. Il se percha sur le tabouret sur lequel il s'était installé si souvent, à boire du vin rouge en la regardant préparer son fameux poulet rôti. Elle savait faire d'autres plats, comme sa salade de pommes de terre au piment, ou ses palourdes et homards cuits à la vapeur en été, mais pour Philip son poulet rôti était incomparable. Le tout premier dimanche qu'ils avaient passé ensemble, il y avait de cela des années, elle avait tenu à faire un poulet dans le minuscule four de la kitchenette de sa chambre d'hôtel. Quand il la taquinait à ce sujet, lui faisant remarquer qu'avec ses talents de cuisinière, elle ne faisait pas très femme libérée, elle répondait : « Même les imbéciles doivent savoir se faire à manger. »

Elle enfourna le poulet et dit : « Je n'ai jamais menti sur mon âge. La différence entre nous, c'est que moi je n'ai pas peur de vieillir.

— Ça ne me fait pas peur non plus.

— Bien sûr que si.

— Qu'est-ce qui te fait dire ça ? Que je sois avec Lola ?

— Pas seulement. » Elle alla au salon pour mettre une bûche dans la cheminée, craqua une longue allumette et la laissa se consumer un moment. « Il y a tout le reste, Philip. Ton attitude générale.

— Je serais peut-être différent si j'étais la star d'une série télé.

— Alors pourquoi tu ne fais rien pour changer les choses ? Remets-toi à écrire des livres. Ça fait six ans que tu n'en as pas publiés.

— C'est la panne de l'écrivain.

— Foutaises ! Tu as la trouille, mon p'tit. Tu n'étais pas comme ça avant. Tu en es réduit à écrire ces scénarios débiles. *Les Demoiselles d'honneur* ? C'est quoi ce truc ?

— J'ai décroché le film sur Mary-la-Sanglante. Mon scénario avance plutôt bien, dit-il sur la défensive.

— C'est un mélo, Philip. Encore un moyen de fuir. Ça n'a rien à voir avec la vie réelle.

— Qu'est-ce qu'il y a de mal à vouloir s'échapper un peu ?

— Tu vis dans le même appartement depuis toujours. Tu n'as pas bougé d'un pouce. Et pourtant, tu n'as jamais cessé de fuir.

— Je suis là, non ? dit-il en écho aux mots que Schiffer avait dits l'autre jour.

— Tu es là parce que tu as besoin d'échapper à ta relation avec Lola. Tu as besoin de croire que tu as un endroit où aller si ça ne marche pas. D'ailleurs, ça ne marchera pas. Et après ?

— C'est ce que tu penses ? Que je suis là pour fuir Lola ?

— Je ne sais pas.

— Tu te trompes.

— Alors qu'est-ce que tu fais là ? » Elle lui mit une tape sur la tête pour le taquiner en passant devant lui.

Il lui prit le poignet mais elle se libéra. « Épargne-moi ton blabla style "On peut très bien aimer quelqu'un sans pour autant pouvoir vivre avec."

— C'est pourtant ce que je pense.

— C'est des conneries. C'est pour les faibles et les indécis. Où est passée ta fougue, Oakland ? »

Il leva les yeux au ciel. Elle avait toujours eu le don de le secouer, de susciter en lui le sentiment tout à la fois d'être un homme et de ne pas faire le poids. Mais n'était-ce pas précisément ce qu'on attendait d'une relation amoureuse ?

« Ça ne marchera pas entre nous deux.

— Tu as peur de ne pas bander ? demanda-t-elle sur le ton de la plaisanterie en retournant dans la cuisine pour jeter un œil sur le poulet.

— Mais non, tu sais ce que je veux dire. On peut

toujours réessayer, mais ça ne marchera pas. Une fois de plus.

— Et alors ? » Elle ouvrit la porte du four. Elle semblait aussi hésitante que lui, pensa Philip.

« Tu veux vraiment qu'on remette ça ?

— Dis donc, mon p'tit, fit-elle avec un gant de cuisine à la main. J'en ai ma claque d'essayer de te convaincre. Tu n'es même pas foutu d'être sincère et de prendre la bonne décision tout seul ?

— Et voilà ! dit-il en s'approchant. Il faut toujours que tu sois dans un rôle. Tu ne t'es jamais demandé comment ce serait si tu cessais de te croire sur scène ?

— Je ne joue pas un rôle.

— Si. Tout le temps. »

Elle ferma la porte du four après avoir jeté le gant et le regarda droit dans les yeux. « Tu as raison. Je passe mon temps à jouer. C'est mon mode de protection. On en a tous un. Mais moi, j'ai changé.

— Ah bon ? Tu as changé ? dit-il pour la taquiner.

— Qu'est-ce que tu insinues ? Que ce n'est pas vrai ?

— Je ne sais pas. Et si on vérifiait ? » Il lui dégagea la nuque et commença à l'embrasser.

« Arrête, fit-elle en lui donnant des petites tapes.

— Pourquoi ?

— OK, continue. Envoyons-nous en l'air, qu'on en finisse. Ensuite, on pourra reprendre nos vies là où elles en étaient.

— Je te préviens, je ne serai peut-être pas d'accord.

— Ça m'étonnerait. Ça finit toujours comme ça. »

Elle se précipita dans sa chambre en enlevant son tee-shirt. Ses petits seins arrondis le rendaient toujours fou. Il se déshabilla, ne gardant que son caleçon, avant de la rejoindre. « Tu te souviens de ce truc qu'on faisait tout le temps ? demanda-t-elle.

— Quel truc ?

— Tu sais, quand tu t'allonges sur le dos les jambes à la verticale et que je pose mon ventre sur tes pieds pour faire l'avion.

— C'est ça que tu veux faire ?

— Allez ! Allonge-toi ! » dit-elle sur un ton cajoleur jusqu'à ce qu'il cède.

Elle tint en équilibre au-dessus de lui quelques instants, déployant ses bras sur les côtés, puis les jambes de Philip commencèrent à flageoler et elle s'écroula sur lui. Ils se mirent à rire. Ce jeu était tellement idiot ! Et tout était si simple ! Philip, qui n'avait pas pris autant de plaisir depuis longtemps, repensa aux heures qu'ils passaient autrefois à batifoler sur le lit, à inventer des mots et des jeux stupides. À l'époque, il ne leur manquait rien.

Elle se redressa et ramena ses cheveux en arrière. Et voilà ! Il retombait amoureux d'elle. Il l'allongea et se mit sur elle. « Il se peut que je t'aime toujours.

— Ce n'est pas un truc qu'on dit après s'être envoyés en l'air ?

— Je le dis avant. » Ils enlevèrent leurs dessous en même temps et elle prit sa queue dans la main, comme pour jauger son érection.

« J'ai envie de te sentir en moi. » Il se glissa en elle et ils restèrent immobiles pendant quelques secondes. Elle soupira, rejeta la tête en arrière. « Viens », dit-elle.

Il se mit à bouger, s'enfonçant de plus en plus en elle. Ils étaient en parfaite harmonie. Elle commença à jouir, en criant. Il jouit aussi. Quinze minutes plus tard, ils se regardèrent stupéfaits. « C'était incroyable », dit Philip.

Elle se dégagea, s'assit sur le bord du lit sans le lâcher des yeux, puis posa la tête sur son torse. « Et maintenant ?

« — Aucune idée, répondit-il.

— On n'aurait peut-être pas dû.

— Pourquoi ? Tu vas encore t'enfuir ? » Il alla à la salle de bains.

« Non », dit-elle en se redressant. Elle le rejoignit et, les bras croisés, le regarda uriner. « Qu'est-ce que tu comptes faire ?

— Aucune idée.

— Tu veux manger ?

— Oui, fit-il, reconnaissant.

— Bien. Je voulais te dire, au fait, à propos de notre nouveau metteur en scène. Il ne parle pas. Il fait des gestes avec les mains, c'est tout. Du coup, je l'ai surnommé Bela Lugosi. »

Philip ouvrit une bouteille de shiraz et, assis sur le tabouret, la dévora des yeux en dégustant son vin. Une fois de plus, il était submergé par un profond sentiment de satisfaction qui semblait suspendre le temps. Rien d'autre n'existait qu'elle et lui dans cette cuisine à ce moment précis. Sa place avait toujours été là, et il en serait toujours ainsi. Il prit une décision. « Je vais dire à Lola que c'est terminé. »

Le ballet ne prenant fin qu'après onze heures, Lola et Enid furent de retour au Numéro 1 vers minuit. Lola était épuisée mais l'énergie d'Enid n'était pas entamée, même si elle insista pour que la jeune femme lui donne le bras pour la soutenir. Au milieu de la représentation, elle lui avait confié son sac à main qu'elle trouvait trop lourd – le vieux sac en crocodile pesait en effet au moins trois kilos – ce qui obligea Lola à passer la soirée à en extirper les lunettes de vue d'Enid, son rouge à lèvres et son poudrier. Au bout de la troisième fois, Lola comprit qu'Enid cherchait en fait à l'agacer. Quelle autre raison la vieille dame avait-elle de retoucher son maquillage en permanence ?

Puis elles étaient arrivées en taxi jusqu'au majestueux et imposant Numéro 1, et Lola se dit que la soirée en valait la peine. En arrivant au treizième étage, elle trouva les clés d'Enid et lui ouvrit sa porte avant de lui rendre son sac à main. Pour la première fois, Enid la remercia d'une bise sur la joue. « Bonne nuit, ma chère. Je me suis tellement amusée. À demain.

— On a prévu quelque chose ?

— Non, mais maintenant que vous vivez avec Philip, c'est inutile. Je frapperai à la porte. Nous pourrions aller nous promener. »

Génial, se dit Lola en rentrant chez Philip. Demain il ferait environ moins six degrés. « Philip ? »

N'entendant aucune réponse, elle se mit à le chercher dans tout l'appartement. Il n'était pas là. Perplexe, Lola essaya de le joindre sur son portable, qu'elle entendit sonner dans son bureau. Il était probablement à l'épicerie et serait de retour d'un instant à l'autre. Assise sur le divan, elle enleva ses chaussures avant de les faire valser sous la table basse. Puis elle remarqua que ses magazines de mariage avaient disparu.

Renfrognée, elle se leva et commença à les chercher. Elle avait vu une robe ravissante dans l'un des magazines – sans bretelles, ornée de perles, avec une longue traîne qui flottait lorsque la mariée marchait et retombait élégamment autour des pieds lorsqu'elle était immobile. Si elle ne remettait pas la main dessus, elle risquait de ne jamais trouver cette robe, les magazines de mariage ne publiant pas la totalité de leurs pages sur Internet de façon à obliger les futures mariées à acheter la version papier. Elle regarda dans la cuisine puis dans le bureau de Philip, et finit par se dire qu'il avait dû les jeter par inadvertance. Elle ne se priverait pas de lui passer un savon – il fallait bien qu'il apprenne à respecter ses affaires. Elle retourna dans la cuisine et se servit le fond d'une bouteille de vin blanc, puis ouvrit le vide-ordures pour se débarrasser du cadavre. Philip lui avait répété plusieurs fois de ne pas y mettre de verre, mais elle n'allait tout de même pas lui obéir. Le recyclage l'emmerdait, et puis c'était complètement inutile. Les générations passées avaient déjà ravagé la planète.

Et là, que vit-elle, coincés dans l'étroit conduit du vide-ordures ? Ses magazines ! Elle les retira et les balança sur le comptoir, hors d'elle. Alors comme ça, Philip les avait jetés exprès. Qu'est-ce que ça voulait dire ?

Elle prit son verre de vin et alla se faire couler un bain. Elle savait qu'elle devrait se montrer convaincante pour que Philip l'épouse mais elle était certaine qu'il accepterait – pourquoi pas ? Ce qu'elle avait dit à James Gooch à propos de Philip était complètement faux. Elle ne voyait aucun inconvénient à lui forcer la main si nécessaire. Tout le monde savait qu'il fallait traîner les hommes jusqu'à l'autel, mais une fois que c'était fait, ils étaient reconnaissants. Elle était même prête à tomber enceinte. Après tout, c'est ce que faisaient les célébrités : tomber enceintes d'abord, se marier ensuite. Et si elle avait un bébé, elle pourrait l'habiller en petite demoiselle ou garçon d'honneur et sa mère le porterait dans un couffin en descendant l'allée centrale de l'église.

Elle était en sous-vêtements lorsqu'elle entendit la clé tourner dans la serrure. Elle se précipita dans le vestibule sans prendre la peine de se couvrir. En entrant, les mains vides – il n'était donc pas allé à l'épicerie –, Philip sembla éviter son regard. Il se passait quelque chose.

« T'étais où ? lança-t-elle avant de se reprendre pour lui donner l'impression qu'elle s'en moquait. Moi, j'ai passé un super moment avec Enid au ballet. C'était tellement beau. Je ne pensais pas que ce serait comme ça. J'ai trouvé "Diamants" vraiment chouette. Et Enid m'a raconté que tu avais dansé dans *Casse-Noisette* quand tu étais petit. Pourquoi tu ne me l'as pas dit ? »

Il lui tourna le dos pour fermer la porte. Lui faisant face, il sembla se rendre compte qu'elle était presque nue. D'ordinaire, ça l'aurait excité et il aurait posé la main sur ses seins. Mais cette fois, il secoua la tête et soupira. « Lola.

— Qu'est-ce qu'il y a ? Qu'est-ce qui ne va pas ?

— Habille-toi, il faut qu'on discute.

— Je ne peux pas, j'allais prendre un bain, dit-elle gaiement comme si tout allait bien. Tu vas devoir me faire la causette pendant que je suis sous la mousse. » Et elle fila avant qu'il ne puisse ajouter quoi que ce soit.

Philip alla dans la cuisine et se prit la tête dans les mains. En remontant chez lui dans l'ascenseur, il s'était imaginé que ce serait simple, ou du moins direct. Il lui dirait la vérité – finalement, ce n'était pas une bonne idée qu'ils vivent ensemble – et lui proposerait de l'argent. Le bail de son appartement ne prenait fin que dans deux semaines et il prendrait à sa charge les six prochains mois de loyer, le temps qu'elle trouve un vrai boulot. Il paierait même ses notes de téléphone et l'emmènerait faire les boutiques sur Madison Avenue s'il le fallait. Il avait envisagé de lui dire toute la vérité – qu'il en aimait une autre – mais s'était ravisé : ce serait trop cruel. Bien entendu, elle allait tout faire pour compliquer les choses. Il se sentait un peu ivre après avoir bu deux bouteilles de vin avec Schiffer, mais se servit quand même un verre de vodka avec de la glace pilée – pour se donner du courage. Il en but une gorgée et alla dans la salle de bains.

Lola se savonnait la poitrine. Il essaya de ne pas se laisser distraire par ses tétons que l'eau chaude avait rendus tout roses et fermes. Il rabattit le couvercle des toilettes et s'assit. « Alors, t'étais où ? » dit-elle en aspergeant les jambes de Philip de quelques bulles de savon.

Il avala une autre gorgée. « J'étais avec Schiffer Diamond. J'ai dîné chez elle. » Cette nouvelle aurait dû suffire à déclencher l'inévitable dispute mais ce fut à peine si Lola réagit.

« C'est sympa, dit-elle en prolongeant le "a" de sympa. Tu t'es bien amusé ? »

Il fit oui de la tête, se demandant pourquoi elle n'était pas plus fâchée.

« Vous êtes de vieux amis. Il n'y a rien de mal à ce que vous dîniez ensemble. Même si tu avais dit que tu allais travailler. J'imagine que tu as commencé à avoir faim.

— Ça ne s'est pas vraiment passé comme ça », dit-il d'un ton sinistre.

Lola comprit soudain que Philip allait la quitter – probablement pour Schiffer Diamond. Cette seule pensée lui noua l'estomac. Mais il ne fallait pas que Philip s'en aperçoive. Elle disparut sous l'eau un instant pour reprendre ses esprits. Si elle arrivait à l'empêcher de rompre maintenant, l'envie de se débarrasser d'elle pouvait très bien lui passer et ils continueraient comme avant. En sortant la tête de l'eau, elle avait un plan.

« Je suis contente que tu sois rentré. » Elle se mit à frotter ses talons énergiquement avec une pierre ponce. « J'ai de mauvaises nouvelles. Maman vient d'appeler.

Elle a besoin de moi à Atlanta pour quelques jours. Ou plus. Peut-être une semaine. Elle ne s'en sort pas très bien. Je t'ai dit que la banque avait saisi la maison ?

— Oui. » Les déboires financiers de la famille de Lola, qui le ramenaient sans cesse à cette relation et au fait que Lola dépendait de lui, le terrifiaient.

« Bon, dit-elle en examinant ses pieds comme si elle cherchait à faire face à la situation, je sais que tu pars pour Los Angeles dans trois jours. Je ne veux pas te faire de la peine, mais je ne peux pas venir finalement. C'est trop loin et si ma mère a besoin de moi... Mais je serai là à ton retour. » C'était une promesse, formulée comme pour le consoler.

« À ce propos... »

Elle secoua la tête. « Je sais. C'est vraiment la poisse. Mais n'en parlons plus, ça me déprime. Et puis je pars pour Atlanta à la première heure demain matin. Alors j'ai besoin que tu me rendes un énorme service. Ça t'embête si je t'emprunte mille dollars pour mon billet d'avion ?

— Non. » Philip soupira, renonçant à la conversation qu'ils devaient avoir ensemble tout en se sentant quelque peu soulagé. De toute façon, elle s'en allait le lendemain. Elle ne reviendrait peut-être pas et il n'aurait pas à rompre avec elle finalement. « Aucun problème. Je ne veux pas que tu t'inquiètes. Occupe-toi de ta mère, c'est tout ce qui compte. »

Elle se leva, toute dégoulinante d'eau et de mousse, et l'enlaça. « Oh, Philip, je t'aime tellement. »

Elle fit descendre ses mains sur son torse puis essaya de déboutonner son jean. Il posa les mains sur les siennes et les repoussa. « Pas maintenant, chaton. Tu es contrariée. Ce ne serait pas très amusant, ni pour toi, ni pour moi.

« — D'accord, chéri. » Elle se sécha et, poursuivant son petit jeu, alla dans la chambre où elle commença à faire sa valise d'un air abattu, comme si elle devait aller à un enterrement. Puis elle rejoignit Philip dans son bureau et écrivit un mot qu'elle lui tendit. « Tu pourras donner ça à Enid ? C'est un petit mot de remerciement pour le ballet. Je lui ai dit qu'on se verrait demain, et je ne veux pas qu'elle s'imagine que je l'ai oubliée. »

Le lendemain, Beetelle Fabrikant fut surprise de recevoir un appel matinal de sa fille qui s'apprêtait à prendre un avion pour Atlanta depuis l'aéroport de La Guardia. « Tout va bien ? demanda-t-elle paniquée.

— Oui, oui, répondit Lola d'humeur impatiente. J'ai dit à Philip que je m'inquiétais pour toi et il m'a donné de l'argent pour que je passe le week-end avec vous. »

Lola raccrocha et se mit à faire les cent pas dans la petite salle d'embarquement. Il n'y avait pas pire moment pour laisser Philip seul, alors qu'il s'envoyait en l'air avec Schiffer Diamond et que seuls quatre étages les séparaient. Mais si elle était restée, il aurait cherché à mettre fin à leur relation. Et il aurait fallu lui faire le coup des larmes et des supplications. Après une telle scène, autant dire que ce serait terminé. Même s'il la gardait avec lui, il aurait perdu tout respect pour elle. C'était trop injuste, se dit-elle en traînant les pieds sur la moquette crasseuse de l'aéroport. Elle était jeune, belle, et côté cul, c'était super. Qu'est-ce qu'il voulait de plus ?

Ses pas la menèrent jusqu'à un petit kiosque à journaux, où Schiffer Diamond, en couverture de *Harper's Bazaar*, la dévisageait. Elle portait une robe dos nu bleue et posait, tel un mannequin, le dos cambré, les mains sur les hanches et les cheveux lissés et brillants. Je la déteste, pensa Lola en proie à une réaction viscérale devant la photo. Elle acheta quand même le magazine, scrutant la couverture à la recherche de défauts dans le visage de Schiffer. Pendant un moment, elle désespéra. Comment pouvait-elle rivaliser avec une star de cinéma ?

Dans le haut-parleur, Lola entendit son numéro de vol et alla faire la queue à la porte d'embarquement. Elle jeta un œil à l'écran de télé qui diffusait l'un des programmes du matin et là, encore Schiffer Diamond. Cette fois, elle portait une simple chemise blanche au col remonté, rehaussé de plusieurs colliers turquoise, et un pantalon noir à coupe slim. Les yeux rivés sur l'image, Lola se sentit bouillir de colère.

« Je suis revenue à New York pour recommencer à zéro. Les New-Yorkais sont des gens fabuleux et je m'amuse beaucoup », disait Schiffer à l'animateur.

« Avec mon mec ! » Lola avait envie de hurler.

Quelqu'un la poussa. « Vous le prenez cet avion ou pas ? » demanda l'homme derrière elle.

Lola traversa l'avant de l'avion réservé aux passagers de la première classe pour rejoindre l'arrière en traînant des pieds et en tirant sans ménagements sa valise Louis Vuitton. Schiffer Diamond, elle, aurait voyagé en première, se dit-elle en casant sa valise dans le compartiment de rangement. Elle s'installa dans le minuscule siège en lissant son jean et fit valser ses chaussures. En regardant de nouveau la couverture de *Harper's Bazaar*, elle faillit se mettre à pleurer. Pourquoi fallait-il que Schiffer Diamond gâche ses rêves ?

Lola appuya la tête contre le dossier de son siège et ferma les yeux. Elle n'était pas encore hors course. Philip ne l'avait pas quittée. Dimanche, il partait à

Los Angeles pour deux semaines. Son film lui prendrait tout son temps et il serait bien trop occupé pour penser à Schiffer Diamond. Elle profiterait de son absence pour déménager ses derniers cartons. À son retour, elle serait installée.

En arrivant à Windsor Pines, Lola comprit que la situation s'était aggravée. La plupart des meubles avaient disparu et tous les objets de son enfance – ses poneys en plastique, sa maison de Barbie et même toute sa collection de Beanie Babies – avaient été vendus lors d'un vide-grenier. Il ne restait que son lit, drapé de son couvre-lit blanc en dentelle et de son édredon rose à fanfreluches. Mais cette fois, Beetelle se montra résolument décontractée. Elle traîna Lola à un barbecue chez des voisins, où elle raconta à qui voulait l'entendre que Cem et elle étaient ravis d'emménager dans un appartement et qu'ils n'auraient plus à se soucier de l'entretien d'une maison. Les voisins firent mine de ne pas être au courant de la véritable situation des Fabrikant et montrèrent fièrement des photos de leur dernier petit-fils. Pour ne pas être en reste, Beetelle annonça gaiement que Lola était presque fiancée au célèbre écrivain Philip Oakland. « Il n'est pas un peu vieux ? » demanda l'une des femmes sur un ton désapprobateur.

Lola lui lança un regard mauvais. Cette femme était jalouse parce que sa propre fille avait épousé un garçon du coin qui dirigeait une entreprise de paysagisme. « Il a quarante-cinq ans. Et il connaît des stars de cinéma, dit Lola.

— Tout le monde sait que les actrices sont ni plus ni moins que des putains. En tout cas, c'est ce que ma mère disait tout le temps.

— Mais Lola est une jeune femme avertie, interrompit Beetelle. Elle a toujours été en avance par rapport aux filles de son âge. » Puis ils se mirent à parler de leur boursicotage et de la dépréciation de leurs maisons. C'était déprimant et à mourir d'ennui. Lola, furieuse contre la femme qui avait fait une remarque sur Philip, se dit qu'ils étaient tous insignifiants et étroits d'esprit. Comment avait-elle pu vivre ici ?

Plus tard, allongée dans sa chambre vide, elle comprit qu'elle n'aurait plus jamais à dormir dans ce lit, dans cette chambre, dans cette maison – plus jamais. Et, regardant autour d'elle, elle se dit que ça ne lui manquerait pas du tout.

15

Connie Brewer, qui avait promis à Billy de ne jamais porter la croix de Mary-la-Sanglante en public, avait tenu parole. Mais comme il ne lui avait pas expressément interdit de l'encadrer pour la fixer au mur, elle l'emmena chez un encadreur de renom sur Madison Avenue, deux semaines après son acquisition. Le vieil homme d'au moins quatre-vingts ans n'en était pas moins élégant avec ses cheveux gris lissés en arrière et sa cravate jaune. Il examina la croix dans son petit sachet en daim et regarda Connie avec curiosité. « Où avez-vous trouvé ce bijou ?

— C'est un cadeau. De mon mari.

— Où l'a-t-il acheté ?

— Je l'ignore », répondit-elle d'un ton ferme. Elle se demanda si elle avait mal fait en sortant la croix de chez elle, mais comme l'encadreur en resta là, elle n'y pensa plus. Ce qui ne fut pas le cas du vieil homme. Il en parla à un fournisseur, lequel en parla à un client, et bientôt le bruit courut dans le monde de l'art que les Brewer détenaient la croix de Mary-la-Sanglante.

D'un tempérament généreux, Connie trouva tout naturel de partager son trésor avec ses amies. À la fin du mois de février, après un déjeuner à La Goulue, elle invita Annalisa chez elle. Les Brewer vivaient dans un immeuble d'avant-guerre sur Park Avenue. Leur appartement gigantesque réunissait deux six-pièces et comptait cinq chambres, deux pièces pour les nannies et une salle de séjour démesurée dans laquelle les Brewer donnaient tous les ans une réception pour Noël. Sandy se déguisait en Père Noël pour l'occasion, et Connie, vêtue d'une combinaison aux parements en vison blanc, en lutin.

« J'ai quelque chose à te montrer, mais tu ne dois en parler à personne. » Suivie de son amie, Connie traversa l'appartement jusqu'au petit salon attenant à la chambre parentale. Soucieuse de rester discrète, comme Billy le lui avait demandé, elle y avait accroché l'objet encadré, songeant que cette pièce, à laquelle on accédait uniquement par la chambre, était la plus retirée de l'appartement. Seules les domestiques pouvaient y entrer. Connie l'avait aménagée selon ses désirs, avec des soieries roses et bleu clair, des miroirs dorés, une méridienne de style vénitien, une banquette sous la fenêtre couverte de coussins et une tapisserie ornée de papillons peints à la main. C'était la deuxième fois qu'Annalisa y allait, mais elle n'aurait su dire si elle la trouvait belle ou affreuse.

« C'est Sandy qui me l'a offerte », murmura Connie en montrant la croix. Annalisa s'approcha et examina poliment l'objet posé sur du velours bleu foncé. Elle ne partageait ni l'intérêt ni l'expertise de Connie en matière de bijoux mais dit gentiment : « Magnifique ! Qu'est-ce que c'est ?

— Une croix qui a appartenu à Mary Tudor. Un cadeau du pape pour avoir rétabli le catholicisme en Angleterre. Elle est inestimable.

— Si ce n'est pas une copie, sa place est au musée.

— Tu as raison. Mais aujourd'hui de nombreux particuliers possèdent des antiquités. Il n'y a rien de mal à ce que les riches conservent les trésors du passé – je pense même que c'est de notre devoir. Cette pièce revêt une telle valeur. D'un point de vue historique, esthétique...

— Plus que ton sac Birkin en crocodile ? » demanda Annalisa pour la taquiner. Elle n'imagina pas un instant qu'il s'agissait de la véritable croix. D'après Billy, Sandy avait acheté tellement de bijoux à sa femme ces derniers temps qu'il devenait une cible facile pour les marchands peu scrupuleux. Le connaissant, il avait dû faire la joie de l'un d'entre eux en lui achetant cette croix.

« Allons ! Les sacs à main n'ont plus aucune valeur ! dit Connie sur un ton de reproche. Je l'ai lu dans *Vogue*. En ce moment, le must, c'est d'avoir quelque chose que personne d'autre ne possède. Un objet unique en son genre. »

Annalisa s'assit sur la méridienne en bâillant, engourdie par les deux verres de champagne qu'elle avait bus au déjeuner. « Je croyais que Mary Tudor était une reine diabolique. Elle a fait assassiner sa sœur, si je ne me trompe pas. Méfie-toi, Connie. La croix pourrait te porter malheur. »

Au même moment, à quelques rues de là, dans les bureaux en sous-sol du Metropolitan Museum, David Porshie, le vieil ami de Billy Litchfield, raccrochait son téléphone. Selon la rumeur dont on venait de l'informer, la croix de Mary-la-Sanglante était tombée entre les mains d'un certain Sandy Brewer et de sa femme Connie. Il se cala dans son fauteuil pivotant puis croisa les mains sous son menton. Cette rumeur était-elle fondée ?

David n'était pas sans savoir que la croix avait mystérieusement disparu dans les années cinquante. Chaque année, le musée l'inscrivait au registre des objets d'art manquants. On avait toujours soupçonné Mrs Houghton de l'avoir dérobée, mais c'était une femme irréprochable qui, de surcroît, faisait une donation annuelle de deux millions de dollars au musée ; aussi l'affaire n'avait-elle pas fait l'objet d'une enquête approfondie.

Mais maintenant qu'elle était morte, l'heure était peut-être venue – d'autant que la croix refaisait surface peu après son décès. David trouva des informations très précises concernant les Brewer sur Internet. Il découvrit avec un certain agacement que Sandy Brewer gérait des fonds spéculatifs – encore un arriviste qui se retrouvait en possession d'une antiquité rare et précieuse – et que les époux se considéraient comme de « véritables collectionneurs ». David les soupçonna plutôt de compter parmi ces nouveaux riches qui dépensaient des fortunes en objets de pacotille. Aux yeux de David Porshie – intendant du grand Met – les gens de leur acabit n'avaient d'autre intérêt que de pouvoir être soulagés de leur argent au cours des galas de charité.

Évidemment, il ne pouvait pas appeler les Brewer pour leur demander de but en blanc s'ils détenaient la croix. Quiconque la leur avait vendue s'était sûrement montré suffisamment malin pour les prévenir de sa provenance. Non pas qu'un objet à l'origine douteuse décourage les acheteurs. Acquérir une telle pièce supposait une disposition d'esprit assez proche de celle d'un toxicomane enivré à l'idée de violer la loi en toute impunité. Mais contrairement au drogué, l'acheteur d'antiquités volées conservait la jouissance de l'objet, tout en éprouvant un sentiment d'immortalité. Comme si, par sa simple présence, l'objet d'art pouvait procurer à son détenteur la vie éternelle. David Porshie savait donc qu'il devait dénicher non seulement la croix mais aussi une personnalité à part. Restait à savoir comment s'y prendre.

Prêt à s'armer de patience – après tout, la croix avait disparu depuis bientôt soixante ans –, David se dit qu'il aurait besoin d'une taupe. Il pensa aussitôt à Billy Litchfield. Tous deux avaient fait leurs études à Harvard en même temps et Billy, assez calé en objets d'art, l'était plus encore en matière de psychologie.

David se procura son numéro de portable auprès du service des événements du musée et décida de l'appeler le lendemain matin. Billy se rendait justement chez Connie en taxi pour discuter de la foire d'art contemporain de Bâle. En entendant la voix de David, il sentit la peur l'envahir mais réussit à parler d'un ton calme. « Comment allez-vous, David ?

— Bien, merci. Je repensais à ce que vous me disiez au ballet. Concernant d'éventuels nouveaux mécènes. Nous avons besoin de donations pour financer une aile du musée. J'ai entendu parler de Sandy et Connie Brewer. Vous les connaissez ?

— Oui, répondit-il d'une voix égale.

— Parfait ! Vous pourriez organiser un petit dîner ? Dans un endroit simple, au Twenty-One par exemple. Au fait, Billy, restez discret sur le but de cette rencontre, vous voulez bien ? Vous savez comment sont les gens quand ils se doutent qu'on en a après leur argent !

— Bien sûr, ça reste entre nous. » Il raccrocha, complètement affolé. Le taxi prenait des airs de cellule. Il commença à manquer d'air. « Arrêtez, s'il vous plaît », dit-il en frappant sur la cloison de séparation.

Il sortit du taxi en trébuchant et se dirigea vers la cafétéria la plus proche, au coin de la rue. Il s'installa au comptoir, commanda un Canada Dry tout en essayant de reprendre son souffle. David Porshie ! Qu'avait-il découvert au juste ? Et comment ? Billy avala un Xanax et s'efforça de penser rationnellement en attendant qu'il fasse effet. Se pouvait-il que David souhaite tout bonnement rencontrer les Brewer pour la raison invoquée au téléphone ? Billy en doutait. Le Metropolitan Museum représentait le dernier bastion des vieilles fortunes, même si, ces derniers temps, l'épithète perdait de son sens.

« Connie, qu'est-ce que tu as fait ? demanda Billy en arrivant chez son amie. Où est la croix ? »

Il la suivit jusqu'au petit salon où il découvrit, horrifié, le bijou encadré. « Combien de personnes l'ont vue ?

— Oh, Billy, arrête de t'inquiéter. Sandy, bien sûr, les domestiques, et Annalisa Rice.

— Tu oublies l'encadreur. À qui l'as-tu confiée ? » Connie lui donna le nom du vieil homme. « Mon Dieu ! s'exclama-t-il en s'asseyant sur le bord de la méridienne. Il va en parler à tout le monde.

— Mais comment veux-tu qu'il sache ce que c'est ? Je ne lui ai rien révélé.

— Tu lui as dit comment tu l'as eue ?

— Bien sûr que non. Je n'en ai parlé à personne.

— Écoute-moi, Connie. Tu dois la faire disparaître. Décroche-la du mur et mets-la dans un coffre. Je t'ai prévenue, si quelqu'un la découvre, on pourrait tous finir en prison.

— Les gens comme nous ne vont jamais en prison.

— Détrompe-toi ! Ça arrive tout le temps ! dit-il en soupirant.

— D'accord, Billy. Tu vois, je l'enlève. » Elle décrocha la croix et la rangea dans son placard.

« Promets-moi de la mettre dans une chambre forte.

Tu ne peux pas la garder dans un placard, elle est bien trop précieuse.

— Bien trop précieuse pour être cachée, tu veux dire. Si je ne peux même pas la regarder, à quoi ça sert ?

— On en discutera plus tard. Mets-la d'abord en lieu sûr. » Peut-être David Porshie ne savait-il rien. De fait, s'il était au courant, il enverrait la police au lieu d'organiser des dîners ! Billy devait quand même faire en sorte que la rencontre ait lieu, sinon David se méfierait pour de bon.

« Nous allons dîner avec David Porshie, du Met. Alors pas un mot sur la croix. Ni Sandy, ni toi. Même s'il vous interroge de but en blanc.

— J'ai compris. Nous ne savons rien. »

Billy passa la main sur son crâne chauve. Malgré tous ses efforts pour rester à New York, son avenir lui apparut clairement. Il serait obligé de quitter le pays une fois ses trois millions empochés pour s'installer dans un endroit où il n'y avait pas de lois d'extradition, à Buenos Aires par exemple. Il se mit à frissonner et, sans s'en rendre compte, dit à haute voix : « Je déteste les palmiers.

— Pardon ? demanda Connie, pensant qu'elle avait raté une étape de leur discussion.

— Rien, ma belle. Des choses qui me trottent dans la tête. »

En sortant de chez Connie sur la 78e Rue, il prit un taxi et demanda au chauffeur de prendre la Cinquième Avenue en direction du centre. Il y avait un bouchon à partir de la 66e Rue mais Billy s'en moquait. Il se trouvait à bord d'un 4 × 4 flambant neuf qui sentait encore le plastique. D'une voix musicale, le chauffeur bavardait au téléphone. Si seulement il pouvait rester dans ce taxi pour toujours, se dit-il en dépassant lentement les

monuments familiers de la Cinquième Avenue : le château de Central Park, l'hôtel Sherry-Netherland et son
restaurant – le Cipriani – où il avait déjeuné tous les
jours pendant quinze ans, le Plaza, le grand magasin
Bergdorf Goodman, Saks, la New York Public Library.
Il sombra dans une nostalgie empreinte de joie et de
regrets aigres-doux. Comment pourrait-il se résoudre à
quitter cette ville qu'il aimait tant ?

Son téléphone sonna. « Tu seras là ce soir, n'est-ce
pas, mon petit Billy ? lui demanda Schiffer Diamond.

— Oui, bien sûr. » Il s'était pourtant dit qu'au vu
des circonstances, il ferait mieux d'annuler toutes ses
sorties en public et de faire profil bas pendant une
bonne semaine.

« Tant mieux, parce que je n'aime pas du tout ce
genre de soirée. Je vais devoir causer avec un tas d'inconnus et leur faire de grands sourires. Je déteste être
exhibée comme un caniche de concours.

— Alors n'y va pas.

— Billy, qu'est-ce que tu racontes ? Je n'ai pas le
choix. Si j'annule, ils écriront partout que je snobe tout
le monde. Mais peut-être que je devrais m'y mettre
après tout, jouer la diva solitaire. Ah, Billy », dit-elle
avec un brin d'amertume dans la voix, ce qui ne lui
ressemblait pas, « où sont passés les hommes dans cette
ville ? » Sur ce, elle raccrocha.

Deux heures plus tard, assise sur un tabouret dans
sa salle de bains, Schiffer Diamond se faisait coiffer et
maquiller pour la quatrième ou cinquième fois de la
journée tandis que son agent, Karen, l'attendait dans le
salon en lisant des magazines et en passant des coups de
fil sur son portable. Maquilleurs et coiffeurs s'affairaient

418

autour d'elle, cherchant à lui faire la causette, mais Schiffer se sentait d'une humeur massacrante. En rentrant au Numéro 1 cet après-midi, elle avait croisé Lola Fabrikant en personne qui se faufilait dans l'immeuble comme une criminelle.

Une criminelle ? Ce n'était pas franchement le mot juste. En réalité Lola était entrée en tirant sa valise Louis Vuitton, comme si les lieux lui appartenaient. Schiffer en fut toute retournée. Philip ne l'avait-il pas quittée ? Apparemment, il s'était dégonflé. Foutu Oakland ! Pourquoi était-il si lâche ?

Lola était arrivée tandis que Schiffer attendait l'ascenseur. Elles avaient dû monter ensemble. Lola n'avait pas cessé de papoter comme si elles étaient les meilleures amies du monde, lui demandant comment se passait le tournage de la série, la complimentant sur sa coiffure – toujours la même, pourtant – tout en évitant soigneusement d'évoquer Philip. Schiffer n'hésita pas à le mettre sur le tapis. « Philip m'a dit que vos parents avaient des ennuis.

— C'est affreux, répondit Lola avec un soupir théâtral. Sans Philip, je me demande ce qu'on deviendrait.

— Philip est un amour. » Lola acquiesça. Puis, comme pour remuer le couteau dans la plaie, elle ajouta : « J'ai tellement de chance de l'avoir. »

À présent, assise devant le miroir dans sa salle de bains, Schiffer fulminait en repensant à cette rencontre. « Et voilà ! » dit la maquilleuse en lui mettant un dernier coup de poudre sur le nez.

« Merci. » Dans sa chambre, Schiffer enfila la robe et les bijoux prêtés par un créateur et demanda à son agent d'attacher sa fermeture éclair. Les mains sur la taille, elle souffla. « J'ai envie de déménager. Il me faut un endroit plus grand.

— Pourquoi ne pas acheter plus grand ici ? L'immeuble est tellement sympa, dit Karen.

— J'en ai marre. Toutes ces nouvelles têtes. Ce n'est plus comme avant.

— Tiens, tiens ! J'en connais une qui est de mauvais poil !

— Ah bon ? Qui ça ? »

Puis Schiffer et son agent, suivies des assistantes, montèrent à l'arrière d'une limousine qui les attendait. Karen sortit plusieurs feuilles de son sac et commença à relire ses notes. « Mardi, tu passes chez Letterman, c'est confirmé. Michael Kors t'envoie trois robes à essayer pour l'émission. L'agent de Meryl Streep veut savoir si tu ferais une lecture de poésie le 22 avril. Ce ne serait pas une mauvaise idée. C'est la grande classe, et puis c'est Meryl, quand même. Mercredi, tu commences à tourner à treize heures, donc j'ai programmé la séance de photos pour *Marie-Claire* à six heures du matin, on sera débarrassées. Le journaliste viendra au studio jeudi pour l'interview. Vendredi soir, le président de Boucheron est de passage en ville, tu es conviée à un dîner en petit comité, une vingtaine d'invités. Je pense que tu devrais y aller aussi, ça ne peut pas faire de mal et puis il se pourrait que tu sois leur nouvelle égérie pour leur prochaine campagne de pub. Samedi après-midi, la chaîne veut que tu fasses la promo de la série. J'essaie de reculer l'heure du tournage pour que tu te reposes dans la matinée.

— Merci.

— Alors, pour Meryl, qu'en penses-tu ?

— Je ne sais pas. C'est si loin le 22 avril. Qui sait ? Je serai peut-être morte.

— Bon, je leur dis que c'est d'accord. »

La maquilleuse prit un tube de brillant à lèvres et

Schiffer s'approcha pour qu'elle lui fasse une retouche. Elle tourna la tête et la coiffeuse ébouriffa ses cheveux avant de lui appliquer de la laque. « C'est quoi déjà le nom exact de l'association ?

— L'association mondiale des designers de chaussures. C'est au profit d'un fonds de retraite pour les cordonniers. Tu seras à la table de Christian Louboutin, à qui tu dois décerner le prix. Ton discours défilera sur le télé-prompteur. Tu veux le lire avant ?

— Non. »

La limousine tourna à l'angle de la 42ᵉ Rue. « Schiffer Diamond arrive, dit Karen au téléphone. Nous sommes à une minute. » Elle raccrocha et regarda la file de voitures de luxe, les photographes et la foule de badauds tenus à l'écart de l'entrée par un cordon de policiers.

« Ah, les chaussures ! dit Karen en secouant la tête. Tout le monde adore.

— Est-ce que Billy Litchfield est là ?

— Je me renseigne. » Utilisant son téléphone comme un talkie-walkie, elle demanda : « Billy Litchfield est-il arrivé ? Vous pouvez vérifier s'il vous plaît ? Il est à l'intérieur ? Bon. » Elle raccrocha.

Deux agents de sécurité firent signe au chauffeur d'avancer puis l'un d'entre eux ouvrit la portière. Karen sortit en premier et consulta rapidement deux femmes vêtues de noir et munies d'oreillettes avant de laisser Schiffer descendre. Une vague d'enthousiasme parcourut la foule, accompagnée du crépitement des flashs.

Schiffer retrouva Billy qui l'attendait juste derrière les portes. « Une soirée de plus à Manhattan, hein, Billy ? » dit-elle en lui donnant le bras. Une jeune femme de *Women's Wear Daily* lui sauta dessus pour l'interviewer, puis ce fut au tour d'un jeune homme du magazine

New York. Une demi-heure s'écoula avant qu'ils puissent rejoindre leur table. En se frayant un passage à travers la foule, Schiffer dit à Billy : « Philip voit toujours cette pimbêche de Lola Fabrikant.

— Ça t'ennuie ?

— Ça ne devrait pas.

— Alors n'y pense plus. Brumminger est à la même table que nous. Quel pot de colle celui-là !

— Tu l'as dit, mais il est plein aux as !

— Tu peux avoir n'importe quel homme, voyons. Tu le sais bien.

— En vérité, c'est faux. Peu d'hommes accepteraient de supporter tout ce tintouin. Et ce n'est pas forcément ceux dont on a envie. » En arrivant, elle salua Brumminger, assis pile en face d'elle à la table. « Vous nous avez manqué à Saint-Barth, dit-il en lui prenant les mains.

— J'aurais dû venir.

— Il y avait une super-ambiance sur le yacht. Je suis bien décidé à vous y emmener. Je ne lâche pas prise facilement.

— Je vous en prie, n'en faites rien. »

Puis elle s'installa. Une salade agrémentée de morceaux de homard était servie. Elle déplia sa serviette et prit sa fourchette en se souvenant qu'elle n'avait rien avalé de la journée. Mais le président de l'association insista pour lui présenter un homme dont elle ne comprit pas le nom, puis ce fut au tour d'une femme qui prétendait qu'elles s'étaient connues vingt ans plus tôt. Ensuite, deux jeunes filles, fans autoproclamées, se précipitèrent pour lui demander de signer leurs programmes. Karen l'informa alors qu'il était temps de rejoindre les coulisses pour se tenir prête à faire son discours. Elle se leva et passa derrière l'estrade où d'autres célébrités, mises en file indienne par les assistants, patientaient en s'ignorant. « Tu as besoin de quelque chose ? demanda Karen un peu inquiète. À boire ? Je peux te ramener ton verre de vin.

— Non merci, c'est bon. » La cérémonie commença. Schiffer resta seule en attendant son tour. À travers une fissure dans le Placoplâtre, elle observa les mines polies des spectateurs qui s'impatientaient dans la pénombre de la salle. Un sentiment de solitude l'envahit.

Autrefois, Philip et elle trouvaient ce genre de soirées très amusantes. Peut-être parce qu'à l'époque, leur jeunesse et leur amour conféraient à chaque moment passé ensemble l'intensité d'une scène de cinéma. Elle revoyait Philip dans son smoking, avec son éternelle écharpe en soie blanche. Elle se souvint du contact de son bras musclé et ferme sur ses épaules lorsqu'il l'éloignait de la foule pour rejoindre la voiture. Ils s'engouffraient alors dans le véhicule, accompagnés sans trop savoir comment de six ou sept personnes qui s'entassaient gaiement avec eux, se rendaient à une autre fête, puis une autre, et rentraient finalement chez eux sous la lumière grise du petit matin, accompagnés du gazouillis des oiseaux. Les yeux fermés, la tête posée sur l'épaule de Philip, elle s'allongeait à moitié sur la banquette. « Putain de piafs ! » disait-il. « Boucle-la, Oakland. J'aime bien les entendre, moi. »

Elle jeta de nouveau un œil dans la salle et aperçut Billy Litchfield à la table de devant. La tête penchée, il semblait las, comme s'il avait vécu trop de soirées comme celle-ci pendant toutes ces années. Récemment, il lui avait fait remarquer que ce qui était drôle autrefois était à présent affreusement convenu. Il n'avait pas tort. Puis le maître de cérémonie prononça son nom et elle monta sur la scène sous la lumière des projecteurs, en pensant qu'à la fin de la soirée, personne ne serait là pour l'emmener par la main.

Quand elle put retourner à table, le plat principal était déjà desservi, mais Karen avait fait mettre une assiette de côté. Le filet mignon avait refroidi. Schiffer en avala deux bouchées et essaya de parler à Billy. Mais une femme de l'association l'interrompit à nouveau pour lui présenter d'autres personnes. Le manège continua pendant une demi-heure puis elle trouva Brumminger à ses côtés. « On dirait que vous avez eu votre dose. Et si je vous enlevais ? dit-il.

— Je veux bien, merci. On pourrait aller dans un endroit sympa ?

— Tu as un rendez-vous à sept heures demain matin », lui rappela Karen.

À bord de son Escalade avec chauffeur, équipée de deux écrans vidéo et d'un petit réfrigérateur, Brumminger sortit une demi-bouteille de champagne. « Vous êtes partante pour un verre ? »

Ils se rendirent au Box où ils s'assirent à l'étage dans un recoin protégé par des rideaux. Schiffer laissa Brumminger passer le bras autour de son épaule et entrelacer ses doigts aux siens. Le jour suivant, la rubrique people du *New York Post*, intitulée *Page Six*, révélait qu'on les avait vus se faire des mamours et qu'ils étaient probablement ensemble.

De retour chez Philip le mardi, Lola dénicha le vieux numéro de *Vogue* où figurait en double page la photo de Philip et Schiffer – au moins, il n'avait pas essayé de le cacher, c'était bon signe. En les regardant, tous deux si jeunes et beaux, Lola brûla de débarquer chez elle pour la défier. Mais elle n'en avait pas vraiment le cran

– que se passerait-il si Schiffer refusait de laisser tomber ? – puis elle envisagea de jeter le magazine comme Philip l'avait fait avec les siens. Mais ce serait se priver du plaisir de regarder les photos de Schiffer et de la détester tout à loisir. Elle décida donc de visionner *Matin d'été*.

Regarder le DVD fut une torture divine. Dans le film, l'héroïne protège le jouvenceau de lui-même et une fois qu'il se rend compte qu'il l'aime, il la tue dans un accident de voiture. Même si Philip ne jouait pas dans le film, censé être autobiographique, chaque ligne du texte de son personnage rappelait à Lola des choses qu'il disait. À mesure que l'histoire d'amour avançait entre Schiffer Diamond et le personnage masculin, Lola eut le sentiment de s'immiscer dans une relation qui n'était pas la sienne. Son amour pour Philip en fut renforcé, tout comme sa volonté de le garder.

Le lendemain, elle se mit à l'ouvrage et engagea Thayer Core et son affreux colocataire, Josh, pour l'aider à emménager chez Philip pour de bon. Ils devaient mettre ses affaires dans des cartons et des sacs en plastique puis, tels des sherpas, porter le tout au Numéro 1.

Josh passa la matinée à maugréer, se plaignant de ses doigts, de son dos (il avait des problèmes de lombaires, comme sa mère, disait-il), de ses pieds enfermés dans d'énormes chaussures de sport blanches qui ressemblaient à des moules en plâtre. Thayer, au contraire, se montra curieusement efficace. Bien sûr, il avait une idée derrière la tête : il voulait voir l'intérieur de l'immeuble et surtout l'appartement de Philip Oakland. Aussi n'éleva-t-il aucune objection lorsque Lola exigea qu'il descende Greenwich Avenue trois fois, chargé d'un sac poubelle rempli de chaussures. Au cours des deux derniers jours, Lola avait vendu tout ce que contenait son appartement sur Craigslist et Facebook en présidant aux enchères avec le sérieux d'un commissaire-priseur de chez Sotheby's. Elle demanda le prix fort pour les meubles que ses parents avaient achetés moins d'un an plus tôt et se retrouva avec huit cents dollars en espèces. Elle refusa pourtant de payer un taxi pour transporter ses affaires. La période de disette qu'elle venait de traverser lui avait servi de leçon : c'était une chose de dépenser sans compter l'argent des autres, c'en était une autre de jeter le sien par les fenêtres.

Au quatrième trajet, Lola et ses deux acolytes tombèrent sur James Gooch qui poussait du pied deux cartons remplis d'exemplaires de son livre dans le hall de l'immeuble. Quand il aperçut Lola, il rougit. Après la rencontre entre James et Philip, elle avait brusquement cessé de lui rendre visite et de lui envoyer des textos, ce qui le laissait perplexe et blessé. En voyant Lola accompagnée d'un jeune trou du cul et d'un non moins jeune loser, James se demanda s'il ne ferait pas mieux de l'ignorer.

Mais la minute d'après, elle l'avait convaincu de l'aider à porter ses affaires. Dans l'ascenseur, chargé d'un carton de vieilles bouteilles de shampoing, il se retrouva coincé entre Lola, le jeune trou du cul qui le fusillait du regard et le jeune loser qui n'arrêtait pas de se plaindre de son mal aux pieds. C'était peut-être son imagination, mais James aurait juré sentir des ondes émaner du corps de Lola pour se mêler aux siennes, leurs électrons s'adonnant à une petite danse lascive au beau milieu de l'ascenseur, au vu et au su de tous.

Une fois chez Philip, James posa le carton dans l'entrée, puis Lola le présenta comme « un écrivain qui vit dans l'immeuble » au jeune trou du cul, lequel s'empressa de contester l'importance des romanciers à succès vivants. Ayant Lola pour public, James se sentit pousser des ailes et en profita pour le remettre à sa place en citant DeLillo et McEwan, que le jeune trou du cul n'avait pas daigné lire. Agacé par le savoir de James, Thayer se consola en se disant que Gooch n'était qu'un type insignifiant, encore un de ces baby-boomers à la con, qui se trouvait vivre dans cet immeuble sélect. Mais Lola commença à se répandre en compliments sur son dernier livre et la critique du *New York Times*. Comprenant à qui il avait affaire, Thayer le prit en grippe.

Plus tard ce soir-là, de retour dans le trou à rats qui lui servait d'appartement après avoir bu deux bouteilles du meilleur vin rouge de Philip Oakland, Thayer chercha sur Internet des informations sur James Gooch : il était marié à Mindy Gooch et son livre, qui n'était même pas encore sorti, se classait quatre-vingt-deuxième sur Amazon. Il rédigea alors un article de blog haineux et détaillé dans lequel il qualifiait James de tripoteur de petites filles et d'insulte au monde littéraire.

Au même moment, Lola, qui n'était toujours pas couchée et s'ennuyait ferme, envoya un texto à James lui demandant de taire sa visite à l'appartement car Philip était jaloux. Le téléphone de James se mit à vibrer à une heure du matin, bruit peu familier qui réveilla Mindy. Elle se demanda un instant si James la trompait. Mais non ! C'était tout bonnement impossible !

En semaine, Paul Rice était généralement le premier levé dans l'immeuble. Dès quatre heures du matin, il vérifiait les marchés européens avant de voir comment il pouvait se procurer de nouveaux poissons. Son aquarium, qui s'étalait pratiquement sur toute la longueur de la salle de bal de Mrs Houghton, était enfin installé. L'intérieur, digne des rêves les plus fous d'un maquettiste, représentait la cité engloutie d'Atlantis, avec de vieilles voies romaines qui menaient à des grottes sablonneuses. Acquérir les poissons qu'il convoitait exigeait de se montrer impitoyable. Il fallait visionner des vidéos de poissons à peine éclos avant de se lancer dans des enchères acharnées, qui pouvaient atteindre cent mille dollars ou plus pour le plus beau spécimen. Mais un homme en pleine ascension se devait d'avoir un hobby, surtout s'il passait le plus clair de son temps à gagner ou perdre de l'argent.

Cependant, ce mardi-là, par une matinée de fin février exceptionnellement douce, James Gooch se leva lui aussi tôt, à quatre heures et demie, les nerfs à vif. Après avoir passé la nuit à se retourner dans son lit, il avait finalement trouvé le sommeil pour se réveiller une heure plus tard, épuisé et furieux d'être si fatigué le jour le plus important de sa vie.

La date de publication de son livre était enfin arrivée. Ce matin-là, il devait passer dans *Today Show,* donner plusieurs interviews à la radio puis, dans la soirée, dédicacer son livre dans la librairie Barnes & Noble de Union Square. Dans le même temps, deux cent mille exemplaires de son livre inonderaient toutes les librairies du pays – deux cent mille de plus seraient mis en vente sur Internet – et dimanche, il ferait la couverture du *New York Times Book Review.* Pourtant, James ne pouvait pas s'empêcher de se demander ce que le sort lui réservait, car c'était bien la première fois dans sa vie que tout se passait comme prévu.

Il prit une douche avant de préparer le café, puis vérifia son classement sur Amazon, alors qu'il s'était juré de ne pas le faire. Vingt-deuxième ! Il n'en revenait pas, d'autant qu'il restait encore cinq heures avant la sortie effective du livre. Son roman était connu dans le monde entier ! Comment était-ce possible ? Il se plut à croire qu'il s'agissait là d'un miracle doublé d'un mystère, la preuve que ce qui se passait dans nos vies nous échappait totalement.

Puis, juste pour le plaisir, il entra son nom dans Google. En bas de la première page, il tomba sur le titre suivant : *Le grand dadais qui croit prouver que la littérature se porte bien.* Il cliqua sur le lien et se retrouva sur le site de Snarker. Piqué par la curiosité, il se mit à lire l'article de Thayer Core. Il en resta bouche bée, la tête prête à exploser. Thayer parlait de son livre, de son mariage avec Mindy qu'il baptisait « la maîtresse d'école nombriliste » puis brossait un portrait physique de James, qui devenait sous sa plume cruelle le dernier spécimen d'une espèce d'oiseau condamnée par l'évolution.

Ébahi, James se sentit envahi par la colère. C'était donc ça qu'on pensait de lui ? « Tripoteur de petites filles et insulte au monde littéraire. » N'était-il pas illégal d'écrire des choses pareilles ? Pourrait-il porter plainte ?

« Mindy ! » cria-t-il. Pas de réponse. Il alla dans la chambre où Mindy, bien que réveillée, faisait semblant de dormir avec un oreiller sur la tête.

« Quelle heure il est ? demanda-t-elle d'une voix éteinte.

— Cinq heures.

— Laisse-moi dormir encore une heure.

— J'ai besoin de toi. Maintenant. »

Mindy se leva, suivit James jusqu'à son bureau où elle lut à moitié endormie l'article du blog. « Pas étonnant. Pas étonnant du tout.

— Il faut faire quelque chose.

— Oui, mais quoi ? C'est ça, la vie aujourd'hui. Il n'y a absolument rien à faire. Il faut vivre avec. » Puis après avoir relu l'article, elle demanda : « Comment ils ont trouvé ça sur toi d'ailleurs ? Comment ils savent qu'on vit au Numéro 1 ?

— Aucune idée », répondit James nerveusement, prenant conscience qu'il n'était pas tout à fait innocent. S'il n'avait pas croisé Lola le jour où elle emménageait, il n'aurait jamais rencontré Thayer Core.

« N'y pense plus, lui dit Mindy. Ces trucs ne sont lus que par dix mille personnes.

— Dix mille ? » Son téléphone vibra.

« Qu'est-ce qui se passe ? » dit Mindy visiblement contrariée. Elle tourna vers James son visage pâle, épargné par les rides grâce à des années de protection intensive contre le soleil. « Comment se fait-il que tu reçoives des textos en plein milieu de la nuit ?

— Qu'est-ce que tu insinues ? Ça doit être *Today Show* pour m'envoyer une voiture. » Une fois Mindy partie, il saisit son téléphone et, comme il l'espérait, trouva un message de Lola : « Bonne chance pour aujourd'hui. Je vais regarder », suivi d'un smiley.

James quitta l'appartement à six heures et quart. Mindy ne put s'empêcher de relire l'article, ce qui la mit d'une humeur massacrante. Aujourd'hui, essayer de faire quelque chose de sa vie était devenu un crime et quiconque s'y attelait s'exposait à des brimades intolérables sur Internet sans qu'il y ait moyen de punir le coupable, d'effacer les articles ou de faire quoi que ce soit. Mindy s'assit devant son ordinateur pour rédiger un nouveau texte. Elle y dressa la liste de toutes ces choses qu'elle n'avait pas maîtrisées et qui l'avaient remplie d'amertume : ses problèmes pour tomber enceinte, l'impossibilité de se payer un véritable appartement, son incapacité à mener une vie où elle n'aurait pas toujours l'impression de courir pour atteindre une ligne d'arrivée invisible qui s'éloignait d'elle à mesure qu'elle s'en approchait. Et maintenant, le succès imminent de James – au lieu d'apaiser ces sentiments – ne les rendait que plus vifs.

À sept heures du matin, la sonnette de l'ascenseur lui signala l'arrivée de Paul Rice dans le hall. Elle ouvrit la porte de son appartement et laissa Skippy sortir exprès. Le chien, comme à son habitude lorsqu'il voyait Paul, se mit à grogner. Mindy, toujours de méchante humeur, ne retint pas Skippy aussi vite que d'ordinaire et le chien s'attaqua à la jambe de pantalon de Paul avec une agressivité et une rage qu'elle aurait aimé exprimer elle-même. Pendant l'assaut, Skippy réussit à faire un petit trou dans le pantalon de Paul avant que celui-ci ne se libère. Il se pencha pour examiner la déchirure puis, se relevant, passa bizarrement sa langue à l'intérieur de sa joue. « Je vous attaquerai en justice pour ça, annonça-t-il froidement.

— Allez-y, vous gênez pas. De toute façon, ça ne pourrait pas être pire.

— Détrompez-vous ! Vous allez voir », dit-il sur un ton menaçant. Puis il sortit.

Au treizième étage, Lola Fabrikant se leva et alluma la télévision. Au bout d'un moment, James apparut sur l'écran. C'était peut-être le maquillage mais il n'était pas si mal au fond. Certes, il semblait un rien guindé. De toute façon il était du genre sérieux. Essayer de le décoincer pourrait se révéler excitant. Et puis il passait à la télé ! Tout le monde pouvait être sur YouTube, mais à la télé, et sur une chaîne nationale, avec ça ! Elle lui envoya un texto : « J'ai vu l'émission. Vous étiez génial. Bises. Lola. » Sous ces quelques mots, elle inséra la citation qu'elle ajoutait maintenant à la fin de ses mails et ses articles de blog : « Le corps meurt mais l'esprit vit éternellement. »

Dans les studios de la NBC, l'agent de James, une jeune femme dégingandée aux cheveux blonds, jolie mais fade, lui adressa un sourire. « C'était bien.

— Vraiment ? Je me demandais. C'est ma première télé.

— Non, vraiment, c'était très bien, dit-elle sur un ton peu convaincant. Il faut qu'on se dépêche si on veut être à l'heure pour l'interview à CBS. »

James monta dans la limousine de location qui l'attendait. Il se demanda un instant s'il allait devenir célèbre, si après son passage dans *Today Show* on le reconnaîtrait dans la rue. Pourtant, il se sentait rigoureusement le même et le chauffeur ne prêta pas davantage attention à lui. En consultant ses mails, il trouva le texto de Lola. Elle, au moins, l'appréciait. Il baissa la vitre pour respirer l'air humide.

Le jour où le père de Sam devait dédicacer son livre, il faisait exceptionnellement doux, ce qui entraîna invariablement une discussion sur le réchauffement climatique parmi ses camarades de classe. Tous se plaignirent d'être venus au monde sur une planète ravagée par leurs aînés, avec pour seul héritage la menace imminente de l'Armageddon qui anéantirait toute vie sur terre. Sam savait que sa mère se sentait coupable à ce sujet – elle lui disait tout le temps de recycler les déchets et d'éteindre sa lumière – mais ce n'était pas le cas de tous les adultes. Lorsqu'il avait évoqué le problème avec Enid, elle s'était moquée de lui en disant qu'il n'y avait rien de nouveau sous le soleil : dans les années trente, les enfants avaient connu le rationnement alimentaire et le risque de famine (pendant la Grande Dépression, des gens mouraient de faim) ; dans les années quarante et cinquante, il y avait eu les raids aériens, et dans les années soixante et soixante-dix, la bombe atomique. Malgré cela, avait-elle souligné, les gens ne se contentaient pas de survivre, ils se portaient fort bien, preuve en était que la planète comptait à présent des milliards d'habitants. Sam ne trouva pas ça rassurant : le problème, c'était justement ces milliards de personnes en plus.

En arpentant le quartier ouest de Greenwich Village avec ses amis, Sam parla de l'augmentation du trafic aérien qui générait un refroidissement de la température terrestre de deux degrés en raison de la couche de nuages que les avions formaient sur leur passage et de la réduction de la canopée qui atténuait la lumière du soleil de cinq pour cent. Il était scientifiquement prouvé, ajouta-t-il, que dans les deux jours qui avaient suivi le 11 septembre, la température terrestre avait enregistré deux degrés de plus que d'ordinaire, avec l'annulation des vols et en conséquence, moins de nuages. Les traînées des avions, composées de minuscules cristaux de glace, reflètent une partie de la lumière du soleil avant qu'elle n'atteigne la terre.

En descendant la Sixième Avenue, les garçons passèrent devant un terrain de basket-ball où un match avait déjà commencé. Oubliant les changements climatiques, Sam s'éloigna du groupe pour se joindre aux joueurs. Il faisait du basket sur ce terrain au goudron craquelé et jonché de détritus depuis l'âge de deux ans. Aux beaux jours, son père l'y emmenait tous les matins pour lui apprendre à dribbler et à lancer le ballon. « N'en parle pas à maman, Sammy, disait James. Elle penserait qu'on se la coule douce. »

Ce jour-là, le match improvisé était particulièrement brutal, probablement à cause du temps agréable qui avait poussé dehors des garçons qui débordaient d'énergie après les mois d'hiver. Sam joua moins bien que d'habitude. Il reçut un coup de coude dans la gorge et valsa contre le grillage avant d'abandonner la partie. Il s'offrit un bagel à la crème sur le chemin du retour puis, une fois chez lui, se mit à travailler sur son site web qu'il améliorait grâce à la nouvelle version de Virtual Flash. C'est alors que le portier l'informa par interphone qu'il avait de la visite.

L'homme qui se trouvait dans l'entrée avait un air singulier – maladif, se dit Sam. Il lui demanda si ses parents étaient à la maison en le dévisageant. Sam fit non de la tête. « Tu feras l'affaire. Tu sais signer ton nom ?

— Évidemment », répondit-il, tenté de lui fermer la porte au nez et d'appeler le portier pour lui montrer la sortie. Mais tout se passa très vite. L'homme lui tendit une enveloppe sur un écritoire à pince. « Signe là. » Incapable de défier l'autorité des adultes, Sam s'exécuta. L'instant d'après, l'homme disparaissait derrière les portes battantes du hall, laissant Sam planté là avec l'enveloppe à la main.

Elle provenait d'un cabinet d'avocats sur Park Avenue. Sam l'ouvrit tout en sachant qu'il ferait mieux de s'abstenir. Après tout, il pourrait toujours raconter qu'il l'avait fait par erreur. À l'intérieur se trouvait une lettre de deux pages. L'avocat écrivait au nom de son client, Mr Paul Rice, victime de sa mère qui le harcelait *sans raison*. Il ajoutait que si une telle attitude ne cessait pas immédiatement, Paul Rice – qui tenait à obtenir réparation – et son avocat demanderaient une ordonnance restrictive à l'encontre de sa mère et n'hésiteraient pas à donner suite à cette affaire.

Dans sa chambre, Sam relut la lettre et se sentit envahi par une colère démesurée, propre à l'adolescence. Certes, sa mère se montrait souvent agaçante, mais comme tous les garçons, il éprouvait le besoin féroce de la protéger. C'était une femme intelligente, accomplie et – à ses yeux – belle. Il la mettait sur un piédestal et l'érigeait en valeur étalon de la gente féminine, même si jusque-là il avait peu de points de comparaison. Et voilà que maintenant, Paul Rice la prenait pour cible. Cette seule pensée le rendit furieux. Il chercha des yeux un objet à casser et, ne trouvant rien d'approprié, changea de chaussures et sortit de l'immeuble. Il descendit la 9ᵉ Rue au trot, passant devant les sex-shops, les animaleries et les détaillants de thé de luxe. Il comptait courir le long de l'Hudson mais l'accès aux quais était bloqué par des barrières rouge et blanc et un camion Con Edison. « Fuite de gaz, cria un grand costaud en apercevant Sam. Circulez ! »

Le camion de dépannage venait de lui donner une idée. Sam rentra au Numéro 1. Il avait trouvé le moyen de rendre la monnaie de sa pièce à Paul Rice. Ça gênerait tout le monde dans l'immeuble mais ce serait temporaire et Rice, avec tout son matériel informatique, serait le plus embêté de tous. Peut-être même qu'il perdrait certaines données. Sam sourit en imaginant sa fureur. Avec un peu de chance, il déciderait de quitter le Numéro 1.

À dix-huit heures trente, Sam accompagna ses parents à la librairie Barnes & Nobles d'Union Square. Elle se trouvait à un kilomètre environ de leur immeuble et l'agent de James avait proposé de leur envoyer une voiture – pour s'assurer, d'après Mindy, que James vienne – mais Mindy refusa. Ils pouvaient marcher après tout. Elle rappela à chacun son récent engagement écolo, soulignant qu'il n'y avait aucune raison de gaspiller de l'essence et de polluer l'air de monoxyde de carbone quand Dieu les avait dotés de deux outils parfaitement adaptés pour se déplacer. Les pieds, ça s'appelait ! Sam marchait à quelques pas devant ses parents, indifférent à leur conversation et ressassant sa journée. Il n'avait pas montré la lettre de l'avocat à sa mère. Il n'avait pas l'intention de laisser Paul Rice gâcher ce grand jour. D'ailleurs, ce sale type avait sûrement choisi ce jour-là exprès.

Devant la librairie, les Gooch s'arrêtèrent un instant pour admirer une petite affiche qui annonçait la lecture de James, illustrée d'une photo de lui, prise le jour où Schiffer l'avait emmené en voiture au studio. James la trouva bien : il avait juste ce qu'il fallait de mélancolie et de sérieux pour donner l'impression qu'il détenait un secret universel ignoré de tous. En entrant, il fut accueilli par cette femme désabusée qu'il avait vue le matin même et deux employés qui l'escortèrent jusqu'au cinquième étage. Ils le gardèrent dans un minuscule bureau au fond du magasin où il patienta jusqu'à ce qu'on lui amène un tas de livres à signer. Muni d'un feutre Sharpie, James marqua un temps d'arrêt pour contempler la page de titre avec son nom : James Gooch. C'était un moment historique dans sa vie. Il tenait à se souvenir de ses émotions.

Ce qu'il ressentit se révéla pourtant un rien décevant. Une grande joie, un soupçon d'inquiétude, et puis... rien. Mindy le tira de ses pensées en s'écriant : « Eh, oh ! Tu te réveilles ? » James s'empressa de signer le livre.

À sept heures moins cinq, Redmon Richardly vint le

féliciter et le fit monter sur l'estrade. James fut très surpris par le monde. Toutes les chaises pliantes étaient prises et une foule de gens restés debout se massait dans les allées entre les rayonnages. Même Redmon n'en revenait pas. « Il doit y avoir cinq cents personnes, dit-il en lui donnant une tape sur l'épaule. Bien joué ! »

James s'avança, mal à l'aise. La foule lui apparut comme un gigantesque animal, rempli d'attentes, impatient et curieux. Il se demanda à nouveau comment tout cela était arrivé. Comment ces gens avaient-ils entendu parler de lui ? Et que pouvaient-ils vouloir de lui ?

La main tremblante, il ouvrit son livre à la page qu'il avait choisie. En regardant les mots qu'il s'était évertué à écrire pendant toutes ces années, il s'efforça de se concentrer. Il ouvrit la bouche, priant pour survivre à cette épreuve, et débuta sa lecture.

Plus tard ce soir-là, Annalisa Rice accueillit son mari à la porte, vêtue d'une robe plissée courte et provocante. Sa coiffure et son maquillage, réalisés d'une main experte, n'enlevaient rien à son naturel. Son style, un tantinet échevelé, la rendait terriblement sexy, mais Paul le remarqua à peine.

Marmonnant une excuse, il monta les deux étages qui menaient à son bureau, où il traficota sur son ordinateur avant d'observer ses poissons. Annalisa soupira, tourna quelques instants autour de Maria, qui remettait de l'ordre dans les condiments dans la cuisine, puis se servit un petit remontant. Un verre de vodka à la main, elle jeta un coup d'œil dans le bureau de son mari. « Paul ? Tu te prépares ? Connie a dit que le dîner commençait à vingt heures. Il est déjà vingt heures.

— C'est mon dîner. On nous attendra. » Il descendit se changer tandis qu'Annalisa retournait dans son joli petit bureau. Par la fenêtre, elle regarda le mémorial érigé dans Washington Square. Le parc, entouré de grillage, le serait encore au moins un an. Les riverains qui, pendant des années, avaient fait pression pour que la fontaine soit placée dans l'alignement du monument, avaient finalement eu gain de cause. Sirotant sa vodka, Annalisa comprit le besoin et le plaisir d'accorder aux détails toute leur importance. Repensant à l'heure, elle rejoignit Paul dans la chambre pour le presser. « Pourquoi tu me tournes autour ? » Elle secoua la tête, trouvant une fois de plus la communication bien difficile, et décida d'attendre dans la voiture.

Pendant ce temps, du côté d'Union Square, James était toujours en train de dédicacer son livre. À vingt heures, trois cents personnes faisaient la queue, cramponnées à leur exemplaire, et comme James se sentait obligé de dire un mot à chacun, il en aurait encore pour au moins trois heures. Mindy renvoya Sam au Numéro 1 pour qu'il fasse ses devoirs. En descendant la Cinquième Avenue, le jeune garçon vit Annalisa monter à l'arrière d'une Bentley verte stationnée le long du trottoir. En passant devant le véhicule pour entrer dans l'immeuble, Sam se sentit étrangement déçu – blessé, même – par cette femme. Il avait passé beaucoup de temps à l'aider avec son site web et il l'aimait plutôt bien. Elle lui faisait l'effet d'une demoiselle en détresse. Mais son fantasme vola en éclats en la voyant à bord de cette voiture de luxe conduite par un chauffeur affublé d'une casquette. Elle n'avait rien d'une princesse aux abois, se dit-il avec amertume. C'était une femme riche comme tant d'autres, qui jouissait de trop nombreux privilèges et avait épousé un trou du cul.

Une fois chez lui, Sam ouvrit le réfrigérateur. Il mourait de faim, comme souvent depuis quelque temps. Ses parents ne comprenaient rien aux besoins alimentaires des garçons en pleine croissance ; il ne trouva que deux pots de fruits en morceaux, des restes de nourriture indienne et un litre de lait de soja. Sam le but directement à la bouteille mais en laissa quelques gouttes pour sa mère qui en prenait avec son café le matin. Puis il se dit qu'il avait besoin de viande rouge et décida d'aller au Village sur la 9e Rue pour manger un bon steak au comptoir.

En sortant de l'appartement, il se retrouva juste derrière Paul Rice qui se dirigeait vers la Bentley. Son cœur se mit à battre plus vite, ce qui lui rappela son plan. Il n'avait pas fixé de date, mais en voyant Paul monter à l'arrière de la voiture, il résolut de profiter de l'absence des Rice. Il passa devant la Bentley, fit un signe de la main à Annalisa qui lui sourit et lui rendit son salut.

« Sam Gooch est un garçon si agréable, dit-elle à Paul.

— Sa mère est une salope.

— J'aimerais bien que cette guéguerre avec Mindy Gooch cesse.

— C'est fait.

— Très bien.

— Mindy Gooch et son sale cabot m'ont harcelé une fois de trop.

— Son chien ?

— Mon avocat lui a envoyé un courrier cet après-midi. Je ne veux plus voir cette femme, ce sale clébard et toute cette famille dans mon immeuble. »

Voilà qui était sacrément culotté, même venant de Paul. Annalisa en rit. « Ton immeuble, Paul ?

— Oui, mon immeuble, dit-il les yeux rivés sur le crâne du chauffeur. L'affaire est conclue avec la Chine. D'ici quelques semaines, je pourrai racheter la totalité des appartements.

« — Pourquoi tu ne m'en as pas parlé ? dit-elle, ébahie.

— Je t'en parle, là.

— Ça s'est passé quand ?

— Il y a trois quarts d'heure.

— Je n'en reviens pas, Paul, dit-elle en s'appuyant contre le dossier. Concrètement qu'est-ce que ça signifie ?

— L'idée vient de moi, mais avec Sandy, on a décidé de tenter le coup ensemble. On a vendu un de mes algorithmes au gouvernement chinois en échange d'un pourcentage de leurs valeurs en bourse.

— Tu as le droit de faire ça ?

— Évidemment. La preuve, je viens de le faire. » Dans la foulée, il s'adressa au chauffeur : « Changement de programme. Direction l'héliport de West Side je vous prie. » Se tournant vers sa femme, il lui caressa la jambe. « J'ai pensé qu'on pourrait dîner au Lodge pour fêter ça. Tu as toujours dit que tu adorerais y aller.

— Oh, Paul. » Le Lodge était un lieu de villégiature très chic dans les Adirondacks, réputé pour son incroyable beauté. Après avoir lu un article dessus, Annalisa avait confié à Paul qu'elle aimerait y fêter leur anniversaire de mariage. Mais à trois mille dollars la nuit, c'était bien trop cher. Paul s'en était souvenu. Elle sourit et secoua la tête, prenant conscience que les frustrations qu'elle avait nourries par rapport à Paul ces derniers mois n'étaient que le fruit de son imagination. Paul était toujours le même – un homme merveilleux, à sa manière certes – et Connie Brewer avait raison. Annalisa aimait son mari.

Paul sortit de la poche de son pantalon une petite boîte en velours noir. À l'intérieur se trouvait une bague sertie d'un gros diamant jaune et de petites pierres roses. Elle était magnifique et voyante, tout à fait le genre d'objet que Connie aurait aimé. Annalisa la passa à son majeur droit. « Elle te plaît ? Sandy m'a dit que Connie en a une comme celle-ci. Je me suis dit que tu en voudrais une aussi.

— Oh, Paul. Elle me plaît beaucoup. Elle est superbe », dit-elle en lui caressant la tête.

De retour chez lui, Sam fouilla dans le tiroir à sous-vêtements de sa mère, y trouva une vieille paire de gants en cuir qu'il coinça dans la ceinture de son jean. Dans la boîte à outils rangée dans le placard à manteaux encombré, il prit un petit tournevis, une tenaille, une lame X-Acto, une pince coupante et un petit rouleau de scotch. Il mit le tout dans les poches arrière de son jean tout en s'assurant que son tee-shirt recouvrait bien les renflements. Puis il emprunta l'ascenseur jusqu'à l'étage de Philip et Enid, se glissa dans le couloir de service et monta à pied jusqu'au premier étage du triplex.

L'escalier débouchait sur un petit hall et une entrée de service où se trouvait une plaque en métal, comme Sam s'y attendait. Il enfila les gants de sa mère puis, à l'aide du tournevis, dévissa la plaque qui cachait un compartiment rempli de câbles. Il y avait ce genre de boîtier à tous les étages et les câbles communiquaient d'un niveau à un autre. La plupart des boîtiers contenaient un ou deux câbles, mais celui des Rice en comptait six, en raison de l'équipement informatique de Paul. Sam sortit les câbles d'un coup sec et les dénuda. Il sectionna les fils électriques puis les assembla au petit bonheur la chance à l'aide de la tenaille. Enfin, il les recouvrit de scotch et les fit rentrer dans le mur. Il ne savait pas trop ce qui allait se passer mais ce serait énorme, à coup sûr.

16

Paul Rice, qui était du genre matinal, aurait dû être le premier à découvrir la Débâcle Internet, ainsi que l'appelleraient les résidents du Numéro 1. Or, le lendemain matin, James se leva avant lui. Après sa lecture triomphale de la veille (« Quatre cent vingt livres vendus, pratiquement un record ! » avait claironné Redmon), il partait pour Boston par le premier avion, qui décollait de La Guardia à six heures du matin. Ensuite, il était attendu à Philadelphie, Washington, St. Louis, Chicago, Houston, Dallas, Seattle, San Francisco, et enfin Los Angeles. En tout, il serait absent deux semaines. C'est ainsi qu'à trois heures du matin, il commença à préparer ses valises, avec force bruit et agitation, comme à son habitude. Il réveilla donc Mindy. En temps ordinaire, une telle interruption de ce qu'elle considérait comme la chose la plus précieuse en ces temps modernes – son sommeil – l'aurait rendue grincheuse. Mais ce jour-là, elle se montra magnanime. Elle était fière de la prestation de James. Toutes ces années où elle l'avait entretenu commençaient contre toute attente à payer. Mindy imagina l'argent qu'ils allaient gagner. Si le livre leur rapportait un million de dollars, ils seraient en mesure d'envoyer Sam à l'université de leur choix – Harvard ou peut-être Cambridge, en Angleterre – sans avoir à compter leurs sous. Avec un million de plus, ils pourraient s'offrir le luxe d'une voiture et d'un garage, et même rembourser le crédit de l'appartement. Et deux millions supplémentaires leur permettraient d'acheter en outre une petite maison de campagne à Montauk, Amagansett ou dans le comté de Litchfield, dans le Connecticut. Au-delà, l'imagination de Mindy s'essoufflait. Elle était tellement habituée à une vie de relative privation qu'elle ne voyait pas de quoi elle pourrait bien avoir besoin en dehors de tout ça.

« Tu as pris du dentifrice ? demanda-t-elle à James en le suivant dans la salle de bains. Et ton peigne ? Et ton fil dentaire ?

— Au pire, il devrait y avoir des pharmacies à Boston, non ? » lui fit-il remarquer.

Elle abaissa le couvercle des toilettes et s'assit dessus en le regardant fouiller dans son armoire à pharmacie. « Je ne voudrais pas que tu aies à te soucier de ce genre de détail. Ces lectures et ces interviews vont monopoliser toute ton attention.

— Arrête, Mindy, répondit James en fourrant un tube d'aspirine dans un sac en plastique transparent, tu me rends nerveux. Tu n'as rien d'autre à faire ?

— À trois heures du matin ?

— Je ne refuserais pas une tasse de café.

— OK », fit Mindy en allant dans la cuisine. L'idée que James partait n'était pas loin de la rendre triste. En quatorze ans de mariage, ils n'avaient jamais passé plus de trois nuits l'un sans l'autre. Et voilà qu'il s'en allait pour deux semaines. Elle se demanda s'il lui manquerait, si elle arriverait à se débrouiller sans lui. Quelles inquiétudes ridicules ! Elle n'était quand même plus une petite fille. Elle faisait déjà pratiquement tout elle-même. Enfin, peut-être pas tout. James passait beaucoup de temps à s'occuper de Sam. Si elle aimait se plaindre de lui, Mindy devait reconnaître qu'il avait des bons côtés. Surtout maintenant qu'il gagnait enfin de l'argent.

« Tiens, James, ton café, dit-elle. Je vais te chercher tes chaussettes. Tu crois que je vais te manquer ? » Elle mit plusieurs paires de chaussettes usées dans sa valise en se demandant combien il lui en faudrait pour deux semaines.

« Laisse, je peux le faire », grogna James, agacé par toutes ces attentions. Mindy découvrit un trou au bout de l'une des chaussettes et y passa le doigt.

« Il y en a beaucoup qui sont dans un état pitoyable, remarqua-t-elle.

— Ça ne fait rien. Tu crois vraiment qu'on va regarder mes chaussettes ?

— Je vais te manquer, dis ?

— Je n'en sais rien. Peut-être que oui, peut-être que non. Je serai sans doute trop occupé. »

Il quitta l'appartement à quatre heures quinze, dans l'affolement. Mindy renonça à se recoucher. Elle était trop excitée. Elle décida donc d'aller sur le site d'Amazon pour voir le classement du livre de James. Son ordinateur s'alluma normalement, mais elle n'arriva pas à se connecter à Internet. Étrange ! Elle vérifia les branchements, éteignit puis ralluma son modem. Rien. Elle essaya sur son BlackBerry. Là non plus, pas d'Internet.

Au même moment, Paul Rice se levait. Il devait lancer son algorithme sur la bourse chinoise à cinq heures précises. À quatre heures trente, il s'installa à son bureau, une tasse de café au lait posée sur un dessous de verre. Il était prêt. Machinalement, il prit un crayon noir dans le pot en argent et vérifia que la pointe était bien taillée. Puis il alluma son ordinateur.

Comme d'habitude, son fond d'écran vert – la couleur de l'argent, songea-t-il avec délectation – apparut. Puis plus rien. Paul sursauta. Rien qu'en allumant l'ordinateur, il aurait dû lancer le système satellitaire et la connexion Internet. Il cliqua sur l'icône Internet. L'écran devint noir. Il chercha la clé du placard qui se trouvait derrière lui, l'ouvrit et examina les unités de disques durs métalliques. Il y avait bien du courant, mais les lumières signalant les échanges de signaux étaient éteintes. Il hésita une fraction de seconde, puis se rua dans le bureau d'Annalisa à l'étage du dessous. Il essaya l'ordinateur sur lequel elle travaillait et que, pour plaisanter, il qualifiait d'antédiluvien. En vain. Pas d'Internet.

« Putain de merde ! » hurla-t-il.

Annalisa, qui dormait dans la chambre voisine, se réveilla à moitié. La veille, au cours du dîner, les Rice et les Brewer avaient bu pour plus de cinq mille dollars de millésimes rares, puis étaient rentrés à Manhattan en hélicoptère à deux heures du matin. Annalisa se retourna, le crâne lourd, en espérant qu'elle rêvait encore. « Putain de merde ! » Hélas, cette fois-ci, la voix semblait bien réelle.

Faisant irruption dans la chambre, Paul enfila à la hâte le pantalon qu'il portait la veille. Annalisa se redressa. « Paul ? Que se passe-t-il ?

— Cette putain de connexion Internet ne marche pas !

— Mais je croyais..., marmonna-t-elle.

— Où est la voiture ? Il me faut cette putain de bagnole ! »

Elle se pencha hors du lit et prit l'interphone. « Elle est au garage. Mais c'est certainement fermé. »

Paul boutonna frénétiquement sa chemise tout en essayant de mettre ses chaussures. « Tu comprends pourquoi je voulais cet emplacement de parking dans l'allée juste derrière ! lança-t-il, hargneux. Pour ce genre d'urgence !

— D'urgence ?

— Internet ne marche pas ! Ce qui veut dire que je suis foutu ! Que le coup que je voulais faire sur ce putain de marché chinois va foirer ! » Il sortit en courant.

« Paul ? Paul ? lui cria-t-elle en se penchant par-dessus la rampe. Dis-moi ce que je peux faire ! » Mais il était déjà devant l'ascenseur à appuyer comme un dément sur le bouton. La cabine était tout en bas. Paul jeta un coup d'œil à sa montre. Non ! Pas le temps d'attendre ! Il s'engouffra dans les escaliers, les descendit quatre à quatre et fit irruption dans le hall en réveillant le portier de nuit qui somnolait sur une chaise. « Un taxi ! Putain ! Un taxi ! » hurla-t-il, à bout de souffle. Il se précipita dehors en agitant les bras.

La rue était vide. Il commença à remonter la Cinquième Avenue au trot. Au niveau de la 12e Rue, il vit enfin un taxi et s'engouffra sur le siège arrière. « Park Avenue, au niveau de la 53e Rue ! Et vite ! Foncez !

— Désolé, monsieur, je ne brûle pas les feux rouges, dit le chauffeur en se retournant vers son passager.

— Bouclez-la et roulez ! » hurla Paul.

Le trajet fut un véritable cauchemar. Qui aurait cru qu'il y aurait de la circulation avant cinq heures du matin ? Paul descendit sa vitre et, sortant la tête du taxi, se mit à agiter les bras et à invectiver les autres conducteurs. Quand le taxi se gara devant l'immeuble où Paul travaillait, il était quatre heures et cinquante-trois minutes.

L'immeuble était fermé, si bien que Paul perdit une minute de plus à hurler et à donner des coups de pied dans la porte pour tirer le veilleur de nuit de son sommeil. Il lui fallut encore deux ou trois minutes pour monter et ouvrir les portes de Brewer Securities avec son passe, et quelques secondes pour atteindre son bureau à l'autre bout du couloir. À cinq heures et quarante-trois secondes, il était enfin devant son ordinateur. Il pianota frénétiquement sur son clavier. Lorsqu'il eut fini d'entrer les données, il était cinq heures, une minute et cinquante-six secondes. Il s'affala sur sa chaise et se couvrit le visage avec les mains. Le retard de deux minutes lui avait fait perdre vingt-six millions de dollars.

Pendant ce temps, au Numéro 1, Mindy Gooch entrouvrait sa porte et appelait le portier.

« Dites, Roberto ! On a un problème avec Internet.

— Je ne suis pas au courant. Demandez à votre fils. »

À six heures trente, Mindy réveilla Sam en lui expliquant ce qui se passait.

Sam sourit en bâillant. « C'est certainement à cause de Paul Rice. Il a une tonne de matériel informatique là-haut. Ça a dû couper Internet dans tout l'immeuble.

— Ce type, je le déteste, fit Mindy.

— Ouais, moi aussi. »

À plusieurs étages de là, Enid Merle essayait elle aussi de se connecter afin de lire la chronique écrite par ses collaborateurs au petit matin et d'y ajouter les fioritures qui étaient sa marque de fabrique. Mais il y avait un problème avec son ordinateur. Comme elle voulait à tout prix approuver la chronique avant huit heures du matin, heure à laquelle l'article serait transmis à des journaux en ligne avant d'être publié dans l'édition de l'après-midi, elle appela Sam. Quelques minutes plus tard, il arriva chez elle, accompagné de sa mère. Mindy avait enfilé un jean mais conservé son haut de pyjama en flanelle. « Personne dans l'immeuble n'arrive à se connecter à Internet, expliqua-t-elle à Enid. D'après Sam, Paul Rice y serait pour quelque chose.

— Et pourquoi donc ?

— Visiblement, il a toute une panoplie d'équipement informatique, et certainement illégal, dans son appartement. Dans la salle de bal de Mrs Houghton. »

Devant l'air perplexe d'Enid, Mindy ajouta : « Sam l'a vu, quand il est monté pour aider Annalisa à régler ses problèmes d'ordinateur. »

Pendant ce temps, Annalisa faisait les cent pas dans le salon, son téléphone portable à la main. Maria s'approcha. « Il y a des gens qui veulent vous voir, annonça-t-elle.

— La police ?

— Non, des gens qui habitent dans l'immeuble. »

Annalisa entrouvrit la porte. « Oui ? » dit-elle d'un ton impatient.

Mindy Gooch, dont les yeux étaient soulignés par les bavures du mascara qu'elle avait mis la veille, essaya de forcer le passage. « Internet ne fonctionne pas. Nous pensons que le problème vient de chez vous, déclara-t-elle.

— Nous non plus, nous n'avons plus Internet, rétorqua Annalisa.

— Pouvons-nous entrer ? demanda Enid.

— Certainement pas. La police va arriver d'un instant à l'autre. Hors de question que quiconque touche aux installations.

— Comment ? La police ? s'écria Mindy d'une voix aiguë.

— Vous avez bien entendu, répondit Annalisa. Nous avons été victimes d'un sabotage. Vous n'avez rien à faire ici. Rentrez chez vous. » Et elle ferma la porte.

Enid se tourna vers Sam. Le jeune garçon leva les yeux vers sa mère, qui plaça le bras autour de sa tête comme pour le protéger. « Sam n'est pour rien dans cette histoire, déclara-t-elle d'un ton ferme. Tout le monde sait que les Rice sont des paranos.

— Mais que se passe-t-il donc dans cet immeuble ? » demanda Enid, sans obtenir de réponse.

Pendant ce temps, Annalisa faisait les cent pas dans son salon, bras croisés, en secouant la tête. Si personne ne réussissait à se connecter à Internet dans l'immeuble, cela voulait dire que Paul s'était peut-être trompé. Il l'avait appelée à cinq heures trente en hurlant qu'il avait perdu des sommes considérables et que quelqu'un avait découvert le coup qu'il préparait pour le marché chinois et délibérément saboté ses installations. Il lui ordonna d'appeler la police, ce qu'elle fit, mais on lui rit au nez en lui conseillant d'appeler Time Warner. Annalisa dut supplier le fournisseur d'accès pendant dix bonnes minutes avant qu'on accepte de lui envoyer un réparateur dans l'après-midi. En attendant, Paul insistait, elle ne devait laisser entrer personne dans l'appartement tant que la police n'avait pas relevé les empreintes et toute autre trace à analyser.

Dans son appartement tout en bas, Mindy Gooch sortait la boîte de gaufres surgelées du freezer. « Sam ? Tu veux prendre ton petit déjeuner, mon chéri ?

— Je n'ai pas faim, répondit Sam, prêt à partir en cours avec son sac d'école sur le dos.

— Voilà qui est intéressant, dit Mindy, songeuse.

— Quoi ? demanda Sam, inquiet.

— Le fait que les Rice fassent venir la police. Uniquement parce qu'Internet ne marche pas. » Le grille-pain éjecta la gaufre. Mindy l'attrapa, la posa sur une assiette, la beurra, puis la tendit à Sam. « C'est comme ça avec les gens qui ne sont pas d'ici. Ils ne comprennent pas qu'à New York, il faut s'attendre à ce genre de chose. »

Sam fit oui de la tête. Il avait la bouche sèche.

« Tu rentres quand de l'école ?

— À l'heure habituelle », répondit-il en contemplant la gaufre.

Mindy prit le couteau et la fourchette de Sam, découpa un morceau de la gaufre, le fourra dans sa bouche et mâcha. Elle essuya ses lèvres pleines de beurre avec le dos de la main. « Quelle que soit l'heure à laquelle tu rentres, je serai là. Je prends une journée de congé. En tant que présidente du conseil de copropriété, il faut bien que je sois sur place pour m'occuper de ce problème. »

À deux cents mètres de là, Billy Litchfield, lui, consultait Internet sans aucun souci. Après une nuit agitée, il s'était levé et avait commencé à vérifier sur les blogs d'artistes, sur le site du *New York Times* et d'autres journaux, s'il était fait mention de la croix de Mary-la-Sanglante. Il ne trouva rien. Par contre, les pages financières ne parlaient que de Sandy Brewer et de l'accord qu'il avait passé avec Pékin pour le contrôle d'une partie du marché financier chinois. On commençait à crier au scandale. Billy vit deux éditoriaux consacrés aux implications morales d'un tel accord, qui montrait, selon les journalistes, comment des individus gagnant beaucoup d'argent dans le monde financier pouvaient s'allier pour élaborer leur propre forme de gouvernement et influencer les politiques d'autres pays. Ce qui devrait être interdit, mais pour le moment, aucune loi ne protégeait contre ce genre de pratique.

Sandy Brewer n'était pas le seul sur qui les blogueurs s'acharnaient. Ils s'en prenaient également à James Gooch. Quelqu'un avait mis sur Snarker et YouTube une photo de lui prise pendant sa lecture chez Barnes & Noble. Et maintenant, toute la blogosphère se moquait allègrement de ses cheveux, de ses lunettes, de sa façon de parler. Certains le traitaient de poireau savant ou de concombre à lunettes. Pauvre James, songea Billy. Il était tellement docile et doux que ces attaques semblaient à peine compréhensibles. Mais le fait de devenir un auteur à succès constituait sans doute un crime en soi.

Quelques minutes plus tard, Sandy Brewer, tout bouffi et de fort méchante humeur à cause de l'alcool ingurgité la veille, débarla dans les locaux de Brewer Securities, prit le ballon de basket qui se trouvait sur son fauteuil, entra dans le bureau de Paul Rice et tira sur lui. Baissant la tête, Paul évita le ballon de justesse. « Putain de merde, Rice ! hurla Sandy. Merde, merde, merde ! Vingt-six millions de dollars ! » Le visage rouge de colère, il se pencha sur Paul : « T'as intérêt à récupérer ce fric ! Sinon, t'es viré ! »

Profitant de ce que Philip était à Los Angeles, Thayer Core prenait ses aises dans son appartement. Il buvait son café, son vin rouge, et baisait sa copine à l'occasion. Il était trop égocentrique pour être un bon amant, mais de temps en temps, quand elle le laissait faire, il faisait machinalement l'amour avec Lola. Elle l'obligeait à mettre une, voire deux capotes parce qu'elle ne lui faisait pas confiance, ce qui rendait la chose moins excitante. Mais l'idée de baiser dans le lit de Philip compensait largement ce petit désagrément. « Tu sais bien que tu n'aimes pas Philip », disait Thayer à Lola quand ils avaient fini. « Bien sûr que si », rétorquait-elle. « Tu mens. Tu en connais beaucoup, des filles amoureuses qui font l'amour avec un autre ? – On peut pas dire qu'on fait l'amour, tous les deux. C'est simplement un truc qu'on fait quand je m'ennuie.

— Merci beaucoup.

— Tu ne t'attends tout de même pas à ce que je tombe amoureuse de toi ? » demandait alors Lola en faisant la grimace, comme si elle venait d'avaler de l'huile de foie de morue.

« Qui donc est ce jeune homme que je vois tout le temps entrer chez Philip ? » demanda Enid à Lola un après-midi où elle était passée emprunter une cartouche pour son imprimante. Elle passait son temps à venir chez Philip pour « emprunter » du papier, un crayon, une cartouche. Comme si elle ne pouvait pas aller acheter ses fournitures de bureau chez Staples, comme tout le monde, fulminait Lola. « Vous savez, on peut commander ce genre de chose sur Internet, lui dit-elle, les bras croisés.

— Je sais. Mais c'est tellement plus drôle de venir ici, répondit Enid en farfouillant avec délectation dans les affaires de son neveu. Et vous n'avez pas répondu à ma question à propos de ce jeune homme.

— Je ne vois pas qui vous voulez dire. Il ressemble à quoi ?

— Il est grand, très séduisant, avec des cheveux tirant sur le roux et un visage dédaigneux.

— Ah oui ! C'est Thayer Core. Un ami.

— Je me disais bien. Sinon, je ne vois pas pourquoi

il viendrait si souvent chez Philip. Qui est-ce ? Que fait-il dans la vie ?

— Il est chroniqueur mondain, comme vous.

— Il écrit pour quel journal ?

— Pour Snarker, répondit Lola avec réticence. Mais il sera bientôt romancier. Ou directeur d'une grande chaîne télé. C'est un type brillant. Tout le monde dit qu'il va devenir quelqu'un d'important.

— Ah oui ! Je vois très bien qui c'est. Vraiment, Lola, je me pose quelques questions sur votre discernement. Vous ne devriez pas laisser entrer ce genre de personnage chez Philip. Je ne suis même pas sûre qu'il convient de le laisser entrer dans l'immeuble.

— C'est mon ami. J'ai bien le droit d'avoir des amis, non ?

— Loin de moi l'intention de me mêler de vos affaires, répondit Enid sèchement. Je voulais simplement vous donner un conseil amical.

— Merci, mais ça ira comme ça », dit Lola en l'escortant jusqu'à la porte. Une fois Enid partie, elle traversa le couloir sur la pointe des pieds et inspecta le judas de la porte de sa voisine. Peut-être que la vieille l'espionnait en ce moment même. Qu'est-ce qu'elle pouvait voir à travers ce judas ? Beaucoup trop de choses, visiblement. Lola regagna l'appartement de Philip – qui était aussi le sien, il ne fallait pas qu'elle l'oublie – et concocta une petite histoire qui justifierait la présence de Thayer. Il l'aidait à faire ses recherches pour Philip et elle lui donnait un coup de main pour son roman. Ils ne faisaient absolument rien de mal. Et de toute façon, Enid ne pouvait pas voir ce qui se passait dans l'appartement.

Au début, Lola n'avait pas l'intention de nouer des liens si étroits avec Thayer Core. Elle savait que ce serait dangereux. En même temps, le fait de pouvoir tout se permettre l'excitait. Et comme elle n'était pas certaine de son avenir avec Philip, elle justifiait son comportement en se disant qu'il lui fallait une solution de repli au cas où ça casserait avec lui. Thayer constituait certes un prix de consolation un peu maigre, mais il avait rencontré beaucoup de monde et affirmait entretenir des relations avec toutes sortes de gens importants.

Philip devait revenir dans quelques jours. Lola prévint donc Thayer qu'ils ne pourraient plus se voir. Thayer trouva la nouvelle contrariante. Non pas parce qu'il ne verrait plus Lola, mais parce qu'il adorait le Numéro 1. Il aimait tout dans cet immeuble. Le simple fait d'y entrer lui donnait un délectable sentiment de supériorité. Il regardait souvent autour de lui pour vérifier s'il n'y avait pas quelque envieux pour le voir entrer. Puis il passait devant le portier en expliquant, avec un geste du pouce : « Je monte chez Philip Oakland. » Les portiers le dévisageaient d'un air soupçonneux – Thayer voyait bien qu'ils ne l'aimaient pas et n'approuvaient pas sa présence dans l'immeuble – mais aucun ne l'avait jamais empêché d'entrer.

Ce matin-là, Thayer suggéra à Lola de regarder avec lui des vidéos pornos sur Internet. Lola était en train de manger des chips, qu'elle croquait en faisant le plus de bruit possible – juste pour l'embêter, il en était sûr. « Impossible, dit-elle.

— Pourquoi ? T'es bégueule ?

— Non. Y a pas d'Internet. Tout ça à cause de Paul Rice. Du moins, c'est ce que tout le monde dit. D'après Enid, ils vont le foutre dehors. Je ne sais pas s'ils ont le droit, mais maintenant tout l'immeuble le déteste.

— Paul Rice ? demanda Thayer d'un ton désinvolte.

Le fameux Paul Rice ? Celui qui est marié à Annalisa ? Cette petite pute du Gotha ?

— Ils sont friqués, je te dis pas ! Elle se fait balader en Bentley et les créateurs lui envoient des fringues. Je la hais.

— Et moi, je les hais tous les deux », renchérit Thayer en souriant.

Pendant ce temps, Mindy et Enid, répondant à l'urgence de la situation, avaient organisé une réunion exceptionnelle du conseil de copropriété. En allant prendre l'ascenseur, Enid s'arrêta une seconde devant la porte de Philip. Comme elle s'y attendait, il y avait des voix à l'intérieur – celles de Lola et d'un homme, certainement ce Thayer Core. Lola avait-elle décidé d'ignorer ses conseils ? Ou bien était-elle tout simplement idiote ? Enid frappa à la porte.

Les voix se turent illico. Elle frappa de nouveau. « Lola ? dit-elle. C'est moi, Enid. Il faut que je vous parle. » Elle entendit des murmures, puis Lola ouvrit la porte. « Tiens ! Bonjour ! » s'exclama-t-elle avec une joie feinte.

Enid força le passage et découvrit Thayer Core assis sur le divan de Philip, un scénario à la main. « Bonjour, dit Enid. Nous n'avons pas eu l'honneur d'être présentés, je crois. »

Thayer retrouva en un éclair ses manières de jeune étudiant BC-BG dont il essayait de se débarrasser depuis cinq ans. Il se leva et tendit la main.

« Enchanté. Thayer Core.

— Enid Merle. Je suis la tante de Philip, répondit Enid sèchement.

— Waouh ! Lola ne m'avait pas dit que vous étiez la tante de Philip.

— Et vous, vous êtes un ami de Philip ?

— Et de Lola. J'étais en train de parler avec elle de mon scénario. Je me disais que Philip pourrait peut-être me filer quelques conseils. Mais je vois que vous avez toutes les deux des choses à vous dire. Il faut que j'y aille. » Il se leva d'un bond et prit son manteau.

« N'oubliez pas votre script, lui dit Enid.

— Ah, c'est vrai ! » Il échangea un regard avec Lola, qui souriait avec raideur. Il prit le scénario et sortit, suivi d'Enid.

Ils prirent l'ascenseur en silence, ce qui convenait parfaitement à Thayer, lequel ne voulait surtout pas prendre le risque de perdre les idées qu'il avait en tête. Au cours des trente dernières minutes, il avait glané suffisamment de matériel pour écrire plusieurs articles. Le Numéro 1 était visiblement un foyer d'intrigues en tous genres. Peut-être pourrait-il créer une série rien qu'en racontant les petits événements qui s'y déroulaient. Il l'appellerait « La Copropriété ». Ou bien « La Vie des Riches ».

« Au revoir », lui dit Enid lorsque les portes de l'ascenseur s'ouvrirent sur le hall. Thayer lui fit un signe de tête et fila. Tout ce qu'il lui fallait pour alimenter ses diatribes contre les résidents du Numéro 1, c'était une source continue d'informations. Il regarda les pages qu'il tenait à la main en souriant. Il s'agissait du premier jet d'un scénario de Philip Oakland ayant pour titre provisoire « Mary-la-Sanglante ». Philip serait furieux s'il découvrait que Lola l'avait laissé sortir de chez lui. Mais tant que Lola faisait ce que lui, Thayer, lui disait de faire, la chose ne s'ébruiterait pas. À partir de maintenant, il faudrait qu'elle vienne chez lui. Elle le tiendrait ainsi informé des tout derniers développements au Numéro 1. Et quand elle aurait fini de causer, elle pourrait toujours lui tailler une pipe.

Enid sonna à la porte de Mindy. Ce fut Sam qui lui ouvrit. Il avait renoncé à aller à l'école, affirmant qu'il ne se sentait pas bien. Il fit entrer Enid dans le minuscule salon où trois membres du conseil de copropriété étaient engagés dans une discussion des plus animée à propos de Paul Rice.

« Et on ne pourrait pas le forcer à laisser Time Warner entrer chez lui ?

— Bien sûr que si. C'est la même chose que lorsqu'on fait venir un réparateur. En plus, le problème touche tous les résidents. Mais s'il refuse, il nous faudra une lettre de l'avocat représentant la copropriété.

— Quelqu'un a-t-il tenté de le raisonner ?

— Nous avons tous essayé, expliqua Enid. Il ne veut rien savoir.

— Et sa femme ? On devrait peut-être voir avec sa femme.

— Je vais de nouveau tenter le coup », répondit Enid.

Allongé sur son lit dans la pièce d'à côté, Sam faisait semblant de lire le *New Yorker* de sa mère. Il avait laissé la porte ouverte afin de pouvoir suivre la conversation. Il leva les yeux vers le plafond. Qu'est-ce qu'il était fier de lui ! Certes, son acte avait provoqué beaucoup de problèmes pour tout le monde dans l'immeuble. Certes, il avait une peur bleue de se faire prendre. Mais ça valait le coup : il avait pris sa revanche sur Paul. Ce type cesserait de harceler les autres, en particulier sa mère. Sam comptait ne rien dire à l'intéressé, mais le regarder d'une certaine manière quand ils se croiseraient dans le hall afin qu'il sache qui avait fait le coup. En espérant qu'il ne serait jamais en mesure de le prouver.

Quelques minutes plus tard, Enid frappa chez les

Rice. Maria, la gouvernante, lui dit à travers l'entrebâillement de la porte : « Pas de visiteurs. »

Enid mit ses doigts entre la porte et le chambranle. « Ne faites pas l'idiote. Il faut que je parle à Mrs Rice.

— C'est vous, Enid ? demanda Annalisa en fermant la porte qui séparait l'entrée du reste de l'appartement. Croyez-moi, ce n'est pas notre faute.

— Bien sûr que je vous crois.

— C'est parce que tout le monde déteste Paul.

— Une copropriété, c'est comme un club privé. Surtout dans un immeuble comme le Numéro 1. On n'est pas obligé de faire ami-ami avec les autres résidents, mais par contre, on doit entretenir des rapports corrects avec eux. Sinon, l'immeuble tout entier en pâtit. Les gens commencent à dire qu'il n'est pas si bien que cela, et alors, c'est la valeur du bien de chacun des résidents qui chute. Cela, ma chère, personne ne le souhaite. »

Annalisa baissa les yeux.

« Il existe un code de conduite tacite, poursuivit Enid. Par exemple, les résidents doivent à tout prix éviter les rencontres déplaisantes. Il est hors de question qu'ils en viennent aux insultes. Le Numéro 1 est un immeuble un peu original. Mais c'est aussi l'endroit où ces gens ont choisi de vivre, où ils viennent chercher le repos et la paix. S'ils ne peuvent pas les trouver, ils deviennent hargneux. J'ai peur pour Paul et vous. J'ai peur de ce qui risque de se produire si vous ne laissez pas entrer le réparateur de Time Warner.

— Ne vous en faites pas, il est là, dit Annalisa.

— Ah bon ? fit Enid, interloquée.

— Il est à l'entrée de service. Peut-être aimeriez-vous lui dire deux mots.

— Oui, certainement. »

Enid suivit Annalisa jusqu'à la porte de service. Le

réparateur tenait à la main plusieurs câbles. « Coupés », annonça-t-il d'un air sévère.

« Salut, Roberto ! s'exclama gaiement Philip en arrivant avec sa valise. Comment ça va ?

— Ça a été la folie, ici, répondit le portier en riant. Vous avez tout loupé.

— Vraiment ? Qu'est-ce que j'ai loupé ?

— Un gros scandale. Avec notre milliardaire, Paul Rice. Mais votre tante s'en est occupé.

— Ça ne m'étonne pas d'elle.

— On s'est aperçu que quelqu'un avait coupé les câbles Internet à côté de la porte de service des Rice. Personne ne sait qui a fait le coup. Bref, voilà notre milliardaire qui appelle la police. Grande scène entre Mindy Gooch et lui. Ces deux-là, on peut dire qu'ils se détestent. Alors maintenant, Paul Rice exige que la copropriété paye des caméras de surveillance dans les escaliers. Et Mrs Gooch n'a rien pu faire. Elle était furax, vraiment. Mrs Rice refuse d'adresser la parole à qui que ce soit dans l'immeuble. La gouvernante nous appelle quand elle descend, et on doit faire signe au chauffeur d'amener la voiture. Cela dit, personne ne leur en veut, parce qu'on leur a bel et bien coupé leurs câbles, et en plus Paul Rice a filé mille dollars à chaque portier pour protéger sa femme. Maintenant, tous ceux qui entrent dans l'immeuble, même le teinturier, doivent signer le registre au bureau d'accueil et montrer leur pièce d'identité. S'ils ne l'ont pas, les résidents viennent les chercher. C'est devenu une vraie prison, ici. Le problème, c'est qu'il y en a qui disent que c'est le copain de votre copine qui a fait le coup.

— Quoi ? s'exclama Philip en appuyant comme un forcené sur le bouton de l'ascenseur.

— C'est pas ça qui va le faire venir plus vite », fit Roberto en s'esclaffant.

Philip s'engouffra dans la cabine et appuya trois fois sur le bouton du treizième étage. Mais qu'est-ce qui se passait dans ce foutu immeuble ?

Dès son arrivée à Los Angeles, il s'était mis à travailler sur *Les Demoiselles d'honneur*. Les deux premiers jours, il avait chassé Lola de ses pensées. Elle l'avait appelé dix fois, mais pas lui. Le troisième jour, il la rappela, croyant qu'elle serait toujours chez ses parents. Mais elle était chez lui, à New York. « Lola, il faut qu'on parle de tout ça, dit-il.

— Mais je me suis installée ici. Je croyais qu'on s'était mis d'accord. J'ai défait toutes mes valises. Je n'ai pris qu'un petit coin du placard dans la chambre, et j'ai mis quelques-unes de tes affaires dans le cagibi que tu as à l'entresol. J'espère que ça ne te gêne pas.

— Lola, je ne crois pas que ça soit une bonne idée.

— Comment ça ? C'est toi qui m'as demandé de venir vivre avec toi. Quand on était sur l'île Moustique. Et là, tu es en train de me dire que tu ne m'aimes plus... » Elle commença à sangloter.

« Mais non ! protesta Philip, décidé à ne pas se laisser impressionner. J'ai des sentiments pour toi. C'est juste que...

— Comment peux-tu prétendre une chose pareille alors que tu es en train de me dire que tu ne veux pas de moi chez toi ? C'est comme tu veux, Philip. Je m'en vais. J'irai vivre dans la rue.

— Lola, tu n'es pas obligée de vivre dans la rue.

— J'ai vingt-deux ans, poursuivit-elle, la voix entrecoupée de sanglots. Tu m'as séduite, tu as tout fait pour que je tombe amoureuse de toi. Et maintenant, tu détruis mon bonheur.

— Arrête, Lola. Tout se passera bien.

— Alors tu m'aimes ?

— On en parlera quand je rentrerai, répondit-il, résigné.

— Oh, je sais que tu n'es pas prêt à le dire, mais ça viendra ! dit-elle toute joyeuse. Il faut que tu t'habitues, c'est tout. Au fait, j'allais oublier. Ton amie Schiffer Diamond sort avec un certain Derek Brumminger. J'ai lu ça dans le *Post*. Et un jour, je les ai vus sortir ensemble de l'immeuble. Il n'est pas très séduisant. Il est vieux, il est moche. J'aurais cru qu'une star de cinéma trouverait mieux. Mais c'est vrai qu'elle non plus, elle n'est plus toute jeune. »

Philip ne répondit rien.

« Allô ? Allô ? Tu es toujours là ? »

Ainsi, elle était allée retrouver Brumminger. Après lui avoir dit de se débarrasser de Lola. Et dire qu'il s'était imaginé qu'elle changerait !

Maintenant, il était de retour chez lui. « Lola ! Tu es là ? Qu'est-ce que c'est que cette histoire de copain ? »

Il regarda autour de lui. L'appartement était vide. Il posa sa valise sur le lit et alla frapper à la porte de sa tante.

Lola était chez Enid. « Philip ! Tu es rentré ! » s'exclama-t-elle en se jetant à son cou. Il lui donna des petites tapes affectueuses dans le dos en regardant sa tante, qui souriait en levant les yeux au ciel. « Enid était en train de me montrer ses livres de jardinage, poursuivit Lola. Je vais m'occuper de ta terrasse ce printemps. Enid m'a dit que je pouvais faire pousser des tulipes en pots. Comme ça, on en ferait des bouquets.

— Bonjour Philip », dit Enid en se levant lentement

du divan. Ne l'ayant pas vue depuis deux semaines, il se rendit compte à quel point elle vieillissait. Un jour ou l'autre, il la perdrait, et alors, il se retrouverait vraiment seul. Cette pensée eut raison de sa colère. Il se réjouit que sa tante soit encore en vie, que Lola habite toujours dans son appartement, et qu'Enid et Lola s'entendent. Finalement, peut-être que tout irait bien.

« Il faut que je te montre ce que j'ai fait dans la cuisine, lui annonça Lola avec empressement.

— Ne me dis pas que tu es allée dans la cuisine pendant mon absence ! » s'exclama-t-il en feignant la surprise. Il lui emboîta le pas. De retour dans son appartement, elle lui montra fièrement son œuvre : elle avait fait du rangement dans les placards de la cuisine. En gros, il ne trouvait plus rien.

« Mais pourquoi tu as fait ça ? » demanda-t-il en ouvrant le placard où il avait l'habitude de mettre le café et les condiments, et qui contenait à présent une pile d'assiettes.

Elle prit un air de chien battu. « Je pensais que ça te plairait.

— Si, si, ça me plaît. C'est mieux comme ça. » Il fit le tour de l'appartement en se demandant ce qu'elle avait dérangé d'autre. Arrivé dans la chambre, il ouvrit avec précaution le placard. La moitié de ses vêtements – toutes ces vestes et ces chemises qu'il rangeait soigneusement là depuis des années – avait disparu. À la place, accrochées aux cintres telles des guirlandes de Noël, pendouillaient les fringues de Lola.

« Et moi, tu m'as oubliée ? » dit-elle en arrivant derrière lui et en fourrant ses mains dans sa braguette. Elle l'attira vers le lit. Son érection rappela à Philip qu'il n'avait pas fait l'amour depuis deux semaines. Il se mit en position, plaça les chevilles de Lola sur ses propres épaules. L'espace d'une seconde, il regarda le minou tout lisse et épilé de la jeune femme. Non, ce n'était pas ce qu'il voulait. Mais elle s'offrait à lui. Alors il plongea.

Plus tard, dans la cuisine, alors qu'il cherchait ses verres à vin qu'elle avait mis Dieu sait où, il lui demanda : « Au fait, c'est quoi cette histoire de copain qui aurait coupé les câbles Internet des Rice ?

— Quelle histoire ? Ah oui ! C'est cette mégère de Mindy Gooch. Elle est jalouse parce que son mari n'arrête pas de me faire du gringue dès qu'elle a le dos tourné. Elle prétend que c'est Thayer Core qui a fait le coup. Tu te souviens de lui ? À Halloween ? Thayer est venu ici deux ou trois fois – il veut devenir scénariste, et je lui ai proposé de l'aider – et il passe son temps à se moquer de Mindy et de son mari sur Snarker, alors elle a voulu se venger de lui. Il n'était même pas dans l'immeuble quand ça s'est passé.

— Il est venu ici combien de fois exactement ? demanda Philip, de plus en plus agacé.

— Je te l'ai dit, une ou deux fois. Peut-être trois, je ne me souviens plus. »

Dans l'appartement voisin, Enid songeait, tout en ramassant ses livres de jardinage, à ses multiples tentatives pour se débarrasser de Lola. Elle l'avait forcée à l'accompagner dans trois supermarchés haut de gamme de la Sixième Avenue en quête de boîtes de flageolets, emmenée voir une rétrospective de Damien Hirst où étaient exposés des cadavres de vaches et de requins, et même présentée à Flossie – tout cela en vain. Lola affirma qu'elle aussi adorait les flageolets, la remercia de l'initier à l'art, et ne fut même pas découragée par sa rencontre avec Flossie, qui, à sa demande, lui raconta l'époque où elle était danseuse de music-hall et qu'elle écouta, assise au pied du lit, l'air captivée. Enid se rendit compte qu'elle avait sous-estimé la ténacité de la jeune femme. Après la Débâcle Internet, lorsqu'elle lui avait demandé de s'expliquer sur ses relations avec Thayer Core, Lola s'était contentée de la regarder avec de grands yeux innocents et de lui dire : « Vous aviez raison, Enid. C'est une ordure. Jamais plus je ne lui adresserai la parole. »

Contrairement à Mindy Gooch, Enid ne pensait pas que Thayer Core avait coupé les câbles de Paul Rice. Thayer Core était une petite brute et, comme la plupart des gens de son espèce, un froussard. Plutôt que de s'exposer à un affrontement physique, il préférait lancer ses offensives en se protégeant derrière son écran d'ordinateur. Si Mindy l'accusait, lui, c'était pour détourner l'attention du véritable coupable, qu'Enid soupçonnait d'être Sam.

Heureusement pour Sam, l'enquête fut plus que succincte. Les policiers étaient persuadés qu'il s'agissait d'une farce provoquée par une mésentente entre résidents. Ce genre de chose était de plus en plus fréquent, même dans des immeubles de grand standing. La police recevait toutes sortes de plaintes de voisinage ces temps-ci – des histoires de coups de balai au plafond, de décorations de Noël arrachées, de fumée de cigarettes qui s'introduisait dans les appartements et menaçait la santé des enfants. « Moi je dis, il faut se montrer tolérant, dit l'un des officiers à Enid. Mais vous savez comment sont les gens maintenant. Trop d'argent. Pas assez de place. Et surtout, aucun savoir-vivre. Si bien qu'ils finissent par se détester. »

Il y avait toujours eu des mauvais coucheurs parmi les résidents du Numéro 1, mais jusqu'à présent, les problèmes qu'ils pouvaient causer avaient été considérés comme secondaires par rapport à la fierté que tous éprouvaient à vivre dans cet immeuble. Peut-être cet équilibre avait-il été rompu par les Rice, dont la fortune dépassait largement celles des autres résidents. Paul avait menacé d'entamer des poursuites judiciaires, si bien qu'Enid avait dû passer un savon à Mindy et lui rappeler que si Paul Rice mettait ses menaces à exécution, la copropriété devrait payer des frais de justice, ce qui entraînerait alors une augmentation des charges mensuelles versées par les résidents. Comprenant que l'affaire aurait pour elle des répercussions financières directes, Mindy accepta de revenir sur ses accusations, allant même jusqu'à écrire aux Rice une lettre d'excuse. C'est ainsi que fut instaurée une trêve fragile. Hélas, des comptes rendus détaillés des divers épisodes de cette saga firent leur apparition sur Snarker. Seule Lola avait pu fournir ces informations, Enid en était persuadée, mais comment le prouver ? Pour couronner le tout, Mindy sautait sur la moindre occasion pour la harceler au sujet de Snarker, comme si elle était impliquée, l'arrêtant dans le hall pour lui demander si elle l'avait lu et lui envoyant par mail les articles mis en ligne.

« Ça ne peut pas durer. Il faut faire quelque chose, lui dit Mindy ce matin-là.

— Si ces articles vous dérangent tant, engagez ce jeune homme, répondit Enid en soupirant.

— Comment ? L'engager ! Lui ! s'écria Mindy, outrée.

— Je répète, engagez-le. Il est certainement très bosseur, avec toute cette énergie qu'il dépense à écrire ces articles sur le Numéro 1. Ou du moins, il ne peut pas être complètement idiot – je suppose qu'il sait former une phrase, sinon, vous ne vous mettriez pas dans ces états-là. Payez-le correctement et assommez-le de travail. Comme cela, il n'aura pas le temps d'écrire à côté. Payez-le juste assez pour qu'il ne puisse pas économiser et vous quitter. Complétez son salaire par une assurance et des avantages en nature. Transformez-le en salarié docile, et il ne vous posera plus jamais le moindre problème. »

Si seulement tous les problèmes pouvaient être réglés aussi facilement, songea Enid en rentrant chez elle. Elle se prépara une tasse de thé, qu'elle but à toutes petites gorgées pour ne pas se brûler. Après une seconde d'hésitation, elle prit sa tasse et gagna sa chambre. Elle débrancha le téléphone, rabattit le dessus-de-lit et, pour la première fois depuis des lustres, se coucha en pleine journée. Elle ferma les yeux. Elle se faisait décidément trop vieille pour ce genre de psychodrame.

Les récents événements au Numéro 1 avaient rendu Paul Rice encore plus parano et cachottier que d'habitude. En outre, il n'arrêtait pas de se mettre en colère pour des broutilles qu'il aurait sans doute ignorées avant. Un jour, il enguirlanda Maria parce qu'elle avait plié un pantalon dans le mauvais sens. Et lorsque l'un de ses précieux poissons mourut, il accusa Annalisa de l'avoir tué exprès. Excédée, Annalisa décida d'aller passer six jours dans une station thermale avec Connie Brewer, le laissant seul pour le week-end. Il est vrai qu'il passait la majeure partie de ses week-ends à faire ce qui l'intéressait, lui, mais il appréciait la présence d'Annalisa. Le fait qu'elle le quitte, ne serait-ce que temporairement, lui fit craindre qu'elle en vienne un jour à le quitter pour de bon.

Visiblement, Sandy Brewer n'avait pas le même genre d'inquiétudes au sujet de sa femme. « Hé, vieux, dit-il un jour à Paul en débarquant dans son bureau, les filles sont parties pour le week-end. Alors je me suis dit que tu pourrais venir dîner à la maison. J'aimerais te présenter quelqu'un.

— Ah oui ? Qui ça ? » demanda Paul. Depuis que Sandy avait pété un câble à propos du retard de deux minutes dans le lancement de l'algorithme, Paul l'observait de près, guettant le moindre signe indiquant qu'il songeait à le remplacer. Mais tout ce qu'il avait découvert, c'était des transferts d'argent vers une agence d'escort girls prouvant que Sandy se payait les services de prostituées pendant ses déplacements. Comptait-il profiter de l'absence d'Annalisa pour lui présenter une pute ?

« Tu verras », répondit Sandy sur un ton mystérieux. Paul accepta l'invitation. Si Sandy faisait venir l'une de ses putes, il pourrait tirer profit de l'information.

Sandy adorait étaler les avantages que lui procuraient son travail acharné et sa réussite. Il avait donc fait préparer une superbe table pour trois dans sa salle à manger aux murs lambrissés, où trônaient deux énormes tableaux de David Salle. Le troisième convive n'était pas une prostituée, mais un certain Craig Akio. Paul lui serra la main, en notant au passage que Craig était plus jeune que lui et qu'il avait des yeux noirs pénétrants. Les trois hommes commencèrent le repas – bisque aux fruits de mer accompagnée d'un vin blanc au millésime rare. « J'ai beaucoup d'admiration pour vos travaux, Paul, dit Craig Akio, assis de l'autre côté de la table en acajou poli. Votre article sur l'échelle de Samsun relève du génie.

— Merci », répondit Paul un peu sèchement. Il était habitué à ce qu'on le traite de génie, et considérait ce genre de compliment comme allant de soi.

« J'ai hâte de travailler avec vous. »

Paul s'immobilisa, la cuillère devant la bouche. Voilà

qui était une surprise ! « Vous venez vous installer à New York ? demanda-t-il.

— J'ai déjà trouvé un appartement. Dans le nouveau building Qwathmey. Un chef-d'œuvre de l'architecture moderne.

— Ouais, mais au bord d'une autoroute ! plaisanta Sandy.

— Je suis habitué au bruit des voitures. J'ai grandi à L.A.

— Vous avez fait quelle école ? » demanda Paul, dissimulant son malaise sous un air impassible. Sandy aurait peut-être pu lui parler de ce nouveau collègue avant de l'engager. C'était ainsi que l'on procédait, normalement.

« Le MIT, répondit Craig. Et vous ?

— Georgetown. » Paul regarda les David Salle qui se trouvaient derrière Craig. Il remarqua qu'ils représentaient tous les deux des bouffons aux visages terrifiants – tout à la fois joviaux et cruels. En temps ordinaire, il ne relevait pas ce genre de détail. Il avala une gorgée de vin. Il lui sembla que les bouffons se moquaient de lui.

Le repas se poursuivit. Ils discutèrent des élections prochaines et de leur impact sur l'économie, puis allèrent fumer des cigares et boire du cognac dans le bureau. Sandy commença à parler d'art, et se vanta d'avoir rencontré un certain David Porshie. « Et puis il y a Billy Litchfield, un grand ami de ma femme – quand tu te marieras, il sera aussi un grand ami de ta femme à toi, expliqua-t-il à Craig Akio. Il nous a mis en rapport avec le président du conseil d'administration du Metropolitan Museum. Un type bien. Qui connaît tout sur l'art, ce qui n'est pas vraiment surprenant, c'est sûr. Il m'a donné l'idée d'enrichir ma propre collection.

D'acheter des vieux maîtres au lieu d'artistes modernes. T'en penses quoi, Paul ? L'art moderne, c'est à la portée de tout le monde, non ? C'est juste une question de sous. Mais quoi qu'on vous dise, personne ne sait combien ça vaudra dans cinq, voire dans deux ans. Peut-être que dalle. »

Paul se contenta de le regarder, tandis que Craig montrait des signes d'enthousiasme. Sentant chez son public une disposition à une admiration mêlée de crainte, Sandy ouvrit son coffre-fort.

Connie avait respecté les consignes de Billy à la lettre. Elle avait mis la croix à l'abri des regards, dans le coffre-fort de Sandy, ce qui lui permettait d'y jeter un coup d'œil quand elle le désirait. Mais elle était parvenue à ne pas divulguer le secret de son existence. Ce qui n'était pas du tout le cas de Sandy. Lorsque Billy était venu le voir pour lui proposer d'acheter la croix, il n'y avait pas accordé beaucoup d'importance, pensant qu'il s'agissait d'un vieux bijou comme tous ceux que sa femme s'entêtait à acheter. Connie lui expliqua que celui-ci était une pièce rare très ancienne, mais il n'y prêta pas attention, jusqu'à cette soirée avec David Porshie. David avait une approche de l'art tout à fait différente. De retour chez lui, Sandy examina la croix de plus près, en compagnie de Connie, et commença à soupçonner sa valeur. Mais surtout, il se félicita d'avoir réussi un bon coup en l'achetant. Personne d'autre ne possédait un tel bijou. Incapable de garder pour lui un tel secret, il avait pris l'habitude de le montrer fièrement après le dîner à un ou deux invités triés sur le volet.

Défaisant les cordons qui fermaient le petit sac en daim contenant le bijou, il annonça : « Voici quelque chose que vous ne verrez pas tous les jours. En fait, cet objet est si rare que vous n'en trouverez aucun de semblable dans les musées. » Il prit la croix et la tint en l'air pour que Craig et Paul puissent l'examiner.

« Où trouve-t-on des bijoux comme ça ? demanda Craig, les yeux brillants.

— Nulle part, répondit Sandy en enveloppant la croix et en la replaçant dans le coffre-fort. C'est le bijou qui vous trouve. Un peu comme toi tu nous as trouvés, Craig. » Il tira sur son cigare, puis expira la fumée en direction de Paul. « Paul, je veux que tu apprennes à Craig tout ce que tu sais. Vous travaillerez en étroite collaboration. Du moins au début. »

Cette dernière phrase fit sursauter Paul – « Du moins au début. » Et après ? Il comprit brusquement que Sandy voulait qu'il forme Craig, pour pouvoir le renvoyer une fois cette tâche accomplie. Nul besoin de deux personnes pour faire son boulot. Bien au contraire, puisqu'il s'agissait d'un travail confidentiel où il fallait réagir à l'instinct et improviser. Tout d'un coup, Paul eut l'impression de brûler de l'intérieur. Il se leva et demanda un verre d'eau.

« De l'eau ? ricana Sandy. J'espère que tu n'es pas en train de devenir une chochotte.

— Bon, je rentre », dit Paul.

Il sortit, furieux. Combien de temps lui restait-il avant que Sandy le renvoie ? Il s'installa sur le siège arrière de la Bentley en claquant la portière. Allait-il aussi devoir renoncer à la voiture ? Allait-il tout perdre ? À l'heure qu'il était, sans son salaire, il ne pouvait pas maintenir son train de vie, ni même conserver son appartement. Certes, en théorie, il avait beaucoup d'argent, mais ses avoirs fluctuaient d'un jour à l'autre et il aurait bien été en peine de dire combien il possédait précisément. Il devrait attendre le bon moment pour réussir son coup. À ce moment-là, il pourrait fort bien se retrouver à la tête d'une fortune d'un milliard de dollars.

Incapable de penser à autre chose qu'à Sandy et à la manière dont son patron comptait provoquer sa ruine, Paul passa les trois jours qui suivirent enfermé chez lui, dans un état de panique continue. Le dimanche matin, il en était arrivé à un point tel que même ses poissons ne l'apaisaient pas. Il décida alors d'aller faire un tour dans le quartier. Sur la console de l'entrée, il trouva un exemplaire du *New York Times*. Sans vraiment réfléchir, il le posa par terre, sur le tapis du salon, et commença à le feuilleter. C'est ainsi qu'il trouva la solution à ses problèmes, dans le cahier Arts.

L'article – très fouillé, avec même des gros plans d'un portrait de la reine Mary-la-Sanglante – traitait de la mystérieuse disparition de la croix. Après sa rencontre avec les Brewer, David Porshie, considérant que Sandy avait le profil d'un voleur d'objets d'art, l'avait écrit dans l'espoir d'attirer l'attention de quelqu'un qui détiendrait des informations sur la croix.

Paul fit immédiatement le rapprochement. Il s'assit et, tout en reconstituant les pièces du puzzle, commença à entrevoir les possibilités qui s'offraient à lui. Si Sandy se retrouvait empêtré dans l'imbroglio juridique qu'entraînait la possession d'un objet d'art volé, il serait trop occupé pour le renvoyer. De fait, Paul pouvait faire mieux encore. Une fois débarrassé de Sandy, il n'aurait plus qu'à prendre sa place. Alors ce serait lui qui gèrerait le fonds. Quant à Sandy, qui aurait gagné dans l'affaire un casier judiciaire bien rempli, il n'aurait plus le droit de participer à des activités financières. Ainsi, Paul récupérerait tout. Et là, il serait vraiment hors de danger.

Il prit le journal et alla au café Internet qui se trouvait

sur Astor Place. Quelques recherches lui permirent de trouver les informations dont il avait besoin. Il créa une fausse boîte mail au nom de Craig Akio. Puis il écrivit un mail où il (Craig Akio) déclarait avoir vu la croix chez Sandy Brewer. Il adressa le mail au journaliste qui avait écrit l'article du *Times* et le relut, par pure habitude. Satisfait du résultat, il cliqua sur « Envoyer ».

En sortant du café, il se retrouva pris dans la foule qui emplissait Broadway le week-end. Mais il se sentait calme, pour la première fois depuis des semaines. Et c'est le sourire aux lèvres qu'il rentra au Numéro 1. Décidément, personne n'était à l'abri à l'âge de l'information triomphante. Mais, pour l'instant du moins, lui, il était tranquille.

17

Pour Billy Litchfield, avril fut marqué non seulement par des averses, mais aussi par une affreuse rage de dents qui exacerba l'effet déprimant du temps, si bien qu'il eut l'impression de passer le mois entier chez le dentiste. Sa douleur lancinante était devenue un martèlement atroce qui, à la radiographie, se révéla dû à non pas une mais deux caries profondes nécessitant l'extraction immédiate des dents touchées. L'opération se déroula en plusieurs étapes, avec Novocaïne, anesthésie au gaz, antibiotiques, alimentation liquide pendant quelque temps et, Dieu soit loué, de la Vicodine pour soulager ses douleurs.

« Je ne comprends pas, dit Billy au dentiste. Je n'ai jamais rien eu aux dents, pas même une carie. » Ce qui n'était pas tout à fait vrai. Mais Billy avait toujours été fier de ses dents, naturellement blanches et bien alignées – et il n'avait porté d'appareil que pendant deux ans quand il était enfant.

Le dentiste haussa les épaules. « Faut vous y habituer. C'est ça, la vieillesse. La circulation se détraque, et ce sont les dents qui trinquent en premier. »

Cela ne fit qu'ajouter à la déprime de Billy, qui décida d'augmenter sa dose de Prozac. Il ne s'était jamais senti dépendant de son corps. Non seulement l'expérience de sa propre vulnérabilité l'humiliait, mais elle signifiait en plus que ce qu'il avait accompli dans la vie pouvait être effacé d'un coup. Les philosophes avaient raison : la fin n'était que déclin et mort, et, dans la mort, nous étions tous égaux.

Un après-midi, alors qu'il se remettait des derniers outrages infligés à sa mâchoire (l'extraction d'une dent et la pose d'un pivot – en attendant la fausse dent, qui devait être fabriquée par un prothésiste), il entendit frapper à sa porte.

Il ouvrit. L'homme qui se tenait sur le seuil était un inconnu vêtu d'un costume Ralph Lauren bleu marine. Avant même que Billy puisse dire un mot, il brandit un badge officiel. « Inspecteur Frank Sabatini. Je peux entrer ?

— Bien sûr », répondit Billy, trop choqué pour refuser. En introduisant l'inspecteur dans son minuscule salon, il se rendit compte qu'il n'était pas habillé et s'imagina emmené en prison, menottes aux poignets, vêtu de sa robe de chambre en soie à motif cachemire.

L'inspecteur ouvrit son carnet. « Vous êtes bien Billy Litchfield ? »

Billy pensa mentir, l'espace d'une seconde, mais se ravisa – cela ne ferait qu'aggraver son cas.

« Oui, c'est moi. Monsieur l'agent, qu'est-ce qui se passe ? Quelqu'un est mort ?

— Je suis inspecteur, pas agent de police. Ce titre, j'ai travaillé dur pour l'obtenir, alors j'y tiens.

— Vous avez tout à fait raison », s'empressa de dire Billy. Désignant sa robe de chambre, il ajouta : « Désolé de vous accueillir dans cette tenue, mais je viens de subir une opération des dents.

— Je vous plains. Personnellement, je déteste aller

chez le dentiste », déclara l'inspecteur d'un ton plutôt amical.

Il ne donnait pas l'impression d'être venu pour l'arrêter.

« J'aimerais me changer si cela ne vous dérange pas, monsieur l'inspecteur, dit Billy.

— Prenez tout votre temps. »

Billy alla dans la chambre et referma la porte derrière lui. Ses mains tremblaient tellement qu'il eut des difficultés à retirer sa robe de chambre et à enfiler son pantalon en velours et son pull en cachemire rouge. Cela fait, il gagna la salle de bains et avala une Vicodine, puis deux Xanax orange. S'il devait aller en prison, autant être un peu groggy.

Lorsqu'il retourna dans le salon, l'inspecteur regardait les photos posées sur la console. « Vous en connaissez, du monde, et du beau, remarqua-t-il.

— Oui, je vis à New York depuis longtemps, presque quarante ans. On a le temps de se faire beaucoup d'amis. »

L'inspecteur hocha la tête, puis alla droit au but.

« Vous êtes comme qui dirait un marchand d'art, n'est-ce pas ?

— Pas tout à fait, corrigea Billy. Je sers d'intermédiaire. Mais je ne vends pas d'objets d'art moi-même.

— Vous connaissez Sandy et Connie Brewer ?

— Oui.

— Vous les avez aidés à constituer leur collection, si je ne me trompe.

— Oui, il y a quelque temps déjà. Mais ils avaient pratiquement fini.

— Vous sauriez quelque chose sur des acquisitions récentes qu'ils auraient faites ? Peut-être autrement que par le circuit habituel ?

— Mmm, qu'entendez-vous par "récentes" ?

— Dans l'année qui vient de s'écouler.

— Je me souviens qu'ils sont allés à la foire de Miami. Il est possible qu'ils y aient acheté un tableau. Comme je vous l'ai dit, leur collection était pour ainsi dire terminée. En ce moment, je travaille avec quelqu'un d'autre, ce qui m'occupe beaucoup.

— Et ce quelqu'un d'autre, c'est ?

— Annalisa Rice », répondit Billy après une seconde d'hésitation.

L'inspecteur nota le nom et le souligna. « Monsieur Litchfield, il ne me reste plus qu'à vous remercier, dit-il en tendant sa carte. Contactez-moi si vous apprenez quelque chose au sujet de la collection des Brewer. C'est entendu ?

— Je n'y manquerai pas. C'est tout ?

— Comment ça, c'est tout ? demanda l'inspecteur, qui s'apprêtait à sortir.

— Les Brewer auraient-ils des ennuis ? Ce sont pourtant des gens vraiment charmants.

— Je n'en doute pas. Ne perdez pas ma carte. Nous vous contacterons sans doute très prochainement. Bonne fin de journée, monsieur Litchfield.

— Au revoir, monsieur l'inspecteur. » Billy ferma la porte et s'effondra sur son divan. Il se releva presque immédiatement, se faufila jusqu'aux rideaux et jeta un coup d'œil dans la rue. Il avait l'impression d'être plongé dans un mauvais feuilleton télé. L'inspecteur était-il vraiment parti ? Que savait-il au juste ? Était-il en train de l'espionner, planqué dans une voiture banalisée ? Allait-il le prendre en filature ?

Pendant deux heures, Billy fut tétanisé au point de ne pas pouvoir passer un coup de fil ou consulter ses e-mails. S'était-il trahi en demandant à l'inspecteur si

476

c'était tout ? Et pourquoi diantre lui avait-il donné le nom d'Annalisa Rice ? L'inspecteur ne manquerait pas de se mettre en rapport avec elle. Que savait-elle exactement ? Malade de peur, il alla prendre deux cachets, puis s'allongea sur le lit. Il plongea dans un sommeil miséricordieux, dont il aurait voulu ne jamais se réveiller.

C'est pourtant bien ce qu'il fit – trois heures plus tard. Son portable sonnait. « Billy ? C'est Annalisa. On peut se voir ?

— Mon dieu ! Ce flic est venu te poser des questions, à toi aussi ?

— Oui, mais je n'étais pas à la maison. Il a dit à Maria que ça concernait les Brewer. Il a voulu savoir si je les connaissais.

— Et qu'est-ce qu'elle a répondu ?

— Qu'elle n'en savait rien.

— Un bon point pour Maria.

— Billy, dis-moi ce qui se passe.

— Tu es seule ? Tu peux venir chez moi ? Je me déplacerais volontiers, mais je ne voudrais pas que les portiers me voient entrer et sortir du Numéro 1. Surtout, vérifie que tu n'es pas suivie. »

Une demi-heure plus tard, Annalisa, assise en face de Billy, lui faisait signe de se taire. « Stop, Billy. Tu m'en as déjà trop dit. Ne raconte rien à qui que ce soit. Pas un mot qui pourrait être utilisé contre toi.

— L'affaire est grave à ce point-là ?

— Il faut que tu engages un avocat. David Porshie va convaincre la police de demander un mandat de perquisition – il n'est pas impossible que le procureur soit sur le coup – et alors ils fouilleront l'appartement des Brewer et trouveront la croix.

— Ou peut-être qu'ils ne trouveront rien. La croix

n'est même plus chez eux. J'ai dit à Connie de la mettre dans un coffre.

— Ils iront chercher là aussi. Ce n'est qu'une question de temps.

— Et si j'appelais Connie ? Pour l'avertir. Pour lui dire de prendre la croix et de la planquer quelque part dans leur propriété des Hamptons. Ou à Palm Beach. Le bijou est resté soixante ans chez Mrs Houghton sans que personne n'en sache rien.

— Billy, tu dis n'importe quoi, fit Annalisa d'une voix qui se voulait apaisante. Ne rends pas les choses encore plus graves qu'elles ne le sont déjà pour toi. Tu es impliqué. Si tu contactes les Brewer, on t'accusera aussi d'association de malfaiteurs.

— Combien de temps me reste-t-il avant qu'ils ne m'attrapent ?

— Que veux-tu dire ?

— Avant que j'atterrisse en prison ?

— Tu n'iras pas forcément en prison. Il y a toutes sortes de scénarios possibles. Tu peux négocier, passer un accord avec le procureur. Si tu vas tout de suite le voir pour lui dire ce que tu sais, il acceptera certainement de ne pas retenir de charges contre toi.

— Tu me suggères de dénoncer les Brewer pour sauver ma tête ?

— En gros, oui.

— Jamais je ne pourrai. Ce sont mes amis.

— À moi aussi, répondit Annalisa. Connie n'a rien fait de pénalement répréhensible en acceptant un cadeau de son mari. Mais ne sois pas naïf, Billy : Sandy Brewer n'hésiterait pas une seconde à te dénoncer.

— Tout de même, se lamenta Billy, la tête dans les mains, ça ne se fait pas. Pas dans notre milieu.

— On n'est pas en train de jouer à la dînette, Billy,

déclara Annalisa d'un ton sec. Il faut que tu comprennes bien ça. Les plus belles manières du monde ne t'aideront pas. Tu dois affronter la réalité en face et prendre une décision. La meilleure pour toi.

— Et les Brewer ?

— Ne t'en fais pas pour eux. Sandy est plein aux as. Tu vas voir, il s'en tirera grâce à son fric. Il dira qu'il ne savait pas ce qu'il achetait, qu'il t'achetait régulièrement des objets d'art. C'est sur toi que ça va tomber, pas sur lui. J'ai été avocate pendant huit ans. Crois-moi, ce sont toujours les petits qui se font écraser par la machine judiciaire.

— Les petits, répéta Billy. Alors on en revient à ça. Finalement, je fais toujours partie des petits.

— Billy, je t'en prie, laisse-moi t'aider.

— J'ai juste besoin d'un peu de temps. Pour réfléchir », lui répondit-il en l'accompagnant jusqu'à la porte.

Deux jours plus tard, accompagné de quatre agents de police, l'inspecteur Frank Sabatini débarqua au siège de la Brewer Securities. Il était trois heures pile – le moment le plus propice aux arrestations de criminels en col blanc, avait-il constaté. À cette heure-là en effet, ils rentraient de déjeuner, avaient le ventre plein, et se montraient bien plus accommodants.

Frank Sabatini était sûr de tenir le coupable. La veille, après avoir affirmé devant lui qu'il ignorait tout du mail et de la croix, Craig Akio avait pris la poudre d'escampette, direction le Japon. Arguant du fait que son suspect risquait de faire de même, l'inspecteur Sabatini avait obtenu un mandat de perquisition pour le domicile des Brewer. Comme c'étaient les vacances scolaires, Connie avait emmené sa nichée, bonnes d'enfants incluses, au Mexique. Seules étaient restées à la maison les domestiques, qui ne purent s'opposer aux représentants de la loi. La matinée avait été passionnante, de l'avis de l'inspecteur Sabatini. Il avait dû faire ouvrir le coffre à l'explosif. Mais grâce au talent de l'expert qu'il avait amené pour l'opération, le contenu du coffre, dont la croix, n'avait pas été endommagé. Et le fait qu'il s'agissait bien là de l'objet volé avait été confirmé par David Porshie, contacté par téléphone.

En entendant le brouhaha dans le couloir de Brewer Commodities, Paul Rice sortit de son immense bureau aux murs blancs et se joignit aux quelques collègues et employés qui regardaient Sandy Brewer partir entre deux policiers, menottes aux poignets. « Jezzie, dit Sandy à son assistante, appelez mon avocat ! Ça ne peut être qu'une erreur. » Le visage impassible, Paul observait la scène. Une fois Sandy embarqué dans l'ascenseur, il retourna à son bureau. Partout autour de lui les spéculations et les commérages allaient bon train. Sandy devait avoir commis quelque fraude financière, fut la conclusion générale. Et tous retournèrent à leur ordinateur pour épurer leurs comptes. Quant à Paul, il décida de prendre son après-midi.

Lorsqu'il rentra, Annalisa était dans son bureau joliment décoré, en train de faire des recherches sur Internet. En le voyant surgir dans l'embrasure de la porte, elle eut un sursaut et appuya sur une touche de son clavier. « Tiens, tu es rentré ? lui demanda-t-elle, inquiète. Quelque chose s'est passé au boulot ?

— Rien du tout.

— Tout va bien ?

— Oui, pourquoi ça n'irait pas ?

— Vu tout ce qui cloche dans cet immeuble depuis

deux mois, répondit-elle avec une pointe de sarcasme, tout est possible.

— Il n'y a plus de raison de s'inquiéter, maintenant, dit Paul en montant voir ses poissons, j'y ai veillé. Désormais, tout ira bien. »

Billy Litchfield vécut les deux jours précédant l'arrestation de Sandy Brewer dans un état de panique totale. Il n'appela personne, de peur d'avoir un comportement louche et de lâcher la vérité sur son implication dans cette histoire si on lui posait la question. Il envisagea de quitter le pays, mais où aller ? Il avait certes un peu d'argent de côté, mais pas assez pour passer le reste de sa vie à l'étranger. Gagner la Suisse, où il pourrait récupérer une partie de ses avoirs ? La peur le paralysait. Il passa des heures à chercher sur Google le nom de Sandy Brewer pour voir si quelque chose s'était passé, sans pour autant se résoudre à réserver un billet d'avion et à faire sa valise. Cette perspective lui fit chercher refuge dans son lit, où il se recroquevilla en position fœtale sous les couvertures. Des pensées erratiques, malsaines et répétitives lui traversèrent l'esprit. Il était en particulier obsédé par une réplique dans une histoire de fantôme qui l'avait terrifié, petit, et qui disait : « Je veux mon foie. »

L'idée lui vint que Sandy Brewer ne serait peut-être pas arrêté, et qu'ils resteraient tous les deux libres. Comment savoir de quels éléments l'inspecteur disposait ? Peut-être toute cette affaire n'était-elle rien d'autre qu'une rumeur qui se dissiperait au bout de quelque temps. Mrs Houghton avait bien conservé la croix dans sa chambre pendant des années sans que personne n'en sache rien. Billy se promit, s'il ne se faisait pas prendre, de changer de vie, d'une manière ou d'une autre. Il avait articulé toute son existence autour des obligations sociales, du désir de se trouver au bon endroit avec les bonnes personnes, au bon moment. À présent, il ne voyait que trop clairement son erreur. Il avait cru que cette aspiration au meilleur de ce que la vie pouvait offrir déboucherait sur quelque chose de concret et de substantiel. Ce n'était pas le cas.

Enfermé dans son appartement, il se souvint de toutes ces fois où il s'était dit : « Nul besoin d'argent quand on a des amis riches. » Il se demanda comment ses amis riches pourraient l'aider maintenant.

En regardant par la fenêtre du salon la vue qu'il avait sous les yeux depuis des années – l'église épiscopalienne aux pierres brunies par la crasse – il s'aperçut qu'un échafaudage était en cours de montage autour de son immeuble. Mais oui, bien sûr ! Les propriétaires étaient en train de rénover le bâtiment avant qu'il soit transformé en copropriété. Ne sachant pas s'il pourrait se permettre de rester à New York, Billy n'avait rien fait pour régler son problème de logement. Était-il trop tard ? Était-ce si important ? Il retourna au lit et alluma la télé.

L'arrestation de Sandy Brewer faisait la une des bulletins d'information. Les images de Sandy menotté et embarqué à bord d'une voiture de police, la main d'un agent lui maintenant la tête baissée, passèrent en boucle. Les journalistes affirmèrent qu'il avait été arrêté en possession d'un bijou anglais d'une valeur inestimable provenant, croyait-on, de la succession de l'une des grandes dames philanthropes de la ville, Louise Houghton. Mais nulle mention de Billy.

Immédiatement, ses deux téléphones, le portable et le fixe, se mirent à sonner. Qui l'appelait ? Des amis ou des journalistes ? Il ne répondit pas. Son interphone retentit à cinq ou six reprises – visiblement, la personne qui cherchait à le voir parvint à monter jusqu'à son étage, puisqu'il entendit des grands coups sur sa porte, qui cessèrent au bout d'un moment. Il alla se réfugier dans sa salle de bains. Ce n'était qu'une question de temps avant qu'ils viennent le chercher. Alors lui aussi se retrouverait partout dans les journaux et sur Internet, et on le verrait à la télé et sur YouTube, la tête honteusement baissée. Son besoin d'argent pouvait certes justifier ses actes, mais qui verrait les choses ainsi ? Pourquoi n'avait-il pas rendu tout de suite la croix au Met ? Parce que cela aurait souillé la réputation de Mrs Houghton, voilà pourquoi. Mais elle était morte, et son nom de toute façon entaché. Lui-même allait probablement atterrir en prison. Au désespoir, il se demanda carrément ce qui l'avait pris de venir s'installer à New York, au lieu de rester dans les Berkshires et de se contenter de ce que la vie lui avait donné à la naissance.

Il ouvrit son armoire à pharmacie et sortit ses pilules. Il en avait de plusieurs sortes à présent : deux types de somnifères, du Xanax, du Prozac et de la Vicodine pour sa rage de dents. S'il les prenait toutes et les faisait passer avec une bouteille de vodka, il réussirait peut-être à en finir. Mais il se rendit compte qu'il n'avait même pas le courage de se tuer.

À défaut, il pouvait toujours s'assommer de médocs. Il prit deux Vicodine, deux Xanax, et deux somnifères, un de chaque type. Quelques minutes plus tard, il s'embarquait dans un rêve aux couleurs éclatantes qui semblait ne jamais devoir finir.

Enid Merle fut l'une des premières à apprendre l'arrestation de Sandy Brewer. Un collègue journaliste qui se trouvait sur les lieux l'avait appelée illico pour lui annoncer la nouvelle. Pour l'heure, les détails de l'histoire n'étaient pas encore connus, mais l'hypothèse était que Sandy était parvenu à acheter la croix à Mrs Houghton, laquelle l'avait volée au Met. Pour Enid, ce scénario était faux. Si Louise Houghton avait bel et bien été en possession de la croix, c'était parce qu'elle l'avait prise non au Met, mais à Flossie Davis, Enid en était persuadée. Pour elle, Flossie était la coupable toute désignée. Par contre, elle n'avait jamais compris pourquoi, au lieu de rendre la croix au Met, Louise l'avait conservée, ni pourquoi elle avait gardé le secret, ce qui revenait à protéger Flossie des poursuites encourues. Louise était une fervente catholique. Un impératif moral l'aurait donc empêchée de dénoncer Flossie ?

Ou peut-être y avait-il une autre raison. Flossie tenait-elle une arme contre Louise ? Enid aurait dû creuser ce mystère à l'époque, mais elle ne lui avait jamais accordé suffisamment d'importance. Et pour l'heure, le temps lui manquait. Son article était attendu, et comme il portait sur Louise Houghton, elle devrait l'écrire elle-même.

Elle parcourut les pages qu'elle avait trouvées sur Internet à propos de Sandy et Connie Brewer. L'arrestation de Sandy était d'une importance toute relative à l'échelle du monde – sans aucune comparaison avec l'impact d'une élection présidentielle ou le meurtre de civils innocents pris au piège d'une guerre, ni même avec les insultes et outrages endurés quotidiennement par le commun des mortels. Seule la « bonne » société new-yorkaise était touchée. Pourtant, l'aspiration à une forme raffinée de vie sociale était un trait inné chez l'être humain, sans quoi l'homme civilisé n'aurait pas existé. En parcourant un article de *Vanity Fair* consacré à Connie Brewer et sa fabuleuse maison de campagne dans les Hamptons, Enid se demanda si le désir de faire partie de la « bonne société » ne pouvait pas parfois mener à des excès. Les Brewer avaient tout ce que l'on pouvait souhaiter dans la vie – quatre enfants, un avion privé, aucun souci. Mais cela n'avait pas suffi. Et maintenant, ces enfants allaient peut-être voir leur papa atterrir en prison. Et dire que Sandy Brewer et Louise Houghton risquaient sous sa plume de se côtoyer dans la même phrase ! Quelle ironie ! Si Mrs Houghton avait été encore de ce monde, jamais elle n'aurait daigné remarquer l'existence d'un arriviste comme Sandy Brewer. Enid s'enfonça dans son fauteuil. L'histoire restait en grande partie mystérieuse, mais il fallait que sa chronique soit prête dans quatre heures. Plaçant ses mains au-dessus du clavier, elle écrivit : « Louise Houghton était l'une de mes grandes amies. »

Huit heures plus tard, Billy Litchfield se réveilla dans sa baignoire. Il tâta ses bras et ses jambes, surpris de constater qu'il était encore bien vivant – et étrangement gai. La nuit semblait bien avancée. Pourtant, il éprouva le besoin irrépressible d'écouter un disque de David Bowie. Il introduisit un CD dans le lecteur. Et tant qu'à faire, pourquoi ne pas écouter les deux CD du coffret de quatre heures qui retraçait la carrière de Bowie de 1967 à 1993 ? C'est ainsi que, sur fond de Bowie, il commença à se balader dans son appartement, et à danser pieds nus sur le parquet usé en faisant tournoyer sa robe de chambre autour de lui comme une cape. Puis il regarda ses photos. Il en avait des centaines dans son appartement, accrochées aux murs, alignées sur le manteau de la cheminée, posées sur des piles de livres ou entassées dans des tiroirs. Il décida ensuite d'écouter tous ses CD. Il eut vaguement conscience dans les vingt heures qui suivirent que son téléphone, le portable ou le fixe, sonnait, mais il ne répondit pas. Il avala quelques pilules et se rendit compte au bout d'un moment qu'il avait bu pratiquement une bouteille entière de vodka. Puis il découvrit quelque part une bouteille de gin déjà ouverte et la finit en chantant à tue-tête. Il commença à avoir mal au cœur. Pour ne pas sortir de cet agréable étourdissement qui lui donnait l'impression que rien de ce qui s'était passé avant ne comptait, il prit deux autres Vicodine. Il se sentit un peu mieux. C'est alors que, sur fond de musique retentissante – il était passé à Janet Eno – il s'évanouit sur son lit.

Plus tard, il se leva, tel un somnambule, et se dirigea vers le placard. Mais là encore, il s'évanouit. Au milieu de la nuit, ses reins le lâchèrent, puis son cœur. Billy ne sentit absolument rien.

ACTE QUATRE

18

Ce soir-là, Schiffer Diamond rencontra par hasard Paul et Annalisa Rice sur le trottoir devant le Numéro 1. Elle sortait d'une longue journée de tournage, tandis que Paul et Annalisa étaient habillés pour un dîner en ville. Schiffer leur fit un signe de tête en entrant dans l'immeuble, puis marqua un temps d'arrêt. « Excusez-moi, demanda-t-elle à Annalisa, vous ne seriez pas une amie de Billy Litchfield ? »

Paul et Annalisa échangèrent un regard. « Oui, en effet, répondit Annalisa.

— Vous l'avez vu récemment ? Cela fait deux jours que j'essaie de le joindre.

— En effet, j'ai l'impression qu'il ne répond plus au téléphone. Je suis passée chez lui, mais il n'y était pas.

— Vous pourrez m'avertir si vous avez des nouvelles ? Je suis inquiète. »

Une fois chez elle, Schiffer fouilla dans un tiroir de la cuisine à la recherche des clés de l'appartement de Billy. Des années auparavant, lorsque Billy et elle étaient devenus amis, ils s'étaient confiés les clés de leurs appartements respectifs en cas d'urgence. Comme elle n'avait jamais vidé le tiroir depuis, les clés devaient toujours s'y trouver. Par contre, il se pouvait que Billy ait changé la serrure de sa porte. Le trousseau était bel et bien tout au fond du tiroir, avec une étiquette en plastique bleu sur laquelle Billy avait écrit DEMEURE LITCHFIELD, suivi d'un point d'exclamation, comme pour souligner leur amitié.

Schiffer remonta la Cinquième Avenue sur deux cents mètres. Arrivée devant l'immeuble de Billy, elle s'arrêta un instant sous l'échafaudage, puis introduisit la clé dans la serrure de la porte d'entrée. C'était la bonne. Elle passa devant la rangée de boîtes aux lettres métalliques. Celle de Billy était à moitié ouverte à cause du volume de courrier qui s'y entassait, probablement depuis plusieurs jours. Billy était peut-être parti quelque part. Visiblement, l'immeuble était en rénovation – les murs de la cage d'escalier menant au quatrième étage étaient protégés par du papier brun accroché avec des bouts de scotch bleu. Entendant une musique très forte qui provenait de l'appartement de Billy, Schiffer frappa sans ménagement à sa porte. Une autre porte s'ouvrit au bout du couloir. La tête d'une femme d'âge mûr très soignée apparut.

« Vous cherchez Billy Litchfield ? demanda-t-elle à Schiffer. Il est parti, et sans éteindre sa musique en plus. Je ne sais pas quoi faire. J'ai essayé d'appeler le gérant, mais il ne répond pas. Tout ça à cause de la transformation de l'immeuble en copropriété. Billy et moi, on est les derniers obstacles. Ils sont en train d'essayer de nous forcer à partir. Ils seraient bien capables de nous couper l'électricité.

— J'espère que non, dit Schiffer, attristée à l'idée que Billy se trouvait dans cette situation.

— Vous comptez entrer chez lui ?

— Oui, il m'a confié ses clés, répondit Schiffer.

— Alors vous pourrez éteindre sa musique ? Ce boucan, ça me rend dingue. »

Schiffer lui fit signe que oui, puis ouvrit la porte. Le

salon de Billy avait toujours été encombré d'objets et de meubles, mais impeccablement tenu. À présent, tout était en désordre. Ses photos jonchaient le sol, des boîtiers de CD vides étaient éparpillés partout dans la pièce, et sur le divan et les fauteuils se trouvaient des livres grands ouverts avec des photos de Jackie Onassis. Dans un buffet ancien, elle découvrit la chaîne stéréo et éteignit la musique. Ce laisser-aller ne ressemblait pas à Billy.

« Billy ? » appela-t-elle.

Elle emprunta le petit couloir menant à la chambre. Sur les murs, des crochets vides indiquaient les endroits où les photos se trouvaient avant d'être décrochées. La porte de la chambre était fermée. Schiffer frappa, puis tourna la poignée.

Billy gisait, étalé de tout son long sur le lit, la tête pendant dans le vide. Ses yeux étaient fermés, et les muscles de son visage pâle croustillé de taches de rousseur s'étaient raidis, lui conférant une expression sinistre qu'elle ne connaissait pas. Le corps qui se trouvait sur le lit n'était plus Billy. Le Billy Litchfield qu'elle avait connu était parti.

« Oh, Billy ! » gémit-elle. Autour du cou de son ami, elle vit, bricolé avec des cravates Hermès attachées les unes aux autres, un nœud coulant dont l'extrémité traînait jusque par terre, comme si Billy avait envisagé de se pendre mais était mort avant de pouvoir exécuter son plan.

« Oh, Billy ! » répéta-t-elle. Elle défit délicatement le nœud coulant et, détachant les cravates, les rangea avec soin dans le placard, à leur place.

Puis elle entra dans la salle de bains. Avec sa méticulosité habituelle, Billy avait tiré profit du moindre espace. Il avait par exemple installé des étagères au-dessus des toilettes, où étaient rangées des serviettes blanches bien épaisses. Mais le mobilier lui-même était bon marché, et probablement vieux de quarante ans. Schiffer avait toujours cru que Billy avait de l'argent, mais ce n'était visiblement pas le cas, puisqu'il vivait exactement comme lorsqu'il avait débarqué à New York. Son indigence secrète l'attrista davantage encore. Billy faisait partie de ces New-Yorkais que tout le monde connaissait sans vraiment savoir grand-chose sur eux. En ouvrant l'armoire à pharmacie, elle fut choquée par la quantité de médicaments qui s'y trouvaient. Prozac, Xanax, Ambien, Vicodine – elle ignorait que Billy était aussi malheureux et angoissé. Elle regretta amèrement de ne pas avoir passé plus de temps avec lui. Mais Billy était pour elle une sorte d'institution new-yorkaise. Jamais elle ne s'était imaginé qu'il pourrait disparaître.

Avec des gestes rapides, elle versa le contenu des boîtes de médicaments dans les toilettes. Comme dans la plupart des bâtiments construits avant la guerre, il y avait un vide-ordures dans la cuisine, dans lequel elle jeta les boîtes vides. Billy n'aurait pas souhaité que les gens sachent qu'il avait voulu se suicider ou qu'il souffrait d'une dépendance aux médicaments. Schiffer retourna dans la chambre, où elle repéra un petit coffret en bois tout simple posé sur la commode. Intriguée par cet objet au style si différent de ce qu'affectionnait Billy, elle l'ouvrit. Il contenait des bijoux fantaisie soigneusement rangés et enveloppés dans de l'emballage à bulles. Billy aurait-il eu un goût pour le travestissement ? Si tel était le cas, il n'aurait pas voulu que cet autre aspect de sa vie soit divulgué. En fouillant dans le placard, elle trouva une boîte à chaussures et un sac de chez Valentino. Elle mit le coffret dans la boîte à chaussures et celle-ci dans le sac. Puis elle appela le 911.

Deux policiers arrivèrent quelques minutes plus tard,

suivis des infirmiers, équipés d'un défibrillateur. Ils déchirèrent la robe de chambre de Billy et tentèrent de le ranimer avec leur appareil. Le corps de Billy se souleva de plusieurs centimètres. Incapable de supporter ce spectacle, Schiffer se réfugia dans le salon. Au bout de quelques minutes, un inspecteur vêtu d'un costume bleu marine arriva.

« Inspecteur Sabatini, lui dit-il en tendant la main.

— Schiffer Diamond.

— L'actrice ? demanda-t-il, agréablement surpris.

— Oui.

— Ainsi c'est vous qui avez découvert le corps. Pouvez-vous me dire comment ?

— Billy était un ami. Je n'avais pas de nouvelles de lui depuis plusieurs jours, alors je suis venue voir si tout allait bien. Et voilà.

— Vous saviez qu'il faisait l'objet d'une enquête ?

— Une enquête ? Pour quel motif ?

— Vol d'objets d'art.

— Impossible, déclara Schiffer en croisant les bras.

— Non seulement c'est possible, mais c'est vrai. Vous lui connaissiez des ennemis ?

— Tout le monde l'adorait.

— Avait-il besoin d'argent ?

— J'ignore tout de l'état de ses finances. Billy n'abordait jamais le sujet. Il était très... très discret.

— Lui savait pas mal de choses sur les autres, par contre.

— Il connaissait beaucoup de gens.

— Une idée de qui aurait pu vouloir sa mort ? Sandy Brewer par exemple ?

— Je ne sais même pas qui c'est.

— Je croyais que vous étiez très amis.

— Nous l'étions. Mais je ne l'avais pas vu pendant

des années, jusqu'à mon retour à New York il y a neuf mois.

— J'aurais besoin que vous veniez au commissariat pour répondre à quelques questions.

— Laissez-moi appeler mon agent d'abord », dit Schiffer d'un ton ferme. Elle n'avait pas encore vraiment réalisé que Billy était mort, mais elle savait qu'il fallait s'attendre à une belle pagaille. Billy et elle allaient certainement faire les gros titres du *New York Post*.

Le lendemain matin, Paul Rice, levé aux aurores, naviguait sur Internet quand il tomba sur le premier article évoquant la mort de Billy Litchfield. Comme ce décès n'avait à ses yeux rien à voir avec l'affaire Brewer, il n'en fit pas grand cas. Mais par la suite, il lut plusieurs autres petits articles dans des journaux tels *The New York Times* ou le *Boston Globe* où l'on apprenait que Billy Litchfield, ancien journaliste, marchand d'art et cavalier préféré de ces dames avait été trouvé mort la veille au soir dans son appartement, à l'âge de cinquante-quatre ans. Le *Daily News* et le *Post* accordaient à l'événement une couverture encore plus importante. Ils affichaient tous deux en première page des photos glamour de Schiffer Diamond, qui avait découvert le corps, et de Billy en queue-de-pie. Dans les pages intérieures, d'autres clichés montraient Billy en compagnie de plusieurs dames du Tout-New York. Sur l'un d'eux, on voyait Billy et Mrs Houghton bras dessus, bras dessous. Soupçonnant un acte criminel, la police avait ouvert une enquête.

Paul éteignit son ordinateur. Il voulut réveiller Annalisa pour lui annoncer la nouvelle, mais se dit qu'elle allait peut-être pleurer, ce qui l'obligerait à subir des débordements d'émotion dont la durée serait imprévisible. Il décida donc de lui parler plus tard.

En traversant le hall de l'immeuble à la hâte, il repéra plusieurs photographes postés devant l'entrée. « Qu'est-ce qui se passe ? demanda-t-il à Roberto.

— Quelqu'un est mort, et c'est Schiffer Diamond qui a découvert le corps. »

Billy Litchfield ! se dit Paul. « Mais pourquoi sont-ils ici ? Devant le Numéro 1 ? » Roberto fit signe qu'il n'en savait rien. « Peu importe », dit Paul d'une voix hargneuse. Il frappa chez Mindy. Elle ouvrit sa porte de quelques centimètres, pour éviter que Skippy, qui aboyait en lui grimpant sur la jambe, ne s'approche de Paul. Pour le moment, ce dernier avait eu le dessus dans l'immeuble, obtenant que Mindy empêche Skippy d'aller dans le hall le matin et le soir, aux heures où lui-même était susceptible de passer. « C'est quoi, votre problème, maintenant ? glapit Mindy en lui lançant un regard haineux.

— Mon problème, c'est ça », rétorqua Paul en désignant les paparazzis devant l'immeuble.

Mindy sortit en enfermant le chien chez elle. Elle portait encore son pyjama de coton, mais avait passé une robe de chambre en chenille et des tongs. « Roberto, dit-elle, qu'est-ce que c'est que ça ?

— Vous savez bien que je ne peux pas les faire partir. Le trottoir est un espace public. Ils ont le droit d'y être.

— Appelez la police ! Faites-les arrêter ! aboya Paul.

— Quelqu'un est mort, et c'est Schiffer Diamond qui a découvert le corps, répéta Roberto.

— Billy Litchfield, dit Paul.

— Billy ? fit Mindy d'une voix entrecoupée.

— J'exige, poursuivit Paul, toujours vociférant, que vous fassiez quelque chose pour nous débarrasser de ces types ! Ces photographes bloquent mon point de sortie. Je me fiche de savoir si la personne morte était célèbre ou pas, ils n'ont pas le droit de perturber le fonctionnement d'un immeuble. Je veux qu'on vire Schiffer Diamond ! Et tant qu'on y est, Enid Merle ! Et Philip Oakland ! Et votre mari ! Et vous aussi ! » hurla-t-il à l'adresse de Mindy.

Le visage de Mindy devint rouge. Une tomate pourrie sur le point d'exploser. « Et pourquoi vous, vous ne partez pas ? tonna-t-elle. Depuis que vous vous êtes installés ici, nous n'avons eu que des ennuis ! J'en ai par-dessus la tête ! Une seule autre plainte de vous ou de votre femme au sujet de cet immeuble, et nous vous poursuivrons. Peu m'importe ce qu'il nous en coûtera, peu m'importe si nos charges mensuelles augmentent de cinq mille dollars, nous gagnerons. Personne ne vous veut ici. J'aurais dû écouter Enid et diviser l'apparte-ment. Mais ça ne changerait rien – parce que de toute façon vous l'avez saccagé avec vos putains de poissons et vos putains d'ordinateurs, et si on ne vous a pas eu sur ce coup-là, c'est uniquement parce qu'il n'y a pas d'arrêté municipal contre les putains de poissons ! »

Paul se tourna vers Roberto. « Vous avez entendu ça ? Elle est en train de me menacer. Je veux que vous notiez tout ce qui vient de se passer. Et vite ! Je veux des traces de ce qu'elle a dit.

— Tout ça ne me concerne pas », répondit Roberto, qui recula tout en songeant avec jubilation qu'il n'était pas encore sept heures du matin et qu'il avait déjà une bonne petite réserve de potins. La journée promettait d'être intéressante.

« Allez vous faire foutre ! » lança Mindy en levant le menton d'un air agressif. Au lieu de réagir à l'insulte, Paul Rice se contenta de rester sur place et de secouer la tête d'un air désolé, ce qui ne fit qu'alimenter la colère de Mindy. « Foutez-moi le camp ! hurla-t-elle. Vous et votre femme ! Faites vos valises et foutez-moi le camp ! Sur-le-champ !

— Mrs Gooch, dit Roberto en tentant de la calmer, vous devriez peut-être rentrer chez vous.

— C'est ce que je vais faire, répondit Mindy en pointant un doigt vers Paul. Et je vais demander une ordonnance restrictive. Vous n'aurez pas le droit de m'approcher à moins de vingt mètres. Vous verrez si vous arrivez à entrer et à sortir de l'immeuble sans passer par le hall !

— Faites, faites, répondit Paul avec un sourire railleur. Rien ne me ferait plus plaisir. Cela me permettra de vous poursuivre en justice personnellement. Sachez au passage que les frais d'avocats grimpent vite. Alors, je vous conseille de vendre votre appartement pour les couvrir. » Il était prêt à continuer sur sa lancée, mais Mindy rentra chez elle en claquant la porte.

« Sympa ! » dit Roberto.

Paul n'aurait pas su dire si le portier plaisantait ou s'il prenait sincèrement son parti. Dans tous les cas, cela ne changeait rien. Il pouvait faire renvoyer Roberto si besoin était. De fait, il pouvait faire renvoyer tous les portiers – ainsi que le gérant. Il se cacha le visage dans les mains, fendit la foule des paparazzis et s'engouffra dans sa voiture.

Une fois en sécurité à l'arrière de la Bentley, il prit une profonde inspiration et commença à envoyer ses instructions par texto à sa secrétaire. L'affrontement avec Mindy Gooch ne l'avait pas déstabilisé le moins du monde. Tout content de la manière dont il avait provoqué l'arrestation de Sandy sans s'impliquer directement, il se sentait sûr de lui et parfaitement maître de la situation. Relâché sous caution, Sandy était revenu au bureau, mais il était incapable de se concentrer. Plus tard, il y aurait sans doute un procès, et il risquait de se retrouver en taule. À ce moment-là, la boîte tomberait aux mains de Paul. Et ce ne serait qu'un début. L'accord avec la Chine marchait du tonnerre. D'autres pays se verraient peut-être contraints d'acheter l'algorithme. Cela pouvait lui rapporter un milliard de dollars, ce qui n'était pas tant que ça de nos jours. La plupart des pays n'avaient-ils pas des déficits comparables ?

Dans la voiture qui remontait Park Avenue en direction de son bureau, Paul vérifia le nombre de marchés financiers qu'il y avait dans le monde. C'est alors que Google lui envoya un message d'alerte. Sa femme et lui avaient été mentionnés dans un article sur Billy Litchfield mis en ligne sur un site mondain. Paul se demanda à nouveau s'il n'aurait pas dû réveiller Annalisa pour lui annoncer la nouvelle – vu toute l'agitation que provoquait la mort de Billy Litchfield, il avait peut-être sous-estimé l'importance de l'événement. Mais il était trop tard pour rentrer chez lui, et trop tôt pour un coup de fil. Il décida donc de lui envoyer un texto.

« Regarde dans les journaux. Ton ami Billy Litchfield est mort », écrivit-il. Par habitude, il relut rapidement le message et, craignant qu'il n'apparaisse trop froid, ajouta : « Bises. Paul. »

Hors d'elle, Mindy s'installa devant son ordinateur et écrivit : « JE HAIS CE TYPE. JE LE HAIS. JE LE TUERAI. » Puis, se souvenant de Billy, elle chercha son nom sur Google et constata que son décès était annoncé dans tous les journaux. Il n'avait que cinquante-quatre ans. Abasourdie par le choc, puis le chagrin, elle se mit à sangloter, elle qui, devait-elle reconnaître, ne l'aimait pas tant que ça parce qu'elle le trouvait snob. À l'instar d'une certaine catégorie de femmes, Mindy s'enorgueillissait de ne jamais pleurer, ou presque, surtout parce qu'elle n'offrait pas un joli spectacle, avec son nez et ses yeux gonflés, sa bouche ouverte de travers et ces filets de morve claire qui dégoulinaient de ses narines.

Les lamentations déchirantes de Mindy réveillèrent Sam. Il sentit sa poitrine se contracter sous l'effet de la peur – sa mère avait sans doute découvert que c'était lui qui avait coupé les câbles des Rice et qu'il allait se faire arrêter. La farce n'avait pas eu l'effet escompté, même si Paul Rice avait indéniablement été furieux. Mais depuis deux semaines, Sam vivait dans la hantise d'être découvert. Pourtant, les policiers s'étaient contentés d'interroger les portiers, ainsi qu'Enid et quelques-uns des résidents le lendemain matin. Puis ils s'en étaient allés, et on ne les avait pas revus depuis. Mindy répétait que le coupable était Thayer Core, ce blogueur qui écrivait toutes ces insanités sur le Numéro 1. Quant à Enid, Sam avait dans l'idée qu'elle le soupçonnait, lui. « La vengeance est une arme délicate, lui avait-elle dit un jour où il l'avait rencontrée sur le trottoir près du parc. Généralement, l'insulte ne vaut pas que l'on s'expose à un châtiment pour la laver. Et on finit toujours par constater que le karma résout ces situations de manière surprenante. Il suffit d'attendre tranquillement. »

Sam rassembla tout son courage et entra dans le bureau de sa mère pour affronter l'inévitable. « Qu'est-ce qui se passe ? »

Elle ouvrit les bras et l'attira contre sa poitrine. « L'un de nos amis est mort.

— Oh, fit Sam, soulagé, qui ça ?

— Billy Litchfield. Il avait connu Mrs Houghton.

— Ah oui, le petit chauve, celui qui passait son temps avec Annalisa Rice.

— C'est ça », répondit Mindy. Le souvenir de la scène qu'elle venait de vivre avec Paul Rice attisa sa colère. Elle décida d'annoncer elle-même la mort de Billy à Annalisa Rice. Elle embrassa Sam et le laissa partir, puis sortit de l'appartement, le cœur empli d'une cruelle résolution.

Dans l'ascenseur, elle songea qu'Annalisa était très certainement au courant, puisque Paul Rice connaissait la nouvelle. Mais elle brûlait d'envie de savoir comment elle prenait la chose – très mal, espérait-elle. Et maintenant que Billy n'était plus, les Rice allaient peut-être quitter New York et retourner à Washington, où d'ailleurs ils auraient dû rester. Ou peut-être iraient-ils s'installer dans quelque contrée lointaine. S'ils partaient, elle ne commettrait pas la même erreur avec cet appartement. Cette fois-ci, Enid, Philip et elle le partageraient, et comme James gagnait enfin de l'argent, ils pourraient peut-être en acheter une partie.

Maria lui ouvrit la porte. Mindy la fusilla du regard. Ces gens friqués, ils ne se donnaient même pas la peine d'ouvrir eux-mêmes leur porte ! « Mrs Rice est là ? demanda-t-elle.

— Elle dort, répondit Maria en posant le doigt sur sa bouche.

— Réveillez-la. J'ai quelque chose d'important à lui dire.

— Vraiment, madame, je ne préfère pas.

— Réveillez-la ! aboya Mindy. Je suis la présidente du conseil de copropriété ! »

Maria prit peur et fila dans les escaliers. Mindy s'avança d'un pas nonchalant dans l'appartement. Il avait radicalement changé depuis qu'elle était venue fureter à Noël, et ne ressemblait plus à un hôtel. Même Mindy, qui ne savait rien de la décoration et faisait partie de ces gens qui n'ont plus conscience de leur environnement au bout de cinq minutes, apprécia la beauté de ce qu'Annalisa avait réalisé. Le sol de la deuxième entrée avait été refait en bleu lapis. Au centre, trônait une table ronde avec une marqueterie en marbre sur laquelle était posée une immense gerbe de fleurs de pommier roses. Mindy attendit quelques instants dans cette pièce puis, n'entendant aucun bruit au-dessus, entra dans le salon. Il était meublé d'accueillants divans et canapés recouverts de velours dans des tons délicats de bleu et de jaune. Un immense tapis de soie avec un motif de volutes orange, roses, crème et bleues recouvrait le sol.

Décidément, Annalisa Rice n'était pas pressée de se lever, songea Mindy avec agacement en s'asseyant sur un somptueux canapé. Des rideaux de soie rayée encadraient les portes-fenêtres et s'étalaient élégamment sur le sol. Des petites tables et des compositions florales ponctuaient l'espace. Mindy soupira. Ah, si elle avait su que le livre de James rencontrerait un tel succès ! Alors, cette pièce aurait été la sienne.

À l'étage, Maria était en train de frapper à la porte de la chambre d'Annalisa. Cette dernière se frotta le front, pas du tout décidée à répondre. Mais comme Maria insistait, elle se leva, résignée. Elle avait espéré pouvoir se reposer enfin un peu – depuis l'arrestation de Sandy Brewer, elle avait à peine dormi. Elle était pratiquement sûre que Billy se ferait arrêter lui aussi. Après leur conversation, il n'avait plus répondu à ses coups de fil. Elle était passée chez lui au moins cinq fois, mais il ne lui avait pas ouvert la porte. Même Connie ne lui adressait plus la parole – ni à personne d'autre d'ailleurs. « Je ne sais plus qui sont mes vrais amis, avait-elle gémi au téléphone. Quelqu'un nous a balancés. Qu'est-ce qui me dit que ce n'est pas toi, ou Paul ?

— Connie, ne sois pas ridicule. Ni Paul ni moi n'avons de raison de vous nuire, à Sandy et à toi. Tu as peur, je comprends. Mais je ne suis pas ton ennemie. »

Malgré les efforts d'Annalisa, Connie lui avait raccroché au nez après lui avoir dit de ne plus se donner la peine de l'appeler, leur avocat leur ayant interdit de parler à quiconque. Paul était la seule personne sur laquelle l'événement ne paraissait pas avoir eu d'effet – ou plutôt, sur laquelle il paraissait avoir un effet positif, selon Annalisa. Il était devenu moins maussade et cachottier, et avait même enfin accepté que l'appartement soit photographié pour faire la couverture d'*Architectural Digest*. Le hic, c'est qu'elle allait devoir obtenir auprès de la copropriété la permission de faire monter le matériel du photographe par l'ascenseur de service.

Annalisa enfila une paire de pantoufles en velours et une épaisse robe de chambre en soie, puis ouvrit la porte. « Il y a une dame en bas pour vous, dit Maria en jetant un coup d'œil affolé par-derrière.

— Une dame ? Qui ça ?

— Cette dame, vous savez, celle qui habite dans l'immeuble.

— Enid Merle ?

— Non, l'autre, la méchante.

— Ah ! Mindy Gooch. » Que voulait Mindy maintenant ? Certainement se plaindre à nouveau de Paul. Ce qui était plutôt culotté de sa part, étant donné que Paul soupçonnait Sam d'avoir coupé les fils. Mais ça, Annalisa en doutait. « Allons donc, un gamin de treize ans, triompher de toi ? s'était-elle moquée. Je n'y crois pas. »

« Maria, faites du café, s'il vous plaît. Et préparez quelques-uns de ces délicieux croissants.

— Bien madame. »

Annalisa se brossa les dents sans se presser, puis se lava soigneusement le visage. Elle mit un chemisier blanc un peu ample, un pantalon bleu marine, et enfila sur son majeur droit la bague avec un diamant jaune offerte par Paul. En arrivant en bas, elle vit avec une pointe d'agacement Mindy confortablement installée dans le salon, en train d'examiner un étui à cartes en argent datant de l'époque victorienne. « Bonjour, dit-elle à sa visiteuse d'un ton cérémonieux. Maria est en train de servir le café dans la petite salle à manger. Suivez-moi, je vous prie. »

Mindy reposa l'objet sur la petite table et se leva. Ma foi, songea-t-elle en suivant Annalisa, on a des manières de grande dame, à présent. Typique chez les gens qui avaient du fric – ils finissaient toujours par se croire meilleurs que les autres. Annalisa lui fit signe de s'asseoir et versa du café dans deux tasses en porcelaine aux bords émaillés. « Vous prenez du sucre ? Ou bien vous seriez plutôt du genre à prendre des sucrettes ?

— Du sucre, merci », marmonna Mindy, les sourcils froncés. Elle s'empara de la minuscule cuillère en argent avec la délicatesse d'un maçon maniant la truelle et se servit. « Vous avez fait beaucoup de choses dans cet appartement. Il est magnifique, dit-elle à contrecœur.

— Merci. Il va être photographié pour la couverture d'*Architectural Digest*. À ce propos, l'équipe aura besoin de l'ascenseur de service. J'informerai le gérant de la date à l'avance. » Elle regarda alors Mindy droit dans les yeux et ajouta : « J'espère que je peux compter sur vous pour ne pas faire d'histoire.

— Pas de problème, répondit Mindy, bien en peine de trouver une objection valable.

— Fort bien. Maintenant, que puis-je faire pour vous ?

— Je vois, vous n'avez donc pas appris la nouvelle, dit Mindy en se préparant à l'attaque, les yeux plissés. Billy Litchfield est mort. »

Annalisa se figea une seconde, prit une autre gorgée de café, puis s'essuya délicatement les lèvres avec une petite serviette en lin. « Je suis navrée de l'apprendre. Comment est-ce arrivé ?

— On l'ignore. Schiffer Diamond l'a découvert mort chez lui hier soir. » Surprise par son manque de réaction, Mindy jeta un coup d'œil à Annalisa. Elle avait des cercles bleutés sous les yeux, mais ses iris bleu-gris lui rendirent son regard avec une froideur presque provocante. « Il y a des photographes devant l'immeuble, ajouta Mindy. Tout le monde sait que Billy et vous étiez très amis. Et vous êtes partout dans les rubriques mondaines. Alors, vous aurez peut-être envie de vous faire discrète quelque temps.

— Merci, dit Annalisa en posant sa tasse sur la table. C'est tout ?

— Oui, je crois, répondit Mindy, qui tout d'un coup ne trouvait plus le courage d'évoquer le comportement agressif de Paul ce matin-là, ou de lui dire qu'elle voulait les voir quitter l'immeuble.

— Eh bien, dans ce cas », dit Annalisa en se levant. L'entrevue était visiblement terminée. Mindy fut bien obligée de se lever elle aussi. Au moment de franchir le seuil, elle se retourna, avec l'idée de parler de Paul et de son comportement, mais le visage d'Annalisa était fermé.

« Au sujet de Paul, commença Mindy.

— Pas aujourd'hui. Ni même un autre jour. Merci d'être venue. » Et elle ferma la porte. Mindy l'entendit même donner un tour de clé.

Une fois Mindy partie, Annalisa se rua à l'étage et se jeta sur son BlackBerry. Elle allait appeler Paul quand elle vit son texto. Ainsi, il savait déjà. Elle redescendit, entra dans le salon et s'effondra sur un fauteuil. Elle éprouva le désir impérieux d'appeler quelqu'un – n'importe qui – pour pleurer la mort de Billy, mais se rendit compte qu'elle n'avait personne à qui parler. Les gens qu'elle fréquentait dans ce milieu étaient des amis de Billy et de Connie, et elle ne les connaissait pas vraiment. Par contre, Billy avait été pour elle plus qu'un grand ami. Il lui avait servi de guide et de conseiller. Il lui avait fait voir le côté amusant et divertissant de ce petit monde. Sans lui, qu'allait-elle faire ? Quel était le but de tout cela ? Elle se pencha en avant et cacha son visage dans ses mains.

Maria entra dans la pièce. « Mrs Rice ? » demanda-t-elle.

Annalisa se redressa immédiatement et lissa les cernes sous ses yeux. « Ça va, j'ai juste besoin de rester seule un instant. »

Au même moment, à l'étage en dessous, Enid Merle poussait la petite barrière qui séparait sa terrasse de celle de Philip et frappait à la vitre de la porte-fenêtre. Philip lui ouvrit. Il avait cet air malheureux qu'elle lui voyait depuis son retour de Los Angeles. Était-ce sa relation avec Lola qui le déprimait, ou le fait que Schiffer Diamond s'était affichée un peu partout en compagnie de Derek Brumminger ? Enid n'aurait pas su dire.

« Tu as appris la nouvelle ? lui demanda-t-elle.

— Quelle nouvelle ?

— Billy Litchfield est mort. »

Philip se passa la main dans les cheveux.

Lola apparut, vêtue d'un tee-shirt et de l'un des caleçons de Philip. « Qui est mort ? demanda-t-elle, visiblement intéressée.

— Billy Litchfield, lui répondit Philip.

— Je le connais ?

— Non ! dit Philip d'un ton sec.

— C'est bon, grommela Lola, pas besoin de hurler.

— C'est Schiffer qui a découvert le corps, dit Enid en s'adressant à Philip. Tu imagines. Il faut que tu l'appelles.

— Schiffer Diamond a découvert le corps ? » s'exclama Lola avec enthousiasme. Elle se précipita vers la balustrade et se pencha pour regarder en bas. Parmi la foule de photographes et de reporters groupés devant l'immeuble, elle reconnut le dessus du crâne de Thayer Core. Zut alors ! Thayer allait probablement l'appeler pour exiger d'elle des informations, et elle serait bien obligée de s'exécuter. Sinon, il la menacerait de nouveau de mettre sur Internet le scénario qu'il avait « emprunté », et Philip serait furieux.

Elle rentra dans l'appartement. « Tu vas l'appeler ? demanda-t-elle à Philip

— Oui. » Il alla dans son bureau et ferma la porte.

Enid regarda Lola et secoua la tête. « Qu'est-ce qu'il y a, maintenant ? » demanda Lola. Enid se contenta de secouer de nouveau la tête et rentra chez elle. Lola s'assit sur le divan, vexée. Philip, qui venait à peine de s'habituer au nouveau rangement qu'elle avait fait dans la cuisine, ne faisait enfin plus claquer les portes des placards. Et voilà que ce Billy Litchfield cassait sa pipe, et Philip allait de nouveau être de mauvais poil. Tout cela, c'était la faute de Schiffer Diamond. Philip serait obligé de s'occuper d'elle, et il faudrait de nouveau que Lola l'écarte.

Elle s'allongea sur le divan en se frottant distraitement le ventre. Mais bien sûr ! elle était là, la réponse à ses problèmes : elle n'avait qu'à tomber enceinte !

Philip sortit du bureau, alla dans la chambre et commença à s'habiller. Lola le suivit. « Tu lui as parlé ?

— Oui, répondit-il en sortant une chemise du placard.

— Et alors ? Elle a pris ça comment ?

— À ton avis ?

— Tu vas où, maintenant ?

— Je vais la voir.

— Je peux venir ?

— Non.

— Pourquoi ?

— Parce qu'elle est en train de tourner. En extérieur. Le moment est mal venu.

— Et moi, alors ? Moi aussi je suis bouleversée. Regarde ma main, elle tremble.

— Pas maintenant, Lola, je t'en supplie. » Il sortit de la pièce en la bousculant au passage.

Comme Lola s'y attendait, son téléphone bipa peu de temps après, lui signalant un texto de Thayer Core. « Viens de voir Oakland sortir. Il se passe quoi ? »

Lola réfléchit un instant puis, se rendant compte qu'elle tenait là l'occasion de nuire à Schiffer, elle répondit : « Il est allé voir Schiffer Diamond. En tournage extérieur dans le coin. »

Dans l'appartement voisin, Enid se préparait elle aussi à sortir. Selon ses sources, Billy était soupçonné d'avoir vendu la croix à Sandy Brewer. Mais ce n'était pas la seule chose qui la plongeait dans la perplexité.

Elle descendit dans le hall et passa devant l'appartement des Gooch. Au même moment, Mindy était au téléphone. « Je ne viendrai pas travailler aujourd'hui, expliquait-elle. J'ai un très grand ami qui vient de mourir subitement, et je suis trop affectée pour sortir de chez moi. » Puis elle raccrocha et ouvrit un nouveau chapitre de son blog. Elle avait décidé de parler de la mort de Billy. « Aujourd'hui, je suis devenue officiellement une femme d'âge mûr, écrivit-elle. Je ne vais pas me voiler la face, bien au contraire – je compte le crier sur les toits. Je suis une femme d'âge mûr ! La mort précoce et toute récente de l'un de mes amis les plus chers vient de souligner l'inévitable. J'ai atteint l'âge où l'on voit ses amis mourir. Pas ses parents – cela, on s'y attend tous. Mais des amis. Nos pairs. Ma génération. Et cela m'oblige à me demander combien de temps il me reste, et ce que je vais faire de ce temps. »

Enid traversa la Cinquième Avenue, entra dans l'immeuble d'en face, frappa à la porte de Flossie Davis, puis l'ouvrit. À sa grande surprise, Flossie s'était levée et, assise dans le salon, regardait par la fenêtre la confusion qui régnait devant le Numéro 1. « Je me demandais combien de temps tu mettrais pour venir, dit-elle. Tu vois ? J'avais raison depuis le début. La croix se trouvait chez Louise Houghton. Et personne ne m'a crue. Tu n'as pas idée de ce que ça a été, toutes ces années à ne pas réussir à faire entendre la vérité. Tu n'as pas idée...

— Tais-toi. Nous savons toi et moi que tu as pris la croix. Que Louise l'a découvert et qu'elle t'a forcée à la lui remettre. Pourquoi ne t'a-t-elle pas dénoncée ? Qu'est-ce que tu savais ?

— Et tu te prétends chroniqueuse mondaine ! s'exclama Flossie en faisant claquer sa langue. On peut dire que tu en as mis du temps à comprendre.

— Pourquoi l'as-tu volée ?

— Parce que je la voulais. Elle était si jolie, cette croix. Et juste à portée de main. Dire qu'ils allaient l'enfermer dans ce stupide musée avec tous ces objets morts ! Louise m'a vue la prendre. Je ne l'ai su qu'au défilé Pauline Trigère. Elle s'est assise à côté de moi, ce qu'elle ne faisait jamais. "Je sais ce que tu as dans ton sac", m'a-t-elle murmuré. Elle était impressionnante à cette époque, avec ces étranges yeux bleus – presque gris. "Je ne vois pas de quoi tu parles", je lui ai répondu. Le lendemain, elle est descendue. J'habitais alors l'appartement de Philip, mais Philip n'était pas encore né. Et toi, tu travaillais au journal et tu ne t'occupais que de toi, pas du tout des autres. »

Enid n'avait pas oublié. La vie était bien différente à l'époque ! Des familles entières logeaient dans des appartements de trois pièces et partageaient la salle de bains, mais sa famille à elle avait eu de la chance. Son père avait acheté deux appartements contigus et était sur le point de les transformer en un seul appartement immense au moment où il était mort. Enid en avait pris un, et Flossie s'était installée avec sa petite fille dans l'autre. « Louise m'a accusée d'avoir pris la croix, poursuivit Flossie. Elle m'a menacée de me dénoncer. Elle a dit que j'irais en prison. Elle savait que j'étais veuve, avec une petite fille. Elle m'a dit qu'elle ferait preuve de miséricorde si je lui donnais la croix. Elle allait la remettre discrètement à sa place dans le musée et personne n'en saurait rien.

— Pourtant, elle ne l'a pas remise.

— Non, parce qu'elle la voulait pour elle-même. Depuis le début. Elle était cupide. En outre, si elle l'avait rendue, elle se serait privée d'une arme contre moi.

— Qu'est-ce que tu savais sur elle ? »

Flossie regarda autour d'elle comme pour s'assurer que personne ne les espionnait. Puis, se penchant en avant : « Maintenant qu'elle est morte, dit-elle, elle ne peut plus rien contre moi. Alors pourquoi pas ? Pourquoi ne pas le dire au monde entier ? Louise était une meurtrière.

— Oh, Flossie, dit Enid en prenant un air désolé.

— Tu ne me crois pas ? Je t'assure que c'est vrai. Elle a tué son mari.

— Tout le monde sait qu'il est mort d'une infection due à un staphylocoque doré.

— Ça, c'est ce que Louise a voulu faire croire. Et personne n'a jamais mis sa parole en doute. Parce que c'était Louise Houghton. Et tout le monde a oublié. Toutes ces années qu'elle a passées en Chine avant d'arriver à New York, hein ? Elle en savait un rayon sur les maladies, comment les soigner et comment les aggraver. Qui s'est demandé ce qu'elle faisait pousser sur sa terrasse ? Et dans sa serre ? Moi, et moi seule. Un jour, j'ai fini par trouver. De la belladone. "Si tu me dénonces, je te dénonce", je lui ai dit. Alors elle a décidé de garder la croix. Sans elle, elle était à ma merci.

— Cette histoire est complètement absurde.

— Qui a dit le contraire ? Tu sais très bien où était le problème, au fond. Louise ne voulait pas quitter cet appartement. Il faisait sa fierté, son bonheur. Et après qu'elle a eu dépensé un million de dollars pour le décorer selon son goût, son mari a décidé de le vendre. Et elle ne pouvait rien faire. C'était lui qui avait tout l'argent, et l'appartement était à son nom à lui. Il était malin pour ces choses-là. Il avait certainement deviné quel genre de femme elle était réellement. Et là-dessus, elle l'expédie faire ce petit voyage, et deux semaines plus tard, il est mort.

— Tu sais que tu n'es pas complètement à l'abri, dit Enid. Maintenant que la croix a été récupérée, ils vont rouvrir le dossier. Peut-être que quelqu'un t'a vue la prendre. Un garde, par exemple, qui serait toujours vivant. Tu risques la prison.

— Vraiment, tu n'as jamais été très maligne ! lança Flossie. Tu penses bien que Louise a soudoyé les gardes. Alors, qui va raconter tout ça – toi ? Tu dénoncerais ta propre belle-mère ? Dans ce cas, il faudrait que tu dises toute la vérité. Que Louise était une meurtrière. Et ça, jamais tu ne le feras. Jamais tu n'oseras. Tu ferais n'importe quoi pour préserver la réputation de cet immeuble. Je ne serais pas surprise d'apprendre que toi aussi tu as commis un meurtre. » Flossie inspira profondément, avant de repartir à l'attaque. « Je ne comprendrai jamais les gens de ton espèce. C'est un immeuble, un tas de pierres comme il en existe des millions à New York. Allez, file, maintenant ! » ajouta-t-elle, le souffle de plus en plus court. Enid lui donna un verre d'eau, resta quelques minutes pour s'assurer que la crise était passée, puis s'en alla.

Une fois dehors, elle contempla le Numéro 1 qui se dressait en face d'elle. Elle tenta de voir l'immeuble tel que Flossie l'avait décrit – un tas de pierres comme tant d'autres – mais en fut incapable. Le Numéro 1 était une œuvre d'art unique, une réalisation de toute beauté construite sur l'emplacement idéal, au bout de la Cinquième Avenue, près – mais pas trop – de Washington Square Park. Quant à l'adresse elle-même, Numéro 1, Cinquième Avenue, elle était nette, imposante, et évocatrice. On sentait qu'il y avait là de l'argent, de la classe, du prestige et même, songea Enid, une sorte de magie, cette magie qui parfois transfigure le réel et fait de la vie une source infinie d'émerveillement. Flossie se trompait. Tout le monde rêvait de vivre au Numéro 1, à moins de manquer totalement d'imagination. Enid héla un taxi et se glissa sur le siège arrière en donnant au chauffeur l'adresse de la bibliothèque publique.

Alan gratta à la porte de la caravane de Schiffer. Ce fut Karen qui lui ouvrit. « Philip Oakland est là », annonça-t-il en laissant passer Philip. Derrière lui se trouvait une foule de paparazzis et deux équipes de télé qui avaient découvert le lieu de tournage, situé à l'Ukrainian Institute sur la Cinquième Avenue, et repéré la caravane de Schiffer dans une rue voisine. Billy Litchfield ne présentait pas grand intérêt pour eux. Mais Schiffer Diamond, si. C'était elle qui avait découvert le corps. On ne pouvait rien exclure – qu'elle soit impliquée dans sa mort, qu'elle sache quelque chose, qu'elle lui ait donné de la drogue, qu'elle-même en ait pris. La caravane était meublée d'un divan en cuir, d'une petite table, d'une coiffeuse, d'une salle de bains avec douche et d'une minuscule chambre avec un lit simple et une chaise. Johnnie Toochin, l'avocat appelé à la rescousse pour faire face à la situation, était installé sur le divan, téléphone à l'oreille. « Salut Philip, dit-il en levant une main. Quel gâchis !

— Où est-elle ? » Karen désigna la chambre. Philip ouvrit la porte étroite. Assise sur le lit les jambes croisées, vêtue d'une robe de chambre en tissu éponge, Schiffer regardait un scénario, les yeux vides. Elle leva la tête en l'entendant entrer.

« Je ne sais pas si je pourrai jouer aujourd'hui, dit-elle.

— Bien sûr que si. Tu es une grande actrice. » Philip s'assit sur la chaise en face d'elle.

« C'est l'une des dernières choses que Billy m'a dites, reprit-elle en ramenant les pans de la robe de chambre sur sa poitrine, comme si elle avait froid. Tu sais, sans Billy on ne se serait peut-être jamais rencontrés.

— Mais si, on aurait bien fini, un jour ou l'autre.

— Non. Je ne serais pas devenue actrice. Je n'aurais pas tourné dans *Matin d'été*. C'est fou, comment une rencontre peut changer votre vie. Tu crois que c'est la fatalité, ou le hasard ?

— On t'a donné une chance. Tu l'as saisie.

— Tu as raison, Philip. » Elle le regarda, l'air vulnérable sans maquillage. Son visage était net, avec quelques rides légères autour des yeux. « C'est fou, qu'entre nous, ça ne marche pas. Qu'on ne puisse pas saisir cette chance.

— J'ai merdé, pas vrai ?

— Ouais. Moi aussi, j'ai merdé. J'ai passé toutes ces années à me demander ce qui se serait passé si je n'étais pas partie en Europe, si j'étais venue te voir quand tu étais à L.A.

— Ou si j'avais eu le courage de rompre avec Lola. Tu serais toujours avec Brumminger ?

— Tu as vraiment besoin de me le demander ?

— Je n'ai jamais su poser les bonnes questions.

— Est-ce qu'enfin tu vas finir par apprendre, Philip ? Parce que sinon, il vaut mieux qu'on en finisse tout de suite. J'ai besoin de savoir. Je veux avancer. Je veux que les choses soient claires. »

Philip s'enfonça sur sa chaise et passa la main dans ses cheveux. Puis il éclata de rire.

« Qu'est-ce qu'il y a de drôle ?

— Tout ça. La situation, répondit-il en s'asseyant sur le lit et en lui prenant la main. J'ai probablement choisi le plus mauvais moment pour te demander cela, mais est-ce que tu veux vraiment m'épouser ?

— À ton avis, mon p'tit ? »

19

Deux ou trois heures plus tard, Schiffer Diamond émergea de sa caravane, maquillée, vêtue d'une longue robe, prête à tourner la scène à l'Ukrainian Institute. Philip lui tenait toujours la main, comme s'il avait peur de la lâcher. Une fois qu'il l'eut aidée à descendre les marches, les photographes s'approchèrent avec leurs appareils. Philip et Schiffer échangèrent un regard, puis s'échappèrent en courant vers une camionnette qui attendait là. Les paparazzis furent pris au dépourvu, il y eut une bousculade, et deux d'entre eux furent renversés. Thayer Core parvint malgré tout à brandir son iPhone et à prendre une photo du couple radieux, qu'il s'empressa d'envoyer à Lola, accompagnée d'un petit message : « Je pense que ton chéri te trompe. »

Lola le lut immédiatement et tenta d'appeler Philip. Elle s'était bien doutée que cela arriverait, mais elle n'en croyait pas ses yeux. Bien entendu, Philip ne décrocha pas, si bien qu'elle envoya un texto à Thayer pour lui demander où il était. Puis elle ouvrit la penderie pour s'habiller. Ses mains tremblaient tellement sous l'effet de la colère et de la frustration qu'elle fit tomber plusieurs vêtements, ce qui lui donna une petite idée. Elle alla chercher les ciseaux dans la cuisine, prit plusieurs pantalons de Philip rangés dans sa partie de la penderie, et en coupa les jambes. Elle replia les pantalons ainsi mutilés et les replaça sur l'étagère. D'un coup de pied, elle fit disparaître les jambes découpées sous le lit, puis se maquilla et sortit.

Elle trouva Thayer derrière une barrière de police bloquant la 79e Rue. L'ambiance avait quelque chose de carnavalesque. Intrigués par la présence des paparazzis, les passants s'arrêtaient pour voir ce qui se passait. Quatre conducteurs de camion bien costauds bloquaient l'accès. « Je suis la petite amie de Philip Oakland, leur expliqua Lola, histoire de montrer qu'on devait la laisser passer.

— Désolé, c'est interdit, répondit l'un des malabars, le visage impassible.

— Mais je sais qu'il est là. Il faut absolument que je le voie », gémit-elle.

Une jeune femme s'approcha d'elle. « Vous avez bien dit que vous étiez la petite amie de Philip Oakland ?

— Oui, répondit Lola.

— On l'a vu entrer en compagnie de Schiffer Diamond. On croyait qu'il était avec elle.

— Non, sa copine, c'est moi. Je vis avec lui.

— Incroyable ! s'exclama la jeune femme en braquant son téléphone portable devant Lola pour l'enregistrer. Vous vous appelez comment ?

— Lola Fabrikant. Philip et moi sommes ensemble depuis plusieurs mois.

— Et Schiffer Diamond vous l'a piqué, c'est ça ?

— Oui », répondit Lola en se rendant compte qu'elle tenait là l'occasion de jouer un rôle dans ce petit drame. Pour se montrer à la hauteur des circonstances, elle prit une voix de femme bafouée et déclara : « Quand je me suis levée ce matin, tout allait bien. Et puis, il y a deux heures, on m'a envoyé une photo de Schiffer et de lui main dans la main.

— Parce que vous venez de l'apprendre ?

— Oui. Et en plus, il se pourrait que je sois enceinte de lui.

— Quel salopard ! » s'écria la journaliste, par solidarité féminine.

L'insulte fit craindre un instant à Lola d'être allée trop loin. Elle n'avait pas prévu de dire qu'elle était enceinte, mais s'était laissée emporter par les circonstances, et les mots lui avaient échappé. À présent, elle ne pouvait plus revenir en arrière – d'ailleurs, Philip l'avait bel et bien trompée. Et après tout, il n'était pas impossible qu'elle soit enceinte.

« Brandon, rapplique ! cria la journaliste, faisant signe à l'un des photographes. Cette fille dit qu'elle est la copine de Philip Oakland. Et qu'elle est enceinte de lui. Il nous faut une image. » Brandon se pencha par-dessus la barrière et prit une photo de Lola. En une seconde, le reste de la meute suivit, appareils braqués sur elle. La main sur la hanche, elle prit coquettement la pose, tout en se félicitant d'avoir eu la présence d'esprit de mettre des talons hauts et un trench-coat. Enfin ! songea-t-elle. C'était le moment qu'elle avait attendu toute sa vie. Elle sourit, consciente qu'elle devait absolument être au sommet de sa beauté. Les photos seraient sur Internet dans quelques heures.

La police déclara que la mort de Billy n'était pas un suicide, mais une overdose accidentelle. Il n'avait pas pris autant de pilules qu'on l'avait d'abord cru. C'était plutôt la combinaison de quatre types de médicaments différents qui lui avait été fatale. Deux semaines après sa mort, une messe fut dite en son honneur à St. Ambrose Church, là précisément où il avait pleuré la disparition de Mrs Houghton neuf mois auparavant.

Il s'avéra que Billy avait récemment rédigé un testament, par lequel il léguait tous ses biens à sa nièce et demandait qu'une messe soit dite pour lui dans l'église que fréquentait son idole. Parmi les centaines de personnes qui le connaissaient, nombreuses furent celles qui vinrent. Les Brewer avaient beau affirmer que Billy leur avait vendu la croix de Mary-la-Sanglante, il n'y avait pas, convenait-on, de moyen de le prouver. D'autant que, d'après les révélations de Johnnie Toochin, Mrs Houghton n'avait légué à Billy qu'un coffret en bois contenant des bijoux fantaisie. Mais le coffret avait disparu, si bien que la provenance de la croix demeurait mystérieuse – et la réputation de Billy intacte.

Au cours de la messe de souvenir, plusieurs personnes expliquèrent dans leurs oraisons funèbres que Billy était un être merveilleux, le représentant d'un certain New York, et d'une époque désormais révolue puisqu'il n'était plus.

« New York n'est plus New York sans Billy Litchfield », déclara un banquier détenteur d'une vieille fortune et mari d'une célèbre mondaine.

Il avait peut-être raison, songea Mindy, mais la vie à New York continuait, comme avant. Comme pour confirmer ce fait, Lola Fabrikant débarqua au beau milieu de la cérémonie, provoquant des remous dans les dernières rangées. Elle portait une robe de deuil décolletée et un petit chapeau noir avec une voilette qui lui couvrait juste les yeux. Elle était persuadée que cette tenue lui donnait un air mystérieux et séduisant, tout à fait conforme à son rôle de jeune femme offensée. Le jour où Schiffer et Philip avaient été pris ensemble, la photo de Lola avait été publiée dans trois journaux, et sur les six blogs qui parlaient d'elle, tout le monde s'était accordé à dire qu'une jolie pépée comme elle méritait mieux que Philip Oakland. Mais ce brusque intérêt pour sa petite personne n'avait pas duré. Thayer avait donc décidé qu'elle devait assister à la messe de souvenir de Billy, ne serait-ce que pour rappeler aux gens son existence. Et tant pis si cela voulait dire qu'elle verrait Philip, Schiffer et Enid.

Lola avait accepté en maugréant. Elle ne craignait pas d'affronter Philip et Schiffer si nécessaire, mais elle avait peur d'Enid. Ce fameux jour du tournage à l'Ukrainian Institute, elle était retournée au Numéro 1 après avoir été « assaillie », selon ses propres termes, par les paparazzis. Elle avait compris qu'en restant trop longtemps, elle risquait de perdre son aura mystérieuse. Réfugiée dans l'appartement de Philip, elle l'attendit tout l'après-midi en se repassant le film de la journée et en regrettant de ne pas pouvoir revenir en arrière. Rien ne lui permettait d'avoir la certitude que Philip et Schiffer s'étaient vraiment remis ensemble. Après tout, peut-être ne faisait-il que la consoler. Lola allait devoir expliquer sa conduite. À cinq heures environ, Enid entra discrètement et la surprit dans la cuisine, en train de se verser un énième verre de vodka. Lola était tellement surprise qu'elle faillit faire tomber la bouteille.

« Ah mon Dieu, vous êtes là ! dit Enid.

— Et où voulez-vous que je sois ? demanda Lola en avalant une gorgée de vodka.

— La vraie question, c'est si vous devriez vraiment être là, rétorqua Enid, en souriant et en s'installant sur le divan. Venez vous asseoir près de moi, ma chère, j'ai des choses à vous dire. » Son sourire fit frémir Lola.

« Où est Philip ? demanda-t-elle.

— Avec Schiffer, j'imagine.

— Qu'est-ce qu'il fout avec elle ?

— Vous ignorez donc qu'il l'aime ? Il l'aime depuis toujours et même, je suis désolée de vous le dire, pour la vie.

— C'est Philip qui vous a chargée de ce message ?

— Je ne l'ai pas vu depuis ce matin. Par contre, j'ai parlé à pas mal de gens qui m'ont informée que vous seriez dans les journaux demain. Oh, n'ayez pas l'air surprise. Je travaille pour un journal. J'ai beaucoup de relations dans le milieu. Beaucoup. C'est l'un des avantages, quand on est vieille. On finit par avoir plein d'amis. Vous êtes sûre que vous ne voulez pas vous asseoir ?

— Oh, Enid, supplia Lola, la tête enfouie dans les coussins du divan comme pour cacher sa honte, ce n'est pas ma faute ! Cette journaliste est venue vers moi, et je ne savais pas quoi dire. Elle m'a forcée.

— Allons, allons, dit Enid en lui caressant la tête, ça arrive à tout le monde. Vous étiez comme le serpent qui va se faire mordre par la mangouste.

— Oui, c'est tout à fait ça, répondit Lola sans avoir la moindre idée de ce qu'était une mangouste.

— Je vais arranger ça. Mais j'ai besoin de savoir si vous êtes enceinte ou pas. »

Lola se redressa et récupéra son verre. « Ça se pourrait bien, répondit-elle d'un air de défi.

— Alors, si vous portez l'enfant de Philip, je vous conseille de vider ce verre de vodka dans l'évier. Tout de suite.

— Je vous ai dit, je ne sais pas si je suis enceinte ou pas.

— Je vous propose de le vérifier. » Enid sortit d'un sachet en papier un test de grossesse.

« Vous ne pouvez pas m'obliger ! » piailla Lola en reculant, horrifiée.

Enid brandit le test. Voyant que Lola persistait dans son refus, elle le posa sur la petite table.

« Où est Philip ? S'il savait ce que vous êtes en train de faire...

— Philip est un homme, ma chère. Et malheureusement, un homme un peu faible. Surtout devant l'hystérie féminine. Ces messieurs ne peuvent tout simplement pas la supporter, voyez-vous. Ils font semblant de ne pas voir. Je ne vous veux aucun mal, bien au contraire. Si vous êtes enceinte, vous aurez besoin qu'on s'occupe de vous. Et bien entendu, vous garderez le bébé. Ce serait un tel bonheur, que Philip ait un enfant ! Nous ferons en sorte que vous n'ayez plus jamais aucun souci à vous faire. J'ai une chambre d'ami. Vous pourrez venir vivre avec moi. Par contre, si le test est négatif, je m'assurerai que cette histoire soit vite enterrée. Sans trop de dégâts pour vous. Mais comme vous le dites, je ne peux pas vous obliger. Cependant, si vous persistez dans votre refus, j'en conclurai que vous n'êtes pas enceinte. Et si vous persistez à entretenir le mensonge, je ferai de votre vie un véritable enfer.

— N'essayez pas de me menacer, Enid, rétorqua Lola. Je ne laisse personne me menacer impunément.

— Ne faites pas l'idiote, dit Enid en riant. Les menaces n'ont du sens que lorsqu'on a les moyens de les mettre à exécution. Et vous, ma chère, vous ne pouvez rien contre moi. J'ai supporté vos simagrées pendant un bon bout de temps. Mais aujourd'hui, je suis très, très fâchée contre vous. Alors ? Ce test ? »

Lola attrapa la boîte. Malgré son âge, Enid était la plus peste de toutes les pestes qu'elle avait connues. Elle en avait peur. Tellement peur qu'elle arrosa d'urine le tube de plastique et le remit à Enid, qui l'examina d'un air sévère, mais satisfait. « Nous avons de la chance, ma chère. On dirait bien que finalement, vous n'êtes pas enceinte. Sinon, les choses auraient été un peu compliquées. Il aurait fallu attendre la naissance du bébé pour savoir qui était le père – Philip ou Thayer Core. Et ce n'est pas très joli, comme entrée dans le monde, pour un enfant, n'est-ce pas ? »

Lola avait préparé toute une batterie de réponses. Mais confrontée au réel, elle ne sut quoi dire.

« Prenez cela comme une chance, ma chère, poursuivit Enid. Vous n'avez que vingt-deux ans. Vous avez là l'occasion de repartir à zéro. Je me suis longuement entretenue avec votre mère cet après-midi. Elle vient vous chercher pour vous ramener à Atlanta. C'est une femme vraiment charmante. Elle devrait être ici dans une heure à peu près. J'ai réservé une chambre pour vous au Four Seasons, afin que vous puissiez passer une dernière nuit de rêve à New York.

— N'y comptez pas ! lança Lola en récupérant son sac qui était près de la porte. Je reste à New York.

— Soyez raisonnable.

— Vous ne pouvez pas me forcer ! » hurla Lola. Elle ouvrit la porte. Sortir, sortir à tout prix. Elle appuya frénétiquement sur le bouton de l'ascenseur.

« Que faites-vous, Lola ? Vous n'avez nulle part où aller. »

Lola fit la sourde oreille. Où était ce putain d'ascenseur ?

« Vous n'avez pas d'argent, poursuivit Enid. Pas d'appartement, pas de travail. Vous n'avez pas le choix !

— Je m'en fiche », lança Lola en se retournant vers elle. L'ascenseur arriva enfin. Elle entra dans la cabine.

« Vous vous en mordrez les doigts. »

Voyant que les portes se fermaient, Enid tenta une dernière fois de la dissuader.

« Vous verrez ! Vous n'avez pas votre place à New York ! »

Assise au fond de l'église, Lola songeait à présent avec jubilation que le plan d'Enid s'était retourné contre elle. En lui disant qu'elle n'avait pas sa place à New York, Enid n'avait fait que renforcer sa détermination. Lola avait supporté pas mal d'épreuves au cours des deux dernières semaines. Elle était rentrée à Atlanta avec sa mère – qui l'avait suppliée de rester à Windsor Lodge et avait même entrepris de lui faire rencontrer le fils d'une de ses amies qui étudiait dans une école de commerce. Mais Lola avait tenu bon, vendu plusieurs paires de chaussures ainsi que deux sacs sur eBay, ce qui lui avait permis de réunir tout juste l'argent nécessaire pour retourner à New York. Elle avait forcé Thayer à l'héberger. À l'heure actuelle, elle vivait avec Josh et lui dans leur petit trou à rats et partageait le minuscule lit de Thayer. Le troisième jour, elle avait craqué et nettoyé – oui, nettoyé ! – la salle de bains et l'évier de la cuisine. Ensuite, cette ordure de Josh avait tenté de l'embrasser, persuadé qu'elle était une fille facile. Elle avait dû le repousser violemment. Elle ne pouvait plus vivre là-bas. Il fallait qu'elle se trouve un endroit à elle – mais comment ?

Elle tenta de repérer Philip et Enid parmi la foule assise devant elle. Elle vit d'abord Enid et se demanda ce qu'elle penserait en la découvrant de retour à New York. Philip était assis à côté de sa tante. La vue de ses cheveux mi-longs qu'elle ne connaissait que trop bien lui rappela les récentes blessures d'amour-propre qu'il lui avait infligées.

Après s'être littéralement enfuie de l'appartement de Philip, elle avait déambulé dans le West Village en réfléchissant à ce qu'elle pouvait faire. Au bout de deux heures, elle commença à avoir mal aux pieds et comprit qu'Enid avait raison – elle n'avait pas d'argent et nulle part où aller. Elle retourna au Numéro 1, où Enid et Philip l'attendaient avec sa mère. Ils manifestèrent avec elle une infinie patience, comme si elle était gravement malade. Elle vit qu'elle n'avait pas d'autre choix que de leur obéir. Toute honte bue, elle dut laisser sa mère l'aider à faire ses bagages. Philip se comporta avec une froideur inquiétante, comme s'il était devenu une autre personne, comme s'il ne la connaissait pas, comme s'ils n'avaient pas fait l'amour des centaines de fois – et c'est cela que Lola trouva le plus incompréhensible. Comment un homme qui avait mis sa tête entre vos jambes et sa queue dans votre chatte et votre bouche, qui vous avait embrassée et tenue dans ses bras, qui vous avait chatouillé le ventre, pouvait-il brusquement agir comme si rien de tout cela ne s'était produit ? Dans le taxi qui les emmenait, sa mère et elle, Lola s'effondra et pleura toutes les larmes de son corps. « Philip Oakland est un pauvre imbécile, déclara Beetelle d'un ton féroce. Et sa tante est pire encore. Jamais je n'avais rencontré une femme aussi désagréable. » Elle enlaça Lola et lui caressa les cheveux. « C'est une bonne chose que tu sois sortie de leurs griffes. » À ces mots, Lola se mit à pleurer de plus belle.

Beetelle sentit son cœur se serrer devant les malheurs de sa fille, qui lui rappelèrent son histoire avec le médecin new-yorkais qui lui avait brisé le cœur. Elle devait avoir l'âge de Lola à l'époque. Elle serra sa fille contre sa poitrine, impuissante devant cette détresse. Elle se rendit compte que Lola était en train de découvrir cette terrible vérité : la vie n'est pas ce que l'on croit, les contes de fées ne se réalisent pas toujours. Et il arrive que les hommes ne vous aiment pas.

Le lendemain matin, Philip vint voir Lola à l'hôtel. Elle espéra qu'il allait lui dire qu'il s'était trompé et qu'il l'aimait. Mais lorsqu'elle ouvrit la porte, elle vit à l'expression de son visage qu'il n'avait pas changé d'avis. Comme pour bien le lui faire comprendre, il portait sous le bras le *Post* et le *Daily News*. Ils descendirent au restaurant de l'hôtel. Philip posa les journaux sur la table. « Tu veux les voir ? » Elle en brûlait d'envie, bien sûr, mais ne voulut surtout pas lui fournir plus d'armes qu'il n'en avait contre elle. « Non, répondit-elle d'un ton hautain, comme si elle était au-dessus de ce genre de considération.

— Écoute, Lola...

— Pourquoi t'es venu ?

— Je te dois une excuse.

— Je ne veux pas l'entendre.

— Je me suis trompé avec toi. Et j'en suis désolé. Tu es jeune. J'aurais dû savoir. Jamais je n'aurais dû poursuivre cette relation. J'aurais dû y mettre un terme avant Noël. »

Lola encaissa le coup. Le serveur lui apporta son plat – des œufs sauce Bénédicte. Elle contempla son assiette en se demandant si elle allait pouvoir avaler ça. Ainsi, sa relation avec Philip n'aurait été qu'un mensonge ? En un éclair, elle comprit.

« Tu m'as utilisée, l'accusa-t-elle.

— Oh, Lola, nous nous sommes utilisés l'un l'autre.

— Sauf que moi, je t'aimais !

— Non. Tu aimais l'idée que tu te faisais de moi. Ce qui n'est pas du tout la même chose. »

Lola jeta sa serviette sur ses œufs. « Je vais te dire,

Philip, je te déteste ! Je te détesterai jusqu'à la fin de mes jours ! Ne t'avise pas de t'approcher de moi à partir de maintenant. »

Tête haute, elle se leva et sortit, le plantant là.

Quelques heures plus tard, en quittant l'hôtel avec sa mère, Lola se demanda si elle allait se remettre de cette histoire. Quand elles furent arrivées à l'aéroport, elle acheta les journaux. En voyant sa photo en troisième page du *Post* et en lisant le bref article qui racontait comment Philip l'avait plaquée pour Schiffer Diamond, elle se sentit renaître. Non, elle n'était pas une fille comme tant d'autres. Elle était Lola Fabrikant et, un de ces jours, elle prouverait à Philip et Enid qu'ils s'étaient lourdement trompés en la sous-estimant.

Parcourant du regard le banc de l'église où s'étaient installés Philip et sa tante, elle vit Schiffer Diamond, assise entre lui et Annalisa Rice. Quelques rangées derrière, se trouvaient cette pimbêche de Mindy Gooch, avec sa coupe au carré complètement figée, et James Gooch, avec son attendrissante tonsure au sommet du crâne. James Gooch... Elle l'avait oublié celui-là. Visiblement, il était revenu de sa tournée. Et il se trouvait à quelques mètres d'elle, comme la providence. Lola sortit son iPhone. « Je suis dans l'église, juste derrière vous », lui écrivit-elle.

Son texto mit plusieurs minutes à parvenir à destination. En entendant le bip de son appareil, James tourna légèrement la tête et tâta sa poche. Mindy lui lança un regard furieux. Il haussa les épaules, sortit son téléphone et consulta discrètement sa messagerie. Sa nuque devint toute rouge. Il éteignit son portable.

« Vous me manquez, lui écrivait Lola. Retrouvez-moi dans la ruelle derrière l'immeuble à trois heures. »

Une heure plus tard, James se réfugia dans un angle du salon des Rice et, après avoir vérifié que Mindy n'était pas en train de l'observer, relut le texto de Lola, la poitrine serrée par l'excitation. À la sortie de l'église, il l'avait cherchée du regard, mais elle était déjà dehors, à prendre la pose pour les photographes. Il avait voulu lui parler, mais Mindy l'avait tiré par le bras. Il vit à sa montre qu'il était presque trois heures. Il se faufila à travers la foule en cherchant Mindy. Un serveur passa devant lui avec un plateau où s'entassaient des petits blinis nappés de caviar. James en attrapa deux qu'il avala d'un coup. Un autre serveur remplit son verre de Dom Pérignon. Annalisa Rice avait fait les choses en grand en l'honneur de Billy et invité au moins deux cents personnes chez elle, manière de prolonger les adieux. Cette mort brutale avait atterré James. Dans l'avion qui le ramenait de Houston, il avait même lu ce que Mindy avait écrit à ce propos dans son blog. Et pour une fois, il ne pouvait qu'être d'accord avec elle. La mort d'un ami vous faisait en effet comprendre que la vie était éphémère, et que cette période où l'on était jeune, ou du moins pas trop vieux, avait une fin.

En fait, outre la mort de Billy, le Numéro 1 avait été le théâtre d'une série d'événements étranges pendant son absence. Il y avait eu la Débâcle Internet, la découverte de la croix de Mary-la-Sanglante, soi-disant cachée jusque-là dans l'appartement de Mrs Houghton. Puis l'overdose de Billy, suivie des déclarations de Lola affirmant être enceinte des œuvres de Philip Oakland, lequel l'avait larguée pour Schiffer Diamond. Selon Mindy, l'annonce du mariage de Philip et Schiffer n'allait pas tarder, après une période de deuil convenable. Tout cela était un peu choquant, songea James. Et cette pauvre Lola Fabrikant ? Se souciait-on de ce que cette malheureuse gosse avait subi ? Il n'osa poser la question.

À présent, il allait connaître la réponse. Voyant que Mindy était en pleine discussion avec Enid – elles étaient redevenues amies et semblaient plongées dans une grande discussion portant sur leur sujet préféré, le Numéro 1 – il lui fit un signe de tête pour attirer son attention. « Qu'est-ce qu'il y a ? lui demanda-t-elle sèchement.

— Je vais sortir le chien.

— Pourquoi ?

— Parce qu'il en a besoin.

— Comme tu veux. » Elle leva les yeux au ciel, puis reprit sa discussion avec Enid. James tenta de sortir discrètement de l'appartement, mais fut arrêté au passage par Redmon Richardly, lequel parlait avec Diane Sawyer. Redmon l'attrapa par l'épaule et dit à sa compagne : « Vous connaissez James Gooch ? Son livre est en tête de la liste des best-sellers du *New York Times* depuis cinq semaines. » James fit un signe de tête avant de s'éloigner. Cette fois-ci, ce fut la rédactrice en chef de *Vanity Fair* qui voulut lui suggérer d'écrire un petit article sur la mort de Billy. Lorsque James réussit enfin à regagner ses pénates, il était trois heures dix. Prenant Skippy sous le bras, il se rendit en courant au lieu de rendez-vous.

La petite ruelle pavée semblait déserte. C'est alors qu'il entendit quelqu'un l'appeler et vit Lola émerger de l'ombre d'une embrasure de porte recouverte de plantes grimpantes. James fut saisi par son allure. Elle avait dû rentrer chez elle se changer, car elle portait à présent un jean sale et un vieux blouson de ski rouge. Mais son visage avait toujours la même expression humble et émerveillée qui immanquablement suscitait en lui le sentiment d'être admiré, et le désir de la protéger. Skippy bondit sur elle. Elle éclata de rire et se pencha pour caresser cet adorable petit chien. « Je me demandais ce que vous étiez devenue, dit James. Vous allez bien ?

— Oh, James, je suis tellement heureuse de vous voir. J'avais peur que vous ne veniez pas. Tout le monde a pris le parti de Philip, et j'ai perdu tous mes amis. Je n'ai même pas d'endroit où vivre.

— Ne me dites pas que vous êtes à la rue ? demanda James, horrifié.

— Je dors sur le divan d'une copine, dit-elle. Mais vous savez comment c'est. Je ne vais pas pouvoir y rester longtemps. Et je ne peux pas retourner à Atlanta. Même si je le voulais, je n'ai plus de maison là-bas. Mes parents ont perdu tout leur argent.

— Bonté divine ! Comment Oakland a-t-il pu vous faire ça ?

— Il se fout de moi. Je n'ai jamais compté pour lui. Tout ce qui l'intéressait, c'était de faire l'amour avec moi, et quand il a estimé qu'il avait son compte, il est retourné avec Schiffer, dit-elle en s'accrochant à sa manche comme si elle avait peur qu'il s'en aille. Je suis terrifiée. Je ne sais pas quoi faire.

— La première chose, c'est de vous trouver un appartement. Ou un boulot. Ou les deux, déclara James d'un ton plein d'autorité, comme si cela se dégotait à tous les coins de rue. Mais je n'arrive toujours pas à croire qu'Oakland vous ait fichue à la porte sans même vous donner un petit quelque chose.

— Pourtant, c'est bien comme ça que ça s'est passé », dit Lola. Rien n'était moins vrai : Philip lui avait envoyé un chèque de dix mille dollars quand elle était chez ses parents. Mais James n'avait pas besoin de le savoir. « Philip Oakland n'est pas du tout ce que les gens croient.

— Il est exactement tel que je l'imaginais », affirma James.

Lola leva les yeux vers lui et s'approcha, avant de détourner le regard, comme si elle avait honte. « Nous nous connaissons à peine, je sais, dit-elle d'une toute petite voix, mais j'espérais que vous pourriez m'aider. Je n'ai personne d'autre vers qui me tourner.

— Ma pauvre enfant ! s'exclama James. Dites-moi ce que je peux faire.

— J'aurais besoin de vingt mille dollars. »

James pâlit. « C'est une somme, dit-il prudemment.

— Je suis désolée, dit-elle en reculant. Je n'aurais pas dû vous embêter avec mes histoires. Je trouverai une autre solution. J'ai été ravie de faire votre connaissance, James. Vous avez été la seule personne qui m'a témoigné de la sympathie au Numéro 1. Bravo pour le succès de votre livre. J'ai toujours su que vous étiez un grand auteur. » Et elle fit mine de s'éloigner.

« Lola, attendez ! »

Elle se retourna et lui adressa un sourire courageux. « Ne vous en faites pas, je me débrouillerai. »

Il la rattrapa. « Laissez-moi vous aider, j'y tiens. Je trouverai une solution. »

Ils convinrent de se revoir sous l'arche à Washington Park le lendemain après-midi.

James retourna ensuite chez Annalisa Rice. En entrant, il se cogna contre le diable en personne – Philip Oakland. « Oh, pardon ! s'écria-t-il.

— J'ai appris que votre livre était numéro un des ventes, dit Philip. Félicitations !

— Merci », répondit James en relevant que, pour une fois, Philip ne semblait pas pressé de lui échapper.

Il décida de ne pas le ménager. Vu la situation de Lola, c'était la moindre des choses.

« Je viens de voir votre petite amie, déclara-t-il d'un ton accusateur.

— Ma petite amie ?

— Oui, Lola Fabrikant.

— Nous ne sommes plus ensemble, dit Philip en sirotant son champagne, visiblement gêné. Je suis désolé – je ne suis pas sûr d'avoir bien entendu. Vous venez de la voir ?

— Oui, c'est cela. Dans la ruelle derrière. Elle n'a pas d'endroit où vivre.

— Elle était censée retourner chez ses parents à Atlanta.

— Visiblement, ce n'est pas le cas. Elle est à New York. » James aurait volontiers poursuivi, mais Schiffer Diamond les rejoignit et prit la main de Philip.

« Bonjour, James », dit-elle en se penchant vers lui et en l'embrassant sur la joue comme s'ils étaient de vieux amis. Sans doute la mort rapprochait-elle les gens, songea James.

« Vous aussi vous connaissiez Billy ? » lui demanda-t-il, avant de se souvenir, effaré de sa propre stupidité, que c'était elle qui avait découvert le corps. « Oh, excusez-moi.

— Ce n'est pas grave.

— James me racontait qu'il vient de voir Lola Fabrikant dans la ruelle derrière, dit Philip.

— Elle était à la messe de souvenir, expliqua James.

— J'ai peur que nous l'ayons loupée. » Schiffer et Philip échangèrent un regard.

« Excusez-moi, dit Schiffer en s'éloignant.

— Ravi de vous avoir vu », ajouta Philip avant de lui emboîter le pas.

James prit un autre verre de champagne sur un plateau et se mêla à la foule. Main dans la main, Schiffer et Philip se tenaient à deux ou trois mètres de lui et hochaient la tête, en pleine conversation avec un autre couple. De toute évidence, Philip ne se sentait même pas coupable de la façon dont il avait traité Lola, songea James dégoûté. Il passa dans le salon, s'assit sur une causeuse bien confortable et parcourut la foule du regard. Ce n'était que célébrités, artistes, journalistes, mondains, fashionistas, tout un petit monde jacassant qui constituait l'univers new-yorkais de Mindy et le sien depuis vingt ans. Mais maintenant, après une absence d'un mois, il revenait avec un autre regard. Comme ils avaient tous l'air imbécile ! La moitié des personnes présentes dans la salle s'était fait ravaler la façade, y compris les hommes. La mort de Billy n'était qu'un prétexte comme un autre pour faire la fête, boire du champagne, manger du caviar et parler de leurs nouveaux projets. Tout ça pendant qu'une innocente jeune femme errait dans la rue, le ventre creux, sans savoir où dormir, après avoir été brièvement acceptée dans ce petit cercle, puis rejetée sans ménagements parce qu'elle n'était pas assez bien pour eux.

Un homme et une femme passèrent derrière lui. Il les entendit murmurer : « Il paraît que les Rice possèdent un Renoir.

— Il est dans leur salle à manger. C'est un tableau riquiqui, mais tout de même, un Renoir... »

James se dit qu'il pourrait peut-être demander à Annalisa Rice les vingt mille dollars dont Lola avait besoin. Visiblement, elle avait tellement d'argent qu'elle ne savait plus quoi en faire.

Mais au fait, lui aussi avait de l'argent ! Il avait même gagné plus que prévu. Deux semaines auparavant, son agent lui avait expliqué que si les ventes de son livre continuaient à ce rythme – et il n'y avait aucune raison d'en douter – il gagnerait au moins deux millions de dollars rien qu'en droits d'auteur. Pourtant, dès son retour à New York, James avait renoué avec ses petites habitudes et constaté que sa vie n'avait pas changé du tout. Il se réveillait toujours le matin dans la peau de James Gooch, époux de Mindy Gooch, qui menait sa petite existence un peu tordue dans son petit appartement non moins tordu. La seule différence étant que, pour le moment, il avait deux semaines libres avant la prochaine tournée et rien de spécial à faire.

Il se leva, traversa le salon et sortit sur l'une des trois terrasses des Rice. Il se pencha par-dessus la balustrade et observa la Cinquième Avenue. Là non plus, rien de changé. Il finit son champagne, regarda le fond de son verre et se sentit vide. Pour la première fois de sa vie, il n'y avait aucune épée de Damoclès suspendue au-dessus de sa tête. Il ne voyait aucune raison de se plaindre, aucune raison de se passer la corde au cou. Et pourtant, il ne se sentait pas satisfait. En rentrant dans le salon, il regarda la foule. Il aurait tout donné pour être dans la petite ruelle avec Lola.

Le lendemain après-midi, James retrouva Lola sous l'arche de Washington Park. Déterminé à se comporter en héros, James avait passé la matinée à chercher un appartement pour elle. Mindy aurait été fort étonnée de l'énergie qu'il avait déployée, songea-t-il avec une pointe d'amertume. Mais Mindy ne demandait jamais son aide, contrairement à Lola. Au bout de plusieurs coups de fil, il apprit de la bouche de l'assistante de Redmon Richardly qu'il y avait peut-être un appartement libre dans son immeuble, à l'angle de la 18ᵉ Rue et de la Dixième Avenue. Le loyer s'élevait à mille quatre cents dollars, pour un studio. James se mit en contact avec la propriétaire, qui non seulement avait entendu parler de son livre, mais l'avait lu et adoré, et convint d'une visite de l'appartement à trois heures. Puis il alla à la banque et retira cinq mille dollars en espèces, ce qui lui donna le sentiment d'être un criminel. Quand il arriva au parc, Lola l'attendait. Elle avait des traces de mascara sous les yeux, comme si elle avait pleuré. « Vous allez bien ? lui demanda-t-il.

— D'après vous ? répondit-elle d'un ton amer. J'ai l'impression d'être une SDF. Tout ce que je possède est au garde-meuble, et ça me coûte cent cinquante dollars par mois. Je n'ai pas d'endroit où dormir. Et là où je suis pour l'instant, la salle de bains est d'un crasseux à vous dégoûter de prendre une douche. Vous avez trouvé une solution ?

— Je vous ai apporté de l'argent. Et quelque chose d'autre, quelque chose qui vous rendra vraiment heureuse. » James s'arrêta un instant pour ménager ses effets, puis ajouta fièrement : « Je crois que je vous ai trouvé un appartement.

— Oh, James !

— Il ne coûte que mille quatre cents dollars par mois. Si vous l'aimez, nous pourrons utiliser l'argent que j'ai apporté pour payer le premier mois et la caution.

— Mais c'est dans quel quartier ? » demanda-t-elle, méfiante. Lorsqu'il lui expliqua, elle prit un air déçu. « C'est vraiment excentré, presque au bord de l'Hudson.

— Oui, mais on peut y aller à pied depuis le Numéro 1. Comme ça, nous pourrons nous voir souvent. »

Lola insista pour prendre quand même un taxi. Le chauffeur les déposa devant un petit immeuble en brique rouge que James soupçonna d'avoir été un asile de nuit, étant donné le quartier. Un bar irlandais occupait le rez-de-chaussée. L'étroite cage d'escalier débouchait sur un palier au sol recouvert de lino. James repéra l'appartement – le 3C – et appuya sur la poignée. La porte était ouverte. Ils entrèrent. Le studio ne faisait pas plus de dix mètres carrés – la taille d'une pièce dans une maison normale – et comprenait une minuscule penderie, une minuscule salle de bains avec une douche et deux placards qui contenaient une toute petite cuisine. Mais l'endroit était propre, ensoleillé et, comme il était situé à un angle, pourvu de deux fenêtres.

« Pas mal », dit James.

Lola sentit le découragement l'envahir. Était-elle vraiment tombée si bas au bout de neuf mois passés à New York ?

La propriétaire était une dame pleine de punch, avec une masse de cheveux décolorés et un accent new-yorkais à couper au couteau. L'immeuble appartenait à sa famille depuis cent ans. Outre la solvabilité, elle exigeait que ses locataires soient des gens bien. Lola était-elle la fille de James ? Non, expliqua ce dernier. C'était une amie qui traversait une période difficile parce que son petit ami l'avait lâchée. La perfidie masculine était l'une des obsessions de la propriétaire. Elle se déclara ravie de pouvoir aider une autre de ses victimes. James considéra l'affaire conclue. L'appartement, expliqua-t-il, lui rappelait celui qu'il occupait en arrivant à Manhattan, quand l'idée de disposer de son propre espace et de se lancer à la conquête de New York l'électrisait. « Le bon vieux temps », dit-il à la propriétaire en lui donnant trois mille dollars en coupures de cent. Les deux mille dollars qui restaient serviraient à acheter les meubles dont Lola avait besoin.

« Maintenant, il vous faut un lit, lui dit-il une fois le marché conclu. Et si on achetait un canapé convertible ? Il y a un magasin sur la 6ᵉ Rue. »

Ils se mirent en marche. James remarqua l'expression morose de Lola.

« Vous n'avez pas l'air heureuse. Vous n'êtes pas soulagée d'avoir un endroit à vous ? »

En vérité, Lola était paniquée. Elle n'avait pas prévu de louer un appartement, encore moins un tout petit studio minable et déprimant comme celui-ci. Son idée de départ, c'était de prendre l'argent de Philip et de James – trente mille dollars en tout –, de s'installer confortablement à l'hôtel Soho House et de repartir tête haute à la conquête de la bonne société new-yorkaise. Comment son plan avait-il pu foirer à ce point ? Et maintenant, trois mille dollars s'étaient envolés ! « C'est que je ne m'attendais pas à ce que ça se fasse si vite.

— Ah, déclara James, l'index levé, c'est ça, l'immobilier à New York. Si nous n'avions pas pris l'appartement, dans une heure, il serait parti. Il faut se décider vite. » Au magasin, James acheta un canapé revêtu d'un tissu bleu marine non salissant au toucher très désagréable, de l'avis de Lola, qui se transformait en un grand lit double. C'était le modèle de base – une très bonne affaire, expliqua James en s'allégeant de mille cinq cents dollars.

Enfin, il accompagna Lola jusqu'au studio vide en lui donnant pour consigne d'attendre la livraison du canapé. « Vous avez été d'une efficacité remarquable. Merci, dit-elle en l'embrassant sur la joue.

— Je viendrai demain voir comment vous vous débrouillez.

— Alors, vivement demain ! » s'exclama Lola en pensant à l'argent qui restait à James. Si seulement il pouvait le lui donner ! Elle n'osait pas le lui demander tout de suite. Mais il faudrait bien qu'elle aborde le sujet le lendemain.

Une fois James parti, elle se rendit chez Thayer.

« J'ai mon propre appart', claironna-t-elle.

— Comment tu t'es débrouillée ? dit-il en levant les yeux de son écran.

— C'est James Gooch qui me l'a trouvé. Et en plus, il a payé le loyer.

— Eh bien, c'est un idiot.

— Il est amoureux de moi. » Lola trépignait de joie à l'idée de quitter le trou à rats de Thayer et Josh. Ces derniers temps, Thayer était devenu tyrannique. Il exigeait qu'elle le suce, faisait la moue quand elle s'y refusait et la menaçait de révéler certaines informations sur elle si besoin était. « Pff ! Quelles informations ? avait-elle lancé d'un ton méprisant.

— Tu verras, avait-il répondu.

— Ta gueule, Thayer, t'es vraiment lourd, dit-elle.

— Moi qui croyais que t'essayais de revenir au Numéro 1. Comment je vais avoir mes infos ?

— James me dira ce qui se passe.

— Et s'il te demande de coucher avec lui en échange ?

— On couche bien ensemble, toi et moi, alors quelle différence ? Au moins lui, il a pas de maladies.

— Comment tu le sais ?

— Je le sais, c'est tout. Ça fait vingt ans qu'il est avec la même nana, avec sa femme.

— Peut-être qu'il voit des putes en douce.

— Les mecs ne sont pas tous comme toi, dit Lola en levant les yeux au ciel. Les hommes bien, ça existe.

— Ah oui, bien sûr, des hommes bien style James Gooch, qui est à deux doigts de tromper sa femme ! Cela dit, je dois reconnaître que si j'étais marié à Mindy Gooch, moi aussi j'irais voir ailleurs. »

Le lendemain, James frappa chez Lola, entra, et la trouva assise, en larmes, sur le matelas du canapé-lit.

« Qu'est-ce qui se passe ? lui demanda-t-il en s'approchant d'elle.

— Regardez autour de vous. Je n'ai même pas d'oreiller.

— Je vous en apporterai un de chez moi. Ma femme ne s'en apercevra pas.

— Je ne veux pas d'un vieil oreiller de chez vous, répondit Lola en se demandant comment elle avait fait pour se choisir comme sauveur le mec le plus minable de tout Manhattan. Vous ne pourriez pas me donner un peu d'argent ? Par exemple, mille cinq cents dollars ?

— Pas d'un seul coup. Ma femme se douterait de quelque chose. » James avait longuement réfléchi à la question et décidé de payer le loyer de Lola pendant six mois et de lui donner sur cette même période deux mille dollars par mois pour couvrir ses dépenses. « Et quand vous aurez un boulot, vous n'aurez plus de problèmes. Vous aurez beaucoup plus d'argent que je n'en avais à votre âge. »

À partir de ce jour, James prit l'habitude de venir à l'appartement l'après-midi, d'emmener Lola déjeuner au pub irlandais en bas – afin de s'assurer qu'elle prenait un bon repas par jour – puis de rester chez elle quelques heures. Il aimait l'absence de meubles dans le studio et la lumière qui l'inondait l'après-midi. Son propre appartement était beaucoup moins lumineux que celui de Lola.

« James, dit-elle un jour, il me faut une télé.

« — Vous avez votre ordinateur. Vous ne pouvez pas regarder la télé dessus ? Ce n'est pas ce que tout le monde fait maintenant ?

— Les gens ont tous un ordinateur. Et une télé.

— Vous pourriez prendre un livre. Vous avez lu *Anna Karénine* ? Ou *Madame Bovary* ?

— Oui, et je les ai trouvés barbants. En plus, où je mettrais des livres dans ce tout petit studio ? »

James lui acheta une télé – une Panasonic avec un écran de seize pouces – qu'ils installèrent sur l'appui de fenêtre.

La veille de son départ pour une autre tournée, il débarqua chez elle plus tôt que de coutume. Il était onze heures mais elle dormait toujours, la tête posée sur l'oreiller en plumes qu'elle avait acheté à ABC Carpet, en même temps qu'un édredon qui avait dû coûter, songea James, plus de mille dollars. Quand il lui avait posé la question, elle affirma qu'elle l'avait acheté en solde pour cent dollars. Il ne s'attendait tout de même pas à ce qu'elle dorme sans couvertures ? Bien sûr que non, l'assura-t-il. Il laissa tomber le sujet.

« Quelle heure est-il ? demanda-t-elle en se prélassant dans le lit.

— Presque midi. » Il trouvait un peu agaçant qu'elle soit encore au lit. Où avait-elle donc passé la nuit précédente pour avoir encore sommeil à midi ? Était-elle déprimée ?

« Je pars demain matin, expliqua-t-il. Tout d'abord, je voulais dire au revoir. Et m'assurer que tout allait bien.

— Je vous revois quand ? » demanda-t-elle en étirant les bras vers le plafond. Elle portait un petit pull orange sans manches avec rien en dessous.

« Pas avant un mois.

— Comment ? Mais vous allez où ?

— En Angleterre, en Écosse, en Irlande, à Paris, en Allemagne, en Australie et en Nouvelle-Zélande.

— Mais c'est affreux !

— Affreux pour nous mais bon pour les ventes. »

Elle rabattit l'édredon et tapota le matelas. « Viens me faire un câlin, dit-elle. Tu vas me manquer.

— Je ne crois pas que..., objecta James, le cœur battant.

— Juste un câlin, James. On ne fera rien de mal. »

Il se faufila dans le lit et s'allongea de façon à ménager un espace de quelques centimètres entre eux. Elle se tourna vers lui et cala ses genoux contre son bas-ventre. Son haleine sentait la vodka et la fumée de cigarette. Où avait-elle passé la nuit précédente ? Avait-elle fait l'amour avec quelqu'un ?

« Tu es tout drôle, dit-elle.

— Ah bon ?

— Regarde-toi, poursuivit-elle en gloussant, comme tu es raide.

— Je ne suis pas certain que ce... câlin soit une bonne idée.

— Mais nous ne faisons rien fait de mal. Tu as envie, n'est-ce pas ?

— Je suis marié, murmura-t-il.

— Ta femme n'est pas obligée de savoir. » Elle glissa la main le long de sa poitrine et la posa sur sa verge. « Tu es dur. »

Elle commença à l'embrasser sur la bouche, puis à enfoncer goulûment sa langue charnue. James fut trop pris de court pour résister. Le baiser de Lola n'avait rien à voir avec les petits bécots secs de Mindy. Quand donc avait-il embrassé de la sorte pour la dernière fois ? Et dire qu'il y avait encore des gens qui se roulaient des pelles comme ça ! Et que lui-même s'y remettait ! La peau de Lola était douce comme celle d'un bébé, songea-t-il en lui caressant le bras. Son cou était lisse et bien rond. Il avança une main timide vers sa poitrine et sentit ses mamelons durs sous son pull. Il roula sur elle, se releva sur les avant-bras pour regarder son visage. Aller plus loin ? Cela faisait si longtemps qu'il n'avait pas fait l'amour. Saurait-il comment s'y prendre ?

« J'ai envie de te sentir en moi, dit-elle en touchant le bout de sa verge. J'ai envie que tu fourres ta grosse queue dans ma chatte bien humide. »

Cette simple suggestion fut trop puissante pour lui. Au moment où il défaisait sa braguette, l'inévitable se produisit. « Merde ! dit-il.

— Qu'est-ce qu'il y a ?

— Je viens de... tu comprends ? » Il glissa la main à l'intérieur de son jean et sentit sous ses doigts l'humidité révélatrice. « Merde ! »

Elle se mit sur les genoux derrière lui et lui caressa les épaules. « Ce n'est pas grave. C'est parce que c'est la première fois. »

Il lui prit la main et déposa un baiser dessus. « Tu es tellement gentille. Tu es la fille la plus gentille que j'aie jamais connue.

— Vraiment ? » dit-elle en sautant du lit. Elle enfila un jogging en cachemire. « James, susurra-t-elle, puisque tu pars et que je ne vais pas te voir pendant un mois...

— Tu as besoin d'argent ? Je n'ai que soixante dollars.

— Il y a un distributeur à côté de l'épicerie fine. Ça ne t'embête pas trop ? Je dois deux cents dollars à la propriétaire pour les charges. Et puis tu ne veux quand même pas que je meures de faim en ton absence.

— Bien sûr que non. Mais tu devrais te trouver un boulot.

— C'est ce que je vais faire. Mais c'est difficile.

— Je ne pourrai pas t'entretenir ta vie entière, dit-il en songeant à sa performance minable de tout à l'heure.

— Ce n'est pas ce que je te demande. »

Lorsqu'ils furent dans la rue, elle lui prit la main. « Je ne sais pas ce que je deviendrais sans toi. »

Il retira cinq cents dollars au distributeur qu'il lui donna. « Tu vas me manquer, dit-elle en se jetant à son cou. Appelle-moi dès que tu seras rentré. La prochaine fois, tu verras, ça marchera ! »

James la regarda s'éloigner, puis descendit la Neuvième Avenue. Est-ce qu'il se faisait mener en bateau ? Non, ce n'était pas le style de Lola. En plus, elle avait dit qu'elle voulait réessayer. Il longea la Cinquième Avenue d'un pas nonchalant. Quand il arriva devant le Numéro 1, il s'était convaincu que son éjaculation précoce était une bonne chose. Il n'y avait pas eu échange de fluides. Donc, il n'avait pas vraiment trompé sa femme.

20

En allant chez Thayer Core tôt dans la soirée, Lola s'arrêta en face du Numéro 1 et regarda l'entrée, chose qu'elle faisait souvent, dans l'espoir d'apercevoir Philip ou Schiffer. La semaine précédente, les tourtereaux avaient annoncé leurs fiançailles. La nouvelle était reprise dans les tabloïds et les émissions de divertissement, comme si l'union de deux quadragénaires constituait non seulement un événement capital, mais aussi une source d'inspiration pour toutes les célibataires d'âge mûr et au cœur solitaire. Schiffer avait été invitée dans l'émission d'Oprah Winfrey pour faire la promotion de *Lady Superior*, mais surtout, Lola en était convaincue, pour faire mousser ses futures épousailles. Ce mariage, avait expliqué Oprah, participait d'une toute nouvelle tendance chez des femmes et des hommes d'âge mûr : celle de retrouver leur amour de jeunesse et se rendre compte qu'ils étaient faits l'un pour l'autre. « Mais cette fois-ci, nous sommes plus vieux, plus sages – du moins je l'espère ! » avait dit Schiffer, provoquant ainsi les rires entendus du public. La date et le lieu restaient à fixer, mais les futurs époux souhaitaient une fête modeste et originale. Schiffer avait déjà choisi sa robe – un fourreau blanc court orné de perles argentées qu'Oprah avait montré aux caméras.

Le public s'était répandu en soupirs d'admiration, tandis que Lola manquait vomir. C'était de son mariage qu'Oprah aurait dû parler, pas de celui de Schiffer. Et puis elle, elle aurait choisi une robe plus jolie, plus traditionnelle, avec de la dentelle et une traîne. Ce mariage occupait toutes ses pensées. Possédée par la colère et l'envie, elle rêvait d'en découdre avec Philip ou Schiffer. D'où ces moments qu'elle passait à faire le guet devant le Numéro 1. Pourtant, elle n'osait s'attarder trop longtemps – de crainte de se retrouver nez à nez avec Enid.

Trois jours après la messe de souvenir en l'honneur de Billy, celle-ci l'avait appelée. Ne reconnaissant pas le numéro qui s'affichait, Lola avait pris l'appel. « J'apprends que vous êtes de retour à New York, ma belle, dit Enid.

— En effet, répondit Lola.

— C'est très regrettable, soupira Enid. Vous comptez survivre comment ?

— Honnêtement, Enid, ça n'est pas vos oignons », répliqua Lola, avant de raccrocher. Maintenant que la vieille l'avait dans sa ligne de mire, elle allait devoir faire preuve de prudence. Dieu seul savait de quoi elle était capable !

Ce soir-là, Lola ne vit que Mindy Gooch entrer dans l'immeuble en tirant un cabas plein de courses.

Quelques minutes plus tard, elle arriva chez Thayer et s'affala sur la pile de vêtements que Josh appelait son lit : « Bon, maintenant il me faut un boulot, annonça-t-elle.

— Pourquoi ? lui demanda Thayer.

— Parce que j'ai besoin de fric, espèce d'idiot !

— Comme tous ceux qu'ont moins de trente ans

dans cette ville. Les baby-boomers ont tout raflé. Il ne reste plus rien pour nous autres, les p'tits jeunes.

— Arrête de plaisanter, je suis sérieuse. James est encore parti. Et il ne m'a filé que cinq cents dollars. Quel radin ! Son livre est un best-seller depuis deux mois, ce qui lui vaut un bonus de cinq mille dollars par semaine. Je lui ai dit qu'il devrait me filer ce fric.

— Et alors ? Il te saute, non ? Tu lui appartiens. Parce qu'en dehors du fric, il n'y a aucune raison pour que tu baises avec lui.

— Je ne suis pas une pute, grommela Lola.

— À ce propos, j'ai peut-être un job pour toi. Quelqu'un m'a envoyé une proposition par mail. Ils cherchent des écrivains. De sexe féminin, pour un nouveau site Internet. Mille dollars par contribution. Ce que j'ai trouvé un peu louche. Mais tu pourrais peut-être voir de quoi il retourne exactement. »

Lola prit les coordonnées de la personne à contacter. Rester inactive à New York se révélait bien plus cher qu'elle ne l'avait imaginé. Si elle passait trop de temps dans son minuscule studio, elle devenait maboule. Alors, à neuf heures au plus tard, il fallait qu'elle sorte se ressourcer dans deux ou trois night-clubs du Meatpacking District, l'ancien quartier des abattoirs, qui en comptait des dizaines. Les videurs, qui la connaissaient bien, la laissaient entrer gratis – les jolies jeunes femmes seules étaient bienvenues. Et elle payait rarement ses boissons. Mais elle devait tout de même manger et acheter des vêtements pour être bien sapée et qu'on ait envie de lui offrir un verre. C'était un cercle vicieux. Ne serait-ce que pour maintenir ce train de vie, elle avait besoin d'argent liquide.

Le lendemain, Lola se rendit à l'adresse que Thayer lui avait donnée. L'immeuble n'était pas loin du sien :

c'était l'un de ces bâtiments un peu prétentieux qui poussaient comme des champignons non loin de la ligne de chemin de fer et avaient vue sur l'Hudson. Au lieu d'appeler la personne qu'elle devait voir par l'interphone, à l'instar de ce qui se faisait au Numéro 1, le portier lui fit signer un registre, comme dans un immeuble de bureaux. Elle monta, frappa à la porte de l'appartement 16C et fut accueillie par un homme assez jeune arborant un tatouage impressionnant sur le cou. En l'observant de plus près, Lola s'aperçut que son bras droit tout entier était également tatoué. Et qu'il avait un anneau dans la narine gauche. « Vous êtes Lola, c'est ça ? Moi, c'est Marquee. » Le type ne se donna pas la peine de lui serrer la main.

« Marquee ? s'étonna-t-elle en le suivant jusqu'à une pièce presque vide qui offrait une vue entièrement dégagée sur l'autoroute longeant Manhattan, les eaux brunâtres de l'Hudson et le New Jersey. Vous vous appelez Marquee ?

— Exact, répondit ledit Marquee froidement. Ça vous gêne ? Vous êtes du genre à trouver certains noms bizarres ?

— Pas du tout, fit Lola d'un ton méprisant, histoire de montrer tout de suite à Marquee qu'il ne l'intimidait pas. C'est simplement que je n'ai jamais rencontré quelqu'un avec ce nom.

— Je l'ai inventé. Il n'y a qu'un seul Marquee, et je veux que les gens s'en souviennent. Alors, et vous ? Parlez-moi de votre expérience. »

Lola examina la pièce. Elle ne contenait pour tout mobilier que deux petits divans, recouverts de ce qui semblait à première vue du tissu blanc, mais qui s'avéra être de la mousseline, comme si ces meubles ne portaient que leurs sous-vêtements. « Et votre expérience à vous ? demanda Lola.

— J'ai gagné pas mal de fric. Comme vous le voyez, répondit-il en désignant la pièce. Vous avez une idée du prix d'un appartement comme celui-ci ?

— Je ne me risquerais pas à essayer de deviner.

— Deux millions de dollars. Un deux-pièces.

— Waouh ! » fit Lola en feignant l'admiration. Elle se leva et se dirigea vers l'une des fenêtres. « Alors, ce boulot, c'est quoi ?

— Sexe-chroniqueuse.

— Original !

— Original, répéta Marquee, mais sans la moindre ironie. Vous voyez, le problème de la plupart des rubriques sexe, c'est qu'il n'y a pas de sexe. On en revient toujours à ces foutus problèmes de relations. Franchement, qui veut lire des trucs pareils ? Mon idée est complètement inédite – une rubrique sexe qui parle vraiment de cul.

— Ça s'appelle du porno, non ?

— Si vous voulez faire la sexe-chroniqueuse, montrez-moi du cul.

— Si vous voulez m'engager pour le cul, je vous suggère de me montrer votre fric, rétorqua Lola.

— Vous voulez du cash ? J'en ai, plus qu'il n'en faut. » Il sortit une liasse de billets de sa poche et l'agita sous le nez de Lola. « Le deal, c'est mille dollars l'article.

— La moitié tout de suite.

— Comme vous voulez. Et il me faut des détails. Longueur, largeur, traits distinctifs. Par où, avec quoi. »

Ce soir-là, au lieu d'aller en boîte, Lola resta chez elle et écrivit une scène de cul avec Philip. Elle s'aperçut à son grand étonnement que c'était facile, libérateur même. Le souvenir de la cruauté dont il avait fait preuve à son égard en la plaquant pour Schiffer la faisait bouillir. « Il avait une verge bien épaisse et des couilles qui pendouillaient dans leurs bourses à la peau piquante. Des rides sur la nuque. Et des petits poils qui lui sortaient des oreilles. Au début, je me disais que c'était mignon, ces petits poils. » Elle finit son article, le relut et se rendit compte qu'elle y prenait goût. Philip méritait plus qu'un seul misérable petit article. En changeant son nom et sa profession, elle devrait pouvoir en pondre au moins trois de plus à son sujet. Puis elle se demanda comment dépenser l'argent qu'elle allait gagner. En consultant un magazine en ligne, elle tomba sur une robe Hervé Léger faite de bandes de tissu qui lui irait à ravir.

Quelques jours plus tard, Enid Merle entreprit de vider ses placards de cuisine, comme tous les ans. Elle refusait de devenir l'une de ces vieilles femmes qui accumulent tout un bric-à-brac poussiéreux. Elle venait de sortir une boîte métallique remplie de vieux couverts en argent lorsque l'interphone sonna. Ouvrant la porte, elle découvrit Mindy Gooch plantée sur son palier, l'air furax. « Vous avez vu ?

— Quoi donc ? » répondit Enid avec une pointe d'agacement. Maintenant qu'elles étaient redevenues amies, Mindy ne la lâchait plus.

« Cet article sur Snarker. Il ne va pas vous plaire, c'est sûr. » Mindy traversa le salon d'Enid, s'installa devant l'ordinateur et alla sur le site. « Cela fait des mois que je dénonce les articles de Thayer Core, dit-elle d'un ton plein de reproches, comme si Enid était responsable. Et personne ne prend la chose au sérieux.

Mais maintenant qu'il y a un truc sur Philip, ça va peut-être changer. »

Enid ajusta ses lunettes et se pencha par-dessus l'épaule de Mindy. « Du rififi chez les riches », lisait-on en petites capitales rouges, avec en dessous, en gros caractères noirs, « La vengeance d'une femme bafouée », à côté d'une photo de Lola devant l'église où avait eu lieu la messe en l'honneur de Billy. Enid poussa Mindy sur le côté et se mit à lire.

« L'accorte Lola Fabrikant, amoureuse éconduite de Philip Oakland, ce minable scénariste bien connu, se venge de lui en nous livrant une version époustouflante de ses aventures sexuelles avec un homme qui ressemble étrangement au célibataire vieillissant. » Les mots « version époustouflante » étaient surlignés en rouge. En cliquant dessus, Enid se retrouva sur un deuxième site, Le Trou de la Serrure, où figurait une autre photo de Lola accompagnée d'un récit décrivant de manière très parlante une scène d'amour entre une jeune femme et un homme plus âgé. Les dents, les mains, les petits poils dans les oreilles : la description de l'homme correspondait trait pour trait à Philip. Enid ne voulut pas savoir à quoi ressemblait sa verge.

« Alors ? demanda Mindy. Vous allez faire quelque chose, tout de même, non ? »

Enid la regarda, l'air las. « Je vous avais bien dit de l'engager, ce Thayer Core, il y a des mois. Si vous aviez suivi mon conseil, tout cela aurait cessé.

— Pourquoi faudrait-il que moi je l'engage ? Pourquoi pas vous ?

— Parce que s'il travaille pour moi, cela ne changera rien. Il continuera à faire les mêmes choses, à aller à des fêtes, à inventer des histoires, à écrire des méchancetés sur les gens. Mais si vous l'engagez, il travaillera pour une grande entreprise. Il se retrouvera coincé dans un immeuble de bureaux, à prendre le métro comme n'importe quel petit employé et à manger des sandwichs devant son ordinateur. Cela lui donnera un autre point de vue sur la vie.

— Et Lola Fabrikant ?

— Ne vous en faites pas, ma chère, je m'occupe d'elle. Je vais lui faire ce qu'elle aime le plus au monde – de la publicité. »

Deux jours plus tard, la chronique d'Enid révéla la « véritable » histoire de Lola Fabrikant. Tout y était : comment elle avait fait croire qu'elle était enceinte de Philip, son obsession pour les fringues, sa vanité, son incapacité à assumer la responsabilité de ses propres actes, ce qu'elle pouvait infliger aux autres – le tout faisant de Lola l'exemple suprême de toutes les fautes et errements des jeunes femmes modernes. Sous la plume condescendante d'Enid, Lola devenait l'incarnation du mal.

L'après-midi où l'article fut publié, Lola s'installa sur son lit dans son minuscule appartement et lut ce qu'on disait d'elle sur Internet. Le journal était à côté de son ordinateur, ouvert à la page de la chronique d'Enid. La première fois qu'elle l'avait lu, elle avait fondu en larmes. Comment Enid pouvait-elle être si cruelle ? Mais cela n'avait été qu'un début. Une avalanche de commentaires négatifs sur Lola avait déferlé sur Internet. Elle s'y faisait traiter de pute, de salope. Ses traits physiques y étaient disséqués, critiqués – de nombreux internautes la soupçonnaient, à juste titre, de s'être fait refaire le nez et les seins. Des centaines d'hommes avaient laissé des messages sur sa page Facebook, décrivant les outrages qu'ils aimeraient lui faire subir. Le résultat n'était pas très ragoûtant. Un homme racontait qu'il rêvait de lui « fourrer ses couilles au fond de la gorge jusqu'à ce qu'elle s'étouffe et que les yeux lui sortent des orbites ». Jusqu'alors, Lola avait toujours apprécié la méchanceté totalement désinhibée d'Internet. Les gens sur lesquels on écrivait ces horreurs devaient bien le mériter, non ? Mais maintenant qu'elle était visée, ça changeait tout. Profondément affectée, elle avait l'impression d'être un animal blessé qui laisse derrière lui une piste de sang. Après avoir lu un autre commentaire où il était dit que toutes les Lola Fabrikant du monde méritaient de crever seules dans un foyer d'accueil pour SDF, elle craqua de nouveau.

Ce n'était pas juste, songea-t-elle, pelotonnée sur son maigre matelas. Elle avait supposé qu'une fois célèbre, tout le monde l'aimerait. Désespérée, elle envoya un texto à Thayer Core – un de plus : « Où es-tu ??????!!!!!!!! » Elle attendit quelques minutes. Ne recevant pas de réponse, elle en envoya un deuxième. « Je ne peux pas sortir de chez moi. J'ai faim. J'ai besoin de manger. » Puis un troisième : « Et apporte de l'alcool. » Au bout d'une heure, Thayer lui répondit enfin, par un simple mot : « Occupé. »

Il vint quand même la voir avec un paquet de chips au fromage.

« Tout ça, c'est ta faute ! hurla Lola.

— Ma faute ? Je pensais que c'était ce que tu voulais, qu'on parle de toi.

— Oui, mais pas comme ça.

— Alors, il ne fallait pas le provoquer. Tu as déjà entendu parler du libre arbitre ?

— C'est à toi de me sortir de là.

— Impossible. » Il ouvrit le paquet de chips et en fourra quatre dans sa bouche. « J'ai commencé à travailler aujourd'hui. Pour Mindy Gooch.

— Comment ? Je croyais que tu la détestais !

— Je la déteste, mais je ne suis pas obligé de détester le fric qu'elle me file. Je vais être payé cent mille dollars par an. Je travaille dans le département nouveaux médias. Dans six mois, je serai certainement le chef. Ces gens-là, ils n'y connaissent que dalle.

— Et moi alors, je fais quoi ?

— Pourquoi tu me demandes à moi ? répondit-il, impassible. Cela dit, si tu ne tires pas profit de toute cette publicité que je t'ai faite, tu es encore plus bête que je ne pensais. »

Le mois de juin arriva, apportant avec lui des températures anormalement élevées. Depuis trois jours, il faisait près de trente degrés. On étouffait dans l'appartement des Gooch. James fut obligé d'allumer le système vétuste et crachotant d'air conditionné. Ce matin-là, posté devant son ordinateur à essayer de se convaincre qu'il devait écrire un nouveau bouquin, il entendit dans la chambre d'à côté sa femme et son fils préparer les valises de Sam. Il regarda sa montre. Le car de Sam partait dans quarante minutes. Mindy et leur fils allaient sortir d'une minute à l'autre – et dès qu'ils auraient passé la porte, il se précipiterait sur la chronique sexe de Lola. Il était rentré épuisé de sa dernière tournée promotionnelle, en partie à cause du décalage horaire, et trop fatigué pour penser à son prochain livre – ce qui ne l'avait pas empêché d'aller voir Lola six fois en dix jours et, à chaque fois, de la baiser comme un dieu. Un jour, elle s'était mise debout au-dessus de lui et il avait écarté les lèvres de sa chatte pour lécher son petit clitoris bien ferme. Une autre fois, il s'était allongé sur le dos et elle l'avait enfourché en lui présentant son cul, et il avait enfoncé son majeur dans son anus plissé. Quand Mindy rentrait chez elle le soir, elle disait à James qu'elle le trouvait gai. Il répondait qu'en effet, il était de bonne humeur, et que c'était bien son droit, non ? Alors Mindy abordait le sujet de leur future maison de campagne. Ils ne pouvaient pas, reconnaissait-elle, s'acheter une maison dans les Hamptons ; par contre ils avaient des chances de trouver quelque chose d'abordable dans le comté de Litchfield, un endroit tout aussi ravissant et peut-être même mieux que les Hamptons, parce que plein d'artistes y habitaient et que la région n'était pas encore envahie par les rois de la finance. En le harcelant comme elle en avait l'habitude, elle l'avait persuadé de passer un week-end là-bas. Ils étaient descendus deux nuits au Mayflower Inn – une dépense de deux mille dollars – et avaient cherché des maisons. Mindy s'efforçait, James en avait bien conscience, d'être raisonnable et de ne s'intéresser qu'à des maisons de moins d'un million trois cent mille dollars. Mais aucune ne plaisait à James. Alors, par défi peut-être, Mindy avait inscrit Sam à un stage de tennis d'un mois dans la petite ville chic de Washington, dans le Connecticut, où il serait logé dans les dortoirs d'une école privée.

À présent, James était bien tenté d'aller jeter un coup d'œil à la chronique de Lola pendant que Mindy finissait les bagages de Sam. Dans son dernier article, Lola avait raconté comment il l'avait pénétrée tour à tour avec un vibromasseur et avec sa queue. Contrairement à Mindy, Lola avait eu la présence d'esprit de changer son nom et de le surnommer « Terminator » – parce que les orgasmes qu'il provoquait étaient d'une telle intensité qu'ils pouvaient se révéler fatals. James, trop fier, n'avait pas pu se fâcher contre elle. Mieux, il lui avait acheté le bracelet Hermès émaillé dont elle rêvait et que, disait-elle, toutes les femmes des quartiers chic de l'Upper East Side portaient. Il avait payé cash afin que Mindy ne s'aperçoive pas de la dépense. Il regarda son ordinateur, bouillant d'impatience. Lola avait-elle écrit sur lui à nouveau, et dans ce cas, qu'avait-elle raconté ? Hélas, Mindy était toujours dans l'appartement. Si elle le prenait sur le fait ? Non, c'était trop risqué. Résistant vaillamment à la tentation, James se leva et entra dans la chambre de Sam.

« Quatre semaines de tennis, dit-il à son fils. Tu vas t'ennuyer, tu penses ? »

Mindy était en train de mettre des chaussettes de tennis blanches dans la valise. « Mais non, dit-elle.

— Vraiment, cette façon d'adopter les pratiques des classes supérieures, je déteste, poursuivit James. C'est très bien, le basket. En tout cas, moi je m'en contentais.

— Arrête, James ! Ton fils, ce n'est pas toi. En tant qu'adulte doté d'une certaine intelligence, tu aurais dû le comprendre, à ton âge.

— Mmm », fit James. Mindy s'était montrée quelque peu sèche ces derniers temps avec lui. Craignant que ce comportement ne s'explique par certains soupçons concernant ses relations avec Lola, il avait choisi de faire le dos rond.

« En outre, reprit-elle, je veux que Sam se sente à l'aise dans la région, qu'il y ait plein d'amis. Parce que nous y aurons bientôt une maison.

— Vraiment ?

— Oui, James », répondit-elle avec un sourire laconique.

Brusquement inquiet, James alla dans la cuisine se verser une tasse de café – pas la première de la journée. Quelques minutes plus tard, Sam vint lui dire au revoir, puis partit à la gare routière accompagné de Mindy. À peine entendit-il la porte se fermer que James se précipita sur son ordinateur et tapa l'adresse du site. « Terminator frappe encore. Glissant sa queue dans ma chatte chaude et humide, l'ignoble personnage me chatouille le trou du cul pendant que je presse sa bite pour en faire gicler le foutre. »

« Lola, avait dit James après avoir lu le premier épisode de ses exploits sexuels, comment peux-tu écrire des choses pareilles ? Tu n'as pas peur pour ta réputation ? Et si jamais un jour tu trouves un vrai boulot et que ton employeur voie ça ? »

Lola l'avait regardé comme s'il était complètement hors du coup. « Regarde toutes ces célébrités qui étalent leur vie sexuelle au grand jour, avait-elle répondu. Ça ne leur a pas nui. Bien au contraire, ça a carrément lancé leur carrière. »

Maintenant, James sentait sa queue se gonfler en lisant la suite du blog de Lola. Il fallait faire quelque chose. Il alla dans la salle de bains et se branla. Puis il recueillit le fluide révélateur dans un mouchoir en papier qu'il fit disparaître dans les toilettes. Il se regarda dans le miroir d'un air déterminé. La prochaine fois qu'il verrait Lola, il essayerait de l'enculer.

Mindy regarda Sam monter dans le car qui l'emmenait à Southbury, dans le Connecticut, puis agita la main dans sa direction jusqu'à ce qu'il soit sorti du parking souterrain. Elle hâta le pas, soulagée d'avoir éloigné son fils de Paul Rice. Elle héla un taxi, se glissa sur la banquette arrière et tira de son sac une certaine petite feuille pliée, sur laquelle il était écrit « C'est Sam qui a coupé les câbles » au crayon à papier, en minuscules lettres majuscules. La feuille portait le logo de l'hôtel Four Seasons de Bangkok. Visiblement, Paul Rice avait tout un stock de bloc-notes de ce type.

Elle replia la feuille et la remit dans son sac. Elle l'avait découverte dans sa boîte à lettres l'autre jour. James était convaincu qu'elle voulait une maison de campagne pour servir ses propres ambitions. En fait, elle s'était lancée dans cette quête immobilière pour mettre Sam, et elle-même, à l'abri de Paul Rice sans pour autant éveiller les soupçons. Un type qui pouvait s'emparer du marché financier d'un pays entier était certainement capable de tout, y compris de persécuter un petit garçon. Si les résidents du Numéro 1 s'étaient tous sentis concernés par la mort de Billy Litchfield, Paul Rice, lui, n'avait assisté ni à la messe de souvenir, ni à la fête donnée en l'honneur de Billy par Annalisa. Pour ce que Mindy en savait, il poursuivait peut-être l'enquête sur le sabotage et finirait par trouver la preuve que Sam en était l'auteur.

Comme Paul Rice, Mindy savait que c'était effectivement Sam. Mais jamais elle ne révèlerait ce secret, pas même à son mari. Cela dit, elle en avait un autre, de secret. Elle entra dans son bureau, passa devant Thayer Core qui, cantonné dans son box comme un animal en cage, consultait une liste interminable de mails. Mindy s'arrêta et, passant la tête par-dessus la paroi du box, le regarda de haut, comme pour lui rappeler l'autorité qu'elle avait sur lui.

« Vous avez imprimé les notes prises au cours de la réunion d'hier ? » lui demanda-t-elle.

Thayer fit glisser sa chaise vers l'arrière et, histoire de la contrarier, posa les pieds sur son bureau et croisa les bras. « Quelle réunion ?

— Je les veux au complet. » Elle commença à s'éloigner, puis s'arrêta comme si elle venait de se souvenir de quelque chose. « Et je veux aussi un exemplaire papier de la chronique sexe de Lola Fabrikant. »

Une fois certain que Mindy ne pouvait l'entendre, Thayer marmonna : « T'as qu'à la lire sur ton ordinateur ! Comme tout le monde ! » Il se leva et traversa le dédale de petits boxes jusqu'à l'imprimante, où il récupéra la chronique de Lola. Il la lut rapidement. Lola baisait de nouveau avec James Gooch. Mindy était-elle conne au point de ne pas se rendre compte que Lola parlait de son propre mari ? Et maintenant, James et lui avaient quelque chose en commun. Beurk ! Sauf que James filait du fric à Lola, alors que Thayer profitait des mêmes avantages sans débourser un cent. Il ne pouvait donc pas vraiment se plaindre.

« Et voilà, dit Thayer à Mindy en déposant la version imprimée avec un grand geste du bras.

— Merci », répondit-elle, le regard fixé sur l'écran de son ordinateur.

Thayer resta là un moment à l'observer. « Je peux avoir une augmentation ? » lui demanda-t-il.

Elle sembla enfin se rendre compte de sa présence. Elle chaussa ses lunettes pour voir de près. Son regard alla de l'article posé sur son bureau à Thayer. « Vous travaillez ici depuis combien de temps ?

— Un mois.

— Je vous paie déjà cent mille dollars par an.

— Ce n'est pas assez.

— Revenez dans cinq mois. Je verrai ce que je peux faire. »

Vieille peau de vache, jura Thayer en regagnant son box. Cela dit, Mindy n'était pas si mauvaise que ça, du moins pas autant qu'il l'avait cru. Elle l'avait même emmené boire une bière et lui avait posé toutes sortes de questions un peu indiscrètes sur l'endroit où il vivait, sur la façon dont il s'en sortait. En apprenant qu'il vivait sur la C Avenue, elle avait fait la grimace. « Ce n'est pas un quartier digne de vous. Je vous vois habiter un endroit plus agréable, par exemple le West Village. » Elle lui avait donné des conseils pour sa carrière, par exemple porter une cravate pour avoir l'air plus « professionnel ».

Pour des raisons qui lui échappaient, il avait suivi ses conseils. Elle avait raison, s'était-il dit en regagnant son trou à rats. L'endroit n'était pas digne de lui. Il avait vingt-cinq ans. Certains, à son âge, étaient milliardaires. Cela dit, il se faisait cent mille dollars par an, une somme considérable comparé à ce que gagnaient ses copains. Il consulta le site Craigslist et trouva un appartement dans un immeuble sans ascenseur sur Christopher Street, avec une chambre à peine plus grande qu'un lit à deux places. Le loyer était de deux mille huit cent dollars par mois, ce qui représentait trois quarts de ses revenus. Mais ça valait le coup. Il montait dans l'échelle sociale.

Assise à son bureau avec ses lunettes sur le nez, Mindy lut attentivement le dernier épisode des aventures sexuelles de Lola. La jeune femme avait une façon bien à elle d'évoquer l'acte sexuel. Elle ne se contentait pas de décrire l'aspect mécanique des choses, mais s'attardait également sur les caractéristiques physiques de son partenaire. Dans les quatre premiers articles, Philip Oakland avait tenu le rôle de l'amant. Par contre, celui-ci et le précédent parlaient de James. Lola avait beau appeler son partenaire Terminator, ce que Mindy trouvait très drôle, la description de sa verge « constellée de petits grains de beauté qui rappelaient vaguement Osiris » désignait à coup sûr James. Mais ce n'était pas seulement la description de sa verge qui le trahissait. « Je veux connaître ton corps tout entier. Y compris ce trou-là », avait déclaré Terminator. Mot pour mot ce que James lui avait dit au début de leur mariage quand il avait voulu essayer la sodomie.

Mindy mit l'article de côté et retourna à son ordinateur. Elle tapa l'adresse de l'agence immobilière du comté de Litchfield, parcourut le site et tomba sur l'annonce avec les photos. Le week-end précédent, la dame de l'agence leur avait expliqué, à James et elle, qu'il y avait peu de biens dans leur budget – que pratiquement tout dépassait un million trois cent mille dollars. Elle avait cependant une maison de rêve pour eux, mais un peu plus chère. Désiraient-ils quand même jeter un coup d'œil ? Oui, avait répondu Mindy.

La maison, qui venait tout juste d'être libérée par son ancien propriétaire, un vieux fermier, n'était pas en très bon état. Mais c'était un bien rare. Il y avait les six hectares d'origine et trois cheminées dans le bâtiment lui-même, construit à la fin du dix-huitième siècle. Il y avait également un verger de vieux pommiers et une grange rouge (tombant en ruine, mais la restauration d'une grange ne coûtait pas cher), et l'ensemble était situé sur l'une des rues les plus convoitées dans l'une des villes les plus chic de la région – Roxbury, dans le Connecticut, deux mille trois cents habitants, mais pas n'importe lesquels. Arthur Miller et Alexander Calder avaient vécu dans le coin, ainsi que Walter Matthau. Philip Roth habitait à quelques kilomètres. Et la maison était une bonne affaire – un million neuf cent mille dollars.

« Trop cher, avait déclaré James dans la voiture de location en rentrant à New York.

— Elle est parfaite, avait répondu Mindy. Et tu as

entendu la dame de l'agence. Des biens comme celui-ci sont extrêmement rares.

— L'idée de dépenser tant d'argent m'effraie. Pour une maison. Avec en plus des travaux. Tu sais combien ça coûterait, de la restaurer ? Des centaines de milliers de dollars. Certes, aujourd'hui, on a suffisamment d'argent. Mais qui sait ce qui arrivera demain ? »

En effet, songea Mindy en appuyant sur la touche interphone de son poste. Qui sait ? « Thayer, dit-elle, vous pouvez venir, s'il vous plaît ?

— Qu'est-ce qu'il y a encore ? »

Mindy sourit. Elle avait été agréablement surprise par Mister Thayer Core. En plus d'être un assistant d'une efficacité redoutable, il était un concentré de méchanceté, de paranoïa et de négativité, exactement comme elle. Il lui rappelait ce qu'elle était à vingt-cinq ans. Elle trouvait sa franchise rafraîchissante.

« Il me faut un autre exemplaire papier, en couleur », dit-elle.

Thayer Core revint au bout de quelques minutes avec une copie de la brochure présentant la maison. Mindy l'agrafa aux deux articles où Lola racontait les exploits sexuels de James et y colla un Post-it sur lequel elle écrivit : « Pour ton information. » Elle tendit les documents à Thayer. « Vous pouvez envoyer ça par coursier à mon mari, s'il vous plaît ? »

Thayer feuilleta les documents et, avec un signe de tête admiratif, répondit : « Ça devrait marcher.

— Merci. Allez, zou ! »

Thayer appela le service messagerie pour qu'on lui envoie un coursier et glissa les documents dans une enveloppe en papier Kraft tout en gloussant discrètement. Il s'était moqué de Mindy Gooch pendant des mois et persistait à trouver le personnage un peu ridicule, mais il devait lui reconnaître une qualité : elle avait des couilles.

Deux ou trois heures plus tard, Mindy téléphona à James. « Tu as bien reçu mon enveloppe ? »

James répondit que oui dans un murmure terrifié. « Parfait. Figure-toi que j'ai pensé à toute cette histoire, poursuivit-elle. Cette maison, je veux l'acheter. Tout de suite. Je n'attendrai pas un jour de plus. Je vais appeler l'agence et leur faire une offre.

— Super », dit James, plus affolé qu'enthousiaste.

Mindy s'enfonça dans son fauteuil en enroulant le fil du téléphone autour de son doigt. « J'ai hâte de commencer les travaux de rénovation. J'ai plein d'idées. Au fait, et ton nouveau livre, ça avance ? »

Dans son penthouse de la Cinquième Avenue, Annalisa préparait le plan de table pour le gala de la fondation King David, ce qui consistait à inscrire le numéro des tables en face des noms des invités figurant sur la liste de vingt pages. C'était une tâche ennuyeuse, comme d'habitude, mais il fallait bien que quelqu'un s'en charge. Maintenant qu'elle avait pris la place de Connie Brewer en tant que présidente du comité d'organisation, c'était à elle que la corvée incombait. Elle avait dans l'idée que Connie n'avait abandonné ses fonctions qu'à contrecœur, mais que, le procès de Sandy approchant, les autres membres du comité avaient jugé peu judicieuse la présence de Connie en leur sein. Cela n'aurait fait que rappeler le scandale autour de la croix de Mary-la-Sanglante, si bien que les journalistes se seraient plus intéressés aux Brewer qu'au gala lui-même.

L'événement, qui avait lieu quatre jours plus tard, devait prendre une ampleur encore plus spectaculaire que l'année précédente. Rod Steward allait chanter, et Schiffer Diamond avait accepté de présenter le gala. Après la mort de Billy, Annalisa et Schiffer étaient devenues assez proches, tout d'abord parce qu'elles s'étaient consolées mutuellement, puis parce que ce chagrin commun s'était mué en réelle amitié. Comme elles étaient toutes deux des personnages publics, elles se découvrirent des points communs. Schiffer conseilla à Annalisa d'engager son attachée de presse, Karen, tandis qu'Annalisa présenta à Schiffer sa styliste dingue, Norine. Le tournage de *Lady Superior* s'était momentanément interrompu, si bien que Schiffer passait souvent chez Annalisa en fin de matinée à l'heure du café, qu'elles prenaient sur la terrasse. Parfois, Enid se joignait à elles. Annalisa appréciait ces moments. Enid avait raison – une copropriété, ça ressemblait à une famille, et les petites manies des autres résidents étaient une source constante d'amusement. « Mindy Gooch a enfin suivi mon conseil et engagé Thayer Core, annonça un jour Enid, si bien que nous n'avons plus à nous soucier de lui. Et James Gooch entretient une liaison avec Lola Fabrikant.

— La pauvre ! dit Schiffer.

— Qui ça ? Mindy ou Lola ? demanda Annalisa.

— Les deux.

— Pauvre Lola ? Pensez donc ! s'exclama Enid. Une intrigante, oui ! Pire encore que Flossie Davis ! Elle ne rêvait que de vivre au Numéro 1 et de dépenser l'argent de Philip.

— Vous ne croyez pas que vous avez été un peu cruelle envers elle, Enid ? demanda Schiffer.

— Pas du tout ! Il faut faire preuve de fermeté avec ce genre de personnage. Elle couchait avec Thayer Core dès que Philip avait le dos tourné, et dans le lit de Philip en plus. Elle me fait penser à une sorte de virus – elle revient toujours à l'attaque.

— Mais pourquoi est-elle revenue à New York ? s'étonna Annalisa.

— Par entêtement stupide. Mais elle n'ira pas loin. Vous verrez », conclut Enid.

En se rappelant les propos échangés ce jour-là, Annalisa se dit qu'elle ne pouvait pas reprocher à Lola d'avoir envie de vivre au Numéro 1. Elle-même, à l'instar d'Enid et Schiffer, adorait cet immeuble. Le seul problème, c'était Paul. Quand il avait appris que Schiffer et Philip allaient se marier, il lui avait demandé d'user de son influence pour obtenir de Philip et Enid qu'ils lui vendent leurs appartements. Les jeunes mariés auraient besoin d'un logement plus grand, et Enid aurait envie de déménager de toute manière, n'est-ce pas ? Pas du tout, lui avait répondu Annalisa. Les deux femmes avaient décidé d'échanger leurs logements, pour que Schiffer et Philip puissent réunir les deux appartements du treizième étage. Alors Paul suggéra qu'eux-mêmes trouvent un appartement plus grand, quelque chose dans les quarante millions de dollars. Là aussi, elle lui avait résisté. « C'est trop cher, Paul », avait-elle dit en se demandant où s'arrêterait ce désir farouche chez lui de posséder ce qui se faisait de plus grand et de meilleur. Le sujet avait été momentanément relégué à l'arrière-plan par la nouvelle obsession de Paul : s'acheter un avion – le nouveau G6, qui ne serait prêt que dans deux ans. Il avait versé un acompte de vingt millions de dollars avant de se déclarer victime d'une grande injustice : il se retrouvait quinzième sur la liste d'attente, et non pas premier. Annalisa avait remarqué que ses obsessions devenaient de plus en plus incontrôlables. L'autre jour, il avait lancé un vase sur Maria parce qu'elle ne l'avait pas prévenu immédiatement de l'arrivée de deux poissons, qui valaient plus de cent mille dollars pièce et venaient spécialement du Japon. Cela, Maria ne le savait pas, si bien qu'elle les avait laissés dans le bocal où ils avaient été transportés pendant cinq heures – qui auraient pu leur être fatales. Maria avait démissionné et Annalisa lui avait donné deux cent mille dollars pour qu'elle ne porte pas plainte contre Paul. Elle avait engagé deux nouvelles gouvernantes, ce qui semblait avoir calmé Paul, qui exigea que l'une d'elles s'occupe des poissons vingt-quatre heures sur vingt-quatre. Tout cela était plutôt inquiétant, mais ce n'était rien comparé à l'attitude de Paul envers Sam Gooch.

« C'est lui qui a coupé les câbles, déclara Paul un soir au dîner. Ce petit salaud de Sam Gooch.

— Ne sois pas ridicule.

— Je sais que c'est lui.

— Comment tu le sais ?

— Il m'a regardé d'une drôle de manière dans l'ascenseur.

— Alors comme ça un gamin de treize ans te regarde, et tu sais que c'est lui le coupable ! dit Annalisa, exaspérée.

— J'ai engagé quelqu'un pour le suivre. »

Annalisa posa sa fourchette. « Laisse tomber, Paul, dit-elle d'un ton ferme.

— Il m'a fait perdre vingt-six millions de dollars.

— Ça ne t'a pas empêché de gagner cent millions de dollars ce jour-là. Qu'est-ce que c'est vingt-six millions, à côté ?

— Vingt-six pour cent », répliqua Paul.

Annalisa avait cru que Paul exagérait quand il disait

qu'il faisait suivre Sam. Or, quelques jours plus, un soir où elle se préparait à se coucher, elle le vit en train de lire un document qui ne ressemblait pas à ces graphiques et ces tableaux qu'il parcourait normalement avant de dormir. « C'est quoi, ça ? lui demanda-t-elle.

— Le rapport du détective privé sur Sam Gooch. »

Annalisa le lui arracha des mains et commença à lire à haute voix. « "Le suspect est allé au terrain de basket de la Sixième Avenue... Le suspect a participé à une sortie scolaire au Museum of Science and Technology... Le suspect est entré au numéro 742, Park Avenue, et y est resté trois heures, au bout desquelles il est sorti et a pris le métro jusqu'à la 14ᵉ Rue..." Oh non, Paul », dit-elle. Dégoûtée, elle déchira le rapport et le jeta.

« Ce que tu as fait est regrettable, déclara Paul lorsqu'elle se remit au lit.

— Toi aussi, ce que tu as fait est regrettable », rétorqua-t-elle en éteignant la lumière.

À présent, quand elle pensait à Paul, un nœud se formait dans son ventre. Plus il gagnait d'argent, plus il devenait mentalement instable. Et comme Sandy Brewer était complètement absorbé par son procès, personne ne pouvait mettre un frein à ses entreprises.

Annalisa posa le plan de table et monta se changer. Les dépositions pour le procès de Sandy avaient commencé, et comme ils faisaient partie des personnes qui avaient vu la croix, Annalisa et Paul se retrouvaient sur la liste des témoins. Paul, qui avait fait sa déposition la veille, avait suivi les conseils de son avocat et affirmé ne pas se souvenir d'avoir vu la croix ou d'en avoir entendu parler. Quant à Billy Litchfield, la seule chose dont il croyait vaguement se souvenir, c'est que sa femme le connaissait. Sandy Brewer avait assisté à cette déposition en bénissant la piètre mémoire de Paul. Mais il est vrai que Paul en savait beaucoup moins que son épouse. Pire encore, l'avocat avait informé Annalisa que Connie Brewer serait à sa déposition. Ce serait la première fois qu'elles se verraient depuis des mois.

Annalisa choisit un ensemble veste-pantalon en gabardine blanche que Billy aurait approuvé. Désormais, quand elle pensait à lui, c'était toujours avec une pointe d'amertume. Sa mort avait été à la fois absurde et inutile.

La déposition avait lieu dans une salle de conférence du cabinet des avocats des Brewer. L'air terrifiée et blême, Connie était assise entre deux des avocats de Sandy, qui n'était pas là. Le représentant de l'État, qui portait un costume informe et avait des boutons sur le visage, trônait en bout de table.

« Commençons, Mrs Rice, déclara-t-il. Vous est-il arrivé de voir la croix de Mary-la-Sanglante ? »

Annalisa regarda Connie, qui fixait ses mains.

« Je ne sais pas, répondit-elle.

— Comment cela, vous ne savez pas ?

— Connie m'a montré une croix un jour, mais je ne peux pas affirmer que c'était celle-là.

— Qu'est-ce qu'elle vous a dit dessus ?

— Elle m'a expliqué qu'elle avait appartenu à une reine. Mais elle pouvait venir de n'importe où. J'ai cru que c'était un bijou fantaisie.

— Avez-vous parlé de la croix avec Billy Litchfield ?

— Non », mentit Annalisa. Billy était mort à cause de ce stupide bijou. N'était-ce pas assez ?

L'interrogatoire dura une heure, au terme de laquelle Annalisa fut autorisée à partir. Connie l'accompagna jusqu'à l'ascenseur. « Merci pour ce que tu as dit, murmura-t-elle.

— Oh, Connie, fit Annalisa en la serrant contre sa

poitrine, c'est le moins que je puisse faire. Et toi, comment vas-tu ? On pourrait déjeuner ensemble un jour, non ?

— Peut-être, répondit Connie d'une voix hésitante, quand tout ceci sera terminé.

— Ça va bientôt finir. Et alors, tout ira bien.

— Je n'en suis pas si sûre. Sandy n'a plus le droit d'exercer son métier parce qu'il fait l'objet d'une enquête, ce qui veut dire que nous n'avons aucune rentrée d'argent. Les avocats nous demandent des honoraires astronomiques. Même si Sandy est innocenté, je ne suis pas sûre de vouloir rester à New York.

— Oh, Connie...

— C'est une ville, rien de plus. Je me disais qu'on pourrait aller s'installer dans un État où personne ne nous connaît. Le Montana par exemple. »

Ce soir-là, lorsque Paul rentra à la maison, Annalisa voulut lui raconter sa journée. Elle entra dans son bureau et le trouva debout devant son aquarium géant à admirer ses poissons. « Connie m'a dit qu'ils allaient être obligés de vendre leur appartement.

— Vraiment ? fit Paul. Ils en veulent combien ? »

Elle le regarda, interloquée. « Je n'ai pas demandé. Je ne sais pas pourquoi, mais ça ne me semblait pas correct.

— On pourrait peut-être l'acheter. C'est plus grand qu'ici. Et comme ils sont aux abois, on pourrait obtenir un bon prix. L'immobilier baisse. Ils vont certainement devoir vendre vite. »

Annalisa sentit son ventre se contracter sous l'effet de la peur. « Paul, je ne veux pas quitter cet appartement.

— Toi, non. Mais c'est moi qui ai l'argent, répondit Paul, tout en observant ses poissons. En fin de compte, c'est moi qui décide. »

Annalisa se raidit. Lentement, comme si Paul était une personne dangereuse aux réactions imprévisibles, elle s'approcha de la porte. Elle s'arrêta un instant et dit à voix basse : « Comme tu veux, Paul », avant de sortir et de fermer discrètement derrière elle.

Le lendemain matin, Lola Fabrikant se réveilla à midi, un peu groggy et vaseuse. Elle s'extirpa péniblement du lit, prit un antalgique, puis alla dans sa minuscule salle de bains pour examiner son visage dans la glace. Malgré la quantité d'alcool qu'elle avait bue la veille lors de la fête d'anniversaire d'un célèbre rappeur, sa peau paraissait aussi fraîche que si elle revenait d'une thalasso. Au cours des derniers mois, elle s'était rendue compte que son corps pouvait ingurgiter ou subir toutes sortes de choses sans que les effets ne se voient sur son visage.

Malheureusement, elle n'aurait pas pu dire la même chose de son appartement. La salle de bains était crasseuse et encombrée de produits de maquillage, de crèmes et de lotions. Par terre, près des toilettes gisaient un slip et un soutien-gorge La Perla tout chiffonnés, qu'elle avait jetés là en se disant qu'elle les laverait à la main plus tard. Mais ces jours-ci, elle ne venait pas à bout des tâches ménagères, si bien que son appartement était en train de devenir, pour reprendre les termes de James Gooch, une véritable porcherie. « Alors trouve-moi une femme de ménage », avait-elle rétorqué, en lui faisant remarquer que l'état de son appartement ne le dissuadait pas de venir.

Elle entra dans la cabine de douche en plastique, qui était si petite qu'elle se cogna le coude en se lavant les cheveux. Comme elle détestait cet endroit ! Même

Thayer Core avait réussi à trouver un appartement plus grand dans un meilleur quartier, ce qu'il ne se privait pas de lui répéter. Depuis qu'il travaillait pour Mindy Gooch, Thayer était devenu un raseur qui ne pensait qu'à sa carrière, alors qu'il n'était ni plus ni moins qu'un assistant, lui rappelait Lola, en dépit de la carte professionnelle qui le bombardait du titre de partenaire. Ils se voyaient toujours, mais uniquement tard dans la nuit. Après ses soirées prolongées en boîte, Lola, qui redoutait de se retrouver toute seule chez elle, appelait Thayer et le tannait pour qu'il l'accueille chez lui. En général, il acceptait mais la chassait à huit heures et demie le lendemain matin, parce que, disait-il, il n'avait pas confiance en elle et que, maintenant qu'il avait un appartement correct, il entendait le maintenir en état.

Elle appliqua de l'après-shampoing sur ses cheveux. Peu importait ! Elle aussi aurait bientôt un appartement plus grand ! En effet, cet après-midi-là, elle devait aller à une audition pour un reality show. Le film *Sex and the City* avait eu beaucoup de succès, et des producteurs voulaient en faire une version reality show. Ils avaient lu sa chronique, l'avaient contactée via Facebook et lui avaient proposé une audition en suggérant qu'elle ferait une Samantha bis parfaite. Certaine d'obtenir le rôle, Lola accepta de passer l'audition. Et depuis une semaine, elle s'imaginait en couverture de *Star*, comme les filles de *The Hills*. Elle deviendrait plus célèbre que Schiffer Diamond. Ça leur apprendrait, à Philip et Enid Merle ! La première chose qu'elle ferait avec son argent serait d'acheter un appartement au Numéro 1. Même un minuscule deux-pièces. Comme cela, elle harcèlerait Philip, Enid et Schiffer Diamond jusqu'à la fin de leur vie.

L'audition était prévue à deux heures, ce qui lui laissait tout le temps de s'acheter une nouvelle tenue et de se préparer. Elle s'enveloppa dans une serviette et, tirant une boîte à chaussures de sous le lit, compta ce qu'elle avait en liquide. Il lui avait fallu deux ou trois jours pour se remettre de l'article qu'Enid avait écrit sur elle, mais elle s'en était remise, et bien. D'ailleurs, elle avait fait valoir à Marquee qu'à présent, elle était vraiment célèbre et qu'il devait la payer plus. Elle lui avait demandé cinq mille dollars, ce qui le fit éclater de rire. Il accepta toutefois de la payer deux mille dollars. Aux huit mille dollars qu'elle avait ainsi accumulés, il fallait ajouter les dix mille dollars que Philip Oakland lui avait donnés et les deux mille qu'elle recevait régulièrement de James Gooch. Comme ce dernier payait son loyer et ses charges, elle avait pu économiser douze mille dollars. Elle prit trois mille dollars en coupures de cent avec la ferme intention d'acheter quelque chose d'extravagant chez Alexander McQueen.

À peine entrée dans la boutique de la 14e Rue, elle repéra une paire de bottes cuissardes en daim, avec des boucles sur le côté. Lorsqu'elle les essaya, la vendeuse s'extasia : elles étaient faites pour elle ! Il n'en fallait pas davantage pour que Lola se décide. Elle acheta les bottes, qui coûtaient deux mille dollars, et les rapporta chez elle dans une énorme boîte. Elle les enfila et mit la robe Hervé Léger qu'elle avait achetée quelques semaines auparavant. L'effet était saisissant. « Superbe ! » commenta-t-elle à haute voix.

Sûre d'elle, elle prit un taxi pour se rendre à l'audition, à quelques centaines de mètres seulement de chez elle, dans les bureaux d'un célèbre directeur de casting. Elle entra dans l'immeuble et emprunta l'ascenseur en compagnie de huit autres filles, qui étaient visiblement là pour les mêmes raisons. D'un regard, Lola décida qu'elle était la plus jolie et n'avait pas à s'en faire. Les portes de la cabine s'ouvrirent sur le quinzième étage, où d'autres jeunes femmes de tous âges et de toutes corpulences attendaient à la file indienne le long du mur.

Impossible ! Ce devait être une erreur. La queue commençait dans une petite salle d'attente et se poursuivait dans le couloir. Une jeune femme passa, un écritoire à pince à la main. Lola lui fit signe. « Excusez-moi, je suis Lola Fabrikant. J'ai rendez-vous pour une audition à deux heures.

— Désolée, dit la jeune femme. C'est une audition ouverte. Prenez la queue.

— Je ne fais pas la queue, moi. Je suis sexe-chroniqueuse. Les producteurs m'ont contactée personnellement.

— Si vous ne voulez pas prendre la queue, pas d'audition. »

Furieuse, Lola gagna la file.

Elle attendit deux heures. Enfin, après avoir remonté le couloir à pas de fourmi et atteint la salle d'attente, son tour arriva. Elle entra dans une salle où quatre personnes étaient installées derrière une longue table.

« Votre nom ?

— Lola Fabrikant, répondit-elle, le menton levé.

— Vous avez une photo et un CV ?

— Je n'en ai pas besoin », fit Lola d'un ton méprisant. Ces gens-là ne savaient-ils donc pas qui elle était ? « Je tiens une chronique sur Internet. Ma photo y est. »

On lui demanda de s'asseoir sur une petite chaise. Un homme braqua une caméra vidéo sur elle tandis que les producteurs commençaient à lui poser des questions.

« Pourquoi êtes-vous venue à New York ?

— Je... » Lola ouvrit la bouche, puis resta coite.

« C'est bon, on recommence. Pourquoi êtes-vous venue à New York ?

— Parce que... » Elle voulut continuer, mais impossible. Il y avait tellement de raisons différentes. Fallait-il évoquer Windsor Pines et sa conviction qu'elle était vouée à un destin supérieur ? Ou serait-ce trop arrogant ? Peut-être devrait-elle commencer par leur parler de Philip ? Ou du fait qu'elle s'était toujours considérée comme un personnage de *Sex and the City* ? Mais ce n'était pas tout à fait vrai. Les femmes du feuilleton étaient vieilles, alors qu'elle était jeune, elle.

« Euh, Lola ?

— Oui ?

— Vous pouvez répondre ? »

Elle devint toute rouge. « Je suis venue à New York », commença-t-elle avec raideur. Puis il y eut un blanc.

« Merci, dit l'un des producteurs.

— Pardon ? demanda-t-elle, interloquée.

— Vous pouvez y aller.

— C'est fini ?

— Oui. »

Elle se leva. « C'est tout ?

— Oui. Vous ne correspondez pas à ce que nous cherchons, mais merci d'être venue.

— Mais...

— Merci ! »

Elle ouvrit la porte et entendit l'un des producteurs dire : « Suivante ! »

L'esprit complètement brouillé, elle reprit l'ascenseur. Qu'était-il arrivé au juste ? Aurait-elle tout loupé ? Elle descendit la Neuvième Avenue en direction de son appartement, tour à tour hébétée, furieuse, puis effondrée, comme si quelqu'un venait de mourir. Elle monta les marches de son immeuble vétuste en se demandant si la personne qui venait de mourir, ça n'était pas elle.

Elle s'effondra sur le lit défait et resta là, les yeux rivés sur une grosse tache d'humidité cerclée de brun qui s'étalait sur le plafond. Elle avait placé tous ses espoirs dans cette audition – dans ce rôle. Et voilà que deux heures plus tard, ces espoirs s'envolaient. Elle était censée faire quoi de sa vie, maintenant ? Elle roula sur le côté et consulta sa messagerie. Elle avait un mail de sa mère lui souhaitant bonne chance pour l'audition, et un texto de James. Ah oui, c'était vrai. James. Au moins elle l'avait toujours, celui-là. « Appelle-moi », avait-il écrit.

Elle composa son numéro. Il était presque cinq heures, ce qui voulait dire qu'il était un peu tard pour l'appeler, sa femme rentrait parfois tôt du travail. Mais aujourd'hui, Lola s'en foutait.

« Allô ? chuchota James en aparté.

— C'est moi. Lola.

— Je peux te rappeler ?

— Bien sûr. » Elle raccrocha, leva les yeux au ciel et balança le téléphone sur le lit. Puis elle commença à faire les cent pas devant le grand miroir bon marché qu'elle avait placé contre un mur. Elle était vraiment canon – qu'est-ce qui clochait chez ces producteurs ? Pourquoi n'avaient-ils pas vu ce qu'elle voyait ? Elle ferma les yeux et secoua la tête en essayant de ne pas pleurer. New York n'était pas juste. Pas juste, tout simplement. Elle y vivait depuis un an, et rien n'avait marché comme il fallait. Ni son histoire avec Philip, ni sa carrière, ni même sa relation avec Thayer Core. Son téléphone sonna – James. « Oui ? » dit-elle d'un ton agacé, avant de se souvenir que James était l'un des derniers tickets-restaurant qui lui restaient. « Tu veux venir ? » lui demanda-t-elle en adoucissant sa voix.

N'osant pas passer ce genre d'appel de chez lui, James se trouvait dans la ruelle avec Skippy. « Il faut qu'on parle, dit-il d'une voix tendue.

— Alors viens !

— Je ne peux pas, chuchota-t-il en regardant autour de lui pour vérifier qu'on ne l'espionnait pas. Ma femme sait tout. À notre sujet.

— Quoi ? piailla Lola.

— Du calme. Elle a découvert ta chronique. Et visiblement, elle l'a lue.

— Elle compte faire quoi, alors ? » s'enquit Lola, brusquement intéressée. Si Mindy demandait le divorce, le champ deviendrait libre.

« Je ne sais pas, murmura James. Elle n'a pas réagi pour l'instant. Mais ça ne saurait tarder.

— Qu'est-ce qu'elle t'a dit au juste ? fit Lola, de plus en plus agacée.

— Elle dit qu'il faut qu'on achète une maison. À la campagne.

— Et alors ? Vous divorcez, elle part vivre à la campagne et toi tu restes à New York. » Et je m'installe avec toi, ajouta-t-elle in petto.

James marqua un temps d'hésitation. « Ce n'est pas aussi simple que cela. Mindy et moi... on est mariés depuis quinze ans. On a un fils. En cas de divorce, il faudrait que je lui donne la moitié de ce que j'ai. Peut-être même tout. Et ça, je n'en ai pas vraiment envie. J'ai un autre bouquin à écrire, et puis je ne veux pas quitter mon fils.

— Tu veux en venir où exactement, James ? l'interrompit Lola froidement.

— Je pense qu'il ne faut plus qu'on se voie », lâcha-t-il.

Tout d'un coup, Lola explosa. « Toi et Philip Oakland ! hurla-t-elle. Vous êtes tous les mêmes ! Des lâches ! Tu me dégoûtes, James ! Vous me dégoûtez tous ! »

ACTE CINQ

21

En prévision du procès de Sandy Brewer, le *New York Times* publia une série d'articles sur la croix de Mary-la-Sanglante. Un historien célèbre y affirmait qu'elle avait été plusieurs fois volée au cours des quatre derniers siècles, et qu'on avait même commis un meurtre pour elle. En effet, au XVIIIᵉ siècle, en France, un curé qui gardait le trésor de son église avait été tué à coups de gourdin par des voleurs venus dévaliser la sacristie. Les cambrioleurs étaient repartis avec un butin comprenant, outre la croix, quatre francs et un pot de chambre. Certainement inconscients de la valeur du bijou qu'ils détenaient, ils l'avaient, croyait-on, vendu à un brocanteur. La croix avait réapparu entre les mains d'une vénérable duchesse douairière du nom d'Hermione Belvoir. À sa mort, le bijou s'était de nouveau volatilisé.

Mais il avait refait surface, et Sandy Brewer allait être jugé pour vol d'objets d'art. Si Billy n'était pas mort, il aurait été lui-même dans le box des accusés. Cela, Annalisa ne l'oubliait pas. Mais les morts ne parlaient pas, et la défense n'avait jamais pu trouver le mystérieux coffret en bois légué à Billy par Mrs Houghton – ni même le moindre élément établissant son implication. L'accusation referma donc ses mâchoires d'acier sur

Sandy Brewer. Il voulut négocier pour obtenir un allègement des charges pesant contre lui, en échange du paiement d'une amende de plus de dix millions de dollars. Or, dans les mois qui avaient suivi la découverte de la croix, la Bourse avait brutalement chuté, le prix du pétrole augmenté, et des personnes jusque-là sans histoires avaient perdu leur maison et leurs économies. La récession menaçait – elle était peut-être même déjà là. Les gens, affirma le représentant du procureur, exigeaient la tête de ce directeur de fonds spéculatif à la fortune indécente qui, non content de faire largement son beurre sur le dos des petits, avait également volé le trésor national d'un autre pays.

En corollaire, on assista à un regain d'intérêt pour Mrs Houghton. Ses bonnes œuvres, sa personnalité et ses motivations firent l'objet d'un autre grand article dans le *Times* qui racontait comment, dans les années soixante-dix, au moment où les caisses du Metropolitan Museum étaient pratiquement vides, Mrs Houghton avait à elle seule sauvé cette vénérable institution grâce à un don de dix millions de dollars. Ce qui n'empêchait pas la résurgence de la rumeur selon laquelle elle avait volé la croix. L'article comprenait les interviews de plusieurs vieilles commères, parmi lesquelles Enid Merle, qui l'avaient connue et qui affirmaient unanimement que Mrs Houghton n'aurait jamais commis un tel acte. Quelqu'un au journal se souvint alors que la rumeur avait été colportée à l'origine par Flossie Davis. Le reporter voulut donc l'interroger, mais Enid s'interposa. Flossie était une dame très âgée atteinte de démence sénile et un rien la perturbait. Une interview risquait de lui être fatale.

Profitant de cette actualité, Sotheby's organisa une vente aux enchères des bijoux de Mrs Houghton. Annalisa, qui s'était prise d'intérêt pour l'ancienne propriétaire de son appartement, assista à la présentation des lots. En admirant la vaste collection de Mrs Houghton, elle qui n'était pas grande amatrice de bijoux, elle fut submergée par l'émotion. Elle comprit que la tradition établissait un lien, et que la vie d'une femme pouvait se prolonger dans celle d'une autre. Peut-être était-ce la raison pour laquelle les mères transmettaient des objets à leurs filles – une façon, à travers des biens matériels, de transmettre un pouvoir. Mais il s'agissait surtout, songea Annalisa, d'être à sa juste place. Les bijoux de Mrs Houghton ne pouvaient trouver leur place que là où ils avaient toujours été, dans le penthouse du Numéro 1. En surenchérissant avec acharnement, Annalisa parvint à acheter douze pièces. Elle les rapporta à la maison et les plaça dans le grand écrin doublé de velours posé sur sa commode, avec le sentiment étrange qu'à présent, il ne manquait presque plus rien à l'appartement.

Elle décida de porter les bijoux pour la première fois à l'occasion de la soirée du gala King David. Ce soir-là, penchée vers le miroir de la salle de bains en marbre, elle mit une paire de boucles d'oreilles ornées de diamants et de perles, puis recula pour étudier l'effet. Les énormes perles, naturellement jaunes, mettaient en valeur ses cheveux auburn et ses yeux gris. Elle pensa à Billy. Comme il aurait été satisfait d'elle et de ce qu'elle avait fait pour l'appartement ! Elle était en train d'ajuster les boucles d'oreilles lorsque la voix de Paul la tira de ses rêveries.

« Tu penses à quoi ? » demanda-t-il.

Elle releva la tête. Il était dans l'embrasure de la porte, le regard fixé sur elle.

« À rien, répondit-elle hâtivement. Qu'est-ce que tu fais ici ? Je croyais que tu allais me rejoindre au gala.

— J'ai changé d'avis. C'est notre grande soirée. Alors je me suis dit qu'il fallait qu'on y aille ensemble.

— C'est gentil.

— Tu n'as pas l'air heureuse.

— Je le suis. C'est juste que je pensais à Billy Litchfield.

— Encore ?

— Oui, encore. C'était mon ami. Jamais je ne pourrai l'oublier.

— Pourquoi ? Il est mort.

— En effet, il est mort, répondit-elle avec une pointe de sarcasme. Mais si Sandy n'avait pas été arrêté, Billy serait toujours vivant. » Elle sortit de la salle de bains et ouvrit la porte de sa penderie. « Tu devrais t'habiller, non ?

— Qu'est-ce que Billy Litchfield avait à voir avec tout ça ? demanda Paul en retirant ses chaussures et sa cravate. Cesse de penser à lui !

— Tiens donc ! Tu veux contrôler mes pensées maintenant ?

— Il est temps que tu passes à autre chose, répliqua Paul en déboutonnant sa chemise.

— C'est Billy qui a vendu la croix à Sandy. Sandy a bien dû te le dire.

— Non. Mais chaque fois qu'on entreprend une manœuvre, il y a toujours un élément imprévu. Je suppose que dans ce cas, c'était Billy Litchfield.

— De quoi tu parles, Paul ? fit Annalisa en sortant de la penderie chaussée d'une paire de sandales dorées à talons hauts avec des lanières. De quelle manœuvre ? » Elle ouvrit l'écrin et en sortit un bracelet Art déco en platine orné de diamants qui avait appartenu à Mrs Houghton.

« De Sandy Brewer, répondit Paul. Si je ne l'avais pas balancé, tu ne serais pas là à mettre la quincaillerie de Mrs Houghton.

— Qu'est-ce que tu veux dire ? demanda Annalisa, tétanisée.

— Allons, tu savais bien que Sandy allait me virer. À cause de ce pépin avec le marché chinois. Comment aurais-je pu savoir que Billy Litchfield trempait dans cette histoire de croix ? Mais au fond, si tu remontes au tout début de cette affaire, c'est la faute de Sam Gooch. S'il n'avait pas coupé les câbles, je n'aurais pas été obligé d'agir comme je l'ai fait.

— Qu'est-ce que tu as fait, au juste ? demanda Annalisa dans un murmure.

— Le mail qui informait le *Times* de l'endroit où se trouvait la croix, c'était moi, répondit Paul en levant le menton pour mettre son nœud papillon. Un jeu d'enfant. Aussi facile qu'une partie de dominos. On en fait tomber un et le reste suit.

— Je croyais que c'était Craig Akio, l'auteur du mail.

— Ça aussi, ça a été un jeu d'enfant. Une fausse adresse Internet – n'importe qui peut le faire. Un coup de génie, et de chance aussi. La meilleure manière de se débarrasser de deux gêneurs en même temps. La chute de l'un entraîne celle de l'autre.

— Mon Dieu, Paul, dit Annalisa, la voix tremblante, personne n'est donc à l'abri de tes manigances ?

— En tout cas, personne dans cet immeuble. Il faut que je réfléchisse à la façon dont je vais me débarrasser de Mindy Gooch et de son sale môme. Et une fois qu'ils auront déguerpi, j'ai l'intention de rendre à leur appartement sa prestigieuse fonction d'origine – celle de réserve à bagages. »

Il enfila ses chaussures vernies et lui tendit le bras. « Tu es prête ? » Voyant qu'elle avait des difficultés à attacher son bracelet, il lui proposa de l'aider.

« Non ! » lança-t-elle sèchement en reculant. À cet instant précis, l'attache glissa dans le fermoir. Elle se ressaisit et dit avec un petit rire nerveux. « Tu vois, j'y suis arrivée seule. »

En prenant ses fonctions de présidente du comité d'organisation du gala King David, Annalisa avait décidé que l'événement se déroulerait au Plaza, tout juste rénové. Lorsqu'Enid arriva là-bas à bord de la limousine de location envoyée par Annalisa, elle hocha la tête en signe d'approbation. Maintenant que ce superbe hôtel était refait à neuf, peut-être New York allait-elle redevenir New York, songea-t-elle. Un tapis rouge menait à l'entrée grandiose, avec des paparazzis de chaque côté. En entendant ces derniers l'appeler par son nom, Enid s'arrêta un instant et leur fit un signe de tête, ravie de voir qu'on voulait toujours la prendre en photo. Dans le hall se trouvait une rangée de joueurs de cornemuse. Un jeune homme vêtu d'un costume noir s'approcha et la prit par le bras. « Vous voici, Mrs Merle. Annalisa Rice m'a demandé de vous escorter.

— Merci », dit Enid. Philip avait souhaité l'accompagner, comme avant, mais elle avait refusé. Elle se débrouillerait parfaitement toute seule. En outre, maintenant qu'il était fiancé, il devait aller au gala avec Schiffer. Il était temps de passer à autre chose, lui avait-elle expliqué. Si bien que Philip et Schiffer étaient partis avant elle pour affronter les journalistes.

Le gala se déroulait dans la salle de bal au décor blanc et doré, au troisième niveau. Jusque-là, Enid avait toujours pris les escaliers de marbre, qui lui donnaient l'impression d'être sur un plateau de cinéma. Mais cette fois-ci, l'aimable jeune homme la mena à l'ascenseur. Enid examina la cabine métallique d'un air désolé. « Ce n'est pas vraiment pareil, dit-elle.

— Pardon ?

— Rien. Peu importe. »

Les portes de la cabine s'ouvrirent sur l'immense foyer où, comme d'habitude dans ce genre de réception, les cocktails étaient servis. Enid fut soulagée de voir que les traditions étaient maintenues. Annalisa s'avança vers elle et l'embrassa sur les deux joues. « Je suis tellement heureuse que vous ayez pu venir.

— Je n'aurais manqué ce gala pour rien au monde, ma belle. Votre premier grand gala de charité. Et en tant que présidente du comité d'organisation qui plus est. Vous allez faire un discours ? Ce serait dans la tradition.

— Oui, j'ai préparé quelque chose cet après-midi.

— C'est bien, dit Enid. Vous avez le trac ? Ne vous en faites pas. Rappelez-vous que vous avez rencontré le président des États-Unis. »

Annalisa prit le bras d'Enid et l'attira vers un coin de la pièce.

« Paul a fait quelque chose d'affreux, lui dit-elle. Il me l'a raconté pendant que nous étions en train de nous préparer.

— Quoi que ce soit, l'interrompit Enid, oubliez-le. Chassez ça de votre esprit. Comportez-vous comme si tout était merveilleux, même si vous pensez le contraire. C'est ce que les gens attendent de vous ce soir.

— Mais...

— Billy Litchfield vous aurait conseillé la même chose. » Puis, remarquant l'expression défaite d'Annalisa, Enid lui donna une petite tape affectueuse sur le bras. « Composez votre visage, ma belle. Voilà, c'est mieux. Maintenant, allez-y. Tous ces gens attendent de pouvoir vous parler.

— Merci, Enid. » Annalisa s'éloigna tandis qu'Enid commençait à se mêler à la foule. Sur de longues tables installées le long des murs et recouvertes de nappes blanches avaient été disposés des lots destinés à des enchères silencieuses. Enid s'arrêta devant une immense photo couleur d'un gigantesque yacht. En dessous, il y avait une description du yacht et une feuille sur laquelle les personnes intéressées pouvaient inscrire la somme qu'elles proposaient. « *The Impressor*. Yacht de quatre-vingts mètres de long. Quatre suites avec lits king-size. Équipe de douze personnes à votre service, dont un professeur de yoga et un moniteur de plongée sous-marine. Disponible en juillet. Les enchères débutent à deux cent cinquante mille dollars la nuit. »

En relevant la tête, Enid s'aperçut que Paul Rice était juste à côté d'elle. « Vous devriez faire une offre », lui dit-elle.

Paul la fusilla du regard, sans aucune raison apparente. Mais sans doute était-ce là sa façon de réagir quand une personne qu'il ne connaissait pas bien l'abordait.

« Vraiment ? dit-il. Pourquoi ?

— Nous sommes tous au courant pour votre aquarium. Visiblement, vous aimez les poissons. Il y a un moniteur de plongée sous-marine à bord. L'océan, ce n'est rien d'autre qu'un vaste aquarium. Vous avez déjà fait de la plongée ?

— Non.

— À ce qu'il paraît, c'est très facile à apprendre »,
déclara Enid. Puis elle s'éloigna.

Le gong sonna le moment de se mettre à table. « Nini ! s'écria Philip en la découvrant dans la foule. Je t'ai
cherchée partout. Où étais-tu passée ?

— Je papotais avec Paul Rice.

— Comment peux-tu adresser la parole à ce type ?
Après tous les ennuis qu'il a causés dans l'immeuble !

— J'aime bien sa femme. Ça serait chouette, non, si
quelque chose arrivait à Paul Rice et qu'Annalisa restait
seule dans l'appartement ?

— Serais-tu en train de nous préparer un petit meurtre ? demanda Philip en s'esclaffant.

— Bien sûr que non, mais ce genre de chose est déjà
arrivé.

— Quoi, un meurtre ?

— Mais non. Un accident. »

Philip leva les yeux au ciel et la mena vers la table
d'honneur. Ils avaient pour voisins de table Annalisa et
Paul, Schiffer bien sûr, ainsi que quelques autres personnes qu'Enid ne connaissait pas – visiblement des collègues de Paul. Schiffer était assise entre Paul et Philip.
« Quelle merveilleuse soirée, dit-elle à Paul pour entamer la conversation.

— C'est bon pour les affaires, rien de plus », répondit-il.

Philip passa le bras dans le dos de Schiffer et lui
caressa la nuque. Elle se pencha vers lui. Ils échangèrent
un petit baiser. Annalisa, qui était en face, les regarda
avec un pincement au cœur. Paul et elle ne partageraient plus ces moments de tendresse désormais, songea-t-elle en se levant. Que partageraient-ils d'ailleurs ?

Elle se dirigea vers le podium et prit place devant
un prompteur sur lequel s'afficherait son discours. Elle

regarda l'océan de visages qui lui faisait face. Parmi le public, certains avaient l'air impatients, tandis que d'autres trônaient à leur table avec suffisance. Mais au fond, pourquoi le leur reprocher ? songea-t-elle. Ils étaient tous riches, possédaient des hélicoptères, des avions, des maisons de campagne. Et des œuvres d'art. Des œuvres d'art à ne plus savoir qu'en faire. Exactement comme Paul et elle. Elle jeta un coup d'œil à son mari. Il tambourinait sur la table avec ses doigts comme s'il espérait que la soirée se termine au plus vite.

Elle inspira puis, renonçant au discours qu'elle avait préparé, déclara : « Je voudrais dédier cette soirée à Billy Litchfield. »

Elle vit Paul sursauter, mais poursuivit. « Billy a consacré sa vie entière à l'art, et non à l'argent. Cette idée risque de paraître effrayante aux yeux de ceux d'entre vous qui travaillent dans le monde de la finance. Mais Billy connaissait la véritable valeur de l'art – il savait qu'elle ne résidait pas dans le prix d'un tableau mais dans sa façon de nourrir l'âme. Ce soir, vos dons iront à des enfants qui n'ont pas le privilège de côtoyer l'art dans leur vie quotidienne. Grâce à la Fondation King David, nous allons y remédier. »

Annalisa sourit, prit une profonde inspiration. « L'année dernière, reprit-elle, nous avons récolté plus de vingt millions de promesses de dons. Ce soir, nous comptons dépasser cette somme. Qui est prêt à se lancer ?

— Moi ! cria un homme devant le podium. Un demi-million de dollars !

— Et moi aussi, un demi-million !

— Un million !

— Deux ! »

Pour ne pas être en reste, Paul se leva. « Cinq millions de dollars », annonça-t-il.

Annalisa le fixa du regard, impassible. Puis elle hocha la tête, brusquement envahie par l'excitation. Les promesses se succédèrent. « Cinq millions ici ! » s'exclama une voix masculine. Dix minutes plus tard, c'était fini. Elle avait récolté trente millions de dollars. Ah, se dit-elle, c'était donc de cela qu'il s'agissait.

Plus tard, lorsqu'elle regagna sa table, Enid tendit le bras et lui attrapa le poignet. Annalisa se pencha vers elle. « Bien joué, ma belle ! murmura Enid. Mrs Houghton n'aurait pas fait mieux. » Après un coup d'œil en direction de Paul, elle ajouta, en attirant Annalisa vers elle : « Vous lui ressemblez beaucoup, ma belle. Mais souvenez-vous de ne pas aller trop loin. »

Six semaines plus tard, à bord du super yacht naviguant dans les eaux de la Grande Barrière de corail, Annalisa se pencha par-dessus le bastingage pour regarder Paul et le moniteur de plongée sous-marine disparaître sous la surface de l'océan. À peine s'était-elle retournée que l'un des douze membres du personnel se précipita vers elle. « Je peux faire quelque chose pour vous, Mrs Rice ? Vous apporter du thé glacé par exemple ?

— Quelle bonne idée !

— Vous déjeunez à quelle heure ?

— Quand Mr Rice sera remonté. Vers une heure.

— Va-t-il replonger cet après-midi ?

— J'espère que non. Ce ne serait pas prudent.

— En effet, madame. » La jeune domestique alla dans la coquerie préparer le thé.

Annalisa grimpa jusqu'à la terrasse, où huit chaises longues entouraient une petite piscine. L'une des extrémités de la terrasse était occupée par une cabine abritant des chaises longues supplémentaires et l'autre par un bar. Annalisa s'installa au soleil. Ses doigts commencèrent à marteler l'accoudoir en teck de la chaise. Elle s'ennuyait, chose terrible à dire quand on se trouvait à bord d'un super yacht de quatre-vingts mètres de long, avec sur le pont supérieur un hélicoptère, un hors-bord, des Jet-skis et tant d'autres appareils mis à votre disposition pour vous amuser dans l'eau. Mais tout cela n'intéressait pas Annalisa. Cela faisait deux semaines qu'ils étaient sur le yacht, et elle bouillait d'impatience de rentrer au Numéro 1. Là, au moins, elle pourrait échapper à Paul pendant la journée. Mais pour Paul, c'était hors de question. Pris de passion pour son nouveau hobby, la plongée sous-marine, il refusait d'écourter ses vacances. Il avait dépensé deux millions de dollars pour ce séjour sur le yacht, offrant cent mille dollars de plus qu'un autre invité du gala King David, et comptait bien en avoir pour son argent. Elle ne pouvait rien dire là-contre. Et puis d'abord, c'était la vieille qui habitait au treizième – il ne se rappelait plus son nom, Enid quelque chose – qui lui avait suggéré de faire une offre pour le yacht.

Annalisa trouvait cela étrange, autant que ce conseil que lui avait donné Enid de ne pas aller trop loin. Qu'est-ce qu'elle avait bien voulu dire ? Une chose était sûre, elle ne voulait pas de Paul au Numéro 1. Peut-être s'était-elle dit qu'un mois sans lui serait mieux que rien. Mais sur ce plan-là, Enid n'avait guère de soucis à se faire et son souhait serait certainement exaucé, puisque Paul ne cessait de dire qu'il voulait vendre l'appartement dès leur retour.

« C'est trop petit pour nous, s'était-il plaint.

— Nous ne sommes que deux, répliqua Annalisa. Il te faut combien d'espace ?

— Beaucoup », répondit-il sans relever son sarcasme.

Elle avait souri, comme c'était son habitude à présent, sans rien répondre. Depuis que Paul lui avait dit avoir provoqué la chute de Sandy Brewer et, par conséquent, la mort de Billy Litchfield, elle vivait en pilotage automatique, incertaine quant à la façon dont elle devait se comporter à l'égard de Paul. Elle ne savait plus qui il était – sauf qu'il était dangereux. Quand elle avait parlé de divorce, il avait refusé tout net.

« Si tu veux vraiment déménager, s'était-elle risquée à suggérer un soir tandis qu'il nourrissait ses poissons, tu devrais. Et moi je garderais l'appartement.

— Tu veux dire, comme après un divorce ?

— Eh bien, oui, Paul. Ce sont des choses qui arrivent de nos jours.

— Et qu'est-ce qui te fait croire que je te laisserais l'appartement ?

— C'est moi qui ai fait faire tous les travaux.

— En effet, avec mon fric !

— J'ai quand même abandonné ma carrière pour toi, pour te suivre à New York.

— Ce qui n'a pas été une grande épreuve. Je croyais que tu adorais vivre ici. Je croyais que tu adorais le Numéro 1. Même si je ne comprends pas pourquoi.

— Là n'est pas le problème.

— Tu as raison, répondit Paul en se dirigeant vers son bureau. Là n'est pas le problème. Le problème, c'est qu'un divorce est hors de question. Je viens de rencontrer certains membres du gouvernement indien. Ils seraient peut-être intéressés par un accord comme celui passé avec les Chinois. Un divorce ne serait pas opportun en ce moment.

— Alors, quand ?

— Je ne sais pas. Par contre, ainsi que tu l'as compris après ce qui est arrivé à Billy Litchfield, la mort peut s'avérer une solution bien plus pratique. Si Billy Litchfield n'était pas mort, il aurait certainement atterri en prison. Ce qui serait terrible. Dieu sait ce qui arrive à des gens comme lui en prison ! »

Ainsi, elle avait sa réponse. Depuis, elle se demandait si ce n'était qu'une question de temps avant que Paul ne l'élimine elle aussi. Quel affront imaginaire déclencherait l'attaque ? Rester avec lui, ce serait comme vivre en prison, à le surveiller, à tenter de jauger son humeur, à redouter le jour où elle ne parviendrait pas à l'amadouer.

Paul remonta de sa leçon de plongée sous-marine une demi-heure plus tard avec plein de choses à raconter sur la faune et la flore sous-marines qu'il avait observées. À une heure, ils s'installèrent chacun à un bout de la table recouverte d'une nappe en lin blanc et mangèrent du homard et une salade d'agrumes. « Tu vas plonger cet après-midi ? demanda Annalisa.

— J'en ai bien envie. Il y a une vieille épave tout près que je voudrais explorer. »

Deux serveurs en uniformes gris et gants blancs s'approchèrent. Ils ôtèrent les plats et mirent le service en argent pour le dessert. « Du vin, madame ?

— Non merci, répondit Annalisa. J'ai un peu mal à la tête.

— C'est à cause de la pression barométrique. Elle est en train de changer. Nous risquons d'avoir du mauvais temps demain.

— Moi, j'en reprendrais bien, du vin », dit Paul.

Le serveur remplit son verre.

« Je ne trouve pas que ce soit une bonne idée d'aller plonger cet après-midi, dit Annalisa. Tu sais qu'il est dangereux de plonger plus de deux fois par jour. Surtout après avoir bu.

— J'ai pris moins de deux verres.

— C'est déjà beaucoup. »

Ignorant délibérément sa remarque, Paul reprit une gorgée de vin. « Je suis en vacances. Je fais ce que je veux. »

Après le déjeuner, Annalisa alla faire la sieste dans la cabine de luxe. Paul entra pour se changer. « Finalement, dit-il en bâillant, je ne vais peut-être pas plonger.

— Ravie de voir que tu deviens raisonnable. Et tu as entendu ce que disait le serveur. La pression change. Tu ne voudrais tout de même pas être pris par le mauvais temps.

— Allons donc ! Le ciel est parfaitement dégagé, rétorqua Paul en regardant par le hublot. Si je n'y vais pas maintenant, il faudra peut-être que j'attende plusieurs jours pour avoir une chance de plonger. »

Alors qu'il enfilait son équipement, le capitaine du yacht s'approcha de lui, un tableau de plongée à la main. « Mr Rice, dit-il, je me permettrai de vous rappeler que c'est votre troisième plongée en eaux profondes aujourd'hui. Elle ne devra pas durer plus de trente minutes au total, dont dix minutes pour la remontée en surface.

— J'ai calculé le temps qui m'est autorisé. Je fais des maths depuis l'âge de trois ans, figurez-vous. » Sur ce, il plaça le masque sur son visage et plongea.

Il descendit, léger comme l'air, empli de cette joie innocente et encore toute nouvelle pour lui d'être libéré des chaînes de la gravité. Le moniteur du yacht le rejoignit. L'eau était particulièrement claire dans la Grande Barrière de corail, même à quatre-vingts pieds, et Paul trouva l'épave sans aucune difficulté. En explorant la coque du vieux navire, il se sentit inondé de bonheur. C'était pour cela qu'il voulait tout le temps plonger. Il se souvint alors d'un passage dans le manuel qui expliquait que cette sensation pouvait être le signe avant-coureur d'une ivresse des profondeurs. Non, ce n'était pas possible. Il devait bien lui rester cinq ou dix minutes. La sensation d'étourdissement devint de plus en plus forte. Et quand le moniteur lui fit signe de remonter, au lieu de suivre ses instructions, Paul s'éloigna. Pour la première fois de sa vie, songea-t-il sans aucune logique, il se dérobait aux règles rigides de ces chiffres monstrueux qui avaient dominé sa vie ; il était libre.

Le moniteur le rejoignit. S'ensuivit une scène de lutte sous la mer digne d'un film de James Bond. Le moniteur eut enfin le dessus, se glissa derrière Paul et le saisit à bras-le-corps. Ils remontèrent lentement à la surface, mais il était trop tard. Une bulle d'air s'était logée dans la colonne vertébrale de Paul. Au fur et à mesure qu'il se rapprochait de la surface, elle grossit. Et quand il sortit de l'eau, elle explosa, sectionnant les nerfs.

« Coucou ! cria Enid à Annalisa, qui était sur sa terrasse en train de surveiller l'installation d'une grande tente blanche. Quelqu'un du journal vient de m'appeler. Sandy Brewer a été déclaré coupable. Il va aller en prison.

— Et si vous montiez me raconter tout ça ? » proposa Annalisa.

Enid arriva sur la terrasse quelques minutes plus tard,

un peu essoufflée. « Il fait si chaud, dit-elle en agitant la main devant son visage pour se donner un peu d'air. Une telle chaleur en septembre, c'est incroyable ! La météo dit qu'il va faire trente-deux degrés samedi. Et que nous aurons certainement un orage.

— Ne vous en faites pas. Il y a la tente, et on pourra s'abriter dans l'appartement. J'ai sorti les affaires de Paul de la salle de bal, si bien qu'on ne manquera vraiment pas de place.

— Comment va Paul ? demanda Enid machinalement.

— Rien de changé », répondit Annalisa en baissant la voix et en hochant la tête d'un air solennel, comme chaque fois qu'elle parlait de lui. « Je l'ai vu ce matin.

— Ma chère, je ne sais vraiment pas comment vous pouvez supporter cela.

— Il y a une toute petite chance qu'il s'en remette. Parfois, il peut y avoir un miracle, disent les médecins.

— Ça nous ferait un Stephen Hawking bis, dit Enid en donnant à Annalisa une petite tape rassurante sur le bras.

— J'ai décidé de faire un don à l'hôpital pour qu'ils construisent une aile qui portera le nom de Paul. Même si lui ne sort jamais du coma, on ne peut pas exclure que cela se produise pour quelqu'un d'autre dans dix ans.

— C'est une excellente décision, ma chère. Et dire que vous allez le voir tous les jours. Je vous admire !

— En hélicoptère, j'en ai pour une demi-heure, c'est tout, répondit Annalisa en regagnant la fraîcheur de l'appartement. Mais dites-moi ce que vous savez à propos de Sandy.

— Eh bien, dit Enid en inspirant profondément,

consciente de l'importance de la nouvelle, il a été condamné à cinq ans de prison.

— Mon Dieu !

— Le procureur a voulu faire un exemple. Mais je parie qu'il sortira avant. Au bout de deux ans et demi peut-être. Et toute cette affaire sera oubliée. Comme toujours. Par contre, ce que je ne comprends pas, c'est comment Sandy s'est procuré la croix.

— Vous ne le savez donc pas ?

— Non.

— Venez, j'ai quelque chose à vous montrer. »

Annalisa fit signe à Enid de la suivre à l'étage, dans sa chambre. Là, elle lui montra le coffret en bois brut que Mrs Houghton avait légué à Billy. « Vous le reconnaissez ? » demanda-t-elle en ouvrant le couvercle. Elle sortit les bijoux fantaisie et tendit le coffret à Enid en attirant son attention sur la charnière au fond. « Il y a un compartiment secret.

— Dieux du ciel ! s'exclama Enid en saisissant le coffret. C'est donc là qu'elle l'avait dissimulée ! Une cachette aussi évidente ! Du Louise tout craché ! Comment vous êtes-vous procuré le coffret ?

— Schiffer me l'a confié. Après le gala King David. Ce que j'avais dit à propos de Billy l'a émue, et elle a insisté pour que je l'accepte.

— Mais elle, où l'a-t-elle trouvé ?

— Dans l'appartement de Billy le jour où elle a découvert son corps.

— Voilà une fille intelligente ! Je suis tellement heureuse que Philip et elle se marient enfin.

— On monte ? Je voudrais vous montrer la salle de bal.

— Oh ma chère, c'est merveilleux ! » s'écria Enid en passant la porte à double battant.

Le sol avait retrouvé ses damiers blancs et noirs, l'aquarium avait disparu, et la cheminée de marbre avait été polie, ce qui révélait dans leurs moindres détails les bas-reliefs racontant l'histoire de la déesse Athéna. Quant au plafond, il avait conservé ses chérubins sur fond de ciel bleu, Paul n'y ayant heureusement pas touché. Des petites tables sur lesquelles étaient posés des vases contenant des gerbes de lilas et de lys blanc ponctuaient l'espace. Il régnait dans la pièce un parfum divin. Enid s'approcha de la cheminée et examina les bas-reliefs. « Merveilleux ! Et vous avez fait tout cela en si peu de temps !

— Je suis très efficace, répondit Annalisa. Et puis j'avais besoin de m'occuper l'esprit et les mains après l'accident de Paul. Il ne serait pas correct que je paraisse en public, même maintenant.

— Oh, non, ma chère, il vous faudra attendre encore six mois au moins. Mais une réception privée chez vous, ça ne compte pas. Nous ne serons que soixante-quinze.

— J'ai invité Mindy et James Gooch. Ainsi que Sam. Je me suis dit que Mindy était comme ces vieilles sorcières dans les contes des frères Grimm. Si on ne l'invite pas, sa vengeance est terrible.

— C'est bien vrai. Et la présence d'enfants à un mariage est tellement agréable. » Enid promena un regard satisfait autour d'elle. « Ah, quand je pense à toutes ces soirées que nous avons passées dans cette salle de bal ! À l'époque où Louise était encore jeune. Tout le monde voulait être invité à ses fêtes. Et nous en avons vu du beau monde. Jackie O., Noureïev. La princesse Grace quand elle s'appelait encore Grace Kelly. Même la reine Elizabeth est venue une fois. Elle avait sa propre sécurité – des beaux jeunes gens en costumes sur mesure.

— Et dire que Mrs Houghton était une voleuse ! dit Annalisa en regardant Enid droit dans les yeux. Ou du moins c'est ce qui semblerait. »

Enid trébucha. Annalisa lui prit le bras pour l'aider à retrouver son équilibre. « Ça va ? » lui demanda-t-elle en la guidant vers une chaise.

Enid se donna des petites tapes sur la poitrine. « C'est cette canicule. Les vieilles personnes la supportent mal. À chaque vague de chaleur, on nous annonce des décès. Je pourrais avoir de l'eau ?

— Bien sûr. » Annalisa appuya sur un bouton. « Gerda ? Vous pourriez apporter de l'eau bien fraîche pour Mrs Merle ? »

L'ordre fut exécuté dans la seconde. « Ça va mieux, dit Enid après avoir bu une longue gorgée. Nous parlions de quoi, ma chère ?

— De la croix et de Mrs Houghton.

— Oui, c'est vrai. Vous lui ressemblez beaucoup. Je m'en suis aperçue à la soirée de gala.

— Seriez-vous en train de suggérer que j'ai un vieux bijou planqué quelque part dans mon appartement ?

— Non, ma chère, Mrs Houghton n'était pas une voleuse. Elle avait des défauts, mais chaparder des objets anciens dans un musée, ça n'était pas son style. »

Annalisa s'installa sur une petite chaise dorée à côté d'Enid. « Alors comment s'est-elle procuré la croix ?

— Vous êtes vraiment curieuse.

— Cette histoire m'intéresse.

— Il y a certains secrets qu'il vaut mieux ne jamais révéler.

— Billy Litchfield en est mort.

— En effet, ma chère. Et jusqu'à aujourd'hui, jusqu'à ce que vous me montriez le coffret, je n'aurais jamais imaginé qu'il puisse être impliqué dans la vente de la croix. Ça ne lui ressemblait pas.

— Il était aux abois. Son immeuble allait devenir une copropriété et il n'avait pas assez d'argent pour acheter son appartement. Il craignait de devoir quitter New York un jour ou l'autre.

— Ah, New York ! dit Enid en reprenant un peu d'eau. Depuis toujours c'est une ville dure. En fin de compte, elle est plus forte que nous. J'habite ici depuis soixante-dix ans, et j'ai vu cela se produire plein de fois. La ville change, mais pas les gens – ils se font écraser par le mouvement. C'est ce qui est arrivé à Billy, j'en ai bien peur. Moi-même je suis fatiguée, je vieillis.

— Non, New York n'a rien à voir là-dedans. Le responsable, c'est Paul. Sandy Brewer lui avait montré la croix, et comme il pensait que Sandy voulait le virer parce qu'il avait perdu vingt-six millions de dollars lors de la Débâcle Internet, il a envoyé un mail au *Times*.

— C'était donc ça ! fit Enid, avant d'ajouter, avec un geste fataliste de la main : Et voilà. Tout finit par s'arranger au mieux.

— Vraiment ? Mais je ne sais toujours pas comment Mrs Houghton est entrée en possession de la croix. » Elle plongea son regard dans celui d'Enid, sans ciller. Louise aussi savait faire cela, se souvint Enid – vous fixer jusqu'à ce que vous baissiez les yeux et lui donniez ce qu'elle voulait. « Enid, dit Annalisa d'une voix douce, vous me devez bien cela.

— Vous croyez ? Admettons. Dieu seul sait ce que l'appartement serait devenu sans vous. Fort bien, ma chère. Puisque vous désirez tant savoir la vérité, la voilà. Louise n'a pas volé la croix, elle l'a prise à ma belle-mère, Flossie Davis. Flossie l'avait dérobée parce qu'elle était stupide et qu'elle la trouvait jolie. Louise l'a vue et l'a obligée à la lui donner, dans l'intention, j'en suis sûre, de la rendre au musée. Mais Flossie savait quelque chose d'embarrassant sur Louise – elle savait qu'elle avait tué son mari.

— Mais je croyais qu'il était mort d'une infection !

— Moi aussi, c'était ce que je croyais. Mais après la mort de Billy, j'ai eu une petite conversation avec Flossie. Ensuite, je suis allée vérifier deux ou trois choses à la bibliothèque. Randolf Houghton est bien rentré au Numéro 1 avec une infection. Mais le lendemain, son état a rapidement empiré et il a succombé douze heures plus tard. La cause de la mort n'a jamais été établie avec certitude – ce qui n'avait rien d'inhabituel à l'époque. On ne disposait pas des équipements médicaux modernes. Tout le monde a supposé que l'infection l'avait tué. Flossie, elle, n'y a jamais cru. D'après ce que j'ai compris, l'une des domestiques lui a raconté que juste avant de mourir, Randolf a perdu la voix et qu'il est devenu incapable de parler. Ce qui est le symptôme d'un empoisonnement à la belladone – une technique très démodée.

— Ainsi, Louise était une meurtrière ?

— Elle était surtout passionnée de jardinage, corrigea Enid. Autrefois, elle avait une serre sur sa terrasse. Mais elle l'a enlevée après la mort de Randolf. Flossie est convaincue qu'elle faisait pousser de la belladone. Si tel était le cas, Louise aurait eu effectivement besoin d'une serre, cette plante ne pouvant pas survivre à la lumière directe du soleil.

— Tiens, tiens ! Et je suppose que vous vouliez que je fasse la même chose avec Paul.

— Qu'allez-vous vous imaginer ! Cela dit, il m'est arrivé de penser que la mort de Randolf a été utile. Louise a tant fait pour la ville. Mais aujourd'hui, elle ne s'en tirerait pas comme ça. Votre mari, lui, est toujours vivant. Je suis certaine que vous ne feriez rien qui puisse lui nuire.

— Bien sûr que non ! Paul est tout à fait inoffensif maintenant.

— Tant mieux, ma chère, dit Enid en se levant. À présent que vous savez tout, il faut vraiment que j'y aille. Schiffer et moi échangeons nos appartements cette semaine. Alors je dois commencer à faire mes cartons.

— Bien sûr. » Annalisa prit Enid par le bras et l'aida à descendre les escaliers. Arrivée devant la porte, elle se tourna vers elle. « Il y a encore quelque chose que vous ne m'avez pas dit. Pourquoi Mrs Houghton a-t-elle tué son mari ? »

Enid se mit à ricaner. « Qu'est-ce que vous croyez ? Il voulait vendre l'appartement. Maintenant, expliquez-moi une chose. Comment avez-vous fait ?

— Je n'ai rien fait. J'ai simplement supplié Paul de ne pas plonger.

— Naturellement. Et il ne vous a pas écoutée. N'est-ce pas un trait typiquement masculin ? »

Une heure plus tard, Philip découvrit sa tante dans sa cuisine, perchée sur un escabeau, en train de vider une étagère tout en haut d'un placard. « Nini ! dit-il sèchement. Qu'est-ce que tu fabriques ? Les déménageurs s'occuperont de ça. » Il lui prit la main et l'aida à descendre. « Tu ne voudrais tout de même pas te casser la hanche la veille de mon mariage ?

— Qu'est-ce que ça changerait ? » fit-elle en lui donnant une petite tape affectueuse sur la joue. « La vie continuerait, comme toujours, d'une manière ou d'une autre », ajouta-t-elle en songeant à Annalisa.

Le matin du mariage de Schiffer et Philip, l'air était lourd et le soleil voilé. Les nuages devaient se disperser, mais on prévoyait des orages en fin de journée. Dans sa cuisine étouffante, Mindy Gooch consultait un catalogue de congélateurs. « Je sais que ce n'est qu'une maison de campagne, mais autant acheter ce qui se fait de mieux, puisqu'on peut se le permettre. Comme ça, on passera vingt ans tranquille. » Elle leva les yeux vers James et sourit. « Dans vingt ans, on en aura soixante-cinq. On sera mariés depuis presque quarante ans. Incroyable, non ?

— Oui », répondit James avec une nervosité qui était devenue chez lui presque permanente. Mindy n'avait encore rien dit de Lola, mais cela n'était pas vraiment nécessaire. Il suffisait de lui avoir envoyé la chronique. Le sujet ne serait jamais évoqué entre eux, de même qu'ils ne parlaient jamais de ce qui n'allait pas dans leur couple. Ce dont, bien sûr, Mindy pouvait se passer puisqu'elle traitait le sujet dans son blog.

« Qu'en penses-tu ? demanda-t-elle. Le modèle d'un mètre ou celui d'un mètre cinquante ? Moi je penche pour le plus grand, même s'il coûte trois mille dollars de plus. Sam va se faire des copains là-bas. Alors il nous faudra de la place pour conserver de quoi nourrir tout ce petit monde.

— Bonne idée, fit James.

— Tu as acheté du PQ et des serviettes en papier ?

— Oui, hier. Tu n'as pas remarqué ?

— À vrai dire, James, je suis pas mal occupée, avec tous ces travaux dans la maison et mon livre à écrire à partir de mon blog. Au fait, Sam amène sa copine au mariage. J'ai demandé à Thayer Core de passer le prendre à deux heures et d'aller chercher Dominique avec lui à la gare. Elle vient de Springfield, dans le Massachusetts. Tu devrais me remercier – je me suis dit que tu aurais besoin de tranquillité. Tu vas pouvoir travailler sur ton nouveau livre.

— Merci, marmonna James.

— Autre chose, poursuivit Mindy, Dominique est la nièce de Billy Litchfield. C'est drôle, non ? Mais ainsi va la vie – le monde est petit. Sam l'a rencontrée pendant son stage de tennis. Elle entre à l'école de Miss Porter cet automne. Alors, ne dis rien de négatif contre Billy. Elle est très sensible, je crois. Cela dit, elle n'est pas trop à plaindre. D'après Sam, elle a hérité trois millions de dollars de son oncle. La somme était sur un compte en Suisse. Qui aurait cru que Billy possédait autant d'argent ? »

L'après-midi était déjà bien avancé lorsque Lola se réveilla, épuisée, dans le lit de Thayer Core. Thayer était sorti, certainement en train de jouer le garçon de courses pour cette pimbêche de Mindy Gooch. Machinalement, Lola alluma son portable. Elle était censée ne pas travailler le samedi, mais son nouveau patron, un réalisateur complètement fou du nom de Harold Dimmick, lui avait déjà envoyé six mails affolés, exigeant qu'elle vienne chez lui le conseiller sur ce qu'il devait porter pour le mariage de Schiffer et Philip. Lola pensa un instant ignorer ses messages, avant de se raviser. Harold Dimmick avait des manières étranges et ne parlait pratiquement pas, mais il était tellement fou qu'il devait proposer un salaire de huit mille dollars par mois pour trouver une assistante prête à travailler pour lui. Lola ayant besoin du job et du fric, elle supportait Harold et les horaires dingues qu'il lui imposait. Il venait de commencer le tournage d'un film indépendant et travaillait presque sans interruption, si bien qu'elle aussi fonctionnait sur ce rythme.

Elle se leva et alla dans la petite salle de bains s'asperger le visage. En se regardant dans la glace, elle se demanda, comme souvent ces temps-ci, ce qu'elle avait fait de sa vie. Après que James avait refusé de la voir, sa chance avait rapidement tourné, et dans le mauvais sens. Marquee s'était volatilisé ainsi que son site internet, le Trou de la Serrure. Furieuse et impuissante, Lola avait dû renoncer aux deux mille dollars qu'il lui devait. Elle tenta de vivre seule quelque temps mais se trouva rapidement à court d'argent et dut se résoudre à supplier Thayer de la laisser s'installer chez lui. Elle avait même essayé de trouver un boulot normal, mais s'était aperçue que James avait raison quand il suggérait qu'écrire une chronique porno lui nuirait. On aurait dit que tous ceux qui étaient susceptibles de l'engager en avaient entendu parler. Elle ne parvint même pas à obtenir un pré-entretien. C'est alors qu'elle rencontra Schiffer, un jour où elle faisait le guet devant le Numéro 1. Schiffer l'avait repérée à côté des buissons devant chez Flossie et avait traversé l'avenue pour venir à sa rencontre. « Salut ! dit-elle, comme si elles étaient copines et qu'elle ne lui avait pas piqué Philip. Je me demandais ce que tu étais devenue. Enid m'a dit que tu étais revenue à New York. »

Bien malgré elle, Lola oublia sa haine. Submergée par l'aura de Schiffer – après tout, c'était une star, et si quelqu'un devait lui prendre Philip, il valait mieux que ce soit Schiffer Diamond plutôt qu'une nana de vingt-deux ans comme elle –, elle se mit à lui confier tous ses problèmes. Schiffer accepta de l'aider. C'était la moindre des choses, dit-elle. Elle lui dégota un rendez-vous avec Harold Dimmick, l'un des réalisateurs de

Lady Superior, qui l'engagea sur sa recommandation. Mais au fond, Lola était persuadée que Schiffer n'y était pour rien. Harold était tellement spécial qu'il fallait vraiment être aux abois pour accepter de bosser pour lui.

« Enfin debout ! dit Thayer à Lola en entrant.

— J'ai travaillé jusqu'à trois heures du matin, figure-toi, rétorqua-t-elle. Tout le monde n'a pas un petit boulot pépère comme toi.

— Pas si pépère que ça, quand même. La mère Gooch me fait travailler aujourd'hui. Je dois emmener son gosse à la gare pour aller chercher sa copine.

— Et elle ne peut pas y aller elle-même ? C'est son chiard, quand même.

— Elle travaille. Sur son livre.

— Ça va être nul. J'espère qu'elle fera un bide.

— Ça sera certainement un gros succès. Il y a plus de cent mille personnes qui lisent son blog.

— Elle aurait pu au moins nous obtenir des invitations pour le mariage.

— Parce que tu n'as toujours pas compris ? fit Thayer d'un ton méprisant. Pour ces gens-là, on est des domestiques.

— Eh bien, si c'est comme ça que tu te vois, à ta guise. Moi, je refuse.

— Que comptes-tu faire alors ?

— Hors de question de rester plantée là à subir. C'est la même chose pour toi, Thayer. Écoute, poursuivit Lola en entrant dans la minuscule cuisine pour prendre une bouteille de VitaWater dans le mini-frigo, je ne vais pas continuer à vivre comme ça. J'ai regardé les annonces immobilières. Il y a un petit appartement au sous-sol d'un immeuble sur la Cinquième Avenue.

Quatre cent mille dollars. L'immeuble vient d'être transformé en copropriété.

— Ah oui ! C'est celui où vivait Billy Litchfield.

— À nous deux, avec tes cent mille dollars et mes quatre-vingt mille, on gagne quatre-vingt-dix mille dollars par an, après impôts. Ce qui revient à pratiquement huit mille par mois. On devrait pouvoir emprunter avec ça.

— Certainement. Et je parie que l'appartement est grand comme une boîte à chaussures.

— C'était une réserve. Mais peu importe, c'est sur la Cinquième Avenue.

— Et d'ici peu tu vas vouloir qu'on se marie.

— Et alors ? Tu crois que tu trouveras mieux que moi ?

— Je vais réfléchir. » Le ciel s'assombrissait. On entendit un coup de tonnerre. « L'orage ne va pas tarder, dit Thayer. Il faut que j'y aille. »

Pendant qu'il attendait à la gare avec Sam, les nuages passèrent au-dessus d'eux sans qu'il pleuve. Lorsqu'ils sortirent de Penn Station avec Dominique dans leur sillage – une gamine maigrichonne aux cheveux blonds et raides, remarqua Thayer –, l'air était lourd au point de donner presque la nausée. Thayer héla un taxi et ils montèrent tous les trois à l'arrière. « C'est la première fois que je viens à New York. Il y en a, du monde ! Et qu'est-ce que c'est moche ! s'exclama Dominique.

— Tu n'as pas encore vu le meilleur. Ne t'inquiète pas, cocotte, ça s'améliore », dit Thayer. Tandis que le taxi s'engageait dans la Cinquième Avenue, des nuages orageux s'amoncelaient au-dessus de la partie sud de Manhattan. L'averse se déclencha au moment où le taxi se garait devant le Numéro 1. Des gouttes de pluie de la taille de pièces de monnaie s'abattirent sur Thayer, Sam et Dominique.

« Brrr ! Je suis trempée ! » cria Dominique en se réfugiant dans le hall.

Roberto s'avança avec un parapluie – trop tard – et s'exclama d'un ton rigolard : « Sale temps, n'est-ce pas, Sam ?

— La météo disait que ça s'arrangerait en toute fin de journée, répondit Sam en s'essuyant le visage.

— J'en suis sûr. Pile pour le mariage. Mrs Rice obtient toujours ce qu'elle veut », dit Roberto en lui faisant un clin d'œil.

Des centaines de roses blanches parfumées décoraient le hall en l'honneur du mariage. Dominique promena un regard émerveillé autour d'elle, admirant les portiers en uniforme, les murs lambrissés, les cascades de fleurs. « Je n'arrive pas à croire que tu vis ici, dit-elle en se tournant vers Sam. Quand je serai grande, moi aussi j'habiterai dans cet immeuble.

— Bonne chance », dit Thayer avec un petit sourire narquois.

L'odeur des fleurs s'infiltra chez les Gooch, taquinant le nez de Mindy, qui était installée devant son ordinateur. Elle inspira profondément, ferma les yeux et se renfonça dans sa chaise. Quand donc était-elle née, cette impression de bonheur, mystérieuse et inconnue ? Quand Annalisa était rentrée au Numéro 1 sans Paul ? Ou plus tôt, quand elle avait commencé à écrire son blog ? Ou l'avait-elle envahie subrepticement lorsqu'elle avait découvert que James couchait avec Lola ? Que Dieu bénisse cette petite traînée, songea Mindy. Grâce à Lola, James et elle avaient une vie de couple parfaite. James n'osait pas la contrarier. Quant à elle, elle n'avait plus à le satisfaire sexuellement. Qu'il aille se taper une fille de temps en temps. Elle avait tout ce qu'elle voulait.

Elle plaça ses mains au-dessus du clavier et écrivit : « Les joies de ne pas tout avoir. » Elle réfléchit un instant, puis poursuivit :

« Pourquoi ne pas se rendre la vie plus facile, si c'est possible ? Acceptons notre chance. Et le reste, on s'en fout ! »

Composition réalisée par NORD COMPO

Achevé d'imprimer en avril 2011 en Allemagne par
GGP Media GmbH
Pößneck
Dépôt légal 1re publication : mai 2011
LIBRAIRIE GÉNÉRALE FRANÇAISE – 31, rue de Fleurus – 75278 Paris Cedex 06

31/6017/3